UMA CERTA
JUSTIÇA

P. D. JAMES

UMA CERTA JUSTIÇA

Tradução
Celso Nogueira

Copyright © 1997 by P. D. James
Proibida a venda em Portugal

*Grafia atualizada segundo o Acordo Ortográfico da Língua Portuguesa de 1990,
que entrou em vigor no Brasil em 2009.*

Título original
A certain justice

Capa
Jeff Fisher

Preparação
Célia Regina Rodrigues de Lima

Revisão
Juliane Kaori
Vivian Miwa Matsushita

Atualização ortográfica
Verba Editorial

Dados Internacionais de Catalogação na Publicação (CIP)
(Câmara Brasileira do Livro, SP, Brasil)

James, P. D., 1920-
    Uma certa justiça / P. D. James ; tradução Celso Nogueira. —
1ª ed. — São Paulo : Companhia das Letras, 2012.

    Título original: A certain justice.
    ISBN 978-85-359-2154-0

    1. Ficção policial e de mistério (Literatura inglesa) I. Título.

12-08649   CDD-823.0872

Índice para catálogo sistemático:
1. Ficção policial e de mistério : Literatura inglesa 823.0872

2012

Todos os direitos desta edição reservados à
EDITORA SCHWARCZ S.A.
Rua Bandeira Paulista, 702, cj. 32
04532-002 — São Paulo — SP
Telefone: (11) 3707-3500
Fax: (11) 3707-3501
www.companhiadasletras.com.br
www.blogdacompanhia.com.br

*Para meus netos Katherine, Thomas, Eleanor,
James e Beatrice, com amor*

NOTA DA AUTORA

Agradeço imensamente a meus amigos nas áreas de medicina e direito que dedicaram seu precioso tempo a ajudar na elaboração deste livro. Em particular, sou grata à dra. Caroline Finlayson e seus colegas, bem como ao magistrado Gavyn Arthur, cuja consultoria precisa sobre os procedimentos em Old Bailey salvou-me de erros constrangedores. Se restou algum, a responsabilidade cabe inteiramente a mim.

Em parca retribuição a tanta gentileza, demoli parte de Fountain Court, em Middle Temple, para erigir a imaginária Pawlet Court, que povoei de advogados ambiciosos. Certos locais da história, como Temple Church, são obviamente reais; entretanto, todas as personagens são fictícias e não foram inspiradas em pessoas vivas, em hipótese nenhuma. Em particular, devo insistir que apenas a imaginação exacerbada de uma escritora de livros policiais conceberia que um membro da Honrada Sociedade de Middle Temple pudesse abrigar pensamentos hostis em relação a uma colega de profissão.

Dizem que essa ressalva costumeira propicia pouca proteção perante a lei, mas faço-a mesmo assim, pois é a verdade, toda a verdade e nada mais que a verdade.

NOTA DO TRADUTOR

No sistema jurídico inglês, King's Counsel (ou Queen's Counsel — QC) é um advogado togado, ou seja, que atingiu o grau mais alto na profissão, podendo atuar nas cortes supremas, tanto na defesa como na acusação.

Os advogados com autorização para atuar em tribunais participam de colegiados independentes, chamados Inns of Court, com sede em Londres. Esses colegiados se encarregam de admitir profissionais na área jurídica. A eles compete treinar os advogados e realizar exames de admissão. Para tanto, os advogados togados admitem pupilos.

Os principais Inns of Court são Inner Temple, Middle Temple, Lincoln's Inn e Gray's Inn. Os dois primeiros estavam originalmente ligados à ordem dos cavaleiros templários.

Old Bailey é o tribunal central de Londres, encarregado de julgar os casos criminais importantes da cidade e, às vezes, de outras regiões.

SUMÁRIO

LIVRO I
Advogada de defesa *13*

LIVRO II
Morte na sede do colegiado *127*

LIVRO III
A carta da morta *271*

LIVRO IV
A Junqueira *419*

Sobre a autora *483*

Livro I
ADVOGADA DE DEFESA

1

Os assassinos não costumam alertar suas vítimas. A morte em questão, por mais terrível que tenha sido aquele último momento de horrível compreensão, chegou misericordiosamente desprovida de terror antecipado. Quando Venetia Aldridge se levantou para reinquirir a principal testemunha de acusação no caso *Regina v. Ashe*, na tarde de quarta-feira, 11 de setembro, restavam-lhe tão somente quatro semanas, quatro horas e cinquenta minutos de vida. Após sua morte os numerosos admiradores e os raros amigos que a amavam, na tentativa de uma reação mais pessoal que os adjetivos adequados ao horror e à revolta, resmungaram que Venetia teria apreciado ver seu último caso de assassinato julgado em Bailey e na sua corte preferida, palco de seus maiores triunfos.

Havia, porém, alguma verdade naquele comentário irracional.

A Corte Número Um a encantara desde sua primeira visita, ainda como pupila. Ela sempre tentara disciplinar a parte de sua mente que, suspeitava, poderia ser seduzida pela tradição ou pela história. Mesmo assim, reagia àquele ambiente elegantemente revestido de madeira com empolgação estética e arrebatamento de espírito, que considerava um dos maiores prazeres de sua vida profissional. A correção no tamanho e nas proporções da sala combinava com a dignidade discreta do brasão minuciosamente entalhado acima da tribuna, com a reluzente Espada da Justiça do século XVII logo abaixo dele, suspensa em curioso contraste com o banco das testemunhas, dosselado como um púlpito em miniatura, e com o amplo banco dos réus, no qual o acusado sentava-se com os olhos na mesma altura dos olhos do juiz. Como todos os locais perfeitamente projetados para um determinado propósito, sem que faltasse ou sobrasse nada, o salão transmitia uma sensação de calma atemporal e até mesmo a ilusão de que as paixões humanas eram suscetíveis ao controle e à ordem. Certa vez, por curiosidade, ela havia subido à galeria pública e se sentara lá por um minuto, a olhar para o tribunal vazio. Tivera a impressão de que ali, onde os espectadores se aglomeravam, a atmosfera se impregnara de décadas de esperança, terror e desespero humanos. Agora, ela estava de volta ao seu ambiente de direito. Não esperava que o caso fosse julgado na corte mais famosa de Old Bailey, nem presidido por um magistrado da Corte Suprema, mas o julgamento anterior fora anulado, sendo necessário redistribuir o processo para uma nova corte e um outro juiz. Ela já perdera na Corte Número Um, mas as lembranças das derrotas não a amarguravam. Com muito mais frequência, vencera.

Como sempre, seu olhar naquele dia se concentrava no juiz, no júri e nas testemunhas. Raramente consultava o assistente, falava com o advogado de Ashe sentado à sua frente ou obrigava a corte a esperar enquanto ela buscava uma anotação no meio da papelada. Nenhum advogado de defesa entrava no tribunal mais bem preparado. Ela pouco olhava para o cliente, e quando o fazia evitava virar o pescoço de modo ostensivo na direção do banco dos réus. Contudo, a presença silenciosa do réu dominava sua mente, assim como ocorria com os demais presentes, e ela sabia disso. Garry Ashe, de vinte e um anos e três meses, era acusado de assassinar a tia, sra. Rita O'Keefe, cortando-lhe a garganta. Um golpe apenas, preciso, que seccionou as veias. A série de facadas frenéticas no corpo seminu só veio depois. Com frequência, particularmente nos crimes brutais, o acusado aparentava uma inadequação quase patética, seu jeito comum e o ar de desafortunada incompetência entravam em conflito com a violenta determinação do ato. Mas não havia nada de ordinário naquele réu. Venetia tinha a impressão de que poderia se recordar de cada detalhe da face dele, sem precisar virar-se para encará-lo.

Ele era moreno, os olhos sombrios se ocultavam debaixo das sobrancelhas espessas e retas. Tinha o nariz fino, pontudo, e a boca larga, de lábios finos e implacáveis. O longo pescoço esguio dava à cabeça a aparência hierática de uma ave de rapina. Ele jamais se mostrava inquieto; mal se movia, na verdade. Permanecia ereto, sentado no centro do banco dos réus, ladeado pelos guardas. Raramente olhava para o júri, instalado à sua esquerda. Só uma vez, durante a fala inicial do advogado de acusação, ela o vira erguer a vista para a galeria onde estava o público, percorrendo as fileiras com uma expressão de ligeira desaprovação, como se lamentasse o tipo de plateia que atraíra, antes de baixar os olhos novamente para o juiz. Não havia, entretanto, nenhuma tensão ansiosa em sua imobilidade. Pelo contrário, ele dava a impressão de ser um homem acostumado à exposição pública, um jovem príncipe em companhia dos pais numa solenidade mais suportada do que apreciada. Era o júri, aquela costumeira miscelânea de homens e mulheres convocados para julgá-lo, que lembrava a Venetia um grupo de malfeitores curiosamente variado, ali reunido para ouvir a sentença. Quatro jurados, de camisa aberta e tênis, pareciam prontos para lavar um carro. Em contraste, o acusado apresentava-se apuradamente trajado, de terno azul-marinho listrado e camisa tão branca que poderia aparecer num comercial de sabão em pó. O terno, bem passado, caía mal em seu corpo. Os enchimentos exagerados nos ombros davam ao corpo jovem e vigoroso o ar de desamparo desajeitado da adolescência. Bela escolha, o terno. Transmitia uma combinação de respeito próprio e vulnerabilidade que ela tencionava explorar.

Embora não gostasse de Rufus Matthews, ela respeitava o promotor. Os dias de eloquência exacerbada no tribunal faziam parte do passado, e de qualquer modo haviam sido apropriados para a promotoria. Mas Rufus queria ganhar, e a obrigaria a lutar pela conquista de cada ponto. Ao iniciar o caso para a promotoria, ele recapitulara os fatos com concisão e uma clareza sem ênfase que deixara a impressão de que a eloquência seria desnecessária para apoiar um caso tão evidentemente verdadeiro.

Garry Ashe residira durante um ano e oito meses no número 397 da Westway, com a sra. Rita O'Keefe, sua tia materna, antes da morte dela. Passara a infância sob os cuidados do Estado, percorrendo oito lares adotivos entre os períodos de orfanato. Vivera nos squats londrinos e trabalhara por certo tempo num bar de Ibiza, antes de se mudar para a casa da tia. Dificilmente se poderia considerar normal o relacionamento entre tia e sobrinho. A sra. O'Keefe costumava entreter um vasto número de homens, e Garry era obrigado — ou aceitava — a fotografar a tia e os tais homens durante o ato sexual. As fotografias que o acusado admitira ter tirado seriam mostradas como provas.

Na noite do assassinato, sexta-feira, 12 de janeiro, a sra. O'Keefe e Garry foram vistos juntos, das seis às nove da noite, no pub Duke of Clarence, em Cosgrove Gardens, a cerca de dois quilômetros de Westway. Eles discutiram, e Garry saiu pouco depois das nove, dizendo que ia para casa. A tia, que bebia muito, permaneceu no bar. Por volta das dez e meia o proprietário recusou-se a continuar a lhe servir bebidas, e ela foi posta num táxi por dois amigos. Naquele momento ela estava embriagada, mas não incapacitada. Os amigos acharam que poderia chegar em casa por conta própria. O motorista do táxi a deixou na frente do número 397 e esperou até que ela entrasse pelo portão lateral, às dez e quarenta e cinco.

Garry Ashe telefonou para a polícia à meia-noite e dez, da casa da tia, dizendo que encontrara o cadáver ao retornar de uma caminhada. Quando os policiais chegaram à meia-noite e vinte, encontraram a sra. O'Keefe deitada no divã da sala da frente, praticamente nua. A garganta havia sido cortada, e alguém a esfaqueara após a morte. No total, desferiram nove golpes. Na opinião do médico-legista que viu o corpo à meia-noite e quarenta, a sra. O'Keefe falecera pouco tempo depois de sua volta para casa. Não encontraram sinais de arrombamento nem indícios de que ela estivesse acompanhada ou esperando uma visita naquela noite.

Uma mancha de sangue, posteriormente identificada como sendo da sra. O'Keefe, foi descoberta no chuveirinho da banheira, no toalete. Havia também duas gotas de sangue no carpete da escada. Localizaram uma faca de cozinha grande sob a sebe de alfena de um jardim, a menos de cem metros do número 397 da Westway. A faca, com uma lasca triangular no cabo, fora identificada tanto pelo acusado como pela faxineira. Costumava ficar na gaveta da cozinha da sra. O'Keefe. Alguém limpara todas as impressões digitais.

O acusado declarou à polícia que não havia voltado direto do bar para casa, e sim passeado nas ruas próximas a Westway, chegando até Shepherd's Bush. Retornara depois da meia-noite, descobrindo o corpo da tia. O tribunal ouviria, porém, o testemunho da vizinha, que vira Garry Ashe saindo do número 397 da Westway às onze e quinze, na noite do crime. A Coroa sustentava que Garry Ashe, na verdade, voltara direto do pub Duke of Clarence, esperara a chegada da tia e a assassinara com a faca de cozinha, provavelmente também desnudo. Em seguida, tomara uma ducha, vestira a roupa e saíra de casa às onze e quinze para andar pela rua e tentar criar um álibi.

Rufus Matthews pronunciou as últimas frases como se fossem mera rotina. Caso o júri se convencesse, a partir das provas apresentadas, de que Garry Ashe matara a tia, seria sua obrigação emitir o veredicto de culpado. Se, por outro lado, ao final do caso permanecesse em suas mentes uma dúvida razoável quanto à culpa do acusado, este deveria ser inocentado da acusação de assassinar a sra. Rita O'Keefe.

O reexame de Stephen Wright, proprietário do Duke of Clarence, no terceiro dia de julgamento, pouca dificuldade representou para Venetia. Aliás, como ela já esperava. Ele se dirigira ao banco das testemunhas com a pose de homem determinado a mostrar que perucas e robes escarlates não o intimidavam. Fizera o juramento com um descaso que deixava bem claro seu desprezo por aquele ritual arcaico. Venetia enfrentou seu sorriso levemente safado com um olhar frio e demorado. A promotoria o chamara para reforçar o argumento de que o relacionamento entre Ashe e a tia havia descambado para a discussão ríspida quando ambos se encontravam no pub, e que a sra. O'Keefe temia o sobrinho. Contudo, seu testemunho fora preconceituoso e pouco convincente, e pouco abalou as decla-

18

rações dos frequentadores do bar, que afirmaram ter Ashe bebido pouco e falado menos ainda. "Ele costumava ficar ali sentado, quieto", Wright disse, seduzido pelo orgulho até beirar a insensatez, chegando a confidenciar ao júri: "Perigosamente quieto, se querem mesmo saber. Ele a encarava, com seu olhar maligno. Ele não precisava beber para se tornar perigoso".

Venetia apreciou reinquirir Stephen Wright, e quando o liberou não conseguiu conter um olhar de comiseração para Rufus, que se levantou para tentar desfazer parte do estrago. Ambos sabiam que algo além da credibilidade da testemunha se perdera nos últimos minutos. Sempre que uma testemunha de acusação era desacreditada, o próprio caso da Coroa perdia parte da credibilidade. Ela sabia que contava, desde o início, com uma grande vantagem: não havia simpatia instintiva pela vítima. Mostre ao júri fotografias do corpo de uma criança violada, tenra como um passarinho, e uma voz atávica sempre sussurrará: "Alguém tem de pagar por isso". A necessidade de vingança, tão facilmente confundida com os imperativos da justiça, favorecia a acusação. O júri não queria condenar o homem errado, mas precisava condenar alguém. As provas da promotoria eram analisadas segundo o impulso de acreditar em sua veracidade. Mas aquelas fotos escabrosas que a polícia tirara da vítima, mostrando a barriga flácida caída de lado e os seios esparramados, bem como as veias seccionadas, em sua horrível semelhança com uma carcaça de porco pendurada num gancho de açougue, provocavam mais nojo do que piedade. Seu caráter fora eficientemente destruído. Isso era complicado, em casos de assassinato. A vítima, afinal de contas, não estava lá para se defender. Rita O'Keefe bebia, não era atraente e demonstrava um apetite insaciável por gim e sexo. Quatro dos membros do júri eram jovens, dois mal haviam completado a maioridade. Os jovens não mostravam indulgência em relação à idade e à feiura. As vozes silenciosas sussurrariam uma mensagem muito diferente: "Ela estava pedindo isso".

Então, na segunda semana e sétimo dia de julgamento, chegaram ao ponto que Venetia considerava crucial: o reexame da testemunha de acusação, sra. Dorothy Scully, vizinha da vítima, viúva de sessenta e nove anos. Ela havia dito à polícia, e depois ao tribunal, que vira Garry Ashe sair do número 397 às onze e quinze, na noite do crime.

Venetia a observara durante o depoimento inicial, avaliando seus pontos fortes e os vulneráveis. Sabia o que era preciso a respeito da sra. Scully; era esse o seu papel. Uma senhora pobre, mas não miserável: viúva, vivia da magra pensão. Westway fora, afinal, um bairro relativamente próspero, um enclave confortável da pequena classe média respeitável, confiável e cumpridora da lei. Os moradores, proprietários das casas, orgulhavam-se das cortinas rendadas imaculadamente limpas e dos jardins bem cuidados, pequenos triunfos da individualidade sobre as fachadas repetitivas. Seu mundo, porém, estava desabando junto com as casas que levantavam nuvens de poeira ocre sufocante ao cair. Restavam poucas construções em pé; o alargamento da avenida avançava, inexorável. Até mesmo as pichações de protesto nos tapumes que separavam os terrenos vazios da rua já começavam a esmaecer. Em pouco tempo haveria apenas asfalto e o ruído incessante do tráfego que rugia para o oeste, afastando-se de Londres. Logo a própria memória seria impotente para reviver o passado. A sra. Scully estaria entre os últimos a sair, e suas memórias se apoiariam no ar. Levara consigo, para o banco das testemunhas, o passado condenado à obliteração, o futuro incerto, a respeitabilidade e a honestidade. Uma armadura inadequada para enfrentar uma das advogadas mais temíveis do país, quando se tratava de reinquirir uma testemunha.

Venetia notou que ela não havia comprado um casaco novo para ir depor. Um casaco novo era uma enorme extravagância; só a iminência de um inverno especialmente rigoroso ou o final do casaco velho justificariam a despesa. O chapéu, porém, fora obviamente adquirido para a ocasião. Era de feltro azul-claro, com aba estreita, enfeitado por uma imensa flor branca, e dava um tom de frivolidade discrepante do conjunto de tweed discreto.

A voz quase inaudível traía seu nervosismo na hora do juramento. Por duas vezes, durante o depoimento, o juiz se inclinara para solicitar, em voz envelhecida e cortês, que ela falasse mais alto. De qualquer modo, ela se desinibia conforme a inquirição avançava. Rufus tentara facilitar as coisas, repetindo ocasionalmente uma pergunta antes que ela respondesse, mas Venetia considerou que isso só confundia a testemunha, em vez de ajudá-la. Deduziu também que a sra. Scully antipatizava com aquela voz esnobe, alta demais e algo intimidante, cujo dono tinha o hábito de dirigir seus comentários a um ponto situado no ar, um metro acima da cabeça dos jurados. Rufus sempre se dera melhor reexaminando uma testemunha hostil. A sra. Scully, idosa, patética, ligeiramente surda, despertou seu lado mais provocador. Mesmo assim ela se revelou uma boa testemunha, respondendo a tudo com simplicidade, de modo convincente.

A testemunha passara a noite, a partir das sete, jantando e depois vendo o vídeo de *A noviça rebelde* com uma amiga, a sra. Pierce, que morava cinco casas adiante, na mesma rua. Ela própria não possuía um aparelho de vídeo, mas a amiga tinha um e alugava uma fita por semana, convidando-a para assistir ao filme e jantar em sua casa. Normalmente ela não saía de casa à noite, mas a sra. Pierce morava muito perto, e era gostoso dar um passeio curto a pé, pela rua bem iluminada. Tinha certeza da hora. Quando o filme terminou, tanto ela como a amiga comentaram que já era muito tarde, mais do que esperavam. O relógio em cima da lareira da amiga marcava onze e dez da noite, e ela consultou seu próprio relógio, surpresa com a rápida passagem do tempo. Conhecia Garry Ashe desde que ele fora morar com a tia. Não tinha a menor dúvida de que o vira sair da casa número 397. Ele caminhava apressadamente. Atravessou o pequeno jardim e seguiu pela esquerda, na Westway, afastando-se depressa. Ela o observou até que ele sumisse de sua vista, admirada ao vê-lo sair de casa tão tarde. Em seguida, dirigiu-se ao número 396. Ela não recordava se havia luzes acesas na casa vizinha, mas acreditava que estava tudo escuro por lá.

Quando Rufus já se aproximava do final do exame da testemunha, o recado foi passado a Venetia. Ashe deve ter feito um sinal para seu advogado, que se aproximou então do banco dos réus. O bilhete foi entregue a Venetia por ele. Escrito com caneta esferográfica preta, exibia uma caligrafia firme, vertical, miúda. Não havia nada de impulsivo ou apressado na mensagem. "Pergunte a ela que óculos usava na noite do crime."

Venetia achou mais prudente não olhar para o banco dos réus. Era um momento decisivo, que poderia determinar o desfecho do julgamento. E contradizia frontalmente a primeira lição que ela aprendera quando pupila: nunca faça uma pergunta se não souber a resposta de antemão. Restavam-lhe cinco segundos para tomar a decisão, antes de se levantar para reinquirir a testemunha. Se fizesse a pergunta e obtivesse a resposta errada, Ashe seria condenado. Contudo, duas coisas lhe davam confiança. Primeiro, ela já sabia qual seria a resposta; Ashe jamais mandaria o recado se não tivesse certeza. A segunda era vital. Ela precisava desacreditar o depoimento da sra. Scully, se fosse possível. As declarações daquela senhora, dadas com tanta honestidade, com tanta certeza, haviam sido avassaladoras.

Ela guardou o recado entre seus papéis, como se dissesse respeito a algo banal, que poderia ser resolvido depois, com mais calma, e levantou-se.

"Pode me ouvir com clareza, sra. Scully?"

A mulher balançou a cabeça afirmativamente e murmurou: "Sim". Venetia sorriu para ela. Foi o bastante. A pergunta, o sorriso encorajador, o carinho na voz, tudo dizia: "Sou mulher também. Estamos no mesmo lado. Esses homens pomposos não me amedrontam. Você não precisa sentir medo de mim".

Venetia repassou as questões pausadamente, de modo que a vítima estava contente e tranquila quando ela resolveu dar o bote. As brigas ouvidas na casa vizinha, uma voz masculina, a outra indubitavelmente da sra. O'Keefe, que tinha forte sotaque irlandês. A sra. Scully acreditava que fosse sempre a mesma voz masculina. No entanto, a sra. O'Keefe costumava receber muitos amigos. Talvez a palavra mais adequada fosse "clientes". A sra. Scully tinha certeza de que era a voz de Garry? Não, ela não tinha certeza. A insinuação foi habilmente encaixada: uma compreensível antipatia pela tia poderia transparecer, incluindo o sobrinho. A sra. Scully não estava acostumada àquele tipo de vizinhança.

"Chegamos agora, sra. Scully, à identificação do acusado como sendo o jovem que a senhora teria visto saindo do número 397 na noite do crime. Via Garry saindo sempre pela porta da frente?"

"Não, pois ele costumava usar a porta dos fundos e o portão do jardim, por causa da motocicleta."

"Portanto, costumava vê-lo empurrando a moto pelo jardim, até chegar ao portão, certo?"

"De vez em quando. Dava para ver, pela janela do meu quarto, nos fundos."

"E, como ele guardava a moto no quintal, seria normal que usasse a porta dos fundos ao sair?"

"Suponho que sim."

"Chegou a vê-lo saindo pelo portão do jardim, mesmo quando não usava a moto?"

"Uma ou duas vezes, creio."

"Uma ou duas vezes desde que morava lá? Ou uma ou duas vezes por semana? Não se preocupe em ser exageradamente exata. Afinal de contas, ninguém repara muito nessas coisas."

"Creio que o via sair pela porta dos fundos duas ou três vezes por semana. Às vezes de moto, às vezes não."

"Com que frequência costumava vê-lo sair pela porta da frente?"

"Não me lembro. Certa vez ele chamou um táxi. Aí, saiu pela porta da frente."

"Como era de se esperar. Ele costumava usar a porta da frente? Sabe, estou tentando descobrir isso porque podemos ajudar o júri a saber se Garry normalmente usava a porta da frente ou a dos fundos quando saía de casa."

"Creio que ele usava a porta dos fundos, em geral. Os dois usavam."

"Compreendo. Em geral, eles usavam a porta dos fundos." Em seguida, no mesmo tom de voz interessado e solidário: "Esses óculos que está usando hoje são novos, sra. Scully?".

A mulher levou a mão à armação, como se não tivesse certeza de estar de óculos. "Novinhos. Comprei-os no meu aniversário."

"Quando foi isso?"

"No dia 16 de fevereiro, pelo que me lembro."

"E tem certeza quanto à data?"

"Claro que sim." Ela se voltou para o juiz, como se estivesse ansiosa para explicar. "Eu saí para tomar chá com minha irmã, e no caminho passei na ótica para pegá-los. Queria saber o que ela achava do novo modelo."

"E tem certeza absoluta da data — 16 de fevereiro —, cinco semanas após a morte da sra. O'Keefe?"

"Sim, tenho certeza absoluta."

"E sua irmã achou que os óculos combinavam bem com seu rosto?"

"Ela disse que eram meio modernos, mas eu queria mesmo mudar. A gente se cansa de usar o mesmo tipo de armação. Achei melhor comprar algo diferente."

Hora da pergunta perigosa. Porém, Venetia já sabia a resposta que ouviria. Mulheres que lutam para viver com uma pensão mínima não vão desnecessariamente ao oculista, nem consideram óculos como acessórios da moda.

Ela perguntou: "Foi por isso que trocou os óculos, sra. Scully? Por desejar uma armação diferente?".

"Não, não foi. Eu não conseguia enxergar direito com os óculos antigos. Por isso fui ao oculista."

"O que não conseguia ver, especificamente?"

"Na verdade, não via direito a televisão. Encontrava dificuldade em distinguir os rostos."

"Onde assiste à televisão, sra. Scully?"

"Na sala de estar, na frente."

"Que tem aproximadamente o mesmo tamanho da sala da casa vizinha?"

"Com certeza. As casas são todas idênticas."

"Não é uma sala muito grande, então. O júri viu fotos da sala da sra. O'Keefe. Cerca de quatro metros quadrados, não é?"

"Suponho que sim. Aproximadamente."

"A que distância da tela a senhora costuma ficar?"

Demonstrando pela primeira vez um certo desconforto, em seu olhar ansioso na direção do juiz, ela disse: "Sento-me sempre ao lado do aquecedor a gás, e a tevê fica no canto oposto, perto da porta".

"Não é muito agradável ficar bem perto da tela, não é? Bem, vamos ver se podemos ser mais exatos." Ela olhou para o juiz. "Com sua licença, meritíssimo." Um leve aceno indicou a permissão. Ela se voltou para o advogado de Ashe, Neville Saunders. "Se eu pedir a este senhor que se mova lentamente na direção do juiz, poderia nos avisar quando a distância entre eles for a mesma entre a senhora e a tevê, aproximadamente?"

Neville Saunders, um tanto surpreso, empertigou-se para conferir à sua figura a pompa apropriada a uma participação mais ativa no julgamento, levantou-se e caminhou como se fosse uma avó idosa. Quando ele estava a três metros do juiz, a sra. Scully ergueu a mão. "Mais ou menos aí."

"Três metros, no máximo."

Ela se dirigiu à testemunha novamente. "Sra. Scully, sei que é uma testemunha honesta. Que está tentando dizer a verdade para colaborar neste julgamento, e que sabe quanto a verdade é importante. A liberdade e o futuro de um jovem dependem dela. A senhora disse a este tribunal que não enxergava bem a imagem da televisão, a três metros de distância. Declarou, sob juramento, que reconheceu o acusado a seis metros, numa noite escura, iluminada apenas por uma lâmpada da rua. Tem certeza absoluta de que não se enganou? Pode afirmar que não foi um outro jovem que saiu da casa naquela noite, alguém com idade e altura semelhantes? Reflita bem, sra. Scully. Tente se lembrar. Não temos pressa."

A testemunha precisaria dizer apenas uma frase: "Era Garry Ashe. Eu o vi claramente". Um criminoso profissional a teria pronunciado, pois saberia que deveria manter o depoimento, agarrar-se à história sem alterá-la nem enfeitá-la. Mas os criminosos profissionais conhecem o sistema jurídico; a sra. Scully carregava o peso desvantajoso da honestidade, do nervosismo, da vontade de agradar. Após um minuto em silêncio, ela disse: "Eu achei que era Garry Ashe".

Parar por aí, ou arriscar mais um passo? Esse era o perigo do reexame, sempre. Venetia disse: "Sim, pois aquela era a casa dele, ele morava lá. Era de se esperar que fosse mesmo Garry. Mas viu claramente, sra. Scully? Tem certeza?".

A mulher olhou fixamente para ela. "Suponho que pode ter sido alguém parecido com ele. Mas, naquele momento, achei que era Garry."

"Achou que era Garry, mas poderia ter sido alguém parecido com ele. Exatamente. Um engano natural, sra. Scully. Mas creio que foi apenas um equívoco. Muito obrigada."

Rufus, é claro, não ia deixar por isso mesmo. Autorizado a retomar o questionamento, se restasse algum ponto obscuro, ele se levantou com arrogância, ajeitou a toga e observou o ar acima do banco das testemunhas, com a expressão intrigada de alguém que pressente uma mudança no clima. A sra. Scully o olhou com a ansiedade de uma criança culpada que percebe ter desapontado os adultos. Rufus tentou, com algum êxito, modificar seu tom de voz.

"Sra. Scully, lamento insistir, mas há um ponto que pode ter confundido o júri. Em seu depoimento inicial, a senhora declarou não ter dúvida de que era realmente Garry Ashe que saía da casa da tia às onze e quinze, na noite do crime. Contudo, durante o reexame, disse à minha colega — e eu cito — 'Suponho que pode ter sido alguém parecido com ele. Mas, naquele momento, achei que era Garry'. Tenho certeza de que a senhora percebe que as duas declarações não podem estar corretas. O júri talvez sinta dificuldade em compreender o que a senhora está querendo dizer, exatamente. Admito que eu também estou um pouco confuso. Farei apenas uma pergunta. O homem que viu sair do número 397, naquela noite, quem era ele?"

Ela estava ansiosa para deixar o banco das testemunhas, suprimindo a sensação de que duas pessoas a puxavam, cada uma para um lado, exigindo uma resposta clara, mas não a mesma resposta. Ela olhou para o juiz, na esperança de que ele respondesse em seu lugar, ou pelo menos a ajudasse a tomar uma decisão. O tribunal aguardou. A resposta, quando veio, continha o desespero da verdade.

"Achei que era Garry Ashe."

Venetia sabia que a Rufus não restava outra escolha senão convocar a testemunha seguinte, a sra. Rose Pierce, para confirmar a hora em que a sra. Scully havia saído de sua casa. O tempo era fundamental. Se a sra. O'Keefe fora assassinada logo depois de voltar do pub, Ashe teria tido meia hora para matá-la, tomar uma ducha, vestir a roupa e sair para dar uma volta.

A sra. Pierce, rechonchuda, rosada, estofada num capote de lã preta, com um chapéu chato a cobrir os olhinhos vivos, acomodou-se tranquilamente no banco das testemunhas, como a mulher de Noé na arca. Sem dúvida, Venetia pensou, haveria locais onde a sra. Pierce poderia se sentir intimidada, mas a veneranda corte de Old Bailey não era um deles. Declarou, como profissão, ser enfermeira infantil aposentada. "Babá, meritíssimo", disse, dando a impressão de ser tão capaz de lidar com o *nonsense* dos adultos do sexo masculino como lidara com as delinquências infantis. Mesmo Rufus, ao enfrentá-la, transmitia a impressão de evocar lembranças penosas da disciplina imposta por uma ama inglesa. O interrogatório foi breve; as respostas, confiantes. A sra. Scully deixara a casa dela pouco antes que o carrilhão da sra. Pierce, presente de um ex-patrão, desse o toque das onze e quinze.

Venetia levantou-se para formular uma única pergunta.

"Sra. Pierce, recorda-se de alguma queixa da sra. Scully, referente à dificuldade de enxergar a imagem na televisão, naquela noite?"

A pergunta despertou uma loquacidade inesperada na sra. Pierce.

"Interessante que tenha perguntado isso, minha cara senhora advogada. Dorothy queixou-se naquela noite de que a imagem não estava nítida. Veja bem, isso ocorreu quando ela ainda usava os óculos antigos. Ela vivia dizendo que precisava fazer um exame de vista, e eu disse 'quanto antes melhor'. Conversamos a respeito da conveniência de conservar a velha armação ou tentar algo diferente. 'Chegou a hora de mudar um pouco o visual', recomendei. 'Vá em frente, a gente só vive uma vez.' Bem, ela vem usando os óculos novos desde o aniversário, e a partir daí não teve mais problema algum."

Venetia agradeceu e sentou-se. Sentia até certa pena de Rufus. A noite do assassinato poderia muito bem ter sido uma noite na qual a sra. Scully não se queixou da vista. Todavia, apenas os simplórios acreditam que a sorte não desempenha seu papel no sistema jurídico.

No dia seguinte, quinta-feira, 12 de setembro, Venetia levantou-se para apresentar a argumentação da defesa. Já preparara o terreno durante o reexame. No início daquela tarde só lhe restava chamar uma testemunha: o acusado.

Ela sabia que precisava levar Ashe ao banco das testemunhas. Ele teria insistido. Reconhecera, já no início de seu relacionamento profissional com o réu, sua vaidade, a mistura de dissimulação e arrogância capaz de desfazer todas as conquistas obtidas durante os reexames das testemunhas da Coroa. Ele não admitiria que o privassem de sua exibição pública definitiva. As horas de espera paciente, sentado no banco dos réus, foram para ele o prelúdio do momento em que, enfim, poderia responder pessoalmente as perguntas e decidir o desfecho do caso, ganhando ou perdendo. Ela o conhecia o suficiente para saber que ele odiara ficar sentado, quieto enquanto outros falavam, outros argumentavam. Ele se considerava a pessoa mais importante naquele tribunal. Por sua causa, um magistrado da mais alta corte, com sua capa escarlate, sentara-se à esquerda do brasão imperial. Por sua causa, doze homens e mulheres permaneciam ali, sentados, ouvindo tudo pacientemente, hora após hora. Por sua causa, os distintos advogados, com suas perucas e togas, interrogavam e reexaminavam e argumentavam. Venetia sabia que era fácil para o acusado se sentir na posição de objeto inanimado, mero joguete nas mãos alheias, prisioneiro de um sistema que o usava, controlava, exibia para que outros demonstrassem inteligência e astúcia. Bem, agora ele teria sua chance. Venetia tinha noção do risco que corriam; se a vaidade e a arrogância fossem mais fortes do que a dissimulação e o controle, eles estariam em apuros.

Nos minutos iniciais de sua arguição, ela viu que a preocupação fora desnecessária. A atuação — não lhe restava dúvida de que era isso mesmo — havia sido brilhantemente ensaiada. Ele, é óbvio, estava preparado para a primeira pergunta, mas ela não estava preparada para a resposta que escutou.

"Garry, você amava sua tia?"

Pausa breve, e então: "Gostava muito dela, e lamento sua morte. Mas não creio que eu saiba o que as pessoas querem dizer quando falam em amor".

Foram as primeiras palavras pronunciadas por ele no julgamento, com exceção da rápida alegação de que era inocente, dita em voz baixa e firme. A corte fez silêncio absoluto. Venetia podia sentir a reação do júri. É claro que ele não sabia, como poderia saber? Um menino que nunca conheceu o pai, que foi abandonado pela mãe antes dos oito anos, que viveu de um lado para o outro, em lares adotivos e orfanatos, considerado um estorvo desde o momento em que nasceu. Ele não havia conhecido carinho, segurança nem afeição desinteressada. Como poderia saber o significado da palavra "amor"?

Ela se surpreendera com a sensação, durante o depoimento, de que os dois trabalhavam juntos, como dois atores que representavam juntos havia anos, reconhecendo os sinais do outro, avaliando a eficácia de cada pausa, tomando cuidado para não prejudicar o momento mais intenso do colega, não por afeição ou respeito mútuo, e sim porque atuavam em conjunto, e o sucesso da peça dependia de uma compreensão instintiva em que cada um contribuía com sua parte para o desfecho esperado. Sua história tinha os méritos da simplicidade e da coerência. Ele repetiu no tribunal o que dissera à polícia, sem alterações ou floreios.

Sim, ele e a tia tiveram um desentendimento enquanto bebiam no Duke of Clarence. Repetiram a antiga discussão: ela exigia que ele continuasse a tirar fotos enquanto ela fazia sexo com os clientes, ele queria parar. Considerara aquilo mais uma desavença do que um confronto violento; como ela bebera demais, porém, ele achou mais prudente ir embora e caminhar sozinho pela noite para refletir melhor sobre a possibilidade de se mudar.

"Era esse o seu desejo, deixar a casa de sua tia?"

"Um lado meu queria ir embora, outro queria ficar. Eu gostava dela. Acho que ela precisava de mim, e aquela era a minha casa."

Sendo assim, ele percorrera as ruas próximas de Westway, chegando até Shepherd's Bush antes de retornar. Cruzou com algumas pessoas, não muitas. Ninguém de quem pudesse se lembrar. Nem mesmo sabia direito por quais ruas caminhara. Voltara para casa pouco depois da meia-noite, encontrando o corpo da tia estendido no divã da sala de estar, e imediatamente chamara a polícia. Não, ele não havia tocado o corpo. Percebera, logo ao entrar na sala, que ela estava morta.

Ele não se abalou ao ser reinquirido, pronto a dizer que não se lembrava ou não tinha certeza, conforme a pergunta. Não olhou para o júri nem uma vez sequer, mas todos, no estrado à sua direita, mantinham os olhos fixos na figura dele. Quando ele finalmente deixou o banco das testemunhas, ela se perguntou por que, afinal, chegara a duvidar do desempenho do rapaz.

No argumento final da defesa ela retomou as alegações da acusação uma a uma, e persuasivamente as demoliu. Falou aos jurados como se revelasse a eles a verdade sobre um assunto que a preocupava, tanto quanto a eles, por bons motivos. E que poderia, agora, ser visto sob uma luz verdadeira, razoável, fundamentalmente inocente. Qual fora o motivo? Insinuaram que ele esperava herdar o dinheiro da sra. O'Keefe, mas a tia só teria a receber o valor da desapropriação da casa, que, quando fosse pago, não daria nem para saldar as dívidas. O sobrinho sabia que ela gastava demais, principalmente com bebida, que os credores a pressionavam, que os cobradores viviam batendo à porta da casa. O que ele poderia esperar? Com a morte ele não ganharia nada, e perderia seu lar. Sim, havia uma mancha de sangue da sra. O'Keefe no chuveirinho e os dois pingos na escada. Alegaram que Ashe assassinara a tia nu e tomara uma ducha antes de sair de casa para a caminhada que lhe serviria de álibi. Todavia, um visitante, especialmente se fosse cliente habitual, conheceria bem a casa, saberia que a torneira da banheira era difícil de ser aberta e que não saía muita água. Nada mais natural que ele lavasse as mãos ensanguentadas no chuveiro, certo?

A acusação se baseara largamente no depoimento de uma testemunha, a sra. Scully, vizinha, que afirmara no interrogatório ter visto Ashe sair da casa pela porta da frente, às onze e quinze. O júri vira a sra. Scully no banco das testemunhas. Ela os convencera, bem como a todos os que ouviram suas palavras, de que era uma testemunha honesta, tentando contar a verdade. Contudo, ela vira apenas por um instante uma figura masculina na noite, sob lâmpadas de sódio destinadas a iluminar profusamente a rua movimentada, mas que lançavam sombras ardilosas na frente das casas. Naquele dia ela usava uns óculos com os quais nem conseguia ver direito os rostos na televisão, a menos de três metros. No reexame ela havia dito: "Suponho que pode ter sido alguém parecido com ele. Mas, naquele momento, achei que era Garry". Seria possível aos jurados pensar que a identificação de Garry, feita pela sra. Scully e fundamental para a promotoria, não era digna de confiança.

Ela encerrou: "Garry Ashe afirmou que saiu para dar um passeio, naquela noite, porque não conseguiria encarar a tia quando ela voltasse do pub Duke of Clarence, certamente embriagada. Precisava de tempo para pensar na vida que levavam ali, no futuro, na conveniência ou não de se mudar. Em suas próprias palavras, pronunciadas no banco das testemunhas, 'Eu precisava decidir o que faria de minha vida'. Ao se lembrarem daquelas fotografias obscenas, que infelizmente foram obrigados a ver, os senhores podem achar que ele deveria ter ido embora antes. Ele já lhes disse por que não fez isso. Ela era seu único parente vivo. Aquela casa havia sido seu único lar, durante a vida inteira. Ashe acreditava que a tia precisava dele. Membros do júri, é difícil abandonar alguém que precisa de nós, mesmo que seja uma pessoa inconveniente, capaz de desejos perversos.

"Ele caminhou pela noite, sem ver ninguém nem ser visto, e retornou ao cenário horroroso daquela sala cheia de sangue. Não há provas materiais capazes de ligá-lo ao crime. A polícia não encontrou sangue em suas roupas nem em seu corpo. Não havia impressões digitais dele na faca. Qualquer um dos numerosos clientes da tia poderia ter ido lá naquela noite.

"Membros do júri, ninguém merece ser assassinado. Uma vida humana é uma vida humana, seja a vítima uma prostituta ou uma santa. Na morte, assim como na vida, somos todos iguais perante a lei. Mas a sra. O'Keefe, como todas as prostitutas — e ela era isso mesmo, senhores membros do júri —, corria riscos decorrentes de seu modo de vida. Todos viram as fotografias que o sobrinho foi convencido ou forçado a tirar. Ela era uma mulher sexualmente voraz, capaz de se mostrar carinhosa e afetuosa. Quando bebia, porém, tornava-se violenta e agressiva. Não sabemos quem entrou na casa naquela noite, nem o que ocorreu entre as duas pessoas que lá estavam. A autópsia mostrou que não ocorreu ato sexual imediatamente antes do falecimento. Mesmo assim, não existe uma enorme probabilidade, senhores membros do júri, de que ela tenha sido morta por um dos clientes, assassinada durante um ataque de raiva, ciúme, frustração, ódio ou sede de sangue? Houve um assassinato brutal. Embriagada, ela abriu a porta para o assassino. Essa foi a sua perdição. E pode ser também a perdição do jovem que está sentado no banco dos réus no dia de hoje.

"Meu nobre colega, em sua fala inicial, expôs a questão claramente aos senhores. Se estão convencidos de que meu cliente assassinou a tia, sem que haja sobre isso uma dúvida razoável, então o veredicto deve ser culpado. Mas se, após considerarem as provas, restar uma dúvida razoável a respeito de quem tenha sido o autor do crime que vitimou a sra. O'Keefe, então seu dever é declarar o réu inocente."

Todos os juízes são atores. A especialidade do meritíssimo Moorcroft, ou seja, o papel que desempenhava havia tantos anos, a ponto de se tornar instintivo, se caracterizava por uma racionalidade cortês temperada com pitadas ocasionais de humor cáustico. Durante seu sumário costumava se debruçar bastante na direção do júri, girando delicadamente um lápis entre os dedos polegar e indicador das duas mãos, tratando os membros como pares que abriram mão de seu valioso tempo de bom grado para auxiliá-lo a resolver um problema que, a exemplo de todas as questões humanas, apresentava suas dificuldades mas era passível de abordagem racional. O sumário, como sempre ocorria quando aquele juiz presidia, foi perfeito em seu didatismo e equidade. Não poderia haver recurso baseado em parcialidade, jamais, no caso daquele juiz.

Os jurados escutaram, impassíveis. Ao observá-los, Venetia pensou, como costumava, que o sistema jurídico era curioso mas funcionava admiravelmente bem do ponto de vista de quem acreditava ser mais importante a proteção dos inocentes do que a condenação dos culpados. Não fora criado — e como poderia ter sido? — para revelar a verdade, toda a verdade e nada mais que a verdade. Mesmo o sistema inquisitorial do continente não atingia tal objetivo. Teria sido difícil para seu cliente, se isso fosse possível.

Ela nada mais poderia fazer em benefício dele, no momento. O júri ouvira o sumário e saíra para deliberar. O juiz se levantou, a corte o saudou e esperou em pé, até que ele saísse. Venetia ouvia, acima de sua cabeça, o murmúrio e o arrastar dos pés na galeria, conforme o público se retirava. Não lhe restava mais nada senão esperar pelo veredicto.

2

ACENDERAM-SE OS LAMPIÕES A GÁS de Pawlet Court, no canto ocidental de Middle Temple. Hubert St. John Langton, presidente do colegiado, olhou pela janela como sempre fizera nos últimos quarenta anos, nas noites em que estava trabalhando no local. Era a época do ano e o momento do dia que ele mais apreciava. O pequeno prédio do tribunal, um dos mais belos do conjunto conhecido como Middle Temple, banhava-se na luz gloriosa do crepúsculo outonal prematuro. Os galhos do imenso castanheiro-da-índia pareciam solidificar-se enquanto ele os observava; os retângulos iluminados nas janelas georgianas reforçavam a atmosfera de uma ordeira, quase doméstica calma setecentista. Embaixo, os pedregulhos nos vãos do piso de pedra York reluziam como se fossem polidos. Drysdale Laud aproximou-se e parou ao lado dele. Por um momento, permaneceram em silêncio. Depois, Langton virou-se.

Disse: "É disso que vou sentir mais falta: a luz dos lampiões. Embora não seja mais a mesma coisa, desde que instalaram o sistema automático. Eu gostava de ver o acendedor de lampiões entrar no pátio do tribunal. Quando isso acabou, senti que uma era se encerrava para sempre".

Então ele pretendia se aposentar, afinal tomara a decisão. Laud evitou cuidadosamente demonstrar surpresa ou pesar. Disse: "Este local sentirá a sua falta".

Dificilmente poderia ter ocorrido um diálogo mais banal sobre uma decisão que ele esperava com impaciência cada vez maior havia mais de um ano. Já estava mesmo na hora da aposentadoria do velho. Ele não era idoso, nem completara ainda setenta e três anos, mas durante o ano anterior os olhos ansiosamente críticos de Laud acompanharam o declínio gradual e inexorável de sua capacidade física e mental. Naquele momento, ele observava Langton sentar-se pesadamente na poltrona atrás da mesma mesa que fora do pai dele, e que esperara ver ocupada pelo filho. Uma esperança que, ao lado de tantas outras, fora soterrada pela avalanche em Klosters.

Ele disse: "Suponho que a árvore será derrubada, um dia. As pessoas queixam-se de que ela impede a passagem da luz, no verão. Espero não estar mais aqui quando soarem as machadadas".

Laud sentiu uma certa irritação. Sentimentalismo era novidade em Langton. Disse: "Não seriam machadadas, certamente usariam uma serra elétrica. Duvido que o façam, porém. A árvore foi tombada". Esperou um pouco e perguntou, com estudada preocupação: "Quando pretende se aposentar?".

"No final do ano. Assim que as decisões forem tomadas não haverá mais motivo para adiar nada. Estou contando isso agora porque precisamos pensar em meu sucessor. Haverá uma reunião do colegiado da corte em outubro, e pensei em discutir a questão lá."

Discutir? O que havia para discutir? Ele e Langton administraram aquele tribunal juntos, por dez anos. Os dois arcebispos, assim os chamavam ali. Alguns colegas talvez usassem a palavra com um toque sutil de ressentimento ou até mesmo de desprezo, mas ela expressava uma realidade. Ele decidiu ser franco. Langton andava cada vez mais vago e indeciso, mas aquilo já era demais. Ele precisava tomar pé da situação. Se fosse preciso lutar, era melhor estar preparado.

Disse: "Eu imaginava que você me quisesse como seu sucessor. Trabalhamos bem juntos. Pensei que o colegiado já considerasse o caso encerrado".

"É você o príncipe herdeiro? Calculo que sim. Mas as coisas podem não ser tão fáceis como eu imaginava. Venetia se mostrou interessada."

"Venetia? É a primeira vez que ouço falar nisso. Ela jamais demonstrou o menor interesse em se tornar presidente do colegiado."

"Não mesmo, até, há pouco. Mas correm rumores de que teria mudado de ideia. E, como sabe, ela é o membro mais antigo. Por pouco, mas é. Foi aceita um ano antes de você."

Laud disse: "Venetia deixou sua posição perfeitamente clara quatro anos atrás, quando você ficou dois meses afastado por causa da pneumonia e realizamos uma reunião do colegiado. Perguntei a ela se desejava assumir a presidência. Recordo-me muito bem da resposta: 'Não ambiciono ocupar o cargo temporariamente nem quando Hubert resolver deixá-lo'. Afinal, que papel ela desempenhou na administração do tribunal? Jamais participou das tarefas tediosas ou se ocupou das finanças. Claro, ela comparece às reuniões do colegiado e se opõe a tudo o que os outros propõem. Mas o que já fez, na prática? A carreira dela vem sempre em primeiro lugar".

"Talvez seja esse o caso. Andei pensando que ela talvez ambicione tornar-se juíza. Pelo jeito, aprecia ocupar a função de juiz assistente. Nesse caso, suceder-me como presidente do colegiado seria um passo importante em sua carreira."

"É importante para mim. Pelo amor de Deus, Hubert, você não pode permitir que ela passe por cima de mim, só porque tive apendicite na hora errada. Ela só tem mais tempo de casa porque eu estava na mesa de operação no dia em que ela foi nomeada. Isso me colocou na turma do ano seguinte. Não creio que o colegiado vá escolher Venetia porque ela foi nomeada no período de Michaelmas e eu precisei esperar até Lent."

Langton disse: "Mas isso dá a ela mais tempo de casa. Se ela quiser o cargo, seria embaraçoso rejeitá-la".

"Só porque é mulher? Já imaginava que íamos chegar a isso. Bem, pode ser terrível para os membros mais tímidos do colegiado, mas creio que devemos colocar a justiça acima do que é politicamente correto."

Langton disse, conciliador: "Não se trata apenas do politicamente correto. Temos uma conduta. Há um código de ética referente a discriminação sexual. Daremos essa impressão, se a preterirmos".

Tentando controlar a raiva que ameaçava tomar conta de

sua voz, Laud disse: "Ela falou com você? Afirmou mesmo que deseja o cargo?".

"Comigo, não. Mas falou a respeito com alguém. Simon, se não me engano, disse que ela deu a entender isso."

Só podia ser Simon Costello, Laud pensou. O número 8 de Pawlet Court, como todos os tribunais, era um antro de mexericos. Mas a contribuição de Simon era notoriamente falha em precisão. Quem precisava de informações confiáveis nunca procurava Simon Costello.

Disse: "Puro delírio. Se Venetia quisesse fazer campanha, dificilmente começaria por Simon. Ele é uma de suas *bêtes noires*". E acrescentou: "Seria fundamental evitar um confronto, se fosse possível. Chegaríamos ao fundo do poço, se caíssemos no conflito entre personalidades. O colegiado se tornaria uma arena".

Langton franziu o cenho. "Ah, isso eu acho difícil. Se tivermos de votar, votaremos. Os membros aceitarão a vontade da maioria."

Laud pensou, com amargura: E você não se importa mais. Não estará aqui. Dez anos trabalhando juntos, nos quais disfarcei sua indecisão, aconselhando sem que notassem meus conselhos. E você não vai fazer nada. Não se dá conta de que a derrota seria, para mim, uma humilhação intolerável?

Disse: "Duvido que ela consiga apoio".

"Ah, isso eu não sei. Provavelmente é a nossa advogada mais respeitada."

"Ora, não me venha com essa, Hubert! Desmond Ulrick é o nosso jurista mais respeitado, sem sombra de dúvida."

Langton disse o óbvio. "Mas Desmond não vai querer nem saber, quando chegar a hora da sucessão. Duvido até que chegue a notar alguma mudança."

Laud avaliou a situação. Disse: "O pessoal do anexo Salisbury e quem prefere trabalhar em casa dá menos importância ao caso, em comparação aos que estão fisicamente nas dependências do tribunal. Aposto que apenas uma pequena minoria desejaria ver Venetia no cargo. Ela não é conciliadora".

"Mas seria essa nossa necessidade? As mudanças virão, não

há como evitar, Drysdale. Sinto-me feliz porque não estarei aqui para vê-las, mas sei que virão. As pessoas falam em administrar as mudanças. Teremos pessoas novas no tribunal, sistemas diferentes."

"Administrar as mudanças. Isso é conversa fiada, embora esteja na moda. Venetia talvez possa administrar as mudanças, mas serão elas as mudanças que desejamos? Ela consegue administrar sistemas, mas é um desastre com as pessoas."

"Pensei que você gostasse dela. Sempre os vi... bem, como amigos."

"E gosto dela, mesmo. Se ela tem um amigo no tribunal, esse amigo sou eu. Compartilhamos o gosto pela arte da primeira metade do século XX, vamos ocasionalmente ao teatro, jantamos juntos a cada dois meses, em média. Aprecio a companhia dela, e presumo que ela aprecie a minha. Isso não quer dizer que ela possa presidir o tribunal adequadamente. Além disso, queremos um advogado criminalista? Eles formam a minoria, aqui. Nunca escolhemos o presidente entre os criminalistas."

Langton respondeu a uma alegação insinuada, mas não pronunciada. "Não seria essa uma visão um tanto esnobe? Pensei que já estivéssemos livres dela. Se a lei tem a ver com justiça, direitos humanos, liberdade, então o que Venetia faz é mais importante do que as preocupações de Desmond com as minudências do direito marítimo internacional, não acha?"

"Pode ser. Mas não estamos discutindo a importância relativa das questões, e sim escolhendo o novo presidente do tribunal. Venetia seria um desastre. Além disso, há outros assuntos que precisam ser decididos na reunião do colegiado, e ela pode criar problemas. Por exemplo, quais pupilos serão aceitos. Ela não aceitaria Catherine Beddington."

"Ela é patrona de Catherine."

"O que dará mais peso a suas objeções. E tem mais. Se espera conseguir um prolongamento do contrato de Harry, esqueça. Ela quer acabar com a função de arquivista-chefe e nomear um diretor administrativo. Será a primeira mudança, se ela chegar à presidência."

Seguiu-se novo silêncio. Langton sentou-se, aparentando cansaço. E disse: "Ela me parece um tanto tensa, nas últimas semanas. Não é mais a mesma. Sabe se há algum problema?".

Então ele havia notado. Era essa a dificuldade no caso de senilidade prematura. A gente nunca sabia se as engrenagens da mente se articulariam novamente ou não.

Laud disse: "A filha voltou para casa. Octavia abandonou o colégio interno em julho, e creio que não faz nada, desde então. Venetia permitiu que ela usasse o apartamento de baixo, para evitar que se pegassem a todo momento, e mesmo assim não tem sido fácil. Octavia ainda não completou dezoito anos, precisa de supervisão e conselhos. Um colégio de freiras não é exatamente a melhor maneira de preparar alguém para sair sozinho em Londres. Venetia é muito ocupada, não dá conta do problema. De qualquer modo, elas nunca se entenderam. Venetia não faz o gênero maternal. Seria uma ótima mãe para uma moça linda, inteligente, ambiciosa. A filha não é nada disso".

"O que aconteceu ao marido, após o divórcio? Ele participa da educação da moça?"

"Luke Cummins? Creio que ela não o vê há anos. Nem sei se ele mantém algum contato com Octavia. Casou-se novamente, creio, e mora num lugarejo qualquer, no oeste. Com uma ceramista ou tecelã. Enfim, uma artesã. Tenho a impressão de que eles passam dificuldades. Venetia jamais menciona o nome dele. Sempre é implacável quando se trata de apagar seus fracassos."

"Suponho que o problema seja só esse, então. Preocupações com Octavia."

"Seria um bom motivo, calculo. Mas trata-se apenas de um palpite. Ela não comenta nada disso comigo. Nossa amizade não inclui confidências sobre a vida pessoal. O fato de irmos a exposições juntos não significa que eu a compreenda — ou qualquer mulher, se quer saber. Chama a atenção, contudo, o poder que ela exerce no tribunal. Já lhe ocorreu que uma mulher, quando exerce o poder, é mais poderosa do que um homem?"

"Poderosa de um modo diferente, talvez."

Laud disse: "É um poder parcialmente baseado no medo. Talvez o medo, no caso, seja atávico, cheio de lembranças da infância. As mulheres trocam fraldas, dão o seio ou o negam".

Langton disse, com um leve sorriso: "Não mais, pelo jeito. O pai troca fraldas e dá mamadeira".

"Mesmo assim estou certo, no que diz respeito a poder e medo. Não diria isso em público, mas a vida nesta corte seria muito mais fácil se Venetia fosse atropelada pelo ônibus número 11." Ele parou, depois fez a pergunta para a qual precisava de resposta. "Então, terei seu apoio ou não? Posso considerar que sou seu escolhido para sucedê-lo na presidência do colegiado?"

A questão não foi bem recebida. Os olhos cansados fixaram-se no interlocutor, e Langton pareceu afundar na poltrona, como se quisesse se proteger de uma agressão física. Quando falou, Laud não pôde deixar de notar um tom de trêmula petulância.

"Se for essa a vontade do colegiado, obviamente você terá meu apoio. Mas se Venetia quiser a presidência, não vejo como recusar isso a ela. O cargo cabe ao mais antigo. Venetia é a mais antiga."

Não era o bastante, Laud pensou, amargurado. Diacho, não era o bastante!

Ficou parado, olhando para o homem que pensara ser seu amigo, e pela primeira vez em seu longo convívio foi um olhar crítico, desprovido de afeição. Era como se ele estivesse vendo Langton com os olhos distanciados de um estranho, notando sem interesse as marcas implacáveis do tempo. O nariz estava mais pontudo, havia um vazio sob as maçãs do rosto protuberantes. Os olhos fundos estavam menos límpidos e começavam a exibir o conformismo intrigado da velhice. A boca, antes tão firme, tão inflexível, tornara-se flácida e ocasionalmente quase trêmula. Aquela cabeça fora talhada para receber a peruca da magistratura, ou pensara isso. E, sem dúvida, Langton sempre a desejara. Apesar do sucesso, da satisfação em suceder o avô como presidente do colegiado, sempre pairou sobre ele a impressão constrangedora de esperanças irrealizadas, de um talento que prometera mais do que cumprira. E, como o avô, ele também permanecera ali mais do que deveria.

Além disso, ambos deram azar com os filhos. O pai de Hubert retornara da Primeira Guerra Mundial com os pulmões semidestruídos por gás e a mente torturada por horrores que jamais conseguiu mencionar. Demonstrou firmeza suficiente para criar o filho único, mas nunca conseguiu voltar a trabalhar efetivamente e morreu em 1925. O único filho de Hubert, Matthew, era inteligente e ambicioso como o pai e compartilhava seu entusiasmo pelo direito. Infelizmente, morreu numa avalanche quando esquiava, dois anos depois de se formar advogado. Após a tragédia, a última faísca de ambição tremulou e morreu no pai.

Laud pensou: No entanto, ela não morreu em mim. Aturei-o por dez anos, ocultando seus erros, cumprindo as tarefas tediosas em seu lugar. Ele pode abrir mão de outras responsabilidades, mas, por Deus, não permitirei que abra mão dessa.

Mas ele sabia, com peso no coração, que estava de mãos atadas. Não havia meio de vencer. Se forçasse um confronto, o colegiado se dividiria em duas facções irreconciliáveis, o que seria publicamente escandaloso e poderia durar décadas. Se vencesse por uma margem estreita, que legitimidade teria para presidir? De um jeito ou de outro, não o perdoariam facilmente. E, se não lutasse, Venetia seria a próxima presidente do colegiado.

41

3

ESTIMAR QUANTO TEMPO O JÚRI levaria para deliberar era sempre impossível. Por vezes, um caso que parecia definido, sem que aparentemente se pudesse questionar a culpabilidade do réu, exigia horas de espera. Outro, porém, cujas dúvidas e complexidade eram evidentes, encerrava-se com um veredicto espantosamente rápido. Cada advogado ocupava as horas mortas de um jeito. Apostas esporádicas no tempo necessário para que o júri chegasse a um veredicto serviam ao menos como distração. Outros jogavam xadrez ou resolviam palavras cruzadas. Alguns desciam até as celas para compartilhar o suspense, encorajar, apoiar ou até preparar o cliente, enquanto outros repassavam as evidências apresentadas com os colegas, procurando argumentos para uma possível apelação na eventualidade de um resultado desfavorável a eles. Venetia preferia passar esses momentos a sós.

No início da carreira, ela caminhava pelos corredores de Bailey, passando do barroquismo eduardiano do prédio antigo para a simplicidade do novo, seguindo pelo esplendor do salão principal de mármore para se deter entre as claraboias e mosaicos azulados, contemplando mais uma vez os monumentos tão familiares enquanto esvaziava a mente das coisas que poderia ter feito melhor e das que poderia ter feito pior, preparando-se para o veredicto.

Atualmente, a perambulação se tornara uma defesa óbvia demais contra a ansiedade. Ela preferia instalar-se na biblioteca, e seus hábitos solitários garantiam que permanecesse quase sempre desacompanhada. Apanhou um volume na estante, sem se deter no título, e o levou para a mesa, sem intenção de ler.

"Garry, você amava sua tia?" A pergunta a fez lembrar de uma indagação similar, feita — quando? — oitenta e quatro anos antes, em março de 1912, quando Frederick Henry Seddon foi considerado culpado da acusação de assassinar sua inquilina, a srta. Eliza Barrow. "Seddon, você gostava da srta. Barrow?" Como poderia dar uma resposta convincente, em se tratando da mulher que ele havia enganado para surrupiar sua fortuna e enterrado numa cova rasa? O Sapo era fascinado pelo caso. Usara a pergunta para mostrar o efeito devastador que uma questão poderia ter no desfecho de um processo. O Sapo dera outros exemplos: o especialista convocado pela defesa no caso Rouse, do carro queimado, que fora desacreditado por se mostrar incapaz de dizer o coeficiente de dilatação do latão. A pergunta do juiz, o meritíssimo Darling, que se debruçou para interferir no julgamento do major Armstrong, perguntando por que o réu repartira em pequenas porções o arsênico que alegara ter adquirido para destruir ervas daninhas. E ela, uma menina de quinze anos, sentada naquele quarto e sala minúsculo e esparsamente mobiliado, dissera: "Só porque uma testemunha se esqueceu de um dado científico ou um juiz resolveu interferir no depoimento? Isso é justiça?".

Por um momento o Sapo pareceu sofrer, pois precisava acreditar na justiça, precisa acreditar na lei. O Sapo. Edmund Albert Froggett. Improvável bacharel, com diploma obtido numa universidade de fim de semana inespecífica. Edmund Froggett, que fizera dela uma advogada. Ela reconhecia o fato e sentia gratidão por aquele homenzinho excêntrico, misterioso, patético, que raramente surgia em sua mente como convidado. A lembrança do dia em que o relacionamento entre eles terminou era tão dolorosa que a gratidão se afogava em constrangimento, medo e vergonha. Ela pensava nele apenas quando uma travessura da memória se imiscuía no presente, como naquele momento, e ela voltava a ter quinze anos e estava sentada no quarto e sala do Sapo, ouvindo suas histórias, aprendendo direito criminal.

Eles se sentavam frente a frente, perto do sibilante aquecedor a gás do qual só uma parte ficava acesa, pois funcionava com moedas e o Sapo era pobre. Havia um fogão a gás de uma boca, ao lado do aquecedor, e ele fazia chocolate quente para os dois, forte e com pouco açúcar, como ela gostava. Seguramente esteve com ele no verão também, assim como na primavera e no outono, mas em sua lembrança era sempre inverno, as cortinas sem acabamento permaneciam fechadas e a escola mergulhava no silêncio, pois os meninos já dormiam. Seus pais, na sala de estar da parte principal da casa, não se preocupavam com ela, acreditando que estava em seu quarto, terminando a lição de casa. Ela interrompia a conversa às nove da noite e descia para dar boa-noite e responder às perguntas previsíveis sobre os estudos e a agenda para o dia seguinte. Mas retornava logo para o único quarto da casa onde era feliz, para o sibilar do fogo, para a poltrona de molas quebradas, confortável só porque o Sapo tirava o travesseiro da cama e o colocava nas costas dela, sentando-se à frente na cadeira reta, mantendo os seis volumes dos *Famosos processos britânicos* no chão, a seu lado.

Ele era o menos considerado e o mais explorado dos professores da escola preparatória suburbana de seu pai, Danesford. Fora contratado para ensinar Inglês e História em todas as séries, mas acabava realizando todas as tarefas que o caprichoso diretor determinava. Era um sujeito asseado, minúsculo, de ossatura delicada e nariz arrebitado. Seus olhos brilhavam atrás dos óculos de lentes claras de cristal, encimados pelo cabelo cor de gengibre. Inevitavelmente, os meninos o apelidavam de Sapo. Ele poderia ter sido um bom professor, se lhe dessem a chance, mas os pequenos bárbaros farejavam de imediato uma vítima na selva juvenil em que habitavam, e a vida do Sapo era um inferno de insurreição ruidosa e crueldade deliberada, que ele aturava com paciência.

Se um amigo ou conhecido perguntasse a Venetia sobre sua infância — poucos o faziam —, ela tinha uma resposta pronta, usava sempre as mesmas palavras, pronunciadas num tom casual de aceitação que conseguia, mesmo assim, desestimular qualquer curioso.

"Meu pai tinha uma escola para meninos. Nada do porte de Dragon ou Summerfields. Era uma instituição barata, para a qual os pais mandavam os filhos quando os queriam ver fora do caminho. Não sei quem gostava menos de lá: os alunos, os professores ou eu. Suponho, porém, que crescer no meio de uma centena de meninos dá uma boa formação para uma advogada criminalista. Na verdade, meu pai era um ótimo professor. Os alunos até que não se saíam muito mal."

Ela mesma não poderia ter se saído melhor. A escola, uma residência pretensiosa datada do século XIX, onde morara o bacana local, um ex-prefeito, fora originalmente construída a três quilômetros de uma cidade agradável, Berkshire, na época pouco mais que um lugarejo. Quando Clarence Aldridge comprou a escola em 1963, usando a herança recebida com a morte do pai, a vila já se havia transformado em cidade, mantendo, contudo, certa identidade e personalidade. Dez anos depois, não passava de um subúrbio-dormitório, espalhando-se pelos campos verdejantes como um câncer de tijolo vermelho e concreto, condomínios fechados para executivos, shoppings pequenos, prédios comerciais e conjuntos residenciais. Os campos entre Danesford e o centro foram adquiridos pela prefeitura local para a construção de casas populares, mas o dinheiro acabou, e apenas uma parte do projeto foi concluída. O espaço restante ficou vazio, tornou-se um matagal de arbustos e árvores cortadas, servindo de área de lazer e depósito de lixo para os bairros circundantes. Ela passava por lá de bicicleta, a caminho do colégio, num percurso que temia mas inevitavelmente seguia, pois a alternativa exigiria percorrer o dobro da distância, pela via principal, e o pai a proibira de usá-la. Certa vez lhe desobedecera, e um dos amigos dele a avistara quando passava de carro. A fúria do pai fora terrível, dolorosa e duradoura. Era uma provação a jornada realizada diariamente durante a semana pelo meio do mato ralo, cruzando a ponte ferroviária que separava a área do resto da cidade e passando pelo conjunto habitacional. Ela enfrentava o desafio das provocações e gritos obscenos estimulados pela visão de seu uniforme escolar. Todos os dias, ela tentava adivinhar quais ruas estariam mais vazias, atenta para a presença dos meninos maiores e mais assustadores, acelerando

45

ou diminuindo o ritmo para driblar as turmas que a esperavam, desprezando sua atitude e odiando quem a atormentava.

O colégio lhe dava proteção contra o conjunto habitacional e muito mais. Lá sentia-se feliz, ou feliz na medida de suas possibilidades. Sua vida, porém, era tão diferente da passada em Danesford como filha única, que no período de aulas tinha a sensação de viver em dois mundos diferentes. Para um deles preparava-se vestindo o uniforme verde-escuro, dando o laço na gravata, e dele tomava posse fisicamente ao desmontar da bicicleta e empurrá-la através dos portões do colégio. O outro a aguardava no final de cada tarde, composto de vozes masculinas, passos ecoando nas tábuas do assoalho, tampas de escrivaninhas batidas com estrondo, cheiro de comida, roupas no varal e corpos jovens inadequadamente lavados. Por cima de tudo pairava o odor de ansiedade, fracasso prematuro e medo. Para isso, também, havia um consolo. Ela o buscava a cada noite, no quarto e sala pequeno e esparsamente mobiliado do Sapo.

Ele utilizava os seis volumes dos *Famosos processos britânicos* como se fossem livros didáticos, em exercícios de treinamento nos quais desempenhava o papel de promotor, enquanto ela fazia a defesa. Depois, invertiam os papéis. Ela adquiria familiaridade com cada participante do processo, cada assassinato projetava uma imagem tão vívida quanto intensa, alimentando uma imaginação fértil mas restrita sempre pela noção de realidade, pela necessidade de saber que aqueles homens e mulheres desesperados, alguns enterrados em cal no pátio da prisão, não eram fruto de sua imaginação e sim pessoas que realmente viveram, sofreram e morreram. Suas tragédias podiam ser analisadas, discutidas e compreendidas. Alfred Arthur Rouse, no carro em chamas, percorrendo a estrada em Northampton como um farol fatal; Madeleine Smith a oferecer uma xícara de chocolate quente e talvez arsênico, por entre as grades de seu porão, em Glasgow; George Joseph Smith tocando harmônica numa pensão em Highgate enquanto a mulher que seduzira e assassinara estava morta no banheiro do andar superior; Herbert Rowse Armstrong entregando o pão doce temperado com arsênico ao rival, com as palavras: "Faltou o guardanapo, infelizmente"; William Wallace fazendo o penoso percurso pelos subúrbios de Liverpool para encontrar a inexistente Menlove Gardens East.

Ela considerava o caso Seddon especialmente fascinante. O Sapo repassava os fatos de forma resumida, antes que eles mergulhassem mais uma vez na transcrição do julgamento.

"Ano: 1910. Acusado: Seddon, Frederick Henry. Voraz, mesquinho, obcecado pelo dinheiro e pelo lucro. Vive com a esposa, Margaret Anne, cinco filhos, o pai idoso e a jovem empregada em Torrington Park, em Islington. Bem-sucedido representante da London and Manchester Insurance Company. Casa própria e diversas pequenas propriedades em diferentes bairros londrinos. Então, no dia 25 de julho de 1910, ele aceita uma pensionista. Eliza Mary Barrow, 49, pouco atraente em termos de caráter e hábitos pessoais. Contudo, tem bastante dinheiro. Ela cuida de um órfão de oito anos, Ernie Grant, filho de uma amiga. O menino mora com ela, divide a mesma cama. Provavelmente só ele a amava, e mais ninguém. O tio de Ernie, um certo sr. Hook, também passa a morar na casa de Seddon, com a esposa. Contudo, não fica lá por muito tempo. O casal parte após uma discussão com Eliza Barrow e uma briga feia com Seddon, a quem acusavam de querer roubar o dinheiro da srta. Barrow. E, num período de pouco mais de um ano, ele fez exatamente isso. Não foi pouco. Estamos falando de 1910, lembre-se. Mil e seiscentas libras em ações da Índia, a três e meio por cento, sociedade num bar e numa barbearia. Duzentos e doze libras em depósito na poupança, além de ouro e dinheiro guardados debaixo do colchão. Tudo isso foi transferido para Seddon em troca da promessa de uma pensão anual pouco superior a cento e cinquenta libras. Ou seja, Seddon ficou com todo o dinheiro, prometendo pagar em troca a soma combinada, enquanto ela vivesse."

Venetia disse: "Ela estava pedindo para ser assassinada, não acha? Assim que ele pusesse as mãos no dinheiro, a mulher seria descartável".

"Nenhum advogado aconselharia tamanha demonstração de confiança, sem dúvida. Mas ambição e sangue-frio não bastam para fazer de um homem um assassino. Você deve manter a mente aberta, se quiser fazer uma boa defesa."

"Quer dizer que preciso acreditar que não foi ele?"

"Não. O que você acredita não está em questão. Sua parte é convencer o júri de que a Coroa fracassou na montagem da acusação, deixando de provar, além de qualquer dúvida razoável, que o prisioneiro era culpado. Todavia, você nunca deve tomar uma decisão a respeito de qualquer caso antes de examinar os fatos."

"Como ele a matou? Tudo bem, como a promotoria alegou que ele agiu?"

"Com arsênico. No dia 1º de setembro de 1911, a srta. Barrow queixou-se de dores estomacais, enjoo e outros sintomas desagradáveis. Chamaram um médico, que a tratou por duas semanas. No início da manhã de 14 de setembro, Seddon chamou o médico à sua casa para dizer que a paciente falecera."

"O médico não pediu uma autópsia?"

"Suponho que não tenha encontrado motivo para tanto. Ele emitiu um atestado de óbito declarando que a srta. Barrow morrera de diarreia epidêmica. Naquela mesma manhã, Seddon providenciou para que ela fosse enterrada em cova comum, por quatro libras, e ainda exigiu uma comissão do agente funerário, por intermediar a transação."

"A cova comum foi um erro, não é?"

"Bem como a maneira pela qual ele tratou os parentes da srta. Barrow quando eles começaram a desconfiar de alguma coisa. Mostrou-se arrogante, insensível e abusado. Não admira que as suspeitas tenham aumentado até levá-los a procurar o promotor público. O corpo da srta. Barrow foi exumado e encontraram arsênico. Detiveram Seddon e a esposa seis meses depois; ambos foram acusados de assassinato."

Ela disse: "Teria ele sido enforcado por ser avarento e mesquinho e não porque a Coroa conseguiu provar sua culpa? Alegaram que ele mandou a filha Maggie, de quinze anos, comprar o arsênico, mas a moça negou isso. Não creio que o testemunho do farmacêutico — sr. Thorley, certo? — tenha sido confiável. Você acha que teria conseguido a absolvição?".

O Sapo riu discretamente, mas não ocultou sua satisfação. Tinha suas pequenas vaidades, e ela se divertia, às vezes, estimulando-as.

Ele disse: "Você me pergunta se eu poderia me sair melhor do que Edward Marshall Hall. Bem, ele era um advogado esplêndido. Gostaria de ter ouvido uma defesa dele, mas ele morreu em 1927. Não se destacou como jurista, mas dizem que fazia a Corte de Apelação tremer. Era um dos maiores advogados de defesa, espetacularmente eloquente, capaz de fazer de tudo com as palavras. É claro, isso não serviria para nada hoje em dia. A oratória dramática, histriônica, perdeu a vez num tribunal moderno. Contudo, ele falou uma coisa que eu nunca esqueci. Anotarei, para você: 'Não há um cenário para me ajudar, ninguém escreveu um texto para meu papel. Não há cortina. Mesmo assim, a partir do sonho vívido de uma vida alheia, preciso criar uma atmosfera — pois isso é a advocacia'. A partir do sonho vívido de uma vida alheia. Gosto disso".

Ela disse: "Eu também gosto".

O Sapo disse: "Creio que você desenvolverá o tipo de voz adequado. Claro, você ainda é muito jovem. Talvez ele não surja".

"E qual é o tipo de voz correto?"

"Agradável de se ouvir. Jamais estridente. Versátil, caloroso, perfeitamente modulado e controlado. Persuasivo — acima de tudo, persuasivo."

"Isso é assim tão importante?"

"Vital. Norman Birkett tinha uma voz assim. Gostaria de ter tido a chance de ouvi-lo. A voz é tão importante para um advogado quanto o é para um ator. Eu poderia ter sido advogado, se tivesse a voz. Infelizmente, à minha falta força. Não chegaria até o júri."

Venetia enfiara a cabeça no volume dos *Famosos processos* para ocultar o sorriso. Não era apenas a voz — aguda, pedante, com guinchos ocasionais desconcertantes, dignos de um rato;

até mesmo imaginar uma peruca sobre os tufos secos de cabelo cor de gengibre ou uma toga no corpo diminuto desprovido de qualquer graciosidade era risível. Além disso, ela ouvira os comentários maldosos do pai sobre a falta de qualificação do Sapo com frequência suficiente para saber que ele teria poucas chances na vida. Contudo, ela gostava dos elogios, e o jogo que faziam juntos tornara-se um vício. Satisfazia sua necessidade de ordem e certeza. O quarto e sala do Sapo, com odor sutil de gás, duas poltronas puídas e tudo, lhe dava mais segurança do que sua própria escrivaninha no colégio. Cada um deles dava ao outro o que o outro precisava; ele era um professor estupendo, e ela, uma aluna inteligente e entusiasmada. Noite após noite, ela terminava correndo os deveres escolares e esperava o momento de escapar despercebida do prédio principal para ouvir aquelas histórias, deixar-se levar pela obsessão comum a ambos.

O jogo acabou três dias depois de seu décimo quinto aniversário. O Sapo retirara na biblioteca local um relato do julgamento de Florence Maybrick para que o discutissem naquela noite. Emprestara o livro para ela, que temia levá-lo para o colégio ou deixá-lo no quarto, onde poderia estimular a curiosidade das duas empregadas da escola ou ser descoberto pelos pais. Ela depositava pouca fé no respeito alheio por sua privacidade. Decidiu deixar o livro no quarto do Sapo. Bateu na porta por força do hábito, pois não esperava encontrá-lo lá. Passava das sete e meia, horário em que ele costumava supervisionar o café da manhã dos meninos. Ela encontrou a porta destrancada, como esperava.

Para sua surpresa, o Sapo estava lá. Havia uma mala grande de lona gasta aberta sobre a cama. Na parte inferior misturavam-se desordenadamente camisas, pijamas e roupa de baixo. Só as meias estavam organizadas, em bolas caprichadas. Ela se deu conta, ao mesmo tempo, da expressão horrorizada no rosto dele e da presença da calça puída no cavalo, que o Sapo guardou depressa na mala, com as mãos trêmulas, ao perceber os olhos dela fixos na peça.

Ela disse: "Aonde você vai? Por que está fazendo a mala? Vai embora?".

Ele deu-lhe as costas. Mal ouvia as palavras. "Lamento se a perturbei. Não pretendia... não me dei conta... vejo agora que fui egoísta, insensato."

"Como assim, me perturbou? Por que foi insensato?"

Ela entrou no quarto, fechando a porta. Encostou o corpo na porta e obrigou-o a encará-la com a força do pensamento. Quando ele se virou, ela viu na face dele o embaraço da vergonha e um apelo desesperado por piedade que ela sabia estar muito além de sua compreensão e de sua capacidade de ajudar. Tomada pela apreensão, por um medo terrível do que poderia acontecer a ela, falou num tom mais duro do que o pretendido:

"Me perturbou? Você não fez isso. O que está havendo, afinal?".

Ele disse, pateticamente formal: "Suponho que seu pai tenha se equivocado quanto à natureza de nosso relacionamento".

"O que foi que ele andou dizendo para você?"

"Não importa, nada mais pode ser feito. Ele ordenou minha partida. Irei antes do início das aulas."

Ela disse, sabendo que suas palavras eram vazias e a promessa, inútil: "Falarei com ele. Explicarei tudo. Vamos esclarecer essa história".

Ele balançou a cabeça. "Não. Por favor, não faça isso, Venetia. Só vai piorar as coisas." Ele se virou de costas novamente, e ela o observou enquanto ele dobrava uma camisa para guardá-la na mala. Viu as mãos trêmulas e ouviu o tom de submissão envergonhada na voz. "Seu pai me prometeu boas referências."

É claro, as referências. Sem elas ele não teria a menor chance de conseguir um emprego de professor. Seu pai poderia fazer muito mais do que mandá-lo embora. Não restava mais nada a dizer, nem algo que pudesse fazer, mas ela permaneceu ali, sentindo a necessidade de um gesto, uma palavra de despedida, de esperança em um encontro futuro, um dia. Mas eles jamais se veriam novamente, e ela sentia naquele momento vergonha e medo, em vez de afeição. Ele pôs na mala a coleção dos *Famosos processos*. A mala já estava cheia demais; ela temia que não aguentasse o peso extra. Um volume continuava sobre a cama, e o Sapo

51

o entregou a ela. Era o caso Seddon. Ele disse, sem olhar para ela: "Por favor, fique com ele. Gostaria muito que o guardasse".

E tampouco a encarou, quando murmurou: "Por favor, saia. Lamento muito, não tive a intenção".

Aquela lembrança era como um filme de imagens muito nítidas, feito num cenário bem iluminado e ordeiro, no qual as personagens se distribuíam formalmente, recitando seus diálogos decorados imutáveis, que não continha, porém, as ligações entre as cenas. Naquele momento, sentada com o livro de legislação sobre contratos diante dos olhos perdidos no vazio, ela estava de novo na frente do pai, na sala excessivamente mobiliada, sentindo o cheiro matinal pronunciado de café, torrada e bacon. Lá estavam novamente a mesa de carvalho maciço, cuja extensão que permitia aumentá-la pressionava seu joelho causando incômodo, as janelas duplas envidraçadas, mais próprias para ocultar do que para admitir a luz, a cristaleira entalhada de pés bulbosos, as travessas cobertas e os pratos quentes. O pai assistira, certa vez, a uma peça na qual os abastados serviam-se numa mesa lateral durante o café da manhã. Pareceu-lhe o suprassumo da vida requintada, e ele introduziu o costume em Danesford, embora o cardápio jamais fosse além de ovos com bacon ou linguiça com bacon. Curioso como ela ainda era capaz de sentir uma pontada de ressentimento por aquela pretensiosa estupidez e pelo esforço extra que exigia de sua mãe!

Ela se serviu de bacon, sentou-se e ergueu a vista para o pai com esforço. Ele comia com voracidade, movendo os olhos do prato cheio para o *Times* cuidadosamente dobrado a seu lado. A boca sob o bigodinho cerrado era rosada e úmida. Ele cortava a torrada em quadradinhos, passava geleia e manteiga e os jogava no buraco latejante, que parecia possuir vida própria. As mãos eram quadradas, fortes, cheias de pelos duros nos dedos. Ela sentia náuseas de tanto que o temia. Ele sempre a assustara, e ela sabia que não poderia contar com o apoio da mãe, cujo pavor era ainda maior do que o seu. Ele a espancara quando criança, pela menor infração às regras mesquinhas que estabelecera para a casa, ao padrão de comportamento e desempenho.

Embora as surras não fossem violentas, eram insuportavelmente humilhantes. A cada vez, ela tomava a decisão de não chorar, apavorada com a possibilidade de que os meninos escutassem. A tentativa de bravura, porém, eram fútil; a punição prosseguia até que chorasse. Pior de tudo, ela sabia que ele gostava de surrá-la. Quando ela atingiu a puberdade, o espancamento cessou. Afinal de contas, ainda restavam os meninos.

Agora, sentada na biblioteca silenciosa, ela podia rever o rosto do pai, largo, marcado sob os olhos que nunca lhe dirigiram um olhar de afeto ou gentileza. Uma das professoras da escola, quando ela recebeu uma medalha, declarou que o pai sentia muito orgulho dela. Fora uma declaração extraordinária, na época, e assim permanecera.

Naquele dia, ela tentou manter a voz calma, destemida. "O sr. Froggett disse que está de partida."

O pai não levantou os olhos. Disse, enquanto mastigava: "Você não deveria ter conversado com ele antes da partida. Espero que não tenha prometido escrever ou manter qualquer contato".

"Claro que não, pai. Por que ele vai embora? Ele disse que tinha a ver comigo."

A mãe parou de comer. Lançou um olhar assustado a Venetia, implorando silenciosamente que se calasse, e depois começou a partir a torrada em pedacinhos. O pai não ergueu a vista. Virou a página do jornal.

"Espanta-me que você venha perguntar. O sr. Mitchell houve por bem me informar que minha filha passava praticamente todas as noites no quarto de um professor, até altas horas. Se você não percebe sua posição nesta escola, deveria ter ao menos pensado na minha."

"Mas não fazíamos nada de mais, só conversávamos. Falávamos de livros, de direito. E não era um quarto, e sim uma sala."

"Não pretendo discutir esse assunto. Nem perguntar o que aconteceu entre vocês. No que me diz respeito, o caso está encerrado. Não quero ouvir falar em Edmund Froggett nesta casa novamente. A partir de hoje, você fará a lição nesta mesa, e não mais em seu quarto."

Foi naquele mesmo dia, ou depois, pensou, que ela se deu conta do que ocorrera realmente? O pai buscava uma desculpa para se livrar do Sapo. Ele dava duro, mas falhava no quesito disciplina, era impopular entre os garotos e constrangedor nos eventos escolares. Custava pouco, mas ainda assim era muito. A escola dava prejuízo; só mais tarde ela soube quanto. Precisavam demitir alguém, e o Sapo era dispensável. O pai fora esperto. O Sapo jamais ousaria refutar publicamente tal acusação, inespecífica nos detalhes mas horrivelmente clara no essencial.

Ela nunca mais o vira ou soubera de seu paradeiro. A gratidão pelos conhecimentos que ele transmitira se escondia atrás da vergonha pela fraqueza e traição que ela julgava ter cometido. O jogo a que se dedicavam a fascinava, mas ela jamais o vira como homem. E sabia que teria sentido vergonha se as colegas de classe os vissem juntos.

A noção de que não lutara por ele, de que não o defendera com veemência e muito menos com paixão, de que sentira mais vergonha e medo do pai do que solidariedade, conspurcou para sempre a lembrança daquelas noites. Recordava-se dele raramente. Por vezes, surpreendia-se pensando se ele ainda vivia, e tinha visões desconcertantes e surpreendentemente vívidas do Sapo pulando da ponte de Westminster, enquanto os passantes, incrédulos, debruçavam-se no parapeito para olhar o rio agitado. Ou então o observava enquanto punha comprimidos de aspirina na boca e os engolia com vinho ordinário, no quarto minúsculo de um sótão qualquer.

O que, pensou, a menina de quinze anos sentia pelo sujeito? Não se tratava de amor, certamente. Mas havia afeição, carência, companheirismo, estímulo intelectual e a sensação de que ela era necessária. Talvez ela fosse mais solitária do que admitia. Sabia, envergonhada, que o usara. Se o encontrasse na rua, ao sair andando da escola na companhia das amigas, fingiria que não o havia visto.

A uma mente supersticiosa pareceria uma punição a decadência acelerada da escola, após a demissão do Sapo. Poderia ter sobrevivido, porém, e quem sabe até recuperado a saúde financeira, pois os pais andavam cada vez mais descontentes com a escola pública local. Na busca de um pouco de prestígio imaginário, disciplina e boas maneiras, poderiam ver em Danesford uma solução barata para os problemas familiares. Mas o suicídio acabou com qualquer esperança. O pescoço esticado de um menino, pendurado num balaústre do anexo, o bilhete cuidadosamente escrito, com o erro em "vergohna" escrupulosamente corrigido, como se o diretor ainda dominasse aquele último ato patético de rebelião, não poderiam ser abafados ou explicados. Venetia entendera que o corte do cinto esticado do pijama pusera abaixo mais do que o cadáver do menino. Nas semanas seguintes ela acompanhou o inquérito, o enterro, os comentários nos jornais, as acusações de espancamento e excessiva severidade, que desembocaram na visão dos carros chegando, dos meninos carregando as malas lotadas para, envergonhados ou triunfantes, entrarem nos veículos que os aguardavam. A escola morreu entre odores fétidos de escândalo, tragédia e, no final, de quase alívio com o final da agonia e a chegada do carro funerário na porta da frente.

A família mudou-se para Londres. Talvez o pai, pensou, como tantos antes dele, visse a cidade como uma selva urbana onde a solidão pelo menos seguia acompanhada da segurança do anonimato, onde ninguém fazia perguntas sem motivo, onde os predadores encontravam vítimas mais saborosas do que um diretor de escola em desgraça. O prédio da escola, transformado em motel de beira de estrada, rendeu o suficiente para a compra de uma pequena casa com quintal, perto de Shepherd's Bush, além de garantir uma renda mínima, reforçada pela remuneração dos serviços ocasionais que o pai arranjava. Passados alguns meses, ele conseguiu um emprego mal pago, para corrigir provas de um curso por correspondência, que realizava com empenho, como sempre fizera ao lecionar. Quando a escola por correspondência o dispensou, ele colocou anúncios oferecendo aulas particulares. Alguns poucos reconheceram a qualidade de seus ensinamentos, outros consideraram desanimadora demais a sala da frente, escura e pequena, de que nem Aldridge nem a esposa tinham coragem de cuidar, e na qual Venetia não era admitida.

Ela caminhava até a escola pública, diariamente. Era uma escola experimental mista, uma das primeiras de Londres, e deveria servir como exemplo da nova política educacional. Embora os primeiros anos de entusiasmo e otimismo doutrinário tivessem passado, deixando os problemas normais de uma escola grande da cidade, uma aluna inteligente e interessada encontrava lá bastante estímulo. Para Venetia, sair de um colégio tradicional do interior, só para moças, com suas convenções e tradições locais ligeiramente esnobes, foi menos traumático do que ela esperava. Era tão fácil ficar sozinha na nova escola quanto na antiga. Ela calou alguns rapazes mais afoitos com uma língua capaz de chicotadas dolorosas. Afinal de contas, há mais de uma maneira de inspirar medo nas pessoas. Ela estudava com afinco, tanto na escola como em casa. As notas excepcionais garantiram-lhe uma vaga em Oxford. A formatura com louvor foi seguida por um sucesso acadêmico equivalente, nos exames para o exercício da profissão. Quando ela foi para Oxford, achava que já sabia tudo sobre os homens. Os fortes podiam ser demônios; os fracos não passavam de covardes sem caráter. Talvez existissem homens sexualmente atraentes, até admiráveis, com os quais poderia conviver e até se casar. Jamais, porém, se colocaria à mercê de um homem novamente.

A porta se abriu, trazendo-a de volta ao presente. Ela consultou o relógio. Quase duas horas. Seria possível que o júri tivesse passado tanto tempo deliberando? Seu assistente tentava controlar a excitação.

"Eles voltaram."

"Com dúvidas?"

"Não. Com o veredicto."

4

LENTA E CUIDADOSAMENTE, evitando o drama ou a ansiedade óbvia, a corte se reuniu, esperando a volta do júri e a aparição do juiz. Em momentos como aquele, Venetia se recordava de seu orientador, na época de pupila. Um tradicionalista, para quem a ideia de uma mulher usando peruca era um anacronismo a suportar estoicamente, desde que o rosto sob a peruca fosse formoso, os modos da moça meigos e reverentes e que sua inteligência não ameaçasse a dele. Muitos se surpreenderam, no tribunal, quando ele aceitou uma pupila; só poderia ser, disseram, uma penitência a algum pecado terrível demais para ser expiado de outro modo. Ela se lembrava dele com respeito, mais do que com afeição. Recebera dois conselhos preciosos, pelos quais sentia-se agradecida.

"Guarde todas as anotações e rascunhos, depois do julgamento. E não o faça apenas pelo período determinado pela lei, guarde-os para sempre. É sempre bom manter os registros dos casos, e a gente pode aprender muito com erros anteriores."

O segundo fora igualmente útil: "Há momentos em que é essencial olhar para o júri, momentos em que isso é aconselhável e momentos em que se deve evitar um olhar de esguelha que seja. Um exemplo do último caso é o instante em que retornam com o veredicto. Nunca revele sua ansiedade no tribunal. Se apresentou um bom caso e eles decidirem contra você, encará-los só servirá para criar constrangimento".

Era mais difícil seguir o conselho na Corte Número Um, em Bailey, onde o júri ficava bem na frente das bancas dos advogados. Venetia fixou os olhos na cadeira do juiz e não olhou para o júri quando, seguindo as formalidades preliminares, o meirinho pediu ao presidente do júri que se levantasse.

Um sujeito de meia-idade, com ar de intelectual, em trajes mais formais que os outros, ergueu-se. Era a escolha natural para presidir um júri, Venetia pensou.

O meirinho perguntou: "Chegaram a um veredicto?".

"Chegamos."

"Consideram o acusado, Garry Ashe, culpado ou inocente do assassinato da sra. Rita O'Keefe?"

"Inocente."

"E esse é o veredicto de todos os jurados?"

"Sim."

Não se ouviu um único som na parte baixa do tribunal, mas na galeria do público um murmúrio baixo, algo entre um grunhido e um sussurro, indicava surpresa, alívio ou revolta. Ela não ergueu a vista. Só depois que o veredicto foi pronunciado pensou no público, aquelas pessoas amontoadas nos bancos, parentes do acusado e da vítima, fãs apaixonados de assassinatos, assíduos ou esporádicos, mórbidos ou curiosos que permaneciam sentados olhando impassivelmente para baixo, enquanto a corte realizava seu imponente minueto de avanço e recuo. Estava tudo acabado, e eles desceriam a escadaria escura, sem carpete, para respirar um ar menos viciado e desfrutar sua liberdade.

Ela não olhou para Ashe, mas sabia que precisaria falar com ele. Seria difícil evitar a troca de algumas palavras com um cliente declarado inocente. As pessoas tinham de expressar seu prazer e, ocasionalmente, a gratidão, embora ela suspeitasse que a gratidão não durava muito, para alguns ia até a apresentação da conta, apenas. Contudo, só pelos clientes condenados ela sentia uma pontinha de afeição ou piedade. Nos momentos mais racionais, ponderava se não sentia uma culpa subconsciente que, após uma vitória, e principalmente após uma vitória contra a maioria dos prognósticos, transformava-se em ressentimento pelo cliente. A ideia a interessava, mas não a preocupava. Outros advogados de defesa considerariam parte do serviço encorajar, apoiar, consolar. Ela via sua função em termos menos ambíguos: estava ali simplesmente para ganhar.

Bem, vencera; como ocorria frequentemente após o entusiasmo momentâneo do triunfo, chegou o cansaço, um esgotamento físico e mental completo. Nunca durava muito, mas às vezes, depois de um caso que se arrastara por vários meses, as sensações de triunfo e exaustão quase a derrubavam. Só com muito esforço ela conseguia juntar seus papéis, levantar-se e responder aos cumprimentos de seu assistente e dos outros advogados. Naquele dia, teve a impressão de que as congratulações foram forçadas. Seu assistente era jovem, encontrava dificuldade em se alegrar com um veredicto que considerava errado. Contudo, o cansaço durou apenas um instante; ela sentiu a energia e a força retornarem aos músculos e veias. Nunca, porém, sentira tamanha repugnância por um cliente. Esperava jamais ter de vê-lo novamente, depois do inevitável encontro.

Ele se aproximou, acompanhado do advogado contratado para auxiliar a defesa, Neville Saunders, como sempre adotando uma expressão professoral de desaprovação, dando a impressão de que pretendia alertar o cliente para que evitasse a repetição dos eventos que os aproximaram. Sorrindo inexpressivamente, ele estendeu a mão e disse: "Parabéns". Em seguida, dirigindo-se a Ashe: "Você é um rapaz de sorte. Deve muito à srta. Aldridge".

Os olhos escuros fixaram-se nos dela, e Venetia pensou perceber, pela primeira vez, um toque de humor. A mensagem subliminar era clara: nós nos entendemos; sei como me safei, e você também.

No entanto, ele disse apenas: "Ela vai receber pelo trabalho que fez. Estou no programa de apoio jurídico. É para isso que o programa existe, não se esqueça".

Saunders, enrubescendo, abriu a boca para discursar, mas antes que pudesse dizer algo Venetia falou: "Boa tarde a todos", e deu meia-volta.

Restavam-lhe menos de quatro semanas de vida. Ela não perguntou a ele, naquele momento ou depois, como sabia quais eram os óculos que a sra. Scully usava na noite do crime.

5

NAQUELA MESMA NOITE, Hubert Langton deixou sua sala às seis da tarde, como de costume. Nos últimos anos, desenvolvera uma obsessão pelos rituais insignificantes da vida. Eles o tranquilizavam. Naquela noite, porém, não lhe parecia ser possível voltar para casa, para as longas horas solitárias que o aguardavam. Saindo, virou à direita, quase sem pensar, cruzou o Middle Temple e passou sob o arco de Pump Court, seguindo pelo corredor que dava na igreja. Estava aberta, e ele entrou pelo portão normando, escutando o som do órgão. Alguém estudava. A música era moderna, doía em seus ouvidos, mas ele se sentou no banco ao lado do coro, o mesmo que ocupava, domingo após domingo, havia quase quarenta anos. Deixou que o cansaço e o tédio que o ameaçaram durante o dia o tomassem completamente.

"Setenta e dois não é tanto assim." Ele pronunciou as palavras em voz alta, mas elas ecoaram no ar rarefeito como um gemido desesperado, e não como um desafio veemente. Seria possível que um instante assustador durante a sessão na Corte Número Doze, havia apenas três semanas, pudesse lhe ter tirado tanto, em tão pouco tempo? A lembrança, a agonia, acompanhavam-no praticamente por todos os momentos de vigília. Seu corpo endureceu, com a recordação do terror vivido.

Ele estava no meio da argumentação, no encerramento de um caso que fora juridicamente interessante, embora não muito difícil. Um parecer lucrativo para uma multinacional, num caso cuja importância derivava tanto da possibilidade de elucidação de um aspecto da lei quanto do conflito dramático de interesses. Em um segundo, sem aviso prévio, a linguagem o abandonou. As palavras que ele queria falar não estavam mais nem na mente nem na ponta da língua, como costumavam estar. O tribunal tão familiar, que frequentava havia mais de quarenta anos, tornou-se um calabouço apavorante. Não se lembrava de nada, nem do nome do juiz ou das partes, nem do nome de seu assistente ou do outro advogado. Meio minuto se passou, e parecia que todos haviam prendido o fôlego, que todos os olhos dos presentes à audiência se voltaram para ele, arregalados de surpresa, desprezo ou curiosidade. Pelo menos, ainda conseguia ler. As palavras escritas ainda continham algum sentido. Ele ergueu o parecer com as mãos, e elas tremiam tão violentamente que devem ter transmitido seu desespero à corte inteira. Mas ninguém falou, nada foi dito. Após um pequeno intervalo e um olhar de esguelha para ele, o advogado da outra parte levantou-se.

Aquilo não podia ocorrer outra vez. Ele não aguentaria passar novamente por tal constrangimento. Marcara uma consulta com seu clínico geral, citando vagamente lapsos da memória recente e um medo de que isso fosse um sintoma de algo pior. Com esforço, pronunciara a palavra terrível, Alzheimer. O exame físico subsequente não acusou nada de anormal. O médico o tranquilizou, falando em excesso de trabalho, necessidade de diminuir um pouco o ritmo, quem sabe umas férias. As conexões do cérebro perdiam um pouco da eficiência, com a idade, isso acontecia a todos. Ele lembrou as palavras do dr. Johnson: "Se um jovem perde o chapéu, ele fala que perdeu o chapéu. Mas o velho diz: 'Perdi o chapéu. Acho que estou ficando velho'". Ele concluiu que a citação era oferecida como consolo a todos os pacientes idosos. Não o consolou, nada poderia fazê-lo.

Sim, estava na hora de se aposentar. Ele não pretendia se abrir com Drysdale Laud, arrependera-se de suas palavras assim que as pronunciara. Precipitara-se. Contudo, fora mais sábio do que imaginava. Seria correto ceder o lugar a um homem mais jovem, na presidência do tribunal. Ou a uma mulher. Drysdale ou Venetia, pouco importava qual dos dois o sucederia. De qualquer modo, ele já não andava querendo sair? O tribunal havia mudado. Deixara de ser uma irmandade, transformando--se num amontoado de salas superlotadas, nas quais homens e mulheres passavam suas vidas profissionais, isolados, sem marcar reuniões por semanas a fio, às vezes. Sentia falta dos velhos tempos, quando ainda era apenas um membro. Havia menos especialização, os colegas entravam uns nas salas dos outros para discutir um parecer ou detalhes dos textos legais, para pedir conselhos ou ensaiar argumentações. Um mundo mais cordial. Agora os organizadores haviam tomado conta de tudo, com suas calculadoras, sua tecnologia, sua obsessão gerencial por resultados. Ele não ficaria melhor fora de tudo aquilo? Mas para onde iria? Para ele, não existia outro mundo fora dali, nenhum outro lugar exceto o quadrilátero de ruelas e pátios de Middle Temple, nos quais o espectro de um menino cheio de sonhos românticos e ambições ingênuas perambulava.

O avô, Matthew Langton, desejara que ele fosse advogado, desde seu nascimento. Apesar do nome pomposo, que lembrava eminências eclesiásticas, vinha de família pobre. O bisavô tinha uma pequena loja de ferragens em Sudbury, em Suffolk, a bisavó trabalhara como doméstica para uma família aristocrática de Suffolk. Eram remediados, não sobrava dinheiro para muita coisa. Contudo, o único filho saíra inteligente, ambicioso e decidido a ser advogado. Graças a bolsas de estudos e muito sacrifício, bem como ao amparo da família do solar no qual a mãe trabalhava, aos vinte e quatro anos Matthew Langton foi admitido em Middle Temple.

E agora a memória, como um farolete, movia-se com intenção deliberada sobre o vasto deserto da vida de Hubert, parando para iluminar com claridade sem sombra um instante que, por um segundo, permaneceu imóvel, fixo. Depois, como se um tranco das lembranças a movesse, seguiu em frente. Ei-lo aos dez anos, caminhando pelos jardins de Middle Temple com o avô, tentando sincronizar seus passos com as passadas largas daquele senhor idoso, ouvindo a relação dos nomes dos homens famosos que participaram daquela sociedade ancestral: sir Francis Drake, sir Walter Raleigh, Edmund Burke, o patriota norte-americano John Dickinson, os lordes que presidiram a Câmara e o Judiciário, os Juízes Supremos, os escritores — John Evelyn,

62

Henry Fielding, William Cowper, De Quincey, Thackeray. Ele e o avô paravam em cada prédio para identificá-lo pelo sinal dos Templários: o Cordeiro Pascal carregando o estandarte da inocência, uma cruz vermelha sobre um fundo de nuvem branca. Ele se lembrava bem da sensação de triunfo ao descobri-lo acima da porta ou num cano de água. Aprendeu a história, as lendas. Juntos, eles contavam os peixes dourados no laguinho de Fountain Court e paravam de mãos dadas sob os quatrocentos anos do teto do hall de Middle Temple, em vigas duplas de madeira lavrada. E lá, nos anos de sua infância, ele absorveu a história, o romance, as orgulhosas tradições daquela sociedade ancestral, sempre sabendo que um dia faria parte dela.

Ele teria oito anos, talvez menos, quando o avô lhe mostrou pela primeira vez a Temple Church. Eles haviam caminhado por entre as efígies dos cavaleiros, datadas do século XIII, e ele aprendera seus nomes de cor, como se fossem nomes de amigos: William Marshall, conde de Pembroke, e seus filhos William e Gilbert. William the Marshall fora conselheiro do rei John, antes da Magna Carta. Geoffrey de Mandeville, conde de Essex, com seu elmo cilíndrico. Hubert recitava os nomes em sua voz infantil aguda, deslumbrando o avô com a boa memória, e num gesto de ousadia passava a mão na pedra fria, como se os rostos impassíveis guardassem um segredo precioso que ele herdaria um dia. A igreja sobrevivera a eles e a suas vidas turbulentas, assim como sobreviveria a Hubert. Sobreviveria ao desgaste dos séculos, como suas paredes sobreviveram à noite de 10 de maio de 1941, quando as chamas avançaram como a vanguarda de um exército invasor. A capela transformou-se numa fornalha, os pilares de mármore racharam e o teto explodiu em meio ao fogo, desabando em escombros flamejantes por sobre as efígies. Parecia que setecentos anos de história seriam devorados pelas chamas. Mas os pilares foram substituídos, as efígies restauradas, bancos novos foram alinhados em ordem eclesiástica, nos locais antes ocupados por peças vitorianas entalhadas. Lorde Glentanar doou seu esplêndido órgão Harrison para substituir o instrumento destruído.

Agora, já idoso, Hubert concluiu que o avô tentara disciplinar o orgulho passional pela carreira que escolhera, a veneração pela sociedade ancestral da qual fazia parte, e que apenas com o neto sentia-se à vontade para expressar emoções tão intensas que chegavam a envergonhá-lo. Contava as histórias com poucos floreios, mas a imaginação fértil da adolescência substituiu a aceitação simples da infância, e Hubert romanceou a história. Sentira seu paletó resvalar nos mantos luxuosos de Henrique III e seus nobres, quando passavam em procissão na direção de Round Church, em 1240, para a consagração do novo coro, magnífico. Escutara os gemidos débeis do nobre condenado a morrer de inanição na Câmara das Penitências, com menos de dois metros de extensão. O menino de oito anos considerou a história curiosa, mas não muito horripilante.

"O que ele fez, vovô?"

"Violou as regras da Ordem. Desobedeceu ao Mestre."

"As pessoas ficam presas naquela cela, ainda?" Ele olhou intensamente para as duas fendas que serviam de janela, imaginando que podia ver olhos desesperados a espiar por elas.

"Hoje em dia, não. A Ordem dos Templários foi dissolvida em 1312."

"E os advogados?"

"Folgo em dizer que o lorde Chancellor se contenta com medidas menos draconianas."

Hubert sorriu, recordando, sentado imóvel e silencioso como se ele, também, tivesse sido esculpido em pedra. A música do órgão havia cessado, e não soube no momento, assim como não conseguia se lembrar agora, quanto tempo passara ali, sentado. O que acontecera àqueles anos todos? Para onde tinham ido, tantas décadas passadas desde o dia em que caminhara por entre os cavaleiros de pedra com o avô, para se sentar, domingo após domingo, para o serviço religioso? A simplicidade e a beleza ordenada do culto, o esplendor da música, tudo parecia representar a profissão para a qual ele nascera. Ainda comparecia ao culto todos os domingos. Fazia parte de sua rotina, como a compra dos mesmos dois jornais dominicais na mesma banca, no caminho de casa, como o almoço retirado do *freezer* e aquecido conforme as instruções escritas deixadas por Erik, como o passeio vespertino curto pelo parque, seguido pela soneca e uma noite vendo televisão. A prática da religião, ele percebia agora, jamais fora para ele mais do que a afirmação formal de um conjunto de valores recebidos, e tornara-se apenas um exercício sem sentido, destinado a dar forma à semana. As maravilhas, os mistérios, o sentido da história — tudo se perdera. O tempo, que levou tanta coisa, estava levando tudo aquilo, conforme tirava suas forças e até mesmo sua mente. Meu Deus, por favor, a mente não. Qualquer coisa, menos minha mente. Ele orou, usando as palavras de Lear: "Oh, não me deixes louco, louco não, meu Deus do céu! Mantenha-me lúcido; não posso ficar louco!".

Em seguida, veio-lhe à mente uma prece mais aceitável, mais submissa. "Senhor, ouve a minha prece, e em Teus ouvidos acata meu pedido. Pois sou um estranho em Tua Casa, um hóspede passageiro, como foram meus antepassados. Poupa-me um pouco, para que eu possa recobrar as forças antes de seguir em frente e nunca mais ser visto."

6

NA TERÇA-FEIRA, 8 de outubro, às quatro da tarde, Venetia ajeitou a toga no ombro, com firmeza reuniu a papelada e encerrou a que seria sua última participação num julgamento em Old Bailey. O anexo construído em 1972, com suas fileiras de bancos revestidos de couro, estava vazio. O ar conservava a calma ansiosa de um local normalmente agitado, agora livre da humanidade cheia de conflitos, pronto a absorver a paz da noite.

A audiência pouco exigiu de sua parte, mas ela se sentia inesperadamente cansada. Só queria chegar logo ao vestiário das advogadas togadas para tirar o traje profissional após mais um dia de trabalho. Ela não esperava que o caso fosse acabar em Bailey. O julgamento de Brian Cartwright pela acusação de agressão fora originalmente programado para o fórum de Winchester Court, mas acabou transferido para Londres por causa do preconceito local contra o réu. A mudança o incomodou, em vez de agradar, e o sujeito reclamou amargamente, durante as duas semanas de julgamento, por causa da inconveniência do local e o tempo gasto para viajar de sua fábrica até Londres. Ela vencera, e ele deixara de lado o aborrecimento com todas as inconveniências. Excitado e indiscreto com a vitória, ele não demonstrava a menor intenção de ir logo embora. Para Venetia, ansiosa por vê-lo pelas costas, aquele não passara de um caso frustrante. Mal preparado pela acusação, conduzido por um juiz que parecia antipatizar com ela — a ponto de deixar bem clara sua desaprovação ao veredicto da maioria — e tedioso em consequência da atitude do promotor, incapaz de acreditar na capacidade do júri para entender qualquer coisa que não fosse explicada pelo menos três vezes.

Brian Cartwright vinha logo atrás de Venetia, e a alcançou no corredor com a persistência pegajosa de um cachorro carente.

Chegou a seu lado eufórico com uma vitória na qual nem mesmo seu otimismo permitiria crer realmente. Dos poros imensos de seu rosto rosado e forte vazava um suor grosso como óleo, contrastando com a camisa engomada e o nó bem-feito da gravata.

"Bem, demos uma lição naqueles idiotas! Parabéns, srta. Aldridge! Eu me saí bem na hora do depoimento, não acha?"

Ele, o mais arrogante dos homens, tornara-se subitamente uma criança ávida pela aprovação dela.

"O senhor, de fato, conseguiu responder as perguntas sem revelar sua profunda antipatia pelos grupos que combatem os esportes sangrentos. Mas ganhamos porque não havia prova concreta de que seu chicote cegou o jovem Mills e porque consideraram Michael Tewley uma testemunha indigna de confiança."

"Isso mesmo, ele era muito indigno de confiança! E Mills só ficou cego de um olho. Lamento o que aconteceu ao rapaz, é claro. Mas essa gente adora agredir os outros e depois sair gritando quando se machuca. Tewley me odeia profundamente. Havia animosidade contra a minha pessoa, a senhora mesma disse isso. Preconceito. Cartas para os jornais. Telefonemas. A senhora provou que ele estava fazendo tudo para me pegar. Fez com que ele se entregasse direitinho. Adorei o final, quando fez a réplica da defesa. 'Se meu cliente tivesse mesmo um temperamento tão esquentado, tal reputação como sujeito violento, mesmo sem provocação alguma, os senhores acreditam que ele teria chegado aos cinquenta e cinco anos sem sofrer qualquer condenação criminal?'"

Ela começou a andar, mas ele a acompanhou. Venetia achou que chegava a sentir o cheiro do triunfo.

"Não creio que seja necessário repassar o caso inteiro, sr. Cartwright."

"E você não disse que eu nunca tinha ido a julgamento, certo?"

"Nem poderia. Teria sido mentira. Os advogados não podem mentir no tribunal."

"Mas podem ser parcimoniosos com a verdade, certo? Inocente agora, assim como me consideraram inocente da outra vez.

Sorte minha. Não teria sido nada bom comparecer a este julgamento com uma condenação anterior. Duvido que o júri tenha percebido a sutileza de suas palavras." Ele riu. "Ou melhor, de seu silêncio."

Ela pensou, mas não disse: O juiz percebeu, assim como o promotor.

Dando a impressão de ter lido o pensamento dela, ele prosseguiu: "Eles não podiam dizer nada, não é mesmo? Fui considerado inocente". Ele baixou a voz e olhou em volta do local praticamente deserto. "Lembra-se do que eu lhe disse a respeito da outra vez em que me safei?"

"Eu me lembro, sr. Cartwright."

"Nunca contei isso a ninguém, mas achei que você gostaria de saber. Afinal, conhecimento é poder."

"Certos conhecimentos são perigosos. Espero, em seu próprio interesse, que guarde consigo os particulares daquele caso. Enviarei minha conta conforme combinado. Não necessito de pagamento adicional na forma de informações privilegiadas."

Mas os olhos avermelhados de porco brilhavam. Ele era idiota em muita coisa, mas não em tudo. "Você vai se interessar. Só pode. Afinal, Costello faz parte de seu grupo. Mas não se preocupe. Guardei isso comigo por quatro anos. Não sou indiscreto. A gente só consegue sucesso nos negócios se souber manter a boca fechada. Eu jamais venderia a história para os jornais sensacionalistas, entende? Para começar, nunca conseguiriam as provas. Paguei caro, da outra vez, e não me importo em pagar caro, agora. Sabe, eu disse à minha mulher: 'Vou contratar o melhor advogado criminalista de Londres. Pagarei o que for preciso. Não economizo no fundamental. Quero ver a cara daqueles filhos da mãe'. São uns vermes urbanos, isso sim. Não têm coragem de montar num jumento velho. Queria vê-los numa caçada. Eles não sabem nada a respeito do campo. Não se importam com os animais. O que eles odeiam mesmo é ver as pessoas se divertirem. Malícia e inveja, só isso." E acrescentou, em tom de surpresa triunfal, como se falasse graças a uma súbita inspiração: "Eles não amam as raposas, eles odeiam seres humanos".

"Já ouvi esse argumento antes, sr. Cartwright."

Ele se aproximou mais, chegando a apertar o corpo contra o dela. Venetia sentiu o calor desagradável do sujeito, através do tweed. "O resto da turma do clube de caça não vai gostar tanto assim do veredicto. Alguns querem me ver pelas costas. Adorariam se os sabotadores vencessem. Eles não vieram correndo para oferecer seu testemunho em minha defesa, certo? Bem, se quiserem passar pelas minhas terras durante as caçadas, é melhor que se acostumem a me ver de casaco vermelho."

Como ele era previsível! O estereótipo do sujeito durão, beberrão, conquistador, metido a aristocrata rural. Não foi Henry James quem disse: "Jamais acredite conhecer tudo a respeito de uma alma humana"? Bem, ele era romancista. Seu serviço incluía procurar complexidades, anomalias e sutilezas inesperadas em qualquer ser humano. A Venetia, que já beirava a meia-idade, parecia que os homens e as mulheres a quem defendia, assim como os colegas com os quais trabalhava, eram cada vez mais previsíveis, e não menos. Era raro, na atualidade, ela se surpreender por uma ação totalmente conflitante com determinada personalidade. Era como se o instrumento, o tom e a melodia fossem determinados nos primeiros anos de vida. Por mais engenhosas que fossem as cadências posteriores, o tema soava inalterável, sempre o mesmo.

No entanto, Brian Cartwright tinha lá suas qualidades. Sua indústria de peças para equipamentos agrícolas prosperara. Nenhum idiota monta uma empresa a partir do zero. Ele empregava muita gente; ganhou fama de patrão generoso, mão-aberta. Que talentos e entusiasmos se ocultavam sob o caimento perfeito daquele paletó de tweed, pensou. Pelo menos, ele mostrara bom senso ao se trajar sobriamente para o depoimento; ela temera uma aparição espalhafatosa, em traje de montaria. Teria ele paixão por *lieder*? Por criar orquídeas? Por arquitetura barroca? Improvável. E, afinal, o que a tal da esposa vira no sujeito? Seria sintomática sua ausência durante o julgamento?

Venetia chegou à porta do vestiário das advogadas. Pelo menos se livraria dele. Dando meia-volta, enfrentou mais uma vez o aperto férreo da mão dele e observou quando ele se afastava. Esperava jamais tornar a vê-lo. Bem, sentia isso em relação a todos os clientes, nos casos bem-sucedidos.

Um funcionário do tribunal aproximou-se, dizendo: "Há uma multidão de ativistas do movimento contra a caça, lá fora. Eles não ficaram contentes com o veredicto. Seria mais aconselhável sair pela outra porta".

"A polícia está lá?"

"Um par de guardas, apenas. Creio que eles são barulhentos, mas não violentos. Falo da multidão, é claro."

"Obrigada, Barraclough. Sairei pela porta de sempre."

Logo em seguida, passando pelo acesso à escadaria principal, ela os viu. Octavia e Ashe. Estavam juntos, em pé, ao lado da estátua de Charles II, olhando fixamente para o amplo hall, na direção dela. Mesmo à distância, ela pôde ver que os dois estavam juntos, que não se tratava de um encontro ao acaso e sim de algo combinado, no momento e no lugar que haviam escolhido. Notou uma imobilidade nos dois, inusitada em sua filha, embora esperada e típica em Ashe. Por um segundo, não mais, ela titubeou. Mas logo seguiu, com passos decididos, em direção a eles. Ao se aproximar, percebeu que Octavia estendia a mão para segurar a mão de Ashe. Como ele não reagiu, sua filha se conteve discretamente, sem baixar os olhos, porém.

Ashe usava uma camisa branca que parecia recém-engomada, jeans e jaqueta de brim. Venetia notou que a jaqueta não era barata; ele havia dado um jeito de arranjar dinheiro. Em comparação com a petulância elegante do rapaz, Octavia parecia mais jovem ainda, algo patética. O vestido largo e comprido de algodão que ela costumava usar por cima da camiseta estava mais limpo do que de costume, mas ainda assim lhe dava um ar de órfã vitoriana recém-saída do orfanato. Por cima de tudo ela vestia um casaco de tweed. Os tênis exagerados pareciam pesados demais para os pés pequenos, os tornozelos estreitos e as pernas finas, reforçando o ar de criança desamparada. O rosto magro, que facilmente assumia um ar de maldade presunçosa ou ressentimento rancoroso, exibia um ar pacífico, quase feliz, e pela primeira vez em muitos anos ela encarou a mãe com seus olhos castanhos profundos, o único traço que tinham em comum.

Ashe foi o primeiro a falar. Estendendo a mão, disse: "Boa tarde, srta. Aldridge. Meus parabéns! Estávamos na galeria. Ficamos impressionados, não foi, Octavia?".

Venetia ignorou a mão estendida, mas sabia que ele tanto esperava quanto desejava isso. Sem olhar para ele, fixando o olhar na mãe, Octavia balançava a cabeça.

Venetia disse: "Achei que já tinha tido sua cota de Bailey para o resto da vida. Pelo que estou vendo, vocês já se conhecem bem".

Octavia declarou, apenas: "Estamos apaixonados. Acho que vamos ficar noivos".

As palavras saíram num jorro, em tom agudo infantil, mas Venetia não pôde deixar de notar o tom inconfundível de desafio.

Respondeu calmamente: "É mesmo? Sugiro que pense melhor no caso. Você pode não ser lá muito inteligente, mas presumo que tenha algum senso de autopreservação. Ashe é totalmente inadequado como marido".

Não houve nenhum protesto indignado da parte de Ashe, como, aliás, ela já esperava. Ele ficou ali parado, encarando-a com seu arremedo de sorriso, irônico, desafiador, com um toque de desprezo.

Ele disse: "Isso Octavia decide. Ela já é maior de idade".

Venetia o ignorou, falando diretamente à filha: "Vou voltar para minha sala. Venha comigo. Obviamente, precisamos conversar".

Ela não saberia o que fazer caso Octavia se recusasse. A filha olhou para Ashe.

Ele balançou a cabeça e disse: "Vamos nos ver à noite? A que horas quer que eu passe em sua casa?".

"É claro. Vá assim que puder. Seis e meia. Prepararei um jantar gostoso para nós dois."

Venetia notou que o convite era uma provocação deliberada. Ashe pegou a mão de Octavia e a levou aos lábios. Venetia sabia que o gesto teatral, zombeteiro, era pura representação para seus olhos, assim como o beijo. Sentiu-se dominada por uma raiva e uma repulsa tão intensas que precisou cerrar as mãos para não esbofetear a cara do sujeito. Havia pessoas passando, advogados conhecidos que a cumprimentavam com um sorriso discreto. Elas precisavam sair de Bailey.

Venetia disse: "Então, vamos embora?". E, sem olhar para Ashe, saiu na frente.

Lá fora, a rua já estava quase vazia. Os manifestantes talvez tivessem cansado de esperar por ela, ou se contentado em vaiar Brian Cartwright. Ainda sem trocar palavras, ela e Octavia atravessaram a rua.

Venetia costumava caminhar de volta para a sede do colegiado depois que terminava um caso em Bailey. Ocasionalmente, mudava de trajeto. Em geral, saía da Fleet Street em direção à Bouverie Street, depois descia a Temple Lane para entrar em Inner Temple pelo acesso da Tudor Street. Dali caminhava pela Crown Office Row, cruzando Middle Temple até Pawlet Court. Naquela tarde, como sempre, a Fleet Street estava movimentada e barulhenta. Havia tanta gente no passeio que dificultava a caminhada ao lado de Octavia, tornando impossível uma conversa civilizada no meio do barulho do trânsito e da agitação das pessoas. Não era o momento para iniciar uma conversa séria.

Mesmo quando chegaram à relativa paz da Bouverie Street, ela esperou. Ao entrarem em Inner Temple, porém, ela disse, sem se virar para Octavia: "Tenho trinta minutos disponíveis. Conversaremos enquanto passeamos nos jardins de Temple. Muito bem, conte-me tudo. Quando o conheceu?".

"Há cerca de três semanas. No dia 17 de setembro."

"Ele a abordou, suponho. Onde? Em algum pub? Numa casa noturna? Não me diga que foi apresentada a ele formalmente, numa reunião dos Jovens Conservadores."

Ela percebeu, assim que as palavras saíram de sua boca, que cometera um erro. Em seus confrontos com Octavia, jamais resistira ao impulso de fazer comentários mordazes, ao sarcasmo vulgar. Já sentia, com o peso tão familiar no coração, que a conversa — se é que se poderia chamar aquilo de conversa — estava condenada ao fracasso e a provocar ressentimento.

Octavia não respondeu. Venetia disse, mantendo a calma na voz: "Perguntei onde o conheceu".

"Ele bateu a bicicleta no final da nossa rua e me pediu para deixá-la na área de serviço do porão. Não podia entrar com ela no ônibus, e não tinha dinheiro suficiente para pegar um táxi."

"Aí você emprestou dez libras para ele, e — surpresa, surpresa! — o sujeito voltou no dia seguinte para pagar. O que aconteceu com a bicicleta?"

"Ele a jogou fora. Não precisa mais dela. Agora tem uma moto."

"A bicicleta já serviu ao seu propósito, certo? Não acha que foi muita coincidência ele ter sofrido um acidente bem na porta da minha casa?"

Minha casa, não nossa casa. Outro erro. Octavia ficou em silêncio, novamente. Teria sido coincidência? As mais estranhas acontecem. Um advogado criminalista tropeça semanalmente nos caprichosos fenômenos da sorte.

Octavia disse, emburrada: "Sim, ele voltou. E eu o convidei para aparecer de novo".

"Então você o conheceu há menos de um mês, não sabe absolutamente nada a respeito do sujeito, e já está noiva. Não creio que seja estúpida o suficiente para achar que ele a ama. Nem mesmo você seria capaz de um equívoco desse tamanho."

A voz de Octavia era como um grito de dor. "Sim, ele me ama! Só porque você não me ama, não quer dizer que ninguém mais possa me amar! Ashe me ama. E eu o conheço bem. Ele me contou tudo. Sei mais a respeito dele do que você."

"Duvido muito. Quanto ele contou a respeito do passado, da infância, do que andou aprontando nos últimos sete anos?"

"Sei que ele não tem pai e que a mãe o abandonou quando ele tinha sete anos. Ela já morreu. Ele viveu em orfanatos e lares adotivos até os dezesseis. Dizem que o governo cuidou dele, mas sua vida foi um inferno, isso sim."

"A mãe o abandonou porque ele era impossível. Ela disse aos assistentes sociais que sentia medo do menino. Medo de uma criança de sete anos. Isso não lhe diz nada? A vida dele foi uma sucessão de lares substitutos e orfanatos que se livravam dele assim que conseguiam persuadir alguém a ficar com ele. Nada disso é culpa de Ashe, claro."

Octavia baixara a cabeça, quase não se escutava o que ela dizia. "Aposto que você teria adorado fazer a mesma coisa comigo. Mandar-me para um orfanato. Só não fez isso porque as pessoas teriam comentado. Por isso me mandou para o colégio interno."

Venetia manteve a calma graças a um esforço supremo. "Vocês dois devem ter passado três semanas maravilhosas juntos, desfrutando o apartamento que eu mantenho para você, comendo a comida que eu ponho na mesa e gastando o dinheiro que eu ganhei trabalhando, enquanto trocavam histórias sobre o terrível sofrimento de vocês. Ele falou a respeito do assassinato? Você sabe, suponho, que ele foi acusado de cortar a garganta da tia e que eu o defendi. Tem noção de que o crime ocorreu há apenas nove meses?"

"Ele me disse que não fez nada. Ela era uma mulher horrível, que sempre recebia homens em casa. Um deles a matou. Ele nem estava lá, quando aconteceu."

"Sei qual foi a linha de defesa. Eu a preparei."

"Ele é inocente. Sei que é inocente. Você mesma disse no tribunal que não foi ele."

"Não disse que não foi ele, no julgamento. Já lhe expliquei tudo isso antes, só que você nunca se deu ao trabalho de ouvir. O tribunal não se importa com o que eu acho, não vou lá para dar uma opinião. Minha função é testar o caso montado pela promotoria. O júri deve ser convencido da culpa do réu, acima de qualquer dúvida razoável. Ele escapou porque tinha esse direito. Você tem razão, ele não é culpado, pelo menos daquele crime. Não é culpado perante a lei. Isso não significa que sirva para ser seu marido — ou para marido de qualquer outra mulher. A tia não era uma pessoa agradável,

74

mas algo os mantinha unidos. Com quase toda a certeza, eram amantes. Foi um entre muitos, mas, no caso dele, a tia não cobrava nada."

Octavia gritou: "Não é verdade. Não é verdade. E você não pode nos impedir de casarmos. Tenho mais de dezoito anos".

"Sei que não posso impedi-la. O que posso fazer, porém, e farei porque é meu dever como sua mãe, é mostrar-lhe os riscos. Conheço esse rapaz. Faço questão de descobrir o máximo possível a respeito dos meus clientes. Garry Ashe é perigoso. Pode ser até mau, seja lá o que signifique essa palavra."

"Então, por que o ajudou a se livrar da cadeia?"

"Você não entendeu uma só palavra do que eu disse, não foi? Bem, vamos ser práticos. Quando pretendem se casar?"

"Logo. Daqui a uma semana, talvez. Ou duas. Três, no máximo. Ainda não decidimos."

"Já fizeram sexo? Ora, é claro que sim."

"Você não tem o direito de perguntar isso."

"Não, lamento. Você tem razão. Já é maior de idade. Não tenho nenhum direito de perguntar isso."

Octavia disse, amuada: "Bem, de qualquer modo, a resposta é não. Ainda não. Ashe acha melhor esperarmos".

"É muita esperteza da parte dele. E como ele pretende sustentá-la? Como ele vai ser meu genro, suponho que tenho o direito de perguntar."

"Ele vai trabalhar. Tenho a minha renda. Você colocou tudo em meu nome. Não pode mais tirar. E podemos vender nossa história para os jornais. Ashe acredita que eles podem se interessar."

"Ah, eles vão se interessar, sem dúvida. Você não ganhará uma fortuna, mas conseguirá alguma coisa. Posso imaginar a abordagem que vão adotar. 'Jovem desamparado, injustamente acusado de um crime hediondo. Advogada faz defesa brilhante. Absolvição triunfal. A aurora de um jovem amor.' Sim, vai render algumas libras. É claro, se Ashe estiver preparado para confessar o assassinato da tia, vocês podem pedir milhares de libras. Por que não? Afinal, ele não pode ser julgado novamente."

Escurecia. Elas caminhavam juntas, de cabeça baixa, lado a lado porém distantes. Venetia sentia que seu corpo tremia, por conta de emoções que não era capaz de controlar ou entender. Ele poderia vender a história para um jornal que a fizesse valer a pena. Não sentia a menor lealdade para com a advogada, como Venetia não sentia a menor simpatia pelo sujeito. Ele precisara dela; talvez tivessem precisado um do outro. Depois disso, naquela breve troca de palavras, ela vira desprezo e dissimulação nos olhos dele, e percebera que ele não sentia gratidão, mas ressentimento. Claro, ele a humilharia de bom grado, se arranjasse um jeito. Agora havia encontrado um jeito. Mas por que era pior imaginar o sentimentalismo barato e a vulgaridade de uma cobertura da imprensa sensacionalista, a piedade e o riso maldoso dos colegas, do que encarar a ideia do casamento daquele sujeito com Octavia? Seria ela capaz, em um canto de sua mente — a mente da qual tanto se orgulhava —, de dar mais valor à sua reputação do que à segurança da filha?

Ela precisava fazer um último esforço. Já estava saindo do jardim.

Esperou passar um momento e disse: "Ele fez uma coisa. Talvez não seja a pior do mundo, mas para mim foi crucial. Ela explica por que eu o considero mau, uma palavra que só costumo usar com cuidado. Aos quinze anos, quando ele morava num orfanato próximo a Ipswich, havia um assistente social residente, no local. Seu nome é Michael Cole. Ele realmente se preocupava com Ashe. Passava boa parte do tempo com o rapaz, acreditava que poderia ajudá-lo. Creio que o amava. Ashe tentou chantageá-lo. Exigiu de Coley, como o chamavam, uma parte do salário semanal que recebia. Caso contrário, o acusaria de assédio sexual. Cole recusou-se e foi denunciado. Houve um inquérito oficial. Não conseguiram provar nada, mas as autoridades consideraram mais prudente transferir Cole para outra função, na qual não tivesse contato com crianças. Ele vai passar o resto de sua vida profissional sob suspeita — se é que ainda tem uma vida profissional. Pense em Coley, antes de se comprometer com esse rapaz. Ashe partiu o coração de todos os que tentaram ajudá-lo".

"Não acredito em nada disso. Ele não vai partir o meu coração. Talvez eu seja como você, e nem tenha um."

Ela deu as costas para a mãe e saiu correndo pelo jardim, na direção do Embankment, movendo-se desastradamente, como uma criança contrariada. As pernas pareciam palitos sobre os tênis pesados, e a jaqueta esvoaçava, desabotoada. Voltando-se para observá-la, Venetia sentiu um espasmo momentâneo de um sentimento que misturava ternura e pena. Mas isso passou, sendo substituído por uma raiva de ferver o sangue e por uma revolta contra a injustiça que doía fisicamente, como uma pontada no coração. Teve a sensação de que Octavia jamais lhe dera um momento de pura satisfação, para não dizer alegria. O que, ela pensou, havia dado errado? Quando e como? Mesmo quando ainda era um bebê, ela resistia às tentativas da mãe de embalá-la e acariciá-la. Aquele rostinho petulante, desde pequeno um rosto adulto, transformava-se numa pequena máscara de ódio, e as pernas da menina, surpreendentemente fortes para um bebê, apoiavam-se no estômago da mãe para afastá-la, empurrando-a com toda a força. O corpo se arqueava, rígido. Depois, na escola, parecia que as crises emocionais eram deliberadamente agendadas para dificultar a vida profissional de Venetia. Todas as cerimônias de formatura, todas as peças escolares, tudo era marcado em dias em que era impossível para ela se afastar do trabalho, aumentando o ressentimento de Octavia e seu sentimento de culpa torturante.

Ela se lembrou da vez em que estava envolvida em um dos casos de fraude mais complicados de sua vida, quando foi chamada assim que a audiência se iniciou, na sexta-feira, para comparecer ao segundo colégio interno do qual Octavia estava sendo expulsa. Ela ainda se recordava claramente da conversa com a srta. Egerton, a diretora.

"Não conseguimos torná-la feliz."

"Não a mandei para cá para ser feliz, e sim para ser educada."

"As duas coisas não são incompatíveis, srta. Aldridge."

"Não, mas é bom saber qual a prioridade de vocês em relação a isso. Então o convento aceita seus fracassos?"

"Não há um acordo formal, mas recomendamos a opção aos pais, de tempos em tempos. Não gostaria que a senhora tivesse uma impressão errada. Não se trata de uma escola para crianças com problemas, muito pelo contrário. Ótimos resultados em exames são frequentes. Os alunos saem daqui para a universidade. Contudo, a escola se especializa em moças que precisam mais de uma orientação pastoral intensa do que de formação acadêmica, que não podemos oferecer aqui."

"Ou que não querem oferecer aqui."

"Nossa escola enfatiza o aprendizado, srta. Aldridge. Educamos a pessoa inteira, não apenas a mente. Contudo, as moças que se adaptam melhor aqui são as mais inteligentes."

"Poupe-me a propaganda da escola, já li o prospecto. Ela disse por que fez aquilo?"

"Sim. Para ser expulsa."

"Ela admitiu isso?"

"Usou outras palavras."

"Que palavras ela usou, srta. Egerton?"

"Ela disse: 'Fiz aquilo para sair desta escola de merda'."

Venetia pensou: Finalmente, consegui uma resposta honesta dessa mulher.

A srta. Egerton continuou: "Bem, o convento é dirigido por freiras inglesas católicas, mas a senhora não precisa temer a doutrinação religiosa. A madre superiora é muito escrupulosa quanto ao respeito à orientação religiosa dos pais".

"Octavia pode passar o dia ajoelhada na frente da Virgem Maria, se isso lhe der satisfação e algumas notas decentes."

Apesar de tudo, a conversa lhe dera esperanças. Uma moça capaz de usar aquelas palavras ao se dirigir à srta. Egerton tinha personalidade, pelo menos. Quem sabe, num recanto escondido da mente, ela e Octavia poderiam encontrar um ponto qualquer em comum? Talvez pudesse haver respeito, carinho até, se o amor não fosse possível. Bastara o percurso de volta para mostrar que nada havia mudado. Os olhos de Octavia fixaram-se nos de Venetia com a mesma expressão obstinada de antagonismo.

O convento foi melhor. Pelo menos, Octavia ficou lá até completar dezessete anos, conseguindo ser aprovada nas disciplinas fundamentais. Mas Venetia se sentia mal nas visitas ao convento, particularmente na presença da madre superiora. Ela se recordava bem da primeira entrevista.

"Precisamos aceitar, srta. Aldridge, que Octavia sofrerá a vida inteira, em consequência das dificuldades decorrentes de ser filha de pais separados."

"Como ela compartilha essas dificuldades com milhões de outras jovens, é bom que aprenda logo a lidar com isso."

"É o que estamos tentando fazer aqui."

Venetia contivera uma demonstração mais ostensiva de irritação, embora com dificuldade. Aquela mulherzinha de rosto flácido esponjoso e olhos miúdos implacáveis, escondidos atrás de óculos de aro metálico, ousava bancar a promotora com ela? Mas Venetia percebeu que não havia intenção de crítica, nem possibilidade de réplica da defesa ou justificativa atenuante. A madre superiora vivia de acordo com regras rígidas, e uma delas dizia que todos os atos provocam consequências.

Agora, obcecada com a última emergência, furiosa com Octavia e consigo mesma, tendo pela frente uma calamidade para a qual não conseguia encontrar uma saída, ela mal percebeu que caminhara a curta distância de Pawlet Court até seu escritório. Valerie Caldwell estava em seu posto, na recepção, e ergueu os olhos no rosto impassível quando Venetia passou.

Venetia perguntou: "Sabe se o sr. Costello se encontra na sala dele?".

"Creio que sim, srta. Aldridge. Depois que ele voltou do almoço, não o vi sair novamente. O sr. Langton pediu para ser avisado assim que a senhora chegasse."

Portanto, Langton desejava vê-la. Ela achou melhor ir até a sala dele primeiro. Simon Costello podia esperar.

Quando ela entrou na sala de Hubert, encontrou Drysdale Laud com ele. Não se surpreendeu, pois os arcebispos andavam sempre juntos.

Laud disse: "Precisamos conversar sobre a reunião do colegiado no dia 31. Você virá, Venetia?".

"Sempre compareço, não é? Não creio que tenha perdido mais do que uma reunião desde que se tornou semestral."

Langton disse: "Há alguns assuntos pendentes, e gostaríamos de saber sua opinião a respeito".

"Ou seja, fazer um pouco de lobby preliminarmente, para evitar que haja discordância durante a reunião? Eu não seria tão otimista."

Drysdale Laud assumiu, dizendo: "Em primeiro lugar, devemos decidir quem aceitaremos como residentes. Acreditamos que seria melhor arranjarmos lugar para mais dois. Contudo, não se trata de uma escolha fácil".

"Não? Ora, deixe disso, Drysdale! Não venha me dizer que não reservaram uma vaga para Rupert Price-Maskell."

Langton disse: "Ele conta com excelentes referências de seu orientador, e é muito popular entre os membros do colegiado. Destaca-se em termos acadêmicos, é claro. Formado em Eton, formado em King's, sempre com louvor".

Venetia disse: "E ele é sobrinho de um lorde, seu bisavô presidiu nosso colegiado e a mãe é filha de um conde".

Langton franziu o cenho. "Está sugerindo que nós estamos sendo... que estamos sendo..." Ele fez uma pausa, e seu rosto era uma máscara de constrangimento. Depois, disse: "Você sugere que estamos sendo influenciados por tudo isso?".

"Não. Seria ilógica e indefensável a discriminação contra formados em Eton, tanto quanto a discriminação contra qualquer outro grupo. Nada mais conveniente, porém, que o candidato desejado por vocês seja um dos mais qualificados. Vocês não precisam me convencer a votar a favor de Price-Maskell; eu já pretendia fazê-lo, de qualquer modo. Ele se tornará um sujeito pomposo como o tio, em vinte anos. Mas, se fôssemos levar o esnobismo em conta, jamais nomearíamos alguém do sexo masculino. Presumo que Jonathan Skollard vá ficar com a outra vaga, certo? Ele não é tão obviamente brilhante, mas aposto que demonstrará possuir uma mente mais fina, uma constância maior."

80

Laud caminhou até a janela. Disse, num tom de voz desprovido de ênfase e preocupação: "Estávamos pensando em Catherine Beddington".

"Os homens do colegiado passam muito tempo pensando em Catherine Beddington, mas não estamos realizando um concurso de beleza. Skollard é melhor, como advogado."

Aquela, no entanto, ainda não era a questão em pauta. Ela desconfiou de outra coisa, assim que entrou na sala de Hubert.

Langton interferiu: "Não creio que o orientador de Catherine concorde. Ele apresentou uma avaliação muito positiva. Ela é muito inteligente".

"Claro que é. Não teria sido aceita como pupila aqui se fosse estúpida. Catherine Beddington será um membro decorativo e eficiente do colegiado, mas não chega aos pés de Jonathan Skollard, como advogada. Sempre a apoiei, não se esqueçam. Interessei-me por ela, acompanhei seu trabalho. Ela não é tão sensacional quanto Simon alega. Por exemplo, quando dou uma conferência a respeito dos aspectos legais do homicídio culposo, espero que um pupilo perceba a relevância de *Dawson e Andrews*. Ela deveria ter estudado esses casos antes de vir para cá."

Laud disse, calmamente: "Você aterroriza a moça, Venetia. Comigo, ela se mostra muito competente".

"Se ela fica aterrorizada na minha presença, imagino o que acontecerá quando enfrentar o juiz Carter-Wright num dia de crise de hemorroidas."

Por quanto tempo, pensou ela, eles iam desviar da questão central? Eles odiavam discussões no colegiado, qualquer voz discordante. E, como era típico de Hubert precisar do apoio de Drysdale, os dois arcebispos sempre agiam de comum acordo. Não seria um modo de mostrar que Drysdale era o ungido e que ela deveria desistir de qualquer projeto de suceder Hubert na presidência do colegiado? Contudo, pelo menos nessa questão, eles sabiam que a posição de Venetia teria peso — mais do que isso, decidiria o assunto.

Ela percebeu que os dois trocavam olhares rápidos. Drysdale disse: "Não seria também uma questão de equilíbrio? Pensamos que tivéssemos decidido — na reunião do colegiado realizada na primavera de 1994, creio — que, se tivéssemos dois candidatos a vagas no colegiado, uma mulher e um homem, e ambos estivessem igualmente qualificados...".

Venetia o interrompeu. "Eles nunca poderiam estar igualmente qualificados. As pessoas não são clones."

Laud prosseguiu, como se não tivesse sido interrompido. "Se decidirmos que não há diferença na escolha, então a preferência deve ser pela moça."

"Quando as pessoas dizem que não há diferença na escolha, elas querem dizer que preferem evitar a responsabilidade da decisão."

A voz de Langton exibia um toque de obstinação. "Concordamos que seria melhor escolher uma mulher." Fez uma pausa e acrescentou: "Ou o negro, se tivéssemos um pupilo negro".

Aquilo também já era demais. A raiva de Venetia, cuidadosamente controlada até o momento, explodiu. "Mulher? Negro? Como é conveniente nos reunirem no mesmo lado! É uma pena que não tenhamos uma lésbica negra, mãe solteira e deficiente física. Isso resolveria todas as questões politicamente corretas numa penada. Isso é uma demonstração de condescendência revoltante para mim. Vocês acham que as mulheres bem-sucedidas querem pensar que chegaram lá porque os homens foram gentis o suficiente para lhes dar uma vantagem injusta? Jonathan Skollard é melhor como advogado, e vocês bem o sabem. Ele também sabe, aliás. Vocês acham que ajudarão a carreira de Catherine Beddington se ele sair por aí dizendo que foi preterido porque queríamos uma mulher, mesmo que fosse menos capacitada? Em que isso ajuda a causa das oportunidades iguais?"

Langton olhou de relance para o colega e prosseguiu: "Não tenho certeza de que seria bom para a reputação do colegiado se fôssemos considerados um grupo de misóginos desligados das mudanças na sociedade e em nossa profissão".

"Nossa reputação está baseada na competência profissional. Trata-se de um colegiado pequeno, mas não temos ninguém incompetente. Pelo contrário, contamos com alguns dos melhores advogados de Londres, em suas respectivas especialidades. De que vocês têm medo? Alguém andou pressionando vocês?"

Langton fez uma pausa, e disse: "Houve manifestações informais".

"Ah, é mesmo? Posso saber da parte de quem? Calculo que não tenha sido daquele grupo feminista, Redress. Elas preferem pressionar as mulheres, as que na opinião delas não fazem o suficiente em benefício do seu sexo. Banqueiras, empresárias, advogadas, publicitárias, consultoras de empresas. Estão compilando uma lista de mulheres que não ajudam as companheiras o bastante. A inclusão do meu nome não me surpreendeu. Suponho que alguém enviou um exemplar do pasquim que editam, *Redress*. Fui citada no último número. Talvez isso renda um processo. Estou consultando Henry Makins. Se ele me disser que vale a pena, entrarei com uma ação."

Laud disse: "Seria prudente? Você não ganhará nada, a não ser que elas tenham seguro. Você acha que valem a perda de tempo e energia?".

"Provavelmente não, mas se a imprensa inteira for mesquinha e maliciosa como algumas publicações, não seria prudente ganhar fama de quem não processa. Vocês sabem, tanto quanto eu, que os litigiosos geralmente são deixados em paz. Vejam o caso de Robert Maxwell. Além disso, posso pagar Henry Makins, e Redress não pode. Se estão preocupados com a reputação dos advogados, por que não se dedicam a lutar contra a desigualdade? Quanto você cobra atualmente por uma hora, Drysdale? Quatrocentas libras, certo? Ou quinhentas? Isso coloca a justiça fora do alcance da maioria das pessoas. Fazer algo a respeito é muito mais difícil do que forçar a nomeação de algumas mulheres para funções para as quais não estão qualificadas, como forma de disfarçar..."

Ela parou. Nenhum dos dois homens falou. Ela prosseguiu: "Bem, qual é o outro problema? Disseram que havia dois. Suponho que seja a aposentadoria de Harry Naughton".

Langton disse: "Harry completará sessenta e cinco anos no final do mês. Seu contrato termina na mesma época, mas ele

83

gostaria muito de uma renovação por três anos. O filho, Stephen, acabou de entrar na universidade — Reading. É calouro, lá. Trata-se de algo muito importante para a família. No entanto, isso significa que o rapaz não poderá trabalhar, e eles estão preocupados, naturalmente. Podem dar um jeito, mas seria mais fácil se Harry ficasse aqui por mais um ou dois anos".

Laud acrescentou: "Ele pode ser útil por mais três anos; no mínimo. Sessenta e cinco anos não é idade para a aposentadoria de um sujeito saudável que deseja continuar trabalhando. Podemos renovar o contrato dele por um ano e ver como as coisas caminham".

Venetia disse: "Ele é um arquivista-chefe muito competente. Responsável, metódico, preciso. E sempre consegue o dinheiro na hora certa. Não tenho queixas a respeito de Harry, mas as coisas mudaram desde que ele sucedeu o pai. Ele não se esforçou para acompanhar as novas tecnologias. Tudo bem, os arquivistas mais jovens, como Terry e Scot, cuidaram disso. É fácil, para a nova geração. Não ficamos para trás. Além disso, simpatizo com Harry. Prefiro seus arquivos personalizados, gráficos na parede e bandeirinhas para indicar quando temos audiência. Mas ele deve sair quando chegar a hora. Todos nós devemos. Vocês conhecem a minha opinião. Precisamos de um diretor administrativo. Se vamos nos expandir — aliás, já estamos fazendo isso —, o local e os serviços precisam ser modernizados".

"Ele vai ficar revoltado. Dedicou-se a nós por trinta e nove anos, e seu pai foi arquivista-chefe antes dele."

Venetia gritou: "Pelo amor de Deus, Hubert, não estamos despedindo o sujeito! Ele passou trinta e nove anos agradáveis, e atingiu a idade da aposentadoria. Receberá uma pensão, e sem dúvida um belo presente de despedida. É claro, vocês querem que ele fique. Assim, podem adiar outra decisão difícil. Não serão obrigados a decidir, nos próximos três anos, que precisamos de mudanças, e muito menos realizá-las. Agora, se me dão licença, tenho trabalho a fazer. Vocês já têm minha resposta. Se eu tiver alguma influência na decisão do colegiado, então Jonathan Skollard ficará com a segunda vaga, e o contrato de Harry não será renovado. E, pelo amor de Deus, está na hora de vocês mostrarem alguma iniciativa! Por que não tomar decisões com base no mérito, para variar?".

Eles a observaram sair, sem falar nada. Meu Deus, Venetia pensou, que dia horrível! Agora, teria de enfrentar Simon Costello. Isso, é claro, poderia esperar, mas ela não estava disposta a deixar nada de lado, nem pretendia agir piedosamente em relação a homem algum. No entanto, ainda tinha uma coisa a dizer aos arcebispos. Ela se virou, ao chegar à porta, e olhou para Laud.

"Se por acaso estão preocupados com a reputação do colegiado, relaxem. Ninguém nos chamará de misóginos. Sou o membro mais antigo, depois de Hubert. Escolher uma mulher para presidir o colegiado encerrará a questão."

7

ELE PROMETERA QUE CHEGARIA ÀS SEIS E MEIA, para ficar com ela, e às seis Octavia já estava pronta, esperando, andando irrequieta da pequena cozinha, à esquerda da porta, até a sala de estar, de onde podia olhar para cima, por entre as grades da janela do meio-porão, e ver se ele estava chegando. Seria a primeira refeição que prepararia para ele, em sua primeira visita ao apartamento. Até então, ele passava para apanhá-la, mas ao ser convidado para entrar respondia, enigmaticamente: "Ainda não". Ela não sabia o que ele estava esperando. Uma certeza mais forte, um compromisso mais claro, o momento adequado para a entrada simbólica em sua vida? Mas não poderia haver compromisso mais claro do que o dela. Ela o amava. Ele era seu homem, seu companheiro, seu amante. Não chegaram a fazer amor, mas o momento certo para isso viria, também. Por enquanto, bastava-lhe desfrutar a sensação de que era amada. Ela queria que o mundo inteiro soubesse disso. Queria levá-lo até o convento, exibi-lo, mostrar às moças desprezíveis e arrogantes que ela também podia arranjar um homem. Queria tudo do modo convencional: uma aliança no dedo, planejar o casamento, uma casa para cuidar. Ele precisava de carinho, precisava de amor.

O poder que ele exercia sobre ela tinha outro aspecto, que ela reconhecia apenas parcialmente. Ele era perigoso. Ela não sabia quanto, nem de que maneira, mas ele não pertencia ao mundo dela. Não fazia parte de nenhum mundo que ela já tivesse conhecido ou esperasse conhecer. Em relação a ele não sentia só um desejo e uma excitação cada vez mais fortes; percebia um frisson de risco, o que satisfazia seu lado rebelde, fazendo com que se sentisse inteiramente viva, pela primeira vez. Não se tratava apenas de um caso amoroso, e sim de uma parceria, aliança ofensiva e defensiva, contra o conformismo de sua vida doméstica, contra sua mãe e tudo o que ela representava. A motocicleta fazia parte desse lado de Ashe. Ela passava os braços em torno da cintura dele, sentia o vento frio da noite no rosto, a rua passando feito um tapete cinzento sob as rodas. Tinha vontade de gritar de animação e triunfo.

Nunca conhecera alguém como ele, que a tratava de modo cortês, quase formal. Debruçava-se para beijá-la na face, quando se encontravam, ou levava a mão dela aos lábios. Fora isso, nunca a tocava, e ela o desejava com uma intensidade tão grande que mal podia ocultar. Sabia que ele não gostava de ser tocado, mas era muito difícil manter as mãos distantes.

Ele nunca dizia para onde a estava levando, e Octavia gostava de não saber. Sempre iam a um pub fora da cidade. Aparentemente, ele não gostava dos pubs londrinos, pois era raro irem a um bar da cidade. Além disso, ele desprezava também os pubs chiques do campo, cheios de Porsches e BMWs cuidadosamente estacionados na porta, cestos pendurados na parede, lareira e objetos de decoração distribuídos com critério para criar uma atmosfera rústica sintética, na qual o restaurante, em outro ambiente, servia comida previsível ao som das vozes confiantes e esnobes dos ricos. Não, ele preferia parar nos lugares mais tranquilos, fora de moda, frequentados pelos moradores locais. Ele a acomodava num canto e pedia um sherry meio doce ou uma caneca pequena de cerveja pilsen para ela, tomando sempre uma cerveja inglesa. Comiam o que houvesse no bar, em geral um pedaço de queijo ou patê com pão francês. Ela falava, ele ouvia. Ashe quase não lhe contou nada sobre sua vida. Parecia que o rapaz queria que ela soubesse quanto os anos anteriores haviam sido terríveis, e ao mesmo tempo não suportava a piedade dela. Quando ela fazia uma pergunta, recebia uma resposta curta, por vezes só uma palavra. Dava a impressão de que ele estava no comando, de que sempre estivera no comando, permanecendo em cada lar adotivo apenas enquanto queria, nem um minuto a mais. Ela logo aprendeu a reconhecer quando estava pisando em terreno perigoso.

Depois de comer, eles caminhavam por meia hora, no campo. Ele ia na frente, ela se apressava para acompanhar seu passo. Depois voltavam para Londres.

Às vezes, iam até a costa. Ele gostava de Brighton, eles corriam pela estrada de Rottingdean, apreciando a visão ampla do canal da Mancha. Paravam num café qualquer, comiam e depois seguiam para Downs. Embora ele odiasse lugares da moda, era exigente quanto à comida. Pão amanhecido, queijo meio seco ou manteiga rançosa eram postos de lado.

Ele alertava: "Não coma essa droga, Octavia".

"Não está tão ruim assim, amor."

"Não coma. Podemos comprar batata frita no caminho de casa."

Ela gostava disso mais do que de qualquer outra coisa, ficar sentada na beira da calçada enquanto os carros passavam, sentindo o cheiro da batata frita e do papel que a embrulhava. Excitava-se com a sensação de liberdade, como quem conseguia soltar as amarras e cair no mundo, levando pela estrada, porém, o mundinho particular só deles. A Kawasaki roxa servia como símbolo e instrumento dessa liberdade.

Naquele dia, ela cozinharia para ele pela primeira vez. Escolhera carne. Comprara o filé sugerido pelo açougueiro, e agora os bifes grossos de carne crua descansavam numa travessa, prontos para ir à grelha no último minuto. Passara no Marks and Spencer também, comprando legumes lavados e cortados — ervilha, cenoura e batata. A sobremesa seria torta de limão. A mesa estava posta. Pegou dois castiçais de prata emprestados do escritório para colocar as velas. Passara com eles pela cozinha do térreo, onde a empregada da mãe, a sra. Buckley, descascava batatas, dizendo sem preâmbulo: "Se minha mãe quiser saber onde estão os castiçais, diga que eu os peguei".

Sem esperar a resposta, ela foi até o bar e apanhou o primeiro clarete que viu, enfrentando o olhar de censura da sra. Buckley. A empregada abriu a boca para protestar, pensou melhor e voltou à sua tarefa.

Octavia pensou: Vaca velha! O que essa idiota tem a ver

com isso? Provavelmente vai ficar espiando pela cortina, para ver quem chega. Depois contará tudo para Venetia. Tudo bem. Já não faz diferença.

Parada na porta, com os castiçais numa das mãos e a garrafa de vinho na outra, ela disse: "Dá para abrir a porta para mim? Não está vendo que estou com as mãos ocupadas?".

Sem nada dizer, a sra. Buckley abriu a porta. Octavia passou, ouvindo o som da porta que se fechava atrás de si.

Descendo para sua sala, ela observou a mesa com satisfação. As velas deram o toque final, ao lado das flores que fizera questão de comprar — um maço de crisântemos cor de bronze.

A sala, que nunca a agradara, ganhara um ar festivo e aconchegante. Quem sabe naquela noite eles pudessem fazer amor!

Quando ele chegou, sempre pontual e sério, ela abriu a porta, mas ele não quis entrar.

Disse: "Pegue o capacete. Quero que veja uma coisa".

"Mas, amor, eu disse que faria o jantar para você. Comprei filé."

"Isso pode esperar. Comeremos na volta. Eu mesmo faço."

Assim que ela voltou, minutos depois, carregando o capacete e fechando o blusão de couro, perguntou: "Aonde vamos?".

"Você verá."

"Pelo jeito, parece importante."

"É importante."

Ela desistiu de fazer outras perguntas. Quinze minutos depois, estavam em Holland Park, pegando a rotatória para seguir pela Westway. Mais cinco minutos e pararam na frente de uma das casas. Imediatamente, ela soube onde estavam.

O cenário de absoluta desolação tornava-se ainda mais bizarro e irreal com a iluminação pública. Dos dois lados havia casas fechadas, com portas e janelas cobertas por folhas de metal cor de ferrugem. Eram idênticas, geminadas aos pares, com entradas laterais com um pequeno terraço coberto. Havia *bay windows* de três faces no térreo e no primeiro andar, encimadas por ápices triangulares enfeitados com tábuas de madeira escura. As portas e as janelas estavam cobertas. As cercas haviam sido removidas nos jardins da frente, e os arbustos restantes, alguns com galhos retorcidos ou cortados, davam direto na calçada.

Ele empurrou a moto pela entrada lateral do número 397, acompanhado por Octavia. "Espere aqui", disse, e subiu no muro com um salto ágil, pulando o portão. Um segundo se passou e ela ouviu o ruído do trinco. Ela segurou o portão aberto, enquanto ele passava com a moto, na direção do quintal.

Ela perguntou: "Quem mora na casa ao lado?".

"Uma mulher chamada Scully. Ela já se mudou. Esta é a última casa a ser desocupada."

"Pertence a você?"

"Não."

"Mas está morando aqui."

"Por enquanto. Não pretendo ficar por muito tempo."

"E tem eletricidade?"

"No momento, sim."

Ela não conseguia ver o jardim direito. Notou a silhueta de um pequeno abrigo. Talvez ele guardasse a motocicleta lá. Teve a impressão de reconhecer uma mesa de plástico branco, de pernas para o ar, rodeada de cadeiras quebradas ou caídas. Houvera uma árvore, da qual restava apenas o toco enegrecido cortado, projetando as pontas lascadas contra o azul e roxo do céu crepuscular. O ar pesado de poeira entupia suas narinas, e tudo cheirava a pó de tijolo, entulho e madeira queimada.

Ashe tirou a chave do bolso e abriu a porta dos fundos. Depois, estendeu o braço para procurar o interruptor de luz. A cozinha se iluminou exageradamente. Ela viu uma pia pequena de pedra, um armário ao qual faltava a metade dos ganchos, a mesa, cujo tampo plástico manchado começava a descolar, e quatro cadeiras bambas. Ali o cheiro era diferente, de ranço velho, um odor de anos de limpeza inadequada, comida podre e pratos sujos. Ela percebeu que ele se esforçara para limpar o local. Sabia que ele era meticuloso, ordeiro. Aquela casa certamente o enojava. Usara desinfetante, a julgar pelo perfume barato que permanecia no ar. Mas não era fácil eliminar os outros odores.

90

Ela não sabia o que dizer, mas, como não parecia haver necessidade de comentários, permaneceu calada. Ele disse em seguida: "Venha ver o hall".

Uma única lâmpada, pendurada no teto, sem luminária, clareou o hall quando Ashe acionou o interruptor. Octavia soltou um gritinho de surpresa. As paredes dos dois lados da passagem haviam sido cobertas com fotografias coloridas, obviamente cortadas de revistas e livros, numa colagem variada de imagens que pareciam se fechar sobre ela, quando olhava para um lado e para outro, atônita com as cores vibrantes e brilhantes. Por cima das paisagens calmas de lagos, montanhas, catedrais e praças havia mulheres nuas, pernas abertas, seios e nádegas desnudos, lábios carnudos e torsos masculinos com a genitália oculta por pequenos protetores pretos reluzentes, tudo por cima de arranjos de flores, jardins cuidados com plantas enfileiradas e estátuas, chalés, animais e pássaros. Havia também faces, graves, cordiais ou arrogantes, cortadas de reproduções de quadros clássicos famosos, dispostas de modo a dar a impressão de observar a miscelânea de imagens sexuais explícitas com nojo ou desprezo aristocrático. Não havia um único centímetro das paredes sem imagens. A porta de entrada ficava em frente, e os vidros tinham sido cobertos com tábuas, por fora. A porta possuía trancas reforçadas em cima e embaixo, provocando em Octavia um instante de desconforto claustrofóbico.

Passado o choque inicial da surpresa, ela disse: "É maluco, mas maravilhoso! Você fez tudo isso?".

"Eu e a minha tia. Criei o padrão, mas a ideia foi dela."

Era estranho como ele falava a respeito dela, sem usar o nome, era sempre "minha tia" apenas. Algo em seu modo de falar da tia traía um desprezo sutil, mostrando a falsidade das emoções cuidadosamente controladas. Havia algo mais: ele falava "tia" como se fosse um aviso.

Ela disse: "Gostei muito, ficou ótimo. Muito bom. Podemos fazer algo assim no apartamento. Você deve ter gasto meses nisso".

"Dois meses e três dias."

"Onde conseguiu as imagens?"

"Tirei a maioria de revistas. Os homens que visitavam minha tia sempre as traziam. Outras eu roubei."

"Em bibliotecas?"

Ela se lembrou de ter lido a respeito de dois homens que faziam isso, um dramaturgo e o amante. Eles cobriram o apartamento com ilustrações de livros roubados em bibliotecas e foram pegos. Será que acabaram na cadeia?

Ele disse: "É muito arriscado. Prefiro roubar livros em bancas de jornais. É mais seguro, mais fácil, mais rápido".

"E logo eles vão derrubar tudo. Isso não o incomoda? Sabe, depois de tanto trabalho."

Ela imaginou a cena, a bola de ferro enorme batendo na parede, a nuvem de poeira sufocante cobrindo tudo, as imagens se rompendo em zigue-zague.

Ele disse: "Não me preocupo. Nada a respeito desta casa me incomoda. Já estava mesmo na hora de demoli-la. Olhe ali. A sala da minha tia".

Ele abriu a porta à direita e estendeu a mão para acionar o interruptor. A sala foi iluminada por uma luz vermelha, que não vinha do centro e sim de três lâmpadas em abajures de cetim vermelho, distribuídos pela sala sobre mesinhas. A atmosfera era puro vermelho. Parecia que respiravam sangue. Quando ela fitou as mãos, esperava ver a pele manchada de rosa. As cortinas pesadas de veludo vermelho estavam puxadas, cobrindo as janelas. As paredes eram revestidas de papel decorado com rosas vermelhas. O sofá bambo e comprido na frente da janela e as duas poltronas ao lado da lareira a gás estavam cobertos por mantas indianas estampadas de vermelho, roxo e dourado. Na parede oposta ao aquecedor havia um divã, coberto com uma manta cinza, a única peça sombria naquela extravagância rubra. Na mesa baixa na frente do fogo havia um baralho e uma bola de vidro.

Ele disse: "Minha tia lia a sorte".

"Por dinheiro?"

"Por dinheiro. Por sexo. Por farra."

"Ela fazia sexo nesta sala?"

"Naquele sofá. Era seu lugar preferido. Tudo acontecia ali."

"E onde você ficava? O que fazia? Quero dizer, onde ficava quando ela estava aqui fazendo sexo?"

"Eu ficava aqui, também. Ela gostava de me ver aqui. Gostava que eu visse tudo. Sua mãe não contou? Ela sabia. Mencionaram isso no julgamento."

Era impossível dizer o que ele sentia, pela voz. Ela tremeu. Queria dizer: "E você gostava? Por que ficava? Gostava de sua tia? O que sentia por ela era amor?". Contudo, não conseguiria dizer aquela palavra. Amor. Nunca soubera direito seu significado, só que até agora não tivera nenhum. Mas ela sabia que amor não tinha nada a ver com aquela sala.

Ela perguntou, quase sussurrando: "Foi aqui que aconteceu? Ela foi morta nesta sala?".

"No sofá."

Ela olhou para o sofá, fascinada, e disse, um tanto intrigada: "Mas parece tão limpo, tão comum!".

"Estava coberto de sangue, mas eles levaram embora a manta que o cobria, junto com o corpo. Se levantar a coberta, verá as manchas."

"Pode deixar, não precisa." Ela tentava manter um tom de voz despreocupado. "Você o cobriu?"

Ele não respondeu, mas ela se deu conta de que ele a encarava. Queria se aproximar dele, tocá-lo. Mas pressentiu que não seria uma boa ideia, talvez fosse uma péssima ideia, ele era capaz de rejeitá-la. Percebeu a aceleração da respiração, numa mistura de medo e excitação, e algo mais, ao mesmo tempo excitante e vergonhoso. Ela desejava que ele a carregasse até o sofá e fizesse amor com ela ali. E pensou: Estou com medo, mas pelo menos sinto algo. Estou viva.

Ele ainda a encarava. Disse: "Quero mostrar mais uma coisa. Lá em cima, na sala escura. Quer ver?".

De repente, ela percebeu que precisava sair daquela sala. Tanto vermelho começava a ferir seus olhos.

93

Ela disse, descontraída: "Tudo bem. Por que não?". E acrescentou: "Esta é a sua casa, o lugar onde você mora. Quero ver tudo".

Ele a levou para cima. A escada era carpetada, num padrão irreconhecível, pois o carpete estava sujo e puído em alguns pontos. Ela prendeu o pé num rasgo e precisou segurar no corrimão para não cair. Ashe nem olhou para trás. Ela o seguiu até um quarto nos fundos da casa, tão pequeno que parecia um quarto de despejo, mas que poderia ter sido construído para servir como quarto de dormir. A única janela, no alto, estava coberta por um pano preto grosso, pregado na moldura de madeira. Embaixo, havia três prateleiras. Sobre uma bancada, à direita, encontrava-se um equipamento grande, que a fez pensar num microscópio gigantesco. Sobre a bancada havia também três bandejas retangulares de plástico, cheias de líquido. Ela sentiu um cheiro acre, uma mistura de amônia e vinagre, meio desagradável.

Ele disse: "Já viu uma sala assim antes?".

"Não. É uma sala escura, certo? Mas não sei para que serve."

"Não sabe nada sobre fotografia? Não tem uma máquina? Gente como você sempre tem uma."

"As outras meninas da escola tinham. Eu não queria nem saber. Para fotografar o quê?"

Ela odiava as datas festivas — formaturas, festa do verão, coral natalino, peça de teatro anual. Recordava-se do gramado no verão, da madre superiora sorridente, conversando com os pais, antigas alunas cujas filhas agora estudavam na escola, algazarra em torno delas, crianças apontando as câmeras. "Olhe para cá, madre superiora! Por favor. Mamãe, você não está olhando para a máquina." Venetia nunca estava lá, nunca. Sempre havia uma audiência importante, uma reunião do colegiado, algo que não podia ser perdido. Ela não comparecera nem mesmo quando Octavia foi escolhida para o papel de Paulina em *The winter's tale*.

Ela disse: "Não tínhamos laboratório fotográfico na escola. Os filmes eram mandados para Boots ou outro local, para ser revelados. Sua tia lhe deu isso tudo?".

"Isso mesmo. Minha tia comprou a máquina, equipou o laboratório. Ela queria que eu tirasse fotos."

"Que tipo de fotos?"

"Fotos dela fazendo sexo com os amantes. Ela gostava de olhar para elas, depois."

Ela disse: "O que aconteceu com as fotos que você tirou?".

"Meu advogado ficou com elas. Eram provas da defesa. Não sei onde estão agora. Eles as usaram para mostrar que minha tia tinha amantes. A polícia também as viu. Tentaram localizar os homens, para procurar suspeitos. Só acharam um, que tinha um álibi. Duvido que tenham se empenhado em achar os outros. Eu já havia sido escolhido, certo? Bastava procurar as provas. Eles não iam perder tempo atrás de pistas que não queriam seguir. É assim que a polícia funciona. Eles decidem tudo e depois procuram provas, só para confirmar."

Ela teve uma visão repentina, vívida, indecente, vergonhosamente excitante, daquela sala vermelha no andar de baixo, com dois corpos nus pulando e gemendo no sofá, e Ashe por cima deles ajustando o foco, dando a volta, agachando-se para tirar as fotos que desejava. Ela quase disse: "Por que você fez aquilo? Como ela conseguiu obrigá-lo?". Todavia, sabia que não devia fazer aquelas perguntas. Percebeu que ele a encarava, concentrado, sério.

Ele pôs a mão sobre o aparelho e perguntou: "Sabe o que é isto?".

"Claro que não. Já falei, não entendo nada de fotografia."

"É um ampliador. Quer ver como funciona?"

"Se você quiser."

"Vamos ficar no escuro por algum tempo."

"Gosto do escuro."

Ele foi até a porta e apagou a luz. Voltou para onde ela estava e ergueu o braço. Uma lâmpada vermelha se acendeu, como uma vela curta em escarlate translúcido, manchando seus dedos. Outra lâmpada, pequena e branca, brilhou no ampliador. Ele puxou um envelope do bolso, tirando de dentro um pedacinho de filme, um único negativo.

Ele disse: "Trinta e cinco milímetros. Vou colocá-lo na base, e a base vai para o ampliador".

Uma imagem indecifrável foi projetada sobre uma superfície branca na qual havia listras de metal preto parecidas com réguas. Ela não conseguia entender nada, enquanto ele espiava por um pequeno telescópio.

Ela disse: "O que é? Não vejo nada".

"Já vai ver."

Ele desligou a luz do ampliador e os dois ficaram no escuro, exceto pela luzinha vermelha. Ela observava, enquanto ele apanhava uma folha de papel de dentro de uma caixa na prateleira mais baixa e a instalava no ampliador, ajustando as faixas escuras.

Ela disse: "Conte-me o que você está fazendo. Quero saber".

"Estou escolhendo o tamanho."

Ele acendeu a luz do ampliador, por alguns segundos — seis, sete, no máximo. Depois calçou rapidamente um par de luvas plásticas, ergueu a moldura e jogou o papel no primeiro banho, agitando o fluido delicadamente. O líquido começou a se mover, balançando de um lado para o outro, como uma cobra, como se estivesse vivo. Ela observava tudo, fascinada.

"Preste atenção. Fique olhando." As palavras soaram como uma ordem.

Quase imediatamente, uma imagem surgiu, em alto contraste de preto e branco. Lá estava o sofá, coberto porém por uma colcha com estampas quadradas e circulares. Sobre o sofá havia o corpo de uma mulher. Ela estava deitada de costas, nua exceto por um négligé fino, que se abrira, revelando um triângulo escuro de pelos pubianos e seios brancos e pesados como duas águas-vivas gigantescas. O cabelo se espalhava, emaranhado, por cima da almofada branca. A boca estava semiaberta, a língua um pouco para fora, como se ela tivesse sido estrangulada. Arregalara os olhos negros, sem vida. As facadas no peito e na barriga provocaram ferimentos semelhantes a bocas abertas, dos quais saía sangue, como um catarro negro. Um corte abrira a garganta. Por ali o sangue escorrera, ainda parecia escorrer, como uma fonte de sangue a latejar por cima dos seios, pingando no chão da sala. A imagem pulsou na bandeja, e ela quase acreditou que o sangue escorreria para fora do quadro, tingindo de vermelho o fluido.

Octavia ouvia as batidas ritmadas de seu coração. Ele também as escutava, com certeza. Elas pareciam encher o quartinho claustrofóbico, como um dínamo. Ela disse, num sussurro: "Quem tirou?".

Ele não respondeu de imediato. Examinava a foto, como se verificasse sua qualidade.

Sem parar de agitar o líquido delicadamente, ele disse: "Fui eu. Tirei quando voltei e a encontrei".

"Antes de telefonar para a polícia?"

"Claro."

"Por que fez isso?"

"Porque eu sempre fotografava a minha tia naquele sofá. Era assim que ela gostava."

"Não ficou com medo de que a polícia descobrisse?"

"Um negativo de filme é fácil de esconder, e eles pegaram as fotos que desejavam. Não estavam procurando fotos. Eles queriam achar a faca."

"E a encontraram?"

Ele não respondeu. Ela repetiu a pergunta: "Eles a encontraram?".

"Sim, eles a encontraram. O sujeito a jogou num jardim, quatro casas adiante, debaixo de uma sebe. Era uma faca de cozinha da minha tia."

Com as mãos enluvadas, ele tirou a foto do líquido, jogou-a na segunda bandeja e imediatamente a passou para a terceira. Acendeu a luz de cima. Tirando a foto da bandeja, ele segurou o lado que pingava sobre uma caixa e saiu com ela do quarto, quase a correr. Ela o seguiu até o banheiro, que ficava ao lado. Havia outra bandeja na banheira, com água corrente proveniente da mangueira presa à torneira da banheira.

Ele disse: "Preciso usar o banheiro. Não há torneira no laboratório".

"Por que usa luva? O líquido é perigoso?"

"Deve-se evitar o contato com as mãos."

Enquanto estavam ali, lado a lado, vendo a cena de puro horror balançando e deslizando na água corrente, Octavia pensou que ele havia preparado tudo antes de chamá-la. Ele havia feito isso, queria que ela visse. Era um teste.

Ela desviou a vista e tentou se concentrar no banheiro, uma cela estreita, sem conforto, com uma banheira manchada e marcada por uma lista de gordura e sujeira, uma janela de vidro opaco, um linóleo marrom de ponta virada para cima em volta da base do lavatório. Mas seus olhos sempre voltavam para a imagem que se movia tranquilamente. Ela pensou: Ela era velha. Velha, feia, horrível. Como ele suportava viver ao lado dela? Ela se lembrou das palavras da mãe: "A tia não era uma pessoa agradável, mas algo os mantinha unidos. Com quase toda a certeza, eram amantes. Foi um entre muitos, mas, no caso dele, a tia não cobrava nada". Ela pensou: Não é verdade. Minha mãe só disse isso para me indispor com ele. Porém não há nada que ela possa fazer agora. Ele me mostrou isso, confia em mim, estamos juntos.

De repente ouviram vozes, um barulho na porta dos fundos, como se alguém tentasse arrombá-la. Sem uma palavra, Ashe desceu correndo. Octavia, em pânico, pegou a fotografia e a atirou no vaso sanitário. Mantendo-a debaixo d'água, rasgou-a em dois pedaços, e mais dois, antes de puxar a descarga. Ouviu um som entrecortado, viu um fio de água descer, e mais nada. Soluçando desesperada, tentou novamente. A descarga funcionou, e os pedaços de papel cobertos pela imagem brilhante sumiram de sua vista. Respirando fundo, ela desceu.

Na cozinha, Ashe segurava um rapaz contra a parede, com uma faca encostada em sua garganta. Os olhos do rapaz se moveram até encontrar os dela, transmitindo uma mistura de terror e súplica.

Ashe disse: "Se você e seus amigos pularem o muro de novo, vão ver só. Da próxima vez, vou cortar sua garganta. Sei de um lugar onde posso enterrar o corpo, e ninguém vai encontrá-lo. Entendeu bem?".

A faca se afastou um centímetro da garganta. O rapaz, aterrorizado, fez que sim. Ashe o soltou e ele desapareceu pela porta da cozinha com tanta pressa que se chocou contra o batente.

Ashe guardou a faca na gaveta, calmamente. E disse: "É um dos garotos do conjunto habitacional. São uns selvagens". Assim que viu a face de Octavia, comentou: "Nossa, você parece apavorada. Quem pensou que era?".

"A polícia. Rasguei a foto e joguei na privada. Temia que pudessem encontrá-la. Lamento."

Subitamente, ela sentiu medo de desagradá-lo, medo da raiva dele. No entanto, ele apenas deu de ombros e soltou uma risada curta. "Não faria diferença, se a vissem. Poderíamos vendê-la para um jornal, sem que nada acontecesse. Ninguém pode ser julgado duas vezes pelo mesmo crime, não sabia?"

"Acho que sabia. Mas não pensei nisso, na hora. Desculpe-me."

Ele se aproximou, segurou a cabeça de Octavia com as duas mãos e beijou-a na boca. Foi a primeira vez. Seus lábios eram frios e surpreendentemente macios. Mas o beijo foi firme, e ele manteve a boca fechada. Ela se lembrou de outros beijos, e do quanto os odiara; lembrou-se do gosto de saliva, cerveja e comida, da língua úmida enfiada em sua boca. Aquele beijo era um sinal de reconhecimento. Ela passara no teste.

Ele tirou alguma coisa do bolso e a ergueu com a mão esquerda. Ela sentiu a frieza da aliança antes de vê-la. Era um anel grosso de ouro com uma pedra vermelha como sangue rodeada de pérolas baças. Octavia olhou para a aliança por algum tempo, enquanto ele aguardava sua reação. Ela sentiu um arrepio e prendeu o fôlego, como se o ar estivesse frio como gelo. As veias e os músculos se contraíram de medo, e o coração disparou. Ela vira o anel antes, sem dúvida, no dedo mínimo da tia morta. A foto voltou à sua mente, com os ferimentos abertos, a garganta cortada.

Ela percebeu que sua voz saía trêmula, quando conseguiu dizer, com esforço: "Não era dela? Ela não usava este anel quando morreu?".

A resposta veio em tom tranquilizador, com um carinho que ela jamais notara antes.

"Acha que eu faria isso com você? Ela tinha um igual, com uma pedra de outra cor. Comprei este anel especialmente para você. É uma antiguidade. Imaginei que gostaria."

Ela disse: "Claro que eu gosto". Ela o girou, no dedo anular. "Está meio largo."

"Ponha no médio, por enquanto. Depois mandamos ajustar."

"Não", ela disse. "Não quero tirá-lo nunca mais. E não vou perdê-lo. Ele deve ficar neste dedo mesmo. Prova que estamos juntos."

"Sim", ele disse, "estamos juntos. Estamos seguros. Agora podemos ir para casa."

8

Simon costello percebeu que a aquisição da casa em Pembroke Square fora um erro menos de um ano depois que Lois e ele se mudaram para lá. Um bem cuja compra exige o exercício de um controle rigoroso e contínuo do orçamento doméstico deve ser deixado para outra ocasião. Contudo, na época ele considerara a mudança desejável e ao seu alcance. Vinha de uma série de vitórias em seus casos, e os pedidos de pareceres surgiam com constância tranquilizadora. Lois retomara o emprego na agência de publicidade dois meses após o nascimento das gêmeas, recebendo um aumento que elevara seu salário para trinta e cinco mil libras anuais. Lois defendeu a compra com veemência desnecessária, pois ele pouca resistência demonstrou diante de argumentos que lhe pareciam indiscutíveis: a família não cabia mais no apartamento; eles precisavam de espaço extra, um jardim, dependências separadas para acomodar uma *au pair*. Tudo isso, é claro, poderia ter sido conseguido num subúrbio ou numa área qualquer de Londres menos elegante do que Pembroke Square. A ambição de Lois, porém, não se restringia a espaço adicional. Mornington Mansions jamais fora um endereço adequado para um advogado em ascensão e sua esposa executiva bem-sucedida. Ela nunca mencionava isso, por medo de que a mera pronúncia das palavras diminuísse sua condição econômica e social.

Sua fantasia da nova vida familiar era poderosa, ele bem o sabia. Dariam jantares — obviamente preparados por bufês contratados ou baseados em comida pronta de Marks and Spencer — muito elegantes, cuidadosamente organizados, com convidados escolhidos de modo a criar um ambiente propício para conversas inteligentes e divertidas. Enfim, uma celebração culinária da harmonia conjugal e do sucesso profissional. Não aconteceu nada disso. Os dois chegavam ao fim do dia tão cansados que não suportariam nada além do jantar improvisado na mesa da cozinha, ou em cima de uma bandeja, na frente da televisão. Além disso, nenhum dos dois fazia ideia das necessidades das gêmeas, à medida que saíam do aconchego harmonioso do berço e da amamentação iniciais, até se tornarem crianças enérgicas de um ano e meio, cujas exigências de cuidados, alimentação, trocas de fraldas e estímulos pareciam insaciáveis.

Uma sequência de garotas *au pair* com vários graus de competência passou a dominar sua vida e a de Lois. Por vezes, ele tinha a impressão de que eles se preocupavam mais com o conforto e a felicidade de uma *au pair* do que com a do outro. Os amigos do casal, em sua maioria, não tinham filhos; os alertas esporádicos quanto à dificuldade para arranjar domésticas confiáveis mais pareciam motivados pela inveja disfarçada da gravidez de Lois do que resultado da experiência pessoal. De qualquer modo, provaram-se acertados. Eles tinham a impressão de que a *au pair*, em vez de livrá-los das responsabilidades domésticas, contribuía para aumentá-las; era mais uma pessoa na casa para ser levada em consideração, alimentada, adulada.

Quando a moça trabalhava de maneira satisfatória, eles viviam preocupados com a possibilidade de sua partida. Inevitavelmente, ela ia embora mesmo. Lois era exigente demais como patroa. Quando era necessário dispensar uma empregada, eles discutiam para ver quem falaria com ela e sofriam só de pensar na dificuldade de contratar uma substituta. Passavam horas na cama avaliando os defeitos e as manias da moça em questão, murmurando no escuro como se temessem que as críticas fossem ouvidas dois pisos acima, onde ela dormia, no quarto vizinho ao das crianças. Ela bebia? Seria ridículo marcar o nível das garrafas. Recebia namorados durante o dia? Impossível inspecionar os lençóis. As crianças ficavam sozinhas? Talvez um deles devesse voltar para casa inesperadamente, de vez em quando, para conferir. Mas quem? Simon alegava que não podia sair do tribunal. Para Lois seria impossível ausentar-se do trabalho; o aumento de salário viera com responsabilidades e horários ampliados. Ela não gostava de seu novo chefe, o qual adoraria dizer que não se podia confiar em mulheres casadas com filhos pequenos.

Lois decidiu que um deles, por economia indispensável, deveria usar transporte público. A firma em que ela trabalhava ficava em Docklands; obviamente, Simon faria o sacrifício. As viagens no metrô superlotado, iniciadas num estado de ressentimento invejoso, tornaram-se um martírio improdutivo de trinta minutos, usado para remoer o descontentamento. Ele recordava-se da casa do avô em Hampstead, onde ficava quando era menino: a garrafa de cristal com sherry, sempre à mão; o aroma do jantar na cozinha, a insistência da avó para que o provedor da família, cansado de um dia exaustivo no tribunal, tivesse direito ao descanso, fosse até mimado e principalmente poupado das pequenas ansiedades domésticas. Ela fora a esposa típica de um advogado, infatigável na dedicação a causas humanitárias, sempre presente e elegante nos eventos do colegiado, ostensivamente contente com o tipo de vida que adotara. Bem, aquela época havia passado para sempre. Lois deixara bem claro, antes do casamento, que sua carreira era tão importante quanto a dele. Nem seria preciso dizer isso; afinal, aquele era um casamento moderno. O emprego não tinha importância apenas para ela; era importante para os dois. A casa, a *au pair*, o padrão de vida como um todo dependiam de dois salários. E tudo o que haviam conseguido, mesmo precariamente, estava sendo ameaçado por aquela maldita moralista abelhuda.

Venetia aparentemente viera direto de Bailey para o prédio do colegiado, e estava com um mau humor do cão. Alguém ou algo a deixara irritada. Não, a palavra "irritada" era fraca demais, suave demais para descrever a intensidade da fúria e do desprezo com que o confrontara. Alguém a levara até o limite de sua paciência. Ele praguejou baixinho. Se ele não estivesse na sala, se tivesse saído um minuto antes, o encontro não teria ocorrido. Ela teria a noite inteira para repensar o assunto e decidir o que fazer. Provavelmente, nada. Pela manhã, teria

103

recobrado o bom senso. Ele se lembrava de cada palavra de sua acusação furiosa.

"Defendi Brian Cartwright hoje. Com sucesso. Ele me disse que você foi advogado dele há quatro anos e que soube do suborno de três jurados, antes do julgamento. Mas não fez nada. Levou o caso adiante. Isso é verdade?"

"Ele mentiu. Não é verdade."

"Ele também disse que entregou ações da empresa dele para sua noiva. Também antes do julgamento. Isso é verdade?"

"Já lhe disse, ele está mentindo. Nada disso é verdade."

A negativa fora instintiva como o braço erguido para aparar um golpe, soando pouco convincente, até mesmo aos seus ouvidos. A atitude traíra sua culpa, completamente. Primeiro, o horror frio a lhe tirar a cor das faces, depois a onda de calor que trouxe de volta as memórias vergonhosas do escritório de seu tutor, das surras inevitáveis. Com esforço, ele conseguira encará-la, enfrentando a expressão de desprezo e incredulidade. Se pelo menos não tivesse sido apanhado de surpresa! Agora, saberia como reagir: "Cartwright me contou, após o julgamento, mas não acreditei nele na época, como não acredito agora. Aquele sujeito inventa qualquer absurdo para bancar o importante".

No entanto, ele dissera uma mentira mais direta, muito perigosa, e ela percebera que se tratava de uma mentira. Mesmo assim, por que a raiva, por que o desprezo? O que um lapso antigo como aquele tinha a ver com ela? Quem encarregara Venetia Aldridge de ser a guardiã moral da consciência de seus pares? Principalmente da sua? Estaria a consciência dela tão limpa, seria seu comportamento imaculado? Teria ela direito de destruir a carreira dele? Pois sua carreira seria destruída, sem dúvida. Ele não sabia exatamente o que ela poderia fazer, até onde se dispunha a ir, mas se a história circulasse, mesmo como boato, ele jamais conseguiria a toga.

Assim que ele abriu a porta, ouviu o choro. Uma moça desconhecida descia a escada, segurando Daisy nos braços desajeitados. Instantaneamente, percebeu sua perigosa incompetência; o cabelo vermelho espetado, a calça jeans imunda, os brincos na lateral da orelha, o equilíbrio precário da sandália de salto na escada sem carpete. Correu, e praticamente arrancou Daisy dos braços dela.

"Quem é você, diacho? Onde está Estelle?"

"O namorado dela caiu da bicicleta. Ela precisou ir ao hospital. Dureza! Fiquei olhando os bebês enquanto a sra. Costello não chega."

Um odor familiar confirmou a razão do choro: o bebê precisava ser trocado. Segurando a filha com os braços estendidos, ele a levou para o quarto. Amy, ainda vestida com o macacão diurno, estava em pé no berço, agarrada às barras, choramingando.

"Deu comida a elas?" Ele poderia estar falando de animais.

"Dei leite. Estelle disse para esperar a sra. Costello."

Ele largou Daisy no berço, e o choro aumentou, mais por raiva do que por incômodo. Os olhos pareciam frestas pelas quais a menina o espiava, concentrando maldade. Amy, para não perder terreno para a irmã, passou dos soluços amuados para o choro ostensivo.

Ele ouviu com alívio o barulho da porta que se fechava e os pés de Lois nos degraus da escada. Saindo para encontrá-la, disse: "Pelo amor de Deus, cuide delas. Estelle foi embora por causa do namorado que se machucou e deixou uma maluca no lugar dela. Preciso de um drinque".

O armário que servia de bar ficava no escritório. Atirando o casaco em cima da poltrona, ele se serviu de uma dose grande de uísque. Os sons, contudo, invadiam o local. Lois gritava, com sua voz aguda; as crianças choravam. Ele ouviu o ruído de pés na escada e vozes no corredor.

A porta se abriu. "Preciso pagá-la. Ela quer vinte libras. Você tem dinheiro?"

Ele tirou duas notas de dez e as entregou em silêncio. A porta da frente se fechou com estrépito, e após alguns minutos o silêncio finalmente reinou. Lois, porém, só apareceu depois de quarenta minutos.

"Já cuidei delas. Você não ajudou em nada. Poderia pelo menos ter trocado as fraldas das duas."

"Não deu tempo. Ia fazer isso, quando você chegou. O que aconteceu com Estelle?"

"Só Deus sabe. Nunca soube de nenhum namorado. Ela vai aparecer, qualquer hora. Provavelmente, a tempo para jantar. Ah, essa foi a gota d'água! Vou mandá-la embora. Mas que dia! Sirva-me uma bebida, por favor. Mas não uísque. Quero gim-tônica."

Ele levou o drinque até o canto do sofá no qual ela se atirara. Ela usava o que ele chamava de uniforme de trabalho. Odiava o traje: saia preta com abertura atrás, casaco com caimento perfeito, blusa preta de seda brilhante, sapato preto de salto baixo. A roupa representava a Lois da qual ele se afastava cada vez mais e um mundo tão importante para ela quanto ameaçador para ele. Apenas a pele ligeiramente suada e a testa afogueada traíam o esforço recente. Curioso, pensou, quanto a gente se acostuma com a beleza. Um dia ele imaginara que valia a pena pagar qualquer preço para possuí-la, para que ela fosse exclusivamente sua, para que se alimentasse daquela beleza e a desfrutasse, exaltasse, santificasse até. Mas não se pode possuir a beleza, assim como não se pode possuir um ser humano.

Ela esvaziou o copo rapidamente, dizendo ao se levantar: "Vou trocar de roupa, agora. Vamos jantar espaguete à bolonhesa. Se Estelle voltar, não quero saber dela até terminar de comer".

Ele disse: "Espere um pouco. Preciso contar uma coisa".

Não era um bom momento para dar a notícia, mas quando seria a hora certa? Era melhor falar tudo de uma vez. Ele contou o ocorrido, sem rodeios.

"Venetia Aldridge entrou na minha sala, pouco antes da hora de sair. Ela defendeu Brian Cartwright recentemente. Ele disse que eu estava a par do suborno de três jurados quando o defendi naquele caso de agressão, em 1992. Ele também falou das ações da Cartwright Agricultural Company que lhe entregou antes do julgamento. Duvido que ela vá deixar passar isso em branco."

"Como assim, não vai deixar passar em branco?"

"Suponho que pretenda me denunciar à ordem ou à minha seção."

"Ela não pode fazer isso. Não tem nada a ver com ela."

"Ela acha que tem, pelo jeito."

"Espero que tenha negado tudo." Sua voz estava tensa: "Negou, não negou?".

"Claro que neguei."

"Então está tudo bem. Ela não pode provar nada. É a sua palavra contra a de Cartwright."

"O negócio não é assim tão simples. Ela pode conseguir provas, no caso das ações, calculo. E Cartwright é bem capaz de dar os nomes dos jurados, se for pressionado."

"Duvido que seja do interesse dele, certo? Por que diabos o sujeito foi contar tudo a ela, afinal?"

"Sei lá. Foi o jeito que ele encontrou para dar uma gorjeta pelos serviços prestados, suponho. Vaidade. Queria se gabar, mostrar a ela que se livrou antes graças a suas artimanhas, e não ao desempenho dos advogados. Por que as pessoas fazem essas coisas? E que importam os motivos dele? Ele fez, e pronto."

"E daí? Mesmo que ele revele o nome, é a palavra daquele sujeito contra a sua. Por que ele não podia me dar as ações? Você sabe o que aconteceu. Ele veio visitá-lo em seu escritório, e antes de sair conversamos um pouco. Ele gostou de mim. Você precisava ficar mais, e nós dois dividimos um táxi. Eu também gostei dele. Conversamos sobre investimentos. Uma semana depois ele me escreveu e me deu as ações. Não teve nada a ver com você. Nem estávamos casados."

"Casamos uma semana depois."

"Mas ele deu as ações para mim. Foi um presente pessoal. Não há nada de ilegal em receber umas ações de presente de um amigo, suponho. Não teve nada a ver com você. Ele teria me dado as ações, mesmo que não estivéssemos noivos."

"Acha mesmo?"

"Seja como for, posso dizer que você não sabia de nada a respeito das ações. Como eu não lhe contei, está tudo em ordem. E você vai dizer que não acreditou em Cartwright, na história do suborno. Pensou que fosse uma piada de mau gosto. Ninguém pode provar nada. A lei não exige provas? Bem, não há provas. Venetia Aldridge mesma vai perceber isso. Dizem que é uma advogada brilhante, afinal de contas. Acabará deixando isso de lado. Bem, já chega. Quero outro drinque."

Lois jamais entendeu o direito. Ela gostava do prestígio de ser mulher de um advogado, e no início da vida de casada comparecia esporadicamente ao tribunal para vê-lo atuar nos julgamentos. Mas o tédio logo a afastou do local.

Ele disse: "Não é assim tão simples. Ela não precisa de provas, não do tipo exigido num julgamento. Se o caso vier à tona, posso dar adeus à toga".

Ela ficou preocupada. Falou em tom agressivo, com a garrafa de gim na mão e incredulidade na voz: "Está dizendo que Venetia Aldridge pode impedi-lo de tornar-se Queen's Counsel?".

"Se ela resolver criar problemas; sim, pode."

"Então você precisa detê-la." Ele não retrucou. Ela disse: "Alguém precisa detê-la. Vou falar com tio Desmond. Ele dará um jeito. Você sempre disse que ele era o advogado mais respeitado do colegiado".

Ele reagiu, exasperado: "Nada disso, Lois. Você não vai dizer uma única palavra a ele. Não compreende o que isso significa? Seria a última coisa do mundo pela qual Desmond Ulrick mostraria alguma solidariedade".

"Por você, talvez não. Mas ele faria tudo por mim."

"Sei que você acha isso. Sei que ele é louco por você. Sei que você pede dinheiro a ele."

"Nós pedimos. Não teríamos esta casa se não fosse o empréstimo. Sem juros. As ações de Cartwright e o dinheiro do tio Desmond pagaram a entrada, não se esqueça."

"Como poderia esquecer? Acho que não vamos poder pagá-lo nunca."

"Ele não espera ser pago. Disse que era um empréstimo para nos poupar a humilhação."

Ele não fora poupado da humilhação. Mesmo naquela situação de extrema dificuldade, o ciúme antigo, irracional mas sempre presente, o atormentava como uma dor crônica, familiar. Ulrick era louco por ela, isso ele entendia — ele, melhor do que ninguém. Contudo, sentia repugnância pelo modo como ela agia, aproveitando-se da situação, gabando-se de explorar o velho.

Ele insistiu: "Você não dirá nada a ele. Eu a proíbo, Lois. A pior coisa seria confiar em alguém, agora. Especialmente num membro do colegiado. Nossa única esperança é ficarmos quietos. Cartwright não vai espalhar a história. Ele não falou nada, nos últimos quatro anos. Não tem o menor interesse, aliás. Conversarei com Venetia".

"Acho melhor, mesmo. Quanto antes, melhor. Você não pode mais contar com o meu salário."

"Não sou eu quem conta com seu salário, somos nós dois. Você sempre fez questão de trabalhar."

"Bem, já não faço tanta questão assim. Estou cheia de Carl Edgar. Ele se tornou intolerável. Estou procurando outro emprego."

"Bem, acho prudente ficar no emprego que tem, por enquanto. Não é o momento apropriado para pedir demissão."

"Tarde demais, sinto informar. Pedi demissão esta tarde."

Eles trocaram olhares apavorados. E ela insistiu: "Acho melhor você fazer alguma coisa em relação a Venetia Aldridge, não concorda? E logo".

9

O TELEFONE TOCOU na casa de Mark Rawlstone, em Pimlico, quando o noticiário das nove da noite na BBC chegava ao final. Não ocorrera nada de importante na Câmara, e ele pretendia jantar sozinho em casa, pois precisava trabalhar no discurso que faria no debate da semana seguinte. Lucy fora visitar a mãe em Weybridge e passaria a noite por lá. Mãe e filha, afinal de contas, tinham muito o que conversar, especialmente no momento. De qualquer modo, ela deixara o jantar pronto, como de costume. Bastaria esquentar o pato ensopado enquanto comia a salada pronta, exceto pelo molho. Depois, havia queijo e frutas. Kenneth Maples decidira jantar no Parlamento, mas avisara que talvez passasse por ali para tomar café e conversar um pouco. Telefonaria, para confirmar. Ken fazia parte do Shadow Cabinet; o assunto poderia ser importante. Tudo o que ocorresse até a eleição poderia ser importante. Talvez fosse Ken, confirmando que estava a caminho.

Em vez disso, sentindo uma mistura de desapontamento e irritação, ele ouviu a voz de Venetia. Ela disse: "Ainda bem que o encontrei em casa. Tentei primeiro na Câmara. Preciso vê-lo com urgência. Pode passar aqui para conversarmos uma meia hora?".

"Não poderia ser em outra hora? Estou esperando uma pessoa, que ficou de telefonar confirmando a visita."

"Não, não poderia. Eu não teria telefonado, se pudesse esperar. Deixe uma mensagem na secretária eletrônica. Não vai demorar muito."

A irritação inicial cedera lugar à resignação. "Tudo bem", ele disse, sem muita disposição. "Pegarei um táxi."

Recolocando o fone no gancho, ele pensou que era muito incomum receber um telefonema de Venetia em sua casa. Na

110

verdade, não se recordava de outra ocasião em que isso ocorrera. Ela fazia questão absoluta de manter o caso amoroso entre eles distante da vida doméstica, chegava a ser obsessiva em relação a segurança e privacidade — não porque tivesse algo a perder, mas por medo de que sua vida sexual fosse tema dos mexericos no tribunal. Ainda bem que ele fazia parte do Lincoln's Inn e não do Middle Temple. Também ajudava o fato de ele ser um membro do Parlamento, obrigado a trabalhar até tarde, em horários irregulares, viajando de vez em quando à sua base em Midlands. Isso tudo lhes dava oportunidades para encontros secretos e mesmo para noites inteiras juntos em Pelham Place. Contudo, nos últimos seis meses, os encontros haviam sido menos frequentes, e a iniciativa geralmente partia de Venetia, não dele. O caso começava a ter características de um casamento, sem oferecer porém a segurança e o conforto do matrimônio. Não só a excitação se perdera. Chegava a ser difícil recordar a animação das primeiras semanas de paixão, impossível recriar a mistura de desejo sexual e perigo, a sensação onipotente de saber que uma mulher linda e bem-sucedida o considerava atraente. Isso ainda era verdade? A relação não se tornara apenas um hábito, para ambos? Tudo, mesmo uma paixão ilícita, chega naturalmente ao final. Pelo menos aquele caso, ao contrário de outras de suas escapadas anteriores, poderia se encerrar com uma certa dignidade.

Na verdade, ele já pretendia terminar antes mesmo de Lucy contar que estava grávida. Tornara-se perigoso demais, e a pecha de "aventureiro" estava na moda. O público inglês, e em particular a imprensa, em seu pendor natural para a hipocrisia, resolveram que uma conduta sexual aceitável entre jornalistas seria imperdoável e desonrosa num político. A categoria, sempre impopular, seria agora forçada ao constrangimento imposto por uma vida sexual impecável. Sem dúvida, seu caso daria primeira página se viesse à tona num dia de notícias fracas: jovem deputado trabalhista promissor, cotado para o cargo de ministro, casado com uma senhora católica devota, era amante de uma das advogadas criminalistas mais famosas do país.

Ele não participaria da costumeira charada desabonadora, da execração pública com direito a foto do aventureiro arrependido ao lado da esposa fiel e leal ao marido delinquente. Não teria coragem de fazer Lucy passar por isso, nem agora nem nunca. Venetia entenderia. Ele não lidava com uma exibicionista invejosa, ciumenta, vingativa, egoísta. Uma das vantagens em escolher como amante uma mulher inteligente e independente era a certeza de poder acabar com o caso dignamente.

Lucy esperara a confirmação da gravidez para contar tudo a ele. Típico da parte dela, a capacidade de esperar, planejar as ações, ponderar bem o que dizer. Ele a abraçara, sentira o renascer da antiga paixão, do amor protetor de antes. A falta de filhos causara sofrimento a ela e arrependimento a ele. Naquele momento, ele se deu conta de que também desejara ardentemente a vinda de um filho, tendo sido contaminado pelo desespero da mulher. Só porque sempre considerara o fracasso intolerável reprimira uma esperança que acreditava inútil. Libertando-se de seus braços, Lucy deu o ultimato.

"Mark, isso faz muita diferença para nós, para o casamento."

"Querida, um filho sempre faz muita diferença. Voltaremos a ser uma família. Meu Deus, é o máximo! Que notícia maravilhosa! Não sei como conseguiu manter silêncio por quatro meses."

Ele se deu conta, antes mesmo de a sentença sair inteira da boca, de que fora uma frase infeliz. Ela não teria guardado um segredo daqueles com tanta facilidade na época em que estavam mais próximos. Mas ela deixou passar.

Ela disse: "Quero dizer que faz diferença para nosso relacionamento. Seja lá quem for a pessoa com quem anda saindo... não quero saber o nome dela, não quero ouvir nada a respeito. Isso precisa acabar. Você entende?".

Ele disse: "Já acabou. Não era importante. Nunca amei outra mulher, além de você".

Naquele momento, ele acreditou em suas próprias palavras. Ainda acreditava; na medida em que era capaz de amar, seu coração pertencia à esposa.

O acordo continha um apêndice subentendido, e os dois sabiam disso. O jantar marcado para a noite de sexta-feira fazia parte dele. Lucy agiria conforme o esperado, esforçando-se para garantir o sucesso do evento. Pouco se interessava pela política. O mundo em que o marido circulava, com suas intrigas, ambição frenética, estratégias de sobrevivência, parcerias e rivalidades, era estranho e entediante, em sua opinião. Mas ela sentia um interesse genuíno pelas pessoas, independentemente de classe, posição social ou importância. E as pessoas sempre reagiam bem a sua atitude calma, interessada, sentindo-se bem em sua companhia. Sabiam que estavam seguras na sala de sua casa. Ele se convencera de que seu mundo precisava de Lucy; de que ele precisava de Lucy.

Quando o táxi entrou em Pelham Place, ele viu um rapaz de motocicleta saindo da casa de Venetia. Algum amigo de Octavia, presumiu. Ele se esquecera de que a moça agora morava no meio-porão. Mais uma razão para acabar com o relacionamento. Quando ela estava na escola, pelo menos, tinham garantida a privacidade durante a maior parte do ano. Ela era uma pessoa desagradável. Ele não queria saber da presença dela em sua vida, nem mesmo indiretamente.

Ele tocou a campainha. Venetia jamais lhe dera a chave, nem mesmo durante o auge da paixão. Ele pensou, com uma ponta de ressentimento, que Venetia não abria mão de certos aspectos de sua privacidade. Fora admitido em sua cama, mas não em sua vida.

Ela mesma abriu a porta, e não a sra. Buckley, a empregada. Conduziu-o até a sala de cima. A garrafa de uísque já o aguardava, em cima da mesinha na frente da lareira. Ele pensou, como fizera antes, mas agora numa reação mais positiva, que jamais gostara daquela sala, nunca se sentira bem naquela casa. Faltavam ao local conforto, aconchego, individualidade. Como se ela tivesse decidido que uma casa georgiana exigisse mobília formal, passando a frequentar leilões em busca de peças adequadas a preços de pechincha. Nada naquela sala, suspeitava, viera do passado dela; nada fora adquirido por prazer: a poltrona estofada,

113

que parecia ótima mas não era confortável, a mesa para a prataria com algumas peças selecionadas, que ele sabia terem sido compradas numa mesma tarde, em Silver Vaults. O único quadro, de Vanessa Bell, pendurado em cima da lareira, pelo menos demonstrava bom gosto; ela apreciava a pintura do século XX. Contudo, nunca havia flores. A sra. Buckley tinha outros afazeres, e Venetia era ocupada demais para comprá-las e arrumá-las.

Ele se deu conta, depois, de que se equivocara quanto ao motivo do encontro, desde o início. Esquecendo-se de que fora ela quem o chamara para pedir conselho, disse: "Lamento, não posso ficar muito tempo, estou esperando Kenneth Maples. Mas pretendia ligar para você. Minha vida andou dando cambalhotas, nas últimas semanas. Acho melhor lhe dizer logo uma coisa. Não devemos nos ver novamente. Está ficando muito difícil; muito perigoso para nós dois. Percebi, nos últimos tempos, que você sente a mesma coisa".

Ela nunca tomava uísque, mas havia uma garrafa de vinho tinto numa bandeja de prata. Serviu-se uma taça, com a mão perfeitamente firme, mas os olhos castanhos fixaram-se nos dele com tanto desprezo acusador que ele se calou, por instinto. Nunca a encontrara daquele jeito. O que havia de errado com ela? Jamais vira Venetia com tanta dificuldade para manter o autocontrole.

Ela disse: "Por isso fez a gentileza de vir, mesmo correndo o risco de se desencontrar de Kenneth Maples. Para me dizer que prefere acabar com o nosso relacionamento".

Ele disse: "Achei que você estava pensando a mesma coisa. Afinal, quase não nos vimos nas últimas semanas".

Para seu próprio horror, ele notou na voz um tom de súplica quase humilhante. Mas resolveu prosseguir, forçando desesperadamente um tom de segurança.

"Bem, tivemos um caso. Mas eu nunca prometi nada, nem você. Não fingimos estar perdidamente apaixonados. Não era por aí."

"Por onde era então, exatamente? Por favor, diga. Estou interessada."

"Você sabe, imagino. Atração sexual, respeito, afeição. Depois, por hábito, também."

"Um hábito muito conveniente. Uma parceira sexual disponível como e quando você queria, em quem podia confiar, pois ela teria muito a perder, tanto quanto você. E, além de tudo, grátis. Um hábito fácil de adquirir, para os homens. Principalmente quando são políticos."

"Isso não é digno de você, além de injusto. Sempre achei que a fazia feliz."

A voz dela traía uma rudeza que gelava seu sangue.

"Acha mesmo, Mark? Tem certeza? Consegue ser tão arrogante? Fazer-me feliz não é assim tão fácil. Exige mais do que um pau duro e um mínimo de técnica sexual. Você não me fez feliz, nunca me fez feliz. O que fez foi fornecer, de tempos em tempos — quando era conveniente, quando sua esposa não precisava entreter seus convidados, quando tinha a noite livre —, um momento de prazer sexual. Eu poderia ter dado um jeito sozinha, sem dificuldade. Não chamaria isso de me fazer feliz."

Tentando tomar pé naquele pântano de irracionalidade, ele disse: "Se a tratei mal, lamento. Não queria magoá-la. Era a última coisa que eu queria fazer na vida".

"Você não entende nada, não é? Mark, você não escuta nada. Você nem tem a capacidade de me magoar. Nunca foi importante para mim. Nem você nem homem algum é."

"Então, do que está reclamando? Tivemos um caso. Nós dois queríamos. Foi conveniente para ambos. Agora acabou. Se não foi importante para você, por que se queixa?"

"Estou me queixando por causa da maneira como você acha que pode tratar uma mulher. Você enganou sua esposa porque queria variar um pouco, sexo temperado com algum risco, e porque sabia que eu seria discreta. Agora precisa de Lucy. De repente, ela ficou importante. Você precisa de respeitabilidade, de uma esposa amantíssima e dedicada, de um reforço político. Aí Lucy promete perdoar a infidelidade, apoiá-lo na campanha eleitoral, ser a esposa perfeita. Em troca, sem dúvida, você promete acabar com nosso caso. 'Nunca mais vou vê-la. Ela nunca significou nada. Sempre amei você.' Não é assim que os fariseus se reconciliam com suas mulherzinhas?"

Ele encontrou refúgio na raiva, de repente. "Deixe Lucy fora disso. Ela pode dispensar sua preocupação ou condescendência piedosa. E, se quer mesmo saber, é meio tarde para bancar a paladina do sexo frágil. Eu posso tomar conta de Lucy. Nosso casamento não tem nada a ver com você. E não tem nada a ver com o que está dizendo. Seu nome nem foi mencionado. Lucy não sabe do nosso caso."

"Não mesmo? Está na hora de crescer, Mark. Ela pode não saber meu nome, mas sabe que há alguém. As esposas sempre sabem. Lucy fingia não saber por conveniência. Vocês não pretendiam se separar, certo? Foi tudo uma escapada divertida. Os homens gostam dessas coisas."

"Lucy está grávida."

Ele não fazia ideia da razão por que contara aquilo, mas era tarde demais para desdizer.

Após uma pausa, ela disse, calmamente: "Pensei que Lucy não pudesse ter filhos".

"Era o que pensávamos. Estamos casados há oito anos. Perdemos as esperanças. Lucy não aceitaria a parafernália dos testes e tratamentos de fertilidade. Considerava a situação humilhante para mim. Bem, não foi necessário. O bebê deve nascer no dia 20 de fevereiro."

"Mas que conveniente! Conseguiram tudo rezando e acendendo velas, suponho. Ou foi por imaculada concepção?"

Ela parou, segurando a garrafa de uísque. Ele balançou a cabeça. Enchendo a taça de vinho, ela disse, em tom deliberadamente casual: "Ela sabe a respeito do aborto? Quando vocês tiveram a comovente conversa da reconciliação, você pensou em mencionar que há doze meses eu abortei um filho seu?".

"Não, ela não sabe de nada."

"Claro que não. Esse pecado você não teria coragem de confessar. Uma aventura sexual, uma puladinha de cerca, tudo bem, é perdoável. Matar uma criança que não nasceu, porém, é sério. Ela não se mostraria tão compreensiva, sendo católica fervorosa, conhecida militante do movimento Pró-Vida e ainda por cima grávida. Uma informação interessante como essa anuviaria os meses de espera, até fevereiro, não acha? Não pairaria no ar a censura de um irmão invisível, silencioso, a crescer junto com o filho de vocês? Ela não veria a coisa assim? Não sentiria a presença do espectro do bebê abortado sempre que você a tocasse para sentir a criança?"

"Não faça isso, Venetia. Tenha um pouco de vergonha na cara. Não fale como uma chantagista barata."

"Barata, não, Mark. Chantagem nunca sai barato. Você é advogado criminalista. Deveria saber isso."

Ele se viu reduzido a implorar, odiando Venetia e a si mesmo.

"Ela nunca lhe fez mal. Você não faria uma coisa dessas a Lucy."

"Provavelmente não. Mas a gente nunca sabe, não é?"

Ele deveria ter deixado tudo por isso mesmo. Mais tarde, acabou amaldiçoando sua atitude. Não só durante uma reinquirição é preciso saber quando parar. Ele deveria ter domado o orgulho masculino, feito um apelo final e ido embora. Mas estava revoltado com tanta injustiça. Ela falava como se a responsabilidade fosse apenas dele, como se ele a tivesse forçado a abortar.

Ele disse: "Foi você quem enfiou na cabeça que a pílula fazia mal e que seria melhor parar de tomá-la por um tempo. Foi você quem resolveu correr o risco. E você quis encerrar a gravidez, tanto quanto eu. Você ficou horrorizada quando descobriu que estava grávida. Um filho ilegítimo seria um desastre. Qualquer filho era um desastre, você mesma disse isso. E nunca quis ter outro. Afinal, você não cuida nem da filha que já teve".

Ela deixou de olhar para ele. Seus olhos furiosos fitavam um ponto além, subitamente atônitos. Ele virou a cabeça para acompanhar o olhar de Venetia. Octavia estava parada na porta, silenciosa, segurando um par de castiçais de prata. Ninguém falou nada. Mãe e filha estavam paralisadas, como num quadro. Ele resmungou: "Lamento muito". E saiu, esbarrando em Octavia.

Desceu as escadas quase correndo. Não viu sinal da sra. Buckley, mas a chave estava na porta, e isso poupou a ignomínia de esperar que alguém a destrancasse.

Só quando já estava no jardim, fugindo apressado, ansioso para conseguir logo um táxi, ele se deu conta de que nem havia perguntado a Venetia o que ela desejava conversar com ele.

10

DRYSDALE LAUD TINHA A IMPRESSÃO de que seus amigos pensavam, com uma pontada de ressentimento até, que ele organizara muito bem sua vida. Ele concordava com essa visão, e considerava isso mérito seu. Sendo um advogado especializado em calúnia e difamação, sua profissão lhe dera amplas oportunidades de testemunhar a confusão que as pessoas faziam em suas vidas, uma confusão que ele via com adequada simpatia profissional. Contudo, não podia deixar de se surpreender de que seres humanos, tendo escolha entre ordem e caos, entre razão e estupidez, pudessem agir contra seus próprios interesses. Se perguntassem, ele admitiria ter sido sempre afortunado. Filho único mimado de pais prósperos. Inteligente, excepcionalmente bonito, passara pelo colégio e por Cambridge acumulando um sucesso após o outro, obtendo um bacharelado nos Clássicos antes de se dedicar ao direito. Seu pai, embora não fosse advogado, tinha amizades no meio jurídico. Não foi difícil conseguir um orientador adequado para o jovem Drysdale. Ele se tornara membro do colegiado na época esperada, e obtivera a toga na primeira oportunidade razoável.

O pai morrera havia dez anos. A mãe, herdeira de uma boa fortuna, não lhe exigia deveres filiais onerosos, apenas que passasse um final de semana por mês em sua casa de Buckinghamshire, durante o qual oferecia um jantar de cerimônia. Sua parte no acordo não explícito era estar presente. A dela, providenciar comida excelente e convidados que não o aborrecessem. As visitas também lhe davam oportunidade para mimos da parte da antiga babá, que se tornara governanta na casa da mãe, e uma chance de jogar golfe e caminhar pelo campo. As camisas sujas da trouxa seriam lavadas e passadas com perfeição. Era mais barato do que mandá-las para a lavanderia, além de poupar tempo. A mãe adorava jardinagem, e ele voltava ao apartamento na margem sul do Tâmisa, perto de Tower Bridge, cheio de flores, frutas e legumes frescos da estação.

Ele e a mãe sentiam um afeto baseado no respeito pelo egoísmo visceral do outro. Sua única crítica ao filho, insinuada mas nunca explicitada, se fundava na demora para que ele se casasse. Ela ansiava por netos; o pai teria exigido que o nome da família perdurasse. Moças adequadas eram fartamente convidadas para os jantares. Uma vez ou outra, ele aceitava sair com uma delas. Com menos frequência os jantares rendiam um caso rápido, que em geral acabava em recriminações mútuas. A última candidata perguntou, amargurada, chorando furiosamente: "Qual é o papel da sua mãe? De alcoviteira?". Ele decidiu então que a confusão e o descontrole emocional eram desproporcionais ao prazer obtido, e retornou ao seu arranjo anterior com uma jovem que, apesar do preço exorbitante, era seletiva na escolha dos clientes e criativa nos serviços prestados, além de muito discreta. Mas essas coisas eram caras, mesmo. Ele nunca esperara desfrutar tais prazeres gratuitamente.

Ele sabia que a mãe, que mantinha preconceitos ultrapassados em relação a divorciadas, sobretudo quando tinham filhos, e que considerara Venetia antipática na única ocasião em que se encontraram, temera que o filho fosse se casar com a colega. A ideia chegou a passar por sua cabeça, mas não durou uma hora. Ele suspeitava que Venetia já tivesse um amante, embora nunca houvesse sentido curiosidade suficiente para se dar ao trabalho de descobrir quem era o sujeito. Sabia que a amizade entre eles dava origem a comentários no tribunal, mas nunca haviam sido amantes. Ele não sentia atração física por mulheres fortes ou bem-sucedidas, e pensava ocasionalmente, com um sorriso maroto, que fazer sexo com Venetia seria parecido demais com um interrogatório no qual seu desempenho passaria depois por uma rigorosa reinquirição.

Uma vez por mês, a mãe vinha a Londres. Aos sessenta e cinco anos, enérgica e bem conservada, visitava amigas, fazia compras, ia aos museus e ao salão de beleza. Depois, passava em seu apartamento, como naquela noite. Jantavam juntos, em geral num restaurante na beira do rio, e depois ele chamava um táxi, que a levava a Marylebone, onde pegava o trem. Ela começava a se perguntar, numa típica manifestação de sua independência, se o programa valia a pena, no final de um dia exaustivo. Tower Bridge era um lugar inconveniente de se chegar, a partir do West End. Além disso, ela odiava chegar tarde em casa, no inverno. Ele suspeitava que as visitas não durariam muito tempo e que o abandono do ritual representaria para ambos um lamento aliviado.

O telefone tocou quando ele estava entrando no apartamento. Ele ouviu a voz de Venetia, ao atender. Ela soava peremptória.

"Preciso conversar com você. Esta noite, se possível. Está sozinho?"

Ele respondeu, cauteloso: "Sim. Acabei de levar minha mãe para pegar um táxi. Não pode ser outra hora? Já passa das onze".

"Não, não pode. Chegarei aí assim que puder."

Meia hora depois, ele abriu a porta. Pela primeira vez, Venetia entrou em seu apartamento. Invariavelmente cuidadoso com essas questões, ele sempre passava na casa dela quando combinavam de sair, e a deixava lá no final do programa. Contudo, ela entrou na sala sem demonstrar o menor interesse pelo local, pela imensidão de água brilhante para lá da janela ou pela iluminação feérica de Tower Bridge. Ele sentiu um momento de irritação ao notar que toda a sua dedicação ao local estava sendo ignorada. Sem dar importância à vista espetacular, que normalmente atraía as visitas para a janela, ela tirou o casaco e o entregou a ele, como se fosse o mordomo.

Ele perguntou: "Quer beber alguma coisa?".

"Nada. Qualquer coisa. O que você estiver tomando."

"Uísque."

Ele sabia que ela não gostava dessa bebida. Ela disse: "Então prefiro vinho tinto. Qualquer coisa que esteja aberta".

Ele não tinha nenhuma garrafa aberta. Escolheu um Hermitage no bar, serviu-lhe uma taça e sentou-se na mesa baixa, na frente dela.

Ignorando a bebida, ela disse sem rodeios: "Lamento vir aqui assim de repente, mas preciso de sua ajuda. Lembra-se de um rapaz que defendi há umas três ou quatro semanas, Garry Ashe?".

"Claro que sim."

"Bem, eu o vi em Bailey hoje, assim que terminei meu caso. Ele estava com Octavia. Ela disse que ficaram noivos."

"Foi rápido! Quando eles se conheceram?"

"Depois do julgamento, é claro. Obviamente, trata-se de uma armação, e quero pôr um fim nisso."

Ele disse, com cautela: "Percebo que não gostou nada da ideia, mas não vejo como impedir. Octavia já completou a maioridade, certo? Mesmo que ela não fosse maior, encontraríamos algumas dificuldades. O que poderia alegar, para afastá-lo? Ele foi absolvido".

As palavras que ele não disse eram tão óbvias que ele poderia tê-las falado em alto e bom som: "Graças a você".

Mas perguntou, apenas: "Conversou com Octavia?".

"É claro. Ela resolveu me desafiar. Era de se esperar. Parte da atração que ela sente está no poder que ele lhe dá para me ferir."

"Não seria um tanto injusto dizer isso? Por que ela quereria feri-la? Talvez goste realmente do rapaz."

"Pelo amor de Deus, Drysdale, seja realista. Ela pode estar encantada. Curiosa, talvez. Gostando da emoção, do perigo — compreendo tudo isso, ele é perigoso. Mas, e quanto a ele? Não venha me dizer que Ashe se apaixonou em três semanas. Sua atitude foi deliberada, e um deles, ou ambos, planejou tudo para me atacar."

"Ashe? Por que motivo? Eu esperava que ele estivesse agradecido."

"Ele não está agradecido, e não conto com sua gratidão. Quero vê-lo fora de minha vida."

Drysdale disse, em tom calmo: "Não seria fora da vida de Octavia, em vez da sua?".

"Já lhe disse, isso não tem nada a ver com Octavia. Ele a está usando para me atingir. Pensaram até em procurar os jornais. Pode imaginar? Um retrato romântico do casal abraçado, num jornal sensacionalista, com a manchete 'Mamãe salvou meu namorado da cadeia. Filha de advogada famosa conta história de amor'."

"Ela não teria coragem de fazer isso, é claro."

"Ah, teria sim."

Drysdale disse: "Se você não interferir, provavelmente o caso acabará sozinho. Um dos dois se cansará. Se ele desistir, sua filha ficará com o orgulho ferido, mas não passará disso. O mais importante é não antagonizá-la, concorda? Não seria melhor mostrar que você está do lado dela, se for preciso? Não pode contar com um amigo da família, um advogado, alguém assim? Uma pessoa mais velha, em quem ela confie?".

Ele mal acreditava em suas palavras. Pensou: Pareço uma tia velha recitando a velha cartilha de conselhos a uma mãe preocupada com a filha rebelde. A onda de ressentimento contra Venetia o surpreendeu, pela intensidade. Ele era a última pessoa disposta a ajudá-la a resolver aquele tipo de problema. Tudo bem, eram amigos, apreciavam a companhia um do outro. Ele gostava de desfilar com uma bela mulher. Ela nunca o entediava. As pessoas viravam a cabeça quando eles entravam num restaurante. Ele gostava disso, mesmo que se desprezasse por se entregar a uma vaidade tão comum, tão fácil. No entanto, jamais envolveram suas vidas particulares. Ele raramente via Octavia, e quando a encontrava sentia uma certa hostilidade mal-humorada. O pai dela estava por aí. Ele que assumisse a responsabilidade. Era ridículo que Venetia esperasse seu envolvimento.

Ela estava dizendo: "Só há um modo de detê-lo. Dinheiro. Ele pensou que ia herdar alguma coisa da tia. Ela gostava de dizer que tinha dinheiro, e gastava descontroladamente. Até com ele. Equipamento fotográfico, motocicleta — nada disso custa barato. Mas ela morreu endividada. Pegou muito dinheiro emprestado, por conta da indenização pela desapropriação da casa. O banco vai ficar com quase tudo. Ele não receberá nada. Por falar nisso, tenho quase certeza de que eram amantes".

Ele disse: "Nada disso foi mencionado no julgamento. Falaram que Ashe e a tia eram amantes?".

"Muitos aspectos de Garry Ashe não foram mencionados no julgamento." Ela o encarou. "Imaginei que você poderia falar com ele, saber quanto quer, negociar uma quantia. Meu limite é dez mil libras."

Ele se surpreendeu. A ideia era fantástica, além de perigosa. Só o fato de ela pensar nisso dava a medida do desespero de Venetia. E esperar que ele se envolvesse era desairoso para ambos. Há coisas que nem mesmo a amizade tem o direito de exigir.

Ele manteve a calma na voz. "Lamento, Venetia. Se quer oferecer dinheiro a ele, faça isso sozinha, ou peça ao seu advogado. Eu não quero me envolver. Provavelmente, eu faria mais mal do que bem, de qualquer modo. E, se tem medo da publicidade, pense no que a imprensa dirá, se tudo der errado. 'Advogada famosa pede a amigo que compre amante da filha.' Eles iam deitar e rolar."

Ela colocou o copo na mesa e se levantou.

"Quer dizer que não vai me ajudar?"

"Não vou. Não posso."

Incapaz de suportar o olhar de desprezo e raiva, ele se dirigiu à janela. O rio corria estrepitoso, lá embaixo. Os redemoinhos pareciam línguas dançando sob a luz prateada. A ponte, com suas torres e vigas iluminadas, era sempre brilhante e etérea à noite, como uma miragem. Ele se consolava com aquela vista, após dias e noites exaustivos, de copo na mão. Mas ela a arruinara, e ele sentiu o ressentimento petulante de uma criança.

Sem olhar para trás, ele disse em tom contido: "Quanto você realmente se importa com tudo isso? O que estaria disposta a dar? Seu emprego? A presidência do colegiado?".

Após uma pausa, ela respondeu em voz baixa: "Não seja ridículo, Drysdale. Não estou barganhando".

Ele virou. "Não falei que estava. Só me perguntava quais seriam as suas prioridades. O que é realmente importante para você, no frigir dos ovos? Octavia ou sua carreira?"

"Não pretendo sacrificar nenhuma das duas. Só quero me livrar de Ashe." Depois de uma nova pausa, ela disse: "Está querendo dizer que não vai me ajudar?".

"Lamento, não posso me envolver."

"Não pode ou não quer?"

"As duas coisas, Venetia."

Ela pegou o casaco. "Bem, pelo menos você tem coragem de ser honesto. Não se preocupe. Sei achar a saída."

Mas, acompanhando-a até a porta, ele perguntou: "Como veio? Não quer que eu chame um táxi?".

"Não, muito obrigada. Atravessarei a ponte a pé e pegarei um do outro lado."

Ele a seguiu até o elevador, depois parou por um momento, observando-a caminhar pela margem do rio, sob as luzes. Enquanto olhava, teve a impressão de que ela vacilava. O corpo perdeu a firmeza e ele notou, sentindo piedade sincera pela primeira vez desde sua chegada, que estava observando o caminhar de uma velha.

Livro II
MORTE NA SEDE DO COLEGIADO

11

Na quinta-feira, 10 de outubro, às sete e meia, Harold Naughton saiu de sua casa em Buckhurst Hill, caminhou meio quilômetro até a estação de Buckhurst Hill e pegou o metrô pouco antes das sete e quarenta e cinco, pela Central Line, que o levaria diretamente à Chancery Lane. Havia quase quarenta anos fazia aquele percurso. Seus pais residiam em Buckhurst Hill, e quando ele era menino o subúrbio ainda conservava uma certa personalidade, como uma cidadezinha do interior. Atualmente, não passava de mais um bairro-dormitório na periferia da metrópole, embora ainda mantivesse as ruas arborizadas e as casas tipo chalé, num simulacro de tranquilidade rural. Ele e Margaret haviam iniciado a vida de casados num dos poucos prédios de apartamentos modernos da época.

Ele se casara com uma moça de Essex; Epping Forest era a ideia dela de campo, o Southend Pier, a vista e o cheiro de mar que conhecia; a Central Line até a Liverpool Street e mais adiante só às vezes a levava até as perigosas delícias de Londres. O pai dele morrera um ano depois de se aposentar, e após a morte da mãe, em três anos, ele herdara a casinha na qual crescera, no ambiente claustrofóbico e superprotegido em que os filhos únicos crescem. Contudo, a vida ia bem, Stephen e Sally precisavam de um quarto cada um, Margaret sonhava com um jardim maior. A casa da família foi vendida, e o dinheiro, utilizado na entrada da residência moderna, meio geminada, que Margaret ambicionava. O jardim era grande e em poucos anos foi aumentado, quando o vizinho idoso, precisando de dinheiro e incapaz de manter um jardim tão grande, vendera sua parte.

Margaret dedicara a vida de bom grado à casa e seus confortos, à educação dos filhos, ao jardim, à estufa, à igreja local e às colchas de retalhos. Jamais quis trabalhar fora, e ele valorizava muito o conforto doméstico para encorajá-la a procurar um serviço. Quando seu salário no colegiado se mostrou insuficiente, numa época difícil, ela chegou a mencionar a possibilidade de voltar à escola de secretariado. Mas ele disse: "Vamos dar um jeito. As crianças precisam de você em casa".

Eles deram um jeito. Mas, naquele dia, enquanto o metrô chacoalhava na escuridão do túnel, após a claridade momentânea da estação de Stratford, ele manteve o *Daily Telegraph* fechado para pensar em como daria um jeito, agora. No final do mês, após a reunião do colegiado, ele saberia se teria uma prorrogação do contrato de trabalho. Esperava, com sorte, conseguir três anos. Ou um, renovável. Se a resposta fosse não, o que faria? Durante quase quarenta anos dedicara a vida ao colegiado. Não poupara esforços, tempo e energia no trabalho, mais por necessidade sua do que do cargo. Não tinha hobbies, não havia tempo para distrações, exceto nos finais de semana, quando precisava dormir, ver televisão, levar Margaret para passear no campo, cortar a grama e ajudá-la em outras tarefas pesadas no jardim. Além disso, que hobbies poderia arranjar? Havia muita coisa útil a ser feita na igreja, mas Margaret já participava do conselho paroquial comunitário, era membro dos grupos de flores e limpeza, além de secretária do grupo de senhoras da quarta-feira. Sentia repulsa pela ideia de procurar o pastor e suplicar, constrangido: "Por favor, arranje-me um emprego. Estou ficando velho, não tenho especialização, nada a oferecer. Por favor, ajude-me, para que eu me sinta útil novamente".

Sempre houvera dois mundos, o dele e o de Margaret. Seu mundo — ela aprendera a acreditar, ou decidira acreditar — era um misterioso enclave masculino, no qual o marido, abaixo do presidente do colegiado, ocupava a função mais importante. Ele não lhe exigia nada, nem mesmo que ela se interessasse. Jamais se queixou do quanto esse mundo exigia de seu marido, da saída logo ao raiar do dia, da volta para casa muito tarde. Ele era meticuloso, telefonando da sede quando a demora passava do ra-

129

zoável. Por isso, ela podia calcular o tempo para aquecer a sopa, o momento exato para tirar a carne assada do forno e esquentar os legumes, para que tudo saísse exatamente como ele gostava. O serviço dele era importante e precisava ser respeitado, pois dele vinha o dinheiro sem o qual seu mundo desabaria.

No entanto, que lugar haveria para ele no mundo de Margaret? Eles só compartilhavam um interesse, a educação dos filhos, que mesmo assim era basicamente uma tarefa dela. Sally e Stephen já estavam dormindo quando ele chegava em casa. Margaret servia o jantar para eles, lia uma história na cama e, quando já estavam em idade escolar, ouvia os relatos de seus pequenos triunfos ou fracassos. Quando eles precisavam — se é que isso ocorria —, ele nunca estava lá. Compartilhavam a ansiedade em relação aos filhos, isso sim. Stephen conseguira a duras penas as notas necessárias à admissão em Reading, e eles temiam que ele não passasse do primeiro ano. Sally, a mais velha, estudara fisioterapia e trabalhava num hospital de Hull. Raramente vinha para casa, mas telefonava para a mãe pelo menos duas vezes por semana. Margaret queria netos, temia que não houvesse um homem na vida de Sally ou que fosse alguém que Sally não pudesse apresentar aos pais. Quando os filhos estavam em casa, Harold se entendia bem com eles. Ele nunca sentira dificuldade para se entender com estranhos.

O pai dele, quando fazia a mesma jornada de Buckhurst Hill, descia do metrô na estação da Liverpool Street, para pegar o ônibus que seguia pela Fleet Street até Middle Temple Lane. Ele preferia esperar mais três estações e caminhar pela Chancery Lane. Adorava o frescor matinal da City, o despertar da vida, como se um gigante acordasse e espreguiçasse, estendendo os membros. Amava o perfume do café nas lanchonetes que abriam cedo, para quem entrava cedo ou saía do turno da noite. As fachadas familiares das lojas e edifícios públicos na Chancery Lane eram como amigos de longa data: London Silver Vaults; Ede e Ravenscroft, fabricantes de perucas e togas, com o brasão real acima da entrada e a janela dignificada pelo escarlate e pelo arminho cerimoniais; o impressionante prédio do Public Record

Office, pelo qual ele não passava sem se lembrar de que ali se encontrava a Magna Carta; a sede da Sociedade Legal, com sua cerca de ferro e cabeças douradas de leões.

Em seu caminho normal, passava pela Fleet Street, entrando em Middle Temple Lane por Wren Gatehouse. Nunca cruzava o portal sem olhar para cima, para a figura do Cordeiro Pascal portando o estandarte da inocência. Era a sua única superstição, erguer os olhos momentaneamente para o símbolo ancestral. Por vezes, pensava que era sua única oração. Contudo, nos últimos meses, a entrada de Middle Temple Lane pela Fleet Street fora fechada para reforma, e ele precisava andar pela ruela estreita na frente da Corte Real de Justiça, passar pelo pub George e usar a pequena porta negra instalada no imenso portão.

Naquela manhã, ao chegar à ruela, ele sentiu que não estava pronto ainda para enfrentar mais um dia de trabalho, e, praticamente sem parar, seguiu em frente com rapidez, no rumo de Trafalgar Square. Precisava relaxar um pouco, fisicamente, com a caminhada, e também pensar na mistura de ansiedade, esperança e medos inconfessados. Se a oferta de renovação fosse feita, deveria aceitá-la? Afinal, não era apenas o adiamento covarde do inevitável? E o que Margaret realmente queria? Ela havia dito: "Não sei como o colegiado vai se virar na sua ausência, mas você deve fazer o que achar melhor. Podemos viver com o dinheiro da aposentadoria, e já está na hora de você cuidar da própria vida". Que vida? Ele a amava, sempre a amara, embora fosse difícil acreditar que os dois eram as mesmas pessoas que, no início do casamento, só pensavam em ir para a cama, cair nos braços um do outro. Agora, até mesmo fazer amor tornara-se um hábito, confortável, seguro e tranquilo como o jantar em família. Estavam casados havia trinta e dois anos. Será que ele sabia tão pouco assim a respeito dela? No fundo, achava que a vida doméstica ao lado de Margaret seria intolerável? Um trecho de conversa entreouvida no domingo anterior, após a eucaristia, caiu como uma pedra em sua cabeça: "Pois eu falei a George, você precisa achar alguma coisa para fazer. Não quero ver você me rodeando o dia inteiro".

131

De qualquer modo, Margaret estava certa, eles podiam sobreviver com a aposentadoria. Teria ele sido honesto, ao insinuar ao sr. Langton que não? Jamais mentira ao sr. Langton. Eles foram admitidos no colegiado ao mesmo tempo. O sr. Langton como advogado estreante, ele como assistente do pai. Envelheceram juntos. Não conseguia imaginar o colegiado sem o sr. Langton. Havia algo errado, porém. A força, a confiança e até mesmo a autoridade do presidente pareciam tê-lo abandonado, nos últimos meses. Não estava bem, pelo jeito. Algo o preocupava. Estaria ocultando uma doença fatal? Ou pretendia se aposentar e encarava o mesmo problema, um futuro desconhecido e sem objetivos? Se ele se aposentasse, quem o sucederia? Se a srta. Aldridge assumisse a presidência, será que ele realmente gostaria de permanecer no cargo? Não, pelo menos disso tinha certeza. Ele não queria ser arquivista-chefe se a srta. Aldridge chegasse à presidência do colegiado. Ela tampouco desejaria isso. Ele já sabia que a voz contrária a sua permanência seria dela. Não que antipatizasse com sua pessoa. Apesar de temê-la um pouco, de se assustar com o tom imperativo e autoritário da advogada, de não gostar da exigência de resultados imediatos, não chegava a antipatizar com ela. Mesmo assim, não aceitaria trabalhar sob suas ordens. Mas não seria a srta. Aldridge, a ideia era ridícula. O colegiado tinha apenas quatro advogados criminalistas, e todos prefeririam um Queen's Counsel de outro setor. O candidato óbvio era o sr. Laud; afinal, os dois arcebispos já dirigiam o colegiado em conjunto. Mesmo que o sr. Laud assumisse a presidência, teria força para se opor à srta. Aldridge? Quando o sr. Langton se aposentasse, ela faria tudo a seu modo, aumentaria a pressão pela contratação de um diretor administrativo, exigiria novos métodos, novas tecnologias. Haveria um lugar para ele num mundo moderno, no qual os sistemas eram mais importantes do que as pessoas?

Ele caminhara durante meia hora, apenas. Recordava-se vagamente do caminho percorrido, sabia só que andara de um lado para outro em Embankment, passando por Temple Place antes de se dirigir para o norte, por uma rua qualquer, depois para Strand e a Corte Real de Justiça. Estava na hora de iniciar seu dia de trabalho. Pelo menos, tomara uma decisão. Se fosse convidado, ficaria mais um ano, nem mais um dia. Durante esse ano resolveria o que fazer com o restante de sua vida.

Pawlet Court estava deserta. Só viu luzes em algumas janelas no térreo dos anexos, onde funcionários exemplares como ele já haviam iniciado suas atividades. O ar estava mais úmido do que no Strand, como se o local guardasse por mais tempo a névoa úmida das noites de outubro. Em torno do tronco grosso de uma castanheira as primeiras folhas caíam em desordem. Ele apanhou no bolso o molho de chaves, sentindo a ponta reta da chave de segurança Banham, e depois a Ingersoll, bem menor, que usou para abrir a porta. Imediatamente o sistema de alarme foi acionado, emitindo um silvo agudo. Ele se moveu sem pressa, sabendo exatamente de quantos segundos disporia para acender a luz no escritório da recepção e inserir a chave no painel de controle para desligar o alarme. Ao lado do painel havia uma placa de madeira, com os nomes dos membros do colegiado escritos em painéis deslizantes, que mostravam se eles estavam ou não na sede. O quadro indicava que estavam todos ausentes. Os membros nem sempre se mostravam rigorosos no uso do quadro, mas em teoria o último membro deveria virar a ficha com seu nome e depois ligar o alarme. As faxineiras, sras. Carpenter e Watson, chegavam às oito e meia da noite, sendo em geral as últimas pessoas a entrar no prédio. Ambas eram rigorosas na verificação do alarme, que deixavam acionado ao sair, às dez.

Ele lançou um olhar crítico para a sala de recepção, que também servia como sala de espera. O processador de texto de Valerie Caldwell, coberto, estava no lugar, bem no meio da mesa. O sofá de dois lugares, as duas poltronas e as duas cadeiras de espaldar reto destinadas aos visitantes estavam no lugar, e as revistas dispostas em ordem na mesa de mogno bem encerada. Tudo estava do jeito que ele esperava encontrar, com uma pequena diferença: teve a impressão de que nem a sra. Carpenter nem a sra. Watson haviam passado o aspirador no carpete. A máquina usada na sede, adquirida havia seis meses, era tremenda, tanto em potência quanto em barulho, e normalmente deixava faixas reveladoras no carpete. De qualquer modo, o chão parecia limpo. Talvez uma delas tivesse passado o escovão de carpete no final. Sua função não incluía supervisão do serviço das faxineiras, e, graças às pessoas enviadas pela admirável agência da srta. Elkington, em geral não era preciso supervisionar nada. Ele gostava de ficar de olho em tudo, porém. A sala de recepção era o cartão de visitas da sede do colegiado, e a primeira impressão sempre importava.

Em seguida ele inspecionou rapidamente a biblioteca e a sala de reuniões, à direita da porta de entrada. Ali, também, estava tudo em ordem. A sala lembrava um pouco a atmosfera de um clube para cavalheiros, sem possuir contudo o aconchego confortável dos clubes. Mesmo assim, tinha lá o seu charme. Nas paredes à direita e à esquerda da lareira de mármore as lombadas dos livros encadernados em couro reluziam, protegidas pelas estantes de livros do século XVIII, cada uma delas encimada por um busto de mármore, sendo o da esquerda de Charles Dickens e o da direita de Henry Fielding, ambos membros da Honorável Sociedade de Middle Temple. As estantes desprovidas de portas de vidro, na parede fronteiriça à porta, abrigavam livros utilitários, sobre direito, bem como estatutos encadernados, as *Leis da Inglaterra*, de Halsbury, e obras sobre diversos aspectos do direito civil e criminal. As prateleiras inferiores exibiam os volumes da revista *Punch* encadernados em vermelho, de 1880 a 1930, presente de um dos antigos membros do colegiado, cuja esposa teria insistido para que ele se livrasse deles quando se mudaram para um apartamento menor, após a aposentadoria.

As quatro poltronas de couro espalhadas pela sala revelavam um desprezo excêntrico pela conveniência das conversas íntimas. A maior parte do espaço, no chão, era ocupada por uma mesa grande, retangular, de carvalho antigo, quase preto de tão velho, e dez cadeiras no mesmo estilo. A sala raramente era usada para as reuniões do colegiado; o sr. Langton preferia realizá-las em sua própria sala. Se as cadeiras fossem insuficientes, os colegas buscavam outras, e todos se sentavam informalmente, em círculo. Contudo, sugestões ocasionais para que a sala de reuniões fosse destinada a um novo membro do colegiado, para evitar desperdício de espaço, sempre eram desprezadas. A mesa, que já pertencera a John Dickinson, era um dos orgulhos da sede, e nenhuma outra sala poderia acomodá-la de maneira adequada.

Havia portas duplas que separavam a sala de recepção da sala dos arquivistas, mas raramente eram usadas. Entrava-se pelo hall. Ao penetrar na sala ele costumava ouvir o ruído ocasional da máquina de fax, transmitindo os registros dos julgamentos da véspera. Ele se aproximou para ler as mensagens e depois tirou o casaco, que pendurou no cabide de madeira com seu nome, atrás da porta. Aquela salinha cheia, com mobília em demasia, sempre em ordem, era seu santuário, seu reino, o centro do poder e o coração da sede do colegiado. Como todas as salas de arquivistas que ele conhecia, a sua tinha móveis em excesso e pouco espaço para circulação. Havia três mesas, para ele e para os dois assistentes, cada uma com seu próprio processador de texto. Ele possuía também um computador, com o qual finalmente se acostumara, embora ainda sentisse falta da caminhada matinal até as salas do tribunal, para conversar com o meirinho sobre as listas. Na parede mantinha um quadro no qual anotava, em sua caligrafia pequena e meticulosa, as audiências de todos os membros do colegiado que mantinham escritórios na sede e trabalhavam em Pawlet Court. No armário grande encostado na parede ficavam as transcrições, atadas com fita vermelha para a defesa e com fita branca para a acusação. A sala, seu cheiro, sua confusão organizada, a cadeira em que seu pai sentara, a mesa em que trabalhara, eram mais familiares do que seu próprio quarto de dormir.

O telefone tocou. Dificilmente alguém precisava de seus serviços tão cedo. Ele ouviu uma voz feminina desconhecida, aguda, ansiosa, com um toque de histeria incipiente.

"Aqui é a sra. Buckley. Sou empregada da srta. Aldridge. Ainda bem que encontrei alguém aí. Tentei ligar mais cedo.

Ela sempre me disse que o sr. estava aí a partir das oito e meia, caso houvesse necessidade de encontrá-lo, numa emergência."

Ele disse, defensivamente: "A sede não abre às oito e meia. No entanto, costumo estar aqui nesse horário. Em que posso servi-la?".

"É a respeito da srta. Aldridge. Ela está, por favor?"

"Ainda não chegou ninguém. A srta. Aldridge avisou que viria para cá mais cedo?"

"O senhor não está me entendendo." O tom histérico na voz era agora inconfundível. "Ela não voltou para casa ontem à noite. Por isso estou tão preocupada."

Ele disse: "Talvez tenha passado a noite na casa de uma amiga".

"Ela jamais faria isso sem me avisar. Terminei o serviço ontem às dez e meia e subi para o meu quarto. Ela não pretendia passar a noite inteira fora. Fiquei atenta, esperando ouvi-la chegar, mas ela sempre entra muito silenciosamente, por vezes não a ouço. Levei o chá às sete e meia, e não havia ninguém no quarto. A cama estava arrumada."

Ele disse: "Creio que ainda é um pouco cedo para ficar preocupada. Não acho que ela esteja aqui. Não havia luzes acesas na frente, quando entrei. De qualquer modo, subirei para dar uma olhada. Poderia aguardar um momento?".

Ele foi até a sala no primeiro andar, ocupada pela srta. Aldridge. A pesada porta de carvalho maciço estava trancada. Isso, em si, não chegava a ser uma grande surpresa; os membros do colegiado trancavam suas salas ao sair, quando precisavam deixar papéis importantes nas mesas. Contudo, seria mais comum que trancassem a porta da sala interna, deixando a de carvalho destrancada.

Ele retornou a sua sala e pegou o telefone. "Sra. Buckley? Não creio que ela esteja na sala. Mesmo assim, vou destrancar a porta e verificar. Não demoro."

Ele guardava chaves extras para todas as salas, cuidadosamente marcadas, na gaveta de baixo da escrivaninha. A chave para a sala da srta. Aldridge estava lá. Servia tanto para a porta de carvalho como para a porta interna. Ele subiu a escada novamente, sentindo agora uma pontada de ansiedade. Disse a si mesmo que isso era desnecessário. Um membro do colegiado resolvera passar a noite em outro lugar, em vez de ir para casa. Problema dela. Talvez, a esta altura, ela estivesse enfiando a chave na fechadura da porta de casa.

Ele destrancou a porta de carvalho e avançou até a porta interna. De imediato, percebeu que havia algo muito errado. Sentiu um cheiro diferente na sala. Estranho, embora terrivelmente familiar. Estendendo a mão, acionou o interruptor, e quatro lâmpadas da parede se acenderam.

O que se apresentou perante seus olhos era tão horrivelmente bizarro que o paralisou por um momento. Seu corpo permaneceu tão imobilizado quanto a mente, que se recusava a crer na visão inconfundível. Não era verdade. Não poderia ser verdade. Durante aqueles poucos segundos de incredulidade desorientada, ele foi incapaz até de sentir terror. Então, aceitou a verdade. Seu coração voltou à vida e começou a bater com tal força que agitou o corpo inteiro. Ouviu um gemido baixo, incoerente, e percebeu que o som estranho, distante, era de sua própria voz.

Ele se moveu para a frente, como se um fio invisível o puxasse inexoravelmente. Ela estava sentada na poltrona giratória, atrás da mesa, que ficava à esquerda da porta, de frente para as duas janelas altas. Tinha a cabeça curvada sobre o peito, os braços largados sobre os braços da cadeira. Ele não conseguia ver o rosto dela, mas sabia que estava morta.

Sobre a cabeça havia uma peruca longa, e os cachos duros de crina de cavalo estavam empapados de sangue vermelho e marrom. Aproximando-se dela, ele levou as costas da mão até seu rosto. Estava frio como gelo. Ora, nem mesmo a carne morta poderia ser tão fria assim. O toque, embora delicado, deslocou uma gota de sangue da peruca. Ele observou, horrorizado, o sangue a rolar pela face morta, parando trêmulo na ponta do queixo. Gemeu de terror. Pensou: meu Deus, ela está fria, gelada, mas o sangue ainda escorre, pegajoso! Instintivamente, segurou na poltrona a fim de se apoiar, e para seu espanto ela girou deva-

137

gar, até que a morta ficou de frente para a porta, arrastando os pés no carpete. Ele respirou fundo e recuou, olhando assustado para sua mão, como se esperasse vê-la suja de sangue. Em seguida, debruçou-se e, com esforço, olhou para o rosto da morta. A testa, as faces e um olho estavam cobertos de sangue coagulado. Só o olho direito permanecia limpo. O olhar fixo, incapaz de ver, focalizado no infinito, parecia conter uma maldade terrível quando o observou.

Afastou-se dela lentamente, assustado. Conseguiu sair pela porta. Fechou e depois trancou as duas portas com as mãos trêmulas, silenciosa e cuidadosamente, como se um ato desajeitado pudesse despertar algum terrível monstro interior. Guardou a chave no bolso e desceu a escada. Sentia frio, muito frio. Não sabia se as pernas continuariam a suportar seu peso, mas conseguiu descer até o final. Pelo menos o cérebro funcionava com clareza, miraculosa clareza. Quando pegou o telefone, já sabia como proceder. Sentiu a língua inchada e rebelde na boca seca e amarga. As palavras saíram, mas os sons lhe pareciam distantes, estranhos.

Ele disse: "Sim, ela está aqui, mas não quer ser incomodada. Está tudo em ordem". E colocou o fone no gancho antes que a empregada pudesse falar e fazer qualquer pergunta. Não podia dizer a verdade, a história se espalharia por Londres inteira. Ela receberia a notícia no momento apropriado. Agora, havia uma prioridade: ele precisava telefonar para a polícia.

Estendeu a mão para apanhar o telefone outra vez, mas hesitou. Teve a visão chocante das viaturas policiais a toda a velocidade, chegando a Middle Temple Lane, homens falando em voz alta, membros do colegiado chegando e encontrando a sede isolada. Havia uma prioridade ainda maior do que chamar a polícia; ele precisava ligar para o presidente do colegiado. O telefone foi atendido imediatamente, por uma voz masculina. O sr. Langton saíra para o trabalho havia quinze minutos.

Ele sentiu que isso lhe tirava um peso enorme dos ombros, Em apenas vinte minutos o presidente do tribunal estaria ali. Contudo, a notícia seria um choque terrível para ele. Precisaria de apoio, de ajuda. Precisaria do sr. Laud. Harry telefonou para o apartamento de Shad Thames e ouviu a voz tão familiar.

Ele disse: "Aqui é Harry Naughton, senhor. Estou na sede. Acabei de telefonar para o sr. Langton. Poderia vir para cá imediatamente, por gentileza? A srta. Aldridge está morta, na sala dela. Não foi morte natural, creio. Infelizmente, tive a impressão de que a assassinaram". Surpreendeu-se com tanta firmeza e força em sua voz. Seguiu-se um momento de silêncio. Ele duvidou, por um instante, da capacidade de entendimento do sr. Laud. Ou talvez o choque o tivesse emudecido. Talvez nem tivesse ouvido nada. Recomeçou a falar, cuidadoso: "Sr. Laud, é Harry Naughton...".

A voz voltou. "Sei disso. Ouvi tudo, Harry. Assim que o sr. Langton chegar, diga a ele que estou a caminho."

Depois que ele deu o telefonema na sala de recepção, resolveu voltar ao saguão e esperar. Ouviu passos, mais pesados do que os do sr. Langton. A porta se abriu e Terry Gledhill entrou. Era um dos escriturários sob seu comando, e como sempre portava uma maleta executiva que continha sanduíches, a garrafa térmica e revistas sobre computação. Encarou Harry.

"O que houve? Está tudo bem, sr. Naughton? Está branco como cera!"

"É a srta. Aldridge. Está morta. Encontrei-a em sua sala, quando cheguei."

"Morta? Tem certeza?"

Terry fez menção de ir na direção da escada, mas Harry instintivamente o impediu, bloqueando a passagem.

"Claro que tenho certeza. Ela está fria. Não adiantaria nada ir lá. Tranquei a porta." Após uma pausa, acrescentou: "Não foi... não foi morte natural, Terry".

"Minha nossa! Quer dizer que ela foi assassinada? O que aconteceu? Como sabe?"

"Havia sangue. Muito sangue. Terry, ela está fria, como gelo. Mas o sangue ainda está pegajoso."

"Tem certeza de que ela está morta?"

"Claro que tenho certeza. Já disse, está fria."

139

"Telefonou para a polícia?"

"Ainda não. Aguardo a chegada do sr. Langton."

"E o que ele pode fazer? Se foi assassinato, é preciso chamar a polícia. Devemos ligar imediatamente. Não adianta esperar até que o resto do pessoal chegue. Os funcionários podem interferir na cena do crime, destruir pistas. A polícia precisa ser acionada. Quanto antes, melhor. Você despertará suspeitas, se não telefonar logo. Acho melhor avisar a segurança também."

As palavras eram um eco incômodo para os próprios temores de Harry. Mesmo assim, ele notou em sua voz um tom de justificativa obstinada. Ele disse a si mesmo que era o arquivista-chefe, não precisava explicar suas atitudes aos subalternos. "O sr. Langton é o presidente do colegiado. Ele precisava ser avisado primeiro, e ele já está a caminho. Telefonei para o apartamento dele, e também comuniquei o fato ao sr. Laud. Ele estará aqui assim que puder. Mas ninguém pode fazer mais nada pela srta. Aldridge."

E acrescentou, autoritário: "Acho melhor você ir para sua sala, Terry, e começar a trabalhar. Não adiantaria nada deixar o serviço atrasar. Se a polícia quiser desocupar o prédio, seremos informados, sem dúvida".

"É mais provável que desejem interrogar todo mundo. Quer que eu prepare um chá? Tenho a impressão de que você está precisando. Minha nossa! Assassinato! Em plena sede do colegiado!"

Ele apoiou o braço no corrimão, olhando para a escada, curioso, com um ar de fascínio horrorizado.

Harry disse: "Isso, prepare um chá. O sr. Langton vai precisar disso quando chegar. Mas deixe para fazê-lo quando ele estiver aqui, é melhor que seja preparado na hora".

Nenhum dos dois ouviu os passos que se aproximavam. A porta se abriu e Valerie Caldwell, secretária do colegiado, fechou-a atrás de si. Seus olhos se fixaram primeiro no rosto de Harry, depois no de Terry, com ar intrigado, como a exigir uma explicação. Nenhum dos dois falou. Harry teve a impressão de que o tempo parou por um instante. Terry apoiado no corrimão; ele próprio com um olhar de surpresa apavorada, como uma

140

estudante flagrada ao cometer uma desobediência juvenil qualquer. Ele sabia, com incrível certeza, que nada precisava ser dito. Observou que o sangue fugia do rosto da secretária, que adquiriu outra aparência, de uma mulher bem mais velha, desconhecida, como se ele testemunhasse ali o próprio ato da morte. Não suportou mais a cena.

"Conte a ela. E faça esse chá. Vou lá para cima."

Harry não tinha ideia do que faria exatamente, nem para onde iria. Só sabia que precisava se afastar dos dois colegas. Ainda não chegara ao topo da escada, todavia, quando ouviu um baque surdo e a voz de Terry.

"Por favor, me ajude, sr. Naughton. Ela desmaiou."

Ele desceu, e juntos levaram Valerie para a sala de recepção, acomodando-a no sofá. Terry levou a mão à nuca da moça e forçou a cabeça dela para baixo, até a altura dos joelhos. Depois de meio minuto, embora parecesse mais, ela soltou um gemido.

Terry, que assumira o controle, disse: "Ela vai ficar bem. Acho melhor pegar um copo d'água para ela, sr. Naughton. Farei o chá — forte e doce".

Antes, porém, que eles pudessem se mexer ouviram o som da porta da frente sendo fechada. Erguendo os olhos, viram Hubert Langton parado na porta da sala. Antes que ele falasse alguma coisa, Harry segurou seu braço e o conduziu gentilmente até a sala de reuniões, passando pelo saguão. Apanhado de surpresa, Langton mostrou-se dócil como uma criança. Harry fechou a porta e pronunciou as palavras que ensaiara mentalmente.

"Sr. Langton, lamento muito, mas tenho uma notícia chocante para lhe dar. Trata-se da srta. Aldridge. Quando cheguei, esta manhã, recebi um telefonema da empregada, dizendo que ela não havia dormido em casa. As duas portas de seu escritório estavam trancadas, mas eu tenho uma chave reserva. Infelizmente, ela está morta. Parece assassinato."

O sr. Langton não respondeu. Seu rosto era uma máscara que não revelava nada. Ele disse: "Acho melhor dar uma olhada. Já avisou a polícia?".

"Ainda não. Como o sr. estava a caminho, achei melhor esperar. Telefonei para o sr. Laud, que já deve estar chegando."

Harry seguiu o sr. Langton até o andar superior. O presidente do colegiado apoiou-se no corrimão, mas seus pés estavam firmes. Esperou calmamente, sem trair no rosto as emoções, enquanto Harry tirava a chave do bolso e destrancava as portas para abri-las:

Por um segundo, ao girar a chave, ele foi acometido por uma convicção irracional de que aquilo tudo era um engano, que a cabeça ensanguentada não passava de uma alucinação, que a sala estaria vazia. Contudo, o contato com a realidade foi ainda mais horrível do que na primeira vez. Ele não teve coragem de olhar no rosto do sr. Langton. Mas ouviu sua voz. Calma, mas a voz de um velho.

"Isto é uma abominação, Harry."

"Sim, senhor."

"Foi assim que a encontrou?"

"Não exatamente, sr. Langton. Ela estava virada para o outro lado. Quando toquei a cadeira, inadvertidamente, ela girou."

"Comentou com alguém — Terry, Valerie — a respeito da peruca e do sangue?"

"Não, senhor. Só disse que a encontrei morta. Mencionei que parecia assassinato. Ah, falei a Terry que havia sangue fresco. Foi tudo."

"Agiu com muita prudência. Não conte os detalhes a ninguém. Os jornais farão uma festa, se isso for divulgado."

"Mais cedo ou mais tarde o será, sr. Langton."

"Que seja mais tarde, então. Vou ligar para a polícia." Ele seguiu em direção ao telefone, mas disse: "Acho mais seguro usar o aparelho da minha sala. Quanto menos mexermos aqui, melhor. Ficarei com a chave".

Harry a entregou. Langton apagou a luz e trancou as duas portas. Enquanto o observava, Harry pensou que o presidente, embora idoso, lidava com a situação chocante de um modo mais tranquilo do que ele esperara. Aquele era o presidente do colegiado do qual se lembrava: seguro, calmo, controlado. Mas

142

ao olhar para o rosto de Langton viu nele o custo daquela calma toda, e sentiu uma onda de piedade.

Ele disse: "E quanto ao resto do pessoal, senhor? Os outros membros do colegiado chegarão logo. O sr. Ulrick sempre aparece cedo na quinta-feira, quando se encontra em Londres. Eles desejarão subir para as salas".

"Não pretendo impedi-los. Se a polícia quiser fechar a sede hoje, seremos informados oportunamente. Acho melhor vir comigo, enquanto telefono. Depois, fique na entrada. Fale o mínimo possível ao pessoal, conforme forem chegando. Tente manter todos calmos. Por favor, peça a todos os membros do colegiado que passem em minha sala imediatamente."

"Sim, senhor. Precisamos falar com a empregada, a sra. Buckley. Ela está preocupada. E alguém precisará contar à filha."

"Ah, sim, a filha. Eu me esqueci da filha. Deixaremos isso para a polícia e para o sr. Laud. Ele é amigo da família."

Harry disse: "A srta. Aldridge tinha uma audiência marcada para as dez horas, no tribunal de Snaresbrook. Ela pensava que o caso estaria encerrado no final da tarde".

"O assistente dela terá de dar um jeito sozinho. É o sr. Fleming, certo? Telefone para a casa dele. Conte que a srta. Aldridge foi encontrada morta, mas evite fornecer detalhes. Diga o mínimo possível."

Eles já estavam na sala do sr. Langton. Hubert parou por um momento, com a mão sobre o telefone. Disse, um tanto intrigado: "Nunca precisei fazer isso antes. Discar 999 não me parece apropriado. Acho melhor tentar o chefe de polícia. Ou melhor, conheço alguém na Yard. Não muito bem, mas já fomos apresentados. Talvez não seja um caso para ele, mas ele certamente saberá o que devemos fazer. O nome é fácil de lembrar: Adam Dalgliesh".

12

MARCARAM O HORÁRIO DAS OITO para que os inspetores Kate Miskin e Piers Tarrant realizassem o teste compulsório de tiro no stand da região oeste de Londres. Prevendo dificuldade para estacionar, Kate saiu de seu apartamento à margem do Tâmisa às sete, chegando ao destino às sete e quarenta e cinco. Ela já havia cumprido as formalidades preliminares, recebido o cartão rosa contendo os registros dos testes anteriores, declarado que não ingerira bebidas alcoólicas nas últimas vinte e quatro horas e que não estava tomando nenhum medicamento, quando ouviu o som do elevador e viu Piers Tarrant entrar sem a menor pressa, absolutamente pontual. Eles se cumprimentaram de maneira rápida, sem no entanto conversar. Era difícil Piers passar tanto tempo em silêncio, mas Kate notara no treino do mês anterior que ele não havia dito nada durante o teste, com exceção do elogio breve a ela, no final. Aprovava o silêncio do colega, pois as conversas ali eram desestimuladas. O stand de tiro não era lugar para bater papo ou brincar. Pairava sempre naquela atmosfera pesada a noção de perigo, aquilo tudo era para pessoas sérias com objetivos sérios. Os membros da equipe do comandante Dalgliesh treinavam no stand da região oeste em consequência de uma concessão especial. Normalmente o local era usado apenas por policiais destacados para proteção da família real e de outras pessoas importantes. Mais de uma vida poderia depender da rapidez de suas reações.

Kate era capaz de avaliar seus colegas do sexo masculino pela atitude que adotavam durante o treino. Massingham não suportaria obter uma marca inferior à dela, o que aliás raramente ocorria. Os treinamentos não eram competições; os policiais em tese deveriam se preocupar apenas com seus próprios resultados. Massingham, porém, jamais resistira à tentação de espiar discretamente os resultados conseguidos por ela, e nunca demonstrava espírito esportivo quando fazia uma pontuação menor. Para ele, o sucesso no stand de tiro servia como afirmação da masculinidade. Crescera no meio das armas e considerava intolerável que uma mulher, principalmente com a formação urbana de Kate, pudesse empunhar uma arma com eficiência. Daniel Aaron, por outro lado, encarava os treinos de tiro como parte indispensável do serviço, e pouco se importava se sua pontuação fosse maior ou menor que a de Kate, desde que atingisse as marcas exigidas. Piers Tarrant, que o substituíra três meses antes, já se revelara um atirador mais eficiente do que seus predecessores. Ela ainda não sabia quanto a comparação importava a ele, como lidaria com uma mulher capaz de fazer mais pontos.

Era apenas mais uma das muitas coisas que ela ainda não conseguira saber a respeito dele. Não chegava a surpreender, pois trabalhavam juntos havia apenas três meses, e não surgira nenhum caso importante. De qualquer modo, considerava-o intrigante. Entrara para a equipe de Dalgliesh, vindo do grupo de Artes e Antiguidades, cuja função era investigar roubos de obras de arte. No geral, o grupo era considerado de elite, mas ele pedira a transferência mesmo assim. Uma coisa ela sabia a seu respeito. Os policiais dificilmente conseguiam manter a vida privada em segredo. Boatos e mexericos logo esclareciam as questões que as reticências pretendiam manter ocultas. Ela sabia que ele tinha vinte e sete anos, era solteiro, vivia num apartamento na City e ia de bicicleta para a Scotland Yard, alegando que já andava demais de carro no serviço e não precisava de um para ir ao trabalho. Diziam que era especialista nas igrejas de Wren na City. Encarava as atividades policiais com tranquilidade, adotando uma postura relaxada que Kate, com sua dedicação ferrenha, considerava pouco apropriada. Também a intrigava a súbita alteração de seu estado de espírito. Ele passava de uma delicadeza bem-humorada e algo cínica para um silêncio discreto que, embora não contivesse a contagiosa depressão de um rabugento, tornava-o inacessível.

Ela parou na frente da porta de vidro da sala de armas e observou Piers, enquanto o colega cumpria as formalidades, avaliando-o como se o visse pela primeira vez. Não era alto, tinha menos de um metro e oitenta. Embora caminhasse com leveza, havia em seus ombros e braços longos uma dureza que lembrava a de um boxeador. A boca bem delineada ostentava sempre um sorriso. Mesmo quando contraída, como no momento, traía seu bom humor. Ele quase lembrava um comediante, pelo nariz ligeiramente batatudo e os olhos juntos, encimados por sobrancelhas arqueadas. O cabelo grosso e castanho-médio sempre exibia uma mecha rebelde, que insistia em cair na testa. Não era tão bonito quanto Daniel, mas ela percebera, desde o primeiro encontro, que estava na presença de um dos policiais mais sexualmente atraentes que já vira. Não gostou muito da ideia, mas não pretendia permitir que isso se transformasse num problema. Kate mantinha a vida sexual separada da profissional. Vira carreiras e casamentos afundarem assim, e não pretendia seguir por aquele caminho perigosamente sedutor.

Um mês depois que ele entrou para a equipe ela perguntou, impulsivamente: "Por que está na polícia?". Não era de seu feitio forçar confidências, mas ele respondeu sem ressentimento.

"Por que não?"

"Ora, Piers, tenha dó! Um sujeito formado em teologia por Oxford? Você não tem o típico perfil de um policial."

"E precisaria ter? Você precisa? Quem é o típico policial, afinal de contas? Eu? Você? AD? Max Trimlett?"

"Nós dois sabemos bem quem é Trimlett. Um machista metido e arrogante. Trimlett adora o poder, e entrar para a polícia era o jeito mais fácil de conseguir isso. Faltava-lhe inteligência para tentar qualquer outro modo. Ele deveria ter sido expulso depois da última queixa. E não estamos falando de DC Trimlett, estamos falando de você. Contudo, se a pergunta não for bem-vinda, tudo bem. A vida é sua. Não tenho o direito de me intrometer."

"Pense nas opções. Lecionar? Nem pensar, com a juventude que temos hoje em dia. Prefiro ser agredido por delinquentes adultos, assim posso revidar. Direito? Muita concorrência. Medicina? Dez anos de trabalho duro, e no final você fica dando receitas para um bando de neuróticos insuportáveis. De qualquer modo, sou muito sensível. Não me importo com defuntos, mas odeio ver gente morrendo. Finanças? Um mundo inseguro, e sou péssimo em matemática. Serviço público? Entediante e respeitável, mas dificilmente me aceitariam. Tem alguma outra sugestão?"

"Você poderia tentar a carreira de modelo."

Ela achou que tinha ido longe demais, mas ele respondeu: "Não sou fotogênico o bastante. E quanto a você? Por que escolheu a polícia?".

Era uma questão justa, e ela teria respondido: Para me distanciar do apartamento no sétimo andar do prédio de Ellison Fairweather. Para ter meu próprio dinheiro. Independência. Uma chance de cair fora da pobreza e da sujeira. Ficar bem longe do cheiro de urina e fracasso. Necessidade de um trabalho digno, que me oferecesse a oportunidade de crescer, e no qual eu acreditasse. Pela segurança da ordem e da hierarquia. Em vez disso, ela falou: "Para ganhar a vida decentemente".

"Bem, todos começamos por aí. Talvez até Trimlett."

O instrutor verificou as armas, usariam um revólver Smith & Wesson calibre 38 de seis tiros, e não um Glock. Entregou os protetores de ouvido, as armas, as primeiras balas para carregamento manual, o coldre, a sacola de munição e o carregador automático. Depois ficou observando pela janela, enquanto seguiam para o stand de tiro, onde um colega dele os aguardava. Sem falar, eles limparam as armas com um trapo e introduziram as primeiras seis balas no tambor, manualmente.

O encarregado de liberar o exercício perguntou: "Tudo pronto, senhor? Senhora? Sequência de setenta disparos, de três a vinte e cinco metros, dois segundos de exposição".

Eles puseram os protetores de ouvido e o seguiram até a marca dos três metros, posicionando-se cada um de um lado do instrutor de tiro. Contra a parede rosa-escura alinhavam-se onze alvos em forma de figura humana, silhuetas em preto debruçadas para a frente, com armas na mão. Uma linha branca delimitava a massa central visível, que servia de alvo. As figuras foram viradas, mostrando apenas suas costas brancas. O instrutor gritou um comando, e as figuras se viraram de novo para a frente. O ar se encheu de fumaça dos disparos. Apesar dos protetores contra o som, a primeira série sempre surpreendia Kate com a altura do ruído explosivo.

Após os primeiros seis tiros, eles se aproximaram para examinar os alvos, traçando círculos brancos em cada buraco. Kate percebeu, satisfeita, que os seus estavam agrupados ordeiramente, no centro do alvo. Ela sempre buscava um padrão ordenado, concêntrico, e às vezes o conseguia. Olhando para Piers, ainda ocupado em marcar seus pontos, notou que ele se saíra bem.

Eles recuaram até a linha seguinte e repetiram o exercício, até chegarem aos vinte e cinco metros. Atiravam, conferiam as marcas, recarregavam as armas, atiravam e conferiam novamente. No final dos setenta tiros eles esperaram, enquanto o instrutor somava os pontos. Os dois atingiram o total exigido, mas Kate obtivera um resultado superior.

Piers falou, pela primeira vez. "Parabéns. Continue assim e será chamada para proteger a família real. Pense nas festas ao ar livre em Buck House."

Eles entregaram as armas e os equipamentos, receberam os cartões assinados e já estavam chegando ao elevador quando ouviram o som do telefone.

O instrutor pôs a cabeça para fora da sala e gritou: "Ei, é para a senhora".

Kate ouviu a voz de Dalgliesh: "Piers está com você?".

"Sim, senhor. Acabamos de fazer o exercício de tiro."

"Temos uma morte suspeita no número 8 de Pawlet Court, em Middle Temple. Mulher, QC atuando na área de direito criminal, Venetia Aldridge. Peguem suas coisas e me encontrem lá. O portão da Tudor Street estará aberto. O pessoal lhes mostrará onde estacionar."

Kate disse: "Em Temple? Mas não fica na jurisdição da City, senhor?".

"Normalmente, sim. Mas vamos assumir, com apoio do pessoal de lá. Um exercício de cooperação. Na verdade, a divisa entre Westminster e a City passa pelo meio do número 8. O lorde magistrado Boothroyd e a esposa ocupam o apartamento de cobertura. Dizem que o quarto de lady Boothroyd situa-se metade em Westminster e metade na City. Ela e o juiz viajaram para fora de Londres, o que nos poupa algumas complicações."

"Certo, senhor. Estamos a caminho."

Enquanto desciam de elevador, ela pôs Piers a par da situação. Ele disse: "Quer dizer que vamos trabalhar com os gigantes da City. Só Deus sabe onde conseguem recrutar policiais de dois metros. Provavelmente são criados lá mesmo. Por que estamos nessa, você sabe?".

"Advogada famosa assassinada, juiz e esposa morando na cobertura, local sagrado em Middle Temple. Não é exatamente a cena típica para um assassinato."

Piers disse: "E não encontraremos os suspeitos típicos, por lá. Ademais, aposto que o presidente do colegiado conhece o comissário de polícia. Será agradável para AD. Enquanto atormenta os membros do colegiado, poderá contemplar as efígies do século XIII, na Round Church. Talvez o inspirem a escrever mais um livrinho de versos. Já está mais do que na hora de ele nos oferecer algo".

"Por que não sugere a ele? Gostaria de ver a reação. Quer dirigir ou prefere que eu dirija?"

"Pode levar. Quero chegar lá em segurança. Aquela barulheira abalou meus nervos. Odeio barulho, principalmente quando eu o faço."

Apertando o cinto de segurança, Kate disse, num impulso: "Gostaria de saber por que espero a hora do exercício de tiro com tanta ansiedade. Não consigo me imaginar matando um animal, e muito menos um ser humano. Mas gosto de armas. Gosto de usá-las. Gosto de sentir um Smith & Wesson na mão".

"Você gosta de atirar porque exige muita habilidade, e você é boa."

"Não pode ser só isso. Não é a única coisa na qual me destaco. Estou começando a achar que atirar vicia."

Ele disse: "Não é o meu caso. Contudo, não sou tão bom quanto você. Qualquer coisa que fazemos muito bem dá uma sensação de poder".

"Quer dizer então que é isso, poder?"

"Claro. Você segura um instrumento que serve para matar. O que mais lhe daria uma sensação tão grande de poder? Não admira que vicie."

Não foi uma conversa tranquila. Com um esforço, Kate tirou o exercício da mente. Estavam a caminho de um novo caso. Como sempre, ela sentia pulsar nas veias a excitação do desafio. Ela pensou, como costumava, no quanto era afortunada. Tinha um emprego de que gostava, no qual se destacava graças à sua competência, um chefe a quem admirava e apreciava. Agora teria um assassinato pela frente, com todas as suas promessas de emoção, interesse humano, desafio da investigação, satisfação com o sucesso no final. Alguém precisou morrer para que ela sentisse tudo isso. Outro pensamento pouco tranquilizador.

13

DALGLIESH CHEGOU PRIMEIRO ao número 8 da Pawlet Court. O local estava quieto e vazio, sob a luz já intensa do dia. O ar de odor adocicado estava embaçado pela neblina que prenunciava outro dia inusitadamente quente para a estação. Apenas umas poucas folhas haviam adquirido a rigidez marrom dourada da decrepitude outonal. Ao entrar na praça, Dalgliesh pensou em como um observador distraído o veria, carregando a valise de instrumentos para investigação de assassinato que tanto se assemelhava a uma maleta comum. Provavelmente, julgaria se tratar de um advogado chegando para uma consulta sobre seu parecer. Contudo, não havia observadores. A área toda exibia uma calma ansiosa, tão distante do movimento da Fleet Street e de Embankment como se fosse o pátio de uma catedral provinciana.

A porta do número 8 se abriu assim que ele se aproximou. É claro, o aguardavam. Uma moça, cujo rosto inchado e a maquiagem borrada indicavam que havia chorado, mostrou o caminho após um bom-dia inaudível, desaparecendo a seguir pela porta aberta de uma sala à esquerda, para se sentar atrás da mesa de recepção e olhar para o infinito. Três homens saíram da sala à direita do saguão, e Dalgliesh percebeu, surpreso, que um deles era o médico-legista, Miles Kynaston.

Ao cumprimentá-lo com um aperto de mão, perguntou: "O que houve, Miles? Premonição?".

"Não, coincidência. Tive uma reunião logo cedo com E. N. Mumford, em Inner Temple. Eles vão me convocar como testemunha de defesa no caso Manning, em Bailey, na próxima semana."

Ele se virou para apresentar seus acompanhantes. Hubert Langton, presidente do colegiado, e Drysdale Laud. Dalgliesh

151

fora apresentado a ambos anteriormente. Laud apertou a mão dele com o cuidado de alguém que hesita quanto à conveniência de demonstrar conhecê-lo.

Langton disse: "Ela está na sala que ocupava, no primeiro andar, logo acima deste. Gostaria que eu subisse com o senhor?".

"Talvez mais tarde. Quem a encontrou?"

"O arquivista-chefe, Harry Naughton, esta manhã, ao chegar, por volta das nove. Ele está em sua sala, com um dos assistentes, Terry Gledhill. O único outro funcionário presente é a secretária-recepcionista, a srta. Caldwell, que lhe abriu a porta. O resto do pessoal e os membros do colegiado chegarão em seguida. Não creio que possa evitar que os membros sigam para suas salas. Entretanto, poderia dizer aos funcionários que voltassem para casa."

Ele olhou para Laud, como a pedir conselho. A voz de Laud saiu neutra. "Obviamente, vamos cooperar. No entanto, o serviço precisa ser feito."

Dalgliesh disse, calmamente: "Todavia, uma investigação de assassinato — se for esse o caso — tem prioridade. Precisamos dar uma busca no local, e quanto menos gente houver por aqui, melhor. Não queremos perda de tempo, de vocês ou nossa. Podemos usar uma sala temporariamente, para os interrogatórios?".

Laud respondeu: "Podem usar a minha. Nos fundos, no segundo andar. Ou a sala de recepção. Se fecharmos o recinto esta manhã, estará disponível".

"Obrigado. Usaremos a sala de recepção. Por enquanto, seria útil se permanecessem juntos, enquanto realizamos o exame preliminar do corpo. Os inspetores Kate Miskin e Piers Tarrant estão a caminho, com o grupo de apoio. Talvez seja preciso isolar parte da sede, mas não por muito tempo. Nesse meio-tempo, gostaria de obter uma lista de todas as pessoas que trabalham na sede, com os respectivos endereços. E uma planta mostrando Middle e Inner Temple, com todas as entradas assinaladas, se for possível. Também ajudaria se conseguissem uma planta do prédio, apontando quais as salas que são ocupadas pelos membros do colegiado."

Langton disse: "Harry tem uma planta do Temple em sua sala. Creio que todas as entradas estão indicadas. A srta. Caldwell preparará a lista dos membros. E dos funcionários, é claro".

Dalgliesh perguntou: "E a chave? Quem ficou com ela?".

Langton a tirou o bolso e a entregou, dizendo: "Tranquei a porta interna e a externa, depois que Laud e eu vimos o corpo. Essa chave abre as duas".

"Obrigado." Dalgliesh voltou-se para Kynaston. "Vamos subir, Miles?"

Era interessante, mas não chegava a ser surpreendente, que Kynaston tivesse esperado por ele, antes de iniciar o exame do cadáver. Como patologista forense, Miles tinha todas as qualidades. Chegava depressa. Trabalhava sem criar problemas nem reclamar, por mais inconveniente que fosse o local ou o estado do corpo em decomposição. Falava pouco, sempre de modo objetivo, e felizmente dispensava o humor negro que muitos de seus colegas — alguns respeitadíssimos — adotavam para demonstrar sua insensibilidade para os aspectos mais repulsivos da morte violenta.

Vestia-se sempre da mesma maneira, qualquer que fosse a estação do ano, com terno de tweed, colete e camisa de tecido fino de lã com colarinho de pontas abotoadas. Subindo a escada atrás do médico, que andava pesadamente, Dalgliesh pensou de novo no contraste entre a solidez desengonçada e a precisão e a delicadeza com que Kynaston insinuava os dedos, protegidos pela segunda pele de látex da luva branca, nas cavidades dos corpos, sempre demonstrando respeito em seus gestos terrivelmente experientes ao tocar a carne conspurcada.

As quatro salas do primeiro andar tinham portas externas de carvalho maciço reforçadas por ferragens. Atrás da porta da sala de Venetia Aldridge havia outra, com buraco de fechadura mas desprovida de sistema de segurança dotado de código acionado por teclado. A chave virou com facilidade, e quando entraram Dalgliesh levou a mão até o lado esquerdo da porta, acendendo a luz.

A cena que se estendia diante de seus olhos era tão bizarra

que poderia ter saído de uma montagem do Grand Guignol, deliberadamente encenada para desafiar, aterrorizar e espantar. A poltrona executiva na qual ela estava sentada havia girado, de modo que seu rosto ficara de frente para quem entrava, com a cabeça ligeiramente inclinada para a frente e o queixo a tocar a garganta. A parte superior da peruca longa estava encharcada de sangue, deixando à mostra apenas alguns cachos duros acinzentados. Dalgliesh aproximou-se do corpo. O sangue escorrera pela face esquerda, ensopando a lã fina do cardigã negro, manchando de marrom-avermelhado a blusa creme. Não se via o olho esquerdo, coberto de glóbulos trêmulos de sangue viscoso que pareciam se solidificar enquanto os observava. O olho direito, arregalado, exibia a impassividade inexpressiva dos mortos, fixando-se num ponto além dele, como se sua presença não fosse digna de ser notada. Os antebraços apoiavam-se nos braços da poltrona, as mãos pendiam com os dois dedos médios um pouco mais baixos, paralisados num gesto gracioso de bailarina. A saia negra subira até revelar os joelhos, que se mantinham juntos, levemente voltados para a esquerda, numa pose reminiscente da provocação deliberada de uma modelo. A meia-calça de náilon fino disfarçava a rótula, enfatizando os planos das pernas longas, elegantes. Um sapato preto clássico, de salto médio, caíra ou fora arrancado. Ela usava uma aliança estreita e mais nenhuma outra joia, com exceção do relógio de ouro quadrado no pulso esquerdo.

Havia uma mesinha do lado direito da porta. Estava coberta de papéis e pastas amarradas com fita vermelha. Dalgliesh aproximou-se para depositar sua maleta de investigação no único espaço disponível, abrindo-a para pegar as luvas de busca. Kynaston, como sempre, tirou as dele do bolso do paletó. Ele rasgou a extremidade do envelope e as calçou, antes de se aproximar do corpo, tendo Dalgliesh a seu lado.

Ele disse: "Vamos ao óbvio. Ou o sangue foi despejado sobre a peruca nas últimas três horas ou contém um anticoagulante". As mãos tatearam o pescoço, viraram cuidadosamente a cabeça, tocaram as mãos. Com extremo cuidado, ele removeu a peruca da cabeça, aproximou o nariz do cabelo da vítima e o cheirou

154

como se fosse um cachorro, antes de reposicionar a peruca com delicadeza. "Rigor bem acentuado. Provavelmente está morta há doze ou catorze horas. Nenhum ferimento óbvio. O sangue pode ter vindo de qualquer lugar, menos do corpo dela."

Com extraordinária delicadeza, os dedos hábeis desabotoaram o cardigã de cashmere, para que ele pudesse examinar a blusa. Dalgliesh notou que havia um corte pequeno, fino, logo abaixo de um botão, do lado esquerdo. Ela usava sutiã. A brancura dos seios protuberantes se acentuava no contraste com a blusa de seda cor de creme. Kynaston introduziu a mão debaixo do sutiã para liberar o seio esquerdo. Havia uma marca de perfuração, um corte com cerca de três centímetros, ligeiramente afundado, com alguma perda de líquido, mas sem sangramento.

Kynaston disse: "Um golpe no coração. Ele deu muita sorte ou era extremamente hábil. Confirmarei tudo na autópsia, mas a morte deve ter sido quase instantânea".

Dalgliesh perguntou: "E quanto à arma?".

"Longa e fina, como um punhal. Pode ter sido uma faca, mas acho improvável. Os dois lados tinham fio. Talvez um abridor de cartas afiado, pontudo, rígido, com pelo menos dez centímetros de comprimento de lâmina."

Eles ouviram passos repentinos e apressados. A porta se abriu com força. Viraram para o outro lado, protegendo o cadáver. Um homem, parado na porta, literalmente tremia de raiva. Seu rosto era uma máscara de contrariedade. Ele exibia nas mãos uma bolsa parecida com uma bolsa de água quente, mas de plástico transparente, e a sacudiu na frente deles.

"O que está acontecendo aqui? Quem roubou meu sangue?"

Dalgliesh, sem responder, deu um passo para o lado. O resultado, em outras circunstâncias, teria sido cômico. O recém-chegado olhou para o defunto arregalando os olhos, numa paródia exagerada de incredulidade. Ele abriu a boca para falar, pensou melhor e entrou lentamente na sala, como um gato, como se achasse que o cadáver fosse um produto de sua imaginação, a ponto de desaparecer se conseguisse enfrentá-lo. Quando falou, demonstrou ter recobrado rapidamente o controle da voz.

155

"Alguém tem um senso de humor curioso. O que estão fazendo aqui?"

Dalgliesh disse: "Creio que a resposta é óbvia. O dr. Kynaston é o médico-legista. Meu nome é Dalgliesh, e sou da New Scotland Yard. O senhor é membro do colegiado?".

"Desmond Ulrick. Sim, sou membro deste colegiado."

"A que horas chegou?"

Ulrick mantinha os olhos fixos no corpo, com uma expressão que revelava mais fascínio curioso do que horror. Ele disse: "Na hora de sempre. Faz dez minutos".

"E ninguém o deteve?"

"Por que alguém o faria? Como disse, sou membro do colegiado. A porta estava fechada, o que não é normal, mas tenho a chave. A srta. Caldwell encontrava-se em sua mesa, como sempre. Não havia mais ninguém por perto, pelo que pude notar. Desci para a minha sala. Fica nos fundos, no meio-porão. Abri a geladeira há alguns minutos, para pegar meu leite. Percebi que a bolsa e o sangue guardado haviam sumido. O sangue foi tirado há três dias, para uma pequena cirurgia marcada para o próximo sábado."

"Quando o guardou na geladeira, sr. Ulrick?"

"Na segunda-feira, por volta do meio-dia. Vim direto do hospital para cá."

"E quem sabia que o sangue estava na geladeira?"

"A faxineira, sra. Carpenter. Deixei um recado, pedindo que não abrisse a geladeira para limpá-la. Além disso, falei à srta. Caldwell que ela poderia guardar seu leite no meu refrigerador. Não duvido que tenha contado a outras pessoas da sede. Nenhum segredo dura muito, por aqui. Acho melhor perguntar a ela, porém." Ele fez uma pausa e disse: "Deduzo, pela sua presença e a de seu colega, que a polícia está tratando o caso como uma morte por causas não naturais".

Dalgliesh disse: "Estamos tratando essa morte como assassinato, sr. Ulrick".

Ulrick fez um movimento, como se pretendesse se aproximar do corpo, e depois se virou em direção à porta.

"Como deve estar ciente, comandante, Venetia Aldridge lidava diariamente com assassinatos. Contudo, jamais esperaria um envolvimento tão íntimo, por assim dizer. Foi uma grande perda. E, se me dão licença, preciso ir para minha sala. Tenho muito trabalho a fazer."

Dalgliesh disse: "Os srs. Langton e Laud encontram-se na biblioteca. Preferiria que se reunisse a eles. Será preciso examinar sua sala, em busca de digitais. O senhor será avisado assim que a liberarmos".

Por um momento; ele pensou que Ulrick fosse protestar. Em vez disso, ele estendeu o braço que segurava a bolsa.

"O que devo fazer com isto? Já não serve mais para nada."

Dalgliesh respondeu: "Ficaremos com ela, obrigado". E a pegou com a mão enluvada.

Ele a levou até a mesa, tirou da maleta um saco plástico apropriado para o recolhimento de provas e guardou a bolsa de sangue. Ulrick o observou, mostrando-se subitamente relutante em sair.

Dalgliesh disse: "Enquanto está aqui, poderia me falar algo a respeito da peruca? É sua?".

"Não. Ser juiz não é uma das minhas ambições."

"Ela pertencia à srta. Aldridge, por acaso?"

"Duvido muito. Poucos advogados possuem uma peruca longa. Ela só deve ter usado uma quando se tornou Queen's Counsel. Provavelmente, pertence a Hubert Langton. Ele tem uma, que era do avô, e a guarda na sede do colegiado para emprestá-la aos membros que ganham o direito de usar toga, pois é exigida na cerimônia. Ela fica guardada numa caixa de metal, na sala de Harry Naughton. Harry é o nosso arquivista-chefe. Ele poderá verificar isso para os senhores."

Kynaston estava tirando a luva. Ignorando Ulrick, disse a Dalgliesh: "Não posso fazer mais nada, aqui. Farei autópsias esta noite, a partir das oito. Poderia encaixá-la na lista".

Ele se voltou para a porta, mas encontrou-a temporariamente bloqueada por Kate Miskin. Ela disse: "O pessoal da perícia e os fotógrafos já chegaram".

"Ótimo, Kate. Assuma aqui, por favor. Piers veio com você?"

"Sim, senhor. Ele está com o sargento Robbins. Estão isolando esta ala do prédio."

Dalgliesh dirigiu-se a Ulrick: "Precisaremos examinar sua sala, primeiro. Poderia fazer a gentileza de se juntar a seus colegas, na biblioteca?".

Assumindo uma atitude mais cordata do que Dalgliesh esperava, Ulrick saiu, quase trombando com Charlie Ferris, que entrava. Este não poderia ter escapado do apelido de Ferret,* sendo um dos especialistas da polícia metropolitana mais experientes em cenas de crime. Diziam que ele era capaz de identificar a olho nu fios cuja identificação só se julgava possível com o auxílio de um microscópio, ou farejar um cadáver a cem metros. Usava o traje especial para exame dos locais, que nos últimos meses substituíra a excêntrica versão anterior, composta por shorts brancos com pernas cortadas na altura da virilha e blusão de moletom. A nova versão se compunha de agasalho de algodão, calça e sapato de lona com sola de borracha. Na cabeça ele usava uma touca de natação plástica bem justa, para impedir que seus cabelos contaminassem a cena do crime. Ele parou por um instante à porta, como se avaliasse a sala e seu potencial, antes de iniciar a busca meticulosa.

Dalgliesh disse: "Há marcas no carpete, do lado direito da porta. É possível que ela tenha sido morta ali e arrastada até a poltrona. Gostaria que o local fosse fotografado e protegido".

Ferris resmungou: "Pode deixar". No entanto, não tirou os olhos da parte do carpete que já atraíra sua atenção. Ele não deixaria passar as marcas, mas cuidaria delas no momento oportuno. Ferret tinha seu próprio sistema de busca.

Os fotógrafos e especialistas em digitais chegaram e logo começaram a trabalhar em silêncio. Os dois fotógrafos formavam uma dupla eficiente, estavam acostumados a trabalhar juntos e

---

* *Ferret* é uma espécie de daninha europeia que pode ser domesticada para caçar pequenos animais, como lebres ou ratos. O verbo *to ferret* (*out*) significa literalmente "desentocar" e, em sentido figurativo, "buscar com persistência". (N. T.)

não perdiam tempo. Cumpriam sua tarefa e iam embora. Quando era um jovem investigador, Dalgliesh costumava pensar em como eles se sentiam, registrando quase diariamente as desumanidades do homem contra o homem, e se as fotos que tiravam nos momentos de folga, os instantâneos inocentes das férias da família, não evocavam as mortes violentas. Mantendo-se escrupulosamente fora do caminho, Dalgliesh começou seu próprio exame da sala, secundado por Kate.

A escrivaninha não era moderna. Pesada, em mogno maciço reluzente a revelar a pátina do tempo, com tampo revestido de couro. Os puxadores de latão dos dois conjuntos de três gavetas eram obviamente originais. Na gaveta de cima, à esquerda, havia uma bolsa de couro macio, com fecho dourado e alça fina. Abrindo-a, Dalgliesh viu que continha um talão de cheques, uma carteira fina para cartões de crédito, uma bolsinha com vinte e cinco libras em notas e algumas moedas, um lenço de linho branco limpo dobrado e um chaveiro com várias chaves. Examinou-as e disse: "Pelo jeito, ela guardava as chaves da casa e do carro num chaveiro diferente do usado para as chaves da porta da frente e desta sala. É curioso que o assassino tenha trancado as duas portas e levado a chave. Era de se esperar que deixasse a porta aberta, para dar a impressão de que alguém de fora havia cometido o crime. De qualquer modo, não deve ter encontrado dificuldade para se livrar das chaves. Provavelmente estão no fundo do Tâmisa ou num bueiro".

Ele abriu as duas gavetas de baixo, sem achar nada de interesse. Havia caixas com papel de carta, envelopes, blocos de anotações, uma caixa de madeira com várias esferográficas e, na última, duas toalhas de rosto e uma bolsa com sabonete, escova e pasta de dentes. Uma bolsinha de zíper continha a maquiagem de Venetia Aldridge: creme hidratante, batom e base.

Kate disse: "Caro e básico".

Dalgliesh notou na voz da moça algo que sentira com frequência. Os artigos escolhidos para uso cotidiano eram o *memento mori* mais pungente.

O único item de interesse, na gaveta superior direita, era um exemplar de um panfleto mal diagramado, que levava o título de *Redress*. Uma organização supostamente preocupada com oportunidades iguais para mulheres em altos postos da indústria e das profissões liberais o distribuía. Ele consistia basicamente em dados comparativos da situação nas empresas e instituições mais destacadas do país, mostrando o total de mulheres empregadas e a porcentagem que chegava à diretoria e outros cargos importantes. Os quatro nomes impressos sob o título nada significavam para Dalgliesh. A secretária era Trudy Manning, e o endereço, um local no noroeste de Londres. O panfleto, com apenas quatro páginas, trazia na última delas o seguinte texto:

"Descobrimos, surpresas, que o colegiado presidido pelo sr. Hubert Langton, no número 8 de Pawlet Court, em Middle Temple, emprega apenas quatro advogadas, num total de vinte e um membros. Uma delas é a famosa advogada criminalista, Venetia Aldridge, QC. Gostaríamos de sugerir à srta. Aldridge que mostrasse um pouco mais de entusiasmo no futuro no que diz respeito à luta por um tratamento mais justo para pessoas de seu próprio sexo".

Dalgliesh mostrou o panfleto a Ferris: "Inclua isso entre as provas, por favor, Charlie".

Venetia Aldridge obviamente estava trabalhando quando a mataram. Havia uma pasta sobre a mesa, em cima de uma pilha de papéis. Uma rápida consulta à pasta mostrou a Dalgliesh que se tratava de um caso de agressão violenta, com audiência marcada para Bailey, dali a duas semanas. Além desses, só havia na mesa um exemplar do boletim *Temple News Letter* e o *Evening Standard* da véspera. Parecia intocado, mas Dalgliesh notou que o caderno rosa, *Business Day*, dedicado às finanças, estava faltando. Um envelope grande, endereçado à srta. Venetia Aldridge, QC, aberto com um corte hábil, jazia na lata de lixo à direita da mesa. Dalgliesh calculou que deveria ter contido o *Temple News Letter*.

A sala, medindo cerca de quinze metros quadrados, continha pouca mobília, para um escritório de advocacia. Do lado esquerdo estendia-se uma estante comprida, também de mogno, ocupando quase toda a extensão da parede que dava para as duas janelas georgianas, cada uma contendo doze vidros. A estante guardava uma pequena biblioteca de livros jurídicos e estatutos encadernados. A prateleira inferior era ocupada por cadernos de anotações azuis. Dalgliesh apanhou alguns ao acaso, notando com interesse que eles cobriam toda a carreira profissional da vítima, meticulosamente organizados. Na mesma prateleira havia um volume dos *Famosos processos britânicos*, que trazia o julgamento de Frederick Seddon. Uma obra algo incompatível com a biblioteca, que de resto era inteiramente dedicada a leis e estatísticas criminais. Abrindo-o, Dalgliesh viu uma breve dedicatória, em caligrafia miúda: "A VA, de seu amigo e mentor, EAF".

Ele seguiu até a janela da esquerda. Lá fora, a luz matinal insinuava uma promessa de sol. Aquela parte do conjunto fora isolada. Não havia ninguém por perto, mas ele pressentia olhos vigilantes por trás das janelas fechadas. Rapidamente, examinou o restante da mobília. Do lado esquerdo da porta havia um arquivo metálico de quatro gavetas e um armário pequeno de mogno. Um casaco de lã preta fina ocupava um dos ganchos na parede. Ele não viu a toga vermelha. Talvez ela estivesse no meio de um caso e a tivesse deixado, juntamente com a peruca, no vestiário do tribunal. Na frente das janelas havia uma mesa de reuniões pequena, com seis cadeiras. Mas as duas poltronas de espaldar alto na frente da lareira de mármore ofereciam um ambiente mais confortável para consultas. Os únicos quadros eram caricaturas da *Spy* do século XIX, mostrando juízes e advogados de toga e peruca, e um óleo sobre a lareira, de Duncan Grant. Sob o céu impressionista do final do verão uma carroça passava, tendo ao fundo um celeiro, uma casa de fazenda e um milharal, todos pintados em cores vivas. Dalgliesh imaginou que as caricaturas já deviam estar ali quando a srta. Aldridge alugou a sala. O Duncan Grant, por sua vez, demonstrava algo de seu gosto pessoal.

Os fotógrafos terminaram o serviço e aprontavam-se para

sair, mas os especialistas em digitais ainda estavam ocupados com a mesa e a maçaneta da porta. Dalgliesh duvidava que pudessem encontrar qualquer impressão digital útil. Qualquer pessoa da sede do colegiado poderia ter entrado na sala, legitimamente. Ele deixou os técnicos com seu trabalho e seguiu para a biblioteca, para interrogar os membros.

Havia quatro homens no recinto. O quarto era um ruivo alto, corpulento, parado na frente da lareira.

Langton disse: "Este é Simon Costello, membro do colegiado. Ele quis ficar, e eu não posso obrigar nenhum advogado a se afastar da sede".

Dalgliesh disse: "Se ele permanecer nesta sala, não atrapalhará as investigações. No entanto, calculei que os senhores, sendo homens ocupados, prefeririam trabalhar em outro local no período da manhã".

Desmond Ulrick estava sentado numa poltrona de encosto alto, na frente da lareira. Mantinha os joelhos juntos e um livro no colo, parecendo dócil e entretido como uma criança obediente. Langton observava a paisagem por uma das janelas; Laud, pela outra. Costello começou a andar de um lado para o outro assim que Dalgliesh entrou. Todos, exceto Ulrick, fixaram os olhos nele.

Dalgliesh esclareceu: "A srta. Aldridge foi apunhalada no coração. Devo alertá-los de que estamos lidando com um caso de assassinato, com quase toda a certeza".

A voz de Costello não ocultava sua beligerância: "E quanto à arma?".

"Não foi encontrada ainda."

"Por que com quase toda a certeza? Se a arma não estava lá, o que mais poderia ser, além de homicídio? Está sugerindo que Venetia apunhalou seu próprio peito e alguém removeu a arma?"

Langton sentou-se à mesa, como se suas pernas repentinamente perdessem a força. Olhou para Costello, implorando em silêncio que agisse com mais tato.

Dalgliesh disse: "Teoricamente, a srta. Aldridge poderia ter desferido a punhalada e alguém levado a arma embora de-

162

pois. Talvez a pessoa que colocou a peruca em sua cabeça. Não creio, nem por um instante, que isso tenha ocorrido. Estamos tratando o caso como assassinato. A arma possuía uma lâmina comprida e fina, como uma adaga fina ou punhal. Algum de vocês já viu algo do gênero? A pergunta pode parecer absurda, mas preciso fazê-la".

Seguiu-se um momento de silêncio. Depois, Laud falou: "Venetia tinha algo similar. Um abridor de cartas, cuja função não era essa originalmente. Trata-se de uma adaga de aço, com punho de latão. Ganhei-a de um cliente grato porém equivocado, quando recebi a toga. Creio que ele mandou fazê-la especialmente para a ocasião, imaginando que fosse algo como a Espada da Justiça. Um objeto constrangedor. Nunca soube o que fazer com ele. Dei-o a Venetia, faz uns dois anos. Eu estava na sala dela quando o abridor de cartas de madeira que ela usava quebrou, e desci ao meu escritório para pegar a adaga. Estava esquecida no fundo de uma gaveta. Na verdade, era um ótimo instrumento para abrir cartas".

Dalgliesh perguntou: "Era um punhal afiado?".

"Sim, extremamente. Mas tinha bainha, em couro preto, com uma ponta de latão e uma espécie de rosa dourada, pelo que me lembro. O punhal propriamente dito tinha minhas iniciais gravadas na lâmina."

Dalgliesh disse: "Não está mais na sala dela. Lembra-se de quando o viu pela última vez?".

Laud não respondeu. Apenas disse: "Venetia costumava guardar o punhal na gaveta de cima, do lado direito, quando não estava abrindo as cartas. Não a vi usar o abridor de cartas nas últimas semanas".

Mas ela abrira um envelope na noite anterior, e a beirada havia sido cortada, e não rasgada.

Dalgliesh disse: "Precisamos encontrar o punhal. Se foi a arma do crime, o assassino pode muito bem tê-lo levado consigo. Se o encontrarmos, vamos procurar digitais, é claro. Isso significa que precisaremos das impressões de todos os que estiveram na sede do colegiado na noite de ontem".

163

Costello completou: "Para a eliminação de suspeitos. Posteriormente os registros serão destruídos, certo?".

"Sr. Costello, se não me engano é criminalista, certo? Portanto, conhece a lei."

Langton disse: "Estou certo de falar em nome de todo o colegiado, ao afirmar que vamos cooperar de todas as formas possíveis. Obviamente, o senhor precisará de nossas impressões digitais. Assim como é óbvia a necessidade de revistar a sede. Gostaríamos de poder usar as salas assim que fosse possível, mas compreendemos a inevitabilidade de uma demora".

Dalgliesh tranquilizou-o: "Vamos procurar resolver tudo o mais depressa possível. Quem é o parente mais próximo? O senhor sabe? A família já foi avisada?".

A pergunta foi recebida com constrangimento, quase com contrariedade, ele percebeu. Novamente, ninguém respondeu. Langton olhou outra vez para Laud.

Laud disse: "Infelizmente, o choque que sofremos e a necessidade de chamá-los logo nos fez esquecer dos parentes. Ela foi casada, o ex-marido se chama Luke Cummins, e tiveram uma filha, Octavia. Venetia não tem outros parentes, que eu saiba. Divorciou-se há onze anos. O ex-marido se casou de novo e mora no interior. Em Dorset, creio. Deve encontrar o endereço entre as coisas de Venetia. Octavia mora no apartamento do meio-porão, na casa da mãe. Ela é jovem, tem apenas dezoito anos. Nasceu no primeiro minuto do primeiro dia de outubro, daí o nome. Venetia sempre desejou que a vida fosse algo racional. Claro, resta ainda a sra. Buckley, a empregada. Ela telefonou para Harry, esta manhã. Curioso que não tenha ligado novamente, ainda".

Langton observou: "Harry não falou que a srta. Aldridge estava aqui? Nesse caso, ela provavelmente está esperando a patroa na hora do jantar, como de costume".

Dalgliesh disse: "A filha precisa ser avisada quanto antes. Seria possível que um membro do colegiado se encarregasse da tarefa? De qualquer modo, pretendo enviar dois policiais até a casa dela".

Novamente, houve uma pausa constrangedora. Novamente, os três pareciam esperar que Laud apontasse a saída. Ele disse: "Conheço Venetia melhor do que qualquer outra pessoa do colegiado, mas vi a filha poucas vezes. Nenhum de nós conhece Octavia direito. Duvido que ela tenha vindo à sede algum dia. Tive a impressão de que não dava a menor importância às pessoas, quando a conheci. Se tivéssemos outro membro do sexo feminino, a enviaríamos, mas não é o caso. Acho melhor que alguém da sua equipe dê a notícia. Não creio que eu conseguiria fazer isso de modo adequado. De qualquer maneira, estou à disposição, se precisar de ajuda". Ele olhou para os colegas reunidos. "Todos estamos."

Dalgliesh perguntou: "A srta. Aldridge costumava trabalhar até tarde aqui na sede?".

Mais uma vez, a resposta coube a Laud. "Sim, costumava. Chegava a ficar até as dez horas. Evitava trabalhar em casa, sempre que possível."

"E quem foi a última pessoa a vê-la ontem?"

Langton e Laud trocaram olhares. Seguiu-se uma pausa, e depois Laud respondeu: "Harry Naughton, provavelmente. Harry declarou ter levado um processo a ela às seis e meia. O resto do pessoal já havia saído, nesse horário. Talvez uma das faxineiras a tenha encontrado, a sra. Carpenter ou a sra. Watson. Elas são funcionárias da agência de domésticas da srta. Elkington, e vêm das oito e meia às dez, às segundas, quartas e sextas. Nos outros dias, a sra. Watson faz a limpeza sozinha".

Um pouco surpreso com o conhecimento que Laud tinha de tantos detalhes administrativos, Dalgliesh perguntou: "As duas tinham chave?".

Como sempre, Laud respondeu: "Da porta principal? As duas, e também a srta. Elkington. São todas pessoas de absoluta confiança, encarregadas de ligar o alarme quando saem".

Langton quebrou seu silêncio. "Tenho total confiança na integridade e idoneidade das faxineiras. Total confiança."

Seguiu-se nova pausa constrangedora. Laud deu a impressão de que pretendia dizer algo, hesitou, mas acabou encarando

165

Dalgliesh. "Talvez eu deva mencionar uma coisa. Não afirmo que tenha alguma ligação com a morte de Venetia, mas pode ser um fator, na situação. Talvez seja útil à polícia saber disso, antes de falar com Octavia."

Dalgliesh aguardou, notando o extremo interesse dos presentes na sala e um aumento sensível da tensão. Laud prosseguiu: "Octavia anda saindo com Garry Ashe, o rapaz que Venetia defendeu há cerca de um mês. Ele foi acusado de assassinar a tia, na casa dela, em Westway. Recorda-se do caso, com certeza".

"Eu me recordo."

"Ao que consta, ele fez contato com Octavia logo depois de ser absolvido. Não sei o motivo, nem como, mas Venetia acreditava ter sido algo proposital. Obviamente, ficou preocupadíssima. Ela me disse que eles andavam até querendo marcar o noivado, se é que já não estavam noivos."

Dalgliesh perguntou: "Ela disse se os dois eram amantes?".

"Ela achava que não, embora não tivesse certeza. Não queria isso de jeito nenhum, é claro. Nunca vi Venetia tão abalada. Chegou a pedir minha ajuda."

"De que maneira?"

"Para subornar o rapaz. Bem, sei que parece uma ideia absurda, e foi o que eu disse a ela. Pelo jeito, ele não sai de lá."

"Da casa dela?"

"Ele passa a maior parte do tempo no apartamento de Octavia, ao que consta."

Langton disse: "Notei que Venetia estava muito estranha quando voltou de Bailey, na segunda-feira. Suponho que andava muito preocupada com Octavia".

Foi então que Ulrick ergueu os olhos do livro. Ele disse a Laud: "Estou interessado em saber por que você considera isso — quais foram suas palavras, mesmo? — 'um fator, na situação'".

Laud disse, secamente: "Garry Ashe foi acusado de assassinato. Temos aqui um assassinato".

"Um suspeito conveniente, mas não consigo imaginar como ele ou Octavia possam ter descoberto a respeito do sangue no meu refrigerador, ou saber onde a peruca estava guardada. Sem dúvida você fez muito bem em levar a questão ao conhecimento da polícia, mas não consigo entender o motivo da preocupação de Venetia. O rapaz foi absolvido. Uma defesa brilhante, com certeza. Venetia deveria se sentir gratificada ao ver que o rapaz desejava estreitar os laços com a família."

Ulrick voltou ao livro. Dalgliesh disse: "Com licença" e puxou Kate para fora da sala.

Ele disse: "Explique a Ferris o que estamos procurando, depois consiga o endereço de Aldridge com Harry Naughton. Leve Robbins com você. Se houver uma chance de descobrir o que a moça e Ashe estavam fazendo ontem à noite, sem perturbá-la demais, não hesite. Quero as faxineiras aqui, tanto a sra. Carpenter como a sra. Watson. Como trabalham à noite, é bem possível que estejam em suas casas agora. Ah, destaque um guarda e um investigador para vigiar a casa, Kate. A menina pode precisar de proteção contra a imprensa. Converse com a sra. Buckley, a empregada, em particular, se tiver oportunidade. Ela pode nos ajudar. Não se demore muito por lá, porém. Retornaremos depois, e as questões importantes podem esperar até que a filha se recupere do choque inicial".

Ele sabia que Kate não se ressentiria com as instruções, nem veria a missão como um desvio do trabalho real de investigação. Tampouco se incomodaria por considerarem aquela uma tarefa mais adequada a uma mulher. Era sempre melhor mandar uma mulher conversar com outra, e de modo geral as mulheres mostravam mais tato na hora de dar más notícias do que os homens. Talvez, com o passar dos séculos, tenham adquirido certa prática. Kate, enquanto estivesse confortando Octavia, estaria ouvindo, observando, avaliando. Ela sabia, como todo policial, que o primeiro encontro com o parente mais próximo podia muito bem ser o primeiro encontro com o criminoso.

14

O ENDEREÇO FORNECIDO por Harry Naughton era em Pelham Place, SW7. Depois de conferir a lista de endereços e consultar o guia, Kate saiu, dizendo ao sargento Robbins: "Depois de passarmos na casa de Venetia Aldridge para falar com Octavia Cummins, tentaremos encontrar a sra. Carpenter, em Sedgemoor Crescent. Fica em Earls Court. A outra faxineira, a sra. Watson, reside em Bethnal Green. Earls Court é mais perto. No entanto, precisamos interrogar as duas mulheres quanto antes. Poderíamos telefonar para ver se estão em casa, mas acho melhor dar a notícia cara a cara".

Pelham Place era uma rua calma e elegante, com casas igualmente elegantes, separadas por entradas laterais. Idênticas, as residências tinham três pavimentos e um meio-porão, portas e janelas com bandeiras semicirculares e jardins cercados por grades de ferro. A perfeição da rua e das casas chegava a intimidar. Nenhuma erva daninha, pensou Kate, ousaria enfiar as raízes nos pequenos gramados e canteiros de flores bem cuidados. Poucos carros circulavam por ali. Não havia sinal de vida na rua mergulhada na calma da manhã. Kate estacionou em frente à residência da srta. Aldridge, com a desconfortável impressão de que o carro seria guinchado ou imobilizado enquanto ela e Robbins estivessem ausentes. Olhando para a fachada reluzente, com duas janelas altas no primeiro andar dando para uma pequena sacada com parapeito de ferro fundido, Robbins disse: "Bela casa! Rua agradável! Não sabia que os advogados criminalistas ganhavam tanto dinheiro!".

"Sempre depende de quem se trata. Venetia Aldridge não se restringia a defender réus às custas do governo, embora a assistência jurídica do Estado não seja tão mal paga quanto certos advogados alegam. Ela sempre teve clientes particulares muito ricos. Só no ano passado conseguiu dois casos importantes, um de calúnia e outro de fraude contra o imposto de renda. O segundo durou três meses."

Robbins disse: "Ela não ganhou, certo?".

"Não. Contudo, isso não quer dizer que deixou de receber seu pagamento."

Ela pensou no motivo que levara Venetia Aldridge a escolher aquela rua em particular, e logo o compreendeu. A estação de metrô de South Kensington ficava a poucos minutos de caminhada, e apenas a seis paradas de Temple. A srta. Aldridge poderia chegar à sede do colegiado em menos de vinte minutos, por mais que as ruas estivessem congestionadas.

Robbins apertou a campainha reluzente. Eles ouviram o ruído da corrente pega-ladrão, a porta se abriu um pouco e uma senhora idosa os encarou, ansiosa.

Kate mostrou sua identidade, dizendo: "Sra. Buckley? Sou a inspetora detetive Miskin, e esse é o sargento Robbins. Podemos entrar?".

A corrente foi removida e a porta se abriu completamente. A sra. Buckley era frágil, nervosa, com uma boca pequena bem desenhada entre as maçãs do rosto proeminentes. Isso lhe dava uma aparência de hamster, um ar que Kate já havia notado antes em pessoas inseguras, que misturavam uma postura desesperadamente respeitável com pretensões autoritárias.

Ela disse: "A polícia. Querem falar com a srta. Aldridge, imagino. Ela não está. Foi para a sede do colegiado, em Pawlet Court".

Kate explicou: "Viemos por causa da srta. Aldridge. Precisamos falar com a filha dela. Infelizmente, temos más notícias".

O rosto ansioso empalideceu de imediato. Ela disse: "Meu Deus, aconteceu alguma coisa ruim?". Deu um passo para o lado, trêmula, enquanto entravam, e apontou silenciosamente para a porta à direita.

Depois que eles entraram, ela murmurou: "Ela está ali —

Octavia e o noivo. A mãe morreu, não é? Vieram aqui para dar a notícia".

"Sim", Kate disse. "Infelizmente."

Surpreendentemente, a sra. Buckley não tomou a iniciativa, deixando que Kate abrisse a porta, e só os acompanhou depois da passagem do sargento Robbins.

Eles sentiram logo o cheiro forte de bacon e café. Uma moça e um rapaz se levantaram da mesa assim que eles entraram e os encararam com hostilidade.

Kate demorou apenas alguns segundos para começar a falar, mas nesse período seus olhos treinados avaliaram a moça, o rapaz e a sala. Obviamente, na planta original havia duas salas, mas a parede divisória fora removida para transformar o espaço numa sala ampla. A parte da frente servia como sala de jantar, com uma mesa oval de madeira envernizada, um armário à direita da porta e, na parede oposta, uma lareira antiga com prateleiras dos dois lados e um quadro a óleo em cima. Na ponta próxima ao jardim ficava a cozinha, e Kate notou que a pia e o fogão ocupavam o lado esquerdo da parede, permitindo uma visão desimpedida do jardim. Gravou mentalmente os pequenos detalhes captados por seus olhos. A fileira de vasos de barro com ervas debaixo da janela, uma coleção de figuras de porcelana de diferentes períodos e tamanhos, espalhadas mas não arrumadas em prateleiras, o cheiro de banha e a mesa cheia de pratos sujos.

Octavia Cummins era magra, mas tinha seios volumosos e ar de criança mimada. Os olhos castanho-escuros profundos eram estreitos, ligeiramente inclinados sob as sobrancelhas finas que ela provavelmente arrancava. Davam um toque exótico a um rosto que poderia ser interessante, quase formoso, não fosse o beiço emburrado na boca comprida. Usava um vestido de algodão sem manga, estampado em vermelho, sobre a camiseta. Os dois precisavam ser lavados. A única joia era um anel de noivado, com uma pedra vermelha rodeada de pérolas.

Em contraste com seu desmazelo, o rapaz era agressivamente limpo. Poderia posar para um retrato em branco e preto.

170

Cabelos escuros quase negros, calça jeans preta, rosto pálido e camisa muito branca, aberta. Os olhos escuros fixaram-se em Kate, com um ar meio insolente, meio calculista. Quando ela o encarou também, no entanto, tornaram-se desconcertantemente neutros, como se para ele a policial tivesse deixado de existir.

Kate disse: "Srta. Octavia Cummins? Sou a inspetora detetive Kate Miskin, e este é o sargento detetive Robbins. Lamento informar que temos más notícias. Srta. Cummins, acho melhor sentar-se".

A noção convencional de que as más notícias não deveriam ser recebidas em pé era sempre um modo adequado de preparar as pessoas para o choque iminente.

A moça disse: "Não quero sentar. Faça isso, se preferir. Este é meu noivo. O nome dele é Ashe. Ah, e essa aí é a sra. Buckley, a empregada. Ela não precisa ficar aqui, certo?".

A voz estava carregada de um tom inconfundível de desprezo entediado. Contudo, Kate pensou, seria impossível imaginar que ela não tivesse ideia do significado da visita. Com que frequência a polícia chega para dar boas notícias?

A empregada disse: "Eu deveria ter imaginado. Telefonado para a polícia na noite passada, quando ela não voltou para casa. Ela nunca passou a noite fora sem me avisar. Quando liguei, hoje de manhã, o arquivista disse que ela estava na sede. Como isso seria possível?".

Kate não tirou os olhos da moça, e disse, com cautela: "Ela estava lá, sim. Infelizmente, morta. O sr. Naughton encontrou o corpo ao chegar para o serviço. Lamento muito, srta. Cummins".

"Minha mãe morreu? Mas ela não pode estar morta. Estivemos com ela na terça-feira. Ela não estava doente."

"Não foi morte natural, srta. Cummins."

Ashe finalmente falou: "Está dizendo que ela foi assassinada".

Foi uma declaração, não uma pergunta. O tom de voz intrigou Kate. Superficialmente, pouca atenção despertava, parecendo comum. Todavia, não a enganou. Era artificial, uma das

171

muitas vozes que ele poderia adotar, conforme a conveniência. Ele não nascera com aquela voz, pensou. De qualquer modo, isso não valia para ela, também? Ela não era mais a Kate Miskin que carregava as compras da avó pelos sete andares de escadas fedendo a urina do prédio Ellison Fairweather. Nem tinha mais a aparência antiga. Sua voz mudara. Por vezes, desejava se sentir diferente, também.

Ela disse: "Lamento, mas é o que parece. Só saberemos os detalhes depois da autópsia". Ela se dirigiu novamente à moça: "Gostaria de chamar alguém para ficar com você? Quer que eu telefone para um médico? Deseja uma xícara de chá?".

Uma xícara de chá. A panaceia inglesa para o sofrimento, o choque e a mortalidade humana. Preparara muitos chás em muitas cozinhas, durante sua carreira como policial: em pardieiros abafados com pias cheias de pratos sujos empilhados e lixo saindo para fora da lata; em imaculadas cozinhas suburbanas, verdadeiros altares em louvor da perfeição doméstica; em ambientes elegantes, nos quais tinha a impressão de que ninguém jamais cozinhara.

A sra. Buckley olhou para a cozinha e disse, voltando-se para Octavia: "Quer chá?".

A moça respondeu: "Não quero chá nenhum. E não quero chamar ninguém. Tenho Ashe. Não preciso de médico. Quando ela morreu?".

"Ainda não determinamos. Em algum momento da noite passada."

"Então não vão conseguir colocar a culpa em Ashe, como tentaram fazer da outra vez. Temos um álibi. Estávamos no apartamento, e a sra. Buckley fez o jantar para nós. Nós três ficamos aqui, a noite inteira. Pergunte a ela."

Era a informação que Kate queria, mas que não podia exigir no momento. Não se dá a notícia da morte da mãe a uma moça para perguntar, em seguida, se ela e o namorado tinham um álibi. Mas não pôde resistir a erguer uma sobrancelha em sinal de interrogação, dirigido à sra. Buckley. A empregada fez um movimento afirmativo com a cabeça. "Sim, é verdade. Preparei

172

o jantar na cozinha de baixo, e ficamos juntos a noite inteira, até o momento em que subi para meu quarto, depois de lavar a louça. Só fui para cima às dez e meia, talvez um pouco mais tarde. Lembro-me de ter pensado que já havia passado meia hora além do meu horário habitual."

Portanto, Ashe e a moça estavam fora de suspeita. Dificilmente eles poderiam ter ido a Temple em menos de quinze minutos, mesmo numa motocicleta rápida, por ruas milagrosamente vazias. Faltava confirmar a hora, ainda, mas faria pouca diferença. Venetia Aldridge falecera muito antes das dez e quarenta e cinco.

Octavia disse: "Então, é isso aí. Deu azar. Desta vez, terão de achar o verdadeiro assassino. Por que não tentam o amante dela? Por que não interrogam sua excelência o deputado Mark Rawlstone? Perguntem a ele o motivo da discussão com minha mãe, na terça-feira à noite".

Kate conseguiu se controlar, com dificuldade, e disse, calmamente: "Srta. Cummins, sua mãe foi assassinada. Nossa tarefa é descobrir quem foi o responsável. No momento, porém, estamos mais preocupados com seu bem-estar. Nem precisaríamos estar, pelo que vejo".

"Isso é o que você pensa. Você não sabe coisa nenhuma a meu respeito. Por que não cai fora daqui?"

Ela desabou de repente numa das cadeiras da mesa de jantar e começou a soluçar alto, de um modo descontrolado e espontâneo, como uma criança pequena. Kate, instintivamente, moveu-se na direção da moça, mas Ashe a impediu, postando-se entre as duas, em silêncio. Em seguida aproximou-se do encosto da cadeira e colocou as mãos nos ombros da noiva. No início, observando aquele choro convulsivo, Kate pensou que Octavia o rejeitaria, mas ela se submeteu às mãos dominadoras e em pouco tempo os soluços arrefeceram, tornando-se um choramingo. Ela manteve a cabeça baixa, e as lágrimas fluíam sem cessar, escorrendo pelas mãos cerradas. Os olhos escuros inexpressivos cruzaram novamente com os de Kate, por cima da cabeça da moça.

173

"Ouviu o que ela disse. Por que não vai logo embora? Você não é bem-vinda aqui."

Kate disse: "Quando a notícia se espalhar, haverá assédio da imprensa. Se a srta. Cummins necessitar de proteção, avise-nos. Queremos interrogar vocês dois, também. Estarão em casa, mais tarde?".

"Espero que sim. Aqui ou lá embaixo, no apartamento de Octavia. Pode tentar a sorte num dos dois, lá pelas seis."

"Obrigada. Seria melhor que fizessem um esforço para estar aqui, poupando-nos o incômodo de voltar depois."

Kate e o sargento Robbins saíram, seguidos pela empregada. Na porta, Kate dirigiu-se a ela.

"Talvez precisemos conversar com a senhora mais tarde. Onde poderemos encontrá-la?"

As mãos da mulher tremiam, e os olhos se fixaram nos de Kate com a mistura de medo e súplica que a policial conhecia tão bem. Ela disse: "Aqui mesmo, suponho. Quero dizer, costumo ficar em casa das seis em diante, para preparar o jantar da srta. Aldridge, quando ela está em Londres. Tenho um quarto com banheiro no andar superior. Não sei o que vai acontecer agora. Calculo que precisarei sair. Bem, não quero trabalhar para a srta. Cummins. Acho que ela vai vender a casa. Sei que parece horrível eu ficar pensando em mim, numa hora dessas, mas realmente não sei como vou ficar. Tenho muitas coisas aqui. Móveis pequenos. Uma escrivaninha, livros do meu falecido marido, um guarda-louça do qual gosto muito. Deixei a mobília mais pesada num depósito, quando a srta. Aldridge me contratou. Não consigo acreditar que ela esteja morta. E assim, de um jeito tão horrível! O assassinato muda tudo, não é mesmo?".

"Sim", Kate disse. "O assassinato muda tudo."

Ela já havia decidido esperar para interrogar a filha, mas a sra. Buckley era diferente. No entanto, não dava para dizer muita coisa parada ali na porta. Mas a empregada, como se estivesse ansiosa para prolongar a conversa, acompanhou-os até o carro.

Kate disse: "Quando viu a srta. Aldridge pela última vez?".

"Ontem pela manhã, na hora do café. Ela gosta... gostava de preparar seu próprio café da manhã. Só suco de laranja, granola e torrada. Mas eu sempre descia para pedir instruções para o dia, saber se ela viria comer em casa, essas coisas. Ela saiu pouco antes das oito e meia, para ir ao fórum de Snaresbrook. Sempre me avisava quando viajava para fora de Londres, no caso de alguém precisar falar com ela com urgência e ligar para cá, em vez de procurá-la no escritório. Contudo, essa não foi a última vez em que falei com ela. Telefonei para a sede do colegiado às quinze para as oito, na noite passada."

Kate teve o cuidado de manter a voz calma. "Tem certeza sobre a hora?"

"Ah, certeza absoluta. Disse a mim mesma para esperar até as sete e quarenta e cinco, antes de incomodá-la. Às sete e meia cheguei a pegar o telefone, mas não disquei. Esperei até quinze para as oito. Por isso, tenho certeza da hora. Consultei o relógio."

"Falou com a própria srta. Aldridge?"

"Sim, falei com ela mesma."

"Ela parecia bem?"

Antes que a sra. Buckley pudesse responder, eles ouviram passos e viram Octavia Cummins correndo pelo caminho do jardim, batendo os pés e bufando como uma criança furiosa.

Ela gritou: "Ela telefonou para minha mãe para reclamar de mim! Se vocês quiserem falar com a minha empregada, façam isso dentro da minha casa, e não na rua!".

A sra. Buckley soltou uma exclamação, assustada, e sem dizer mais nada deu meia-volta e correu para dentro de casa. A moça olhou pela última vez para Kate e Robbins e depois a seguiu, batendo a porta ao entrar.

Enquanto punha o cinto de segurança, Kate disse: "Tivemos pouco tato, no caso. Pelo menos, eu tive. Mas ela faz questão de ser desagradável. Que idiota! Nem sei por que as pessoas insistem em ter filhos".

O sargento Robbins disse: "As lágrimas foram sinceras". E acrescentou, em voz baixa: "Dar a má notícia nunca é a parte mais fácil do nosso trabalho".

"Lágrimas de choque, não de dor. E a notícia foi mesmo tão ruim assim? Ela é filha única, herdará tudo — casa, dinheiro, móveis e aquele quadro a óleo caríssimo que fica em cima da lareira. Aposto que há muito mais no escritório, em cima."

Robbins disse: "As pessoas não podem ser julgadas pela reação ao homicídio. Não dá para saber o que estão sentindo ou pensando. Muitas vezes, elas ficam fora de si".

Kate disse: "Tudo bem, sargento, já sabemos que você representa o lado humano da polícia. Mas não exagere nas tintas. Octavia Cummins nem se deu ao trabalho de perguntar como foi que a mãe morreu, exatamente. Além disso, pense na reação inicial da moça. Só se preocupou em mostrar que não poderíamos acusar o sujeito que ela chama de noivo. Admita, foi esquisito. Além disso, os jovens de hoje não ficam noivos, apenas namoram. O que ele pretende, exatamente? Tem alguma ideia?".

Robbins refletiu por um momento e disse: "Acho que sei quem ele é. Garry Ashe. Foi absolvido há quatro semanas da acusação de assassinar a tia. Encontraram a mulher em casa, em Westway, com a garganta cortada. Lembro-me do caso, pois um amigo meu da polícia trabalhou na investigação. Outro dado interessante: Venetia Aldridge foi advogada de defesa dele".

O carro estava parado num sinal fechado. Kate disse: "Isso mesmo, eu já sabia. Drysdale Laud havia contado para nós. Deveria ter mencionado o detalhe no caminho, antes de chegarmos. Lamento, sargento".

Ela sentiu raiva de si mesma. Como foi esquecer de contar aquilo a Robbins? Uma informação do gênero não pode sair da cabeça. De fato, ela não esperava encontrar Garry Ashe na casa, mas isso não era desculpa. Repetiu: "Lamento".

O carro se movimentou novamente. Percorriam naquele momento a Brompton Road. Depois de um momento em silêncio, Robbins disse: "Acha que temos chance de derrubar o álibi dele? A sra. Buckley me pareceu muito honesta".

"A mim também. Acho que não, se quer minha opinião sincera. De qualquer modo, como Ashe ou a moça poderiam ter entrado na sede do colegiado? E quanto à peruca, ao sangue? Onde estavam essas coisas? Disseram que Octavia nunca foi até a sede."

"E quanto ao suposto amante? Verdade ou maldade dela?"

"Um pouco de cada, suponho. Obviamente, precisaremos interrogá-lo. Ele não vai gostar. É um deputado em ascensão. Não chegou ao ministério paralelo, mas deve ser candidato a um cargo de secretaria, creio. Muitos interesses em jogo."

"Sabe um bocado a respeito dele, pelo que vejo."

"E quem não sabe? Basta ligar a televisão num programa político para vê-lo deitar falação. Quer consultar o mapa, por favor? Estas ruas são meio confusas. Não quero passar da esquina com Sedgemoor Crescent. Vamos torcer para encontrar a sra. Carpenter em casa. Quanto antes conversarmos com as faxineiras, melhor."

15

DALGLIESH E PIERS INTERROGARAM Harry Naughton em sua sala. Dalgliesh achou que o arquivista estaria mais à vontade no escritório onde trabalhava havia quase quarenta anos. Terry Gledhill, o assistente, fora entrevistado e avisado de que poderia ir para casa; Naughton permaneceria por ali, tratando das questões mais urgentes. Sentado atrás da mesa, com as mãos nos joelhos, parecia um sujeito a ponto de cair de exaustão. Tinha altura e constituição médias, mas dava a impressão de ser menor; o rosto ansioso parecia mais velho do que o corpo. O cabelo ralo grisalho estava penteado para trás, cuidadosamente, exibindo a testa grande. A tensão em seus olhos, Dalgliesh deduziu, era muito antiga. Não resultava apenas da tragédia daquele dia. Sua postura, porém, revelava a dignidade própria de um homem que gosta de seu trabalho, o executa com competência e sabe que tem valor. Vestia-se com apuro. O vinco da calça do terno, obviamente velho, era perfeito, a camisa, imaculadamente limpa.

Dalgliesh e Piers aproximaram as duas cadeiras disponíveis e sentaram-se no meio da aparente desorganização da sala do arquivista, o verdadeiro coração da sede do colegiado. Dalgliesh sabia que o sujeito à sua frente poderia contar mais a respeito do que ocorria no número 8 de Pawlet Court do que os membros do colegiado. Se pretendia fazê-lo, era ainda uma questão discutível.

No chão, entre eles, encontrava-se a caixa metálica na qual ele guardava a peruca longa. Velha e amassada, teria cerca de sessenta centímetros de altura. As iniciais J.H.L. estavam pintadas do lado, sob um brasão de armas atualmente quase indecifrável. A caixa era forrada com seda bege xadrez e possuía uma coluna central para apoiar a peruca. Estava aberta e vazia.

Naughton disse: "Ela sempre ficou guardada aqui na sala dos arquivistas, desde que comecei a trabalhar aqui, na mesma época que o sr. Langton — há quase quarenta anos. Pertencia ao avô dele, foi presente de um amigo quando ele recebeu a toga, em 1907. Há uma fotografia do avô com a peruca, na sala do sr. Langton. Sempre é usada pelos membros do colegiado, quando recebem a toga. Bem, isso o senhor mesmo pode ver, nas fotografias".

As fotos emolduradas, algumas antigas, em preto e branco, e outras mais recentes, coloridas, estavam penduradas na parede, à esquerda da mesa de Naughton. Os rostos masculinos — com uma única exceção — eram sérios e seguros. Exibiam sorrisos amplos ou uma satisfação mais contida, ao encarar a câmera. Todos usavam as togas de seda e renda. Alguns haviam posado com a família, outros na sede ao lado de Harry Naughton, rígido em seu prazer vicário. Dalgliesh reconheceu Langton, Laud, Ulrick e a srta. Aldridge.

Ele perguntou: "A caixa permanecia trancada?".

"Não no meu tempo. Não parecia haver necessidade. Na época do avô do sr. Langton, ficava trancada. Depois a fechadura quebrou, há uns oito anos ou mais, e não havia razão para consertá-la. Bastava mantê-la fechada para preservar a peruca e abri-la quando um novo Queen's Counsel era nomeado. Por vezes, um QC a pedia emprestado para comparecer à cerimônia anual da magistratura."

"Quando foi usada pela última vez?"

"Há dois anos, quando o sr. Montague recebeu a toga. Ele trabalha no anexo Salisbury. Não o vemos com frequência na sede. Contudo, não foi essa a ocasião em que vi a peruca pela última vez. O sr. Costello esteve no escritório na semana passada, e a experimentou."

"Quando foi isso?"

"Na quarta-feira à tarde."

"Conte como foi."

"O sr. Costello estava olhando a fotografia da srta. Aldridge.

Terry, meu assistente, fez um comentário. Algo assim: 'O senhor será o próximo'. O sr. Costello então perguntou se ainda tínhamos a peruca do sr. Langton. Terry a tirou do armário, o sr. Costello abriu a caixa para examiná-la e resolveu experimentá-la. Colocou a peruca na cabeça por um instante, depois tirou-a e guardou. Creio que ele quis fazer uma brincadeira, senhor."

"E, pelo que sabe, a caixa nunca mais foi aberta, depois disso."

"Não que eu saiba. Terry a guardou novamente no armário, e nada mais foi dito."

Piers perguntou: "Não achou estranho que o sr. Costello perguntasse se ainda conservavam a peruca? Pensei que todos no colegiado soubessem que a peruca ficava guardada em sua sala".

"Creio que muitos sabem disso. De qualquer modo, não me lembro das palavras exatas, com certeza absoluta. Ele pode ter perguntado algo como: 'A peruca longa ainda está aqui, não é?'. Algo no gênero. Talvez ele se lembre melhor."

Eles pediram a Naughton que contasse novamente como encontrara o cadáver. Ele já se recuperara do choque inicial, mas Dalgliesh notou que as mãos, antes quietas sobre os joelhos, começaram a alisar o vinco da calça.

Dalgliesh disse: "O senhor agiu com extremo bom senso, numa situação delicada. Gostaríamos que compreendesse que a questão da peruca e do sangue não deve ser mencionada pelas poucas pessoas que chegaram a ver o corpo".

"Não falarei nada, senhor." Ele fez uma pausa e disse: "Foi o sangue que me impressionou. O corpo estava frio, frio como pedra. A sensação era de estar tocando num mármore. Mesmo assim, o sangue estava viscoso, molhado. Foi aí que eu quase perdi a cabeça. Não deveria ter tocado no corpo, é claro. Agora me dou conta. Creio que foi um gesto instintivo, para ver se ela estava morta mesmo."

"Não lhe ocorreu que o sangue poderia pertencer ao sr. Ulrick?"

"Naquele momento, não. Nem depois. Eu deveria ter deduzido imediatamente que o sangue não poderia ser da srta. Aldridge. Agora parece esquisito, mas na hora eu só queria tirar a imagem da cabeça, parar de pensar nela."

"Mas sabia que o sr. Ulrick guardava uma bolsa de sangue na geladeira?"

"Sim, eu sabia. Ele contou à srta. Caldwell, e ela contou para mim. Acho que muitos já sabiam disso, na sede — os funcionários, principalmente —, desde a segunda-feira. O sr. Ulrick era muito cuidadoso com a saúde. Terry comentou o caso, dizendo: 'Vamos torcer para ele nunca precisar de um transplante de coração, ou só Deus sabe o que encontraremos na geladeira dele'."

Piers disse: "As pessoas fizeram piadas a respeito?".

"Não foi exatamente uma piada. Mas a ideia de levar seu próprio sangue para o hospital pareceu meio esquisita."

Dalgliesh pareceu voltar de um devaneio, e perguntou: "O senhor gostava da srta. Aldridge?".

A pergunta foi tão inesperada quanto malvista. Naughton corou. "Não desgostava. Era uma advogada competente, um membro respeitado deste colegiado."

Dalgliesh disse, com cautela: "Não está respondendo a pergunta diretamente, não é?".

Naughton o encarou. "Minha função aqui não era gostar ou desgostar, e sim providenciar para que ela tivesse acesso aos serviços aos quais tinha direito. Contudo, não sei de ninguém que lhe desejasse mal, e isso me inclui, senhor."

Dalgliesh disse: "Vamos voltar ao dia de ontem. Percebe que o senhor pode ter sido a última pessoa a ver a srta. Aldridge viva? Quando foi isso?".

"Pouco antes das seis e meia. Ross e Halliwell, advogados que colaboravam com ela, ficaram de enviar um processo. Ela pediu que eu a avisasse assim que o material chegasse, pois precisava consultá-lo. Foi o que fiz. Terry havia saído para comprar o *Evening Standard* por volta das seis, e levei o jornal, também."

"O *Standard* estava completo? Alguém tirou um caderno?"

"Não que eu tenha notado. Aparentemente, não faltava nenhuma parte do jornal."

"O que aconteceu?"

"Nada, senhor. A srta. Aldridge trabalhava, sentada à mesa. Perfeitamente bem, como de costume. Dei-lhe boa-noite e saí. Fui o último funcionário a sair, mas não liguei o alarme. Vi luzes no escritório do sr. Ulrick, no andar de baixo, e sabia que ele sairia depois de mim. O último a sair normalmente liga o alarme. As faxineiras o desativam ao chegar, e ele permanece desligado enquanto elas trabalham."

Dalgliesh o interrogou sobre a questão das faxineiras. Naughton confirmou o que Laud havia dito. A agência de domésticas da srta. Elkington cuidava de tudo. A especialidade da srta. Elkington era a limpeza de escritórios de advogados, e ela só contratava pessoas da mais absoluta confiança. A limpeza da sede era feita pelas sras. Carpenter e Watson. As duas estiveram no local na véspera, fazendo a limpeza, entre oito e meia e dez da noite. O horário era esse, às segundas, quartas e sextas.

Dalgliesh disse: "Posteriormente conversaremos com as sras. Carpenter e Watson, é claro. Na verdade, uma pessoa da minha equipe já saiu para contatá-las. Elas limpam o prédio inteiro?".

"Sim, exceto o apartamento de cobertura, é lógico. Elas não prestam serviços ao lorde magistrado Boothroyd e à lady Boothroyd. Por vezes, elas não podem entrar numa sala, quando algum membro do colegiado decide trancar a porta de seu escritório. Isso é raro, mas pode ocorrer se houver documentos importantes. A srta. Aldridge, por exemplo, às vezes trancava a sala dela."

"Usando a chave, e não o sistema eletrônico, suponho."

"Ela não gostava dos sistemas que exigiam códigos de acesso. Dizia que eles prejudicavam a aparência da sede. A srta. Aldridge andava sempre com sua chave, e eu mantinha uma chave reserva aqui. Guardo duplicatas de todas as chaves naquele armário."

Durante a entrevista chegaram várias mensagens por fax. Naughton começou a olhar para a máquina, ansioso. Contudo,

182

ainda restava uma pergunta a fazer, antes do encerramento do interrogatório.

Dalgliesh disse: "Descreveu anteriormente o que ocorreu esta manhã. O senhor saiu de casa, em Buckhurst Hill, às sete e meia. Pegou o metrô de costume. Deveria ter chegado ao trabalho antes das oito e meia, mas só telefonou para o sr. Langton às nove. Portanto, temos trinta minutos sem registro. O que fez durante esse período?".

A pergunta e a insinuação de que o arquivista ocultava algum fato, tendo quebrado inexplicavelmente sua rotina diária, não poderiam ser bem recebidas, por mais delicada que fosse a formulação. Mesmo assim, a resposta foi surpreendente.

Naughton se portou como culpado, por um momento, como se o acusassem de assassinato. Recuperou-se logo, porém, dizendo: "Não vim direto para o escritório. Quando cheguei à Fleet Street, resolvi dar uma volta para pensar um pouco em algumas questões. Não me lembro exatamente por onde passei, mas segui por Embankment e subi a Strand".

"Pensar um pouco em que questões?"

"Coisas pessoais. Problemas familiares." Refletindo um pouco, acrescentou: "E principalmente se aceitaria o prolongamento do meu contrato de trabalho por um ano, se me fizessem a oferta".

"E esperava que fizessem a oferta?"

"Não tenho certeza. O sr. Langton tocou no assunto, mas obviamente não poderia prometer nada, pois a questão precisava ser discutida na reunião do colegiado."

"Espera alguma dificuldade?"

"Não sei dizer. Acho melhor perguntar ao sr. Langton. É possível que alguns membros pensem que chegou a hora de fazer algumas mudanças."

Piers perguntou: "A srta. Aldridge seria um deles?".

Naughton virou-se para encará-lo. "Creio que a opinião dela era contratar um diretor administrativo, no lugar de um arquivista. Outros colegiados fizeram isso, e parece estar dando certo."

"No entanto, esperava continuar trabalhando aqui?", Piers insistiu.

"Contava com isso, enquanto o sr. Langton fosse presidente do colegiado. Entramos no mesmo ano. Contudo, a situação agora é outra. Um homicídio muda tudo. Duvido que ele pretenda continuar no cargo. Essa história pode acabar com ele. É uma coisa terrível para ele, terrível para o colegiado. Terrível!"

A enormidade do fato se abateu sobre ele, subitamente. Sua voz tremeu. Dalgliesh achou que ele ia chorar. Permaneceram todos sentados, em silêncio. O som dos passos apressados de Ferris quebrou a quietude.

Controlando a excitação, ele disse em voz baixa: "Com licença, senhor. Creio que encontramos a arma do crime".

16

OS QUATRO MEMBROS DO COLEGIADO permaneceram na biblioteca, esperando, sem falar nada durante a maior parte do tempo. Langton ocupava a cadeira na cabeceira da mesa, mais por costume do que por desejo de comandar. Quando se deu conta, observava as fisionomias dos colegas com uma intensidade momentânea que, temia, seria notada e ressentida. Via-os como se fosse a primeira vez, não como três rostos familiares, mas como estranhos reunidos por uma catástrofe comum, retidos num saguão de aeroporto, intrigados quanto ao modo como cada um reagiria, curiosos a respeito das circunstâncias fortuitas que os aproximaram. Ele pensou: Sou presidente do colegiado, estes são meus amigos, meus colegas especialistas em direito, e nem sequer os conheço. Nunca os conheci. Recordou-se de um dia, quando tinha catorze anos — era seu aniversário —, em que pela primeira vez se olhou no espelho do banheiro, submetendo cada detalhe de seu rosto a um minucioso escrutínio, pensando: Este sou eu, é assim que eu sou. Então ele se lembrou de que a imagem era invertida, que nunca na vida veria a face que os outros viam, e que talvez mais do que seus traços fossem incognoscíveis. Mas, o que poderia alguém dizer de um rosto? "Não existe modo de encontrar a estrutura da mente numa face. Ele era um cavalheiro no qual eu depositava confiança absoluta." *Macbeth*. A peça azarada, diziam os atores. A tragédia sanguinária. Quantos anos teria, quando a estudou na escola? Quinze, dezesseis? Curioso que se lembrasse da citação, tendo se esquecido de tantas coisas.

Ele olhou de relance para Simon Costello, sentado na outra ponta da mesa, pressionando continuamente as costas da cadeira, como se temesse perder o equilíbrio. Langton olhou para o rosto quadrado e pálido tão familiar, para os olhos que agora lhe pareciam pequenos sob as sobrancelhas pesadas, para o cabelo vermelho-dourado que parecia pegar fogo sob o sol, para os ombros largos. Ele mais parecia jogador profissional de rúgbi do que advogado, exceto quando usava peruca. Então, a face se tornava uma máscara impressionante da imponência da justiça. · Mas, Langton pensou, a peruca nos metamorfoseia a todos; talvez por isso relutem tanto em aboli-la.

Seu olhar fixou-se em Ulrick, de rosto magro, delicado, o cabelo castanho caindo indisciplinado sobre a testa alta, os olhos alertas e especulativos atrás de óculos de aro metálico, que por vezes exibiam uma melancolia contida, quase conformada. Ulrick, a quem poderiam confundir com um poeta, se mostrava ocasionalmente capaz de tingir as palavras com o veneno típico de um professor contrariado. Ele continuava sentado numa das poltronas na frente da lareira, com o mesmo livro aberto sobre os joelhos fechados. Não era um livro jurídico. Langton sentiu uma curiosidade irracional de saber o que Ulrick estava lendo.

Drysdale Laud espiava pela janela, permitindo só a visão de suas costas cobertas pelo paletó de caimento perfeito. De repente, ele se virou. Não falou, erguendo de leve as sobrancelhas e dando de ombros quase imperceptivelmente. Seu rosto estava mais pálido do que de costume, talvez. No geral, mantinha a atitude de sempre, elegante, confiante, relaxado. Sem dúvida, Langton pensou, ele era o homem de melhor aparência do colegiado, quem sabe até um dos advogados mais bonitos de Londres, entre os quais a segurança da boa aparência não era rara, até se transformar na arrogância esnobe da velhice. A boca cheia e bem delineada e o nariz reto e longo formavam um conjunto harmonioso com o cabelo bem penteado ligeiramente grisalho e os olhos intensos. Langton não pôde deixar de imaginar qual teria sido realmente o relacionamento entre ele e Venetia. Amantes? Improvável. Afinal, não corria o boato de que Venetia tinha um caso amoroso com alguém de fora do colegiado? Um advogado? Escritor? Político? Alguém conhecido. Já ouvira uma história mais definida do que esse antigo boato. Nesse caso, como em tantos outros, esquecera-se de tudo, até do nome do sujeito. O que mais andaria acontecendo por ali sem que ele soubesse ou se recordasse?

Baixando os olhos para desviar a vista dos colegas e concentrá-la nas mãos, pensou: E quanto a mim? Como eles me veem? O que sabem ou imaginam? Bem, pelo menos até agora, nessa emergência, ele agira como um verdadeiro presidente do colegiado. As palavras adequadas vieram à sua mente no momento certo. O evento, tão dramático em seu horror, impusera uma responsabilidade terrível. Drysdale, é claro, quase tomara conta da situação. Não totalmente, porém. Ele, Langton, continuava sendo o presidente do colegiado, e a ele Dalgliesh dirigira a palavra.

Costello era o mais inquieto. Levantando-se da cadeira, quase a derrubou. Passou a andar de um lado para o outro, no sentido do comprimento da mesa.

Ele disse: "Não vejo motivo para ficarmos retidos aqui, como se fôssemos suspeitos. Quero dizer, é óbvio que alguém de fora conseguiu entrar e matá-la. E não foi, necessariamente, a mesma pessoa que a enfeitou com a peruca ensanguentada".

Erguendo a vista, Ulrick disse: "Foi um ato extraordinariamente insensível. Não é muito agradável tirar sangue. Odeio agulhas. Sempre existe o risco, mesmo pequeno, de uma infecção. É claro, levei minha própria agulha. Os doadores de sangue alegam que o procedimento é indolor, e têm razão. No entanto, não chega a ser agradável. Agora terei de cancelar a operação e começar tudo de novo".

Laud protestou, num tom ligeiramente zombeteiro: "Pelo amor de Deus, Desmond, que importância isso tem? Você só perdeu meio litro de sangue, a inconveniência foi mínima. Venetia está morta, e temos um assassino no colegiado. Concordo que teria sido mais conveniente se ela tivesse morrido em outro lugar".

Costello parou de andar.

"Talvez tenha morrido. A polícia tem certeza de que ela foi morta no local em que se encontrava?"

Laud disse: "Não sabemos quais são as certezas de Dalgliesh. Ele dificilmente confiará em nós. Até que determinem a hora da morte e o intervalo durante o qual teremos de prestar contas de nossas atividades, para estabelecer os álibis, suponho que permaneceremos na lista de suspeitos. Mas tudo leva a crer que ela foi morta no local em que a encontraram. Não posso imaginar um assassino carregando um cadáver por Middle Temple, só para deixá-lo na sede do colegiado e nos incriminar. De qualquer modo, como entraria aqui?".

Costello retomou a andança agitada. "Bem, isso não seria difícil, concordam? Nossa preocupação com a segurança não é lá essas coisas. Ora, ninguém pode afirmar que o local é realmente protegido. Muitas vezes, encontro a porta da frente aberta, ou até escancarada, quando chego. Já reclamei disso mais de uma vez, mas ninguém toma providências. Nem mesmo quem dispõe de trancas codificadas nas portas internas se dá ao trabalho de acioná-las, na maioria das vezes. Venetia e você, Hubert, recusavam-se a usá-las. Qualquer um poderia ter entrado aqui na noite passada — penetrado no prédio e na sala de Venetia. Bem, alguém o fez, obviamente."

Laud disse: "Trata-se de uma ideia reconfortante, mas não consigo pensar que Dalgliesh possa acreditar que um intruso assassino sabia onde estavam a peruca e o sangue".

Costello disse: "Valerie Caldwell sabia. Andei pensando um pouco nela. Ficou terrivelmente contrariada quando Venetia se recusou a aceitar a defesa do irmão dela". Olhando em volta, para os rostos subitamente desaprovadores e sérios, notando também a clara contrariedade de Laud, ele disse, em tom débil: "Bem, só me passou pela cabeça".

Laud retrucou: "Acho melhor guardar isso para si. Se Valerie desejar mencionar o fato para a polícia, problema dela. Eu não o faria, certamente. A insinuação de que Valerie Caldwell tem algo a ver com a morte de Venetia é ridícula. De qualquer modo, se ela tiver um pouco de sorte, contará com um álibi. Assim como todos nós".

Desmond Ulrick disse, com satisfação na voz: "Eu não tenho, com certeza. A não ser que ela tenha sido morta após as sete e quinze. Saí da sede pouco depois das sete e quinze, fui para casa tomar um banho, deixei a pasta lá, dei comida para o gato e saí para jantar no Rules, em Maiden Lane. Ontem foi meu aniversário. Sempre janto no Rules no dia do meu aniversário, desde que era menino".

Costello quis saber: "Sozinho?".

"Claro. Jantar sozinho é o fecho mais adequado para meu aniversário."

Costello agia como se o interrogasse em juízo.

"Por que se dar ao trabalho de ir até sua casa? Por que não foi direto para o restaurante, quando saiu daqui? Não acha muito esforço, só para alimentar um gato?"

"E deixar minha pasta. Jamais peço para guardá-la, quando contém documentos importantes, e realmente não gosto de colocá-la debaixo da cadeira."

Costello insistiu: "Você fez reserva?".

"Não preciso fazer. Sou conhecido no Rules. Em geral, consigo uma mesa sem dificuldade. Como na noite passada. Cheguei às oito e quinze, como a polícia poderá e irá verificar. Posso sugerir, Simon, que você deixe a investigação por conta deles, aliás?"

E voltou ao livro.

Costello disse, secamente: "Saí da sede logo depois de você, Hubert, às seis em ponto, fui para casa e não saí mais. Lois pode confirmar. E quanto a você, Drysdale?".

Laud respondeu, tranquilo: "Esta conversa não faz sentido, até sabermos a hora da morte, certo? Também fui para casa, e saí para ir ao teatro. Assisti a *When we are married*, no Savoy".

Costello disse: "Pensei que a peça estivesse passando no Chichester".

"Foi transferida para o West End, para uma temporada de oito semanas, até novembro."

"Foi sozinho? Não costuma ir ao teatro com Venetia?"

"Desta vez, não fui. Como já adivinhou, fui sozinho."

"Bem, fica convenientemente perto, de qualquer modo."

Laud manteve a calma na voz. "Convenientemente perto

189

para quê? Está sugerindo, Simon, que eu poderia ter me esguei-
rado para fora do teatro no intervalo, assassinado Venetia e re-
tornado para o segundo ato? Suponho que a polícia vá checar
essa possibilidade. Já posso imaginar um dos assistentes de Dalgliesh pulando da poltrona, correndo pelo Strand, cronome-
trando o trajeto com precisão de segundos. Francamente, duvido que isso possa ser feito."

Foi então que eles ouviram o som de um veículo entrando
no pátio. Laud aproximou-se da janela. Ele disse: "Mas que caminhonete sinistra! Eles vieram buscá-la. Venetia vai sair da
sede do colegiado pela última vez".

A porta da frente foi aberta. Ouviram-se vozes masculinas
no hall, passos na escadaria.

Langton disse: "Parece errado deixá-la partir desse jeito".

Ele imaginou a cena que transcorria na sala acima deles, o
cadáver sendo enfiado num saco preto, transportado na maca.
Deixariam a peruca ensanguentada em sua cabeça ou a trans-
portariam separadamente? Será que cobriam a cabeça e as mãos
com fita? Lembrava-se de ter visto algo assim, na última vez em
que assistira a um programa de detetives na televisão. Disse, de
novo: "Acho errado deixá-la partir desse modo. Sinto que deveríamos fazer algo a respeito".

Ele se aproximou de Laud, junto à janela, e ouviu a voz de
Ulrick.

"Fazer o que, exatamente? Você gostaria de convocar Harry
e Valerie para mandar que todos se perfilassem, feito uma guarda de honra? Talvez devêssemos vestir as togas e as perucas,
para dar grandiosidade ao gesto."

Ninguém respondeu, mas todos se aproximaram da janela
para observar, exceto Ulrick. O corpo foi levado para fora e
posto na perua fechada, com gestos rápidos e eficientes. As portas se fecharam, silenciosamente. Eles observaram, até que o
som do motor se perdeu ao longe.

Langton rompeu o silêncio. Indagou a Drysdale Laud: "Você conhece bem Adam Dalgliesh?".

"Não muito. Aliás, duvido que alguém conheça."

"Pensei que já tinham sido apresentados."

"E fomos, numa festa dada pelo último comissário de polícia. Dalgliesh é uma espécie de carta na manga da Yard. Toda instituição precisa de alguém como ele, no mínimo para mostrar aos críticos capacidade de inspiração. A polícia não quer ser vista como um bastião da insensibilidade masculina. Um toque de excentricidade controlada tem lá sua utilidade, desde que seja acompanhada de inteligência. Dalgliesh, sem dúvida, é útil. Para começo de conversa, é consultor do comissário, o que pode significar qualquer coisa ou nada. No caso dele, provavelmente significa mais influência do que ambos admitiriam. Ademais, lidera uma equipe pequena, oculta sob uma denominação inócua, montada para investigar crimes especialmente delicados. Pelo jeito, nosso caso se enquadra na classificação. Trata-se de um modo de manter sua influência na investigação, calculo. Ele sabe trabalhar em equipe, também. No momento, acaba de servir de consultor no grupo formado para discutir como assimilar os espiões do MI5 na polícia convencional. Constitui um foco de problemas em potencial."

Inesperadamente, Ulrick olhou para cima, perguntando: "Gosta dele?".

"Não o conheço bem o suficiente para definir qualquer sentimento a seu respeito, seja de simpatia ou antipatia. Tenho um certo preconceito, irracional como qualquer preconceito costuma ser. Ele me faz lembrar de um sargento que tive quando prestei serviço nas colônias. Perfeitamente qualificado para um cargo do alto escalão, que preferia, porém, permanecer nas fileiras mais baixas."

"Esnobismo às avessas?"

"Apostaria numa espécie de desdém às avessas. Ele alegava que continuar no posto de sargento lhe dava uma chance de estudar melhor os homens, bem como maior independência. No fundo, insinuava desprezar tanto os oficiais que não pretendia se tornar um deles. Dalgliesh poderia ter sido comissário, ou pelo menos chefe. Por que não o é?"

Ulrick disse: "Ele é poeta".

"Realmente, e poderia ter feito sucesso, caso se dedicasse mais, caso fizesse um pouco de divulgação."

Costello disse: "Gostaria de saber se ele vai se dar conta de que nosso serviço precisa ser feito, isso sim. Estamos no início do período de Michaelmas. Necessitamos ter acesso a nossos escritórios. Não podemos receber clientes aqui, enquanto policiais batem os pés ao subir a escadaria".

"Ah, ele tem muita sensibilidade. Se for o caso de colocar as algemas em um de nós, fará isso com muita classe."

"E se o assassino tiver as chaves de Venetia, seria melhor que Harry providenciasse a mudança do segredo de todas as fechaduras. Quanto antes, melhor."

Eles estavam preocupados demais para ouvir o barulho na parte externa da pesada porta de madeira, que se abriu de repente. Valerie Caldwell entrou, pálida.

Ela falou, excitada: "Encontraram a arma. Pelo menos, acreditam que seja a arma do crime. Eles acharam o abridor de cartas da srta. Aldridge".

Langton perguntou: "Onde, Valerie?".

Ela rompeu em lágrimas, correndo na direção dele. Ele mal conseguiu ouvir o que a moça disse: "Estava no meu arquivo. Na gaveta de baixo do meu arquivo".

Hubert Langton olhou para Laud, atarantado. Houve um segundo de hesitação, no qual ele pensou que Drysdale fosse dizer: "Você é o presidente do colegiado. Vire-se". Mas Laud aproximou-se da moça e pôs a mão no ombro dela.

Ele disse, com firmeza: "Isso tudo é absurdo, Valerie. Pare de chorar e me ouça. Ninguém acreditaria que você estivesse envolvida na morte da srta. Aldridge só porque o punhal foi encontrado em seu arquivo. Qualquer um pode tê-lo guardado lá. Era o lugar mais natural para o assassino escondê-lo, no caminho da rua. A polícia não é idiota. Portanto, controle-se e seja sensata". Ele a conduziu delicadamente na direção da porta. "O que todos nós precisamos, no momento — você, inclusive —, é de um café. Um café de verdade, quente e forte. Portanto, seja uma boa moça e providencie tudo. O café acabou, por acaso?"

192

"Não, sr. Laud. Comprei um pacote ontem mesmo."

"A polícia também vai adorar, se puder tomar um pouco. Traga o nosso assim que estiver pronto. Além disso, você deve ter serviço a fazer. Mantenha-se ocupada, datilografe alguma coisa e pare de se preocupar. Ninguém suspeita de você."

Influenciada pela segurança e a calma da voz, a moça fez um esforço para se controlar, conseguindo até abrir um sorriso de gratidão.

Depois que a porta se fechou atrás dela, Costello disse: "Ela se sente culpada, suponho, por causa da história do irmão. Foi estupidez guardar ressentimento. O que ela esperava, afinal? Que Venetia fosse comparecer a uma corte menor do nordeste de Londres, acompanhada de assistente, para defender um rapaz acusado de portar alguns gramas de maconha? Valerie nem deveria ter pedido".

Laud disse: "Aposto que Venetia deixou isso bem claro. Ela devia ter sido mais compreensiva ao tratar a questão. A moça estava preocupada de verdade. Pelo que sei, era muito dedicada ao irmão. Mesmo que Venetia não pudesse ou não quisesse ajudar, alguém poderia ter colaborado. Não consigo deixar de achar que deixamos essa moça na mão".

Costello atacou. "E fazer o quê? O rapaz teve um advogado competente. Se sentisse necessidade de chamar um togado e entrasse em contato com Harry, um de nós teria assumido o caso. Eu, por exemplo, se estivesse disponível."

"Você me surpreende, Simon. Não sabia que estava disposto a comparecer às cortes inferiores. É uma pena que não tenha se oferecido, na época."

Costello fechou a cara, mas antes que pudesse responder Desmond Ulrick falou. Todos se voltaram para ele, como se a presença do colega ali os surpreendesse. Sem erguer os olhos do livro, disse: "Agora que a polícia tem a arma do crime, vocês acham que poderemos voltar a nossas salas? Realmente, foi uma inconveniência ter sido impedido de trabalhar. Não sei se a polícia tem o direito de fazer isso. Você é criminalista, Simon. Se eu exigir acesso a minha sala, acha que Dalgliesh pode, legalmente, me impedir?".

193

Langton disse: "Não creio que alguém tenha sugerido isso, Desmond. Não se trata de uma questão em torno do poder da polícia. Estamos apenas tentando cooperar, dentro do razoável".

Costello intrometeu-se: "Desmond tem razão. Eles encontraram o punhal. Se acreditam que seja a arma do crime, então deixou de haver motivo para nos confinarem a esta sala. Onde está Dalgliesh, afinal de contas? Não pode pedir para vê-lo, Hubert?".

Langton não precisou responder. A porta se abriu e Dalgliesh entrou. Carregava um saco plástico com um objeto dentro. Aproximando-se da mesa, retirou-o do saco com a mão enluvada. Lentamente, puxou o punhal para fora da bainha, enquanto todos observavam aqueles gestos simples com o fascínio de quem vê uma mágica.

Ele disse: "Pode confirmar, sr. Laud, se este é o abridor de cartas que deu à srta. Aldridge?".

Laud disse: "Claro que sim. Duvido que existam dois iguais. Esse é o abridor de cartas que dei a Venetia. Encontrará minhas iniciais na lâmina, abaixo do nome do fabricante".

Langton olhou para o punhal, reconhecendo-o. Já o vira muitas vezes sobre a mesa de Venetia; chegara a observá-la, num dia qualquer já perdido na memória, enquanto ela abria um envelope grande. Contudo, teve a impressão de estar vendo o punhal pela primeira vez. Era um objeto impressionante. Bainha de couro negro decorado com latão, punho e guarda de latão, num estilo ao mesmo tempo discreto e elegante. A longa lâmina de aço era obviamente afiadíssima. Não se tratava de nenhum brinquedo. Saíra da oficina de um armeiro, e sob todos os aspectos constituía uma arma.

Disse, um tanto atônito: "Pode ser realmente a arma que a matou? Está tão limpo. Não parece diferente".

Dalgliesh esclareceu: "Foi cuidadosamente limpo. Não há impressões digitais, como já esperávamos, aliás. Precisamos aguardar o resultado da autópsia para ter certeza absoluta, mas tudo indica que este punhal foi mesmo a arma do crime. Os senhores têm sido muito pacientes. Certamente desejam retornar a suas salas, agora. Não será mais necessário manter a área isolada, para alívio de seus vizinhos. Antes de saírem do prédio, porém, agradeceríamos se entrassem em contato com um de meus assistentes para informar onde estiveram ontem à noite, a partir das seis e meia. Se preferirem anotar tudo para poupar tempo, tudo bem".

Langton sentiu necessidade de se manifestar. Ele disse: "Creio que será melhor, mesmo. Precisa de mais alguma coisa?".

Dalgliesh respondeu: "Sim. Antes que saiam, gostaria de saber um pouco mais a respeito da srta. Aldridge. Os quatro aqui presentes devem conhecê-la tão bem quanto os outros membros do colegiado. Como ela era?".

Langton disse: "Como advogada?".

"Creio que já sabemos como ela era, como advogada. Quero saber como pessoa, como mulher."

Os quatro olharam para Langton. Ele foi tomado por uma onda de apreensão, quase de pânico. Sabia que aguardavam sua manifestação, que esperavam algo. O momento exigia mais do que o lamento formal pela perda de um colega, mas ele não sabia bem o quê. Seria intoleravelmente embaraçoso resvalar para o sentimentalismo barato.

Depois de uma pausa, ele disse: "Venetia era uma advogada brilhante. Digo isso inicialmente porque muita gente deve a liberdade e a preservação da reputação à sua capacidade. Acho que ela mesma teria começado por aí. Não creio que se possa separar a advogada da mulher. Para ela, o direito estava acima de tudo. Como membro do colegiado, era uma colega difícil. Isso não chega a ser surpreendente. Temos a fama de ser difíceis. O colegiado reúne um grupo de homens e mulheres muito inteligentes, independentes, críticos, sensíveis e exageradamente dedicados ao trabalho, que é argumentar. Só em grupos medíocres não encontramos personalidades excêntricas, consideradas difíceis de lidar. Venetia podia ser intolerante, excessivamente crítica, insistente. Como qualquer um de nós, dependendo do momento. Todos a respeitavam muito. Em minha opinião, ela própria não gostaria de ser definida como uma pessoa muito querida".

"Quer dizer que tinha inimigos?"

Langton retrucou apenas: "Não afirmei isso".

Laud, é claro, considerou que chegara a hora de falar. "Ser difícil de tratar, no colegiado, é praticamente uma forma de arte. Venetia a elevou a um patamar mais alto do que a maioria. De qualquer modo, nenhum de nós gosta de viver sempre em paz. Venetia teria sido uma brilhante advogada em qualquer ramo do direito. Por algum motivo, escolheu ser criminalista. Seus interrogatórios eram espetaculares. Bem, o senhor já deve ter acompanhado o desempenho dela nos tribunais."

Dalgliesh disse: "Por vezes, para meu próprio constrangimento. Não há mais nada que possam me contar?".

Costello interferiu, impaciente: "O que mais haveria a dizer? Ela processava e defendia, era seu trabalho. E eu gostaria de voltar ao meu".

Naquele momento, a porta se abriu. Kate enfiou a cabeça no vão e disse: "A sra. Carpenter já chegou, senhor".

17

DALGLIESH APRENDERA, desde cedo, a não julgar antes de conhecer os fatos; isso se aplicava tanto à aparência quanto ao caráter. Mesmo assim, ficou um pouco desconcertado e surpreso quando Janet Carpenter entrou na sala de recepção, em silêncio digno, e estendeu a mão. Ele se levantou, quando ela entrou, e apertou a palma estendida, apresentando-a a Kate, a quem ela cumprimentou com um movimento de cabeça. Convidou Janet para sentar. Ela sabia se comportar, mas o rosto magro de professora era muito pálido, e os olhos experientes dele perceberam as marcas inconfundíveis do choque e do sofrimento.

Observando-a ali sentada, ele experimentou uma sensação de familiaridade: já a conhecera em suas várias facetas, pois ela fazia parte de sua infância em Norfolk, tanto quanto as manhãs de domingo, a feira de presentes de Natal, a festa do verão no jardim da igreja. Suas roupas também lhe eram familiares: conjunto de tweed com casaco comprido e saia com três plissados na frente, blusa com estampa floral que não combinava com o tweed, pingente de camafeu no pescoço, meia-calça grossa, um pouco enrugada na altura do tornozelo, sapato de salto baixo comum, reluzente como castanhas novas, luvas de lã, agora depositadas no colo, chapéu de feltro com aba curta. Ali estava uma das mulheres excelentes da srta. Barbara Pym, uma espécie em extinção, sem sombra de dúvida, até mesmo nas paróquias interioranas. Um dia, haviam sido tão importantes para a Igreja anglicana quanto os hinos. Ocasionalmente incômodas na opinião da mulher do pastor, seu auxílio era indispensável nas atividades da paróquia: supervisoras da escola dominical, arranjadoras de flores, lustradoras dos metais, flagelos dos meninos do coro e defensoras dos curas simpáticos. Até mesmo os nomes voltaram à sua lembrança, numa melancólica lista de lamento nostálgico: srta. Moxon, srta. Nightingale, srta. Dutton-Smith. Por um segundo, sua mente se divertiu com a ideia de que a sra. Carpenter ia reclamar da escolha dos hinos no domingo anterior.

O chapéu com aba dificultava a visualização do rosto, mas logo ela ergueu a face e seus olhos se encontraram. Os dela eram meigos, porém inteligentes, debaixo das sobrancelhas grossas e retas, mais escuras que os cabelos grisalhos meio ocultos pelo chapéu. Era uma pessoa mais idosa do que ele esperava, seguramente passava dos sessenta. No rosto enrugado, sem maquiagem, destacava-se ainda o queixo firme. Um rosto interessante, pensou, mas capaz de derrotar um identikit* na tentativa de distingui-lo de milhões de outros similares. Ela se mantinha firme, imóvel, tentando controlar o medo que seus olhos revelaram por um momento. Ele viu algo mais, também. Por um instante, não mais do que uma fração de segundo, percebeu vergonha ou revolta.

Ele disse: "Lamentamos ter de convocá-la com tamanha urgência. Sinto muito pela terrível inconveniência. A inspetora Miskin já lhe contou que a srta. Aldridge faleceu?".

"Ela não disse como." A voz, mais grave do que ele esperava, não era desagradável.

"Acreditamos que a srta. Aldridge tenha sido assassinada. Não temos como determinar exatamente a causa da morte, nem o momento, até a realização da autópsia. De qualquer modo, ocorreu na noite passada. Poderia nos contar o que aconteceu aqui, desde o momento de sua chegada? Quando foi isso?"

"Oito e meia. Sempre entro às oito e meia. Trabalho às segundas, quartas e sextas, das oito e meia às dez."

"Sozinha?"

"Não. Normalmente, com a sra. Watson. Ela deveria ter

---

* Identikit: conjunto de transparências que contêm diversas características faciais humanas. Quando superpostas a partir de uma descrição, resultam no rosto de uma pessoa procurada pela polícia. (N. E.)

vindo ontem, mas a srta. Elkington telefonou pouco depois das seis, para dizer que o filho casado da sra. Watson se envolvera num acidente de trânsito e estava muito machucado. Ela viajou imediatamente para Southampton, onde a família dele mora."

"Alguém, exceto a senhora e a srta. Elkington, sabia que trabalharia sozinha ontem à noite?"

"Não sei como alguém mais poderia saber. A srta. Elkington ligou assim que recebeu o recado. Era tarde demais para procurar uma substituta. Por isso, ela me disse para fazer o que fosse possível. Obviamente, fará a dedução do valor na conta mensal apresentada ao colegiado."

"Portanto, chegou na hora costumeira. Por onde entrou?"

"Pelo acesso dos juízes, em Devereux Court. Tenho a chave do portão. Pego o metrô em Earls Court e desço na estação de Temple."

"Viu alguém conhecido?"

"Só o sr. Burch, saindo por Middle Temple Lane. Ele é o arquivista-chefe no colegiado de lorde Collingford. Costuma trabalhar até mais tarde, e sempre nos cumprimentamos quando nos encontramos. Ele me deu boa-noite. Não vi mais ninguém."

"E o que aconteceu quando a senhora chegou a Pawlet Court?"

Silêncio. Dalgliesh observava as mãos da sra. Carpenter. Ela não mexia o corpo, mas a mão esquerda esticava os dedos da luva, um a um, metodicamente. Parando de mexer a mão, ela ergueu a cabeça e olhou através dele, com o ar concentrado de quem tenta se lembrar de uma série complexa de eventos. Com toda a paciência, ele esperou, sabendo que Kate e Piers estavam sentados dos dois lados da porta, também silenciosos. Tudo ocorrera na véspera, afinal de contas. Havia algo de histriônico naquela tentativa aparentemente cuidadosa de recordação.

Finalmente, ela disse: "Não havia luzes acesas em nenhuma das salas, quando cheguei; só a luz do hall. Em geral, eles a deixam acesa. Destranquei a porta da frente. O alarme não estava ligado, mas isso não me preocupou. Por vezes, o último a sair do prédio se esquece de ligá-lo. Tudo parecia normal. Há um sistema de segurança na porta que dá para a recepção e para o escritório do arquivista-chefe. Sei a combinação. O sr. Naughton me avisa quando ela vai ser trocada, mas isso ocorre apenas uma vez por ano, em média. É mais fácil para todos se a combinação de números for a mesma".

Mais fácil, embora menos eficiente, Dalgliesh pensou, embora não se surpreendesse. Os sistemas de segurança instalados com zelo entusiástico raramente superavam a marca dos seis meses de uso responsável.

A sra. Carpenter prosseguiu: "Há outras três portas equipadas com sistemas similares, mas a maioria dos membros do colegiado não se dá ao trabalho de acioná-los. Cada um tem sua chave para a porta da frente e outra para as portas internas de seus escritórios. O sr. Langton não gosta de ver equipamentos de segurança nas portas, e o mesmo ocorre — ocorria — com a srta. Aldridge".

"Viu a srta. Aldridge?"

"Não. Não havia ninguém na sede, pelo menos não que eu tenha visto ou ouvido. De vez em quando um advogado, ou mesmo o sr. Naughton, fica trabalhando até mais tarde. Deixo as salas deles para o final, esperando que saiam para limpá-las. Ontem, porém, todos já haviam saído. Pelo menos, pensei que todos tinham ido embora."

"E quanto à sala da srta. Aldridge?"

"A porta externa estava trancada. Pensei, claro, que ela já tinha ido para casa e trancado tudo ao sair. Fazia isso, às vezes, quando queria deixar documentos pessoais ou confidenciais no escritório. Claro, isso significava que sua sala não seria limpa, mas duvido que um pouco de pó incomode os advogados. Alguns não são muito asseados. Mas a gente precisa se acostumar com o jeito deles, se quer continuar trabalhando no colegiado."

"E a senhora tem certeza de que não havia luz nenhuma na sala?"

"Certeza absoluta. Eu teria notado, quando cheguei. A sala

dela fica na frente. A única luz acesa era a do hall. Apaguei-a quando saí, depois de ligar o alarme."

"Em que ordem a senhora fez a faxina das salas? Talvez seja melhor que nos relate sua rotina."

"Peguei o espanador e a cera no armário do meio-porão. Como a sra. Watson não tinha vindo, resolvi passar apenas a vassoura no carpete, em vez do aspirador. Comecei pelo carpete da sala de recepção. Tirei o pó e varri ali primeiro. Depois limpei a sala dos arquivistas. Não demorei mais do que vinte minutos. Em seguida, subi para limpar as salas abertas. Foi quando descobri que o escritório da srta. Aldridge, no primeiro andar, estava trancado."

"Em que salas a senhora não conseguiu entrar?"

"Só na dela e na do sr. Costello, no segundo andar."

"Não ouviu ruídos em nenhuma delas?"

"Nada. Se alguém estava lá dentro, manteve a luz apagada e ficou em silêncio. No final de tudo, desci para o meio-porão, para limpar a sala do sr. Ulrick. Sempre deixo o meio-porão para o final. Não há nada lá, exceto a sala do sr. Ulrick, o lavatório das senhoras e o almoxarifado."

"Fazia parte do seu serviço limpar a geladeira do sr. Ulrick?"

"Ah, sim, ele me pediu para cuidar disso, e também para verificar que não ficasse nada guardado lá na sexta-feira, pois se estragaria durante o final de semana. Ele a usa principalmente para guardar leite, às vezes para pôr o sanduíche e a água Malvern, e também para fazer gelo. Quando compra algo para o jantar, costuma guardar na geladeira, até a hora de ir embora para casa. O sr. Ulrick é muito exigente no que diz respeito a limpeza e comida. De vez em quando ele guarda uma garrafa de vinho, mas isso não é frequente. E, é claro, a bolsa de sangue estava guardada lá, pronta para ser usada na operação. O sangue ficava num saco plástico, e não numa bolsa transparente de água quente. Eu teria levado um baita susto, caso ele não tivesse me avisado."

"Quando viu o sangue pela primeira vez?"

"Na segunda-feira. Ele deixou um recado para mim, sobre a mesa, que dizia: 'O sangue que está na geladeira é para minha operação. Por favor, não mexa'. Foi muita consideração da parte dele me alertar, e mesmo assim levei um choque. Pensei que guardassem sangue numa garrafa, e não em sacos plásticos. Claro, ele não precisaria ter avisado para não mexer. Nunca toco nos papéis, por exemplo, nem mesmo para limpá-los, com exceção das revistas e jornais da sala de recepção. Certamente, não mexeria no sangue de ninguém."

Dalgliesh fez uma pausa, antes de formular a pergunta crucial. Sua voz, cuidadosamente neutra, não traiu sua importância. "A bolsa de sangue encontrava-se no refrigerador, ontem à noite?"

"Acho que estava, não é? O sr. Ulrick ainda não havia feito a operação. Mas eu não abri a geladeira ontem. Como a sra. Watson não tinha vindo, eu cuidei apenas do essencial. Além disso, o dia para limpar a geladeira seria a sexta-feira. Há algum problema? O sangue não está mais lá? Está querendo dizer que alguém o roubou? Seria extraordinário, realmente extraordinário. Ninguém poderia usá-lo, além do sr. Ulrick, não é?"

Dalgliesh não explicou nada. Disse apenas: "Sra. Carpenter, quero que reflita com muito cuidado. Enquanto estava limpando a sede do colegiado, será que alguém poderia ter saído do prédio sem que a senhora percebesse? Alguém que estivesse numa das salas trancadas, por exemplo?".

Ela franziu a testa em sinal de concentração e depois disse: "Creio que eu teria notado qualquer pessoa, enquanto estava na sala de recepção. Mantive a porta aberta e, se alguém passasse pelo hall sem que eu notasse, acho que teria ouvido o barulho da porta de saída. Ela é muito pesada, faz muito ruído ao fechar. Não posso afirmar nada quanto ao período em que eu estava limpando a sala dos arquivistas. Alguém poderia ter saído sem ser notado, suponho. E, claro, se alguém estivesse na sala do sr. Ulrick, ou em qualquer lugar do meio-porão, poderia ter saído sem que eu percebesse, enquanto estava limpando o andar superior".

Ela fez uma pausa, e então disse: "Acabei de me lembrar de uma coisa. Não sei se é importante. Mas uma mulher esteve na sede, pouco antes de minha chegada".

"Como pode ter certeza disso, sra. Carpenter?"

"Porque alguém usou o lavatório das senhoras, embaixo. A pia ainda estava molhada, e o sabonete cheio de água. Já pensei em comprar uma saboneteira para o banheiro das senhoras. Se as pessoas não enxugarem a pia depois de usá-la — e ninguém faz isso, claro —, o sabonete normalmente fica numa poça d'água, ao lado da torneira, e se dissolve rápido."

Dalgliesh perguntou: "A pia estava muito molhada? Teve a impressão de que alguém a usara pouco antes?".

"Bem, não fez muito frio ontem à noite, certo? Portanto, não secaria muito depressa. Mas o ralo não está funcionando muito bem, na verdade. A água leva muito tempo para escorrer. Já falei com a srta. Caldwell e com o sr. Naughton a respeito, pedindo que chamassem um encanador, mas eles ainda não tomaram providência nenhuma. Calculo que havia mais de um centímetro de água no fundo da pia. Eu me lembro de ter pensado, no momento, que a srta. Aldridge devia ter usado o banheiro antes de sair. Ela costumava trabalhar até tarde, na quarta-feira. Mas a srta. Aldridge não saiu, não é mesmo?"

"Não", Dalgliesh disse, "ela não saiu."

Ele não falou nada a respeito da peruca. Era importante perguntar se ela abrira a geladeira e vira o sangue, mas quanto menos ela soubesse a respeito dos detalhes da morte de Venetia Aldridge, melhor.

Dalgliesh agradeceu a colaboração e liberou a faxineira. Ela se comportara, durante o interrogatório, com a docilidade de um candidato a um emprego, e partiu com a mesma dignidade silenciosa com que entrara. Contudo, Dalgliesh percebeu alívio no passo mais leve e confiante, no relaxamento quase imperceptível do ombro. Uma testemunha interessante. Nem chegara a perguntar diretamente como Venetia Aldridge havia morrido. Mostrara-se totalmente desprovida da curiosidade macabra, da mistura de excitação e horror que se vê com frequência nos inocentes envolvidos em homicídios. A morte violenta, como a maioria dos desastres, fornecia certa satisfação aos que não eram nem vítimas nem suspeitos. Sem dúvida, tratava-se de uma pessoa suficientemente inteligente para saber que fazia parte da lista de suspeitos, pelo menos naquele estágio inicial da investigação. Isso, por si, já poderia explicar o nervosismo. Ele imaginou o que os colegas Kate e Piers diriam daquela mulher, tão diferente da típica faxineira londrina. Provavelmente, nada. Ambos conheciam sua profunda antipatia pela tentativa de estereotipar testemunhas, manobra inimiga da investigação eficaz e injusta diante da infinita variedade da vida humana.

Piers falou primeiro. "Ela cuida muito bem das mãos, não acham? Olhando-as, ninguém diria que ganha a vida como faxineira. Deve usar luva de borracha. Pouco importariam as luvas, contudo. Suas digitais podem estar por todo o prédio, legitimamente. Acha que ela falou a verdade, senhor?"

"A mistura de sempre. Um pouco de verdade, outro de mentira, várias omissões. Ela está escondendo alguma coisa."

Ele aprendera a desconfiar da intuição, tanto quanto dos julgamentos superficiais, mas era quase impossível trabalhar na polícia por muitos anos sem aprender a perceber que uma testemunha mentia. Nem sempre isso se devia a motivos suspeitos ou importantes. Quase todos tinham algo a ocultar. Seria excesso de otimismo esperar a verdade inteira logo no primeiro interrogatório. Um suspeito esperto respondia as perguntas e guardava o resto para si; só os ingênuos confundiam policiais com assistentes sociais.

Kate disse: "É uma pena que ela não tenha aberto a geladeira, supondo, é claro, que tenha dito a verdade. Estranho que não tenha perguntado o motivo de tanto interesse de nossa parte pelo sangue de Ulrick. Bem, se ela o pegou, o mais seguro seria dizer que não abriu a geladeira, em vez de falar que ele não estava lá. Se o sangue não estivesse lá, pelo menos poderíamos ter certeza de que Aldridge já estava morta antes de a sra. Carpenter chegar".

Piers comentou: "Você foi longe demais. Ela poderia ter sido morta a qualquer momento, depois que a viram pela última vez, e o sangue talvez tenha sido despejado mais tarde. De duas coisas podemos ter certeza, porém: quem enfeitou o cadáver tão dramaticamente sabia onde a peruca longa estava guardada, e também que havia sangue de Ulrick no refrigerador. A sra. Carpenter provavelmente sabia a respeito da peruca, e admitiu ter conhecimento do sangue".

Dalgliesh voltou-se para Kate. "Como ela recebeu a notícia, quando você e Robbins falaram com ela? Estava sozinha?"

"Sim, senhor. Ela mora num pequeno apartamento de um quarto no último andar, deduzi, embora só tenhamos visto a sala. Estava sozinha, de casaco e chapéu, pronta para ir às compras. Mostrei-lhe a identidade policial e relatei os fatos sem rodeios, falando que a srta. Aldridge estava morta, provavelmente assassinada. Disse que seria melhor que ela nos acompanhasse até a sede do colegiado, para responder algumas perguntas. Ela ficou chocada. Olhou para mim por um segundo, como se pensasse que eu era louca, depois ficou muito pálida e quase desmaiou. Segurei-a com a mão e a conduzi até a poltrona. Ela sentou-se, esperou alguns minutos e se recuperou logo. Depois disso pareceu perfeitamente controlada."

"Acha que a notícia do crime foi uma novidade para ela? Percebo que não se trata de uma pergunta justa."

"Sim, senhor. Acho que sim. Creio que Robbins tem a mesma opinião."

"Ela fez alguma pergunta?"

"Nem no apartamento, nem no caminho para cá. Ela disse apenas: 'Estou pronta, inspetora. Podemos ir agora'. Não conversamos nada, no caminho. Bem, só perguntei se estava bem, e ela disse que sim. Sentou-se no carro, com as mãos no colo, e ficou olhando para elas. Tive a impressão de que estava refletindo."

O sargento Robbins enfiou o rosto na fresta da porta.

"O sr. Langton está ansioso para vê-lo, senhor. Parece preocupado com a cobertura que a imprensa pode dar para o caso ou que a notícia se espalhe antes que ele tenha tempo de avisar os outros membros do colegiado. Ele quer saber quanto tempo a sede do colegiado ficará fechada ao público. Pelo jeito, alguns advogados deveriam vir aqui esta tarde."

"Diga-lhe que o atenderei em dez minutos. Acho melhor você ligar para o pessoal de Relações Públicas. A não ser que haja uma notícia melhor, amanhã este caso deve dar primeira página. Robbins, diga-me qual foi a sua impressão sobre a reação da sra. Carpenter quando ela ouviu a notícia."

Robbins pensou antes de responder, como sempre. "Choque e surpresa, senhor." Ele fez uma pausa.

"O que mais, Robbins?"

"Acho que tinha mais alguma coisa. Culpa, quem sabe. Ou talvez vergonha."

18

DALGLIESH TINHA UMA REUNIÃO do grupo de trabalho montado para discutir as implicações do Ato dos Serviços de Segurança, na Yard, às três horas, e marcou uma conversa com o advogado de Venetia Aldridge e com Kate em Pelham Place, para as seis horas. Em seguida, pretendia ir até Pimlico, para falar com Mark Rawlstone.

Kate havia ligado para o advogado, o sr. Nicholas Farnham, marcando o encontro. A voz do sujeito era grave, dotada da autoridade contida característica da meia-idade. Portanto, esperava encontrar um advogado de família bastante cauteloso, convencional, provavelmente propenso a encarar com desconfiança qualquer atividade policial na casa de sua cliente. Em vez disso, Nicholas Farnham, que subiu os degraus saltitante quando Kate tocou a campainha, era um jovem surpreendentemente vigoroso, alegre e, ao que parecia, pouco preocupado com a perda de uma cliente.

A sra. Buckley abriu a porta para ele, dizendo que a srta. Octavia estava embaixo, em seu apartamento, mas que logo subiria para falar com eles. Em seguida, conduziu-os para a sala de cima.

Assim que ela saiu, Dalgliesh dirigiu-se a Nicholas Farnham. "Gostaríamos de examinar os documentos de sua cliente agora, se não fizer objeção. Seria conveniente que permanecesse conosco. Aliás, somos gratos por atender ao nosso chamado."

Farnham disse: "Já estive aqui antes, claro, no final da manhã. Queria saber se minha firma poderia fazer algo pela filha da srta. Aldridge e assegurar-lhe que providenciaríamos a liberação do dinheiro no banco. Em geral, é a primeira coisa que os parentes perguntam: 'Como vou fazer com o dinheiro?'. Na verdade, é algo natural. A morte põe fim à vida. Não põe fim à necessidade de comer, pagar as contas e os salários".

Dalgliesh perguntou: "Como ela estava?".

Farnham hesitou. "Octavia? Suponho que a resposta convencional seja que estava enfrentando bem a situação."

"Mais chocada do que triste?"

"Não sei se seria justo afirmar isso. Como podemos saber como as pessoas se sentem, num momento como esse? A mãe estava morta havia apenas algumas horas. O noivo estava com ela, o que não ajudou muito. Ele fez a maioria das perguntas. Queria saber tudo sobre o testamento. Bem, suponho que seja natural, também. No entanto, ele se mostrou extremamente insensível."

"A srta. Aldridge o consultou a respeito do noivado da filha?"

"Não. Bem, creio que não deu nem tempo. Além disso, de que adiantaria? A moça já é maior de idade. O que nós poderíamos fazer a respeito? Ou qualquer pessoa? Quando consegui ficar a sós com ela por um momento, pela manhã, aproveitei para lembrá-la de que não seria prudente tomar decisões importantes a respeito do futuro em estado de choque, tão afetada pelo sofrimento. Creio, porém, que o conselho foi mal recebido. Não sou um velho amigo da família. Nosso escritório atendeu a srta. Aldridge nos últimos doze anos, mas tratou basicamente do divórcio e da pensão. Ela comprou esta casa logo depois da separação."

"E quanto ao testamento? Foi redigido por sua firma?"

"Sim, nós o fizemos. Não fomos responsáveis pelo original, quando se casou. Cuidamos apenas da revisão, depois do divórcio. Deve haver uma cópia na mesa dela, aqui. Se não houver, posso adiantar os pontos principais. É muito simples. Algumas doações para instituições de caridade. Cinco mil libras para a empregada, Rose Buckley, desde que estivesse a seu serviço na data da morte. Dois quadros — o que está na sede do colegiado e o de Vanessa Bell, que se encontra aqui — para Drysdale Laud. O resto ficaria para a filha Octavia, sob nossa responsabilidade até que completasse dezoito anos, quando receberia tudo."

Dalgliesh disse: "O que já ocorreu, certo?".

"Ela completou a maioridade no dia 1º de outubro. Ah, claro, já ia me esquecendo — o ex-marido, Luke Cummins, receberá oito mil libras. Considerando-se que o valor total do espólio, sem contar a casa, chega a setecentos e cinquenta mil libras, ele talvez pense que deveria receber mais, ou então nada."

Dalgliesh perguntou: "Ele mantinha contato com ela ou com a filha?".

"Não que eu saiba. Todavia, como já disse, não era íntimo da família. Creio que foi afastado completamente da convivência com elas. Ou, talvez, isso nem tenha sido necessário. Acho que há algum insulto por trás das oito mil libras, e no entanto ela nunca me pareceu uma mulher ressentida ou rancorosa. No fundo, acredito que eu não a conhecia bem. Claro, ela era uma advogada brilhante."

"Parece que esse será seu epitáfio."

Farnham disse: "Não chega a surpreender. Talvez ela própria o tivesse escolhido. Era a coisa mais importante em sua vida. Veja esta casa, por exemplo. Não é exatamente aconchegante, certo? Não formamos uma ideia da mulher que morava aqui, a partir da casa. Sua vida real não transcorria na casa. Acontecia na sede do colegiado e nos tribunais".

Dalgliesh aproximou outra cadeira da mesa. Kate e ele passaram a examinar detalhadamente os escaninhos e as gavetas. Farnham de bom grado deixou que ele trabalhasse, passeando pela sala para inspecionar cada item da mobília, como se fosse um leiloeiro avaliando a mercadoria.

Ele disse: "Drysdale Laud ficará contente com esse Vanessa Bell. Às vezes era uma artista descuidada, mas essa é uma de suas melhores obras. Curioso saber que a srta. Aldridge se interessava pelos pintores de Bloomsbury. Esperaria uma preferência por algo mais moderno".

A ideia já havia passado pela cabeça de Dalgliesh. O quadro era um retrato agradável de uma morena de saia vermelha comprida, parada na janela da cozinha, a observar uma planície interiorana. Havia um armário sob a janela da cozinha, com vários jarros e um vaso de flores. Enquanto isso, ele pensava se Drysdale Laud saberia do testamento e também do motivo por que fora contemplado.

Farnham continuava andando, e de repente disse: "Um serviço curioso, o de vocês. Vasculhar os remanescentes de uma existência. Calculo que já tenham se acostumado, porém".

Dalgliesh disse: "Não totalmente".

A tarefa estava quase terminada. Se Venetia Aldridge pudesse ter previsto o momento exato da morte, não poderia ter deixado as coisas mais em ordem. Numa gaveta trancada, guardava os extratos das diversas contas bancárias, o testamento e a lista detalhada de investimentos. Pagava as contas em dia, guardando os recibos por seis meses. Depois, obviamente, os destruía. Um envelope pardo com a inscrição "Seguros" continha as apólices da casa, de seu conteúdo e do carro.

Ele disse: "Creio que não há nada que precisemos levar embora, e não acho que ainda haja algo a fazer por aqui. Gostaria de conversar com a srta. Cummins e com a sra. Buckley antes de partir".

Farnham disse: "Bem, para isso não será necessária a minha presença. Acho melhor eu ir andando. Se quiserem saber mais alguma coisa, telefonem. Vou trocar algumas palavras com Octavia antes de sair. Já expliquei os termos do testamento, mas ela pode ter dúvidas. Além disso, ela talvez precise de apoio durante o inquérito e o funeral. Quando será a audiência de inquérito, por falar nisso?".

"Dentro de quatro dias."

"Estaremos lá, claro, embora provavelmente seja perda de tempo. Presumo que pedirão adiamento. Bem, até logo e boa caça."

Ele apertou as mãos de Dalgliesh e Kate, que ouviram seus passos na escada e depois sua voz no hall. Conversava com a sra. Buckley. Não se demorou muito com Octavia, deduziram. Em cinco minutos ouviram passos de novo, e a moça entrou. Estava pálida, mas perfeitamente calma. Sentou-se na beirada da poltrona, como uma criança comportada entre adultos desconhecidos.

Dalgliesh disse: "Somos gratos pela sua cooperação, srta. Cummins. Foi útil examinar os documentos de sua mãe. Lamentamos incomodá-la logo após a morte dela. No entanto, se estiver disposta, gostaríamos de fazer algumas perguntas".

Ela disse, um tanto contrariada: "Estou bem".

"É a respeito da discussão entre sua mãe e o sr. Mark Rawlstone. Lembra-se exatamente do que disseram?"

"Não me lembro. Não escutei a conversa. Só percebi que discutiam. Não quero pensar no assunto e não quero me lembrar de nada. Não pretendo responder mais nenhuma pergunta."

"Compreendo. Sei que é um momento terrível, e lamentamos muito. Se por acaso se recordar do que ocorreu, por favor entre em contato conosco. O sr. Ashe está aqui? Esperávamos que estivesse."

"Não, ele não está. Ashe não gosta da polícia. Acha estranho? Vocês tentaram pegá-lo pelo assassinato da tia. Por que ele deveria falar com vocês agora? Ele não é obrigado. Tem um álibi. Já explicamos tudo."

Dalgliesh disse: "Se precisarmos falar com ele, entraremos em contato. Gostaria de ver a sra. Buckley antes de partirmos. Poderia fazer a gentileza de avisá-la?".

"Podem bater no quarto dela. Nos fundos, no último andar. Mas eu não daria muita bola para o que ela fala."

Dalgliesh, que começava a se levantar, sentou-se de novo e disse pausadamente, mostrando interesse: "Não daria? Por que, srta. Cummins?".

Ela enrubesceu. "Bem, ela é velha."

"E portanto incapaz de um raciocínio coerente? É isso que está querendo dizer?"

"Já disse, ela é velha. Não quis dizer mais nada."

Kate viu, satisfeita, o constrangimento irado da moça, depois esforçou-se para controlar os sentimentos. A antipatia podia prejudicar o discernimento de um policial, tanto quanto a simpatia. Octavia perdera a mãe havia apenas algumas horas. Por pior que fosse o relacionamento delas, a moça estava em estado de choque.

Octavia repetiu a última frase, emburrada: "Não quis dizer mais nada".

A voz de Dalgliesh foi mais gentil que suas palavras.

"Não? Posso lhe dar um conselho, srta. Cummins? Quando conversar com um policial, especialmente em caso de assassinato, é mais prudente que suas palavras queiram dizer alguma coisa. Estamos aqui para descobrir como sua mãe morreu. Tenho certeza de que deseja isso, também. Não precisa nos acompanhar. Sabemos o caminho."

Eles subiram a escada sem falar. Dalgliesh permitiu que Kate fosse na frente. Ela havia notado, desde o primeiro dia na equipe, que ele sempre a deixava ir na frente, exceto quando havia perigo ou enfrentavam uma situação desagradável. Considerava o gesto uma cortesia instintiva, mas sabia que se sentiria mais segura com a iniciativa machista de um policial típico. Subindo a escada, consciente de sua presença perturbadoramente próxima, ela pensou de novo nas ambiguidades do relacionamento entre eles. Gostava de Dalgliesh — jamais permitiria uma palavra mais forte —, além de admirar e respeitar o chefe. Dependia desesperadamente de sua aprovação, e por vezes se ressentia dessa dependência. Não se sentia totalmente à vontade com ele, pois jamais conseguira compreendê-lo.

Embora a escada para o pavimento superior fosse carpetada, a sra. Buckley ouviu seus passos. Quando chegaram ao final, ela os aguardava, conduzindo-os à sua sala de estar, como se fossem convidados. Acalmara-se, em comparação à primeira visita de Kate, pois recobrara-se do choque inicial. Talvez a distância de Octavia e o fato de estar em seu território ajudassem.

"Lamento, mas aqui é muito pequeno e cheio de coisas. Tenho, porém, três cadeiras. Se a inspetora Miskin não se importar, pode se sentar nessa — é um pouco baixa. Era a cadeira de minha mãe, ela a usava para amamentar. Quando cheguei, a srta. Aldridge me instalou no apartamento do meio-porão, explicando que eu precisaria me mudar quando a filha terminasse o colégio e viesse morar com ela. Não me incomodei, claro. Querem café? A srta. Aldridge mandou fazer uma minicozinha para mim, no lugar onde era o armário embutido. Posso preparar bebidas quentes e até uma refeição no forno de micro-ondas. Poupa-me o trabalho de descer a escada até a cozinha da casa. Quando a srta. Aldridge tinha algum convidado para jantar, eu costumava servir o prato principal e subir para comer aqui em cima. Se fosse um jantar para muita gente, ela encomendava comida de fora. Meu serviço não é realmente pesado, faço as compras, cozinho o jantar e arrumo a casa. Temos uma faxineira, que vem duas vezes por semana, para fazer o trabalho mais pesado."

Dalgliesh perguntou: "Como veio trabalhar para a srta. Aldridge?".

"Por favor, esperem até que eu moa os grãos de café. Não dá para conversar direito, por causa do barulho. Pronto, tudo bem. Assim é melhor, o cheiro é delicioso, não acham? Nisso meu marido e eu nunca economizamos, no café."

Ela se ocupou com o coador e a chaleira, enquanto contava sua história. Em essência, era muito comum. Nem Kate nem Dalgliesh encontraram dificuldade para preencher as reticências. Era viúva de um pastor interiorano, falecido oito anos antes. Ela e o marido herdaram uma casa em Cambridge, da avó dela, mas depois da morte do marido o imóvel foi vendido para ajudar o filho único a iniciar a vida. Ela se mudou para uma casinha na zona rural, em Hertfordshire, onde crescera. O filho havia comprado uma casa, que vendeu quando se mudou para o Canadá, sem intenção de retornar. A casinha no campo foi um equívoco. Ela se sentia isolada, entre desconhecidos, e a paróquia local, na qual depositava as esperanças, se revelara pouco hospitaleira sob a direção do jovem novo ministro.

"Sei que a igreja precisa atrair os jovens, e havia um conjunto habitacional na periferia da cidade. O vigário estava ansioso para atrair os jovens. Tínhamos muita música pop e cantoria, costumávamos cantar 'Parabéns a você' quando alguém da congregação fazia anos na semana. A comunhão familiar mais parecia um show do que um serviço religioso, e realmente não havia muita coisa para fazer na paróquia. Achei que teria uma vida mais animada se viesse para Londres. Alugando a casa, teria uma pequena renda. Li o anúncio para este emprego na *The Lady*, e a srta. Aldridge me entrevistou. Ela concordou que eu trouxesse parte da minha mobília, minhas coisas, para que me sentisse um pouco mais em casa."

A sala, Kate pensou, era aconchegante, embora cheia demais. A escrivaninha imensa na qual o falecido marido da sra. Buckley provavelmente escrevia os sermões, o armário envidraçado com a inevitável coleção de porcelanas decoradas, a mesinha encerada coberta de retratos familiares em molduras prateadas, a estante de livros com porta envidraçada com obras encadernadas em couro e a série de aquarelas um tanto anêmicas transmitiam, mesmo a um estranho, a sensação de continuidade e segurança, de uma vida que conhecera o amor. A cama tipo divã encostada na parede contava com uma pequena prateleira e uma luminária presas à parede, acima da cabeceira. Estava coberta com uma colcha de retalhos de seda desbotados.

Olhando para o rosto sério de Dalgliesh, para os longos dedos que seguravam a caneca de café, Kate pensou: Ele está completamente à vontade, aqui. Conheceu muitas mulheres assim, durante a vida inteira. Eles se entendem.

Ele perguntou: "Tem sido feliz aqui?".

"Mais contente do que feliz. Tinha esperança de fazer um curso noturno, mas não é mais possível a uma senhora idosa andar por aí sozinha à noite. Meu marido começou sua vida em Londres, mas eu não fazia ideia do quanto a cidade havia mudado. De qualquer modo, vou ao cinema de vez em quando, frequento galerias e museus, estou perto de St. Joseph, onde posso conversar com o padre Michael, que é muito gentil."

"E quanto à srta. Aldridge? Gostava dela?"

"Eu a respeitava. Chegava a me assustar, às vezes. Era meio impaciente. Se dava uma ordem, não gostava de ter de repeti-la. Era muito eficiente, e esperava isso dos outros. No entanto, era muito justa, muito respeitosa. Um pouco distante, mas ela queria uma empregada, e não uma confidente."

Dalgliesh disse: "Vamos voltar ao telefonema para ela, ontem à noite. Lamento insistir, mas tem certeza absoluta da hora?".

214

"Tenho certeza. Liguei às quinze para as oito. Consultei o relógio."

"Pode nos dizer tudo a respeito? Por que ligou e o que conversaram, exatamente?"

Ela ficou em silêncio, por um momento. Então falou, com dignidade patética. "Octavia tinha razão no que disse. Liguei para reclamar dela. A srta. Aldridge não gostava que eu telefonasse para a sede do colegiado, a não ser que fosse algo realmente urgente. Por isso hesitei. Contudo, Octavia e aquele rapaz, o noivo dela, saíram do apartamento e exigiram que eu preparasse o jantar para eles. Ela não é vegetariana, mas resolveu pedir comida vegetariana. O combinado era que Octavia deveria cuidar de si, no apartamento. É claro, normalmente não me importo em ajudar, mas ela foi muito autoritária. Calculei que, se eu cedesse uma vez, ela criaria a expectativa de poder ordenar que eu cozinhasse quando ela bem entendesse. Portanto, saí da cozinha, subi até o escritório e telefonei para a srta. Aldridge na sede, explicando o problema do modo mais breve possível. Ela disse: 'Se ela quer vegetais, faça os vegetais. Conversarei com minha filha e esclarecerei tudo quando chegar em casa. Estarei aí dentro de uma hora, mais ou menos. Farei o meu jantar. Não posso falar agora, estou atendendo uma pessoa'."

"E foi só?"

"Sim, foi só isso. Ela parecia muito impaciente. De qualquer modo, não gostava que eu ligasse para o escritório, e não era um bom momento, pois havia alguém com ela. Desci para a cozinha e preparei uma torta de cebola para eles. É uma receita de Delia Smith que a srta. Aldridge sempre apreciou. Claro, precisei fazer a massa primeiro, e é melhor deixá-la na geladeira por meia hora, enquanto se prepara o recheio. Não é uma refeição de preparo rápido. Depois eles pediram panqueca com geleia de damasco. Fiz enquanto eles comiam a torta de cebola, e servi as panquecas direto da frigideira."

Kate perguntou: "Tem certeza absoluta de que os dois ficaram no apartamento o tempo inteiro, entre quinze para as oito, quando a senhora ligou, até a hora em que foi dormir, às dez e meia?".

"Tenho certeza absoluta. Eu entrei e saí várias vezes da sala, para servir ou tirar os pratos. Tive os dois debaixo dos meus olhos, por assim dizer, durante o jantar inteiro. Não foi nada agradável. Creio que Octavia queria se exibir para o rapaz. Não desci mais, depois que terminei o serviço e vim para meu quarto. Calculei que a srta. Aldridge subiria, se quisesse conversar alguma coisa naquela noite. Fiquei acordada até as onze e pouco, de robe, caso ela precisasse de mim, e depois fui dormir. Acordei de manhã e fui levar o chá para ela. Percebi que a cama continuava arrumada. Foi então que liguei novamente para a sede do colegiado."

Dalgliesh disse: "Necessitamos saber o máximo possível a respeito dela. Fale sobre os jantares. Os amigos dela vinham aqui sempre?".

"Não muito. Ela levava uma vida muito solitária. O sr. Laud vinha uma vez por mês, ou a cada seis semanas. Eu costumava preparar uma refeição ligeira para eles, antes que saíssem. Ele a trazia para casa, mas não ficava muito tempo. Tomava um drinque e ia embora, creio. Também saíam juntos para jantar."

"Alguém ficava mais do que o tempo necessário para tomar um drinque?"

Ela corou e se mostrou relutante em responder. Em seguida, disse: "A srta. Aldridge está morta. Acho terrível falar sobre sua vida, e mais ainda contar fofocas particulares. Devemos proteger os mortos".

Dalgliesh disse, gentilmente: "Numa investigação de homicídio, proteger os mortos com frequência significa colocar em risco os vivos. Não estou aqui para julgá-la, não tenho esse direito. Mas preciso saber mais a respeito dela. Necessitamos de fatos".

Após um período curto de silêncio, a sra. Buckley falou: "Havia um outro visitante. Ele não vinha muito aqui, mas acho que ocasionalmente passava a noite. Era o sr. Rawlstone. Mark Rawlstone, o deputado".

Dalgliesh perguntou quando ela o havia visto pela última vez.

"Faz uns dois ou três meses, ou mais. O tempo passa tão depressa, não acham? Realmente, não me recordo bem. Claro, ele pode ter vindo depois disso, talvez à noite, depois de eu ter subido para o quarto. Ele sempre saía de manhã bem cedo."

Antes de sair, Dalgliesh perguntou: "O que pretende fazer agora, sra. Buckley? Vai ficar aqui?".

"O sr. Farnham é um advogado muito bom. Ele sugeriu que eu fique aqui por algum tempo. A firma e o banco da srta. Aldridge são os executores do testamento, e suponho que vão pagar meu salário, por enquanto. Duvido que Octavia queira que eu fique — na verdade, tenho certeza de que não quer. Mas alguém precisa estar na casa, e suponho que eu seja melhor do que nada. Ela falou com o pai, mas parece que não quer vê-lo. Acho que não posso abandoná-la, mesmo que ela não goste de mim. Na verdade, é tudo tão terrível que no momento não estou conseguindo pensar com clareza."

Dalgliesh disse: "Claro que não. Foi um choque horrível para a senhora. Tem sido muito prestativa, sra. Buckley. Caso se lembre de alguma coisa, entre em contato conosco. Eis meu número. E se for perturbada pelos repórteres, avise-me e providenciarei proteção policial. Temo que sejam incomodadas, quando a notícia se espalhar".

Ela permaneceu sentada por um momento, em silêncio. Depois, disse: "Espero que não se importem com uma pergunta. Não se trata de curiosidade vulgar. Mas poderiam me contar como a srta. Aldridge morreu? Não quero saber detalhes. Só se foi rápido e se ela sofreu".

Dalgliesh disse, gentilmente: "Foi rápido e indolor".

"E havia muito sangue? Sei que é bobagem, mas vejo muito sangue."

"Não", Dalgliesh disse. "Não havia sangue."

Ela agradeceu com voz sumida e os acompanhou até a porta. Parada no alto da escada, observou-os enquanto saíam da casa e entravam no carro. Depois, quando partiram, acenou num gesto patético, dando adeus como se estivesse se despedindo de amigos.

19

POUCO DEPOIS DA UMA DA TARDE, Valerie Caldwell foi avisada pela polícia de que seu interrogatório estava terminado, e o sr. Langton sugeriu que ela fosse para casa. Deixariam uma mensagem na secretária eletrônica, comunicando que o expediente estava encerrado naquele dia. Ela ficou contente por poder se afastar de um lugar no qual tudo o que havia de familiar e reconfortante de repente tornou-se estranho e ameaçador, transformando-se sutilmente. Para ela, parecia que os colegas a quem apreciava e que também gostavam dela haviam se tornado desconhecidos suspeitos. Talvez, pensou, eles também sentissem a mesma coisa. Um homicídio fazia isso, mesmo aos inocentes.

Havia um problema em sua saída tão cedo. A mãe, que sofria de agorafobia, agravada pela depressão, desde que Kenny fora para a cadeia, ficaria preocupada se ela voltasse para casa de tarde, sem aviso prévio. E mais ainda se soubesse o motivo; mesmo assim, seria melhor telefonar antes. Para seu alívio, a avó atendeu. Não dava para saber como ela receberia a notícia, mas pelo menos agiria com mais calma. Contaria tudo à mãe antes que Valerie chegasse, e ela esperava certo tato da parte da avó.

Ela disse: "Diga para mamãe que voltarei mais cedo para casa. Alguém entrou no prédio ontem à noite e matou a srta. Aldridge com uma facada mortal. Sim, estou bem, vovó. Não tem nada a ver com o resto do pessoal da sede, mas eles vão encerrar o expediente mais cedo".

A avó permaneceu em silêncio por algum tempo, digerindo a notícia, e depois disse: "Assassinada, é? Bem, não posso dizer que seja uma surpresa. Sempre metida com criminosos, ajudando-os a se safarem. Provavelmente um deles, que não conseguiu sair livre, escapou da cadeia e voltou para se vingar. Sua mãe não vai gostar. Ela quer que você largue esse emprego, arranje alguma coisa mais perto de casa".

"Vovó, não comece com essa história outra vez. Diga apenas que estou bem e que vou voltar mais cedo."

Como sempre, ela havia comprado um sanduíche para o almoço, mas não queria comê-lo na recepção. Até mesmo ser vista com comida era um sacrilégio. Resolveu andar por Middle Temple Lane, entrar em Embankment Gardens e escolher um banco de frente para o rio. Não sentia fome, mas sempre haveria pardais. Observou-os esticar o pescoço para bicar as migalhas com agressividade, batendo as asas, deixando apenas os pedaços menores para os pássaros menos belicosos, que sempre chegavam atrasados. De qualquer modo, sua mente estava longe dali.

Falara demais, percebia agora. O jovem detetive de boa aparência e a policial feminina a interrogaram, tratando-a com muita simpatia. Claro, fora tudo deliberado. Estavam decididos a ganhar sua confiança, e conseguiram. Além disso, sentiu alívio em poder falar com alguém desvinculado do colegiado sobre o que acontecera a Kenny, mesmo sendo policiais. Realmente, desabafou.

Seu irmão havia sido preso por vender drogas. Mas ele não estava traficando, não era nenhum chefão da droga, como aqueles que saem no jornal. Estava desempregado e dividia uma casa com amigos, no norte de Londres. Eles fumavam maconha nas festas. Kenny dizia que todo mundo fumava. Mas foi Kenny quem comprou a droga, para a noite inteira. E depois os outros pagaram a ele, cada um a sua parte. Todo mundo fazia isso. Era o jeito mais barato de comprar maconha. Mas a polícia o pegou, e ela pediu ajuda para a srta. Aldridge, desesperada. Talvez tivesse pedido numa hora ruim. Ela sabia, agora, que não fora uma boa ideia, que nem tinha esse direito. Seu rosto queimava quando se lembrava da resposta, do gelo na voz, do desprezo nos olhos.

"Não pretendo assustar um tribunal menor do norte de Londres entrando lá paramentada e acompanhada de um assistente, para livrar seu irmão dessa bobagem. Procure um bom advogado."

E Kenny foi considerado culpado e sentenciado a seis meses.

A mulher, inspetora Miskin, perguntara: "Isso é raro, para um réu primário. Ele já havia feito isso antes, certo?".

Sim, ela admitiu, já havia feito. Do mesmo jeito. E de que adiantava mandá-lo para a cadeia? Só serviu para fazer dele uma pessoa ainda mais amargurada. Ele não teria ido para a prisão se a srta. Aldridge tivesse assumido a defesa. Ela livrava gente muito pior do que Kenny — assassinos, estupradores, acusados de fraudes monumentais. Nada acontecia a eles. Kenny não machucara ninguém, não enganara ninguém. Ele era gentil e educado. Não seria capaz de fazer mal a uma mosca. Agora, estava na prisão. A mãe não podia visitá-lo por causa da agorafobia, e elas não podiam contar nada para a avó, porque ela sempre criticava a mãe pelo modo como criara os filhos.

Os dois detetives não discutiram com ela, não criticaram. Mostraram-se muito simpáticos. Sem perceber, ela foi contando outras coisas, que não eram da conta deles, que eles nem precisavam saber. Ela falou a respeito dos comentários no colegiado sobre o sucessor do sr. Langton, sobre o rumor de que a srta. Aldridge estava interessada no posto, nas chances que teria.

A inspetora Miskin perguntou: "Como sabe disso?".

Ela sabia porque sabia. A sede do colegiado era um antro de fofocas. As pessoas conversavam na frente dela. Os boatos se transmitiam pelo próprio ar, como num misterioso processo de osmose. Ela contou que era amiga dos Naughton. Conseguira o emprego graças a Harry Naughton, o arquivista-chefe. Ela, a mãe e a avó moravam perto da família dele, e frequentavam a mesma igreja. Procurava emprego, quando surgiu a vaga na sede do colegiado, e Naughton a recomendara. Começara como datilógrafa júnior, mas quando a srta. Justin se aposentou, depois de trinta anos de serviço, ela foi convidada para assumir o cargo, e sua função anterior foi preenchida por uma funcionária temporária. A última temporária não era eficiente, e por isso, havia duas semanas, ela estava trabalhando sozinha. Continuava em período de experiência, mas contava que sua nomeação definitiva como secretária saísse na reunião seguinte do colegiado.

A inspetora Miskin perguntou: "Se a srta. Aldridge fosse presidente do colegiado, acha que ela a aceitaria como secretária?".

"Ah, não, duvido muito. Principalmente depois do que aconteceu. Acho que ela pretendia trocar Harry por um diretor administrativo, e se isso ocorresse, é provável que o novo chefe fosse mudar tudo, em termos de organização do pessoal."

Depois, surpreendera-se com a quantidade de informação que passara a eles. Mesmo assim, duas coisas ela não contou.

No final, havia dito, tentando conter as lágrimas, procurando preservar o que lhe restava de dignidade: "Eu a odiava por não ajudar Kenny. Ou, talvez, por demonstrar tanto desprezo pelo meu problema — desprezo por mim. Agora eu me sinto péssima, pois a odiava, e ela morreu. Mas não a matei. Não teria coragem".

A inspetora Miskin havia dito: "Temos razões para crer que a srta. Aldridge estava viva às quinze para as oito. Você disse que chegou em casa às sete e meia. Se sua mãe e sua avó confirmarem isso, então você não poderia ter cometido o crime. Não se preocupe".

Quer dizer que eles nunca chegaram a suspeitar dela. Por que a interrogaram durante tanto tempo, então? Por que tantas perguntas? Ela achava que sabia a resposta, e sua face queimava.

Era estranho voltar para casa no começo da tarde. O metrô estava quase vazio, e quando ela parou na estação de Buckhurst Hill, só havia uma pessoa esperando o trem para o centro de Londres, na plataforma oposta. Ao sair, encontrou uma rua calma e pacata, como a de uma cidade do interior. Até mesmo a pequena casa com sacada, no número 32 da Linney Lane, parecia estranha e pouco hospitaleira, como a de uma família de luto. As cortinas estavam cerradas na sala de baixo e numa das janelas de cima. Ela sabia o que isso significava. A mãe descansava, no andar de cima — caso se pudesse chamar de descanso permanecer deitada com os olhos arregalados, tensa, fitando a escuridão. A avó assistia à televisão.

Ela enfiou a chave na fechadura, entrou e foi recebida por

uma explosão seguida de tiros. A avó adorava filmes policiais e não se importava com as cenas de sexo e violência. Quando Valerie surgiu na sala, ela apertou um botão no controle remoto. Era uma fita de vídeo, portanto. Caso contrário, a avó não desviaria a atenção da tela.

Sem mostrar interesse pela chegada da neta, ela se queixou: "Não consigo ouvir o que eles dizem, na maior parte do tempo. Também, ficam resmungando uns para os outros. É pior ainda quando o filme é americano".

"É o jeito como representam hoje em dia, vovó. Naturalista, como falam na vida real."

"Grande coisa. Não vale nada, a gente não entende uma palavra. E não adianta aumentar o som, só piora as coisas. O pior é que eles passam a maior parte do tempo em boates onde a gente não vê nada. Os filmes antigos do Hitchcock são melhores. *Disque M para matar*, por exemplo. Gostaria de ver esse filme de novo. A gente entende cada palavra. Eles sabiam falar, naquele tempo. E por que não conseguem deixar a câmera parada? Qual é o problema com os câmeras de hoje? Eles bebem?"

"É o novo estilo de direção, vovó."

"Acha bom, isso? Para mim, é tudo porcaria."

A televisão era a única distração da avó, seu consolo e sua paixão. Ela não aprovava nada do que via, mas vivia grudada na tela. Valerie achava que era uma boa oportunidade para sua avó exercer a vocação para crítica. Podia reclamar das falas, do comportamento, da aparência e da dicção dos atores, políticos e especialistas, sem temer contestação. A neta considerava surpreendente, às vezes, que sua avó fosse incapaz de ver sua própria aparência de modo crítico. O cabelo tingido de loiro-gengibre era grotesco, constrangedor, incompatível com o rosto flácido de uma senhora de setenta e cinco anos, no qual a vida dura deixara rugas profundas. A saia justa acima do joelho só servia para enfatizar as pernas magras varicosas. Contudo, Valerie admirava a disposição da avó. Sabia que eram aliadas, embora soubesse que não poderia esperar uma só palavra de reconhecimento ou carinho. Juntas, lidavam com a agorafobia e a depressão da mãe, fazendo as compras que a sra. Caldwell não podia fazer, cozinhando e limpando a casa, pagando as contas, enfrentando as pequenas crises cotidianas. A mãe comia o que lhe serviam, mas não demonstrava o menor interesse pelo modo como chegara ao prato.

Além de tudo, havia ainda o problema de Kenny. Quando ele foi condenado, a mãe a fizera prometer que não contaria nada à avó, e ela havia mantido a promessa. Isso dificultava as saídas para visitá-lo na penitenciária. Só conseguira vê-lo duas vezes, e para isso teve de inventar histórias complicadas, alegando visitas a uma amiga do tempo de escola que não soaram convincentes nem para ela mesma.

A avó havia dito: "Você está saindo com um homem, aposto. E quem fará as compras?".

"Posso passar no supermercado quando estiver voltando para casa. Fica aberto até as dez, no sábado."

"Bem, espero que dê mais sorte com esse aí do que com o outro. Eu sabia que ele ia dar o fora em você assim que entrasse na universidade. Acontece todo dia. Você não se esforçou muito para segurá-lo, sabia? Precisa de um pouco mais de disposição, minha filha. Os homens gostam disso."

A avó, na juventude, mostrara muita disposição, e sabia exatamente do que os homens gostavam.

Como era de se esperar, a avó ignorou a notícia do assassinato. Ela raramente demonstrava interesse por desconhecidos, e decidira havia muito que Pawlet Court era o mundo da neta, remoto demais em relação a sua vida para ter algum interesse. Um homicídio real, particularmente de alguém a quem ela nunca encontrara, não tinha muita graça, em comparação às imagens vívidas, coloridas, que energizavam sua vida e lhe davam toda a animação que esperava. Jamais Valerie ouvia perguntas a respeito de seu dia, ao voltar para casa, ou sobre os colegas da sede do colegiado. De qualquer modo, a falta de interesse foi providencial, pois ela finalmente ouviu o passo lento da mãe na escada e precisou dar a notícia.

A sra. Caldwell tinha passado maus bocados naquele dia.

Preocupada com seu próprio sofrimento, parecia incapaz de compreender o que lhe diziam. A morte física de um estranho não afetava quem estava enfrentando o inferno em vida. Valerie sabia o que ia acontecer, o ciclo era previsível. O médico da mãe aumentaria a dose das drogas, ela sairia da depressão por algum tempo. A realidade do que acontecera desabaria sobre ela. Então começariam as preocupações, a agitação, a insistência de que seria muito melhor para todos se Valerie escolhesse um emprego no bairro, evitando a movimentação, voltando cedo para casa. Mas isso tudo pertencia ao futuro.

As horas lentas da tarde deram lugar à noite. Quando a mãe e a avó assistiam à televisão, às sete da noite, Valerie serviu sopa de cenoura pronta, direto da embalagem, e levou a bandeja de alumínio com canelone ao forno. Só quando terminaram a refeição e ela terminou de lavar a louça se deu conta do que precisava fazer. Deixaria a mãe e a avó sentadas na sala outra vez e iria ver os Naughton. Harry já estaria de volta, naquela altura. Ela precisava se sentar com ele e Margaret na cozinha aconchegante, onde estivera tantas vezes, na infância, ao voltar da escola dominical, para tomar limonada e comer bolo de chocolate. Ela precisava do conforto e dos conselhos que não encontrava em sua própria casa.

Elas não se incomodaram com a saída. A avó disse, apenas: "Não demore muito", sem tirar os olhos da tela. A mãe nem olhou para o lado.

Ela caminhou meio quilômetro. Não valia a pena pegar o carro, o caminho era bem iluminado. Apesar de próxima, a rua onde residiam os Naughton era completamente diferente de Linney Lane. Harry se saíra muito bem na vida. Como todos os membros do colegiado o chamavam de Harry, era assim que pensava nele agora. Mas, quando se dirigia ao chefe, chamava-o sempre de sr. Naughton.

Parecia até que a esperavam. Margaret Naughton abriu a porta para que ela entrasse e a abraçou com força.

"Coitadinha. Entre. Deve ter sido um dia terrível para vocês."

"O sr. Naughton está em casa?"

"Sim, chegou faz duas horas. Estamos na cozinha, lavando a louça. Acabamos de jantar."

Na cozinha, o perfume de ensopado tomava conta da atmosfera, e havia um pedaço grande de torta de maçã caseira sobre a mesa. Harry estava pondo os pratos na máquina de lavar louça. Trocara o terno do serviço por uma calça esporte e pulôver de tricô. Ela pensou que a roupa o tornava diferente, mais velho. Quando ele se levantou, apoiando-se na máquina de lavar louça, ela sentiu pena, percebendo que o amigo estava velho, muito mais do que na véspera. Passaram para a sala de estar, em seguida. Margaret trouxe uma bandeja com três cálices e uma garrafa de sherry meio seco, o tipo preferido de Valerie. Totalmente à vontade, sentindo-se segura e amparada, Valerie revelou suas apreensões.

"Os dois policiais foram muito gentis. Agora, entendo que eles só queriam me deixar à vontade. Não consigo me lembrar nem da metade das coisas que falei para eles — a respeito de Kenny e do quanto eu odiava a srta. Aldridge. Disse que não a matei, seria incapaz de assassinar alguém. E falei também sobre as fofocas, que ela poderia ser o próximo presidente do colegiado e o que isso significava. Não deveria ter dito nada, não é da minha conta. Agora temo que o sr. Langton e o sr. Laud descubram, saibam que fui eu e me despeçam. Não poderei culpá-los, se perder o emprego. Não sei como isso foi acontecer. Sempre me considerei confiável — discreta, capaz de guardar para mim o que ouvia na sede. A srta. Justin deixou bem claro quanto isso era importante, quando comecei a trabalhar lá. O senhor também. Disse a mesma coisa. E eu falei o que não devia para a polícia."

Margaret disse: "Não precisa se preocupar. O serviço deles é extrair informações das pessoas. São ótimos nisso. Você falou apenas a verdade. E a verdade não pode prejudicar ninguém".

Mas Valerie sabia que poderia, sim. Por vezes, a verdade era mais destrutiva do que a mentira.

Ela disse: "No entanto, não disse duas coisas para eles. Queria contar primeiro ao senhor".

Ela olhou para Harry, vendo que seu rosto se enchia de ansiedade e, por um segundo, de algo próximo ao terror.

Mesmo assim, prosseguiu: "É sobre o sr. Costello — pelo menos uma delas. Quando a srta. Aldridge voltou de Bailey, na terça-feira, perguntou se ele estava na sede. Eu respondi que sim. Mais tarde, levei uns papéis para o sr. Laud e os deixei na escrivaninha dele. A srta. Aldridge estava abrindo a porta da sala do sr. Costello, e acho que os dois deviam estar muito próximos. Mesmo assim, ouvi a voz dele. Falava alto — gritava, na verdade. Ele disse: "Não é verdade. Nada disso é verdade. O sujeito não passa de um mentiroso, e tenta impressioná-la com essa calúnia. Seria incapaz de prová-la. E, se você o pressionar, ele negará tudo. Que vantagem poderia haver para você, ou para qualquer um, em lançar uma sombra sobre o colegiado?".

"Eu estava no alto da escada e aproveitei para descer. Depois, subi, fazendo o máximo de barulho possível. A srta. Aldridge já fechava a porta, nesse momento. Ela passou por mim na escada sem falar nada, mas notei que estava furiosa. Bem, acha que eu deveria ter contado isso para a polícia? O que devo fazer, se me perguntarem?"

Harry ponderou por um momento, depois disse, grave: "Acho que fez muito bem em não dizer nada. Se perguntarem se ouviu a discussão da srta. Aldridge com o sr. Costello, sugiro que conte a verdade. Mas não exagere. Você pode ter entendido errado. Isso pode ser muito importante ou não significar nada. Creio, porém, que você precisa falar a verdade, se eles perguntarem".

Margaret comentou: "Você disse que eram duas coisas".

"A outra é muito estranha. Não sei se tem alguma importância. Eles me perguntaram sobre o sr. Ulrick, quando chegou à sede, na manhã de hoje. Queriam saber se ele estava carregando a pasta dele."

"E o que você disse?"

"Eu disse que não dava para ter certeza, pois a capa de chuva cobria seu braço direito e poderia ter ocultado a pasta. Mas foi uma pergunta estranha que eles fizeram, não acham?"

Margaret disse: "Aposto que têm algum motivo para querer

saber isso. No seu lugar, eu não me preocuparia. Você falou a verdade".

"Mas foi esquisito. Não contei — e só depois estranhei essa história toda — que o sr. Ulrick normalmente para na porta, quando chega, e me dá bom-dia. Hoje de manhã, porém, ele me cumprimentou mas passou direto, como se estivesse com pressa, sem tempo para esperar minha retribuição ao cumprimento. Foi um detalhe tão pequeno. Não sei por que estou preocupada com isso. Tem outra coisa. O tempo anda tão firme ultimamente, até parece verão. Por que ele estava carregando uma capa de chuva?"

Após um momento de silêncio, Harry disse: "Acho melhor não se incomodar com detalhes desse tipo. A melhor atitude é continuar fazendo o serviço, o melhor que puder. E responder com sinceridade as perguntas da polícia. Não precisamos dar informações voluntariamente. Não é nossa responsabilidade. E não devemos comentar o assassinato na sede. Sei que vai ser difícil; porém, se discutirmos o caso entre nós, poderemos prejudicar algum inocente com teorias impróprias. Promete ser muito discreta, quando a sede for reaberta? Sei que haverá comentários e especulações, mas não devemos contribuir para isso".

Valerie disse: "Farei o possível. Muito obrigada, o senhor foi muito compreensivo. Sempre me ajuda, vir aqui".

Eles eram gentis. Não insinuaram nada, mas Valerie sabia que não deveria ficar mais tempo. Margaret a acompanhou até a porta, dizendo: "Harry me contou que você desmaiou ao receber a notícia, na manhã de hoje. Sei que foi um choque, mas isso não me parece normal, para uma moça como você. Tem certeza de que está se sentindo bem?".

Valerie confessou: "Estou bem, de verdade. No entanto, ando meio cansada ultimamente. Tenho serviço demais para fazer em casa, e vovó não dá conta de muita coisa. Além de tudo, preciso dar um jeito de escapar sem ser notada, para visitar Ken nos fins de semana, sem que a vovó desconfie. Talvez a ideia de suspender a contratação da funcionária temporária no escritório não tenha sido boa. Acho que tudo isso está me deixando muito tensa".

Margaret a abraçou, dizendo: "Vamos ver se a gente consegue apoio do Serviço Social. Além disso, acho melhor você conversar com sua avó. Os idosos são muito mais rijos do que a gente pensa. Não me surpreenderia se ela já soubesse a respeito de Ken, a esta altura. Não dá para esconder muita coisa da sua avó. Você teve sorte, ela e sua mãe estavam em casa ontem à noite. Eu não, tinha ido ao PCC, depois levei a sra. Marshall para casa e ficamos batendo papo. Claro, deixei o jantar pronto para Harry, mas só voltei para casa às nove e meia. Você tem alguém que pode confirmar a hora em que chegou em casa. Harry, não. Bem, se pudermos ajudar em alguma coisa, fale conosco, está bem?".

Tranquilizada pela atitude carinhosa, sentindo a proteção do abraço maternal, Valerie prometeu que faria isso e voltou para casa bem mais sossegada.

20

Já passava um pouco da sua hora costumeira, quando Hubert voltou, às sete e cinco, para o apartamento que deveria considerar seu lar. No entanto, sentia-se lá como um hóspede que começava a suspeitar que estava abusando da hospitalidade de quem o recebera bem. O apartamento lembrava uma exposição de objetos para leilão, de tanta coisa acumulada. A mobília e os quadros que resolvera conservar, em vez de passarem uma sensação familiar e aconchegante de continuidade, davam a impressão de que só aguardavam o bater do martelo do leiloeiro para deixarem o local.

Depois da morte da esposa, dois anos antes, a filha Helen se mudara para o apartamento, tanto no sentido literal como no figurado, para ajudar a organizar sua vida. Ela era uma mulher na qual uma certa sensibilidade, mais conquistada do que inata, vivia em guerra permanente com uma disposição autoritária natural. Claro, ele deveria ser consultado em todas as decisões. Em hipótese alguma poderia sentir que outras pessoas controlavam sua vida. Enquanto trabalhasse, seria mais sensato residir em Londres, de preferência num bairro com fácil acesso a Temple. Seria ridículo — extravagante, até — que um viúvo mantivesse duas casas. A ideia, passada sem sutileza nenhuma, era que deveria vender a casa da família, cujo custo de manutenção se tornara alto demais, repartindo seu alto valor no mercado inflacionado entre os netos, permitindo que eles iniciassem a formação de seu próprio patrimônio. Ele não se opôs aos arranjos destinados, sobretudo, ao benefício alheio. Ocasionalmente irritava-o, porém, a presunção de que ainda por cima deveria sentir-se grato.

O apartamento, escolhido por Helen, situava-se num prédio elegante da década de 1930, no Duchess of Bedford Walk, em Kensington. Mesmo depois que ele concordou com a aquisição, ela continuava insistindo em ressaltar suas qualidades, de modo irritante.

"Tem um escritório amplo, sala de jantar e dois quartos de casal — você não precisa de mais nada. Porteiro vinte e quatro horas, sistema de segurança de última geração. Falta um terraço, isso é uma pena. Mas um terraço sempre aumenta o risco de arrombamento. Você tem todas as lojas na Kensington High Street, e pode ir até a sede pela Circle Line do metrô, que passa na High Street. Basta uma curta caminhada, e é descida. Se seguir mais uma estação adiante, na volta para casa, descendo em Notting Hill Gate, pode sair pela Church Street e evitar atravessar as avenidas." Helen parecia estar insinuando que organizara o sistema de metrô de Londres para atender à sua conveniência. "Além disso, há supermercados perto das duas estações, a Marks and Spencer fica na High Street. Você pode fazer as compras aos poucos. Na sua idade, não deve carregar sacolas pesadas."

Helen, por meio de sua ampla rede de colegas e conhecidos, também descobriu Erik e Nigel.

"Eles são gays, mas não precisa se preocupar com isso, é claro."

"Não me preocupo", respondeu. "Por que deveria?" No entanto, nem o comentário nem a pergunta foram ouvidos.

"Eles têm uma loja de antiguidades na parte sul da High Street, que só abre depois das dez. Eles podem vir aqui bem cedo, preparar o café da manhã, arrumar a cama e limpar a casa. A faxineira cuidará do serviço mais pesado. Eles se ofereceram para voltar à noite e servir seu jantar — bem, seria mais adequado dizer um lanche. Nada muito complicado, só uma refeição simples e saborosa. Erik é o mais velho, dizem que cozinha muito bem. É Erik com k, não se esqueça disso, ele faz questão. Não sei por que, não é escandinavo. Nasceu em Muswell Hill, creio. Nigel é um ótimo rapaz, Marjorie garantiu. É bem loiro, mas acho que a mãe gostou do nome e não percebeu ou não se importou com a alusão. Bem, vamos pensar no salário.

Será a melhor maneira de garantir a fidelidade deles. Sabe como é, esse tipo de serviço não sai barato."

Ele ficou com vontade de dizer que a família deveria lhe deixar pelo menos o suficiente para o pagamento dos empregados eventuais, após a venda da casa de Wolvercote.

Funcionara bem no início, e continuava sendo bom. Erik e Nigel eram educados, eficientes e responsáveis. Não sabia como tinha conseguido se virar sem eles. Erik era cinquentão, gorducho, afetadamente elegante, com a boca rosada e bem desenhada, que a barba cerrada ressaltava. Nigel era magro, alto, muito claro e o mais animado dos dois. Trabalhavam sempre juntos. Erik cozinhava, Nigel o ajudava preparando os legumes, lavando e elogiando profusamente a criatividade do outro. Quando estavam no apartamento, ouvia-se na cozinha a antifonia de suas vozes incansáveis. Erik era um baixo profundo, Nigel, um soprano vivaz. Os sons serviam de agradável companhia, e quando saíam de férias ele sentia falta da falação divertida. A cozinha era território dos dois; até o cheiro se tornara estranho, exótico. Ele entrava lá como se fosse um estranho, temendo usar suas próprias panelas e utensílios, para não prejudicar a organização perfeita. Examinava, curioso, os rótulos da extraordinária variedade de jarros e garrafas que Erik considerava indispensáveis para preparar as tais refeições simples e saborosas: azeite de oliva extravirgem, tomates secos, molho de soja. Abria e cheirava, sentindo-se um pouco culpado, os vidros com ervas alinhados debaixo da janela.

A comida era servida formalmente, para combinar com a qualidade dos pratos. Erik sempre servia o jantar, enquanto Nigel observava tudo ansioso, da porta, como a garantir o adequado reconhecimento da perfeição. Naquela noite, Erik entrou com a travessa, anunciando que ele saborearia fígado de vitela com bacon, purê de batata, espinafre e ervilha. O fígado fora cortado em fatias finas, levemente grelhado em vez de cozido, como ele preferia. Era um de seus pratos preferidos; só não sabia onde encontraria disposição para comer. Disse a frase de praxe: "Obrigado, Erik, aposto que está uma delícia".

Erik se permitiu um leve sorriso satisfeito. Nigel exultou. Contudo, algo mais precisava ser dito. Obviamente, eles ainda não tinham ouvido notícias a respeito do assassinato, que só chegaria aos jornais no dia seguinte. Soaria estranho, suspeito até, se ele voltasse para casa sem contar nada. Quando resolveu falar, no momento em que Erik já se aproximava da porta, ele se deu conta de que suas palavras, apesar da tentativa cuidadosa de aparentar descontração, haviam sido equivocadas.

"Erik, lembra-se de que horas eram quando cheguei em casa, ontem?"

Nigel respondeu: "O senhor atrasou um pouco. Quarenta e cinco minutos além do normal. Ficamos um pouco surpresos, pois não telefonou. Não se lembra? Disse que resolveu dar uma volta a pé, depois que saiu da sede. Não fez diferença, pois Erik nunca cozinha os legumes antes que o senhor tome o sherry".

Erik disse, em voz baixa: "O senhor chegou em casa pouco depois das sete e meia, sr. Langton".

Era preciso dizer mais alguma coisa. Quando o assassinato fosse noticiado, a pergunta seria lembrada, analisada, e seu significado, compreendido. Ele estendeu a mão para pegar a garrafa de clarete, mas se deu conta, a tempo, de que faltava firmeza à sua mão. Em vez disso, estendeu o guardanapo no colo e manteve os olhos no prato. Sua voz estava calma. Calma demais?

"Talvez isso seja importante. Infelizmente, aconteceu uma coisa horrível. Esta manhã uma de minhas colegas, Venetia Aldridge, foi encontrada morta na sede do colegiado. A polícia ainda não sabe como ou quando ela faleceu. Farão uma autópsia, pois há uma grande possibilidade — quase certeza, aliás — de que houve um assassinato. Caso a suspeita se confirme, todos nós precisaremos prestar contas de nossos movimentos. Eu só queria saber se minha lembrança estava correta."

Com esforço, ergueu a cabeça e olhou para eles. O rosto de Erik era uma máscara de impassibilidade. Nigel, todavia, reagiu.

"Srta. Aldridge? Refere-se àquela advogada que livrou os terroristas do IRA?"

232

"Ela defendeu três homens acusados de terrorismo, realmente."

"Assassinato. Mas isso é terrível! Deve ter sido macabro, para o senhor. Não encontrou o cadáver pessoalmente, espero."

"Não, não. Acabei de explicar. O corpo foi encontrado pela manhã, bem cedo, antes de minha chegada." E acrescentou: "Os portões de Temple são fechados apenas depois das oito da noite. Alguém conseguiu entrar, obviamente".

"Mas a porta da sede fica sempre fechada, não é, sr. Langton? Então, deve ter sido alguém que tinha a chave. Talvez a srta. Aldridge tenha convidado o assassino a entrar. Pode ter sido algum conhecido dela."

Aquilo era horrível. Ele disse, contrariado: "Especular não resolve nada, creio. Como já falei, a polícia ainda não confirmou como ela morreu, exatamente. Trata-se apenas de uma morte suspeita. Só sabemos isso. De qualquer modo, a polícia pode telefonar ou enviar alguém para verificar a hora em que cheguei em casa ontem à noite. Se fizerem isso, vocês devem dizer a verdade, obviamente".

Nigel arregalou os olhos, dizendo: "Mas, sr. Langton, não acho que seja uma boa ideia dizer sempre a verdade para a polícia".

"Contar mentiras é uma ideia muito pior."

Sua voz deve ter soado bem mais autoritária do que ele pretendia. Eles se foram sem dizer mais nada. Cinco minutos depois, os dois passaram rapidamente pela sala para dar boa-noite, e ele ouviu o barulho da porta da frente, quando foi fechada. Esperou alguns minutos para ter certeza, depois levou o prato ao banheiro e despejou o restante da refeição no vaso sanitário, dando a descarga. Tirou a mesa e deixou os pratos sujos na pia; Erik e Nigel lavariam a louça na manhã seguinte. Enxaguou-os apenas, para evitar cheiros na cozinha durante a noite. Como todas as noites, pensou que poderia muito bem lavar a louça, mas isso iria contra o esquema montado por Helen.

Sentou-se em silêncio na sala de estar imaculadamente arrumada, ao lado da lareira a gás com "chama natural", que parecia tão real, dando a impressão de que a pessoa havia realmente preparado tudo, despejado o carvão e acendido o fogo. Só então permitiu que a ansiedade e a revolta contra suas próprias atitudes tomassem conta de sua mente.

Começou a pensar na esposa. Tivera um longo casamento, e, se não encheu seu coração de júbilo, pouca infelicidade lhe trouxe. Eles simpatizavam um com o outro, sem que se compreendessem ou compartilhassem as preocupações mais íntimas. Os filhos e o jardim ocupavam a maior parte do tempo e da energia de Marigold, e ele pouco se interessava por qualquer um deles. Agora que ela havia morrido, lamentava sua perda e sentia sua ausência mais do que imaginara possível. Nenhuma esposa adorada poderia provocar uma sensação de perda tão desoladora, tanto arrependimento. A morte de uma esposa amada, pensou, seria paradoxalmente mais fácil de aceitar; teria sido um final, algo conquistado, definitivamente humano, consagrando a perfeição de um amor que não deixaria mágoas, nenhuma esperança perdida, nenhum assunto pendente. Agora, sua vida inteira parecia um assunto pendente. O terror, a abominação daquela peruca ensanguentada parecia um comentário grotesco, mas não inadequado, a uma carreira que se iniciara cheia de promessas e que, a exemplo de um regato nascido de uma fonte débil, afundara na inevitável tristeza das areias das ambições frustradas.

Ele via o resto da vida com uma claridade terrível, um longo futuro de humilhante dependência e inexorável senilidade. Sua mente, que considerava a melhor parte de si, a mais confiável, o traíra. Agora, em seu próprio colegiado, ocorrera um homicídio sanguinolento, obsceno, a sugerir loucura e vingança, como a demonstrar a fragilidade da elegante e complexa ponte de ordem e razão construída ao longo dos séculos pelo direito sobre o abismo do caos psicológico e social. Pior ainda, ele, Hubert Langton, teria de lidar com aquilo. Era o presidente do colegiado, cabia a ele cooperar com a polícia, proteger o colegiado dos escândalos e invasões de privacidade, acalmar os nervos dos mais assustados, encontrar as palavras apropriadas para dizer aos que sofriam ou fingiam sofrer. Horror, choque, desespero, susto, arrependimento: eram emoções esperadas após a morte de uma colega. Sofrimento, porém? Quem sentiria uma dor sincera pelo falecimento de Venetia Aldridge? O que ele sentia no momento, além de algo próximo do terror? Saíra da sede pouco depois das seis da tarde. Simon, que saía na mesma hora, o vira. Foi o que disse a Dalgliesh, quando a polícia interrogou cada membro do colegiado, separadamente. Ele deveria ter chegado em casa às seis e quarenta e cinco, no máximo. Onde estivera durante os quarenta e cinco minutos que faltavam? Seria sua perda total da memória apenas o sintoma mais recente de uma moléstia que o devorava? Ou ele havia visto algo — ou pior, feito algo — tão terrível que sua mente se recusava a aceitar a realidade?

21

A FAMÍLIA RAWLSTONE RESIDIA numa casa em estilo italianado, rebocada, nos limites leste de Pimlico. Com seu pórtico avantajado, pintura brilhante e aldrava de latão em forma de cabeça de leão, polida até ficar quase prateada, a casa transmitia uma impressão de riqueza discreta, a apenas um passo da ostentação.

A porta foi aberta por uma moça formalmente vestida, de saia preta na altura do tornozelo, blusa abotoada até o alto e cardigã. Kate pensou que ela poderia ser secretária, governanta, assessora parlamentar ou faz-tudo. Recebeu-os com eficiência rígida, sem sorrir, e disse, numa voz que sutilmente indicava desaprovação: "O sr. Rawlstone os aguarda. Poderiam me acompanhar, por favor?".

O hall era amplo, masculino, e os poucos móveis espalhados impressionavam. Uma série de gravuras de Londres antiga cobria as paredes do hall e da escadaria. No entanto, o escritório do primeiro andar, para onde foram conduzidos, parecia pertencer a outra casa. Convencional, decorado num tom predominante de verde-azulado. As cortinas formavam muitas dobras, emoldurando as duas janelas altas. Os sofás e as poltronas revestidos de linho, as mesinhas graciosas, o luxo dos tapetes sobre o assoalho de madeira clara, tudo transmitia uma impressão de riqueza luxuosa. Enfeitando a lareira havia um retrato eduardiano, no qual a mãe abraçava as duas filhas, numa pose sentimental reforçada pela habilidade do pintor. A outra parede exibia uma sequência de aquarelas, e a terceira, quadros variados e bem distribuídos, embora reveladores de um gosto pessoal pouco preocupado com o valor artístico. Havia cenas religiosas do período vitoriano emolduradas em seda, pequenos retratos em

236

molduras ovais, silhuetas e um texto iluminado que Kate desejou ler, resistindo porém à tentação. No entanto, a parede cheia de quadros díspares salvava o escritório de ser um modelo do bom gosto convencional, conferindo-lhe uma individualidade atraente e involuntária. Uma das mesas continha uma coleção de pequenos objetos de prata, e outra, várias figuras delicadas de porcelana. No canto havia um piano de cauda, coberto por uma manta de seda. As flores completavam a decoração: pequenos arranjos nas mesas menores e um vaso grande de vidro rústico com lírios. Seu perfume era pungente mas, naquele ambiente doméstico, nada fúnebre.

Kate disse: "Como ele banca tudo isto, com salário de deputado?".

Dalgliesh, parado na frente da janela, aparentemente pensativo, não dava a impressão de ter notado os detalhes do escritório. Disse, em voz baixa: "Não banca. A mulher dele tem dinheiro".

A porta se abriu e Mark Rawlstone entrou. Kate observou que ele era menor e menos atraente do que na televisão. Tinha feições bem marcadas, fortes, apropriadas para as câmeras. Além da vaidade egoísta que eleva o sujeito na hora da performance, produzindo uma aura de encantamento confiante que ao vivo perde substância e vitalidade. Ela sentiu que ele estava preocupado, mas não especialmente temeroso. Apertou a mão de Dalgliesh rapidamente, sem sorrir, dando a impressão — intencional, Kate intuiu — de que sua mente estava em outro lugar. Dalgliesh a apresentou, mas ele apenas a cumprimentou com um ligeiro movimento da cabeça.

Rawlstone disse: "Lamento a demora. Não esperava encontrá-los aqui. O escritório de minha esposa não é realmente o local apropriado para a conversa que precisamos ter".

Kate sentiu-se ofendida mais pelo tom do que pelas palavras.

Dalgliesh disse: "Não pretendemos contaminar nenhuma parte de sua casa. Prefere comparecer a meu escritório na Scotland Yard?".

Rawlstone tinha presença de espírito, e não iria se desculpar pela impertinência. Corou ligeiramente e abriu um sorriso amplo. Parecia ao mesmo tempo juvenil e vulnerável, o que explicava a atração que exercia sobre as mulheres. Kate deduziu que o usava com frequência.

Ele disse: "Acho melhor ficarmos na biblioteca".

A biblioteca situava-se no piso superior, nos fundos. Quando Rawlstone deu um passo para o lado, para que eles entrassem primeiro, Kate surpreendeu-se ao encontrar uma mulher que obviamente os aguardava. Estava parada na frente da única janela, mas virou-se quando entraram. Era magra, tinha traços finos e cabelo trançado num padrão intricado, pesado demais para seus traços delicados e seu pescoço comprido. Mas os olhos, que se fixaram em Kate inicialmente, numa expressão de curiosidade quase franca, eram firmes, nada arrogantes, quase amigáveis. Kate não se iludiu com a fragilidade aparente. Aquela era uma mulher forte.

Feitas as apresentações, Rawlstone disse: "Imagino qual seja o assunto da visita. Recebi um telefonema de um conhecido do colegiado pouco antes de sua ligação, no início da tarde. Ele me deu a notícia da morte de Venetia Aldridge. Como podem imaginar, a história se espalhou entre os Inns of Court rapidamente. É ao mesmo tempo chocante e inacreditável. A morte violenta sempre o é, quando atinge alguém que se conhece. Não sei como poderia ajudá-los, obviamente. Mas se puder, terei o maior prazer. E não consideraria nenhuma pergunta inconveniente, pela presença de minha esposa".

A sra. Rawlstone disse: "Por favor, sentem-se. Comandante, inspetora Miskin. Gostariam de tomar alguma coisa antes de começarmos? Um café, talvez?".

Dalgliesh agradeceu e recusou pelos dois, trocando um olhar com Kate. Havia quatro poltronas na sala: uma atrás da escrivaninha, uma pequena ao lado da mesinha e da luminária para leitura e duas cadeiras sólidas, de espaldar reto, sem almofadas, com encosto entalhado, que davam a impressão de um certo desconforto. Kate pensou: Eles as puseram aqui para esta entrevista. Desde o início planejaram que a conversa se realizasse aqui.

Lucy Rawlstone acomodou-se na poltrona baixa, mantendo o corpo à frente, porém, e as mãos cruzadas no colo. O marido ocupou a poltrona atrás da escrivaninha, fazendo com que Dalgliesh e Kate se sentassem à sua frente. Kate novamente pensou que estava tudo planejado. Eles até pareceriam dois candidatos a um emprego, se não fosse impossível ver Dalgliesh nessa posição. Olhando para ele de relance, Kate notou que ele percebera o estratagema e não se preocupara nem um pouco.

Dalgliesh perguntou: "Conhecia bem Venetia Aldridge?".

Rawlstone apanhou uma régua que estava em cima da mesa e começou a passar o dedo pelas marcas, mas sua voz era calma e ele mantinha os olhos fixos em Dalgliesh.

"De certa forma, eu a conhecia muito bem, ou conheci, por algum tempo. Há cerca de quatro anos iniciamos um caso. Isso ocorreu, claro, bem depois do divórcio dela. Acabou há cerca de um ano. Lamento, mas não posso precisar a data. Minha esposa sabe disso há uns dois anos. Jamais endossou o caso, e prometi a ela que terminaria tudo, no ano passado. Felizmente, meus desejos e os de Venetia coincidiram. Na verdade, a iniciativa de acabar partiu dela. Se ela não a tomasse, suponho que eu o faria. Nada disso tem a mais remota relação com sua morte, mas, como perguntou se eu a conhecia bem, resolvi dar uma resposta sincera e confidencial, em confiança."

Dalgliesh perguntou: "E não houve ressentimento, quando romperam?".

"Absolutamente nenhum. Ambos sabíamos, havia alguns meses, que tudo o que houvera entre nós, ou que pensáramos haver, estava morto. E nós dois tínhamos dignidade suficiente para não disputar a carcaça."

Eis aí, Kate pensou, uma das justificativas mais cuidadosamente elaboradas que já ouvi. E por que não? Ele já deveria saber o motivo de nossa conversa. Teve tempo suficiente para montar as alegações. Foi muito esperto, dispensando a presença de um advogado. Por que precisaria de um? Sua familiaridade com interrogatórios bastava para garantir que não cometeria nenhum deslize.

Rawlstone deixou a régua de lado. Disse: "Para mim, o motivo do caso tornou-se claro, aos poucos. Venetia contava — ainda conta — com um sujeito atraente, Drysdale Laud, para acompanhá-la nas saídas para ir ao teatro ou jantar, mas desejava também um homem na cama, ocasionalmente. Eu estava disponível e disposto. Não creio que isso tenha qualquer relação com amor".

Kate olhou de soslaio para o rosto de Lucy Rawlstone. Uma sombra quase imperceptível toldou a fisionomia delicada. Kate notou um rápido espasmo de repugnância, e pensou: Ele não percebe que ela considera tanta crueza humilhante e desairosa?

Dalgliesh disse: "Venetia Aldridge foi assassinada. Com quem ela ia ou não para a cama só me interessa se tiver relação com o crime". E voltou-se para a mulher do deputado: "Conheceu-a, sra. Rawlstone?".

"Não muito bem. Encontramo-nos algumas vezes, em geral nos eventos ligados ao direito. Duvido que tenha trocado mais do que meia dúzia de palavras com ela, em cada ocasião. Creio que era uma mulher formosa, mas infeliz. Sua linda voz impressionava as pessoas. Pensei até que fosse cantora." E, dirigindo-se ao marido: "Querido, ela cantava?".

Ele disse, lacônico: "Nunca soube. Não creio que tivesse jeito para a música".

Dalgliesh dirigiu-se novamente a Mark Rawlstone: "Esteve na casa dela tarde da noite, na terça-feira, véspera de sua morte. Obviamente, tudo o que aconteceu nos dias anteriores ao crime nos interessa. Por que foi visitá-la?".

Se a pergunta desconcertou Rawlstone, ele não o demonstrou. Bem, Kate pensou, ele sabia que Octavia o vira e escutara parte da discussão. Negar seria fútil, além de arriscado.

Ele disse: "Venetia telefonou, por volta das nove e meia. Disse que precisava falar comigo e que era urgente. Quando cheguei lá, vi que estava perturbada. Disse que pretendia tentar a magistratura, e queria saber se eu achava que ela daria uma

240

boa juíza. Também perguntou se ajudaria em seu projeto candidatar-se à sucessão de Hubert Langton na presidência do colegiado. A segunda pergunta era desnecessária, obviamente. Claro que ajudaria. Quanto a ser ou não uma boa juíza, respondi que confiava em sua capacidade. No entanto, era o que realmente queria? Ou melhor, poderia se dar a esse luxo?".

Dalgliesh disse: "Não considera estranho que ela tenha telefonado à noite, pedindo que fosse vê-la, para discutir algo que poderia ser conversado, com o senhor ou qualquer outro, num momento mais conveniente?".

"Foi esquisito, sem dúvida. Ao voltar para casa, pensando nisso, concluí que ela talvez pretendesse abordar um assunto completamente diferente, mas mudou de ideia quando eu já estava a caminho, ou depois que eu cheguei, decidindo que não valia a pena."

"E o senhor não tem ideia de que assunto poderia ser esse?"

"Nenhuma. Como disse, ela estava perturbada. Mas saí sem entender nada, do mesmo jeito que havia chegado."

"Discutiram?"

Rawlstone permaneceu em silêncio por um momento, depois disse: "Discordamos numa questão, mas não considero que tenha havido uma discussão. Deduzo que conversaram com Octavia. Nem preciso ressaltar que uma informação baseada em conversas entreouvidas atrás da porta não é confiável. Não tinha nada a ver com o nosso caso encerrado, pelo menos não diretamente".

"Sobre o que discordaram?"

"Política, apenas. Venetia não dava muita importância à política, mas nunca escondeu que não votava nos Trabalhistas. Como já disse, ela estava perturbada, talvez estivesse querendo me provocar. Só Deus sabe o motivo. Não nos víamos havia meses. Ela me acusou de negligenciar as relações pessoais, na ânsia de fazer carreira política. Ela disse que nosso relacionamento poderia ter dado certo, durado mais, que não teria sentido tanta vontade de acabar com tudo se eu não a deixasse sempre em segundo plano, privilegiando o partido. Não era verdade, é claro. Nada teria evitado a ruptura. Rebati suas alegações, lembrando que a crítica não procedia, ela própria negligenciara até a filha, para cuidar da carreira. Provavelmente, Octavia escutou essa parte da conversa. Eu a vi parada à porta. É uma pena, mas ela ouviu a pura verdade."

Dalgliesh indagou: "Pode me dizer onde estava entre sete e meia e dez horas da noite de ontem?".

"Garanto que não estava em Temple. Saí da sede do meu colegiado, em Lincoln's Inn, pouco antes das seis, a fim de me encontrar com um jornalista, Pete Maguire, no Wig and Penn, para tomar um drinque. Cheguei em casa pouco depois das sete e meia. Tinha uma reunião com quatro eleitores no saguão central do Parlamento às oito e quinze. Eles apreciam a caça, e queriam meu apoio para garantir um futuro ao esporte. Saí daqui às cinco para as oito e caminhei até o Parlamento, pela John Islip Street, atravessando a Smith Square." Ele enfiou a mão na gaveta e tirou uma folha de papel dobrada. "Anotei o nome de meus eleitores aqui, caso queiram verificar. Nesse caso, gostaria que agissem com tato. Não tive absolutamente nada a ver com a morte de Venetia Aldridge. Consideraria seriíssimo se corressem boatos de que tive."

Dalgliesh disse: "Se correrem boatos, eles não terão origem em nosso departamento".

A sra. Rawlstone disse, pausadamente: "Posso confirmar que meu marido chegou em casa pouco antes das sete e meia, saindo novamente antes das oito, para ir ao Parlamento. Ele voltou uma hora depois, para jantar. Ninguém mais esteve aqui, naquela noite. Houve alguns telefonemas, mas eram para mim".

"E não havia ninguém aqui com a senhora, das sete e meia até a volta de seu marido, por volta das nove horas?"

"Ninguém. Tenho uma cozinheira, que dorme em casa, e uma empregada. Quarta-feira é a noite de folga da cozinheira, e a empregada sai por volta das cinco e meia. Sempre preparo o jantar de meu marido às quartas-feiras, caso ele não tenha compromissos nem precise permanecer no Parlamento até tarde. Preferimos jantar em casa a sair, pois trata-se de uma rara oportunidade. Ele não saiu mais de casa depois que fui para a cama, às onze. Teria de passar pelo meu quarto para descer a escada, e eu tenho o sono muito leve. Acordaria, sem dúvida." Ela olhou para Dalgliesh com firmeza e disse: "Era isso o que queria saber?".

Dalgliesh agradeceu e dirigiu-se novamente a Mark Rawlstone: "Deve ter conhecido bem a srta. Aldridge, nos quatro anos de relacionamento. O assassinato dela o surpreendeu?".

"Muito. Senti as emoções normais — horror, choque, pesar pela morte de uma pessoa da qual estive próximo. Claro, fiquei muito surpreso. Sempre é uma surpresa quando algo bizarro e macabro acontece a um conhecido."

"Ela teria inimigos?"

"Nenhum inimigo, no sentido de alguém que a odiasse. Mas ela era difícil — bem, todos somos. Ambição e sucesso, numa mulher, por vezes atraem inveja e ressentimento. No entanto, não conheço ninguém que desejasse sua morte. Provavelmente não sou a pessoa mais indicada para responder, porém. Poderá obter informações mais precisas na sede do colegiado dela. Sei que parece estranho, mas pouco nos vimos nos últimos dois ou três anos. Quando nos encontrávamos, a conversa — se houvesse conversa — não era pessoal. Cada um tinha sua vida particular, e preferíamos manter as coisas separadas. Ela falava a respeito da amizade com Drysdale Laud, e eu sei que tinha problemas com a filha. De qualquer modo, quem não tem dificuldades com filhas adolescentes?"

Não havia mais nada a dizer. Eles se despediram de Lucy Rawlstone e do marido, que os acompanhou até a porta. Destrancando-a, ele disse: "Espero que seja possível manter esta nossa conversa em sigilo, comandante. Diz respeito apenas a minha esposa e a mim, e a mais ninguém".

Dalgliesh disse: "Caso seu relacionamento com a srta. Aldridge não tenha relação com esta investigação, nada disso precisa ser divulgado".

"Não tem relação alguma. O caso estava encerrado havia mais de um ano. Creio que deixei isso bem claro. Não gostaria de ver teleobjetivas apontando para as janelas de minha casa, nem que minha esposa fosse seguida sempre que saísse para fazer compras, sobretudo agora, quando parte da imprensa se mostra tão invasiva e maliciosa. Creio que podemos acreditar que os magnatas da imprensa levaram uma vida impecavelmente casta antes do casamento, e foram fiéis para sempre depois de casados, assim como devemos crer que se podem examinar nos mínimos detalhes as despesas de todo jornalista, descobrindo que vivem rigorosamente conforme suas posses. Sabe, deveria haver um limite para a hipocrisia."

Dalgliesh disse: "Eis algo que nunca vi. Obrigado pela colaboração".

Rawlstone, porém, não se afastou da porta. Ele perguntou: "Como foi que ela morreu, exatamente? É óbvio que ouvi boatos. Mas ninguém sabe, de verdade".

Não havia motivo para ocultar toda a verdade. As notícias correriam, em pouco tempo.

Dalgliesh disse: "Não podemos ter certeza absoluta, até a autópsia, mas aparentemente ela foi apunhalada no coração".

Rawlstone deu a impressão de que pretendia dizer algo, mas mudou de ideia e apenas esperou que eles se afastassem. Quando dobraram a esquina, Kate disse: "Nenhum dos dois demonstrou muito sentimento. Mas pelo menos eles não disseram que ela foi uma advogada brilhante. Estou ficando cansada desse epitáfio idiota. Acha que o álibi dele tem credibilidade, senhor?".

"Não vai ser fácil de invalidar. Todavia, se pretende insinuar que os dois conspiraram para assassinar Venetia Aldridge, vai precisar de muito esforço para me convencer, ou convencer o júri. Lucy Rawlstone é um paradigma da virtude; católica praticante, atuante em meia dúzia de entidades assistenciais dedicadas à infância principalmente, dedica um dia por semana a visitas ao hospício infantil. Discreta, porém eficiente, é considerada a perfeita esposa de deputado."

"E mãe perfeita, também?"

"Eles não têm filhos. Calculo que isso seja um fardo para ela."

"Incapaz de mentir?"

"Não. Alguém seria? Mas Lucy Rawlstone só mentiria por um motivo muito sério."

Kate disse: "Como evitar que o marido fosse para a cadeia? Aquela história de que ele foi chamado por Aldridge não me convenceu. Ela não telefonaria a troco de nada, no meio da noite, para pedir conselho sobre a conveniência de seguir a carreira de juíza. Ele foi inteligente quando o senhor apontou isso. Ele se mostrou engenhoso, ao explicar".

Dalgliesh disse: "E pode até ser verdade. Tenho a impressão de que ela queria discutir algo importante e urgente, mas mudou de ideia".

"Como o noivado de Octavia, suponho. Por que ele não sugeriu esse motivo? Ah, claro, ela não lhe contou nada, e ele provavelmente não sabe disso, ainda. Calculo que Venetia pretendia falar, mas concluiu que ele não ia ajudar em nada. Afinal de contas, o que poderia fazer? Ele, ou qualquer pessoa? Octavia é maior de idade. Pelo jeito, porém, a mãe estava desesperada. Tentou pedir ajuda a Drysdale Laud, e não conseguiu nada."

Dalgliesh disse: "Gostaria de saber quando o caso entre eles acabou, realmente. Há um ano, como ele alega, ou na terça-feira à noite? Talvez só duas pessoas saibam a resposta. Uma está morta, e a outra não vai contar nada".

22

DESMOND ULRICK NORMALMENTE TRABALHAVA até tarde na quinta-feira, e não via motivo para alterar sua rotina. A polícia trancara e lacrara a sala do homicídio, partindo em seguida. Dalgliesh levou consigo o molho de chaves. Ulrick trabalhou metodicamente até as sete, vestiu o sobretudo, guardou na valise os documentos de que precisava e saiu, ligando o alarme e trancando a porta atrás de si.

Ele morava sozinho, numa casinha charmosa na Markham Street, em Chelsea. A família se mudara para lá depois que o pai se aposentou de seu serviço na Malásia e no Japão. Ele morou lá com os pais até que estes morreram, já fazia cinco anos. Ao contrário da maioria dos expatriados, eles não trouxeram nenhuma lembrança ao retornar do exterior, exceto algumas aquarelas delicadas. Poucas restavam; Lois se apaixonara pela mais interessante; a sobrinha se destacava pela esplêndida capacidade de transferir para seus domínios todos os itens valiosos da Markham Street que atraíam sua cobiça.

Os pais haviam mobiliado a casa com itens herdados dos avós, adquirindo o que faltava em leilões de móveis usados em Londres, a preço baixo. Ele vivia cercado por peças de mogno pesadas, do século XIX, como poltronas volumosas e armários tão entalhados e imensos que por vezes lhe parecia que a pequena casa ia desabar com o peso. Tudo havia sido deixado do mesmo jeito que estava no dia em que a mãe foi levada de ambulância para fazer a derradeira operação. Não sentia disposição nem vontade de mudar um legado opressivo que não notava mais e raramente via, uma vez que passava a maior parte do tempo em seu escritório, no último andar. Lá se encontrava a escrivaninha que conservara dos tempos de Oxford, a poltrona de encosto e braços altos, uma das aquisições mais felizes dos pais, e a biblioteca meticulosamente catalogada. Seus livros ocupavam estantes que cobriam três paredes, do chão ao teto.

Nada ali era tocado pela sra. Jordan, que fazia a limpeza três vezes por semana. O resto da casa, porém, recebia uma atenção meticulosa. A mulher, grande e taciturna, possuía uma energia feroz. Lustrava a mobília até fazê-la brilhar como espelho, e o forte odor de lavanda do lustra-móveis o saudava sempre que abria a porta, impregnando a casa inteira. Ocasionalmente ele ponderava, um tanto curioso, que suas roupas talvez absorvessem aquele cheiro. A sra. Jordan não cozinhava; uma mulher capaz de enfrentar o mogno como se pretendesse subjugar fisicamente a madeira dificilmente seria uma boa cozinheira. Isso tampouco o incomodava. Não faltavam bons restaurantes no bairro, e ele jantava fora sozinho quase todas as noites, sendo recebido em seus dois locais favoritos com deferência e conduzido até a mesa discreta de sua preferência.

Quando Lois jantava em sua companhia — até o nascimento das gêmeas, semanalmente —, iam a um restaurante que ela escolhia, em geral situado a uma distância inconveniente, tomando o café que ela fazia em casa, na volta. Ao levar a bandeja para a sala, ela sempre dizia: "Sua cozinha é antediluviana. Vejo que a sra. Jordan a mantém limpa, mas tenha dó! Duncs, meu querido, você também precisa fazer algo a respeito desta sala, se livrar destas velharias da vovó. Ela ficaria realmente elegante com um papel de parede adequado, mobília e cortinas novas. Conheço o decorador perfeito para isso. Posso até esboçar um projeto e sair com você para escolher tudo, se preferir. Seria divertido".

"Não, Lois, obrigado. Nem noto esta sala."

"Ora, querido, deveria notar. Você vai adorar quando eu a redecorar. Juro que vai."

Quinta-feira era dia de faxina, e ele achou que o odor no hall estava ainda mais pungente. Havia um recado sobre a mesa. "A sra. Costello telefonou três vezes. Pede que ligue para ela, por favor." Simon deve ter ligado para casa, ou para o serviço dela, dando a notícia do assassinato, pensou ele. É claro que fez isso. Ele não suportaria esperar até chegar em casa. Provavelmente ela relutou em telefonar para a sede do colegiado, temendo que a polícia ainda estivesse por lá.

Virando a folha de papel, procurou o lápis no bolso e escreveu, em sua caligrafia meticulosa: "Obrigado, sra. Jordan. Minha operação, marcada inicialmente para sábado, foi adiada. Portanto, não será necessário vir nos outros dias para dar comida a Tibbles". Ele assinou a nota apenas com as iniciais e começou a subir lentamente a escada, a caminho do escritório, segurando no corrimão como se fosse um velho.

No alto dos degraus encontrou Tibbles em sua pose costumeira: as patas traseiras esticadas e as dianteiras cruzadas na frente dos olhos, como se quisesse protegê-los da luz. Ela era uma gata branca de pelo longo, herdada dos pais. Após fracassadas excursões pela vizinhança, por condescendência permanecera com ele. Abriu a boca miúda num miado sem som, mas não se moveu. A sra. Jordan a alimentara às cinco horas, como de costume, e não havia necessidade de uma demonstração suplementar de afeto. Ulrick pulou por cima dela e seguiu para o escritório.

O telefone tocou assim que pôs os pés na sala. Erguendo o fone, ouviu a voz da sobrinha.

"Duncs, tentei falar com você o dia inteiro. Não gosto de ligar para a sede do colegiado. Calculei que voltaria mais cedo para casa. Bem, não tenho muito tempo. Simon está com as gêmeas, mas deve descer a qualquer momento. Duncs, preciso vê-lo. Acho melhor eu ir até aí. Arranjarei uma desculpa para sair."

Ele disse: "Não faça isso. Tenho muito serviço. Preciso ficar sozinho".

O tom ansioso, beirando o pânico, era inconfundível. "Precisamos conversar, Duncs. Querido, estou com medo. Quero vê-lo agora."

"Não", repetiu. "Não precisamos conversar. Não temos nada a dizer um ao outro. Se precisa conversar, fale com seu marido. Fale com Simon."

"Mas, Duncs, foi assassinato! Eu não queria que ela morresse! Acho que a polícia virá aqui. Eles vão querer falar comigo."

Ulrick disse: "Fale com eles, então. Lois, sou capaz de fazer muitas bobagens, mas acha que eu chegaria ao ponto de planejar um assassinato, mesmo que fosse para agraciar você?".

Ele desligou o telefone, e depois de algum tempo puxou a tomada da parede. Disse, em voz alta: "Duncs". Sempre o chamara assim, desde a infância. Tio Desmond. Duncs. Duncs, com quem ela podia contar sempre, que lhe dava presentes, pagava jantares, passava cheques quando necessário, cheques que Simon desconhecia. Claro, havia outras manifestações menos tangíveis de sua estupidez. Ele depositou a valise pesada e gasta sobre a mesa, escolheu na estante um pequeno volume encadernado em couro, de Marco Aurélio, para ler na hora do jantar, e desceu ao banheiro, no andar de baixo, para lavar as mãos. Dois minutos depois, trancou a porta da frente e iniciou a caminhada de cinquenta metros até o restaurante das quintas-feiras, para seu jantar solitário.

23

PASSAVA UM POUCO DAS DEZ. Dalgliesh ainda estava sentado à mesa de seu escritório, no sétimo andar da New Scotland Yard. Fechando a pasta que consultava, reclinou o corpo na cadeira e cerrou os olhos por um momento. Piers e Kate chegariam em breve, para repassar os avanços do dia. Deixara-os para comparecer à autópsia, às oito horas, e Miles Kynaston prometera enviar o relatório por fax assim que estivesse pronto. Pela primeira vez, sentiu quanto estava cansado. O dia, como todos os dias carregados de múltiplas atividades, tanto físicas como mentais, parecia ter durado mais do que as quinze horas de trabalho. Concluiu, em oposição à crença popular, que o tempo passa mais depressa quando as horas são preenchidas por uma rotina previsível.

Aquele dia havia sido tudo, menos previsível. A reunião à tarde com o alto escalão da Yard e seus equivalentes do Home Office, para nova análise das implicações do Ato dos Serviços de Segurança, não fora acrimoniosa. Os dois lados desviaram, com destreza quase exagerada, do terreno mais perigoso. Todavia, teria sido mais fácil se as palavras cuidadosamente omitidas houvessem sido ditas. A cooperação já mostrara seu valor nos triunfos recentes sobre o IRA; ninguém mostrava a menor disposição para sabotar o que já fora conquistado a duras penas; contudo, como dois regimentos em processo de integração, cada lado trazia mais do que seu estandarte. Havia história, tradição, modos diferentes de trabalhar, percepção distinta do inimigo, até mesmo uma linguagem e um jargão profissional específico de cada um. Além das complicações de classe e do esnobismo, presentes em todos os níveis da sociedade inglesa, a convicção omitida de que os homens trabalhavam melhor ao lado de seus

250

pares. O comitê em que atuava, pensou, ultrapassara esse estágio interessante e batalhava lentamente através do pântano do tédio.

Gostara de concentrar outra vez a mente e a energia na tarefa mais direta de investigação de um homicídio, mas mesmo aí começava a perceber complicações inesperadas. Deveria ser um caso dos mais fáceis — um pequeno grupo de pessoas, um prédio com relativa segurança, uma investigação que não deveria ser particularmente difícil, uma vez que o conjunto de suspeitos era necessariamente limitado. No entanto, já no primeiro dia, desconfiava que poderia ter pela frente um daqueles casos que os detetives abominam: o inquérito no qual o assassino é conhecido, mas as provas são insuficientes aos olhos da promotoria, incapazes de justificar a formalização da acusação. A equipe policial lidava, afinal de contas, com advogados. Eles sabiam, mais do que ninguém, que um homem era condenado pela incapacidade de ficar de boca fechada.

A sala na qual aguardava os colegas era funcional, despojada. Um visitante atento a julgaria reveladora de seu caráter, quanto mais não fosse pela óbvia intenção do ocupante de que nada revelasse. Continha a mobília considerada minimamente necessária pela polícia, no caso de um comandante: escrivaninha grande, cadeira giratória, duas cadeiras confortáveis, mas de encosto reto, para visitantes, uma mesinha de reuniões para seis pessoas, uma estante de livros. As estantes, além dos livros de referência esperados, continham obras sobre a polícia e o direito criminal, manuais, tratados de história, uma miscelânea de publicações recentes do Home Office, Atos do Parlamento, documentos oficiais e relatórios internos. Uma biblioteca que anunciava sua função e definia seu alto posto. Nada havia em três paredes, e a quarta exibia uma série de gravuras sobre a polícia na Londres do século XVIII. Dalgliesh as descobrira por sorte num sebo perto de Charing Cross Road, quando era sargento. Adquirira as gravuras a duras penas, temendo não conseguir pagá-las. Hoje, valiam dez vezes mais. Ainda as apreciava, mas não tanto quanto na época da aquisição. Alguns colegas faziam de suas salas uma celebração ostensiva da camaradagem masculina, adornando as paredes com distintivos de polícias estrangeiras, flâmulas, fotografias de grupos, caricaturas e estantes com taças e troféus esportivos. Para Dalgliesh, o efeito global era falso, deprimente, como se um cenógrafo de cinema, com uma ideia estereotipada da polícia, tivesse exagerado no cenário. Para ele, o escritório não servia como substituto da vida particular, do lar, da identidade. Não era a primeira sala que ocupava na Yard, e provavelmente não seria a última. Não precisava atender a nenhuma necessidade; exceto a profissional. E seu trabalho, pela variedade, estímulo e fascínio, bastava. Havia um mundo lá fora; para Dalgliesh, sempre haveria.

Ele se aproximou da janela e olhou a paisagem londrina. Aquela era a sua cidade, apaixonara-se por ela desde que o pai o trouxera ali para passear um dia, como presente de aniversário. Londres o encantara, e embora seu caso de amor com a cidade, como todos os casos de amor, tivesse seus momentos de desilusão, desapontamento e ameaças de infidelidade, o encanto permanecera. Em meio a todas as adições trazidas pelo tempo e pela mudança, permanecia no âmago, sólido como barro londrino, o peso da história e da tradição que conferia autoridade até às ruas mais vulgares. O panorama à sua frente jamais deixava de encantá-lo. Sempre o via como uma obra de arte; às vezes era uma litogravura colorida, nas sombras delicadas das manhãs de primavera; às vezes era um desenho a nanquim, no qual cada torre, cada pináculo, cada árvore surgia claramente delineada, às vezes era uma tela a óleo, intensa e vigorosa. Naquela noite, mais parecia uma aquarela psicodélica, na qual manchas escarlates e cinza contrastavam com o negro-azulado do céu noturno. As ruas se enchiam de pontinhos verdes ou vermelhos, conforme os sinais de trânsito mudavam, e os prédios eram apliques de retângulos de tecido colorido contra o negrume da manta da noite.

Intrigava-o a demora de Kate e Piers. O dia ainda não estava encerrado para eles, que ainda eram jovens. Haviam sido arrastados pelos acontecimentos, impulsionados pela adrenalina, numa jornada de quinze horas durante a qual comiam de pé, se desse tempo. Era o que esperavam de uma investigação em curso. Além disso, Dalgliesh suspeitava que eles gostavam disso. Kate o preocupava, todavia. Desde que Daniel Aaron deixara a polícia e Piers assumira seu posto na equipe, ele notara uma transformação na moça. Uma ligeira diminuição na confiança, como se não tivesse mais certeza do que fazia ali ou do que deveria fazer. Ele tentava não exagerar a mudança; ocasionalmente, conseguia até acreditar que não existia, que ela continuava sendo a mesma Kate, confiante e cheia de ideias, capaz de combinar o entusiasmo esfuziante e quase inocente de uma iniciante com a experiência e a tolerância que anos de trabalho policial propiciavam. Acreditando que ela desejava variar um pouco suas atividades, ele sugerira, meses antes, que ela se candidatasse a uma vaga na universidade, em um dos programas de graduação disponíveis, e se diplomasse num curso superior. Mas Kate o encarou por um momento, sem dizer nada, e perguntou: "Acha que isso me tornaria uma policial mais eficiente?".

"Não era nisso que eu estava pensando. Achei que três anos na universidade seriam uma boa experiência."

"E isso me daria maiores chances de ser promovida?"

"Também não estava pensando nisso, inicialmente. De qualquer modo, um diploma sempre ajuda."

Ela disse: "Já policiei muitas manifestações estudantis. Se eu quisesse lidar com adolescentes histéricos, estaria no esquadrão de delinquência juvenil. Os estudantes gritam contra tudo com que não concordam. Se não há lugar para a liberdade de opinião na universidade, para que ela serve, afinal?".

Ela falou como costumava, sem revolta aparente. No entanto, havia algum ressentimento em seu tom de voz, e Dalgliesh notara uma raiva reprimida que o surpreendeu. Não considerara a sugestão apenas imprópria, ela se magoara. Não pôde deixar de pensar, naquele momento, se a reação teria realmente a ver com a liberdade de expressão e a truculência ocasional dos privilegiados, ou se estava baseada numa objeção mais sutil, menos articulada. A ligeira diminuição de seu entusiasmo poderia estar relacionada com a perda de Daniel, ele imaginou. Kate gostava dele; quanto, nunca soube nem perguntou, pois não era da sua conta. Talvez ela antipatizasse com o recém-chegado. Sendo honesta e sabendo que o ressentimento não valia a pena, a moça estava lidando com a questão da melhor maneira possível. Acompanharia a situação, mais pelo bem da equipe do que por ela. De qualquer modo, preocupava-se com ela. Queria que fosse uma pessoa feliz.

Assim que se virou, dando as costas para a janela, os dois entraram juntos. Piers usava uma capa de chuva, desabotoada na frente, esvoaçante. Levava uma garrafa de vinho no bolso interno; tirou-a e colocou em cima da mesa do chefe, num gesto algo pomposo.

"Parte do meu presente de aniversário de um tio sensível. Achei que a merecia, senhor."

Dalgliesh consultou o rótulo. "Não é um vinho para se tomar à toa, não concorda? Acho melhor guardá-lo para uma refeição que lhe seja digna. Para nós, agora, sugiro café. Judy deixou tudo à mão, na sala ao lado. Você não faria um pouco, Piers?"

Piers olhou para Kate envergonhado, guardou novamente a garrafa, sem dizer nada, e saiu.

Kate disse: "Lamentamos o atraso, senhor. O dr. Kynaston precisou de muito tempo, na autópsia. Mas o relatório vai chegar a qualquer momento".

"Alguma surpresa?"

"Nenhuma."

Eles não falaram mais nada até que Piers voltou com o bule de café, leite e três xícaras na bandeja, que depositou sobre a mesa de reunião. Naquele momento a máquina de fax começou a emitir o relatório, e eles a rodearam. Miles Kynaston cumprira a promessa.

O relatório começava com as observações preliminares de praxe: hora e local da autópsia, pessoal presente, incluindo os nomes dos membros da equipe de investigação, fotógrafo, policial encarregado da cena do crime, encarregado da polícia técnica, cientistas forenses e técnicos funerários. Conforme as instruções do patologista, a roupa externa e a peruca foram removidas, protegidas e entregues ao encarregado. O laboratório confirmaria mais tarde o que eles já sabiam: o sangue pertencia a Desmond Ulrick. Em seguida, vinha a parte do relatório pela qual esperavam.

O corpo era de uma fêmea caucasiana bem alimentada, de meia-idade. O *rigor mortis* já estava bem adiantado quando o cadáver foi examinado inicialmente, às dez da manhã, e presente em todos os músculos. As unhas eram de comprimento médio, estando limpas e intactas. O cabelo, na cabeça, era natural, curto e castanho-escuro. Havia um único ferimento de perfuração, pequeno, na parte frontal superior do tórax, 5 centímetros à esquerda da linha média. O ferimento se estendia horizontalmente, medindo 1,2 centímetro de comprimento. A autópsia revelou que ele penetrava diretamente na cavidade torácica, entre a sétima e a oitava costelas, atravessando o saco pericárdico e a parede anterior do ventrículo esquerdo, causando uma ruptura de aproximadamente 0,7 centímetro. O ferimento seguia ainda pelo septo cardíaco, numa profundidade de cerca de 1,5 centímetro. A ferida em si e o saco pericárdico sofreram uma hemorragia mínima. Em minha opinião, o ferimento foi causado pelo abridor de papéis metálico, registrado como Prova A.

Não havia outras marcas externas, exceto por uma pequena contusão de aproximadamente 2 centímetros quadrados na área posterior do crânio. A contusão pode ter sido provocada por um empurrão na vítima, que teria batido a cabeça numa porta ou parede com certa força, quando o punhal foi inserido.

Em seguida, o médico relacionava os órgãos de Venetia Aldridge, o sistema nervoso central, o respiratório, o cardiovascular, estômago, esôfago e intestinos. As palavras surgiam, uma após a outra, sempre acompanhadas do comentário de que os órgãos eram normais.

O relatório dos órgãos internos foi seguido pela lista de amostras entregues ao policial encarregado das provas, que incluíam lâminas e amostras de sangue. Em seguida, constava o peso dos órgãos. Contudo, pouca relevância teria para o inquérito saber que o cérebro de Venetia Aldridge pesava 1350 gramas, o coração, 270 gramas e o rim direito, 200 gramas. Porém, os dados impessoais se confundiram, na mente de Dalgliesh, com a imagem do assistente de Miles Kynaston, com as mãos enluvadas pingando sangue, carregando os órgãos até a balança como um açougueiro que pesa miúdos de boi.

A seguir, vinham as conclusões.

A falecida era uma mulher bem nutrida, sem sinais de doenças naturais que possam ter causado sua morte ou para esta contribuído. O ferimento no tórax é característico de um golpe desferido com uma arma de lâmina fina e longa, que causou o ferimento no coração. A ausência de sangramento ao longo do ferimento indica que a morte ocorreu rapidamente, logo após a ocorrência do ferimento. Não havia marcas ou sinais de defesa. Considero a causa da morte um ferimento no coração por punhal.

Dalgliesh perguntou: "O dr. Kynaston conseguiu uma confirmação mais rigorosa da hora da morte?".

Kate respondeu: "Sim, senhor. Está confirmada, entre sete e meia e oito e meia da noite, como hipótese de trabalho. Não creio que se possa ser mais exato do que isso no tribunal, mas em particular ele declarou que ela morreu às oito horas, ou pouco depois disso".

Calcular a hora da morte era sempre difícil, mas Kynaston jamais se enganava, pelo que Dalgliesh sabia. Fosse por instinto, experiência ou a soma dos dois, ele parecia capaz de farejar o momento da morte.

Eles se aproximaram da mesa de reuniões, e Piers serviu o

café. Dalgliesh não pretendia segurá-los por muito tempo. Não via razão para transformar uma investigação de homicídio num teste de resistência. No entanto, era indispensável repassar as diligências.

Ele perguntou: "Kate, o que conseguimos?".

Kate não desperdiçou tempo com rodeios e foi direto ao assassinato. "Venetia Aldridge foi vista com vida, pela última vez, pelo arquivista-chefe, Harry Naughton, pouco antes das seis e meia da tarde, quando ele levou para a sala da vítima o processo entregue por um mensageiro e um exemplar do *Evening Standard*. Ela estava viva às sete e quarenta e cinco, quando a empregada, sra. Buckley, telefonou e falou com ela, reclamando que Octavia Cummins exigira o preparo de um jantar vegetariano. Portanto, ela morreu pouco depois das sete e quarenta e cinco, provavelmente por volta das oito. Quando a sra. Buckley telefonou, Aldridge estava recebendo alguém. Obviamente, essa pessoa pode ser o assassino. Neste caso, foi alguém de dentro da sede do colegiado ou uma pessoa que a própria srta. Aldridge deixou entrar, sem que tivesse razão para temê-la. Ninguém na sede do colegiado admitiu ter estado com ela depois das sete e quarenta e cinco. Todos alegam que já haviam saído. Desmond Ulrick foi o último a ir embora, segundo ele pouco depois das sete e quinze."

Piers estendeu o mapa de Temple sobre a mesa, dizendo: "Se ela morreu por volta das oito, então o assassino estava em Temple antes disso. Todos os portões que não contam com vigias são fechados antes das oito. Portanto, ou Aldridge abriu o portão para que o assassino entrasse ou ele já estava dentro de Temple quando os portões foram fechados. A entrada pela Tudor Street tem cancela e vigia durante vinte e quatro horas. Ninguém passou por ela após as oito horas. A entrada por Strand, via portão Wren e Middle Temple Lane, está temporariamente fechada, para reforma. Isso ainda nos deixa cinco acessos possíveis, embora o mais provável seja o de Devereux Court, pois o portão dos juízes é o mais usado pelo pessoal da sede do colegiado dela. Contudo, verificamos o acesso, e ele está trancado às oito horas. O assassino só poderia passar se tivesse uma chave. Recuso-me a continuar dizendo 'o assassino'. Pode ser ele ou ela. Como vamos chamá-lo? Sugiro AAA — assassino da advogada Aldridge".

Dalgliesh disse: "Como imaginamos o assassino?".

Kate respondeu: "O assassino empurrou Aldridge contra a parede, causando uma contusão na cabeça dela, e depois enterrou um punhal em seu coração. Deu sorte, ou conhecia anatomia. Em seguida, arrastou o corpo pelo carpete — há marcas de saltos no chão — e a colocou na cadeira. O cardigã devia estar desabotoado, quando ela foi atacada. Ele o abotoou, ocultando a marca na blusa, quase como se desejasse torná-la apresentável. Acho isso muito estranho, senhor. Ele jamais poderia esperar que se considerasse natural uma morte assim. Ele embrulhou o punhal num caderno do *Evening Standard*, depois provavelmente o levou ao banheiro do meio-porão para lavá-lo, rasgando o papel e jogando os pedaços no sanitário. Antes de sair, deixou o punhal na gaveta de baixo do arquivo de Valerie Caldwell. Em algum momento, ele ou ela, ou mesmo outra pessoa, apanhou a peruca longa na sala do arquivista e a bolsa de sangue no refrigerador do sr. Ulrick, para enfeitar o cadáver. Se isso foi feito pelo assassino, então temos um número reduzido de suspeitos. O assassino sabia onde estava a faca, a peruca e o sangue, e o sangue foi guardado na geladeira na segunda-feira, pela manhã".

Piers disse, impaciente: "Ora, é óbvio que o assassino e a pessoa que fez essa brincadeira de mau gosto são a mesma pessoa, sem dúvida. Por que se dar ao trabalho de arrastar o corpo e colocá-lo na cadeira? Afinal de contas, o escritório estava vazio. Ela não seria encontrada antes da manhã do dia seguinte. Não havia motivo para se querer dar a impressão de que ela estava sentada na cadeira, e viva. Ele agiu assim especificamente para poder adorná-la com a peruca e o sangue. Estava deixando uma marca registrada. AAA matou Aldridge em consequência de sua atividade profissional. Não era inimigo da mulher, mas da advogada. Isso nos dá uma boa pista, quanto ao motivo".

Dalgliesh observou: "A não ser que seja exatamente nisso que alguém queira que acreditemos. Por que ela foi morta perto da porta?".

"Talvez estivesse guardando uma pasta no arquivo, à esquerda da porta, ou abrindo-a para que o visitante saísse. Ele, num ato impulsivo, apanha o punhal e a ataca, quando ela se vira. Nesse caso, não foi um membro do colegiado. Ela não se levantaria para abrir a porta se fosse um colega."

Kate não concordou. "Poderia fazer isso, conforme a circunstância. Se discutissem, ela talvez tivesse dito: 'Ponha-se daqui para fora', abrindo a porta em seguida. Claro, um gesto dramático como esse não combina com o que sabemos a respeito dela, mas é perfeitamente possível. Afinal de contas, ela andava meio estranha ultimamente."

"Portanto, quem são nossos principais suspeitos, presumindo-se que o assassino e o autor da piada sejam a mesma pessoa?"

Kate consultou seu bloco de anotações: "Há vinte membros no colegiado. O pessoal da polícia metropolitana checou a maioria dos álibis para nós. Todos os membros do colegiado têm a chave da sede, é óbvio, mas pelo jeito dezesseis deles estão fora. Temos os nomes e os endereços aqui. Três estão viajando a serviço, quatro trabalham fora de Londres, no anexo em Salisbury, os dois especialistas em direito internacional estão em Bruxelas, cinco trabalham em casa e prestaram contas de seus movimentos a partir das seis, um está doente, no Hospital St. Thomas, e outro, no Canadá, visitando a filha, que acabou de dar à luz o primeiro neto dele. Precisamos investigar três deles um pouco mais, para confirmar seus álibis. Um dos pupilos, Rupert Price-Maskell, acaba de ficar noivo, e celebrava isso num jantar que começou às sete e meia. No Connaught. Como dois dos convidados eram juízes da Suprema Corte, e outro, membro da Ordem dos Advogados, podemos dizer que Price--Maskell está limpo. Outro pupilo, Jonathan Skollard, está viajando a serviço com seu orientador. Não consegui encontrar o terceiro pupilo, Catherine Beddington. Está em casa, doente.

Pegou uma infecção, ou algo assim. Ah, os dois arquivistas assistentes estão limpos. Um dos funcionários do colegiado de lorde Collingford promoveu sua despedida de solteiro num pub de Earls Court Road. Eles já haviam chegado às sete e meia. A festa durou até as onze horas."

Dalgliesh disse: "Então, se pensarmos nas pessoas que possuíam a chave da sede, que se encontravam no local na quarta-feira e sabiam onde estavam guardados a peruca e o sangue, chegamos a uma lista composta pelo arquivista-chefe, Harold Naughton, a faxineira, Janet Carpenter, e quatro advogados togados: o presidente do colegiado, Hubert St. John Langton, Drysdale Laud, Simon Costello e Desmond Ulrick. A prioridade de vocês, para amanhã, é investigar com maior rigor os movimentos deles após as sete e meia da noite. Acho melhor verificar a que horas ocorre o intervalo no Savoy, quanto tempo dura, e se Drysdale Laud teria tempo suficiente para chegar à sede, matar Aldridge e retornar a seu lugar antes que a peça começasse novamente. Vejam se ele comprou um lugar no final da fila e, se for possível, quem se sentou ao lado dele. Ulrick disse que foi primeiro para casa, deixar a pasta, e depois saiu para jantar no Rules, chegando às oito e quinze. Chequem com o restaurante se ele realmente entrou com a pasta e se a deixou na mesa ou na chapelaria. E precisam interrogar Catherine Beddington, caso ela tenha condições de receber visitas".

Kate perguntou: "E quanto a Mark Rawlstone, senhor?".

"Até o momento não temos indícios que possam vinculá-lo ao crime. Podemos considerar que ele estava no Parlamento, às oito e quinze. Dificilmente conseguiria persuadir quatro eleitores a mentir a seu favor, e não nos teria fornecido os nomes, se não acreditasse que eles iriam confirmar sua história. De qualquer modo, troquem uma palavrinha com o policial que estava de serviço na entrada dos parlamentares. É provável que ele se lembre se Rawlstone chegou de táxi ou a pé, e de onde vinha. Eles não costumam deixar escapar nenhum detalhe. Há mais uma coisa que vocês podem fazer amanhã, se sobrar tempo. Dei mais uma olhada nos cadernos de anotações da srta. Aldridge, antes de sair da sede do colegiado. Seus comentários sobre o caso Ashe são elucidativos. É extraordinário ver quanto ela se esforçou para descobrir o que fosse possível a respeito de seu cliente. Obviamente, ela adotava uma visão excêntrica para uma advogada, achando que um caso é perdido devido a inadequações da defesa. De fato, trata-se de uma agradável mudança. Não me surpreende que o noivado entre Ashe e sua filha a tenha perturbado tanto; ela sabia coisas demais a respeito do rapaz, coisas capazes de tirar o sono de qualquer mãe. Além disso, estou examinando seu último caso. GBH. Brian Cartwright. Ao que tudo indica, a srta. Aldridge estava de mau humor quando voltou de Bailey para a sede, na segunda-feira. Considero improvável que Ashe e a filha dela tenham ido até Bailey para informá-la a respeito do noivado, de modo que pode ter havido algum outro problema. De qualquer forma, embora seja um tiro no escuro, valeria a pena procurar Cartwright e descobrir se aconteceu alguma coisa no final do caso. O endereço dele está no caderno azul. Precisamos saber mais a respeito de Janet Carpenter, também. A agência de domésticas talvez possa ajudar nisso. Íamos entrevistar a srta. Elkington, de qualquer jeito. Afinal de contas, ela e as faxineiras têm a chave da sede do colegiado. Tentem Harry Naughton novamente. Uma noite de sono pode ter desanuviado sua mente. Seria útil se ele pudesse indicar alguém — qualquer pessoa — que o tivesse visto no caminho de volta para casa."

Kate disse: "Andei pensando no punhal. Por que o assassino iria guardá-lo na gaveta do arquivo? Não foi para esconder, certo? Se não o tivéssemos encontrado tão depressa, Valerie Caldwell o veria".

Dalgliesh disse: "Ele o largou no local mais conveniente, quando saía. Podia escolher entre deixá-lo na sede ou levá-lo consigo. Se o deixasse, precisaria limpar as digitais. Se o levasse, provavelmente com a intenção de atirá-lo no Tâmisa, mesmo assim saberíamos que era a arma do crime. Não adiantava tentar escondê-lo bem. Isso exigiria tempo, e ele não tinha muito tempo. A sra. Carpenter ia chegar às oito e meia".

261

"Então acha que ele sabia que a sra. Carpenter estava para chegar?"

"Ah, claro", Dalgliesh disse. "Creio que o AAA de Piers sabia disso muito bem."

Piers não falava havia alguns minutos, e disse: "Harry Naughton é o principal suspeito, na minha opinião. Ele sabia a respeito do sangue, onde estava guardada a peruca, admite que ninguém viu quando ele deixou a sede, nem quando chegou à estação do metrô, em seu bairro. Além disso, precisamos considerar seu comportamento anormal, na manhã de hoje. Ele faz o percurso de Buckhurst Hill até a sede há quase quarenta anos, e sempre desceu a Chancery Lane direto para a sede. Por que, de repente, sentiu a necessidade de dar uma volta?".

"Ele disse que precisava pensar em questões pessoais."

"Ah, Kate, isso não convence. Ele teve o caminho inteiro, desde Buckhurst Hill, para pensar no que quisesse. Não é provável que ele simplesmente estivesse com dificuldade para entrar na sede? Sabia muito bem o que o aguardava. Seu comportamento na manhã de hoje foi totalmente irracional."

Kate disse: "As pessoas não agem sempre de modo racional. Por que ele? Está querendo dizer que não acredita na possibilidade de um advogado togado cometer assassinato?".

"Claro que não é nada disso, Kate. Está falando besteira."

Dalgliesh disse: "Creio que por hoje já é o bastante. Estarei fora de Londres amanhã de manhã. Vou até Dorset, para falar com o ex-marido de Venetia Aldridge e com sua nova esposa. Aldridge pediu ajuda a Drysdale Laud para livrar a filha do noivado, sem sucesso. Talvez ela tenha recorrido a Luke Cummins. De qualquer modo, ele precisa ser interrogado".

Piers disse: "É uma das regiões mais interessantes da Inglaterra. Creio que terá um dia agradável, senhor. Sei de uma capela muito interessante, próxima a Wareham, e torço para que tenha tempo de visitá-la. Além disso, claro, há a catedral de Salisbury". Ele sorriu para Kate, recuperando o bom humor.

Dalgliesh disse: "E você poderia visitar a catedral de Westminster, no caminho da agência da srta. Elkington. Bem que você está precisando rezar um pouco".

"E para que preciso rezar, senhor?"

"Para ter humildade, Piers, humildade. Bem, acho que já podemos encerrar, por hoje."

24

PASSAVA UM POUCO DA MEIA-NOITE, momento invariável do último ritual diário de Kate. Ela vestiu a camisola mais quente, serviu-se de uma dose modesta de uísque, destrancou e abriu a porta que dava no terraço com vista para o Tâmisa. Lá embaixo, o rio fluía sem tráfego, apenas uma vasta extensão de água negra pontilhada por reflexos luminosos. Seu apartamento tinha duas vistas: uma para a faixa imensa e brilhante de Canary Wharf, e para prédios de vidro e concreto da área das docas da cidade, e outra, que preferia, para o rio. Normalmente, saboreava aquele momento com o copo na mão, em pé, encostando a cabeça no revestimento de tijolo aparente para sentir o perfume do mar que vinha com a maré cheia. Fitava as estrelas nas noites claras, sentindo-se em harmonia com a cidade em permanente atividade e ao mesmo tempo distanciada como uma espectadora privilegiada, segura em seu pequeno mundo inviolável.

Naquela noite, porém, havia uma diferença. Não sentia contentamento algum. Sabia que algo estava errado, que precisava resolver o problema que ameaçava tanto sua vida particular como profissional. Não tinha a ver com o trabalho em si; este ainda mantinha o fascínio que a cativava, ainda estimulava sua lealdade e dedicação. Conhecera o pior e o melhor lado da polícia londrina sem perder o idealismo inicial, e continuava convencida de que valia a pena ser investigadora. Por que, então, tanta inquietude? O entusiasmo não arrefecera, ela ainda sonhava com uma promoção, quando o momento apropriado chegasse. Já percorrera um longo trajeto, conquistando muito: detetive de primeira, função de prestígio com um chefe a quem apreciava e admirava, apartamento, carro, o melhor salário de sua vida. Era como se ela tivesse chegado a um patamar intermediário, no qual podia relaxar e observar o caminho trilhado, alegrar-se por ter superado tantas dificuldades, ganhar forças para encarar os desafios à frente. Em vez disso, sentia uma ansiedade incômoda, uma sensação de que afastara da mente, nos anos mais duros, questões que agora precisava encarar e resolver.

Sentia falta de Daniel, claro, que não dera notícias desde que abandonara a polícia. Ela não tinha a menor ideia de onde ele estava nem do que fazia. Piers Tarrant o substituíra, sofrendo as consequências do ressentimento que ela sentia, um ressentimento que não se tornava mais fácil de lidar só porque ela o considerava injusto.

Kate havia perguntado: "Por que teologia? Você pretendia virar padre?".

"Minha nossa! Eu, padre? Claro que não!"

"Se não pretendia entrar para a Igreja, para que estudar teologia? Qual a utilidade?"

"Bem, não pensei na utilidade, quando escolhi. Na verdade, trata-se de uma ótima formação para um policial. A gente não se surpreende mais com o inacreditável. A teologia não difere muito do direito criminal. Ambos se baseiam num sistema de pensamento filosófico complexo, que não tem muito a ver com a realidade. De qualquer modo, escolhi teologia porque era um jeito mais fácil de conseguir a vaga em Oxford do que se eu tentasse história ou PPE, minhas outras duas opções."

Ela não perguntou o que "PPE" queria dizer, mas ressentiu-se de ele obviamente achar que ela deveria saber. Em seu questionamento, ela imaginava sentir ciúme de Piers, mas não um ciúme de origem sexual, o que seria indigno e ridículo, mas ciúme da camaradagem descontraída existente entre o colega e Dalgliesh, da qual ela, na condição de mulher, sentia-se sutilmente excluída. Os dois homens se comportavam de modo perfeitamente correto, tanto em relação a ela como entre si. Ela não conseguia identificar nenhum ponto definido que pudesse citar, e mesmo assim a sensação de pertencer a uma equipe se fora. Ela suspeitava que, para Piers, nada era exageradamente importante, nada deveria ser levado muito a sério, pois a vida era uma piada, talvez uma piada cujo sentido era compartilhado apenas por ele e seu deus. Desconfiava que seu colega considerava risíveis, um tanto ridículas até, todas as tradições, convenções e estruturas hierárquicas da polícia. Sentia, ademais, que Dalgliesh compreendia tal visão, com parte de sua mente, mesmo que não explicitasse isso. E ela não sabia levar a vida desse jeito, encarando a carreira despreocupadamente. Dera duro, sacrificara-se muito, usara o trabalho para superar a condição de filha ilegítima sem mãe, criada num conjunto habitacional do centro. Estaria isso no âmago de seu descontentamento atual — ela se sentiria em desvantagem, em termos educacionais e sociais, pela primeira vez? Jamais dera chance ao contágio insidioso e destrutivo da inveja e do ressentimento. Ainda vivia conforme uma citação de autor desconhecido, porém jamais esquecida:

De que importa o que houve antes ou depois?
Tendo a mim, farei o início e o fim.

Três dias antes, contudo, do começo da investigação do caso Aldridge, ela retornara ao conjunto habitacional. Fora até o edifício Ellison Fairweather, evitando o elevador para subir pela escada de concreto os sete andares, como fizera tantas vezes na infância, quando vândalos sabotavam o elevador. Naquela época, subia de má vontade, acompanhando a avó que só se queixava, escutando a respiração ofegante da velha carregada de compras. A porta do número 78 agora era azul-clara, e não mais verde, como em suas lembranças. Não bateu. Não tinha a menor vontade de entrar, mesmo que os atuais ocupantes se dispusessem a recebê-la. Pensou um pouco e resolveu tocar a campainha do apartamento 79. Os Cleghorn estariam em casa; depois do enfisema de George, eles raramente se arriscavam a sair, com medo de voltar e descobrir que o elevador não estava funcionando de novo.

Enid abriu a porta. O rosto largo não demonstrou alegria nem surpresa. Ela disse: "Adivinhe quem resolveu voltar, George.

É a Kate. Kate Miskin". Em seguida, sem hesitar, pois conhecia o dever da hospitalidade: "Vou pôr a água no fogo".

O apartamento era menor do que em suas lembranças, mas isso já era de se esperar. Acostumara-se à sala grande com vista para o Tâmisa. Havia mobília demais. Nunca vira uma televisão tão grande. A prateleira à esquerda da lareira estava lotada de vídeos. Eles também tinham um equipamento de som moderno. O sofá e as duas poltronas eram novos, obviamente. George e Enid viviam bem, com as duas aposentadorias e a colaboração da assistência social. A vida deles não era um inferno por falta de recursos.

Ao servir o chá, Enid disse: "Sabe quem controla este conjunto, não é?".

"Sim, os jovens."

"A molecada. Desgraçados. Se alguém reclama na polícia ou na prefeitura, ganha uma tijolada na janela. Quando dizemos para irem embora, ouvimos uma montanha de palavrões e ameaças, além dos panos queimados que eles colocam na caixa do correio, no dia seguinte. O que vocês estão fazendo a respeito, afinal?"

"Trata-se de uma situação difícil, Enid. Não se pode processar ninguém sem provas. É assim que a lei funciona."

"Lei? Não me fale em leis. De que adiantaram as leis, para nós? Gastaram mais de trinta milhões tentando pegar aquele sujeito, Kevin Maxwell, e os advogados se encheram de dinheiro. Aposto que custou uma fortuna o último caso de assassinato em que você se meteu."

Kate disse: "Ocorreria exatamente a mesma coisa se uma pessoa fosse assassinada aqui no prédio. Homicídios têm prioridade".

"Então, está esperando que alguém seja assassinado? Não precisará esperar muito, do jeito que as coisas andam."

"Vocês não têm um policial comunitário aqui no conjunto? Antes havia."

"Pobre coitado! Ele faz o que pode, mas a molecada ri na cara dele. O que faz falta mesmo por aqui é a presença de pais capazes de dar uns puxões de orelha e uma surra de cinta de vez em quando, para manter a molecada na linha. O problema é que não há pais. Eles pegam a moça, fazem o filho e dão o fora, os jovens de hoje são assim mesmo. E as moças não os querem por perto, e quem pode culpá-las? É melhor viver nas costas do governo do que ficar de olho roxo todo sábado, quando o time do sujeito resolve perder."

"Por que não pede transferência?"

"Não adianta. Já pedi, mas todas as famílias decentes deste conjunto fizeram a mesma coisa, e há muita gente decente por aqui."

"Eu sei. Morei aqui com minha avó, não foi? Éramos gente decente, também."

"Mas você conseguiu ir embora, né? E ficou bem longe daqui. Segunda-feira é dia de lixeiro, e eles descem as escadas virando todas as latas de lixo, despejando tudo nos degraus. Metade nem sabe o que é uma privada, ou não está nem aí. Já sentiu o cheiro no elevador?"

"Sempre fedeu."

"Sim, mas era xixi, e não outra coisa. Quando pegam os desgraçados e os levam para a delegacia, o que acontece? Nada. Voltam para casa dando risada. Com oito anos de idade eles já entraram para alguma gangue."

Claro, pensou Kate. Como sobreviveriam, de outro modo?

Enid disse: "Agora eles nos deixam em paz. Descobri um jeito. Disse para eles que era bruxa. Se mexerem comigo ou com George, morrem".

"Eles têm medo de você?" Kate achou difícil acreditar naquilo.

"Morrem de medo. Eles e as mães. Começou com Bobby O'Brian, um menino do prédio que sofria de leucemia. Quando eles o levaram de ambulância, percebi que não voltaria mais. Na minha idade, a gente já sabe reconhecer a morte no rosto das pessoas. Era o pior de todos, até ficar doente. Então eu fiz uma cruz com giz na porta dele, disse que tinha lançado uma praga e que o moleque ia morrer. Ele morreu antes do que eu imagina-va, em três dias. Desde então, não tive mais nenhum problema.

'Se mexerem comigo, faço uma cruz na porta de vocês', digo sempre. E fico de olho aberto. Sempre que percebo a possibilidade de ter problemas, pego o giz."

Kate permaneceu sentada em silêncio, por um momento, sentindo-se impotente, temendo que a revolta que sentia com a exploração do sofrimento e da morte de uma criança transparecesse em seu rosto. Talvez tenha demonstrado seus sentimentos. Enid a encarou com intensidade, mas não disse nada. O que havia a dizer? Como todos no conjunto habitacional, Enid e George faziam o que era preciso para sobreviver.

A visita não adiantou nada. Por que imaginara que ajudaria? Não se pode exorcizar o passado retornando a ele, nem fugindo. Não se pode decidir tirá-lo da mente e da memória, pois ele faz parte da memória e da mente. Não é possível rejeitá-lo, pois o passado torna cada um o que é. Ele deve ser lembrado, analisado, aceito e talvez mereça um agradecimento, por ter ensinado a ela como sobreviver.

Kate fechou a porta que dava para o terraço e para a noite. De súbito, veio-lhe à mente a imagem de Venetia Aldridge, com as mãos caídas em gracioso abandono sobre os braços da cadeira, o olho morto aberto, e pensou na bagagem que Venetia Aldridge levara de seu passado privilegiado até a vida de advogada bem-sucedida, até a morte solitária.

Livro III
A CARTA DA MORTA

25

O ESCRITÓRIO DA AGÊNCIA de empregadas domésticas da srta. Elkington, numa rua curta de sobrados idênticos datados do início do século XIX, era tão inusitado em localização e aspecto que Kate teria pensado que o endereço estava errado, não fosse a placa de latão polido com o nome da empresa, em cima das duas campainhas. Ela e Piers haviam caminhado cerca de quinhentos metros, da New Scotland Yard até lá, cortando caminho pela ruidosa confusão da feira livre de Strutton Ground. As araras lotadas de blusas e vestidos espalhafatosos de algodão estampado, as pilhas de frutas e legumes reluzentes, o cheiro de comida e café, a camaradagem rude dos feirantes em sua atividade diária animaram Piers mais ainda. Ele cantarolava uma melodia complexa, que soou familiar a Kate.

Ela disse: "O que é? Programa de sábado passado, em Covent Garden?".

"Não, programa de hoje cedo, na FM Classic." Ele continuou cantando, depois disse: "Estou ansioso por essa conversa. Deposito muita esperança na srta. Elkington. Fiquei surpreso ao saber que ela realmente existe, aliás. A gente sempre acha que a verdadeira srta. Elkington faleceu em 1890, e que a agência Elkington manteve o nome mas não passa de uma empresa de prestação de serviços como qualquer outra. Sabe como é, vidro na fachada, rua insalubre, recepcionista desanimada, permanentemente acuada pelas donas de casa insatisfeitas, com direito a uma governante sinistra em busca de um viúvo rico sem herdeiros".

"Você está desperdiçando sua imaginação na polícia. Deveria escrever um livro."

A campainha de cima anunciava "Residência", e a de baixo, "Escritório". Piers a apertou e a porta se abriu quase imediatamente. Uma jovem sorridente de cabelo eriçado, blusa listrada colorida e saia preta curta fez uma mesura de boas-vindas e quase se atirou nos braços de Piers ao pedir que entrassem.

"Não precisa mostrar a identidade. A polícia sempre faz isso, não é? Deve ser chato. Já sabemos quem vocês são. A srta. Elkington os espera. Deve ter ouvido a campainha, ela sempre ouve tudo. Vai descer quando puder. Sentem-se, por favor. Querem tomar café? Chá? Temos Darjeeling, Earl Grey e chá de ervas. Nada? Tudo bem. Então, com licença, preciso terminar estas cartas. Nem adianta pegar no meu pé, tá? Sou recepcionista temporária, faz só duas semanas. Aqui é meio gozado, mas a srta. Elkington é legal, quando a gente cobra pouco e é disposta. Ah, me desculpem. Meu nome é Eager. Alice Eager. Fiquem à vontade."

A srta. Eager, como que para justificar sua disposição, sentou-se e começou a datilografar com tanta energia que deu a impressão de ser eficiente pelo menos nessa parte de seu trabalho.

A agência, cujas paredes estavam pintadas de verde-claro, obviamente funcionava na sala de estar da casa. A cornija e o enfeite em torno do lustre pareciam originais. Havia estantes embutidas nos dois lados da lareira sofisticada, na qual a chama do gás lambia carvões falsos. O assoalho era de carvalho, com dois tapetes desbotados. Quase não havia móveis na sala. Dois arquivos de metal com quatro gavetas cada ocupavam a parede do lado direito da porta. Além da cadeira e da escrivaninha da srta. Elkington, da cadeira e da mesa pequena e funcional da recepcionista-datilógrafa, os únicos móveis eram duas poltronas de frente para um sofá encostado na parede. Kate e Piers sentaram-se no sofá. Os itens mais contraditórios eram os quadros: cartazes emoldurados aparentemente originais, da década de 1930, mostrando cenas marinhas; um pescador exuberante, com bota de borracha cruzando a praia em Skegness; excursionistas de shorts e mochila apontando os bordões para os penhascos na Cornualha; uma maria-fumaça atravessando uma paisagem idealizada de campos quadriculados cultivados. Kate não se lembrava de onde vira cartazes similares, mas eles eram familiares. Talvez, calculou, numa excursão escolar a alguma exposição sobre a vida e a arte da década de 1930. Observando-os, sentiu-se atraída por aquela era desconhecida, inacessível e curiosamente aconchegante e nostálgica.

Aguardavam havia exatamente cinco minutos quando a porta se abriu e a srta. Elkington entrou na sala de maneira ríspida. Eles se levantaram e esperaram que ela inspecionasse suas identidades e depois os encarasse com muita atenção, como se uma inspeção pessoal fosse o único modo confiável de garantir que não eram impostores. Em seguida, apontou para o sofá e acomodou-se em sua cadeira, atrás da mesa.

Sua aparência um tanto anacrônica combinava com a sala. Era alta e magra, quase esquelética, e se vestia como se quisesse acentuar deliberadamente sua altura. A saia de lã bege batia no tornozelo, formando conjunto com o cardigã que cobria a blusa de gola fechada. Os sapatos, com cadarço, brilhavam de tanta graxa. Eram longos, finos, ligeiramente pontudos. Contudo, o penteado se encarregava de reforçar a impressão de uma mulher vestida para personificar, e talvez celebrar, uma era menos agressiva. Acima do rosto, quase um oval perfeito, e dos olhos cinzentos afastados, o cabelo repartido no meio seguia rente ao crânio até formar um coque intricado em cima de cada orelha.

Alice Eager, preocupada em se distanciar da situação, mantinha-se ocupada datilografando febrilmente, com os olhos baixos. A srta. Elkington apanhou um envelope na gaveta direita e disse: "Srta. Eager, por gentileza, poderia buscar o papel de carta novo na John Lewis? Eles telefonaram ontem para avisar que o serviço já estava pronto. Você pode caminhar até a Victoria e pegar o metrô para Oxford Circus, mas será preciso voltar de táxi, pois a encomenda é pesada. Leve dez libras do caixa, e não se esqueça de pedir o recibo".

A srta. Eager partiu entre agradecimentos e mesuras esfuziantes. Sem dúvida, a perspectiva de uma hora longe do escritório compensava a perda de uma conversa potencialmente interessante.

A srta. Elkington foi direto ao assunto, com admirável disposição para a objetividade. "Vocês disseram por telefone que estavam interessados nas chaves da sede do colegiado e no contrato de limpeza. Uma vez que isso diz respeito a duas de minhas funcionárias, as sras. Carpenter e Watson, telefonei a elas nesta manhã, pedindo licença para transmitir aos senhores qualquer informação referente ao contrato de trabalho que mantenho com elas. Quanto às suas vidas particulares, sugiro que as interroguem pessoalmente."

Kate disse: "Já conversamos com a sra. Carpenter. Creio que a senhora tem um jogo de chaves de reserva, para a sede do colegiado".

"Sim, para a porta da frente da sede e também para a entrada de Devereux Court. Tenho as chaves dos dez escritórios que limpamos. É necessário, caso uma das faxineiras não possa vir inesperadamente e eu tenha de chamar uma substituta. Mantenho todas as chaves no cofre. Nenhuma delas tem etiqueta de identificação, como verão. E posso garantir que nenhuma delas saiu daqui no último mês."

Ela andou até a estante à direita da lareira e abaixou-se para pressionar um botão sob a prateleira. A fileira de livros, obviamente falsos, deslizou para o lado, exibindo um pequeno cofre, do tipo moderno. Kate pensou que os livros falsos dificilmente enganariam um ladrão, mesmo inexperiente, mas o tipo de cofre ela conhecia bem. Não poderia ser arrombado com facilidade. A srta. Elkington girou o segredo, abriu a porta e retirou do cofre uma caixa metálica.

Ela disse: "Há dez conjuntos de chaves aqui. Este pertence ao colegiado do sr. Langton. Ninguém, além de mim, tem acesso a essas chaves. Como podem ver, estão numeradas, mas não há outra forma de identificação. Guardo os códigos em minha bolsa".

Piers disse: "A maioria das faxineiras trabalha nos Inns of Court, portanto".

"A maioria. Meu pai era advogado, conheço relativamente bem esse mundo. Ofereço um serviço confiável, eficiente e dis-

275

creto. É extraordinário como as pessoas são descuidadas quando se trata de empregadas. Homens e mulheres que nem sonhariam em dar as chaves de seus escritórios ao melhor amigo são capazes de entregá-las sem piscar a uma faxineira desconhecida. Por isso garanto a honestidade e a integridade de meus empregados. Exijo ótimas referências, e faço questão de verificá-las pessoalmente."

Kate disse: "Como no caso da sra. Carpenter. Poderia nos contar como ela conseguiu o emprego aqui?".

A srta. Elkington foi até o arquivo mais próximo e apanhou uma pasta na gaveta de baixo. Retornando à mesa, abriu-a.

Ela disse: "A sra. Janet Carpenter me procurou há dois anos e meio, no dia 7 de fevereiro de 1994. Ela telefonou para meu escritório e pediu para marcar uma hora. Quando chegou, explicou que se mudara recentemente de Hereford para a região central de Londres. Era viúva e procurava serviços de faxineira por algumas horas semanais. Achava que gostaria dos Inns of Court, pois ela e o marido costumavam frequentar regularmente os serviços religiosos em Temple Church. Pelo jeito, ela ligou para o colegiado do sr. Langton e perguntou se havia alguma vaga. Alguém — a recepcionista, calculo — sugeriu que ela me procurasse. Não havia vaga para aquele colegiado, mas consegui um lugar no colegiado de sir Roderick Matthews. Ela ficou lá por seis meses, mas quando surgiu uma vaga no colegiado do sr. Langton, solicitou transferência".

Kate perguntou: "Ela deu algum motivo para tal preferência?".

"Nenhum, exceto que foi muito bem recebida lá, quando estava procurando serviço, e que gostava do local. Todos a respeitavam no colegiado de sir Roderick, e lamentaram seu afastamento. Ela está trabalhando com a sra. Watson, na sede atual, há mais de dois anos. As duas trabalham às segundas, quartas e sextas, das oito e meia às dez. Nas terças e quintas, a sra. Watson faz uma limpeza superficial, sozinha. Creio que a sra. Carpenter costuma ajudar no serviço doméstico de Pelham Place, quando a empregada da srta. Aldridge não está, ou precisa de colaboração. No entanto, trata-se de um arranjo particular, que não consta de meus registros."

Piers disse: "E as referências?".

A srta. Elkington virou a página. "Recebi três cartas. Uma do gerente do banco, outra do padre de sua paróquia e a terceira de um magistrado local. Eles não deram detalhes pessoais, mas todos testemunharam que se tratava de uma pessoa honesta, correta, confiável e discreta. Indaguei a respeito de sua qualificação profissional, e ela declarou que qualquer mulher capaz de cuidar de sua própria casa e sentir orgulho por conservá-la limpa e arrumada é perfeitamente capaz de limpar um escritório, o que é a pura verdade, claro. Sempre pergunto ao empregador se está satisfeito, no final do primeiro mês. Nos dois colegiados ela foi muito elogiada. Ela me disse que pretende parar de trabalhar por um ou dois meses, mas espero que volte depois. Sem dúvida o assassinato foi um choque, mas fiquei um pouco surpresa ao ver uma mulher com o caráter e a inteligência dela permitir que uma ocorrência dessas a perturbasse tanto."

Kate perguntou: "Não acha que foi meio estranho uma pessoa como ela procurar emprego de faxineira? Quando a entrevistamos, imaginei que era o tipo de mulher capaz de conseguir emprego num escritório".

"É mesmo? Eu achava que a senhora, sendo policial, pensaria duas vezes antes de fazer esse tipo de julgamento. Não há muitas vantagens em trabalhar num escritório, para uma senhora de certa idade. Ela seria forçada a competir com mulheres muito mais jovens, e muitas de nós não morrem de amores pelas novas tecnologias. A vantagem do serviço de faxina é que uma pessoa pode escolher o horário de trabalho, ser seletiva quanto ao tipo de firma e trabalhar sem supervisão. Uma escolha perfeitamente natural para a sra. Carpenter, portanto. Bem, se não têm mais questões específicas, gostaria de voltar às minhas atividades."

Foi uma declaração taxativa, desacompanhada de uma oferta de café ou chá.

Kate e Piers saíram e caminharam praticamente em silêncio até chegar a Horseferry Road, quando ele disse: "Você não acha que a agência é boa demais para ser verdade?".

"Como assim?"

"Não pode ser real. Aquela mulher, o escritório, a atitude arcaica porém educada. Parece coisa da década de 1930. Pura Agatha Christie!"

"Duvido que tenha lido Agatha Christie. E o que você sabe a respeito dos anos 30?"

"Não preciso ler Christie para conhecer seu mundo, e, se quer mesmo saber, os anos 30 me interessam muito. Os pintores da época estão subvalorizados, por exemplo. No entanto, ela não pertence aos anos 30, certo? As roupas estão mais para a década de 1910. De qualquer modo, o mundo em que ela vive, seja lá qual for, não é o nosso. No escritório não tem nem processador de texto. A srta. Eager usava um dos primeiros modelos de máquina elétrica. Além disso, vamos parar e pensar um pouco no esquema da agência. Duvido que consiga empatar, e, mais ainda, que possa ganhar dinheiro."

Kate disse: "Isso depende de quantas faxineiras trabalham para ela. O arquivo que ela abriu me pareceu bem recheado".

"Só porque as pastas são gordas. Pelo jeito, ela fica de olho em todos os detalhes. Puxa vida, tanta coisa para tocar uma agência de empregadas? Qual é a jogada?"

"Bem, para nós é bom que seja assim."

Ele permaneceu algum tempo em silêncio, obviamente fazendo contas. Depois, disse: "Suponha que ela tenha trinta faxineiras lá, trabalhando em média vinte horas por semana cada uma. Isso dá seiscentas horas. Elas ganham seis libras por hora, o que é bastante. Se a dona ficar com cinquenta pence por hora, isso dá um total de trezentas libras por semana. Com esse dinheiro ela tem de manter o escritório e pagar uma assistente. Não é viável".

"São apenas conjecturas, Piers. Você não sabe quantas faxineiras ela mantém sob contrato, nem o valor da comissão. Tudo bem, e se ela faturar trezentas libras, qual é o problema?"

"Estou achando que pode ser fachada para alguma outra coisa. Daria uma bela jogada, não acha? Um grupo de senhoras respeitáveis, todas cuidadosamente checadas, empregadas em escritórios estratégicos, tendo acesso a informações valiosas. Gosto disso... quero dizer, gosto da teoria."

Kate disse: "Se está pensando em chantagem, acho difícil. O que poderiam conseguir nos escritórios dos advogados?".

"Ah, sei lá. Depende do que a srta. Elkington procura. Certas pessoas pagariam uma fortuna por cópias de documentos legais. Do parecer de um jurista, por exemplo. Bem, esta é uma das possibilidades. Suponhamos que Venetia Aldridge tenha descoberto o golpe. Eis um belo motivo para homicídio."

Era impossível saber se ele falava a sério; provavelmente não. Quem olhasse para seu rosto animado, divertido, poderia acreditar que contemplava um esquema engenhoso, para seu prazer pessoal, imaginando como organizaria a quadrilha de modo a maximizar os ganhos e minimizar os riscos.

Ela disse: "Você está indo muito longe. Talvez seja melhor fazer mais algumas perguntas, de qualquer modo. Afinal, ela tem a chave da sede. Nem mesmo perguntamos qual era seu álibi. Não sei se AD vai achar que fizemos um bom serviço. Perguntamos a respeito de Janet Carpenter, mas nada sobre a própria srta. Elkington. Realmente, deveríamos ter perguntado onde ela estava na noite de quarta-feira".

"Acha melhor voltar lá?"

"Acho. Não adianta deixar um serviço pela metade. Quer falar, agora?"

"É a minha vez."

"Você não pretende perguntar a ela, sem rodeios, se a agência Elkington é apenas uma fachada para chantagem, extorsão e assassinato, espero."

"Se eu fizer isso, ela vai tirar de letra."

Na segunda visita, a própria srta. Elkington abriu a porta. Ela pareceu surpresa ao vê-los e os convidou para entrar no escritório sem falar nada, sentando-se à mesa em seguida. Piers e Kate permaneceram em pé.

Piers disse: "Lamentamos incomodá-la novamente, mas esquecemos uma coisa. O motivo para o esquecimento é que se trata apenas de uma formalidade. Deveríamos ter perguntado onde a senhorita estava na noite de quarta-feira".

"Está me pedindo para fornecer um álibi?"

"Se quiser colocar a questão dessa maneira..."

"Não imagino outro modo de colocá-la. Está sugerindo que peguei minha chave, fui até a sede do colegiado do sr. Langton na esperança remota de encontrar a srta. Aldridge em seu escritório sozinha, de modo a poder assassiná-la tranquilamente, antes da chegada da sra. Carpenter?"

"Não estamos sugerindo nada, srta. Elkington. Estamos apenas fazendo uma simples pergunta, a mesma que precisa ser feita a todos os que possuem uma cópia das chaves da sede."

A srta. Elkington disse: "Por acaso, tenho um álibi para a maior parte da noite de quarta-feira. Cabe aos senhores decidir se ele é satisfatório. Como a maioria dos álibis, este depende da confirmação de outra pessoa. Eu estava com um amigo, o maestro Carl Oliphant. Ele chegou às sete e meia para jantar comigo e saiu tarde da noite. Uma vez que não me disseram a hora aproximada da morte, não sei se isso ajuda. Posso entrar em contato com ele, claro, e se concordar darei o telefone dele". Ela olhou para Piers. "Vocês voltaram só por causa disso, um álibi?"

Se pretendia intimidar Piers, ela não conseguiu. Ele disse, sem o menor traço de constrangimento: "Foi esse motivo que nos trouxe aqui novamente, mas eu gostaria de saber mais uma coisinha. Trata-se apenas de uma curiosidade vulgar, se não se importa".

A srta. Elkington disse: "A vida deve ser dura para o senhor, inspetor, quando está ansioso para descobrir algo mas não tem um motivo real que justifique a pergunta. Suponho que, ao lidar com os medrosos, os despossuídos e os ignorantes, o senhor simplesmente faça a pergunta, e caso eles lhe digam para ir cuidar de sua própria vida, anote a recusa para usar contra eles no futuro. De qualquer modo, faça logo sua pergunta".

"Eu estava imaginando como consegue fazer com que sua empresa seja lucrativa, usando métodos tão excêntricos."

"Isso é relevante para seu inquérito, inspetor?"

"Pode ser, qualquer coisa pode ser relevante. No momento, não me parece muito."

"Bem, pelo menos me deu um motivo que considero convincente. 'Curiosidade vulgar' é bem mais honesto do que 'procedimento policial de rotina'. Recebi esta empresa como herança, há dez anos, de minha tia solteira de mesmo nome. A família a administra desde os anos 20. Eu a conservo em parte por tradição, e principalmente porque gosto. A agência me coloca em contato com pessoas interessantes, embora sem dúvida a inspetora Miskin ache isso surpreendente, pois a maioria dessas pessoas se sente contente em fazer faxina. Ganho o suficiente para reforçar minha renda pessoal independente e pagar uma secretária. Agora, se me dão licença, preciso trabalhar. Mandem lembranças ao comandante Dalgliesh. Ele deveria fazer esses interrogatórios de rotina pessoalmente, de vez em quando. Nesse caso, eu teria feito uma pergunta sobre um dos poemas de seu último livro. Espero que ele não caia na tentação da obscuridade, tão em voga ultimamente. E podem assegurar a ele que não matei Venetia Aldridge. Ela não constava da minha lista de pessoas que, pelo bem da humanidade, estariam melhor mortas."

Kate e Piers caminharam na direção de Horseferry Road em silêncio. Ela percebeu que o colega sorria.

Ele disse: "Que mulher extraordinária! Duvido que possamos encontrar alguma desculpa para procurá-la novamente. Essa é uma das frustrações desse serviço. A gente conhece pessoas, conversa com elas, fica curioso, elimina-as do inquérito e nunca mais as vê".

"Em sua maioria, elas dão graças aos céus por não nos ver novamente. E isso inclui a srta. Elkington."

"Sim, vocês não simpatizaram muito uma com a outra, não foi? Mas ela não a interessou — como mulher, não como uma possível suspeita ou detentora de informações importantes?"

"Ela me intrigou. Tudo bem, estava fazendo seu jogo, mas isso, quem não faz? Seria interessante descobrir exatamente qual é esse jogo, mas não creio que seja importante. Se ela prefere viver nos anos 30 — caso seja essa a história —, problema dela. Estou mais interessada no que nos revelou a respeito de Janet Carpenter, que parecia muito decidida a trabalhar na sede daquele colegiado específico. Estava indo muito bem com sir Roderick Matthews. Por que mudar? Por que Pawlet Court?"

"Não considero isso suspeito. Ela procurou o local, gostou do responsável, gostou do prédio, pensou que seria agradável trabalhar naquele colegiado. Quando surgiu uma oportunidade, pediu transferência. Afinal de contas, se tivesse escolhido a sede do colegiado de Langton em busca de uma oportunidade para matar Venetia Aldridge, por que esperaria mais de dois anos? Você não vai querer me convencer de que a quarta-feira à noite foi a única vez em que a sra. Watson faltou ao serviço."

Kate disse: "E depois ela adorou a ideia de trabalhar na casa de Aldridge, sempre que a sra. Buckley precisava de uma ajuda. Tenho a impressão de que Janet Carpenter fez o possível para se aproximar de Aldridge. Por quê? A resposta pode estar em seu passado".

"Em Hereford?"

"Talvez. Creio que alguém deveria investigar isso. É uma vila pequena. Se houver algo a descobrir, não exigirá muito tempo."

Piers disse: "Cidade, não vila. Tem até catedral. Eu não me importaria de passar um dia no interior, mas suponho que seja melhor destacar um sargento e uma policial da central. Quer esperar até que AD telefone?".

"Não, vamos logo atrás disso. Sinto que pode ser importante. Tome as providências, enquanto eu vou com Robbins checar essa conveniente doença de Catherine Beddington."

26

CATHERINE BEDDINGTON RESIDIA numa rua estreita de casas com sacada idênticas, espremida atrás de Shepherd's Bush Green. Originalmente, a rua provavelmente abrigava a respeitável classe operária vitoriana, mas os jovens profissionais liberais a tomaram, atraídos pela proximidade da Central Line do metrô, bem como dos estúdios e da sede da BBC, no caso de quem trabalhava nos meios de comunicação. As portas e janelas bem pintadas reluziam, jardineiras na janela davam um ar gracioso ao local e os carros ocupavam todas as vagas. Kate e Robbins foram obrigados a circular por dez minutos, até conseguirem estacionar.

A porta do número 19 foi aberta por uma moça gorda, que usava calça comprida e camiseta azul folgada. O cabelo eriçado castanho-escuro, repartido no meio, enfeitava o rosto bonachão como se fossem duas moitas gêmeas. Olhos muito vivos atrás de óculos do tipo tartaruga avaliaram os visitantes discreta e rapidamente. Antes que Kate terminasse as apresentações, ela disse: "Tudo bem, não precisa mostrar a identificação, ou seja lá o que for. Reconheço policiais logo de cara".

Kate disse, com calma: "Especialmente quando telefonam antes, marcando hora. A srta. Beddington melhorou, e já pode nos receber?".

"Ela alega que sim. Sou Trudy Manning, por falar nisso. Estou no meio do meu período de treinamento. E sou amiga de Cathy. Acho que não haverá problema, se eu assistir à conversa, não é?"

Kate disse: "Nenhum, se for esse o desejo da srta. Beddington".

"É o que eu desejo. De qualquer modo, vão precisar de mim. Sou o álibi dela, e ela é o meu. Deduzo que tenham vindo ver se temos um álibi. Todo mundo sabe o que a polícia pretende, quando marca uma conversa para pedir ajuda no esclarecimento do crime. Ela está ali."

A casa era aconchegante, mais do que as palavras de Trudy, que os levou a uma sala à esquerda do hall, dando um passo para o lado para permitir que eles entrassem. Ela se estendia por todo o comprimento da casa, e era bem iluminada. Uma estufa com prateleiras brancas ocupava a parte do fundo, e Kate notou que havia um pequeno jardim atrás dos vasos de gerânios, heras e lírios. Um aquecedor a gás com imitações de carvão, dentro da pequena lareira antiga, esquentava o ambiente, um tanto eclipsado pela intensidade do sol. O local transmitia de imediato uma sensação de conforto, quentura e segurança.

Perfeitamente apropriado para a jovem que se levantou de uma poltrona baixa, próxima ao aquecedor, para recebê-los. Era uma loira de verdade. O cabelo, preso atrás com um lenço de chiffon rosado, era da cor do linho. Os olhos azuis beiravam o violeta, emoldurados por sobrancelhas arqueadas e um rosto pequeno e bem-proporcionado. Para Kate, sensível à beleza em qualquer sexo, faltava algo naquela moça, um toque individual de excentricidade talvez, ou um pouco mais de sensualidade. O rosto era perfeito demais. Era o tipo de beleza feminina que rapidamente se transformava em simpatia e, na velhice, numa aparência insossa convencional. Naquele momento, porém, nem mesmo a ansiedade e a doença recente conseguiam destruir sua serena formosura.

Kate disse: "Lamento incomodá-la, sabendo que não está passando bem. Tem certeza de que pode conversar conosco agora? Se quiser, voltaremos em outra hora".

"Não, por favor. Prefiro que fiquem. Estou bem. Foi só um mal-estar do fígado, por causa de alguma comida. Ou um desses vírus que só duram vinte e quatro horas. Quero saber o que aconteceu. Ela foi apunhalada, não foi? O sr. Langton telefonou para mim na quinta-feira à tarde, dando a notícia. Claro, li o que saiu no jornal de hoje, mas não disseram muita coisa. Ah, me desculpem. Por favor, sentem-se. O sofá é confortável."

Kate observou: "Não há muito o que dizer, no momento. A srta. Aldridge foi apunhalada no coração, depois das sete e quarenta e cinco da noite de quarta-feira, provavelmente com seu próprio abridor de cartas. Lembra-se de tê-lo visto?".

"O punhal? Mais parecia um punhal do que um abridor de cartas. Ela o guardava na gaveta de cima, à direita, e costumava usá-lo para abrir a correspondência. Era tão afiado..." Ela fez uma pausa e suspirou. "Homicídio. Suponho que não haja dúvida. Quero dizer, não poderia ter sido acidente? Ela mesma não poderia ter feito isso de propósito?"

O silêncio da dupla bastou como resposta. Ela prosseguiu, após a pausa, e sua voz mal passava de um sussurro. "Coitado do Harry! Deve ter sido um choque terrível, encontrá-la morta! O sr. Langton me disse que Harry a encontrou. Para ele, foi pior ainda — para o sr. Langton, digo. E logo perto de sua aposentadoria. O avô dele foi presidente do colegiado. O número 8 de Pawlet Court era sua vida." Os olhos cor de violeta brilharam de lágrimas. Ela disse: "Isso vai acabar com ele".

Por algum motivo que só ele conhecia, ou para desanuviar o ambiente, Robbins disse: "Adorei esta sala, srta. Beddington. Mal dá para acreditar que estamos a poucos quilômetros de Marble Arch. A casa é própria?".

Kate sentira vontade de fazer a pergunta, mas tinha consciência de que lhe faltava um motivo: questões referentes à moradia da srta. Beddington não eram da conta da polícia. No entanto, a curiosidade de Robbins não agredia ninguém. Ela pensava, às vezes, que ele havia sido recrutado com o único objetivo de provar aos cínicos e tímidos que a polícia metropolitana só aceitava os filhos tidos como queridinhos das mamães. Ele frequentava a igreja metodista regularmente, não bebia nem fumava, dedicava boa parte do tempo livre a servir como pregador leigo. Era também o investigador mais cético com quem Kate já trabalhara; seu presumido otimismo em relação à redenção humana combinava-se com uma evidente capacidade de esperar o pior e aceitar tudo com uma calma distanciada que se recusava a emitir julgamentos. Poucas perguntas feitas por Robbins eram ressentidas; poucas respostas mentirosas conseguiam convencê-lo.

Trudy Manning, que se sentara na frente da amiga, obviamente na função de cão de guarda, deu a impressão de que pretendia protestar, mas pensou melhor, sentindo talvez que seria melhor guardar suas reclamações para as perguntas mais contundentes que acabariam por surgir.

A srta. Beddington disse: "Na verdade, pertence ao meu pai. Ele a comprou para mim, quando entrei na faculdade. Moro com Trudy e mais duas amigas. Cada uma tem um quarto; dividimos a cozinha e a sala de jantar. Mamãe e eu a escolhemos porque fica perto da Central Line. Costumo descer em Chancery Lane e andar até o colegiado".

Trudy disse: "Não precisa contar a história da sua vida, Cathy. Você não diz a seus clientes que o melhor é dizer o mínimo possível à polícia?".

"Ora, Trudy, não precisa bancar a chata. Que mal pode haver em dizer a eles de quem é a casa?"

Então, eu tinha razão, Kate pensou. Tratava-se de um esquema comum, quando o estudante tinha dinheiro ou pai rico. O imóvel se valorizava, papai lucrava na hora da venda, a estudante evitava as pressões financeiras e sexuais dos senhorios. Dividir a casa cobria os custos de aquecimento e manutenção, garantindo que a filhinha do papai convivesse com gente do mesmo nível. Era um bom arranjo, para quem tinha sorte, e Catherine Beddington tinha sorte. Mas Kate soubera de tudo isso ao entrar na casa. A mobília, formada por peças que podiam ser dispensadas da casa dos pais, combinava em estilo e tamanho com os aposentos, e havia sido cuidadosamente escolhida. O sofá, obviamente novo, não custara pouco. Vários tapetes cobriam o assoalho de carvalho encerado, as fotografias da família, na mesinha lateral, exibiam molduras de prata, o divã encostado na parede, revestido de linho, estava coberto de almofadas fofas.

Kate percebeu que uma das fotos mostrava um rapaz de batina, ao lado de Catherine Beddington. Irmão ou noivo? Ela notou também que Catherine usava aliança de noivado, ao estilo antigo, com granadas cercadas por minúsculos brilhantes.

Contudo, estava na hora de mudar de assunto. Kate disse: "Poderia nos dizer onde estava e o que fazia, a partir das sete e meia da noite de quarta-feira? Precisamos fazer essa pergunta a todos os que têm a chave da sede do colegiado".

"Estava no tribunal de Snaresbrook com a srta. Aldridge e o assistente dela. Saímos mais cedo do que o esperado, pois o juiz resolveu proferir a sentença apenas na manhã seguinte. A srta. Aldridge voltou dirigindo para Londres. Peguei a Central Line na estação de Snaresbrook e desci em Chancery Lane. Papai não gosta que eu guie em Londres, por isso não tenho carro."

"Por que não pegou carona com a srta. Aldridge? Não seria o normal?"

Catherine corou. Ela olhou para Trudy Manning e disse: "Suponho que sim. Na verdade, ela mesma achou que eu faria isso, mas pensei que era melhor deixá-la à vontade. Eu disse que precisava encontrar uma amiga na estação da Liverpool Street e que seria melhor pegar o metrô".

"Precisava mesmo?"

"Não. Achei melhor dizer isso, porque julguei que me sentiria melhor sozinha."

"Aconteceu algo durante a audiência que perturbasse você ou a srta. Aldridge?"

"Acho que não. Pelo menos, nada pior do que o de costume." Ela enrubesceu novamente.

Trudy interferiu: "Acho melhor vocês saberem logo a verdade. Venetia Aldridge era a orientadora de Cathy. Ela é — digo, era — uma advogada brilhante, todos afirmam isso. Não cheguei a conhecê-la, portanto nada posso afirmar. Conheço sua reputação, porém. Isso não significa que ela fosse boa com as pessoas. Ela assustava os jovens: não tinha a menor paciência, esperava um padrão de eficiência inacreditável e punia quem não a agradava com sua língua ferina".

Catherine Beddington voltou-se para ela e disse: "Isso não

é justo, Trudy. Ela era uma orientadora maravilhosa, só não deu certo comigo. Eu morria de medo dela, e quanto mais apavorada eu ficava, mais erros cometia. Era por minha culpa, no fundo, e não dela. Na condição de minha orientadora, creio que ela se sentia obrigada a mostrar interesse por mim, embora eu seja pupila do sr. Costello. Um QC não tem pupilos. Todos dizem que era uma honra tê-la como orientadora. Teria dado certo com alguém mais esperto ou capaz de enfrentá-la".

Trudy disse: "Homem, de preferência. Ela não gostava de mulheres. E você é muito esperta. Você era a primeira da classe, certo? Por que diabos as mulheres sempre se colocam em posição inferior?".

Catherine respondeu à amiga: "Trudy, isso não é verdade — essa história de que ela não gostava de mulheres. Não ia muito com a minha cara, mas isso não quer dizer que era contra as mulheres. Sua atitude em relação aos homens era igualmente dura".

"Mas não dava muita força para as pessoas do mesmo sexo que ela, certo?"

"Ela achava que deveríamos competir em pé de igualdade."

"Ah, é mesmo? E desde quando as mulheres conhecem a igualdade? Não adianta, Cathy. Já discutimos isso antes. Ela teria feito de tudo para impedir que você entrasse para o colegiado."

"Mas, Trudy, ela tinha razão. Não sou tão inteligente quanto os outros dois candidatos."

"Você é, só não tem a mesma confiança."

"Bem, isso conta, não é? De que adianta um advogado sem confiança em si?"

Kate dirigiu-se a Trudy Manning: "Você é uma das dirigentes do *Redress*, não é?".

Se ela esperava que a moça ficasse desconcertada com a pergunta, decepcionou-se. Ela riu alto.

"Ah, claro. Calculo que tenham encontrado um exemplar na mesa de Venetia Aldridge. Sim, sou eu mesma. Faço o jornal com três amigas, e uma delas deixou que usássemos sua casa como endereço da redação. Tem sido um sucesso, muito maior do que esperávamos. Bem, este país é praticamente dirigido por grupos de pressão barulhentos, não acha? E nesse grupo eu acredito. Não que as mulheres sejam uma minoria. Aliás, isso torna a situação ainda mais irritante. Estamos tentando encorajar as empresas a dar as mesmas oportunidades às mulheres, e sugerindo a mulheres bem-sucedidas que assumam a responsabilidade de apoiar seu próprio sexo. Afinal, é o que os homens fazem. Escrevemos para as firmas, de vez em quando. Em vez de responder que possuem um plano de carreira perfeitamente justo e que deveríamos cuidar de nossas próprias vidas, eles enviam longos relatórios explicando exatamente o que fazem em prol da causa das oportunidades iguais. De qualquer modo, jamais esquecem que escrevemos. Quando surge uma vaga e alguém precisa ser promovido, eles acabam pensando duas vezes antes de deixar para trás uma mulher perfeitamente capacitada e escolher mais um homem."

Kate disse: "Você mencionou o nome de Venetia Aldridge no seu boletim. Como ela reagiu?".

Trudy riu novamente. "Ela não gostou nem um pouquinho. Andou conversando com Catherine — sabia que éramos amigas — e ameaçou nos processar. Não demos importância. Ela era inteligente demais para tomar tal rumo. Isso deporia contra ela, para começar. Contudo, citar o nome dela no boletim foi um erro. Já deixamos de fazer isso. Além de perigoso, é contraproducente. Dá mais resultado enviar cartas às pessoas."

Kate disse para Catherine: "Vamos voltar à noite de quarta-feira. Você pegou o metrô na estação de Snaresbrook?".

"Isso mesmo. É uma estação conveniente, para quem deseja ir a Crown Court. Retornei à sede do colegiado às quatro e meia. Fiquei trabalhando na biblioteca até as seis, quando Trudy passou para me pegar. Ela levou meu oboé, e fomos juntas para o ensaio na igreja, em Temple. Faço parte dos Temple Players. A orquestra reúne principalmente o pessoal de Temple. Marcaram o ensaio para o horário das seis às oito, mas acabamos um pouco antes. Calculo que tenhamos saído de Temple às oito e cinco, mais ou menos."

Kate perguntou: "Que portão usou para sair?".

"O de costume. Usamos a saída dos juízes, em Devereux Court."

"E as duas ficaram na capela durante o ensaio inteiro?"

Trudy disse: "Sim, ficamos. Não faço parte da orquestra, é claro. Fui porque é sempre um prazer ver o ensaio de Malcolm Beeston. Ele se considera um Thomas Beecham, com um toque da exuberância de Malcolm Sargent. E eles iam tocar o tipo de música que aprecio".

Catherine Beddington disse: "Somos amadores, mas não somos ruins. O programa privilegiou a música inglesa. *On hearing the first cuckoo in spring*, de Delius; *Serenade for strings*, de Elgar; e *Folksong suite*, de Vaughan Williams".

Trudy disse: "Sentei-me no fundo, para não atrapalhar. Creio que poderia ter saído sem ser vista, atravessado Pump Court correndo e depois Middle Temple Lane, chegando a Pawlet Court para apunhalar Venetia Aldridge e retornar, mas não fiz isso".

Catherine interferiu: "Você estava sentada ao lado do sr. Langton, porém. Ele provavelmente pode confirmar que a viu lá, pelo menos na primeira parte do ensaio".

Kate perguntou: "O sr. Langton foi assistir ao ensaio? Isso não a surpreendeu?".

"Bem, um pouco. Sabe, ele nunca tinha ido ver um ensaio. Normalmente, aparece nos concertos, mas achei que não poderia comparecer este ano, e então foi ao ensaio. Na verdade, ficou pouco tempo. Quando olhei para o lugar onde ele estava, depois de uma hora, ou menos, ele já tinha ido embora."

Kate perguntou a Trudy: "Ele falou com você?".

"Não. Só o conheço de vista. Ele parecia muito preocupado. Não sei se tinha algo a ver com a música. A certa altura, achei até que dormia. Bem, depois de uma hora, mais ou menos, ele se levantou e foi embora."

Robbins perguntou: "Vocês foram jantar, depois do ensaio?".

"Pretendíamos, mas não deu. Cathy não se sentia muito bem. Pretendíamos comer na churrascaria tipo rodízio do Strand

Palace Hotel, mas quando chegamos lá ela disse que não aguentaria uma refeição completa. Cathy disse que tomaria uma sopa, para me fazer companhia, mas a gente vai a um rodízio para estocar proteína para a semana inteira. Seria estupidez pagar uma fortuna e não comer nada. O mais sensato era voltar para casa, e foi o que fizemos. Como era uma emergência e havíamos economizado a despesa no restaurante, pegamos um táxi. O trânsito estava horrível, mas chegamos a tempo de ver o noticiário das nove na tevê. Quero dizer, eu vi, mas Cathy estava péssima. Sentia-se muito mal e foi direto para a cama. Fiz um ovo mexido para mim e passei o resto da noite cuidando dela, pegando bolsa de água quente, essas coisas."

Robbins perguntou: "Em que ordem as músicas foram ensaiadas?".

"Delius, Vaughan Williams e finalmente Elgar. Por quê?"

"Estava pensando que você poderia ter saído mais cedo, se não se sentia bem. Não há madeiras na peça de Elgar. Sua presença não seria necessária na última parte do ensaio."

Kate, atônita, esperou uma reação contrariada de Trudy. Mas, para sua surpresa, as duas moças trocaram um olhar e sorriram.

Catherine disse: "Obviamente, você nunca viu um ensaio de Malcolm Beeston. Quando ele ensaia, tudo pode acontecer. A gente nunca sabe quando ele vai mudar as músicas previstas". Ela se voltou para Trudy. "Lembra-se do Solly, coitado, que escapou de fininho para tomar uma cervejinha, pensando que a percussão não ia ser necessária? Ela imitou uma voz masculina, aguda, petulante, em falsete: 'Quando estamos ensaiando, sr. Solly, o mínimo que eu espero dos participantes é que nos deem a honra de sua presença durante o ensaio inteiro. Mais um ato de insubordinação como este e jamais tocará sob minha batuta novamente'."

Kate perguntou a Catherine a respeito da peruca e do sangue. Ela admitiu saber da existência de ambos. Estava no hall quando o sr. Ulrick disse para a srta. Caldwell que guardara o sangue na geladeira. As moças ficaram obviamente surpresas com as perguntas, mas não fizeram nenhum comentário. Kate pensou muito antes de fazê-las. A polícia, tanto quanto os advogados de Pawlet Court, não pretendia que a escandalosa profanação do cadáver chegasse ao público. Por outro lado, era importante confirmar que Catherine sabia da existência do sangue.

Ela formulou a última questão: "Quando passou pelo portão de Devereux Court, por volta das oito e cinco, viu alguém em Pawlet Court, ou entrando em Middle Temple?".

Catherine disse: "Ninguém. Devereux Court e a passagem para o Strand estavam desertos".

"Alguma de vocês reparou se havia luz em Pawlet Court?"

As moças trocaram outro olhar e balançaram a cabeça negativamente.

Catherine disse: "Acho que nem prestamos muita atenção".

Não havia mais nada a indagar, e eles tinham pressa. Trudy ofereceu café, mas Kate e Robbins recusaram, saindo em seguida. Só falaram depois que entraram no carro. Kate disse: "Não sabia que você entendia de música".

"Ninguém precisa entender de música para saber que a *Serenade for strings* de Elgar não inclui oboé."

"Estranho que não tenham saído antes. Ninguém teria notado. O maestro estava de frente para a orquestra, e os músicos olhavam para ele, e não para a plateia. Trudy Manning poderia certamente ter saído por dez minutos ou mais, durante o programa, sem que ninguém notasse. Se as duas saíram assim que a orquestra começou a tocar Elgar, isso teria feito diferença? Se Beeston implicasse com Beddington depois, ela poderia alegar que sentira uma indisposição. Era só um ensaio, puxa vida! E ela estava lá, na hora em que deveria tocar. Elas precisariam apenas de alguns minutos para chegar a Pawlet Court pelo arco de Pump Court, que liga Middle Temple ao Inner Temple. Beddington tinha a chave da sede. Sabia que Aldridge trabalhava até tarde. Sabia da existência do sangue e onde guardavam a peruca. E sabia muito bem que o punhal era afiado. Uma coisa é certa, se saíram mais cedo, juntas ou separadas: Trudy Manning jamais admitirá isso."

Robbins não respondeu. Kate disse: "Suponho que esteja querendo me dizer que uma moça perfumada como a srta. Beddington não é o tipo de mulher capaz de cometer assassinato, não é?".

"Não", Robbins falou. "Eu ia dizer que ela é o tipo de mulher pela qual as pessoas são capazes de cometer assassinato."

27

ERA MAIS UM DIA PERFEITO DE OUTONO, e Dalgliesh finalmente deixou para trás os tentáculos de Londres, seguindo no sentido oeste com uma sensação de alívio. Assim que viu os campos verdejantes dos dois lados da estrada, parou o Jaguar no acostamento e baixou a capota. Ventava pouco, mas o ar parecia fustigar seus cabelos e limpar mais do que os pulmões. O céu estava claro, fiapos distantes de nuvens brancas se dissolviam no azul como neblina. Havia campos apenas arados, mas outros já exibiam o verde delicado do trigo do inverno. Os comentários de Piers não impediram sua parada na catedral de Salisbury, como planejara inicialmente, apesar da dificuldade para estacionar o carro. Uma hora depois ele seguiu adiante, passando pelo fórum de Blandford, no rumo sul, pelas estradinhas vicinais que cortavam Winterborne Kingston e Bovington Camp, chegando a Wareham.

De repente, ele foi atacado por uma vontade irreprimível de ver o mar. Cruzando a estrada principal, ele seguiu na direção de Lulworth Cove. Parou o carro no alto do morro, perto de um portão, que pulou para ver o pasto no qual as ovelhas passeavam. Elas fugiram desajeitadamente quando ele entrou. Havia um trecho cheio de pedras, e ele se sentou numa delas para apreciar o panorama de colinas, campos verdejantes e bosques espaçados até o início da faixa azulada do canal da Mancha. Havia trazido um lanche, composto de pão francês, queijo e patê. Nem chegou a lamentar a falta de um vinho, ao desatarraxar a tampa da garrafa térmica de café. Nada poderia melhorar mais seu estado de espírito de puro contentamento. Sentia correr nas veias um jato de felicidade, quase assustador em sua concretude física, um regozijo que lhe inundava a alma, algo que se sente raramente depois de transcorrida a juventude. Depois de comer ele permaneceu alguns minutos ali, em silêncio absoluto. Levantou-se, gratificado por ter feito o que precisava fazer. Dirigiu apenas alguns quilômetros até Wareham, seu destino.

A flecha de madeira branca com os dizeres "Cerâmica Perigold" em preto indicava o caminho, num poste fincado na beira da pista. Dalgliesh seguiu pela estradinha, subindo lentamente uma ladeira estreita, entre sebes altas. Avistou a cerâmica, um chalé isolado coberto de telhas, a cerca de cinquenta metros da estradinha, em terreno ligeiramente inclinado. Perto do chalé o caminho se abria o suficiente para o estacionamento de dois ou três carros. O Jaguar balançava silenciosamente na pista esburacada. Após trancar o carro, Dalgliesh caminhou na direção do chalé.

Sob o sol da tarde, o local deserto lhe pareceu calmo, doméstico. Na frente havia um pátio com piso de pedra, cheio de potes de barro, e os menores estavam amontoados. Dois vasos grandes, em estilo Ali Babá, enfeitavam as laterais da porta, exibindo rosas cor de damasco com os últimos botões da estação. Não havia mais lírios, apenas folhas amarelecidas caindo pelas bordas dos vasos, mas os brincos-de-princesa ainda estavam floridos, e os gerânios ainda não tinham fenecido totalmente. Havia uma horta à direita do chalé, e em tudo o bucólico cheiro de esterco. A maioria dos pés de vagem tinha sido arrancada, mas restavam canteiros de espinafre, cenoura e alho-poró, atrás de uma moita compacta de margaridas Michaelmas. Para lá do jardim existia um galinheiro alambrado, no qual algumas galinhas ciscavam animadas.

Não viu sinal algum de vida. O celeiro à esquerda do chalé fora obviamente reformado para servir de habitação. Notou que a porta grande estava aberta, e por ela saía o som suave de um torno de oleiro. Ergueu a mão para pegar a aldrava, pois não havia campainha. No entanto, mudou de ideia e cruzou o pátio, na direção do estúdio.

O local era bem iluminado. A luz vespertina clareava o piso

de cerâmica vermelha e preenchia todos os cantos da oficina com seu brilho suave. A mulher debruçada sobre o torno já devia ter percebido sua presença, mas não o demonstrou. Usava jeans azul manchado de argila e uma bata creme de pintor. Um lenço verde de algodão prendia o cabelo rente ao crânio, até a testa arqueada e alta, deixando à mostra apenas a longa trança louro-avermelhada nas costas. Uma menina de dois ou três anos lhe fazia companhia, e seu cabelo era como seda branca emoldurando o rostinho delicado. Estava sentada à mesa, resmungando baixinho enquanto rolava um pedaço de argila.

A mulher estava terminando um vaso, no torno. Quando a figura alta de Dalgliesh escureceu o recinto, ela ergueu o pé, e o torno foi parando devagar. Com um arame ela cortou o vaso do torno e o levou com cuidado até a mesa. Só neste momento ela se virou e o encarou atentamente. Nem mesmo a bata folgada poderia esconder sua gravidez.

Era mais jovem do que ele esperava. Seus olhos, bem afastados um do outro, o avaliavam com calma. As maçãs do rosto eram altas, proeminentes; a pele, levemente bronzeada e cheia de sardas; a boca bem formada terminava num queixo arrebitado, pequeno. Antes que qualquer um dos dois pudesse dizer qualquer coisa, a menina se levantou e correu na direção de Dalgliesh. Ela ajeitou a calça e exibiu um pedaço de argila sem forma definida. Esperava um comentário ou aprovação.

Dalgliesh disse: "Muito interessante. O que é?".

"É um cachorro. O nome dele é Peter, e o meu é Marie."

"O meu é Adam. Mas ele não tem patas."

"É um cachorro sentado."

"Cadê o rabo?"

"Esse cachorro não tem rabo."

Ela se aproximou da mesa, aparentemente revoltada com a inacreditável estupidez daquele adulto desconhecido.

A mãe disse: "Este senhor é o comandante Dalgliesh, creio. Sou Anna Cummins. Estava esperando pelo senhor. Os policiais não andam sempre em pares?".

"Normalmente, sim. Eu deveria ter trazido um colega. Mas

o lindo dia de outono e a necessidade de recolhimento foram irresistíveis. Lamento se cheguei muito cedo e se estraguei seu vaso. Teria sido mais correto bater na porta do chalé, mas ouvi o ruído do torno."

"Não estragou nada, nem chegou cedo. Eu estava entretida com o serviço e me esqueci da hora. Quer um café?" A voz era baixa, maviosa, com um leve sotaque galês.

"Aceito, se não for incômodo." Ele não sentia sede, mas lhe pareceu mais gentil aceitar do que recusar.

Ela se aproximou da pia, dizendo: "O senhor deseja conversar com Luke, imagino. Ele não vai demorar, seguramente. Saiu para entregar vasos em Poole. Há uma loja lá que encomenda alguns, todos os meses. Ele deve voltar logo, se não tiver nenhum contratempo. As pessoas gostam de conversar com ele, e o convidam para tomar café. Além disso, precisava fazer compras. Por favor, sente-se".

Ela apontou para uma poltrona de vime com almofadas e espaldar alto, e Dalgliesh disse: "Se precisar voltar ao trabalho, posso dar uma volta e retornar quando seu marido estiver em casa".

"Seria perda de tempo. Ele não vai demorar. Enquanto isso, talvez eu possa lhe dar algumas informações."

Ele não pôde deixar de pensar que a ausência do marido poderia ser proposital. O casal Cummins estava aceitando sua visita com uma calma extraordinária. As pessoas, em geral, quando marcam uma hora para a visita de um policial do alto escalão, consideram mais prudente estar no local na hora marcada, principalmente quando elas mesmas determinaram o momento mais conveniente. Teriam preferido que apenas a mulher estivesse ali, sozinha, quando ele chegasse?

Sentou-se na poltrona enquanto ela preparava o café. Dos dois lados da pia havia armários baixos. Em cima de um deles ficava a chaleira elétrica, e do outro, um fogão a gás de duas bocas. Ele a observou enquanto ela enchia a chaleira e a ligava na tomada, apanhava, numa prateleira, duas canecas e um bule pequeno entre outras peças que provavelmente ela mesma fizera;

abaixava-se para pegar açúcar cristal, leite e um vidro de pó de café. Raramente via uma mulher capaz de se mover com tanta graça e naturalidade. Nenhum gesto apressado, afetado ou constrangido. Em vez de ressentir seu distanciamento, ele o considerou interessante. O local induzia à calma, a poltrona de vime com almofadas fofas o engolfava num abraço sedutor, confortável.

Os olhos passaram dos braços descobertos, sardentos, e das mãos que abriam o vidro de pó de café para os detalhes do estúdio. Além do torno, o item dominante era o forno a lenha, imenso, aberto, já cheio de gravetos para iniciar o fogo que afastaria o frio das noites de outono. Havia uma escrivaninha de tampo escamoteável encostada na parede da face norte. Acima dela, uma prateleira abrigava listas telefônicas, manuais de referência e livros para registros. As prateleiras acompanhavam toda a extensão da parede mais comprida, oposta à porta, destinadas a exibir as peças de cerâmica: canecas, tigelas pequenas, jarros, bules. A cor predominante era o azul-esverdeado, as formas convencionais, porém elegantes. Na frente das prateleiras ficava a mesa com as peças maiores: pratos, fruteiras e travessas. Estas se caracterizavam por um estilo mais individual e criativo.

Ela serviu o café na mesinha baixa ao lado da poltrona, depois sentou-se na cadeira de balanço e olhou para a filha. Marie havia desmanchado sua obra de arte, e agora cortava um bloco de argila em pedacinhos, com uma espátula, para fazer pratinhos e tigelinhas. Os três permaneceram em silêncio, mas apenas a menina estava à vontade, entretida.

Como era óbvio, ela não daria nenhuma informação espontaneamente. Dalgliesh disse: "Gostaria de conversar com seu marido a respeito da ex-esposa dele, que faleceu. Sei que se divorciaram há onze anos, mas é possível que ele tenha alguma informação sobre a vida dela, dos amigos, até mesmo de um inimigo, capaz de ajudar a investigação. Num caso de homicídio, é muito importante descobrir o que for possível no que se refere à vítima".

Ele poderia ter dito: "Pelo menos essa foi minha desculpa para sair um pouco de Londres num lindo dia de outono".

Ela pareceu ter lido o pensamento de Dalgliesh, pois disse: "E resolveu vir pessoalmente".

"Como pode ver."

"Suponho que levantar informações sobre pessoas — até mesmo sobre pessoas mortas — seja uma atividade fascinante, quando se é escritor, biógrafo. No entanto, tudo vem de segunda mão, não acha? Não se pode saber toda a verdade a respeito de ninguém. No caso dos mortos, como pais e avós, a gente só começa a entendê-los depois que morrem, e aí já é tarde demais. Algumas pessoas deixam para trás uma personalidade mais forte do que tinham quando estavam vivas, creio."

Ela falava sem ênfase, como se divulgasse um pensamento particular, recente. Dalgliesh decidiu que havia chegado a hora de uma abordagem mais direta.

Ele perguntou: "Quando viu a srta. Aldridge pela última vez?".

"Há três anos, quando ela trouxe Octavia para passar uma semana aqui, com o pai. Venetia só ficou uma hora. Não veio buscar Octavia. Nós a pusemos no trem em Wareham."

"E ela nunca mais voltou? Octavia, quero dizer."

"Não. Acho — nós achamos — que ela deveria passar mais tempo com o pai. A mãe tinha a guarda, mas uma criança precisa dos dois pais. No entanto, não deu muito certo. Ela ficou chateada aqui, longe da cidade. E foi hostil e rude com o bebê. Marie tinha apenas dois meses, e Octavia chegou a bater nela, literalmente. Não bateu com força, mas bateu de propósito. Depois disso ela teve de ir embora, claro."

Era simples assim. A rejeição final. Ela teve de ir embora, e pronto.

Ele perguntou: "O pai concordou?".

"Depois que ela bateu em Marie? Claro que sim. Como disse, a visita não foi exatamente um sucesso. Nunca permitiram que ele fosse o pai de Octavia, quando ela era menor. Ela foi logo para o colégio interno, e depois do divórcio eles passavam pouco tempo juntos. Acho que ela nunca deu muita importância a ele."

Dalgliesh pensou: Ou ele não deu importância a ela. Mas estava pisando em terreno movediço, invadindo a vida particular das pessoas. Era policial, não terapeuta familiar. Contudo, aquilo tudo fazia parte do desenho em branco e preto de Venetia Aldridge, que ele precisava preencher com cores vivas.

"Nem a senhora nem seu marido viram a srta. Aldridge, desde então?"

"Não. Claro, eu a teria visto na noite em que morreu, se ela tivesse vindo ao portão."

Sua voz era pausada. Ela não enfatizava as palavras, falando como se comentasse a qualidade do café. Dalgliesh fora treinado para não demonstrar surpresa quando um suspeito transmitia uma informação inesperada. No entanto, jamais a incluíra entre os suspeitos.

Ele depositou a caneca sobre a mesa, antes de dizer calmamente: "Quer dizer então que esteve em Londres naquela noite? Estamos falando de quarta-feira, dia 9 de outubro, certo?".

"Sim. Fui encontrar com Venetia na sede do colegiado. Foi ideia dela. Ela ficou de destrancar a porta pequena do portão de acesso, no final de Devereux Court, para que eu pudesse entrar. Só que ela não apareceu."

Aquelas palavras arrancaram Dalgliesh da indolência complacente induzida pela sedutora tranquilidade do local e pela feminilidade grávida desprovida de provocações de sua interlocutora. Pouco esperava daquela viagem, além de alguns subsídios para compor o quadro geral. Faria também a verificação rotineira dos álibis que jamais colocara seriamente em dúvida. Via, porém, que a paz do indulgente passeio pelo interior bucólico se revelava ilusória. Poderia alguma mulher ser realmente tão inocente? Tentou dar à sua voz também um tom calmo e neutro.

"Sra. Cummins, tem ideia do quanto essa informação é importante? Deveria ter me contado isso antes."

Se ela viu censura nas palavras, não o demonstrou. "Bem, eu sabia que o senhor estava a caminho. Telefonou antes. Achei melhor esperar até que chegasse. Foi apenas um dia. O que há de errado nisso?"

"De errado, nada, creio. Mas não nos ajudou muito."

"Lamento. De qualquer modo, estamos conversando agora, não é?"

Naquele momento, a menina desceu da cadeira e aproximou-se da mãe, mostrando na palma da mão rechonchuda uma forma que parecia uma torta recheada de bolinhas. Talvez representassem cerejas ou groselhas. Ela manteve o braço erguido na direção da mãe, aguardando a aprovação. A sra. Cummins debruçou-se e sussurrou algo em seu ouvido, abraçando a criança em seguida. Marie, sem dizer nada, retornou à cadeira e reiniciou sua tarefa, com toda a concentração.

Dalgliesh disse: "Poderia me contar exatamente o que ocorreu, desde o início?". A pergunta não explicitava quando seria o início. Até onde a história iria? Até o casamento? O divórcio? Resolveu acrescentar: "Por que foi a Londres? O que aconteceu?".

"Venetia telefonou na quarta-feira de manhã, pouco antes das oito. Eu ainda não havia começado a trabalhar. Luke estava na caminhonete para ir até uma fazenda próxima a Bere Regis e pegar o esterco de que precisávamos para a horta. Ele pretendia fazer compras em Wareham, na volta para casa. Suponho que eu poderia ter corrido para avisá-lo, mas resolvi esperar. Disse a Venetia que Luke tinha saído, e ela deixou o recado. Era a respeito de Octavia. Ela estava muito preocupada com o rapaz com o qual a filha se envolvera, um ex-cliente de Venetia. Queria que Luke interferisse."

"Como ela estava?"

"Mais assustada do que preocupada. Tinha pressa, também. Disse que a aguardavam em Crown Court. Se fosse outra pessoa, eu diria que estava em pânico, mas Venetia não se permitiria entrar em pânico. De qualquer modo, ela disse que era urgente e não poderia esperar até que Luke voltasse para casa. Achou melhor deixar o recado."

Dalgliesh perguntou: "O que ela pretendia que seu marido fizesse?".

"Que ele desse um jeito de acabar com tudo. Ela falou: 'Ele precisa assumir parte da responsabilidade. Afinal, é pai dela.

Dar dinheiro para Ashe sumir. Levar Octavia para o exterior por algum tempo. Eu pago'." A sra. Cummins acrescentou: "O nome do rapaz é Ashe, mas creio que já sabem disso".

"Sim", Dalgliesh respondeu, "já sabemos."

"Venetia disse: 'Diga a Luke que precisamos conversar a esse respeito. Pessoalmente. Quero falar com ele em meu escritório, na sede do colegiado, hoje à noite. O portão de Middle Temple Lane está fechado, mas ele pode entrar pelo portão que há no final de Devereux Court'. Ela deu instruções detalhadas sobre sua localização. A passagem — Devereux Court — fica perto de Law Courts, e no fundo há um pub chamado George. Depois da passagem é preciso virar à direita, e na frente de outro pub, chamado Devereux, encontra-se o portão preto, no qual há uma pequena porta. Combinamos que Luke estaria lá às oito e quinze. Venetia disse que o portão já estaria fechado, mas ela desceria para destrancá-lo. Ela disse: 'Não vou deixá-lo esperando, e gostaria que ele não se atrasasse, pois não pretendo ficar lá esperando por ele'."

Dalgliesh disse: "Não achou esquisito um encontro na sede do colegiado, e não na casa dela? E por que às oito e quinze, depois do fechamento do portão?".

"Ela não queria receber Luke na casa dela em Pelham Place, e ele também não queria ir lá. Calculo que pretendia evitar que Octavia soubesse que ela chamara o pai, pelo menos enquanto não bolassem um plano. Eu escolhi o horário. Não poderia pegar o trem antes das cinco e vinte e dois, e ele chega a Waterloo às sete e vinte e nove."

Dalgliesh disse: "Portanto, já planejava ir a Londres no lugar de seu marido, certo?".

"Decidi isso antes mesmo de desligar. Quando Luke chegou e conversamos, ele concordou. Temia que Venetia o persuadisse a fazer algo contra sua vontade. Ademais, o que ele poderia fazer? Ela nunca o tratou como pai da menina, quando Octavia era pequena, e não tinha sentido pedir sua ajuda agora. Octavia não lhe daria atenção. E ele não poderia levar Octavia para o exterior, mesmo que ela aceitasse. O lugar dele é aqui, ao lado da família."

Dalgliesh disse: "Ele é o pai dela".

O comentário não tinha intenção de censurá-los. As questões familiares de Venetia não eram de sua conta, exceto nos pontos relevantes para sua morte. Contudo, o divórcio separa legalmente marido e mulher, não pai e filho. Estranhamente, uma mulher tão maternal quanto a sra. Cummins descartava sem maiores problemas o apelo de Venetia para que o ex-marido se interessasse pelo bem-estar da filha. Ela falara sem a menor vergonha ou arrependimento. Dava a impressão de querer deixar claro o seguinte: essa história não é da nossa conta, não queremos saber deles. Isso tudo não nos diz respeito.

Ela disse: "Não poderíamos ir juntos a Londres, por causa de Marie e da oficina. Os fregueses esperam nos encontrar aqui, quando resolvem vir. Não creio que Venetia tenha levado em conta nossas dificuldades, quando ligou".

"Como a srta. Aldridge reagiu ao saber que o marido não iria?"

"Não falei nada a ela. Deixei que pensasse que ele iria. Claro, poderia se recusar a falar comigo, mas dificilmente faria isso. Eu estaria lá, e Luke não. Ela não teria outra escolha, e eu poderia explicar o que sentia — o que sentíamos."

"O que sentia, sra. Cummins?"

"Que não desejávamos impor nossa presença a Octavia, nem interferir em sua vida. Se ela pedisse ajuda, teríamos prazer em colaborar. Mas era tarde demais para Venetia começar a tratar Luke como o pai de sua filha. Octavia é maior de idade, a lei a considera adulta."

"Portanto, a senhora foi a Londres. Ajudaria muito se me contasse o que ocorreu exatamente."

"Mas não ocorreu nada. Como já disse, ela não apareceu no portão. Peguei o trem das cinco e vinte e dois de Wareham. Luke me levou até a estação, com Marie. Eu sabia que não seria conveniente voltar naquela mesma noite. Luke não poderia deixar Marie sozinha em casa, e eu não queria que ela tivesse que ir com ele de carro até a estação de Wareham, tarde da noite. Eu não pretendia gastar dinheiro com um hotel — tudo em Londres é muito caro. Felizmente, tenho uma antiga colega de escola que me deixa usar seu apartamento perto da estação de Waterloo, quando não está lá. Ela passa muito tempo no exterior. Raramente o uso, e quando isso acontece telefono antes para o vizinho, avisando que vou ficar lá. Assim, evito que ele ouça algum barulho e pense que há ladrões no apartamento. Tenho a chave, e portanto entrar não é problema."

"Ele viu quando a senhora chegou?"

"Não. Só nos vimos na manhã seguinte, pouco antes das oito e meia. Toquei a campainha dele para avisar que ia embora e que deixaria os lençóis na máquina de lavar roupa. Ele também tem a chave, de modo que poderia ir até o apartamento mais tarde e pôr a roupa de cama na secadora. Costuma ajudar nessas coisas. Trata-se de um solteirão, que gosta muito de Alice e toma conta do apartamento quando ela está fora, como se fosse o dono. Falei também que havia deixado leite na geladeira, além de um jarro pequeno que fiz para Alice, pois queria deixar um presente."

Portanto, havia como confirmar sua presença no apartamento na manhã de quinta-feira. Isso não significava necessariamente que ela estivera lá sozinha. O marido poderia ter saído discretamente, antes das oito e meia. Se o vizinho prestativo ouvira uma ou duas pessoas no apartamento dependeria muito da espessura das paredes. Contudo, restava o problema de Marie: ela não poderia ter sido deixada em casa sozinha. Se o marido e a mulher tinham ido juntos para Londres, então alguém tomara conta da menina, e não seria difícil descobrir quem. Poderia tê-la levado? Seria muito mais difícil ocultar a presença de uma criança no apartamento, por mais que pedissem silêncio. E se a sra. Cummins ficou com a filha enquanto o marido comparecia ao encontro — para matar? Mas, e quanto à peruca e o sangue? Talvez ele soubesse onde guardavam a peruca, mas como poderia saber a respeito do sangue? Bem, isso seria presumir que o assassino também foi o responsável pela profanação do cadáver. E qual seria seu motivo? Dalgliesh ainda não conhecera Luke Cummins, mas presumia que o sujeito fosse normal.

Um homem normal mataria para evitar uma situação inconveniente com a ex-mulher — de quem se separara havia onze anos? Ou por oito mil libras? Esse último aspecto era interessante. Em relação ao total dos bens, a importância era quase um insulto. Venetia Aldridge teria querido dizer: "Você me deu algum prazer. Não foi um desastre total. Avalio o serviço em mil libras anuais". Uma mulher que sentisse algo pelo ex-marido deixaria mais, ou nada. O que o valor revelava a respeito do relacionamento entre eles?

A concatenação das teorias ocupou a mente de Dalgliesh por alguns segundos, enquanto Anna Cummins relaxava e balançava de leve a cadeira de balanço, preparando-se para continuar sua história. No entanto, o lugar perdera a inocência, e ele a via sob outra óptica, mais crítica. O símbolo da maternidade reconfortante e da serenidade interior fora manchado por uma imagem mais insistente: o corpo de Venetia Aldridge, as mãos pendentes, vulneráveis e imóveis, a cabeça tombada coberta de sangue. Poderia ter perguntado a Marie se havia ido com os pais a Londres, claro. Mas sabia que não devia fazer isso, e não o faria. A ideia de um complô do casal para cometer assassinato lhe pareceu bizarra, subitamente.

A voz melodiosa retornou, calma: "Levei um pedaço de quiche e um pote de iogurte para comer no trem, para não precisar me preocupar com o jantar. Segui direto da estação para o apartamento, deixei minha bolsa com as roupas lá e saí imediatamente, para ir a Temple. Queria chegar na hora. Dei sorte, pois consegui um táxi rapidamente, em Waterloo Bridge. Pedi ao motorista que me levasse até Law Courts, atravessei a rua e encontrei a passagem de Devereux Court sem dificuldade. Foi bem fácil. Ah, esqueci-me. Antes de sair do apartamento, liguei para a sede do colegiado. Queria me assegurar de que Venetia estaria esperando. Ela atendeu o telefone, falei que estava a caminho e desliguei. Confirmei, às sete e meia, que ela estava lá e que me esperaria para abrir o portão".

Ele formulou a questão indispensável, formal: "Tem certeza quanto à hora?".

"Claro. Fiquei de olho no relógio o tempo inteiro, para não chegar atrasada. Na verdade, estava adiantada. Não queria ficar ali na passagem, esperando. Por isso matei o tempo no Strand. Dei uma volta de cinco minutos. Esperei no portão das oito e dez até oito e quarenta. Venetia não apareceu."

Dalgliesh disse: "Viu alguém passar pelo portão?".

"Três ou quatro pessoas. Homens. Creio que eram músicos, Pelo menos, levavam instrumentos musicais. Duvido que possa reconhecê-los. Lá pelas oito e quinze passou um senhor que talvez eu possa reconhecer. Era forte, com cabelo bem ruivo. Lembro-me dele porque destrancou a porta — tinha chave — e ficou em Temple apenas um minuto. Ele voltou depressa e sumiu na passagem. Mal teve tempo de entrar em Temple e já saiu novamente. Achei estranho."

"Acredita que poderia reconhecê-lo, se o visse novamente?"

"Creio que sim. Há uma luz acima do portão. Ela iluminou a cabeça dele."

Dalgliesh disse: "É uma pena não ter sabido disso antes. A senhora foi informada de que a srta. Aldridge estava morta, provavelmente assassinada. Realmente, não lhe ocorreu que tudo isso era importante?".

"Calculei que deveria contar tudo isso, mas achei que o senhor já sabia. Octavia não lhe disse? Pensei que havia marcado esta conversa para confirmar a história dela."

"Octavia sabia de sua visita?" Não havia como fingir que isso não era novidade para ele. De qualquer modo, tentou não demonstrar sua surpresa na voz.

"Sim, ela sabia. Assim que voltei para o apartamento de Alice, pensei que Venetia não abrira o portão porque talvez tivesse se sentido mal. Não me parecia muito provável, mas eu preferi não ir para a cama sem avisar alguém. Venetia fora tão insistente em relação ao encontro! Telefonei para Pelham Place. Um homem atendeu — um rapaz, creio —, e Octavia veio falar comigo. Disse-lhe o que ocorrera — não o motivo de minha presença em Londres, mas sim a ausência da mãe no portão, como combinado. Sugeri que telefonasse para ela, para ver se estava bem. Se já não estivesse em casa, claro. Octavia disse: 'Acho que ela não queria falar com você. Nenhum de nós aqui quer ver a sua cara. E não se meta na minha vida'."

Dalgliesh perguntou: "Como acha que ela adivinhou o motivo do encontro?".

"Não era difícil imaginar, não acha? De qualquer maneira, eu já havia feito o possível, e fui dormir. Na manhã seguinte, voltei para casa. Luke e Marie me pegaram na estação ferroviária. Quando chegamos, Drysdale Laud telefonou. Havia tentado antes, para informar sobre a morte de Venetia."

"E a senhora não fez nada? Calou-se a respeito de sua visita?"

"O que poderíamos ter feito? Octavia conhecia os fatos. Esperávamos que a polícia entrasse em contato, para confirmar a história dela. E o senhor ligou, dizendo que viria até aqui para falar conosco. Achei melhor esperar até que chegasse. Não queria discutir o assunto pelo telefone."

Naquele momento, ouviram o ruído da caminhonete, que se aproximava. A menina levantou-se imediatamente da cadeira, correndo até a porta, dando pulinhos e gritinhos de alegria. Assim que o motor parou, ela saiu correndo, como se reagisse a um sinal. A porta da caminhonete foi batida, uma voz masculina soou e um minuto depois Luke Cummins entrou, carregando a filha no ombro.

A esposa levantou-se da cadeira de balanço e esperou em silêncio. Assim que ele entrou, ambos se aproximaram. Cummins depositou a filha no chão cuidadosamente e abraçou a mulher. Marie aprisionou as pernas dele com os braços. Por um momento eles permaneceram imóveis, em sua cena particular, da qual Dalgliesh sentiu até fisicamente sua exclusão. Estudou Luke Cummins, tentando imaginá-lo como marido de Venetia Aldridge, vê-lo dentro da vida da advogada obsessiva e dedicada ao trabalho.

Ele era muito alto, tinha membros longos, cabelo louro crestado pelo sol e um rosto de menino, dourado pela vida ao ar livre. Sua fisionomia, agradável e proporcional, destoava da boca, que sugeria fraqueza. A calça grossa de veludo e o pulôver

307

de tricô de gola olímpica davam volume a um corpo que parecia ter crescido além da conta na adolescência. Ele olhou para Dalgliesh, por cima do ombro da esposa, sorrindo brevemente para demonstrar que notara sua presença, antes de voltar ao abraço familiar. Dalgliesh pensou: Ele me confundiu com um freguês. Levantando-se, aproximou-se da mesa, sem saber se o movimento se devia a um desejo súbito de fazer o papel de cliente ou à consciência de que era melhor não se intrometer no momento familiar. Seus ouvidos captaram as palavras de Luke, ditas em voz baixa, suave.

"Boas notícias, querida. Ele querem mais três pratos de queijo até o Natal, se você puder fazê-los. É possível?"

"Aquela cena de jardim, com gerânios e a janela aberta?"

"Algo similar. Os outros dois são encomendas. Os fregueses querem conversar com você primeiro. Eu disse que você telefonaria marcando uma hora."

A voz da mulher traía certa ansiedade. "A loja não vai colocá-los juntos na vitrine, vai? Daria a impressão de que são feitos em série."

"Eles sabem disso. Pretendem deixar apenas um, e depois pegar encomendas. Só faça se quiser, não quero vê-la preocupada."

"Tudo bem."

Só então Dalgliesh deu meia-volta. Anna Cummins disse: "Querido, este é o sr. Dalgliesh, da polícia metropolitana. Lembra-se? Ele avisou que viria".

Cummins aproximou-se e estendeu a mão. Poderia estar cumprimentando um freguês ou um conhecido. Seu aperto era surpreendentemente firme, ele tinha mão de jardineiro, grossa e forte.

Ele disse: "Desculpe por não estar aqui quando chegou. Espero que Anna tenha contado o pouco que sabemos. Não tivemos notícias de minha ex-mulher nos últimos três anos, exceto pelo telefonema recente".

"Que o senhor não atendeu."

"Isso mesmo. E Venetia não ligou novamente."

E isso, Dalgliesh pensou, era outra surpresa. Se dava tanta

importância ao encontro, por que a srta. Aldridge não o confirmou, falando pessoalmente com Cummins? Teria encontrado um minuto para isso, durante o dia, se quisesse. Poderia, por outro lado, ter sentido que cometera um engano e lamentado a ligação inicial. A ideia mais parecia uma reação impulsiva — ou até de pânico — do que uma resposta razoável ao seu dilema com Octavia, mesmo que ela não fosse o tipo de mulher que entra em pânico facilmente. Talvez tivesse pensado que insistir, ligando outra vez, seria humilhante. Se ele viesse, eles conversariam, caso não viesse, ela não perderia muita coisa.

Anna Cummins disse: "O sr. Dalgliesh sugeriu anteriormente que gostaria de dar uma volta. Por que vocês não passeiam um pouco? Mostre a ele os campos e a vista, e quando voltarem tomaremos chá, antes da partida".

A sugestão, em voz meiga, fora imperativa como uma ordem. Dalgliesh disse que adoraria o passeio, mas seria obrigado a se despedir sem esperar pelo chá. Cummins colocou a filha no chão e saiu com Dalgliesh na direção da horta, passando pelo galinheiro, onde um grupo de aves variadas se alvoroçou com a aproximação da dupla, agitando-se ruidosamente. Passando o muro, seguiram por um campo em ligeiro aclive. O trigo de inverno fora semeado recentemente, e Dalgliesh se deslumbrou, como sempre ocorria, com a capacidade que brotos tão delicados tinham de romper o solo duro. Uma trilha, serpenteando por entre as moitas de espinheiros, tojos e frutinhas silvestres, era larga o suficiente para permitir que caminhassem lado a lado. As amoras-pretas estavam maduras, e de tempos em tempos Cummins estendia a mão para colher e comer as frutas.

Dalgliesh disse: "Sua esposa falou a respeito da viagem a Londres. Se o encontro tivesse ocorrido, com certeza teria sido desagradável. Surpreendi-me ao saber que o senhor permitiu sua ida, desacompanhada". Ele não acrescentou: Considerando-se que está grávida.

Luke Cummins esticou o braço para alcançar um galho mais alto e o puxou em sua direção. Depois, disse: "Anna achou que seria melhor. Temia que Venetia conseguisse me intimidar, creio. Costumava ser assim". Ele sorriu, como se a ideia o divertisse, depois acrescentou: "Não poderíamos ir juntos, por causa de Marie e dos fregueses. Teria sido mais sábio se nenhum dos dois tivesse ido lá, mas Anna achou melhor deixar claro, de uma vez por todas, que não pretendíamos nos envolver. Octavia já completou dezoito anos, é legalmente adulta. Ela não me deu a menor importância quando era criança. Por que daria agora?".

Ele falava sem amargura. Tampouco tentava se justificar ou desculpar. Relatava um fato, simplesmente.

Dalgliesh perguntou: "Como conheceu sua primeira esposa?".

Cummins não demonstrou ressentimento em relação à pergunta, embora não fosse relevante.

"Na lanchonete da National Gallery. Estava lotada, e vi Venetia sozinha, numa mesa para duas pessoas. Perguntei se poderia me sentar. Ela disse que sim, porém mal olhou para mim. Aposto que nem teríamos conversado, se um sujeito desajeitado não tivesse batido na mesa e virado a taça de vinho de Venetia. Ele não se desculpou. Ela ficou furiosa com os modos do sujeito. Ajudei-a a limpar a mesa e pedi outro vinho. Depois disso, conversamos um pouco. Na época, eu lecionava num colégio londrino, e falamos sobre trabalho, problemas com disciplina. Ela não me contou que era advogada, mas disse que o pai havia sido diretor de escola. Ah, falamos um pouco sobre cinema. E muito pouco sobre nós mesmos. Partiu dela a iniciativa de sugerir que nos encontrássemos novamente, eu não teria tido coragem. Casamo-nos seis meses depois."

Dalgliesh perguntou: "Sabia que ela lhe deixou algum dinheiro? Oito mil libras".

"O advogado dela me telefonou. Eu não esperava nada. Não sei se foi um pagamento por ter-me casado com ela ou um insulto por deixá-la. Ela deu graças a Deus quando o casamento acabou, mas creio que teria preferido me abandonar." Ele permaneceu em silêncio por algum tempo, depois disse: "Inicialmente, achamos que seria melhor recusar o dinheiro. Isso é possível?".

"Seria estranho, para os testamenteiros. De qualquer modo, não precisa gastar o dinheiro com o senhor, se tem escrúpulos."

"Anna achava isso, mas creio que vamos terminar aceitando. A gente começa com vontade de recusar, mas acaba pensando bem. Anna está precisando de um forno novo."

Eles caminharam em silêncio por alguns minutos, depois ele disse: "Quanto minha esposa está envolvida nessa história? Não gostaria de vê-la aborrecida ou tensa, especialmente agora, que está grávida".

"Espero que não seja envolvida. Ela terá que prestar um depoimento, apenas."

"Então, pretende voltar?"

"Não necessariamente. Meus colegas poderiam cuidar disso."

Chegaram à beira do campo cultivado e pararam; observando a colcha de retalhos da paisagem. Dalgliesh imaginou que Anna Cummins os observava da janela. Nesse momento, Cummins respondeu a pergunta que Dalgliesh não havia feito.

"Fiquei contente quando resolvi deixar de dar aula, pelo menos em Londres. Livrei-me da violência, da politicagem no colégio, da luta constante para manter a ordem. Nunca fui muito bom nisso. Costumo pegar algumas aulas aqui, como substituto. No interior, é diferente. No geral, porém, cuido da horta e das contas da cerâmica." Ele fez uma pausa e acrescentou em voz baixa: "Não creio que haja alguém mais feliz do que eu".

Eles caminharam pelo campo, agora num silêncio curiosamente amistoso. Ao se aproximarem da oficina de cerâmica, ouviram o ruído do torno. Anna Cummins estava debruçada sobre um vaso. A argila subiu, curvou-se e tomou forma, guiada pelas mãos da mulher. Os dedos tocaram delicadamente a parte de cima, formando a borda. De repente, sem motivo aparente, ela apertou a argila com as mãos, e o vaso, como um ser vivo, retorceu-se e desapareceu no monte de barro, enquanto o torno parava lentamente. Olhando para o marido, ela riu.

"Querido, sua boca está toda manchada. De vermelho e roxo. Parece o Drácula!"

Minutos depois, Dalgliesh despediu-se. Marido e mulher, tendo a filha entre eles, aguardaram que ele partisse, sem sorrir. Ele percebeu que estavam satisfeitos por vê-lo ir embora. Olhando para trás, quando os três já se dirigiam para a cerâmica, Dalgliesh sentiu o peso da melancolia, tingida pela piedade. A oficina tranquila, os vasos tão previsíveis em suas formas e cores, a tentativa tímida de autossuficiência, representada pela horta e pelo galinheiro, tudo isso não simbolizava uma fuga, uma paz tão ilusória quanto a ordem pomposa dos tribunais do Temple, própria do século XVIII, ilusória como todas as tentativas humanas de buscar uma vida boa e harmoniosa?

Não sentiu a menor vontade de passear pelos vilarejos. Seguiu para a estrada principal assim que foi possível, dirigindo em alta velocidade. Seu contentamento com a beleza daquele dia deu lugar a uma insatisfação causada em parte pelos Cummins, mas no geral provocada por ele mesmo, o que o irritou pela irracionalidade. Se Anna Cummins disse a verdade, e ele acreditava nisso, havia pelo menos um motivo para que se sentisse satisfeito. A investigação avançara significativamente. O momento da morte poderia ser definido entre as sete e quarenta e cinco, quando a sra. Buckley telefonou para a sede do colegiado, e as oito e quinze, quando Venetia Aldridge não apareceu para abrir o portão dos juízes em Devereux Court.

Parte das informações fornecidas pela sra. Cummins poderia ser confirmada. Antes de sair ele anotara o nome e o endereço da amiga que mantinha o apartamento em Waterloo e o nome do tal vizinho. Por outro lado, Luke Cummins fora incapaz de confirmar que permanecera na cerâmica. Nenhum freguês apareceu por lá. Restava descobrir quem era o ruivo que Anna Cummins vira entrar em Temple. Se ela pudesse identificar Simon Costello, seria muito interessante ouvir as explicações do advogado.

Uma questão o intrigava: nem Luke Cummins nem a esposa perguntaram a respeito do andamento do inquérito, nem mostraram a menor curiosidade a respeito da identidade do assassino. Seria porque realmente ambos se distanciaram do passado infeliz e do presente violento, ou porque não precisavam perguntar o que já sabiam?

Depois de viajar por uma hora, parou na beira da estrada e ligou para o escritório. Kate não estava, mas ele conversou com Piers, para atualizar as informações.

Piers disse: "Se a sra. Cummins viu Costello entrando em Temple pelo portão de Devereux Court e saindo um minuto depois, então ele é inocente. Mal teria dado tempo de chegar ao número 8, e muito menos de matar Aldridge. Seria estupidez retornar à cena do crime, caso a tivesse matado antes disso. Está pensando em convocar a sra. Cummins para fazer a identificação formal em Londres?".

"Por enquanto, não. Primeiro, conversarei com Costello e com Langton. Estranhei que ele não tivesse mencionado sua presença no ensaio. O que os dois sujeitos que trabalham na casa dele disseram?"

"Fomos até a loja de antiguidades que eles têm, senhor. Os dois disseram que na quarta-feira o sr. Langton chegou mais tarde que de costume, mas não souberam precisar quanto. Alegam que realmente não se lembram. Não convenceram, claro. Estavam preparando o jantar; devem saber a hora exata, com precisão de minutos. No entanto, ele seria um suspeito improvável, não acha?"

"Altamente improvável. Algo incomoda Langton. Creio que é pessoal. Caso tenha algo a pesar em sua consciência, duvido que seja a morte de Venetia Aldridge. Conseguiu falar com Brian Cartwright?"

"Sim, senhor. Ele nos concedeu cinco minutos de seu precioso tempo, depois do almoço, no clube que frequenta. Nenhuma informação, infelizmente. Disse que não aconteceu nada depois da audiência em Bailey, e que Aldridge parecia perfeitamente normal."

"Acreditou nele?"

"Não muito. Tive a impressão de que ocultava alguma coisa, mas pode ser implicância minha. Não fui com a cara dele. Flertou com Kate e me tratou com arrogância. De qualquer

313

modo, senti, no começo da conversa, que ele avaliava se seria vantajoso ajudar a polícia fornecendo informações ou prudente não se envolver. A prudência ganhou. Duvido que consigamos fazer com que ele fale, agora. Podemos tentar novamente, pressioná-lo um pouco, caso pense que isso é fundamental."

Dalgliesh disse: "Isso pode esperar. O interrogatório da srta. Elkington foi muito interessante. Fez bem em mandar dois policiais a Hereford. Entre em contato comigo, assim que eles derem retorno. Alguma novidade sobre o álibi de Drysdale Laud?".

"Parece consistente, até o momento. Fomos até o teatro. A peça iniciou-se às sete e meia, e o intervalo começou às oito e cinquenta. Ele não conseguiria chegar à sede do colegiado antes das nove. Sempre fica alguém na entrada. O vendedor de ingressos e o porteiro têm certeza de que ninguém saiu do teatro antes do intervalo. Creio que o álibi dele é verdadeiro."

"Caso ele tenha realmente ido ao teatro, claro. Ele se recorda do número da poltrona?"

"Na ponta da quinta fila da plateia. Vi o mapa de quarta-feira, e realmente ocorreu a venda de um lugar ali, mas a moça não soube me dizer se ele foi ocupado por um homem ou uma mulher. Suponho que possamos mostrar a ela uma foto de Laud, mas duvido que isso dê algum resultado. Mas é meio esquisito ir ao teatro sozinho, não acha?"

"Não podemos prender um sujeito por ter a excêntrica necessidade de sua própria companhia. E quanto ao álibi de Desmond Ulrick?"

"Verificamos no Rules, senhor. Ele estava lá às oito e quinze, seguramente. Não reservou lugar, mas é freguês assíduo e conseguiram uma mesa para ele após cinco minutos de espera, apenas. Ele deixou o casaco e um exemplar do *Standard* na chapelaria, mas não a pasta. O porteiro tem certeza disso. Conhece Ulrick muito bem, e eles conversaram um pouco, enquanto ele aguardava a mesa."

"Certo, Piers. Estarei aí dentro de duas horas, no máximo."

"Temos uma novidade. Um sujeito baixo, muito curioso,

apareceu faz uma hora, pedindo para vê-lo. Pelo que entendi, ele conheceu Aldridge quando ela era menina, era professor na escola do pai dela. Ele trouxe um pacote grande, que segurava junto ao peito, como uma criança segura um presente quando teme que alguém o roube. Sugeri que conversasse com Kate ou comigo, mas ele insistiu que só falaria com o senhor. Sabemos que o senhor deve encontrar o chefe de polícia e ir ao Home Office na segunda-feira de manhã. Além disso, temos a audiência na parte da tarde. Sei que é apenas uma formalidade e que pediremos um adiamento, porém não sabia se o senhor gostaria de estar presente ou não. De qualquer modo, disse a ele que voltasse na segunda-feira, às seis da tarde. Talvez seja perda de tempo, mas calculei que preferiria descobrir isso pessoalmente. O nome do sujeito é Edmund Froggett."

28

A EQUIPE TRABALHAVA dezesseis horas por dia, desde o assassinato. O sábado, porém, foi mais tranquilo. A maioria dos suspeitos se ausentara de Londres naquele fim de semana. Dalgliesh, Kate e Piers tiraram o domingo de folga.

Nenhum dos três contou aos outros de que modo pretendia passar o dia. Era como se precisassem se afastar até mesmo do interesse e da curiosidade dos colegas. Na segunda-feira, o sossego acabou. Depois de uma manhã inteira de reuniões, houve uma inesperada entrevista coletiva no início da tarde. Embora não gostasse de atender a imprensa, Dalgliesh compareceu porque considerava injusto fugir quando era sua vez. A ocorrência de um homicídio no coração do sistema jurídico e a fama da vítima davam o toque de sensacionalismo que garantia um interesse intenso por parte dos meios de comunicação. Para certa surpresa e imensa satisfação de Dalgliesh, a história da peruca ensanguentada não havia vazado. A polícia divulgara apenas que a vítima fora apunhalada e que não previa detenções imediatas. Qualquer informação detalhada, no momento, poderia prejudicar o andamento das investigações. Todavia, qualquer novidade seria prontamente comunicada.

Dalgliesh passou pela formalidade do adiamento do inquérito, uma breve interrupção no final da tarde, e acabou se esquecendo do visitante das seis horas. Edmund Froggett, no entanto, chegou pontualmente, acompanhado por Piers, sendo conduzido até a sala de Dalgliesh, e não ao cubículo usado para interrogatórios.

Sentou-se na cadeira indicada por Dalgliesh, depositou cuidadosamente em cima da mesa seu pacote chato amarrado com barbante, tirou a luva de lã, colocando-a de lado, e começou a tirar um cachecol comprido de tricô. As mãos, delicadas como as mãos de uma moça, eram brancas e muito asseadas. Era um homenzinho comum, sem ser feio nem repulsivo, talvez em consequência da postura discreta e digna. Não parecia esperar nada do mundo, mas sua aceitação cordata nada tinha de servil. Usava um capote pesado de tweed, bem-feito e originalmente caro, embora grande demais para seu corpo franzino. A calça de gabardine com vinco bem marcado terminava em sapatos bem engraxados. O capote pesado, a calça fina e as meias claras de verão lhe davam um aspecto incongruente, como se ele e as roupas tivessem sido compostos com sobras alheias. Assim que terminou de dobrar cuidadosamente o cachecol e pendurá-lo nas costas da cadeira, ele passou a dedicar sua atenção a Dalgliesh.

Por trás dos óculos de lentes de cristal os olhos eram alertas, mas cautelosos. Falou em tom agudo, gaguejando um pouco. Seria desagradável ouvi-lo durante muito tempo. Ele não ofereceu desculpas ou explicações pela visita. Com certeza, acreditava que sua insistência em falar com um policial do alto escalão era plenamente justificada.

Ele disse: "Devem tê-lo informado, comandante, que minha presença se deve ao assassinato de uma QC, a srta. Venetia Aldridge. Vou explicar meu interesse no assunto, mas presumo que o senhor precise primeiro de meu nome e endereço".

"Obrigado", Dalgliesh disse, "seria muita gentileza sua."

Obviamente, ele esperava que os dados fossem anotados. Dalgliesh o fez, enquanto o visitante se debruçava para espiar, como se duvidasse da capacidade do outro para registrar tudo de forma correta. "Edmund Albert Froggett, 14 Melrose Court, Melrose Road, Goodmayes, Essex."

O sobrenome combinava perfeitamente com a boca voltada para baixo e os olhos saltados. Sem dúvida, na infância ele padecera com a crueldade dos jovens, desenvolvendo com o tempo a carapaça da postura digna, levemente pomposa. De que outro modo poderiam os menos afortunados sobreviver, afinal? Ou, pensou melhor Dalgliesh, qualquer um de nós? Ninguém se apresenta psicologicamente desnudo às intempéries da sociedade.

Ele disse: "O senhor possui alguma informação relativa à morte da srta. Aldridge?".

"Sobre sua morte, especificamente, não, comandante. Mas tenho informações a respeito de sua vida. Com o assassinato, elas estão indissoluvelmente ligadas, e não preciso enfatizar isso. O homicídio é sempre uma conclusão. Creio que devo à srta. Aldridge, e à causa da justiça, o fornecimento de informações que não chegariam às suas mãos de outro modo, ou que exigiriam muito tempo e esforço para ser obtidas por outros meios. Quanto elas podem ser úteis, caberá ao senhor determinar."

Obtê-las do sr. Froggett exigiria um bocado de tempo e esforço, Dalgliesh pensou, mas era capaz de uma paciência que às vezes surpreendia seus subordinados, exceto em relação aos arrogantes, incompetentes ou deliberadamente obtusos. Ele já identificara em sua postura um toque familiar de comiseração, uma piedade da qual se ressentia e que jamais aprendera a disciplinar. Uma parte de sua mente lhe dizia que era a salvaguarda contra a arrogância do poder. Preparou-se para uma longa sessão, incapaz de apressar brutalmente o visitante.

"Seria bom relatar desde o início quais são as informações e como as obteve, sr. Froggett."

"Claro. Não tomarei muito de seu tempo. Já falei que conheci a srta. Aldridge quando ela era criança. O pai dela — talvez já o saiba — era diretor de uma escola para rapazes, em Danesford, Berkshire. Trabalhei lá como subdiretor por cinco anos, lecionando história e inglês para a turma dos maiores. Pretendia-se, na verdade, que eu assumisse a direção da escola, mas os eventos impediram que isso acontecesse. Sempre me interessei pelo direito, e particularmente pela criminologia. Infelizmente, não possuía os atributos físicos e vocais que tanto contribuem para o sucesso de um advogado criminalista. Contudo, o estudo do direito criminal tem sido meu principal hobby, e costumava discutir com Venetia casos de interesse jurídico e humano. Ela tinha catorze anos quando começamos nossas lições. Já na época demonstrava um talento excepcional para analisar provas e compreender os aspectos fundamentais dos casos. Costumávamos fazer discussões interessantes na sala da casa dos pais dela, após o jantar. Eles acompanhavam a conversa, mas pouco interferiam. Venetia, porém, participava dos debates com muita imaginação e entusiasmo. Claro, era preciso que eu fosse cuidadoso: nem todos os detalhes do caso Rouse, por exemplo, são adequados aos ouvidos de uma jovem. Todavia, jamais conheci uma jovem com a mente tão sintonizada com o direito. Creio que se pode dizer, sem falsa modéstia, que fui o principal responsável por ela ter-se tornado advogada criminalista, sr. Dalgliesh."

Dalgliesh perguntou: "Ela era filha única? Não conhecemos nenhum parente, e a filha declarou que não há mais ninguém da família. Mas os filhos nem sempre sabem essas coisas".

"Bem, creio que ela os informou corretamente. Era filha única, sem dúvida. O mesmo ocorria com o pai e a mãe, pelo que sei."

"Uma infância solitária, portanto."

"Muito solitária. Ela frequentava a escola local, mas eu tinha a impressão de que suas amigas, se é que existiam, não eram bem-vistas em Danesford. Talvez o pai considerasse que já mantinha contato demais com os jovens em seu trabalho. Pode-se dizer que sua infância foi solitária. Quem sabe por esse motivo as conversas sobre direito fossem tão interessantes para ela."

Dalgliesh disse: "Encontramos um volume dos *Famosos processos britânicos* no escritório dela, na sede do colegiado. O caso Seddon. Tem as iniciais dela e as suas na página de rosto".

O efeito em Froggett foi extraordinário. Seus olhos brilharam e o rosto corou de prazer. "Ela o conservou, então. E na sede do colegiado. Isso é realmente gratificante, muito gratificante. Quando parti, deixei o livro como lembrança. Discutíamos o caso Seddon com frequência. Suponho que se recorde das palavras de Marshall Hall: 'O caso mais sombrio de que já participei'."

"Mantiveram contato, depois que o senhor deixou a escola?"

"Não. Nunca mais nos encontramos. Faltou oportunidade,

por um lado. E, por outro, creio que não teria sido apropriado. Perdemos contato completamente. Não, isso não é exato; ela perdeu contato, eu nunca. Naturalmente, acompanhei sua carreira com interesse. Fiz questão de observá-la, passo a passo. Pode-se dizer que a carreira de Venetia Aldridge foi meu passatempo, nos últimos vinte anos. E isso nos leva ao motivo de minha visita. Esta pasta contém o livro de recortes no qual colei todas as informações que pude obter sobre os casos mais importantes. Ocorreu-me que a solução para o mistério de sua morte poderia estar em sua vida profissional: um cliente decepcionado, alguém que ela tenha acusado com êxito, um ex-presidiário rancoroso. Gostaria de ver?"

Dalgliesh balançou a cabeça, observando os olhos que exibiam uma mistura de súplica e excitação. Ele não conseguiu dizer que todas as informações necessárias à polícia poderiam ser conseguidas nos arquivos do colegiado. O sr. Froggett precisava mostrar o livro de recortes a alguém que deveria demonstrar interesse por sua atividade, e a morte de Venetia Aldridge lhe dera finalmente uma justificativa. Dalgliesh viu os dedos miúdos se ocuparem com o número excessivo de nós. O barbante removido do pacote foi pacientemente enrolado. O tesouro foi revelado.

Sem dúvida, era um registro memorável. Cuidadosamente colados sob títulos que indicavam a data e o nome de cada caso, havia fotos e recortes publicados nos jornais, artigos de revistas analisando os veredictos nos processos mais notórios. Froggett incluíra ainda páginas do caderno de anotações no qual registrava suas impressões após o julgamento, comentando o desenrolar do caso com abundância de frases grifadas e pontos de exclamação. Ele certamente ouvira a apresentação das provas com a atenção disciplinada de um pupilo do colegiado. Virando as páginas, Dalgliesh notou que os casos mais antigos haviam sido registrados apenas com os recortes. Nos dois últimos anos, porém, ele passara a acompanhar tudo de perto. Froggett comparecera às audiências, registrando tudo em detalhe, obviamente.

Ele disse: "Deve ter sido difícil descobrir onde e quando a

320

srta. Aldridge iria comparecer ao tribunal. E, pelo jeito, o senhor foi muito bem-sucedido, nos últimos anos".

A questão implícita, percebeu, não foi bem recebida. Após uma pausa curta, o sr. Froggett retrucou: "Tive sorte, ultimamente. Conheço uma pessoa no fórum, e ela me passava detalhes dos casos pendentes. O público pode acompanhar julgamentos, de modo que não considerei essas informações confidenciais. Contudo, preferiria não fornecer seu nome".

Dalgliesh disse: "Agradeço por ter trazido este material. Posso guardá-lo por algum tempo? O senhor levará um recibo, claro".

O contentamento do sr. Froggett era inquestionável. Ele não tirou os olhos de Dalgliesh, enquanto este preparava o recibo.

Dalgliesh observou: "Mencionou no início que esperava assumir a direção da escola, mas que isso não foi possível. O que ocorreu, exatamente?".

"Ah, o senhor não soube? Bem, suponho que seja um caso muito antigo. Clarence Aldridge se revelou um sádico. Eu mesmo protestei, em inúmeras ocasiões, por causa da severidade e da excessiva frequência com que castigava fisicamente os alunos. Por infelicidade, apesar de minha posição de destaque na instituição, pouca influência eu tinha sobre sua conduta. Ele não ouvia ninguém. Decidi que não poderia continuar cooperando com uma pessoa pela qual estava perdendo o respeito, e portanto pedi demissão. Um ano depois ocorreu uma tragédia, claro. Um dos alunos, o jovem Marcus Ulrick, enforcou-se com o cinto do pijama, que pendurou na balaustrada. Ele ia ser castigado na manhã seguinte."

Finalmente, uma informação valiosa. E Dalgliesh a teria perdido, não fosse por sua paciência. No entanto, não demonstrou que o nome lhe era conhecido.

Em vez disso, perguntou: "E, desde então, não viu mais a srta. Aldridge?".

"Não, desde que deixei a escola. Não achei correto manter contato ou me aproximar dela. Preferia comparecer ao tribunal sem que ela me visse. Felizmente, era o tipo de advogada que nunca olhava para o público. Claro, eu evitava ocupar os bancos nas primeiras fileiras. Não gostaria que ela pensasse que eu estava... bem, seguindo-a. Poderia pensar que eu me comportava como um anormal qualquer. Não, eu não tinha a menor intenção de me intrometer em sua vida, nem de me aproveitar da amizade passada. Desnecessário dizer, eu só desejava seu bem. Obviamente, o senhor tem apenas a minha palavra quanto a isso, comandante. Talvez eu devesse fornecer um álibi para a noite da morte dela. Posso fazer isso facilmente. Compareci ao curso noturno do Wallington Institute, na City, das seis e meia até as nove e meia. Estudamos a arquitetura londrina das seis e meia às oito. Depois, tive aula de italiano, das oito às nove. Espero fazer minha primeira viagem a Roma no próximo ano. Posso fornecer os nomes dos professores dos dois cursos. Eles, e meus colegas presentes, poderão confirmar que estive lá o tempo inteiro. Eu demoraria pelo menos meia hora para ir do Instituto até Temple, de modo que, se a srta. Aldridge estava morta às nove e meia, creio que posso afirmar, com segurança, que eu não poderia ter cometido o crime."

Ele falou quase como se lamentasse o fato, como se estivesse desapontado por não constar da lista de suspeitos. Dalgliesh agradeceu, com ar sério, e levantou-se.

Contudo, o visitante não se apressou. Ele guardou o recibo pelo livro de recortes numa carteira surrada, colocou-a cuidadosamente no bolso interno do paletó e tocou-a como se desejasse garantir que estava em segurança. Em seguida, apertou a mão de Dalgliesh e de Piers com ar compenetrado, como se os três tivessem acabado de conduzir negociações complicadas e altamente confidenciais. Ele olhou para seu livro na mesa de Dalgliesh, e parecia a ponto de dizer algo, mas mudou de ideia, provavelmente poupando um comentário desnecessário, como pedir que o comandante mantivesse o material em segurança.

Piers o acompanhou até a porta. Batendo-a com o vigor costumeiro, ele disse: "Homenzinho extraordinário. Puxa vida, como é esquisito! Acho que nunca vi um caso de fixação tão maluco! Como o senhor acha que tudo começou?".

"Ele se apaixonou quando ela ainda era menina, e isso se

transformou em obsessão — por ela, pelo direito criminal, talvez por ambos."

"Um hobby muito estranho, devo dizer. É difícil dizer o que ele ganha com isso. Obviamente, considerava Aldridge sua protegida. Imagino o que ela teria pensado de tudo isso. Ficaria furiosa, pelo que sabemos dela."

Dalgliesh disse: "Ele não causou mal algum. Sempre fez questão de evitar que ela percebesse que ele acompanhava sua atividade. Os obsessivos costumam incomodar as pessoas, mas ele não. Acho até que ele é um sujeito razoavelmente simpático".

"Não concordo. Francamente, acho que é um doido. Por que não cuidava da vida dele, em vez de sugar a de Aldridge, como se fosse um vampiro? Tudo bem, o senhor pode considerar isso patético, mas na minha opinião é obsceno. Aposto que as tais conversas não aconteciam na sala da casa dos pais coisa nenhuma."

Dalgliesh surpreendeu-se com a veemência de Piers. Normalmente, ele se mostrava muito tolerante, não demonstrava tanta revolta. De certa forma, porém, compreendia a reação dele, que não diferia muito da sua. Para qualquer pessoa que valorizava a privacidade, a ideia de que outro ser humano vivia vicariamente a existência alheia causava repulsa. O obcecado já era um problema; o obcecado secreto, uma abominação. Mas Froggett não fizera mal a seu alvo, não pretendia causar mal algum. Piers tinha razão em considerar seu comportamento obsessivo, mas não havia nele nada de ilegal.

Piers disse: "Bem, ele nos trouxe uma informação que dificilmente teríamos obtido de outro modo. Trata-se de um nome incomum. Se Marcus Ulrick era o irmão mais novo de Desmond Ulrick, isso nos dá um motivo claro. Se for alguém da mesma família, obviamente".

"Será mesmo, Piers? Depois de tantos anos? Se Ulrick desejava matar Aldridge por vingança pelos atos do pai dela, por que esperar vinte anos? E por que culpá-la? Ela não tinha responsabilidade nenhuma. Mesmo assim, precisamos investigar isso. Ulrick normalmente trabalha até tarde. Telefone para a sede do colegiado e veja se ele ainda está lá. Se estiver, diga-lhe que quero vê-lo. Langton e Costello também, se estiverem na sede."

"Esta noite, senhor?"

"Esta noite."

Dalgliesh começou a embrulhar o livro de Froggett. Quando Piers já estava saindo, ele perguntou: "Tem notícias de Janet Carpenter?".

Piers pareceu surpreso. Dalgliesh disse: "Pedi, na sexta-feira, que me avisassem de qualquer fato relativo à sua vida passada. Quem foi a Hereford, por falar nisso? Quem está cuidando do assunto?".

"O sargento Pratt, da City, esteve lá, acompanhado por uma policial feminina. Lamento, senhor, mas pensamos que eles haviam feito um relatório. Não há nenhum registro criminal. Ela ensinava inglês, antes de se aposentar. É viúva, e o único filho morreu de leucemia há cinco anos. Residia num vilarejo, fora da cidade, com a nora e a neta. A neta foi assassinada em 1993, e a nora cometeu suicídio logo depois. A sra. Carpenter queria se afastar das lembranças dolorosas. Foi o caso Beale, não sei se o senhor se lembra. Ele está cumprindo pena. Prisão perpétua. O julgamento foi feito no tribunal de Shrewsbury, e Archie Curtis defendeu Beale. O caso não teve nada a ver com Londres ou com a srta. Aldridge."

A tragédia explicava em parte o que Dalgliesh pressentiu na sra. Carpenter. A resignação muda, a serenidade que não revelava paz interior, mas uma dor profunda suportada com paciência. Ele disse: "Há quanto tempo sabemos de tudo isso?".

"Desde as nove da manhã de hoje."

O tom de voz de Dalgliesh não se alterou. Ele disse: "Quando eu solicitar informações sobre um suspeito, providencie para que eu as receba assim que estiverem disponíveis. Jamais quando eu me lembrar de pedi-las".

"Lamento, senhor. Outras questões me pareceram mais importantes. Ela não tem ficha criminal, e a morte da neta não teve nada a ver com Londres ou Aldridge. É uma história trági-

324

ca, porém antiga. Não me pareceu relevante." Ele fez uma pausa e disse: "Lamento, nada disso serve como justificativa".

"Então, por que falou?"

Piers pensou um pouco e disse: "Quer que eu o acompanhe até a sede do colegiado?".

"Não precisa, Piers. Prefiro falar com Ulrick sozinho."

Depois que Piers saiu, Dalgliesh parou por um momento; abriu a gaveta e pegou a lupa, guardando-a no bolso. A porta se abriu, e a cabeça de Piers surgiu no vão.

"Ulrick está na sede do colegiado, senhor. Ele disse que adoraria vê-lo. Tive a impressão de que foi sarcástico. Estava de saída, mas disse que o esperaria. O sr. Langton e o sr. Costello também estarão lá, até as oito horas."

29

DALGLIESH PERGUNTOU: "O senhor sabia que Venetia Aldridge era filha de Clarence Aldridge, o diretor de Danesford School?".

Ulrick não respondeu imediatamente, e Dalgliesh esperou, pacientemente. O meio-porão, com três elementos do aquecedor elétrico ligados, estava quente demais para uma noite de outono. Dalgliesh, levando o livro de Edmund Froggett, entrara no pátio sob o brilho suave dos lampiões a gás, tendo a impressão de sentir o calor residual do verão passado emanando das pedras ancestrais. A sala de Ulrick era uma cela acadêmica. As estantes repletas de livros, nas quatro paredes, sufocavam Dalgliesh. Na mesa havia pilhas altas de papéis, e Ulrick teve de desocupar a poltrona para que ele pudesse sentar. Era uma das duas poltronas de espaldar alto existentes na sala, próximas demais do aquecedor. Dalgliesh sentiu que seu corpo grudava no couro quente, pegajoso e fedorento.

Como se percebesse o desconforto do visitante; Ulrick abaixou-se para desligar as três barras superiores do aquecedor. Ele o fez com o cuidado deliberado de alguém que realiza uma tarefa delicada, que exige precisão para evitar um desastre. Depois de confirmar que o fulgor das barras sumia, ele se levantou e sentou-se novamente, virando a cadeira para ficar de frente para Dalgliesh.

Ele disse: "Sim, eu sabia. Já sabia que Aldridge tinha uma filha chamada Venetia, e a idade conferia. Fiquei curioso, quando entrou para o colegiado. Perguntei a ela. Não me interessava mais pelo assunto".

"Consegue se lembrar da conversa?"

"Creio que sim. Não foi longa. Estávamos sozinhos na sala

dela, claro. Perguntei: 'Você é filha de Clarence Aldridge, de Danesford?'. Ela me encarou e respondeu que sim. Parecia ressabiada, mas não preocupada. Então eu lhe disse que era o irmão mais velho de Marcus Ulrick. Ela não comentou nada, por um momento, depois falou: 'Imaginei que fossem parentes. Não é um nome comum. E ele me contou que tinha um irmão mais velho'. Em seguida, eu disse: 'Creio que nós dois podemos passar melhor sem comentar o passado'."

"Como ela reagiu?"

"Não sei. Não esperei para ver. Saí da sala antes que ela pudesse me responder. Nenhum de nós voltou a mencionar Danesford. Essa atitude não exigiu esforço da minha parte. Pouco a via, aliás. Ela granjeou a reputação de ser uma mulher difícil de tratar, e eu me mantenho distante das estrelas do colegiado. Tampouco me interessa o direito criminal. A lei deve ser uma disciplina intelectual, e não um espetáculo público."

"Seria penoso demais para o senhor contar o que aconteceu com seu irmão?"

"É mesmo indispensável?" Após uma pausa, ele perguntou: "Isso é necessário, para o andamento da investigação?".

O tom de voz era neutro, mas os olhos acinzentados fixaram-se nos de Dalgliesh com a insistência de uma interrogação.

Dalgliesh disse: "Não sei. Provavelmente não. Não é fácil, em casos de homicídio, saber o que será relevante. A maioria dos casos se complica porque poucas perguntas são formuladas, jamais pelo excesso delas. Sempre senti necessidade de descobrir o máximo possível a respeito da vítima, e isso inclui seu passado".

"Deve ser gratificante ter uma profissão capaz de justificar uma atitude que, nos outros, seria considerada curiosidade imprópria." Ele fez uma pausa, antes de dizer: "Marcus era onze anos mais novo do que eu. Nem cheguei a ir para Danesford. A situação de meu pai era suficientemente próspera para me matricular na escola que ele havia cursado. No entanto, quando Marcus tinha oito anos, as coisas mudaram. Meu pai trabalhava no estrangeiro, eu estava em Oxford e Marcus na casa de um tio paterno, em férias. Meu pai perdera dinheiro, estávamos relativamente pobres. Ele não era diplomata, nem trabalhava numa empresa multinacional. As anuidades escolares não eram pagas pela firma, embora seu salário incluísse uma pequena ajuda educacional. Danesford era uma escola barata. Ficava próxima à casa de meus tios. Tinha fama de aprovar os rapazes em escolas particulares boas e de conseguir bolsas. O lugar era saudável. Meus pais se impressionaram quando a visitaram, embora eu creia que, nas circunstâncias, uma má impressão teria sido muito inconveniente. Seria particularmente inconveniente descobrir que Aldridge era um sádico."

Dalgliesh não respondeu. Ulrick prosseguiu: "Sua perversão era tão comum que a própria palavra 'perversão' talvez seja inadequada. Ele gostava de espancar crianças. Demonstrava certo refinamento, o que talvez lhe desse o direito de reivindicar alguma originalidade. Determinava um certo número de golpes e os desferia publicamente, no momento reservado para tanto, num dia fixo da semana, em geral após o café da manhã. A antecipação diária da humilhação e da dor foram insuportáveis para Marcus. Ele era um rapaz tímido e sensível. Enforcou-se na balaustrada, com o cinto do pijama. Não foi uma morte rápida. Ele sufocou. O escândalo posterior acabou com a escola e com Aldridge. Não sei o que houve com ele. Em resumo, acho que era isso que o senhor queria saber. Creio que é tudo".

Dalgliesh disse: "Aldridge e a mulher já morreram". E pensou, mas não disse, que deixaram uma filha que não gostava dos homens, que competia com êxito no mundo deles, cujo casamento acabou em divórcio e de quem a própria filha não gostava. Mais para si mesmo do que para Ulrick, acrescentou: "Não foi culpa dela".

"Culpa? Não emprego essa palavra. Ela implica um controle de nossas ações que considero amplamente ilusório. O senhor é policial. Precisa acreditar no livre-arbítrio. O direito criminal se baseia na premissa de que a maioria das pessoas pode controlar seus atos. Não foi culpa dela. Foi azar, talvez. Como disse, jamais discutimos o caso. A vida privada deve ser mantida longe do colegiado. Alguém foi responsável pela morte de meu irmão, mas não Venetia Aldridge. Agora, se me dá licença, gostaria que me permitisse ir para casa."

30

SIMON COSTELLO OCUPAVA UMA DAS SALAS menores na parte da frente, no segundo andar. Naquele escritório confortável, embora desorganizado, o único objeto pessoal era uma fotografia da esposa numa moldura prateada, em cima da mesa. Ele se levantou quando Dalgliesh entrou, apontando uma das duas poltronas existentes, que não estavam na frente da lareira e sim ladeando uma mesinha perto da janela. Lá fora, as folhas de uma enorme castanheira, iluminadas por baixo, formavam desenhos em negro e prata na moldura da janela.

Sentando-se, ele disse: "Creio que se trata de uma visita oficial, embora o senhor tenha vindo sozinho. De qualquer modo, calculo que sua vinda seja sempre a serviço, não é? Em que posso ajudar?".

Dalgliesh disse: "Estive em Wareham na sexta-feira, para conversar com o ex-marido de Venetia Aldridge e a mulher dele. Ela havia marcado um encontro com a srta. Aldridge na entrada de Temple em Devereux Court, às oito e quinze da noite de quarta-feira, mas Aldridge não apareceu para abrir o portão. Ela declarou ter visto passar um homem corpulento, ruivo. Creio que ela poderia identificar o senhor como sendo essa pessoa, se viesse a Londres".

Ele não sabia o que esperar da reação de Costello. O advogado se perturbara mais do que os outros membros do colegiado com o assassinato de Aldridge. Sem dúvida, mostrara menos disposição para cooperar. Confrontado com aquela evidência, poderia enrubescer, negar a acusação ou recusar-se a responder enquanto seu advogado não estivesse presente. Tudo era possível. Dalgliesh sabia que correria certos riscos ao trazer o assunto à baila sem corroboração. Contudo, a reação de Costello o surpreendeu.

Ele disse, sem alterar o tom de voz: "Sim, estive lá. Vi uma mulher esperando na passagem, mas obviamente não sabia quem era. Estava lá quando entrei e quando saí. Sem dúvida, ela poderá confirmar que não permaneci mais do que alguns minutos em Temple".

"Sim, foi o que ela declarou."

"Passei por lá porque senti um impulso repentino de ver Venetia. Precisava discutir uma questão importante com ela, relacionada com a possibilidade de que ela assumisse a presidência do colegiado e as mudanças que se propunha a fazer. Sabia que ela costumava trabalhar até tarde nas quartas-feiras. No entanto, como já disse, foi uma decisão impulsiva. Ao chegar a Pawlet Court, vi que as luzes de sua sala estavam apagadas. Isso significava, é claro, que ela já tinha ido embora. Resolvi voltar, sem perder mais tempo."

"Disse, quando foi interrogado pela primeira vez, que saiu do colegiado às seis horas e seguiu diretamente para casa, e que sua esposa poderia confirmar que não saiu mais, naquela noite."

"Como aliás confirmou. Na verdade, ela não se sentia muito bem, e passou boa parte do tempo no quarto dos bebês ou no dela. O policial que a visitou — da polícia metropolitana, creio — não perguntou se passei o tempo inteiro em sua companhia. Ela pensou que eu estivesse em casa naquela noite, mas na verdade saí um pouco. Tampouco me perguntaram se deixei a casa em algum momento. Um de nós — minha esposa — se enganou. Ninguém mentiu deliberadamente."

Dalgliesh disse: "O senhor deve perceber a importância desse fato para estabelecer a hora da morte".

"Sabia que já haviam determinado a hora da morte, com razoável precisão. O senhor se esquece, comandante Dalgliesh, de que sou advogado criminalista. Aconselho meus clientes a responder as perguntas da polícia honestamente, mas nunca dar informações não solicitadas. Acatei meu próprio conselho. Se eu dissesse que estive em Pawlet Court depois das oito, o senhor teria gasto um tempo precioso concentrando-se em mim como principal suspeito, revirando minha vida em busca de algo condenável, incomodando minha esposa, prejudicando meu casamento, provavelmente abalando minha reputação profissional. Enquanto isso, o assassino de Venetia permaneceria impune. Já vi o que acontece aos inocentes que confiam demais na polícia. Quer criar caso em cima disso? Acho uma perda de tempo. Se realmente quiser levar a questão adiante, creio que seria melhor responder outras perguntas na presença de meu advogado."

Dalgliesh disse: "Não será necessário, no momento. Contudo, se houver algum detalhe que tenha ocultado, alguma mentira ou equívoco pendente, sugiro que se lembre que se trata de um caso de homicídio, e que obstruir a atividade policial de investigação é crime, seja cometido por um advogado togado ou por qualquer outra pessoa".

Costello respondeu calmamente: "Alguns de seus colegas consideram minha atividade como advogado de defesa uma obstrução à realização da atividade policial, de qualquer modo".

Não havia mais nada de útil a ser dito no momento. Enquanto descia para a sala do sr. Langton, Dalgliesh pensou em que outras mentiras ele e outros poderiam ter dito, nos fatos sonegados e em quem os teria sonegado. A sensação incômoda de que o caso jamais seria resolvido o atacou novamente.

Hubert Langton estava em sua mesa, trabalhando. Ele se levantou para cumprimentar Dalgliesh, como se o visse pela primeira vez, e depois o instalou na poltrona de couro na frente da lareira. Olhando para o rosto de Langton, Dalgliesh pensou novamente no quanto ele envelhecera desde o assassinato. Os traços definidos, quase agressivos, desmanchavam-se nas rugas da velhice. Faltava firmeza ao maxilar, as bolsas sob os olhos estavam mais flácidas e a pele mais manchada. Todavia, haviam ocorrido mudanças mais profundas do que as físicas. Seu espírito perdera a vitalidade. Sem pressa, Dalgliesh contou o que Kate e Robbins tinham descoberto na visita a Catherine Beddington.

Langton disse: "Então era lá que eu estava. No ensaio. Lamento muito não ter contado. A verdade é que eu não sabia. Boa parte da noite de quarta-feira desapareceu de minha vida. Está me dizendo que elas me viram. Então eu devia mesmo estar lá".

Dalgliesh percebeu quanto era difícil para ele admitir isso, e como seria duro aceitar uma verdade ainda mais dolorosa.

Ele prosseguiu, com voz cansada: "Lembro-me de estar em casa, uns quarenta e cinco minutos depois, e é tudo. Não compreendo o que houve, nem o motivo. Suponho que terei de arranjar coragem para consultar meu médico, mas duvido que ele possa me ajudar. Isso não se parece com nenhuma forma de amnésia que eu conheça". Ele sorriu, depois disse: "Talvez eu esteja secretamente apaixonado por Catherine, e não possa aceitar que tenha passado quase uma hora olhando para ela — caso tenha mesmo feito isso. Não acha que um psiquiatra daria uma explicação desse tipo?".

Dalgliesh disse: "Pode lembrar se foi direto para casa, ao sair da igreja?".

"Nem mesmo isso, infelizmente. Mas tenho certeza de que estava em casa antes das oito, e meus dois ajudantes podem confirmar o fato. Venetia falou com a empregada pelo telefone — não foi? — às quinze para as oito. Sendo assim, estou livre de suspeitas."

Dalgliesh disse: "Jamais o considerei suspeito. Gostaria de saber, porém, se não teria visto alguém conhecido na igreja ou em Pawlet Court, ao sair. Obviamente, se não se lembra, não adianta insistir no assunto".

"Não posso ajudá-lo, realmente. Sinto muito." Ele fez uma pausa, depois disse: "A velhice é assustadora, comandante. Meu filho morreu ainda jovem, e na época isso parecia a coisa mais terrível que poderia acontecer a alguém neste mundo — tanto a ele como a mim. Talvez ele tenha sido mais afortunado. Pretendo me afastar da presidência do colegiado no final do ano, é claro, e também deixar o exercício da advocacia. Um advogado cuja mente pode sofrer lapsos não é apenas ineficiente, ele é perigoso".

31

DALGLIESH AINDA NÃO PRETENDIA deixar a sede do colegiado. Faltava fazer uma coisa. Subiu e destrancou a sala de Venetia Aldridge. Não mais sentia a presença dela lá. Sentou-se na cadeira confortável e a virou, para ajustar o assento conforme sua altura, quase um metro e noventa. Veio-lhe à mente, por um instante, o relato de Naughton sobre o momento em que encontrara o corpo, a cadeira girando para encará-lo ao toque, o olho morto aberto. No entanto, a sala não provocava arrepios de horror; era apenas um escritório vazio, elegantemente decorado, funcional, esperando, como fazia há duzentos anos, a mudança do próximo ocupante temporário, que ali trabalharia durante sua breve vida profissional, fechando finalmente a porta ao sair, fosse um fracasso ou um sucesso.

Ele acendeu a luz da mesa e abriu o livro de recortes de Edmund Froggett, virando as páginas por mera curiosidade, no início, e logo com a atenção concentrada no conteúdo. Ele havia feito um registro extraordinário. Obviamente, dedicara os últimos dois anos aos julgamentos em que Venetia Aldridge comparecera, ou como advogada de defesa, como de hábito, ou, raramente, na acusação. Ele registrava a comarca, o nome do réu, do juiz, do promotor e do advogado de defesa. Em seguida, resumia os principais pontos do caso, conforme apresentado pela acusação. Os argumentos dos dois lados eram resumidos e acompanhados de comentários esporádicos.

A caligrafia era miúda, nem sempre fácil de decifrar, apesar das letras meticulosamente grafadas. Os relatos demonstravam um notável conhecimento das minudências da lei. Froggett concentrava-se no desempenho do motivo de sua obsessão. Por vezes, seus comentários revelavam involuntariamente o professor; mais parecia um jurista a monitorar o trabalho de um pupilo ou assistente. Certamente levava um bloco de anotações para rascunho e transcrevia os detalhes da audiência assim que chegava em casa. Dalgliesh imaginou o homenzinho retornando solitário a seu apartamento deserto, sentando-se para acrescentar algumas páginas de análises, comentários e críticas à sua história de uma vida profissional. Estava claro, também, que ele gostava de enfeitar o livro com imagens. Algumas provinham dos relatos do crime nos jornais, publicados após o veredicto. Havia fotos dos juízes nas cerimônias realizadas no início de cada ano jurídico, com círculos vermelhos em torno do magistrado encarregado do caso em questão. Fotos ocasionais, com certeza tiradas pelo próprio Froggett, mostravam cenas da porta dos tribunais.

Foram as ilustrações, cuidadosamente coladas e identificadas por legendas em caligrafia precisa, que começaram a induzir em Dalgliesh a desconfortável e familiar mistura de piedade com irritação. O que Froggett faria de sua vida, agora que sua paixão lhe fora brutalmente tirada, e o livro transformado apenas num patético *memento mori*? Alguns dos recortes já amareleciam, por conta da idade e da exposição. Quanta dor não sentiria? Froggett, ao falar com ele, mostrara um sentimento digno que poderia ocultar uma perda mais pessoal. Todavia, Dalgliesh suspeitava que a realidade da morte de Aldridge ainda não fora absorvida. No momento, a importância que ele se atribuía era mais forte, excitava-o a ideia de oferecer o livro para a polícia, de fazer parte da trama. E se o interesse dele fosse mais pelo direito criminal do que pela advogada? Iria ainda a Old Bailey, em busca do drama que dava sentido à sua vida? E quanto ao resto da existência? O que acontecera na escola? Era difícil acreditar que Froggett fora subdiretor. E quanto Venetia Aldridge sofrera nas mãos do pai sádico, sentindo-se impotente para ajudar as vítimas, crescendo num mundo fóbico repleto de terror e vergonha?

Com parte da mente no passado, ele virou a página seguinte quase sem pensar. Então, viu a fotografia. A legenda indicava: "Fila na parte externa de Old Bailey, para o julgamento de Matthew Price, 20 de outubro de 1994". O instantâneo mostrava um grupo de cerca de vinte homens e mulheres, fotografados do outro lado da rua. Bem na frente da fila estava Janet Carpenter. Dalgliesh apanhou a lupa e examinou a imagem com cuidado. De qualquer modo, a primeira olhada havia sido suficiente. A fotografia era tão clara que dava a impressão de que Froggett a tirara para registrar o rosto dela, em vez da fila. Não parecia que ela estivesse consciente de sua presença. A cabeça estava voltada na direção da câmera, mas ela olhava por cima do ombro do fotógrafo, como se algo — um grito, um ruído súbito — tivesse atraído sua atenção. Estava apuradamente vestida, sem pretensão de se disfarçar, notou.

Claro, poderia ser coincidência. A sra. Carpenter poderia ter sentido vontade de ver como era um julgamento. Ela poderia também ter algum interesse no caso. Levantando-se, ele foi até a estante e iniciou uma rápida busca entre os cadernos de anotações. Não tardou a encontrar o registro do caso. Venetia Aldridge defendera um marginal medíocre, que inadvertidamente se aventurara a um voo mais alto no mundo do crime, tentando assaltar à mão armada uma joalheria suburbana, em Stanmore. O único tiro disparado por ele ferira o proprietário, mas não o matara. As provas eram incontestáveis. Venetia Aldridge pouco teria feito pelo cliente além de apresentar um comovente apelo para atenuar a pena, tirando no máximo três meses de uma sentença inevitavelmente longa. Lendo os detalhes, Dalgliesh não encontrou nenhuma ligação com Janet Carpenter ou com a morte de Aldridge. Então, o que ela fazia lá, esperando pacientemente na fila, na porta de Old Bailey? Teria havido outro julgamento naquele dia que a interessava? Ou havia um interesse dela por Aldridge?

Ele retomou a leitura cuidadosa do livro de recortes. Nem chegara à metade quando encontrou não um rosto, ao virar a página, mas sim um nome conhecido: Dermot Beale, condenado em 7 de outubro de 1993 no fórum de Shrewsbury pelo assassinato da neta da sra. Carpenter. Desorientado, viu por um segundo o nome em letras de imprensa crescer enquanto o olhava, e as letras enegrecerem a página. Ele foi até a estante e apanhou o caderno de Aldridge. O mesmo nome, mas outro julgamento. Dermot Beale não fora acusado uma única vez de violentar e matar uma criança. Em outubro de 1992, apenas um ano antes, Venetia Aldridge o defendera com sucesso em Old Bailey. Dermot Beale fora considerado inocente, e libertado para matar outra vez. Os dois assassinatos guardavam semelhanças notáveis. Em ambos os casos a criança fora derrubada da bicicleta, raptada, violentada e morta. Nos dois o corpo foi encontrado semanas depois, enterrado numa cova rasa. Até a descoberta acidental ocorrera do mesmo modo: a família no passeio matinal de domingo, com o cachorro, a súbita animação dos animais, que escavaram a terra fofa para revelar um pedaço de tecido, num caso, e a mãozinha da criança no outro.

Sentado à mesa, absolutamente imóvel, Dalgliesh imaginou o que ocorreu ou o que poderia ter ocorrido. Um acidente que não foi acidente, a agilidade para consolar a criança, a sugestão de que a criança atordoada, clamando pela mãe, deveria ser posta no carro e levada para casa. Ele via a bicicleta na beira da estrada, as rodas parando de girar lentamente. No primeiro caso, a defesa fora brilhante. No caderno azul de Aldridge, a principal estratégia da defesa estava clara. "Identificação? Principal testemunha de acusação muito confusa. Oportunidade? Poderia Beale ter ido até Potters Lane de carro em trinta minutos, saindo do estacionamento do supermercado onde fora avistado? Identificação do carro duvidosa. Nenhuma prova material ligando Beale à vítima." Contudo, nem o livro de Froggett nem os cadernos de Aldridge mencionavam o segundo julgamento, em 1993, após o assassinato da neta da sra. Carpenter, ocorrido em Shrewsbury. O mesmo tipo de crime, em comarca diferente, com outro advogado de defesa. Dalgliesh ouvira dizer que a srta. Aldridge jamais defendia o mesmo réu duas vezes, da mesma acusação.

O que ela teria pensado, ao saber do segundo homicídio? Teria se sentido responsável? Seria esse o pesadelo secreto dos advogados de defesa? Ou o dela, pelo menos? Conseguiria se consolar com a ideia de que estava apenas desempenhando sua função?

Ele recolocou o caderno azul de Aldridge no lugar, depois telefonou para a central. Piers não estava, mas Kate atendeu. Rapidamente, ele descreveu o que descobrira.

Após uma pausa, Kate disse: "Temos um motivo, senhor. Fechamos a equação: motivo, meios, oportunidade. Curiosamente, poderia jurar, na primeira vez em que a vi — no apartamento —, que o assassinato era uma novidade para ela".

Dalgliesh disse: "Pode ter sido. Contudo, estamos perto da solução de pelo menos um aspecto do caso. A primeira coisa a fazer amanhã de manhã é visitar Janet Carpenter em seu apartamento. Gostaria que me acompanhasse, Kate".

"Não seria melhor ir hoje à noite, senhor? Ela largou o emprego na sede do colegiado. Não estará trabalhando, pelo menos até as dez. Provavelmente a encontraremos em casa."

"Mesmo assim, já é tarde. Se fôssemos, chegaríamos perto das dez. Ela não é mais jovem. Prefiro encontrá-la quando ela estiver descansada. Vamos detê-la para interrogatório logo cedo, amanhã. Será mais fácil para ela contatar um advogado. Precisará da presença de um."

Sentindo a impaciência de Kate, ele acrescentou, sem a menor apreensão ou premonição de um desastre iminente: "Não há pressa. Ela não sabe nada a respeito de Edmund Froggett. Duvido que esteja pensando em fugir".

32

PARTE DOS MESES INICIAIS da carreira de Dalgliesh como policial foi passada em South Kensington, e ele se recordava de Sedgemoor Crescent como um enclave barulhento de casas superlotadas numa rua difícil de ser encontrada no labirinto entre Earls Court Road e Gloucester Road. Era uma rua curva com casas rebocadas repletas de ornamentos. A grandiosidade do final do período vitoriano contrastava com os blocos de concreto dos prédios modernos de apartamentos, construídos para substituir as casas destruídas por bombardeios inimigos. O crescente terminava no digno pináculo pontudo da igreja de St. James, um imenso monumento de tijolo e mosaico que celebrava a piedade tractariana, muito apreciado pelos amantes da arquitetura vitoriana.

A rua parecia ter subido socialmente, desde sua última visita. A maioria das casas havia passado por uma restauração. O reboco branco brilhava, e as portas recém-pintadas indicavam uma respeitabilidade quase agressiva, enquanto em outras os andaimes apoiados em paredes rachadas e descoloridas exibiam placas que anunciavam sua conversão em apartamentos de luxo. Mesmo os prédios modernos, antes ruidosos devido à gritaria das crianças e de seus pais do alto das sacadas, nas quais penduravam roupas para secar, dera lugar a uma atmosfera insossa de conformismo silencioso.

O número 16, rebatizado de Coulston Court, fora reformado para transformar a imensa residência em vários apartamentos pequenos. Havia um conjunto de dez campainhas, com a indicação "Carpenter" ao lado do número 10, no último andar. Conhecendo a instabilidade daqueles sistemas, Dalgliesh aguardou pacientemente uns três minutos, antes de dizer a Kate: "Vamos apertar todas as campainhas; alguém atenderá. Dificilmente permitirão nossa entrada sem confirmar a identificação, mas podemos dar sorte. Claro, a maioria já deve ter saído para o serviço".

Ele apertou as campainhas sucessivamente. Uma voz grossa, porém feminina, respondeu. Ouviu-se um zumbido, e a porta se abriu quando ele a empurrou. Uma mesa pesada de carvalho, encostada na parede, obviamente destinava-se à correspondência. Kate disse: "Tínhamos um acerto semelhante no primeiro apartamento onde morei. Quem descer primeiro, de manhã, pega as cartas e as coloca sobre a mesa. Os moradores curiosos ou meticulosos as separam por nome, mas em geral ficam empilhadas, e cada um procura as suas. Ninguém se preocupa em devolver a correspondência indesejada, e as malas diretas se acumulam. Odiava que as pessoas vissem minhas cartas. Quem queria privacidade precisava acordar cedo".

Dalgliesh olhou para as poucas cartas que restavam no hall de entrada. Uma, num envelope com janela transparente, trazia a indicação "Pessoal e confidencial". Estava endereçado à sra. Carpenter.

Ele disse: "Parece um extrato bancário. Ela não apanhou a correspondência. A campainha deve estar com defeito. Vamos subir".

O último andar, iluminado por uma imensa claraboia, era surpreendentemente claro. Havia quatro portas numeradas. Kate estava a ponto de apertar a campainha do apartamento 10 quando viu, ao olhar para baixo da escada, uma moça que os encarava com ar ansioso. Obviamente, acabara de acordar. Seus cabelos revoltos emolduravam um rosto ainda zonzo de sono. Usava um roupão masculino folgado. Ao vê-los, seu rosto se iluminou de alívio.

"Vocês tocaram a campainha? Sinto muito. Estava dormindo, quando ouvi o barulho. Pensei que fosse o meu namorado. Ele trabalha de noite. Os moradores da associação vivem dizendo que não devemos deixar ninguém entrar sem pedir a identificação. O sistema não funciona bem, a gente não ouve nada, e quando a gente está esperando alguém não consegue pensar

340

direito. Não sou a única. A srta. Kemp sempre faz isso, quando consegue escutar a campainha. Querem falar com a sra. Carpenter? Ela deve estar em casa. Eu a vi ontem, por volta das seis e meia. Saiu para pôr uma carta no correio — pelo menos, tinha um envelope na mão. E, mais tarde, ficou assistindo à televisão com o som no máximo."

Dalgliesh perguntou: "A que horas foi isso?".

"A tevê? Lá pelas sete e meia, acho. Ela não ficou fora por muito tempo. Em geral, não a ouço. Os apartamentos são bem isolados acusticamente, e ela não costuma fazer barulho. Algum problema?"

"Não. Estamos aqui para visitá-la, só isso."

Ela hesitou por um momento, mas algo na voz dele a tranquilizou ou soou como despedida. Ela disse: "Tudo bem". Em seguida, ouviram o barulho da porta sendo fechada.

Ninguém atendeu, quando tocaram. Nem Dalgliesh nem Kate falaram nada. Seus pensamentos seguiam rumos paralelos. A sra. Carpenter saíra cedo, antes da chegada da correspondência, ou depois das sete e meia, na noite anterior, talvez para passar a noite com uma amiga. Seria prematuro pensar em arrombar a porta. Mas Dalgliesh sentiu o peso súbito da premonição, tão familiar em ocasiões anteriores. Embora intuitiva, ela costumava ter alguma base racional.

Havia uma fileira de vasos de plantas na parte externa do apartamento 9. Ele se aproximou e encontrou, entre as folhas de um lírio, um recado dobrado que dizia: "Srta. Kemp. Gostaria que ficasse com estes vasos, como um presente. Cuide bem deles. A *calathea* e a samambaia gostam de umidade. Crescem bem no banheiro e na cozinha. Deixarei a chave, antes de ir embora, para o caso de vazamento ou invasão. Devo me ausentar por uma semana. Muito obrigada". Estava assinado: "Janet Carpenter".

Dalgliesh disse: "Ela deve ter deixado a chave. Vamos torcer para que a srta. Kemp esteja em casa".

Ela estava, mas eles só ouviram o barulho do trinco depois de tocar três vezes a campainha. A porta foi aberta com cautela,

341

sem que a senhora idosa tirasse o pega-ladrão para espiar pela fresta, deparando-se com os olhos de Dalgliesh.

Dalgliesh disse: "Srta. Kemp? Lamentamos incomodar. Somos da polícia. Esta é a inspetora Miskin, e meu nome é Dalgliesh. Precisávamos falar com a sra. Carpenter, mas ninguém atendeu, e gostaríamos de saber se está tudo em ordem".

Kate mostrou a identidade. A srta. Kemp a examinou cuidadosamente, formando as palavras com a boca em silêncio, enquanto lia. Então, pela primeira vez, seus olhos pousaram nos vasos.

"Então ela os deixou mesmo. Havia prometido. Foi muita gentileza. São da polícia? Acho que está tudo bem. Mas ela saiu. Não a encontrarão em casa. Disse que ia viajar, de férias, e que me daria os vasos. Costumo regá-los quando ela está fora da cidade, o que não ocorre com frequência, porém. No máximo, passa um fim de semana na praia. Acho melhor colocá-los para dentro, não adianta deixá-los aí fora, certo?"

Ela soltou a trava e apanhou o vaso mais próximo com suas mãos enrugadas e trêmulas. Kate abaixou-se para ajudar. "Vejo que deixou um recado. Despedindo-se e falando das plantas, suponho. Bem, ela sabe que estarão em boas mãos."

Dalgliesh disse: "Precisamos da chave, srta. Kemp".

"Mas eu já falei, ela não está em casa. Viajou."

"Gostaríamos de ter certeza."

Kate estava carregando os vasos e a encarou por algum tempo. A srta. Kemp abriu a porta. Kate e Dalgliesh a seguiram pelo corredor estreito.

"Ponha-os em cima da mesa. Os pratos estão secos, não é? Ela nunca põe água demais. Esperem aqui."

Ela retornou rapidamente, com duas chaves presas numa argola. Agradecendo, Dalgliesh pensava em como persuadi-la a permanecer em seu apartamento. No entanto, ela não mostrou mais interesse neles ou no que pretendiam fazer. Repetiu, apenas: "Não está em casa. Ela viajou".

Kate carregou os dois vasos restantes e a porta foi fechada imediatamente, com firmeza.

Ele soube o que encontraria assim que girou a chave e empurrou a porta. Para lá do pequeno hall de entrada havia uma porta aberta, que dava para a sala. A premonição da tragédia não se restringe à morte violenta; sempre ocorre o momento da percepção, por mais rápido que seja, da iminência do golpe, do choque do carro, da queda da escada. Parte de sua mente esperava o horror que o olfato e a visão confirmaram. Mas não esperava tanto. Nunca poderia. A garganta fora cortada. Curioso que uma frase tão curta pudesse descrever tamanho derramamento de sangue.

Janet Carpenter estava deitada de costas, com a cabeça virada na direção da porta e as pernas rígidas abertas, numa pose que parecia meio indecente. A perna esquerda estava grotescamente dobrada, com o calcanhar levantado, e o dedão encostado no chão. Ao lado da mão direita havia uma faca de cozinha com o cabo e a lâmina manchados de sangue. Ela usava uma saia de tweed marrom salpicado de azul e um conjunto azul de blusa de gola fechada e cardigã. As mangas esquerdas das duas peças estavam arregaçadas, expondo o cotovelo. Havia um corte no pulso esquerdo, e na lateral interna do braço, algumas letras escritas com sangue.

Eles se ajoelharam ao lado do corpo. O sangue secara, formando uma mancha marrom, mas as letras estavam claramente legíveis, e a data também: "R v Beale, 1992".

Kate encarregou-se de colocar o óbvio em palavras, murmurando como se falasse consigo mesma: "Dermot Beale. O assassino que Aldridge defendeu e livrou da prisão em 1992. Um ano depois, ele violentou e matou novamente. Desta última vez, a vítima foi Emily Carpenter".

Como Dalgliesh, Kate evitou tocar no sangue. Ele esguichara por toda a sala, manchando o teto, a parede, o assoalho de madeira bem encerado, até o único tapete da sala, sobre o qual ela se encontrava. A saia estava dura de sangue. O ar cheirava a sangue.

Talvez não fosse a mais terrível das mortes violentas. Rápida, era mais misericordiosa do que a maioria dos métodos, caso

343

a pessoa tivesse força na mão e fizesse uma incisão inicial profunda e certeira. Contudo, raros suicidas se mostravam capazes disso. Normalmente, havia algumas tentativas de cortes na garganta ou no pulso. Naquele caso, não. O corte preliminar no pulso, que fornecera sangue para a mensagem, fora superficial mas decidido; um único golpe bastara, deixando uma linha irregular, coberta de sangue seco.

Ele olhou de relance para Kate, silenciosamente parada ao lado do cadáver. Seu rosto pálido estava calmo, e ele não temia que a moça pudesse desmaiar. Era uma policial tarimbada; confiava que ela se comportasse como tal. No entanto, a calma profissional dos colegas masculinos advinha da experiência adquirida ao longo dos anos, da capa protetora do distanciamento e da aceitação das realidades do serviço. Suspeitava, no caso de Kate, que a calma resultava de uma disciplina mais dolorida, vinda do fundo do coração. Nenhum membro de sua equipe, homem ou mulher, era insensível. Ele recusava os indiferentes, os sádicos incipientes, os que necessitavam de humor negro para anestesiar o horror. Como os médicos, enfermeiros e policiais de trânsito que arrancavam corpos despedaçados dos metais retorcidos, era impossível realizar o trabalho se os pensamentos se concentrassem nas próprias emoções. Era necessário criar uma carapaça, por mais frágil que fosse, de distanciamento e aceitação. Só ela permitia o exercício eficiente da função e garantia a sanidade psíquica. O horror penetrava na mente, mas era indispensável impedir que ele encontrasse um lugar permanente. A força de vontade de Kate era notável, e ele se perguntava, por vezes, qual seria o custo para a moça.

Influenciado pela formação que tivera na infância, ele desejou por um momento que ela não estivesse ali. Seu pai tivera imenso respeito e carinho pelas mulheres, desejara filhas desesperadamente, acreditava que as mulheres eram tão capazes quanto os homens, em qualquer função, exceto naquelas que dependiam de força física excepcional. Contudo, ele as via também como uma influência civilizadora, cuja sensibilidade e compaixão peculiares tornavam o mundo um lugar mais belo.

O jovem Dalgliesh fora educado para acreditar que tais qualidades deviam ser protegidas com cavalheirismo e respeito. Nesse e em outros aspectos, seu pai não poderia ter sido mais politicamente correto. Dalgliesh jamais conseguira, em sua época mais agressiva e muito diferente, se livrar da doutrinação de seu pai, um clérigo. No fundo do coração, jamais desejou isso, aliás.

Kate disse: "Um corte preciso, na jugular. Ela devia ter mais força na mão do que seria de se esperar. Não me parecem particularmente fortes, mas as mãos sempre aparentam fragilidade". E acrescentou: "Mais mortas do que o resto do corpo". E enrubesceu ligeiramente, como se o comentário fosse estúpido.

"Mais mortas e mais tristes, talvez porque sejam a parte mais ativa do nosso corpo."

Ainda agachado, sem tocar o corpo, ele examinou cada uma das mãos cuidadosamente. A direita estava coberta de sangue, a esquerda semicerrada, com a palma para cima. Ele pressionou levemente a carne na base dos dedos, depois explorou os dedos com a mão. Passado mais um momento, ele se levantou e disse: "Vamos dar uma olhada na cozinha".

Se Kate estava surpresa, não o demonstrou. A cozinha ficava no fundo da sala, e originalmente fizera parte do cômodo; a janela alta em curva combinava com as duas janelas da sala, dando para a mesma vista do jardim arborizado. Era pequena, porém bem equipada e imaculadamente limpa. Havia duas cubas na pia existente sob a janela, que imitava madeira e ia de parede a parede, com armários tanto na parte inferior como na superior. Uma parte, revestida de azulejos cerâmicos, servia para o preparo de alimentos, tendo na lateral esquerda uma tábua de carne grande e em seguida o bloco de madeira para as facas. Uma fenda — à esquerda da faca maior — estava vazia.

Dalgliesh e Kate pararam na porta, sem entrar. Dalgliesh perguntou: "Não acha que há algo estranho por aqui?".

"Não creio." Kate fez uma pausa, olhando com mais atenção, depois disse: "Tudo me parece comum e normal, exceto que eu provavelmente teria deixado o detergente de lavar louça do lado esquerdo da pia. Além disso, a tábua de carne e as facas

estão num lugar impróprio. Pouco prático, em relação ao fogão".
Após uma nova pausa, ela disse: "O senhor acha que ela era canhota?".

Dalgliesh não respondeu. Ele abriu três gavetas, olhou seu
conteúdo e as fechou, insatisfeito. Depois voltou para a sala.

Dalgliesh disse: "Olhe a mão esquerda, Kate. Ela era faxineira, não se esqueça".

"Só três noites por semana, e usava luva."

"Há uma pequena protuberância, quase um calo, na parte
interna do dedo médio da mão esquerda. Creio que ela escrevia
com essa mão."

Kate agachou-se e olhou de perto, sem tocar a mão. Segundos depois, comentou: "Se ela era canhota, como alguém poderia saber? Ela chegava para trabalhar depois que a maioria do
pessoal da sede do colegiado já havia ido embora, e dificilmente
a veriam escrevendo".

Dalgliesh disse: "Provavelmente a sra. Watson, que dividia
o serviço com ela. Talvez a srta. Elkington possa confirmar o
fato. A sra. Carpenter seguramente assinava recibos, nos dias de
pagamento. Telefone para ela do carro, Kate, por favor. Se confirmar nossas suspeitas, acione o dr. Kynaston, os fotógrafos, a
polícia técnica, todo mundo — e Piers, é claro. Tendo em vista
o padrão das manchas de sangue, seria aconselhável que a técnica mandasse um biólogo forense. Fique lá até a chegada do
reforço. Quero alguém à porta, para garantir que ninguém
deixe o prédio. Seja discreta. Nossa versão será que a sra. Carpenter foi atacada, não que está morta. Logo todos saberão, mas
vamos manter os abutres afastados enquanto for possível".

Kate saiu discretamente, sem dizer mais nada. Dalgliesh
aproximou-se da janela e olhou para o jardim. Disciplinara a
mente para não especular; a especulação anterior aos fatos era
sempre fútil e ocasionalmente perigosa.

Aqueles minutos suspensos e invioláveis, na companhia de
um morto que nada exigia, soaram a Dalgliesh como uma dádiva
do tempo, em que nada se exigia dele a não ser esperar. Aqueles
parcos minutos permitiram que se retirasse para o recanto ínti-

mo do qual dependiam sua vida e sua poesia, não por força da vontade, mas graças ao relaxamento do corpo e da mente. Não era a primeira vez que ficava sozinho com um defunto. A sensação, familiar mas sempre esquecida até a ocasião seguinte, retornou e tomou posse do detetive. Ele experimentou um recolhimento único e absoluto. A sala vazia, exceto pela sua presença, não teria como estar mais solitária. A personalidade de Janet Carpenter não poderia ter sido mais poderosa em vida do que era sua ausência na morte.

Nos andares inferiores, as moradias compartilhavam a quietude. Naquelas cabines isoladas as atividades cotidianas se processavam. Pessoas abriam cortinas, faziam chá, regavam plantas. Quem acordava tarde seguia para o banheiro, tropeçando, para tomar uma ducha. Todos inconscientes do horror no último andar. Quando a notícia se espalhasse, a reação seria diversificada, como sempre: medo, piedade, fascínio, vaidade, ressurgimento do ânimo por continuar vivo, prazer de contar a história aos amigos no serviço, excitação meio envergonhada com o derramamento do sangue alheio. Se fosse mesmo assassinato, o apartamento jamais superaria a contaminação, que de qualquer modo seria menos sentida do que na conspurcada sede do colegiado em Middle Temple. Lá se perdera mais do que uma amiga ou colega.

O som do telefone celular quebrou o silêncio, e ele ouviu a voz de Kate: "Janet Carpenter era canhota. Não resta a menor dúvida a respeito".

Então, tratava-se mesmo de homicídio. Parte de sua mente, porém, sabia disso desde o começo. Ele perguntou: "A srta. Elkington perguntou por que você queria saber isso?".

"Não, senhor, e eu não lhe disse nada. O dr. Kynaston era aguardado no hospital nesta manhã, mas não apareceu. Deixei recado. Piers e o resto da equipe já estão a caminho. O laboratório da polícia técnica só poderá enviar alguém na parte da tarde. Há um técnico doente, e dois já saíram para tratar de outros casos."

Dalgliesh disse: "Então teremos de esperar até a parte da

tarde. Paciência. Gostaria que alguém desse uma olhada no padrão das manchas de sangue. Não permita que ninguém saia do prédio sem ser interrogado. Provavelmente a maioria já foi para o serviço, mas podemos conseguir os nomes na campainha da entrada. Você e Piers podem cuidar das entrevistas. Vamos falar com a moça que nos deixou entrar. A que horas exatamente ela ouviu o barulho da tevê, e a que horas o aparelho foi desligado? Avise quando for subir, Kate. Quero fazer uma experiência".

Cinco minutos depois, ela ligou novamente. "Robbins e o DC Meadows já estão aqui embaixo, senhor. Vou subir."

Dalgliesh saiu do apartamento e parou no patamar da escada, encostando na parede ao lado de um armário. Ouviu os passos rápidos de Kate. Quando ela chegou ao patamar e se aproximou da porta, ele avançou, por trás. Ela soltou um grito abafado, ao sentir a mão que a empurrava em direção à porta.

Em seguida, virou-se e disse: "Quer dizer que alguém poderia ter entrado assim?".

"Possivelmente. Significaria, claro, que ele sabia quando ela deveria voltar para casa. Ela poderia ter deixado que ele entrasse, também. Mas será que faria isso, se fosse um desconhecido?"

Kate disse: "Ela se preocupava menos com segurança do que a maioria das pessoas idosas. Duas trancas, uma Banham, mas não tinha pega-ladrão".

Miles Kynaston foi o primeiro a chegar à cena do crime, seguido de perto por Piers, em companhia dos fotógrafos. Ele deve ter chegado ao laboratório do hospital logo depois que Kate ligou, e veio direto. Parou na porta. Seus olhos calmos observaram a sala antes de pousarem sobre a vítima. Seu olhar era sempre igual: um brilho momentâneo de compaixão, tão rápido que passaria despercebido por quem não o conhecesse, e depois o escrutínio atento e interessado de um homem que, mais uma vez, se deparava com uma prova fascinante da depravação humana.

Dalgliesh disse: "Janet Carpenter. Um dos suspeitos no caso do assassinato de Venetia Aldridge. Kate e eu descobrimos o corpo há quarenta minutos, quando viemos aqui interrogá-la".

Kynaston balançou a cabeça, sem falar nada, afastando-se

em seguida do corpo, enquanto os fotógrafos, igualmente taciturnos, passavam por ele e Dalgliesh, cumprimentando este último antes de iniciarem o trabalho. Nesse tipo de homicídio, a posição do corpo e o padrão das manchas de sangue constituíam provas importantes. Os olhos da câmera vinham em primeiro lugar, para registrar a realidade brutal, antes que Dalgliesh e Kynaston pudessem arriscar a menor perturbação do cadáver. Para Dalgliesh, aquelas preliminares da investigação, as manobras cuidadosas dos fotógrafos em torno do corpo, as lentes impessoais focalizadas em olhos vidrados cordatos, a crueza da carne retalhada, eram o primeiro passo na violação dos mortos indefesos. Contudo, tudo isso seria realmente mais desumano do que as rotinas que se seguiam à morte natural? A tradição quase supersticiosa de que os mortos deviam ser tratados com reverência sempre falhara em algum ponto daquela cuidadosamente documentada jornada final até o crematório ou o cemitério.

Ferris e seus colegas da SOCO chegaram, subindo a escada em silêncio tão absoluto que o primeiro sinal de sua presença foi a leve batida na porta. Ferris olhava com olhos ávidos, franzindo a testa de ansiedade com os movimentos dos fotógrafos em volta do corpo, ansioso para iniciar sua busca antes que a cena fosse contaminada. Teria de esperar, porém. Depois que os fotógrafos empacotaram seu material com a mesma eficiência econômica com que trabalhavam, Miles Kynaston tirou o paletó e se agachou para iniciar sua tarefa.

Dalgliesh disse: "Ela era canhota. Independentemente disso, no entanto, seria um suicídio improvável. Há manchas de sangue no teto e no alto da parede. Ela devia estar em pé quando a garganta foi cortada".

As mãos enluvadas de Kynaston se ocupavam do corpo com gentileza, como se os nervos mortos ainda pudessem sentir. Ele disse: "Um único corte, da esquerda para a direita, seccionando a jugular. Corte superficial no pulso esquerdo. Ele a pegou por trás, provavelmente, puxou a cabeça, deu o talho preciso e depois depositou o corpo no chão com cuidado.

Veja a posição deselegante da perna dobrada. Ela já estava morta quando tocou o chão".

"O corpo da vítima o protegeu do sangue que esguichava. Mas e o braço direito?"

"É difícil dizer. Foi rápido e certeiro. Mesmo assim, creio que o braço direito deve ter sido bem manchado. Ele provavelmente se lavou antes de sair. Caso estivesse usando paletó ou jaqueta, o punho e parte da manga se sujariam de sangue. Ela não ficaria esperando pacientemente, enquanto ele se despia."

Dalgliesh disse: "Vamos procurar traços de sangue no sifão da pia da cozinha ou do banheiro, mas acho improvável achar algo. Creio que esse assassino era do ramo. Deixaria a torneira aberta por um bom tempo. A faca pertencia ao conjunto existente na cozinha, mas não creio que tenha usado esta. Foi um crime premeditado. Aposto que ele trouxe sua própria faca".

Kynaston disse: "Se ele não usou esta faca, foi uma similar. Então, ele a matou, lavou sua faca e suas roupas, pegou uma outra faca na cozinha, sujou-a com o sangue da vítima e colocou a mão dela em torno do cabo. É assim que imagina a cena?".

"Trata-se de uma hipótese de trabalho. Isso exigiria muita força? O crime poderia ter sido perpetrado por uma mulher?"

"Por uma mulher decidida, com uma faca bem afiada, sim. Mas não me parece um crime feminino."

"Nem para mim."

"Como o criminoso entrou?"

"A porta estava trancada, quando chegou. Creio que ele se escondeu na parte escura do patamar da escada e esperou por ela. Quando a vítima abriu a porta, ele a empurrou e entrou também. Entrar no prédio não é difícil. Basta tocar várias campainhas e esperar que alguém destranque a porta externa. Alguém sempre faz isso."

"E depois ele esperou. Era um sujeito paciente."

"Paciente quando necessário. Mas talvez conhecesse a rotina dela, seus hábitos, a que horas costumava voltar para casa."

Kynaston disse: "Se ele sabia de tudo isso, é estranho que

350

não soubesse que ela era canhota. As letras escritas com sangue — suponho que signifiquem algo...".

Dalgliesh explicou, acrescentando: "Ela era a principal suspeita pela morte de Aldridge. Teve os meios e a oportunidade. O caso de 1992, no qual Aldridge livrou Beale da cadeia, lhe deu um motivo. Isto aqui foi feito para parecer suicídio, e se ela não fosse canhota duvido que pudéssemos provar que foi assassinato. Mas pareceu suspeito desde o início, a garganta cortada em pé, quando teria sido mais comum fazer isso na banheira ou na pia. Ela era uma mulher caprichosa, teria se importado com a sujeira. É curioso como os suicidas costumam dar importância a isso. E por que deixar uma mensagem escrita com seu sangue, se tem papel e caneta? E ela não teria cortado a própria garganta. Há maneiras mais delicadas, menos brutais. Contudo, por mais estranhas que sejam as circunstâncias, suspeitas não constituem prova legal. Os júris preferem acreditar que os suicidas, tendo chegado ao ponto de cometer um ato tão incrível, tendem à excentricidade".

Kynaston disse: "Um único erro, mas decisivo. Geralmente, são os muito espertos que os cometem".

Ele havia encerrado o exame preliminar. Limpou o termômetro e o guardou cuidadosamente na caixa, dizendo: "Hora da morte, entre sete e oito da noite passada, a julgar pela temperatura do corpo e a extensão do rigor. Poderemos ter um intervalo mais estreito, depois da autópsia. Suponho que seja urgente, certo? Nos seus casos, sempre é. Posso encaixar esta autópsia na minha agenda desta noite, provavelmente das oito às oito e meia. Telefonarei para confirmar". Ele deu uma última olhada no corpo. "Pobre coitada! Pelo menos, foi rápido. O sujeito era mesmo do ramo. Espero que o pegue logo, Adam."

Pela primeira vez, Dalgliesh ouviu Miles Kynaston expressar sua esperança de ver um caso resolvido.

Imediatamente após a saída de Kynaston, o pessoal da polícia técnica começou a trabalhar. Dalgliesh se afastou do corpo, deixando a área vital entre a cozinha e o banheiro desimpedida. Kate e Piers ainda entrevistavam os moradores do prédio.

Haviam começado pela srta. Kemp; quarenta minutos se passaram até que Dalgliesh ouvisse o ruído da porta quando foi fechada e dos passos da dupla na escada. Eles estavam levando mais tempo do que o normal, e ele esperava que a demora significasse resultados promissores. Dalgliesh resolveu concentrar a atenção nos detalhes do apartamento.

O móvel mais notável era a escrivaninha encostada na parede, à direita. Obviamente, a sra. Carpenter a trouxera na mudança para aquele apartamento. Era sólida, de carvalho encerado, grande, desproporcional para o tamanho da sala. Só aquela peça da mobília não era nova. O sofá de dois lugares encostado na parede, o conjunto de mesa e quatro cadeiras, a poltrona solitária de frente para o aparelho de televisão instalado entre as duas janelas, tudo parecia novo, sem uso, como se tivesse acabado de chegar da loja. Eram todos móveis modernos, convencionais e comuns em termos de design. O tipo de mobília que a gente encontra em hotéis três-estrelas. Não havia quadros, fotografias, ornamentos. Era a morada de uma mulher que escondia o passado, uma sala com o essencial para o conforto físico, capaz de deixar o espírito solto para vagar por espaços amplos e desertos. A pequena estante de livros, à direita da escrivaninha, continha apenas edições modernas dos principais poetas e romancistas clássicos: uma biblioteca pessoal, cuidadosamente selecionada para fornecer um substancial repasto literário, quando fosse preciso.

Dalgliesh seguiu depois para o quarto de dormir. Era pequeno, contendo uma única janela alta. Ali, o conforto mínimo cedera lugar à austeridade total; uma cama de solteiro coberta por uma colcha leve, um criado-mudo de carvalho com abajur e alguns livros, uma cadeira e um armário embutido. A bolsa marrom lisa estava no chão, ao lado da cama. Dentro dela, tão organizada quanto os pertences de Venetia Aldridge na bolsa da advogada, não havia itens supérfluos. Ele se surpreendeu, porém, ao descobrir que ela continha duzentas e cinquenta libras em notas novas de dez e vinte guardadas na carteira. Um vestido de lã estampada fina pendia no único gancho atrás da porta.

Não havia penteadeira. Ela provavelmente escovava o cabelo e se maquiava no espelho do banheiro, que se encontrava no momento fora de seu alcance, até que Ferris terminasse a parte dele. Exceto pelo carpete no chão, o quarto poderia servir como claustro a uma freira; ele quase chegou a sentir falta do crucifixo acima da cama.

Retornando à escrivaninha, abriu a tampa e sentou-se para iniciar a busca, sem ter ideia clara do que procurava. Vasculhar os remanescentes de uma vida abruptamente encerrada era uma parte indispensável da investigação. A vítima morrera em consequência do que fora, de onde estava, do que havia feito, do que sabia. As pistas que conduziam ao assassino sempre se encontravam nos aspectos da vida. Por vezes, porém, a busca lhe parecia uma presunçosa violação da privacidade que a vítima não mais poderia proteger, e suas mãos enluvadas tocavam os pertences como se o tato pudesse conduzi-lo às profundezas da personalidade da morta.

Uma escrivaninha bem menor teria bastado para guardar tudo. Quatro dos seus escaninhos estavam vazios. Os dois últimos continham um envelope com contas a pagar e outro, maior, com os dizeres "contas pagas" em caligrafia caprichada. Era óbvio que ela pagava os compromissos em dia e guardava os recibos por seis meses. Não encontrou cartas pessoais. A semelhança com a mesa e os papéis de Venetia Aldridge era quase macabra.

Sob a fileira de escaninhos havia duas gavetas largas. A da direita continha pastas pretas plastificadas. Uma guardava os extratos bancários da conta atual; outra, mais magra, os registros de uma conta de poupança com um saldo de cento e quarenta e seis mil libras. Esta última revelava rendimentos baixos acumulados ao longo do tempo, sem depósitos ou saques até o dia 9 de setembro do ano em curso, quando cinquenta mil libras foram transferidas para sua conta corrente. Ele consultou os extratos da conta corrente, verificando que o total fora creditado e que, dois dias depois, ela havia sacado dez mil libras em dinheiro.

Ele abriu o armário inferior à esquerda, e depois as três gavetas da direita. O armário estava vazio. Na gaveta de cima havia apenas três listas telefônicas. A gaveta do meio continha uma caixa de papel de carta sem pauta e vários envelopes. Só na gaveta de baixo, a terceira, ele descobriu algo interessante.

Dalgliesh achou uma pasta que continha, organizados em ordem cronológica, os recibos que explicavam a origem das cento e quarenta e seis mil libras. Em dezembro de 1993, Janet Carpenter vendera a casa de Hereford e comprara o apartamento em Londres; a história das transações podia ser deduzida pelas cartas dos corretores imobiliários para seu advogado, pelo relatório do avaliador e pelos orçamentos de uma empresa de mudança. Uma oferta à vista pela casa de Hereford, quase cinco mil libras abaixo do preço pedido, fora rapidamente aceita. A mobília, os quadros e os objetos da casa haviam sido vendidos com o imóvel, e não guardados em algum depósito. Os itens menos valiosos foram doados ao Exército da Salvação, antes da entrega da casa. Havia uma cópia da carta da sra. Carpenter ao advogado, solicitando que a correspondência fosse enviada a ele pelo novo proprietário, para posterior remessa a ela. Ninguém deveria saber seu endereço em Londres. Ela havia rompido os laços com a vida anterior com eficiência implacável e um mínimo de alvoroço, como se a morte da neta e da nora tivesse ceifado mais do que suas vidas.

Não só a escrivaninha de carvalho restara da vida anterior, porém. Ela trouxera consigo um envelope pardo grande, estufado, sem indicações externas do conteúdo, com a aba colada. Sem dispor de um abridor de cartas, Dalgliesh enfiou o dedo por baixo da aba e rasgou o envelope, sentindo uma pontada irracional de culpa e irritação quando o papel se rasgou de modo irregular. Lá dentro encontrou uma única folha dobrada, um maço de fotografias e outro de cartões de Natal e aniversário, presos por elásticos. As fotos eram todas da neta morta; algumas poses formais, vários instantâneos familiares amadores, cobrindo sua vida desde que era um bebê no colo da mãe até a festa de aniversário de doze anos. O rosto jovem, de olhos vivos e confiantes, sorria obedientemente para a câmera, na série panorâmica de ritos de passagem: no primeiro dia na escola, de uniforme novo,

354

com um sorriso ávido e apreensivo; no casamento de uma moça conhecida, como dama de honra, com o cabelo enfeitado por uma tiara de rosas; na comemoração da primeira comunhão, séria, de véu branco. Os cartões de Natal e aniversário haviam sido enviados para a avó, desde os quatro anos até a data da morte. Continham mensagens cuidadosamente redigidas, com suas próprias palavras, é óbvio, numa mistura de preocupações infantis, êxitos escolares e mensagens amorosas.

Finalmente, Dalgliesh leu a carta manuscrita. Não havia endereço nem data.

Querida Janet,
Por favor, perdoe-me. Sei que vou cometer um ato egoísta. Sei que não deveria deixá-la. Ralph morreu, e agora Emily. Você só tem a mim. Mas eu não posso fazer nada por você. Sei que está sofrendo muito, mas não sou capaz de ajudá-la. Não me resta amor para dar, só consigo sentir dor atualmente. Só espero a noite chegar, para que eu possa tomar o remédio e dormir, às vezes. Dormir é como uma morte breve, mas tenho sonhos, e ouço a voz dela a me chamar, sabendo que não posso atender, que nunca mais poderei atender. Sempre acordo, embora reze para não acordar, e a dor volta como um peso enorme, escuro. Sei que não vai diminuir, e não consigo mais viver com ela. Lembro-me de Ralph com amor, mesmo quando a lembrança é dolorosa, porque eu estava lá com ele, quando morreu, e segurei sua mão e ele sabia que eu o amava. Juntos, conhecemos a felicidade. Mas não posso pensar na morte de Emily sem sentir culpa e agonia. Não consigo viver imaginando aquele horror, aquela dor, para sempre. Perdoe-me e tente me compreender. Eu não poderia ter uma sogra melhor. Emily a amava muito.

Dalgliesh perdeu a noção do tempo que passou em transe, olhando sem ver as fotos espalhadas à sua frente. De repente, deu-se conta de que Piers estava atrás dele, e ouviu sua voz.

"Kate está conversando mais um pouco com a srta. Kemp, para ver se ela se abre mais com outra mulher, sem a minha presença. Mas acho que não tem muito mais a dizer. A perua do necrotério já chegou. Já podemos liberar o corpo?"

Dalgliesh não respondeu imediatamente, entregando a carta a Piers. Então, disse: "O corpo? Sim, ele já pode ser levado".

O local se encheu de figuras masculinas, vozes baixas masculinas. Piers fez um gesto na direção das figuras e observou o corpo sendo protegido por sacos plásticos na cabeça e nas mãos, antes de ser colocado no saco com zíper. Piers e Dalgliesh ouviram os passos dos homens que desciam, manobrando a carga nas viradas da escadaria, e uma risada súbita, como um latido, logo abafada. E não havia mais nada a testemunhar o horror, exceto o carpete manchado de sangue sob o spray de proteção, o teto e as paredes salpicadas de sangue. Ferris e seus colegas estariam agora no banheiro, mas ele apenas sentia a presença deles lá, sem ouvi-los. Dalgliesh e Piers ficaram sozinhos.

Piers leu a carta e a devolveu, perguntando: "O senhor vai mostrar isso a Kate?".

"Acho que não."

Após uma pausa, Piers disse com voz cuidadosamente neutra: "Resolveu mostrar a carta para mim porque sou menos sensível ou porque acha que preciso de uma lição?".

"Que tipo de lição, Piers?"

"Uma lição a respeito do que um assassinato pode fazer aos inocentes."

Ele estava perigosamente próximo do questionamento da atitude de seu superior. Se esperava uma resposta direta, não a teve.

Dalgliesh disse: "Se não aprendeu isso até agora, como poderia aprender algum dia? Nada disso se destinava aos nossos olhos".

Ele guardou novamente a carta no envelope e começou a recolher as fotografias e os cartões, observando: "Ela tem razão, claro, a única imortalidade, para os mortos, é a lembrança que guardamos deles. Se essa lembrança está conspurcada pelo horror e pelo mal, então eles estão mesmo mortos. Os extratos bancários e os documentos de compra e venda dos imóveis têm um interesse mais imediato para nós".

Ele se levantou para que Piers pudesse examiná-los e foi conversar com Ferris. A busca da polícia técnica se encerrara, e, pela expressão do outro, fora uma decepção. Não havia marcas de sangue visíveis na pia da cozinha ou do banheiro, nenhuma pegada no carpete, nenhuma mancha de óleo, graxa ou sujeira de sapatos desconhecidos. Teria o assassino trazido um pano para limpar meticulosamente os sapatos nas sombras da plataforma da escada? Teria sido cuidadoso a esse ponto?

Enquanto Ferris e seus colegas da SOCO, com sua carga mínima, se aprontavam para sair, Kate entrou e fechou a porta atrás de si. Os três ficaram sozinhos.

33

ANTES QUE KATE E PIERS PASSASSEM o resultado dos inter-rogatórios, Dalgliesh disse: "Veja se tem café na cozinha, Piers, por favor".

Ele encontrou café em grão, moedor e coador. Piers cuidou do café enquanto Dalgliesh fornecia os detalhes a Kate. O café ficou pronto, preto e forte, e foi servido numa bandeja com canecas Denby verdes.

Piers disse: "Creio que ela teria sentido prazer em nos oferecer um café. Duvido que haja uísque. Se houvesse, confesso que ficaria tentado".

Dalgliesh sentou-se na poltrona, Piers e Kate sentaram-se no sofá. Puxaram a mesinha para mais perto e se acomodaram, como um grupo de amigos tranquilos que estivesse mudando para o apartamento. Depois de tanta gente entrando e saindo, o local parecia anormalmente quieto. A entrada do prédio continuava sendo discretamente vigiada por policiais uniformizados. Os moradores que chegassem seriam identificados e interrogados pelo sargento Robbins e por um dos guardas. Contudo, esperavam pouca atividade até o horário em que as pessoas voltavam do trabalho para casa. A notícia do crime ainda não se espalhara para além de Coulston Court, como se vivessem um hiato no tempo, entre duas ondas de atividade febril, no qual era possível analisar o caso.

Dalgliesh perguntou: "O que temos, até o momento?".

Kate tomava um gole generoso de café, e Piers iniciou o relatório. Ele resolvera fazer um resumo do caso, obviamente.

"Sra. Janet Carpenter, viúva. Morava com a nora e a neta, nas imediações de Hereford. Há três anos a menina foi sequestrada e morta. O assassino, Dermot Beale, está preso, cumprindo pena de prisão perpétua. Havia sido julgado anteriormente, em 1992, por um crime quase idêntico. As provas não eram muito sólidas, e o sujeito foi inocentado. O advogado de defesa era Venetia Aldridge. A mãe de Emily, perturbada pelo sofrimento, suicidou-se. Depois disso, Janet Carpenter vendeu a casa, mudou-se anonimamente para Londres e cortou os laços com a vida anterior.

"Ela tentou se aproximar de Venetia Aldridge, conseguindo acesso à sede do colegiado graças a seu emprego como faxineira. Isso não foi difícil. Era uma senhora respeitável, obviamente competente, com ótimas referências. Foi obrigada a começar em outro colegiado, mas pediu transferência assim que soube de uma vaga e a obteve. Além disso, fazia serviços esporádicos de limpeza na casa de Aldridge e comprou um apartamento a duas estações de metrô do local onde a advogada morava. Só trabalhava três noites por semana. Isso, em si, é curioso; se a pessoa decide viver de faxina, não pode esperar um rendimento alto com apenas três noites por semana. Porém, três noites bastavam para ela. Só queria acesso à sede do colegiado.

"Na quarta-feira, 9 de outubro, Venetia Aldridge foi assassinada. Apunhalada no coração com um punhal ornamental que usava como abridor de cartas. Colocaram uma peruca longa em sua cabeça, e sobre ela derramaram sangue estocado na geladeira do meio-porão. A sra. Carpenter limpava a sala da srta. Aldridge. Sabia da existência do punhal. Sabia também que havia sangue guardado na geladeira, na sala do sr. Ulrick. Sabia ainda onde a peruca era guardada. Ela teve meios, motivo e oportunidade. Continua sendo o principal suspeito no assassinato de Aldridge."

Naquele momento, Kate o interrompeu. "Contudo, agora temos o assassinato dela. Isso muda tudo. Quem a matou escreveu o recado com o sangue da vítima. Foi uma tentativa clara de atribuir o assassinato de Aldridge à sra. Carpenter. Por que se dar ao trabalho, se ela já era o principal suspeito? Quanto a isso, não tenho dúvida, embora a história não esteja tão clara quanto parece. Se ela buscou um emprego na sede do colegiado para ter a chance de matar Aldridge, por que esperou dois anos? Sem dúvida, a sra. Watson não pôde ir trabalhar em outras ocasiões. E, de qualquer modo, ela tinha uma chave do prédio. Podia entrar quando bem entendesse. E por que escolheria um método que atrairia as suspeitas para sua pessoa, como ela mesma facilmente poderia perceber? Se a sra. Carpenter cometeu o crime, ela agiu tolamente, e duvido que fosse tola. Tem mais uma coisa. Fui a primeira a entrevistá-la, após o assassinato de Aldridge. Ela ficou surpresa. Mais do que isso, profundamente chocada."

Piers observou: "Isso não prova nada. A capacidade de representação do público em geral me fascina. Você também já viu isso com frequência, Kate. Eles aparecem na televisão, com os olhos cheios de lágrimas, a voz entrecortada, implorando pela volta do ente querido, quando sabem muito bem que o ente querido está enterrado no porão, pois foram eles mesmos que o enterraram. Seja como for, e quanto ao dinheiro? Como explica a retirada de dez mil libras?".

"A explicação óbvia é chantagem, mas ela retirou o valor antes do assassinato, e não depois. Portanto, está descartada. Talvez pretendesse contratar alguém para cometer o crime, mas essa hipótese me parece improvável. Como uma mulher como ela contrataria um assassino profissional? O assassinato de Aldridge não foi obra de nenhum matador. Profissionais usam armas de fogo e carros para a fuga. O crime foi coisa de gente conhecida. Não podemos nos esquecer de que o segundo homicídio foi uma tentativa deliberada de culpar Janet Carpenter do primeiro. Se ela não fosse canhota, poderia até ter funcionado."

Depois que o corpo foi levado e que os especialistas encerraram sua tarefa, o apartamento não transmitia a mesma sensação de claustrofobia. Mesmo assim, o ar poluído pela morte era opressivo, como se os vivos tivessem sugado toda a umidade. Dalgliesh aproximou-se da janela e ergueu a vidraça. O ar matinal fresco de outono penetrou no aposento, revigorante. Ele quase podia sentir o cheiro das árvores e da grama. Sentados ali, estavam desprovidos da sensação de intrusão, talvez porque houvesse poucos elementos capazes de evocar a lembrança da morta naquele espaço despersonalizado.

Ele perguntou: "Alguma informação útil dos moradores?". Piers deixou a resposta para Kate. "Nada importante. A srta. Kemp não tinha muito a acrescentar, fora o que já havia dito. Ela não ouviu nada na noite passada, mas devemos lembrar que é meio surda. Declarou que viu a sra. Carpenter pela última vez ontem à tarde, quando ela esteve em seu apartamento para dizer que ia viajar e avisar que deixaria os vasos de plantas e a chave. Disse que não conhecia a sra. Carpenter direito. Não chegou a entrar no apartamento dela, e vice-versa. Contudo, encontravam-se esporadicamente na escada e trocavam dois dedos de prosa. Foi assim que a sra. Carpenter descobriu que a vizinha adorava plantas. Uma tinha chave para entrar no apartamento da outra, se fosse preciso, durante as respectivas ausências. Os condôminos combinaram isso. Pelo que eu soube, no ano passado alguém viajou, deixando a torneira aberta no apartamento, e ninguém pôde entrar para fechá-la e impedir uma inundação. A srta. Kemp sai às vezes com o sobrinho, que passa para levá-la até sua casa ou para dar um passeio. Deixava sempre a chave de reserva com a sra. Carpenter. Ela vai duas vezes por semana até a mercearia da esquina e teme que lhe roubem a bolsa. Saber que a sra. Carpenter tinha a chave a tranquilizava. Ela gostaria que a devolvessem, se a sra. Carpenter for ficar muito tempo no hospital. Achei que estava mais preocupada com a chave do que com o acidente. Nem perguntou o que houve ou como foi. Deduziu que a sra. Carpenter levou um tombo, creio. Levar tombos e ser assaltada são seus dois grandes medos. Considera-os inevitáveis, mais dia, menos dia."

Dalgliesh perguntou: "Ela sabe quando a sra. Carpenter enfiou a chave do apartamento pelo vão da caixa de correspondência que há na porta?".

"A chave não estava lá quando ela verificou a tranca da porta, na noite passada. Mas ela fez isso bem cedo, antes de ligar a televisão, às seis horas. Encontrou a chave na manhã de hoje, quando saiu para apanhar a correspondência. A sra. Carpenter costuma recolher as cartas para ela e jogá-las pelo vão da caixa. O hall é carpetado, de modo que ela não ouviu o barulho da chave."

"A sra. Carpenter normalmente joga a chave pelo vão, sem deixar nenhum bilhete?"

"Não. Costuma colocar a chave dentro de um envelope, primeiro, anotando seu nome, o número do apartamento e a data em que pretende voltar. Se alguém precisar da chave, é mais fácil encontrá-la desse modo."

Piers disse: "Desta vez, porém, não foi o que aconteceu. Minha nossa, o assassino recebeu tudo de bandeja. Ela já havia escrito o recado que deixaria junto com os vasos. Ele o leu, colocou as plantas para fora, trancou a porta quando saiu e jogou a chave pelo vão da caixa de correspondência do apartamento 9. Ele não deve ter acreditado em sua sorte".

Dalgliesh perguntou: "E quanto aos outros moradores?".

Piers respondeu: "Há dois apartamentos no meio-porão, mas um está vazio. Ninguém atendeu a porta em quatro dos demais. Suponho que estejam trabalhando. A moça que vimos nesta manhã, aquela que abriu a porta de baixo para que vocês entrassem, não ajudou nada. O namorado dela já chegou, e ele não gosta da polícia. Eles adivinharam que o caso não era de arrombamento. Assim que ela nos deixou entrar, perguntou: 'Foi assassinato, não é? Por isso estão aqui. A sra. Carpenter morreu'. Não podíamos negar, mas tampouco confirmamos o que ela disse. Depois disso os dois se retraíram, embora não me pareça que estejam escondendo alguma coisa, pelo menos nada referente ao homicídio. Foi só susto e medo do envolvimento. A moça — o nome dela é Hicks — nem mesmo confirmou o que havia dito antes sobre a televisão muito alta, às sete e meia. Diz agora que não tem certeza se foi a televisão ou o rádio, e não sabe mais de onde vinha o barulho. Quando saímos, ela estava exigindo que o namorado saísse para comprar uma tranca reforçada para a porta, e ao mesmo tempo implorando para que não a deixasse sozinha no apartamento".

"Ela abriu a porta da rua para alguém, na noite passada?"

"Ela alega que não, diz que tem certeza, mas pode estar mentindo. Por outro lado, ainda não interrogamos os outros moradores, pois estão no trabalho. Um deles pode ter aberto a porta. O casal que mora no meio-porão está desempregado. Ela acabou o curso de professora e está procurando serviço. Ele foi despedido de uma firma de advocacia. Ainda estavam na cama, e não gostaram nada de nossa visita. Pelo que percebi, estiveram até tarde da noite numa festa. Não conseguiremos nada ali, infelizmente. Eles compraram o apartamento há dois meses, e ela nem sabia que havia uma sra. Carpenter no prédio. Eles garantem não ter deixado nenhum desconhecido entrar ontem à noite. Dizem que saíram para ir à festa antes das oito e meia."

Kate acrescentou: "Conseguimos alguma coisa no último apartamento em que batemos. A sra. Maud Capstick é viúva e mora sozinha. Só conheceu a sra. Carpenter porque se encontraram na reunião do condomínio, quando discutiram o preço da pintura da fachada — a única ocasião em que ela compareceu. Sentaram juntas, e a sra. Capstick simpatizou com ela, pensou que tinham muito em comum, mas a amizade não prosperou. Ela chegou a convidar a sra. Carpenter para tomar café algumas vezes, mas esta sempre arranjava uma desculpa. Disse que não a culpa, ela também gosta de privacidade. A sra. Carpenter sempre se mostrava simpática quando se encontravam, mas isso não era frequente. A sra. Capstick usa a entrada dos fundos, e raramente passa pela escada".

Piers interferiu: "O senhor deveria conhecer a sra. Capstick. Ela é especialista em jardinagem, escreve para uma revista ilustrada. Minha tia a adora. Eu a reconheci por causa da foto que sai na coluna dela. Ela se considera a Elizabeth Davis das colunistas de jardinagem — conselhos confiáveis, estilo original. Minha tia diz que ela é o máximo. A sra. Capstick escreve sobre um jardim maravilhoso que mantém em Kent. Ela confessou que não tem um jardim em Kent, nunca teve. É tudo imaginação. Assim, alega, os leitores e ela conseguem um jardim muito melhor".

Um ouvinte invisível se surpreenderia ao ouvi-lo falar com tanto distanciamento bem-humorado, mas os dois colegas se sentiram gratos porque a sra. Capstick, com sua excentricidade, ajudou a melhorar o ânimo do grupo.

Intrigado, Dalgliesh perguntou: "E quanto às fotos? Os artigos não são ilustrados?".

"Ela fotografa os jardins que costuma visitar, escolhe detalhes dos canteiros dos parques londrinos. Boa parte da diversão, conta, vem de encontrar um cantinho adequado, que ninguém possa reconhecer. Ela nunca diz que as fotos são de seu jardim. O jardim que ela tem aqui mede dois por três metros, não passa de um pedaço de grama seca, visitado apenas pelos cachorros da vizinhança, com um canteiro de flores que os gatos utilizam para suas necessidades e três moitas indistintas que as crianças do prédio depenaram."

"Curioso que ela tenha admitido tudo isso."

Kate disse, num tom mais tolerante do que Dalgliesh esperava: "Ele se acomoda na sala, com essa cara de menino bonzinho, e pronto. Elas se abrem".

"Bem, eu a reconheci. Perguntei com que frequência ia a Kent. Creio que guardou o segredo durante muitos anos, e não aguentava mais de vontade de contar a alguém. Esse é o lado fascinante da atividade policial. As pessoas escondem seus segredos ou os escancaram. Gostaria que o senhor tivesse visto. Ela disse: 'Você precisa evitar viver excessivamente no mundo real, meu rapaz. Isso não conduz à felicidade'."

"Espero que ela viva no mundo real o suficiente para responder nossas perguntas com honestidade. Quando não discutiram filosofia de botequim ou jardins virtuais, conseguiram arrancar algo útil da testemunha?"

"Só que ela não abriu a porta da rua para ninguém, na noite passada, definitivamente. A campainha tocou pouco depois das sete, mas ela estava no banho e, quando foi atender, não havia ninguém. Não esperava visitas. Disse que costumam tocar a campainha à toa. Crianças pregando peças ou alguém que se equivoca quanto ao número."

Kate disse: "Pode ter sido o assassino. Quando ela atendeu, alguém já lhe abrira a porta".

Dalgliesh disse: "Alguém abriu. Se conseguirmos que a pessoa o admita, saberemos pelo menos quando ele chegou — desde que tenha entrado assim, é claro. Isso é tudo?".

Kate respondeu: "Perguntamos à sra. Capstick quando viu a sra. Carpenter pela última vez. Ela disse que foi no domingo, às três e meia. Voltava para casa, depois de almoçar com uma amiga, e viu a sra. Carpenter entrando na igreja de St. James, no final da rua. Portanto, morreu depois disso, o que não nos leva a nada. Já sabíamos".

Talvez não seja uma informação importante, mas não deixa de ser surpreendente, Dalgliesh pensou. Nada no apartamento sugeria que a sra. Carpenter frequentava a igreja. Bem, nada no apartamento revelava seus interesses ou sua personalidade, exceto que ela era muito discreta. Não poderia haver menos pistas sobre sua vida naquele lugar. Contudo, o domingo à tarde era uma hora curiosa para ir a igreja, a não ser que houvesse serviço religioso, algo improvável. Talvez a usasse como ponto de encontro. Não seria a primeira vez que um local deserto e quieto como uma igreja era usado para a transmissão de uma mensagem, Dalgliesh pensou, recordando-se de ocasiões semelhantes. Se ela desejava conversar em particular com alguém, sem correr o risco de ter de convidar a pessoa a entrar em seu apartamento, a igreja seria uma escolha óbvia.

Kate perguntou: "Vale a pena ir até a igreja? Talvez esteja aberta".

Dalgliesh aproximou-se da escrivaninha e apanhou uma foto da sra. Carpenter com a neta. Ele a estudou cuidadosamente por um minuto, sem que sua expressão revelasse sentimentos, e a guardou na carteira.

"Vale a pena. Normalmente, está aberta neste horário. Conheço o padre Presteign, que é pároco lá. Se o padre Presteign estiver envolvido em algum aspecto da questão, teremos complicações."

Olhando para ele de relance, Kate notou um sorriso maroto, meio zombeteiro. Sentiu vontade de saber mais. No entanto, percebeu que se tratava de terreno escorregadio e desistiu. Haveria algum mundo, pensou, no qual Dalgliesh não se sentia à vontade? Bem, diziam que ele era filho de um cura. Isso lhe dava familiaridade com uma parte da vida que para ela era tão familiar quanto o cotidiano de uma mesquita. A religião, fosse um guia prático para a existência, uma fonte de lendas e mitos ou um sistema filosófico, jamais entrara no apartamento no sétimo andar do edifício Ellison Fairweather. Sua formação moral beneficiava-se da simplicidade, pelo menos. Certas ações — ficar lendo quando devia limpar a casa, esquecer-se de algum item da lista de compras — eram inconvenientes ou insuportáveis para a avó, e portanto condenáveis. Outros atos eram considerados ilegais, e portanto perigosos. No geral, a lei fora um guia mais sensato e consistente para uma conduta moral do que o egoísmo excêntrico da avó. A escola pública metropolitana tentava conciliar os pontos de vista religiosos de dezessete diferentes nacionalidades, preocupando-se apenas em ensinar que o racismo era o maior pecado mortal, se não fosse o único. Lá, todas as crenças eram igualmente válidas, ou inválidas, conforme o gosto do freguês. As minoritárias, com suas festas e rituais, recebiam mais atenção talvez em função do pressuposto de que o cristianismo tivera uma vantagem inicial injusta, podendo portanto cuidar de si. O código pessoal de conduta de Kate, jamais discutido com a avó, havia sido instintivo na infância, evoluindo na adolescência sem vínculos com outros poderes além de si mesma. Por vezes, achava tudo um tanto frágil, mas era só o que tinha.

Pensava na razão para a sra. Carpenter visitar a igreja. Para rezar? Havia uma certa vantagem em orar na igreja, uma chance maior de sucesso. Descansar um pouco? Certamente, não: estava a cem metros de casa. Encontrar alguém? Era uma possibilidade; uma igreja grande seria um bom lugar para um encontro discreto. De qualquer modo, Kate não alimentava grandes esperanças nessa ida à igreja de St. James.

O jovem policial de guarda na porta os saudou quando saíram e correu na direção do carro. Dalgliesh disse: "Obrigado, Price, preferimos ir a pé". E se voltou para Piers: "Volte para a central, Piers, e abra o inquérito. Em seguida, vá até Pawlet Court e dê a notícia. Diga o mínimo possível. Isso vai ser duro para Langton".

Piers estava imerso em seus próprios pensamentos. "Não compreendo, senhor. Eles não são açougueiros. Trata-se de um crime totalmente diferente."

Kate comentou, um tanto impaciente: "Não tem o mesmo toque de elegância. Mas os dois crimes estão ligados. Obrigatoriamente. Se estivermos corretos, o motivo foi culpar Carpenter pela morte de Aldridge, e isso nos leva de volta a Pawlet Court".

"Apenas se o primeiro homicídio tiver sido cometido por alguém de lá. Começo a duvidar. Se separarmos o assassinato em si da história da peruca e do sangue..."

Kate o interrompeu: "Pelo que eu sei, só pode ter sido coisa de alguém de lá, e Carpenter continua sendo o principal suspeito. Ela tinha tudo: motivo, meios e oportunidade".

Dalgliesh disse: "De uma coisa nós já sabemos. Três membros do colegiado têm álibis perfeitos para o caso Carpenter: Ulrick, Costello e Langton. Estive conversando com os três na noite passada, e seria impossível a qualquer um deles vir até Sedgemoor Crescent por volta das sete e meia. Kate e eu vamos à igreja, pois fica perto daqui. Mais tarde nos encontraremos na central".

A rua estava quase deserta. A notícia do assassinato ainda não se espalhara pela vizinhança. Quando isso ocorresse, os curiosos se aglomerariam a uma distância prudente, com distanciamento cuidadoso, tentando dar a impressão de que estavam reunidos ali por acaso.

Dalgliesh disse, quase pensando com seus botões: "O padre Presteign é um homem notável. Tem fama de saber mais segredos, tanto de dentro quanto de fora do confessionário, do que qualquer outra pessoa em Londres. Ele se tornou uma espécie de capelão pessoal dos escritores ligados à Igreja anglicana — poetas, romancistas, intelectuais. Eles jamais se considerariam adequadamente batizados, casados, absolvidos ou enterrados sem a presença do padre Presteign. É uma pena que ele nunca poderá escrever sua autobiografia".

A igreja estava aberta. A imensa porta de carvalho cedeu com facilidade quando Dalgliesh a empurrou e eles penetraram no ambiente cavernoso, cuja penumbra docemente perfumada só era quebrada pelo luzir momentâneo das velas, como estrelas distantes. Conforme os olhos de Kate se acostumaram com a escuridão, o interior da igreja tomou forma, e ela parou por um momento, deslumbrada. Oito pilares esguios de mármore subiam até o teto enfeitado de vermelho e azul nos quais havia anjos esculpidos, de cabelos encaracolados e asas estendidas. Por trás do altar havia retábulos dourados. Sob o brilho das lâmpadas vermelhas ela mal conseguia distinguir os halos dos santos e as mitras dos bispos, todos dourados. A parede voltada para o sul era inteiramente coberta por um afresco em rosa e azul. Parecia uma ilustração para o *Ivanhoé* de Scott. A parede oposta continha outra obra similar, interrompida a meio caminho, como se o dinheiro tivesse acabado.

Dalgliesh disse: "Uma das últimas obras de Butterfield. No entanto, chego a pensar que ele foi longe demais, dessa vez. O que você acha?".

A questão, inesperada e incomum, em se tratando de Dalgliesh, a desconcertou. Após um momento de reflexão, ela respondeu: "Acho impressionante, mas não me sinto muito à vontade aqui".

A resposta fora sincera. Ela gostaria que não tivesse soado imprópria.

"Será que a sra. Carpenter se sentia à vontade aqui?"

A única pessoa visível era uma, senhora de meia-idade e fisionomia alegre que encerava e tirava o pó da estante que abrigava livros de oração e guias para a igreja. Ela saudou os visitantes com um sorriso discreto, que Kate imaginou garantir que não seriam incomodados e que sua devoção, caso existisse, seria diplomaticamente ignorada. Os ingleses, Kate pensou, com certeza consideravam a oração comparável a certas necessidades fisiológicas: é melhor fazê-las em particular.

Dalgliesh desculpou-se por interromper o serviço dela: "Somos policiais, e estamos aqui por causa de uma investigação. A senhora estava na igreja quando a sra. Carpenter veio aqui, no domingo à tarde?".

"Senhora Carpenter? Infelizmente, não a conheço. Não creio que ela seja um membro frequente de nossa congregação. De qualquer modo, estive aqui no domingo, no intervalo dos serviços religiosos. Procuramos manter a igreja aberta, pois isso permite que as pessoas possam passar algum tempo nela, diariamente. Precisei ficar dois dias, esta semana, porque a srta. Black foi internada no hospital. Talvez eu a tenha visto. Ela está com algum problema — a sra. Carpenter?"

"Infelizmente, ela foi agredida."

"Machucou-se? Lamento muito." O rosto radiante demonstrou preocupação genuína. "Assaltada, suponho. Logo que saiu daqui? Isso é terrível."

Dalgliesh pegou a foto da sra. Carpenter e a entregou a ela, que imediatamente disse: "Então é esta. Sim, ela veio aqui no domingo à tarde. Lembro-me muito bem. Havia apenas três pessoas esperando para se confessar, e ela era uma delas. As confissões podem ser feitas das três às cinco, aos domingos. O padre Presteign vai ficar muito triste ao saber que ela foi agredida. Está na sacristia, agora, se quiserem falar com ele".

Dalgliesh agradeceu, com ar sério, e guardou a foto. Quando percorriam o corredor lateral, Kate olhou para trás. A mulher os olhava, com o espanador na mão. Ao notar que Kate a encarava, baixou a cabeça e passou a limpar a estante freneticamente, como se a tivessem surpreendido num ato de curiosidade imprópria.

A sacristia era uma sala ampla, à direita do altar principal. Encontraram a porta aberta, e quando entraram um senhor idoso se virou para recebê-los. Estava parado na frente de um armário, com um grosso volume encadernado em couro na mão. Ele o devolveu à estante, fechou a porta e disse, sem a menor demonstração de surpresa: "Ora, então é Adam Dalgliesh. Por favor, entrem. Creio que não nos vemos há uns seis anos. Você está bem, espero".

Kate o considerou menos impressionante do que imaginava, à primeira vista. No fundo, esperava um sujeito alto, com o rosto fino e ascético de um intelectual celibatário. O padre Presteign media cerca de um metro e sessenta. Apesar de idoso, não transmitia nenhuma impressão de fraqueza. Os cabelos grisalhos eram grossos e fartos, eriçados, emoldurando um rosto redondo mais adequado a um comediante do que a um padre, Kate pensou. A boca era larga e bem-humorada. Contudo, os olhos por trás dos óculos de aro de tartaruga eram tão atentos quanto gentis e quando ela ouviu a voz dele percebeu que seria difícil encontrar uma voz humana tão atraente.

Dalgliesh disse: "Estou muito bem, obrigado, padre. Gostaria de apresentar a detetive inspetora Kate Miskin. Precisamos de sua ajuda numa investigação policial".

"Já imaginava isso. Em que posso ser útil?"

Dalgliesh mostrou-lhe a foto. "Soube que esta mulher, a sra. Janet Carpenter, veio se confessar no domingo à tarde. Ela morava no apartamento 10 de Coulston Court. Nós a encontramos nesta manhã, na casa dela, com a garganta cortada. Com quase toda a certeza, foi assassinada."

O padre Presteign olhou para a fotografia, mas não a tocou. Persignou-se discretamente e permaneceu em silêncio por um momento, de olhos fechados.

"Precisamos de todas as informações que puder nos dar para ajudar a descobrir quem a matou, e por que motivo." A voz de Dalgliesh era calma, distanciada, cordial.

O padre Presteign não demonstrou horror nem surpresa, dizendo: "Se eu puder ajudar, farei isso, é claro. Será uma questão de dever, além de minha vontade. Mas eu só conheci a sra. Carpenter no domingo. Tudo o que sei a respeito dela foi confiado em segredo, no confessionário. Lamento, Adam".

"Era o que eu esperava, e temia."

Ele não protestou. Ia ficar tudo por isso mesmo?, Kate pensou. Tentou controlar a frustração e uma emoção mais próxima da raiva do que do desapontamento. Ela disse: "O senhor sabe, é claro, que a QC Venetia Aldridge também foi assassinada. As duas mortes estão relacionadas, com quase toda a certeza. Sem dúvida pode nos dizer se devemos continuar procurando o assassino de Aldridge, não é?".

Os olhos doces se fixaram nela, e Kate viu neles uma piedade dirigida tanto a ela quanto às duas mulheres mortas. Ressentiu-se com isso e com a vontade férrea que não poderia ser abalada.

Ela disse, com mais rigor: "Trata-se de homicídio, padre. Quem matou as duas vai matar novamente. Poderia nos revelar pelo menos uma coisa: a sra. Carpenter confessou o assassinato de Venetia Aldridge? Estamos perdendo tempo, procurando outra pessoa? A sra. Carpenter já morreu. Ela não se importará se o senhor revelar seus segredos ou não. Não acha que ela gostaria que o senhor nos ajudasse? Ela não desejaria que seu assassino fosse apanhado?".

O padre Presteign disse: "Minha filha, a questão não é Janet Carpenter. Eu não estaria traindo a ela". E, dirigindo-se a Dalgliesh: "Onde ela está, agora?".

"Foi levada para o necrotério. A autópsia será realizada mais tarde, mas a causa da morte é evidente. Como eu disse, teve a garganta cortada."

"Devo visitar alguém? Ela morava sozinha, creio."

"Pelo que sabemos, ela morava sozinha e não tinha nenhum parente. Mas o senhor deve saber mais do que eu, padre."

O padre Presteign disse: "Se não houver ninguém para assumir a responsabilidade, eu posso colaborar com as providências para o funeral. Creio que ela gostaria de um serviço religioso. Manterá contato, Adam?".

"É claro. Nesse meio-tempo, precisaremos prosseguir com as investigações."

O padre Presteign percorreu o corredor da igreja com eles. Quando chegaram à porta, ele disse a Dalgliesh: "Talvez eu possa ajudar numa coisa. Antes de sair da igreja, a sra. Carpenter disse que me escreveria uma carta. Depois que a lesse, eu poderia usá-la como quisesse, até mesmo mostrá-la para a polícia. Talvez ela tenha mudado de ideia, e tal carta nem sequer exista.

Se ela a tiver escrito, e se a carta me der autorização para divulgar o conteúdo, então avaliarei a possibilidade de fazer isso".

Dalgliesh disse: "Ela colocou uma carta no correio na noite de ontem. Para ser exato, foi vista saindo de casa com um envelope na mão".

"Pode ser a carta que ela prometeu escrever. Se ela a mandou como postagem de primeira classe, talvez chegue amanhã de manhã, embora não possamos ter certeza. É meio estranho que não a tenha posto embaixo da porta da igreja, morando tão perto. Quem sabe tenha achado o correio mais seguro. As cartas costumam chegar pouco depois das nove. Devo estar aqui às oito e meia, para rezar a missa. A igreja estará aberta, se resolverem voltar."

Eles agradeceram e trocaram apertos de mão. Não restava mais nada a dizer, Kate concluiu.

34

NAQUELE MESMO DIA, às seis horas da tarde, Hubert Langton parou na janela de seu escritório, na sede do colegiado, e olhou para o pátio iluminado pelos lampiões a gás.

Ele disse a Laud: "Eu estava parado aqui — lembra-se? —, dois dias antes da morte de Venetia, e conversamos sobre a possibilidade de ela vir a ser presidente do colegiado. Parece que faz uma eternidade, mas apenas oito dias transcorreram. Agora, outro assassinato. Horror em cima de horror. Talvez fosse o mundo de Venetia, mas não é o meu".

Laud disse: "Não teve nada a ver com o colegiado".

"Ao que tudo indica, o inspetor Tarrant pensa que teve."

"Ele também parece pensar — embora tenha sido difícil arrancar isso dele — que Janet Carpenter morreu entre sete e oito horas da noite. Nesse caso, temos álibis perfeitos — Adam Dalgliesh em pessoa. Acabou, Hubert. Pelo menos, o pior já passou."

"Tem certeza?"

"Claro. Janet Carpenter matou Venetia."

"A polícia não acha isso."

"Talvez não lhes convenha achar isso, mas jamais provarão o contrário. Eles conseguiram o motivo. Tarrant praticamente admitiu isso, quando nos disse quem era a sra. Carpenter. Posso visualizar exatamente como tudo aconteceu. A sra. Watson precisou faltar, inesperadamente. A sra. Carpenter ficou sozinha com Venetia, a última que ainda trabalhava na sede. Ela não resistiu à oportunidade de confrontá-la, acusá-la de ser indiretamente responsável pela morte da neta. Imagino a reação de Venetia. Estava abrindo a correspondência. O punhal se encontrava sobre a mesa. Carpenter o pegou e apunhalou Venetia. Talvez não tivesse a intenção de matar, mas matou. Aposto que usaria isso como atenuante, livrando-se da premeditação com sucesso, no julgamento."

"E o segundo assassinato?"

"Consegue imaginar um membro do colegiado cortando a garganta de uma mulher? Vamos deixar a morte de Janet Carpenter para a polícia, Hubert. Resolver casos de homicídio é serviço deles, não nosso."

Langton não disse nada, por um instante. Em seguida, perguntou: "Como Simon reagiu?".

"Simon? Com alívio, suponho. Assim como todos nós. Era constrangedora para qualquer um de nós a condição de suspeito. A experiência teve lá seu interesse inicial, enquanto novidade, mas seria tediosa, se prolongada. Por falar nisso, Simon implicou com Dalgliesh. Não sei por que, o sujeito é perfeitamente civilizado."

Ele fez silêncio por algum tempo, olhando para Langton, e disse, com um pouco mais de tato: "Não seria melhor discutirmos a pauta para a reunião do dia 31? Está satisfeito com os temas e a ordem? Rupert e Catherine serão convidados para as duas vagas no colegiado. Harry terá um ano de extensão do contrato, com possibilidade de um segundo. Valerie será confirmada como secretária do colegiado, e publicaremos um anúncio para uma assistente fixa para ela. Harry informou que a moça tem trabalhado demais, ultimamente. Você anuncia sua aposentadoria para o final do ano, e eu assumirei a presidência por consenso. Sugiro, em benefício do grupo de Salisbury, que abra a sessão com um rápido discurso sobre a morte de Venetia. Como a polícia não confia exatamente em nós, não há muito a dizer, mas o colegiado espera uma declaração sua. Não precisa exagerar. Eles não querem indagações, conjecturas. Atenha-se aos fatos, seja breve. Tem certeza de que deseja anunciar sua aposentadoria no final da reunião, e não no começo?".

"No final. Não quero perder tempo com demonstrações formais de pesar, principalmente insinceras."

"Não subestime sua contribuição ao colegiado. De qualquer

modo, haverá ocasiões mais adequadas para as despedidas. Por falar nisso, recebi um telefonema de Salisbury. Eles acham que devemos começar a reunião com dois minutos de silêncio. Levei a sugestão a Desmond. Ele disse que faz questão de comparecer a uma cerimônia em memória de Venetia na igreja de Temple, mas que até mesmo o colegiado deveria evitar tamanha hipocrisia."

Langton não sorriu. Aproximando-se da mesa, ele apanhou o rascunho da pauta, que exibia a caligrafia elegante de Laud, dizendo: "Nem pensamos na cerimônia de despedida. Venetia ainda não foi cremada, e na próxima semana tomaremos todas as decisões que ela criticava. Será que nada resta de nós, depois que morremos?".

"Para os mais afortunados, talvez o amor. Quem sabe até influência. Poder, nunca. Os mortos são impotentes. Você é religioso, Hubert. Lembra-se do Eclesiastes? Algo na linha de que um cachorro vivo é melhor do que um leão morto?"

Langton disse, em voz sumida: "'Pois os vivos sabem que devem morrer: mas os mortos nada sabem, nem recebem recompensa alguma; pois sua memória é esquecida. Assim como seu amor e seu ódio, e sua inveja, que perecem também; e eles não terão nunca mais nenhuma porção de tudo o que se faz sob o sol'".

Laud disse: "E isso inclui as decisões do colegiado. Se estiver satisfeito com as providências, Hubert, pedirei que a pauta seja digitada e copiada. Suponho que alguns se queixarão de que ela deveria ter circulado antes, mas tínhamos outros assuntos para resolver".

Ele se aproximou da porta, parou e olhou para trás. Langton pensou: Será que ele sabe? Vai me contar ou perguntar? E deu-se conta de que Laud estava pensando a mesma coisa a seu respeito. Mas nenhum dos dois disse mais nada. Laud saiu, fechando a porta atrás de si.

35

DALGLIESH PEDIU A KATE que o acompanhasse até a igreja na manhã seguinte, deixando Piers encarregado das investigações em Middle Temple. Kate tinha a impressão de que o segundo homicídio eclipsara o primeiro por algum tempo, provocando na equipe uma sensação maior de urgência e perigo imediato do que a morte da srta. Aldridge. Se o mesmo homem fosse responsável — e ela poderia jurar que o assassinato da sra. Carpenter era obra de um homem —, então eles tinham pela frente um sujeito perigoso, do tipo disposto a matar e continuar matando.

O padre Presteign já se encontrava na igreja quando chegaram e abriu a porta lateral assim que Kate tocou a campainha. Conduzindo-os pelo corredor estreito que dava para a sacristia, ele perguntou: "Querem tomar um café?".

"Se não for incômodo, padre."

Ele abriu o armário para pegar um vidro grande de pó, açúcar e duas canecas. Encheu a chaleira elétrica de água e a ligou, dizendo: "O leite já vai chegar. Joe Pollar o traz. Ele ajuda na missa de quarta-feira. Tomarei meu café da manhã em sua companhia, mais tarde. Acho que está chegando, aliás. Ouvi o barulho da bicicleta".

Um rapaz, cujo tamanho aumentara muito devido ao traje de motociclista mais adequado a uma viagem pela Antártida do que a um dia de outono na Inglaterra, entrou na sacristia afobado e tirou o capacete.

"Bom dia, padre. Lamento ter chegado em cima da hora. Hoje é o meu dia de preparar o café da manhã das crianças, e o trânsito está horrível na Ken High Street."

Após as apresentações, o padre Presteign disse: "Joe sempre reclama do trânsito, mas nunca comprovei a dificuldade, quando andei com ele na garupa. Desviamos dos ônibus e costuramos de um jeito excitante. Tanto, devo dizer, que ouvimos várias imprecações".

Joe, tendo se livrado das roupas de couro, cachecol, luva e pulôver com extraordinária rapidez, vestira a batina e passara a sobrepeliz pela cabeça com a facilidade que só a prática permite.

O padre Presteign preparou-se silenciosamente e disse: "Conversaremos depois da missa, Adam".

A porta se fechou atrás deles. Era uma porta sólida, de carvalho e ferro, que não lhes permitia ouvir nada do que se dizia do outro lado. Provavelmente, Kate pensou, a congregação já estaria reunida. Ela imaginou os tipos de fiéis matinais: algumas senhoras idosas, poucos homens, um sem-teto ou outro atraído pela porta aberta e pelo calor. Teria a sra. Carpenter sido um deles? Dificilmente. O padre Presteign disse que ela não frequentava a igreja regularmente. Então, o que a levara àquela igreja, para pedir conselhos, confessar-se e receber a absolvição? Qual pecado exigia absolvição? Bem, com um pouco de sorte descobririam isso antes de deixar a igreja. Caso a sra. Carpenter tivesse mesmo escrito a carta que prometera. Talvez depositassem esperança exagerada nas palavras do padre Presteign. Ela havia saído do apartamento com uma carta na mão, mas poderia ter escrito para qualquer um.

Kate sentou-se e procurou ter paciência. Era óbvio que Dalgliesh não pretendia conversar, e ela aprendera, desde o início, a respeitar seu estado de espírito. Evitava falar quando ele não falava. Normalmente, isso não era difícil. Ele era uma das raras pessoas que ela conhecia capaz de transmitir com seu silêncio uma sensação de calma e alívio, e não constrangimento. Naquele momento, porém, sentia vontade de conversar, de saber que ele compartilhava sua impaciência e ansiedade. Ele estava sentado, imóvel, com a cabeça baixa sobre a caneca de café preto, que seus dedos envolviam sem tocar. Talvez esperasse que ela esfriasse, ou quem sabe se esquecera de que estava ali.

Levantando-se, ela disse, finalmente: "Não vamos ouvir o carteiro chegar, aqui. Acho melhor eu esperar na entrada".

Ele não respondeu. Kate saiu pela passagem estreita que dava para a saída lateral, com a caneca na mão. Os minutos passavam com uma lentidão de enfurecer. Contudo, longe de Dalgliesh ela pelo menos podia permitir que sua impaciência se manifestasse. Andava de um lado para o outro, vigorosamente, consultando o relógio repetidas vezes. Nove horas. O padre Presteign não havia dito que o carteiro passava às nove, ou pouco depois? Isso poderia querer dizer qualquer coisa. Talvez tivessem de esperar meia hora. Nove e cinco. E sete. E ele chegou. Ela não ouviu passos do outro lado da porta pesada, mas a caixa de correio foi aberta e a correspondência caiu com um baque seco. Dois envelopes pardos grandes, algumas contas, um envelope branco grande, volumoso, com a indicação "confidencial", endereçado ao padre Presteign, em caligrafia caprichada, de alguém que escrevia com firmeza e confiança. Vira envelopes similares no apartamento da sra. Carpenter. Sem dúvida, era o que esperavam. Ela o levou para Dalgliesh, dizendo: "Já chegou, senhor".

Ele pegou a carta e a depositou na mesa, colocando a seguir o restante da correspondência numa pilha uniforme, ao lado.

"Pelo jeito, é o que esperávamos, Kate."

Ela tentou disfarçar a impaciência. O branco sobrenatural da carta sobre a mesa de carvalho escuro tinha algo de profético.

"Quanto tempo a missa vai demorar, senhor?"

"É uma missa curta, sem sermão nem homilia. Cerca de meia hora."

Ela consultou o relógio, disfarçadamente. Faltavam ainda quinze minutos.

Pouco antes de completar meia hora, a porta se abriu e o padre Presteign entrou, acompanhado por Joe. Este último tirou os paramentos, vestiu as várias camadas de seu traje de motociclista e se metamorfoseou num imenso inseto metálico.

Ele disse: "Não vou esperar pelo café hoje, padre. Ah, esqueci-me de avisar, Mary pediu para dizer que ela vai preparar as flores para Nossa Senhora no sábado, pois a srta. Pritchard está no hospital. Soube que ela foi operada, padre?".

"Sim, já me disseram. Pretendo vê-la esta tarde, caso já possa receber visitas. Agradeça a Mary, por favor."

Eles saíram juntos, e Joe continuou a falar. A porta se fechou com um ruído metálico. Kate teve a impressão de que o mundo normal, o mundo que compreendia e no qual habitava, partira junto com Joe, deixando-a mentalmente isolada e fisicamente constrangida. O cheiro de incenso de súbito tornou-se opressivo, a sacristia estranhamente claustrofóbica e ameaçadora. Sentiu um impulso irracional de pegar a carta, levá-la para o ar livre e começar a ler para devolvê-la à realidade de uma simples carta, talvez vital para a investigação, mas ainda assim apenas uma carta.

O padre Presteign retornou. Pegou a carta e se voltou para eles, dizendo: "Preciso de um momento, Adam". E entrou novamente na igreja.

"Acha que ele vai destruí-la?" Kate arrependeu-se de ter feito a pergunta assim que as palavras saíram de sua boca.

Dalgliesh retrucou: "Ele não a destruirá. Se vai entregá-la a nós ou não, isso depende do conteúdo".

Eles esperaram. Muito tempo. Kate pensou: Ele precisa nos entregar a carta. É uma prova. Ninguém pode ocultar provas. Deve existir um modo de obrigá-lo a entregá-la. Não se pode proteger uma carta com o segredo do confessionário. Por que tanta demora? Ele não precisa de mais do que dez minutos para ler uma carta. O que faz lá dentro? Talvez esteja rezando ao Deus dele, na frente do altar.

Sem motivo, veio-lhe à mente um pedaço da conversa que manteve com Piers, sobre a excêntrica escolha do curso de teologia na universidade. Ela pensou na paciência do colega perante seu questionamento.

"E no que a teologia o ajuda? Afinal de contas, passou três anos estudando o assunto. Ensinou-o a viver melhor? Respondeu perguntas?"

"Que tipo de perguntas?"

"As grandes questões. As perguntas que não adianta formular. Por que estamos aqui? O que acontece quando morremos? Temos realmente livre-arbítrio? Deus existe?"

"Não respondeu essas perguntas. É como a filosofia, ensina quais são as perguntas que devemos fazer."

"Sei quais são as perguntas que devo fazer. O que eu quero são respostas. E quanto a aprender a viver? Isso não é filosofia, também? Qual é a sua?"

A resposta saiu com facilidade e, pelo que ela pôde perceber, com sinceridade: "Ser feliz, na medida do possível. Não prejudicar ninguém. Não viver choramingando. Nessa ordem".

Era uma fórmula razoável para viver, tão boa quanto qualquer outra que ela conhecia. Na verdade, adotava a mesma filosofia. Ninguém precisava estudar em Oxford para aprendê-la. No entanto, o que essa filosofia tinha a dizer, quando confrontada com uma criança torturada e assassinada ou com aquele corpo estendido como um animal, com a garganta cortada até o osso? Talvez o padre Presteign soubesse a resposta. Nesse caso, ela estaria ali, no ar cheirando a incenso daquela sacristia escura? Bem, quem se tornava padre ou policial precisava acreditar no que fazia. A certa altura, tornava-se necessário dizer: "Bem, escolhi acreditar nisso. A isso serei leal". No seu caso, fora o serviço policial. O padre Presteign escolhera um envolvimento mais esotérico. Seria difícil para ambos se as respectivas lealdades entrassem em conflito.

A porta se abriu e o padre Presteign entrou. Estava muito pálido. Entregou a carta a Dalgliesh, dizendo: "Ela me autorizou a entregá-la a vocês. Deixarei que leiam sossegados. Pretendem levá-la, suponho".

"Sim, será preciso levá-la, padre. Deixaremos um recibo, é claro."

O padre Presteign não devolvera a carta ao envelope.

Dalgliesh disse: "É mais longa do que eu imaginava. Por isso não conseguiu enviá-la na segunda. Deve ter precisado pelo menos de um dia para escrever tudo".

O padre Presteign disse: "Ela era professora de inglês. Dominava tanto a expressão escrita como a verbal. Creio que precisava registrar tudo, estabelecer a verdade, tanto para si como para nós. Retornarei antes que partam".

Ele voltou para a igreja, fechando a porta da passagem.

Dalgliesh colocou a carta sobre a mesa. Kate puxou uma cadeira, sentou-se ao lado dele, e os dois começaram a ler.

36

JANET CARPENTER NÃO HAVIA PERDIDO TEMPO com preliminares. Escrevera devido a uma necessidade que ia muito além de qualquer promessa ao padre Presteign.

Caro padre,
Quase cheguei a sentir alívio quando Rosie se suicidou. Sei que é uma coisa terrível de se escrever; uma verdade terrível de se confessar. Duvido, porém, que conseguisse continuar a conviver com seu sofrimento e permanecer sã. Ela precisava de mim ao seu lado; não poderia abandoná-la. A dor nos unira — pela morte do meu filho, pela morte da filha dela —, mas foi a morte de Emily que a matou. Se ela não tivesse tomado os comprimidos de Distalgesic com uma garrafa de vinho tinto, acabaria morrendo de dor, lentamente. Ela zanzava pela casa como um zumbi, com os olhos fixos no nada, realizando as tarefas domésticas como se tivesse sido programada para isso. Seus raros sorrisos eram apenas esgares. Seu silêncio dócil, conformado, era mais terrível do que os violentos acessos de choro. Quando eu tentava consolá-la, abraçando-a silenciosamente, ela não resistia nem reagia. Não havia palavras. Nenhuma de nós tinha nada a dizer. Talvez fosse esse o problema. Eu só sabia que seu coração estava partido; sei hoje que a expressão não é um exagero retórico sentimental; tudo o que a tornava Rosie se partira. Ela vivia as horas de vigília nas trevas horríveis do assassinato de Emily. Chega a surpreender que, apesar do esgotamento, da despersonalização, ela tenha encontrado força e vontade para encerrar o tormento e deixar um bilhete coerente.

Sofri com ela e por ela. Claro, também amava Emily. Chorara por Emily, pela Emily que eu havia conhecido e que se fora, por todas as crianças mortas, violentadas. Contudo, para mim a dor se afogava em raiva — uma raiva terrível, avassaladora —, e desde o início essa raiva se concentrou em Venetia Aldridge.

Se Dermot Beale não tivesse sido condenado, eu teria encontrado uma maneira de fazer com que pagasse por seus crimes. Mas Beale estava na cadeia; recebera uma sentença de no mínimo vinte anos. Quando saísse, eu já estaria morta. Por isso meu ódio encontrou outro alvo, outro caminho: a mulher que o defendera no primeiro julgamento. Ela havia feito uma defesa brilhante; triunfara no tribunal, transformando a reinquirição das testemunhas de acusação num espetáculo pessoal. E Dermot Beale ficou livre para matar de novo. Assim chegou a vez de Emily, que voltava de bicicleta da vila para casa, menos de dois quilômetros de percurso. Ela carregava a cesta com as compras, e ouviu o som das rodas do carro na rua deserta. Na segunda vez, Aldridge não apareceu para fazer a defesa. Ouvi dizer que nunca representava o mesmo cliente duas vezes. Talvez nem mesmo ela tivesse arrogância para tanto. E ele não conseguiu se safar.

Não creio que meu ódio por Aldridge fosse ingênuo. Conheço as justificativas, sei o que seus colegas advogados de defesa diriam em seu benefício. Ela cumpriu seu papel. Um réu, por mais óbvia que sua culpa possa parecer com a revelação dos fatos, por mais hediondo que seja o crime, por mais revoltante que seja sua aparência ou censurável seu caráter, tem o direito de se defender. Seu advogado não precisa acreditar em sua inocência, apenas examinar as provas apresentadas contra ele. E, se houver uma brecha no caso apresentado pela Coroa, aumentá-la até que ele consiga se esgueirar e conquistar a liberdade. Ela fazia um jogo perigoso e lucrativo, cujas regras eram complicadas, ou pelo menos pareciam ser, para mim. Ela tentava desacredi-

383

tar seus oponentes, numa brincadeira que poderia custar uma vida humana. Só queria que ela, pelo menos por uma vez, pagasse o preço da vitória. A maioria de nós tem de viver com as consequências de seus atos. Isso é responsabilidade. Trata-se de uma das primeiras lições que aprendemos na infância, embora muita gente nunca a aprenda. Ela ganhou, e para ela isso significava apenas o final de mais um caso. Outros teriam de sofrer as consequências, teriam de pagar o preço. Dessa vez, eu queria que ela pagasse.

Só depois da morte de Rosie o ressentimento e a raiva cresceram a ponto de se transformarem no que aceito chamar de obsessão. Talvez isso tenha ocorrido, em parte, como consequência de eu estar livre da obrigação de cuidar de Rosie, de reconfortá-la. Minha mente e meu coração estavam livres para remoer os acontecimentos. Além disso, com a morte de Rosie, perdi a fé. Não falo na fé cristã, na tradição anglicana de devoção sacramental na qual fui criada e na qual sempre encontrei um refúgio natural. Não acredito mais em Deus. Não estava furiosa com Ele, isso pelo menos teria sido compreensível. Deus deve ser usado pela raiva humana. Afinal, Ele nos convida a tanto. Eu simplesmente acordei, certo dia, para a mesma dor, para as mesmas tarefas repetitivas do cotidiano, e tive certeza de que Deus estava morto. Como se, durante minha vida inteira, eu tivesse ouvido o bater de um coração que, de repente, se calara para sempre.

Eu não tinha consciência do arrependimento, só de uma solidão imensa, de um isolamento enorme. Parecia até que o mundo vivo inteiro tinha morrido junto com Deus. Passei a ter um sonho insistente, mas não acordava assustada e gritando, como Rosie de seus pesadelos com a morte de Emily. Acordava mergulhada numa tristeza profunda. No sonho, eu me encontrava numa praia deserta, ao crepúsculo, e o mar revolto batia e escorria sob meus pés, cavando a areia ao redor. Não havia pássaros, eu sabia que não havia vida no mar, no mundo inteiro a vida cessara. Então, eles caminhavam para fora do mar, passando por mim sem olhar nem falar, num imenso desfile de mortos. Via Ralph, Emily e Rosie a marchar entre eles. Não me viam nem me ouviam, e quando eu os chamava e tentava tocá-los, eram como a brisa fria do oceano em minhas mãos. Aí eu corria para baixo, ligava no World Service da BBC, desesperada para ouvir uma voz humana reconfortante. E foi nessa solidão, nesse vazio, que minha obsessão cresceu.

No início era algo simples, como desejar que alguém matasse a filha de Aldridge e saísse impune, mas isso só funcionava na minha imaginação. Não era algo que eu pudesse providenciar, e no fundo do coração eu não desejava que acontecesse. Não me tornara um monstro. Contudo, das fantasias privadas nasceu um plano mais realista. Suponha que um jovem fosse acusado de um crime sério, como assassinato, latrocínio, estupro, sendo defendido com sucesso por Aldridge e, depois de inocentado, resolvesse seduzir, ou até casar, com a filha dela. Eu já tinha visto uma foto das duas juntas, após um de seus casos mais famosos, naquelas reportagens que reúnem mãe e filha nos suplementos dominicais dos jornais. A foto, sem sentimentalismos, mas cuidadosamente produzida, mostrava Octavia e a mãe olhando para a câmera, lado a lado, sem disfarçar muito a constrangedora relutância. Revelava mais do que o artigo, bem escrito, obviamente aprovado pela personagem principal. Ali, sob os olhos implacáveis da câmera, estava a velha história da mãe bem-sucedida com a filha comum e ressentida.

Para arranjar algo do gênero seria preciso algum dinheiro. O jovem deveria ser subornado, recebendo uma importância substancial, irresistível. Exigiria que eu me mudasse para Londres, conhecesse Venetia Aldridge, sua vida, sua rotina, o local onde residia com a filha, o fórum em que atuaria a seguir. Pretendia assistir ao máximo de julgamentos que pudesse, sempre que o crime fosse sério, e o réu, um rapaz. Tudo parecia possível. Já havia decidido

385

vender a casa na qual morava com Rosie e Emily, que me pertencia, pois quitara o financiamento havia muito tempo. A venda renderia o suficiente para a aquisição de um pequeno apartamento em Londres, sobrando ainda o necessário para o suborno. Tentaria um emprego em Middle Temple, na esperança de passar para o colegiado de Aldridge. Levaria tempo, mas eu não tinha pressa. A menina, Octavia, ainda tinha dezesseis anos. Meu plano exigia que ela fosse maior de idade; não queria ver a mãe acionando a justiça para impedir um casamento inconveniente. Bastaria escolher o rapaz certo. Não poderia falhar, nesse aspecto. Mas eu contava com um trunfo; fora professora por mais de trinta anos, em geral lecionando para adolescentes. Eu me considerava capaz de reconhecer as características exigidas: dissimulação, capacidade de representar, falta de escrúpulos, ambição. Assim que conseguisse um emprego na sede do colegiado, teria acesso à papelada de Aldridge. Saberia mais sobre a vida dela, sobre seu passado, do que poderia saber a respeito da minha.

Saiu tudo conforme o planejado. Os detalhes pouco importam; a polícia já os conhece, de qualquer modo. Conversaram com a srta. Elkington, suponho. Cheguei aonde pretendia. Tinha um apartamento em Londres para preservar minha privacidade, um emprego na sede do colegiado de Aldridge e acesso esporádico à casa dela. Tudo deu tão certo que, se eu fosse supersticiosa, acreditaria que a vingança viera de cima, que meu caminho fora iluminado e perfumado com incenso sagrado. Não usava a palavra vingança, na época. Atribuía a mim um papel menos ignóbil, de reparar uma injustiça, dar uma lição. Sei agora que o nome de meu plano era vingança, direito de vingança. Meu ódio por Venetia Aldridge era mais pessoal e complexo do que eu poderia admitir. Hoje admito que errei, que agi mal. Sei ainda que a vingança preservou minha sanidade.

Desde o início aceitei que o sucesso dependia largamente do acaso. Talvez jamais encontrasse o rapaz certo, e, se

386

isso ocorresse, ele poderia fracassar na abordagem de Octavia. Essa noção de que eu não era capaz de controlar inteiramente os eventos tornava o projeto, paradoxalmente, ainda mais racional e viável. Eu não ia mudar a vida inteira por conta de um capricho. Precisava mesmo vender a casa, me afastar dali, libertar-me dos ólhares curiosos dos desconhecidos e da constrangedora solidariedade dos amigos, abrangente conceito que convenientemente inclui desde o amor até a tolerância mútua entre vizinhos. Quando pedia: "Não escrevam, preciso passar alguns meses completamente sozinha, livre do passado", via o alívio em seus olhos. Era difícil lidar com um sofrimento avassalador. Alguns amigos, sobretudo os que tinham filhos, após uma única carta ou visita se distanciaram, como se eu sofresse de uma doença contagiosa. Certas tragédias, como o assassinato de uma criança, despertam nossos medos mais profundos, temores que não ousamos nomear, como se um destino monstruoso aguardasse a oportunidade de se manifestar, oculto nas profundezas dos horrores imaginados, para tornar tudo real. Os excepcionalmente desafortunados sempre foram os leprosos deste mundo.

Então, conheci o sr. Froggett. Jamais soube seu primeiro nome. Para mim, será sempre o sr. Froggett, e para ele serei sempre a sra. Hamilton. Usei o nome de solteira, achando que a escolha de um nome familiar evitaria que eu cometesse um engano. Não revelei meu passado, meu nome, onde morava ou trabalhava. Conhecemo-nos na galeria da Corte Número Dois de Old Bailey. Algumas pessoas comparecem regularmente a julgamentos importantes ou interessantes, sobretudo em Old Bailey, e depois do primeiro encontro passei a vê-lo sempre que ia a um julgamento. Era um sujeito miúdo, discreto. Sua idade regulava com a minha. Vestia-se sempre com apuro e, como eu, acompanhava pacientemente os procedimentos do tribunal, permanecendo lá quando os ávidos por sensacionalismo partiam em busca de um entretenimento mais animado. De vez em quando, anotava algo num caderno, com suas mãos miúdas e delicadas, como se monitorasse o desempenho dos principais protagonistas. Assistíamos a um espetáculo, daí o fascínio. Uma peça na qual alguns atores conheciam o texto e o enredo, enquanto outros não passavam de amadores desajeitados, fazendo a primeira aparição num palco assustador, desconhecido. Todos, porém, tinham seus papéis determinados claramente em um espetáculo capaz de dar à plateia plena satisfação, pois ninguém sabia como ia terminar.

Após meia dúzia de encontros, o sr. Froggett passou a me cumprimentar com um bom-dia tímido. Só começamos a conversar quando eu me senti mal subitamente, durante a acusação num caso macabro de crueldade e violência contra uma criança. Foi o primeiro julgamento do gênero ao qual compareci. Sabia que passaria por momentos difíceis, que seria duro acompanhar certos casos, mas jamais previra algo assim: o promotor, em sua toga e peruca, num tom calmo e didático, descreveu sem grandes arroubos retóricos, e aparentemente sem se emocionar, a tortura e a degradação dos meninos de uma instituição. Aquele caso era inútil, para mim. Percebi, logo no início, que muitos o seriam. Os réus com frequência eram homens patéticos ou nojentos, que eu considerava inadequados a meus objetivos assim que os via no banco dos réus. Naquele dia, abaixei a cabeça para que a tontura passasse. Achei melhor ir embora, o que fiz assim que pude sair sem chamar a atenção. No entanto, eu estava no meio de um banco lotado, e inevitavelmente provoquei certo incômodo.

Quando cheguei ao saguão, percebi que o sr. Froggett estava ao meu lado. Ele disse: "Perdoe-me a intrusão, mas notei que a senhora não estava passando bem e que se encontrava desacompanhada. Posso ajudá-la em algo? Gostaria de convidá-la para tomar um chá. Conheço uma lanchonete perto daqui, um lugar respeitável e discreto. É muito limpo".

As palavras e o tom formal que traía timidez estavam totalmente fora de moda. Lembro-me de ter imaginado uma cena ridícula, nós dois no convés do *Titanic*: "Por gentileza, madame, permita-me oferecer proteção e auxílio para que embarque no bote salva-vidas". Ao me deter naqueles olhos que revelavam preocupação genuína, atrás das lentes grossas, senti que poderia confiar nele. Minha geração sabia, instintivamente — um dom perdido pelas mulheres de hoje —, se poderia confiar num homem. Sendo assim, acompanhei-o à tal lanchonete respeitável, um dos inúmeros estabelecimentos que atendiam turistas e pessoas dos escritórios nas redondezas, onde preparavam sanduíches na hora, com ingredientes dispostos no balcão — ovos, patê de sardinha, atum, presunto —, e serviam café bom e chá forte. Ele me conduziu até uma mesa quadrada, no canto, coberta com toalha xadrez em vermelho e branco. Pediu dois chás e duas bombas de chocolate. Mais tarde, ele me acompanhou até a estação do metrô, e nos despedimos. Revelamos nossos respectivos nomes, e mais nada. Ele nem chegou a perguntar se era longa a jornada até meu destino ou onde eu morava. Senti uma certa relutância, como se ele temesse cometer indiscrições, uma preocupação em evitar que eu pensasse que ele pretendia usar sua atitude gentil para forçar confidências.

Assim começou nosso relacionamento. Não era amizade — como poderia ser, se revelávamos tão pouco? —, mas possuía certas vantagens da amizade, sem necessidade de envolvimento. Passamos a tomar chá juntos depois dos julgamentos, na mesma lanchonete ou em outra similar. Nos primeiros encontros, não me preocupava a possibilidade de ele se mostrar curioso, e sim que estranhasse, com o passar do tempo, minha reserva. E também minha presença nos tribunais, semana após semana, para ouvir o triste e frequentemente previsível relato das fraquezas e maldades humanas. No entanto, pelo jeito ele não dava a menor importância a isso. Era um obcecado por direito criminal, e nada mais natural para ele que outros demonstrassem o mesmo interesse pelo assunto. Falava muito sobre si, e não parecia notar que eu pouco contava a meu respeito. No terceiro encontro mencionou algo que me assustou, por um minuto. Logo percebi, porém, não haver perigo real. Pelo contrário, tratava-se de mais um sinal auspicioso de que meu plano poderia dar certo. Ele havia lecionado numa escola dirigida pelo pai de Venetia Aldridge, e a conhecera bem, na infância. Alegava — e nisso notei uma certa vaidade que concluí fazer parte de sua personalidade — ter sido o responsável por despertar em Aldridge o gosto pelo direito, ter orientado seus primeiros passos de uma brilhante carreira. Minha mão tremeu quando ergui a xícara, derramando um pouco do líquido no pires. Esperei um pouco, até que o tremor diminuísse, e calmamente a depositei na mesa. Sem olhar para ele, tentei firmar a voz, fazendo a pergunta num tom quase desinteressado.

"Costuma visitá-la ainda? Creio que ela gostaria de saber que ainda se interessa por sua carreira. Provavelmente, poderia conseguir um lugar para o senhor no tribunal."

"Não a vejo mais. Procuro inclusive me posicionar de modo a não ser visto por ela — embora duvide que haja algum risco. Todavia, poderia dar a impressão de que estou tentando me impor. Tudo aconteceu há muito tempo, ela provavelmente já se esqueceu de que existo. Tento acompanhar todos os casos dela. É meu hobby, atualmente, acompanhar sua carreira. De qualquer modo, não é fácil descobrir onde e quando ela vai atuar."

Num impulso, eu disse: "Talvez eu consiga ajudar. Tenho uma amiga que trabalha na sede do colegiado. Bem, ela não poderia indagar diretamente, tendo em vista sua humilde função lá, mas deve haver listagens para orientar os advogados. Acho que ela pode descobrir quando a srta. Aldridge vai participar de um julgamento, bem como o nome do fórum".

O sr. Froggett agradeceu muito, com sinceridade quase patética. "Precisará do meu endereço", disse e o anotou em seu caderno, mantendo as mãozinhas juntas, como garras.

Em seguida, arrancou a página cuidadosamente e a entregou para mim. Se por acaso considerou estranho que eu não tivesse dado meu endereço, num gesto recíproco de confiança, não o demonstrou. Vi que morava — creio que ainda mora — num apartamento em Goodmayes, em Essex. Calculo que seja um desses conjuntos modernos, com apartamentos despersonalizados, idênticos. Depois disso, passei a mandar um cartão-postal, de tempos em tempos, contendo apenas uma data e um local — Fórum de Winchester, dia 3 de outubro —, que assinava com minhas iniciais, JH. Nem sempre o via no tribunal, claro. Se o processo era contra uma mulher, obviamente não serviria a meu objetivo, e eu não ia.

Contudo, aquelas poucas horas de companheirismo sem exigências tornaram-se os momentos mais felizes de minha vida marcada pela obsessão. Talvez "felizes" seja um exagero. A felicidade não é uma emoção que eu sinta agora, e nem espero senti-la mais. Havia, porém, uma espécie de contentamento, tranquilidade e sensação reconfortante de pertencer outra vez ao mundo real. Um observador atento nos consideraria uma dupla extravagante, mas, claro, ninguém prestava atenção em nós. Estávamos em Londres, os empregados dos escritórios se interessavam mais em conversar um pouco, antes de empreender a jornada de volta ao lar, os turistas se ocupavam com mapas e trocas de impressões em seus idiomas exóticos, o solitário ocasional entrava e tomava seu chá sem notar nossa presença. Tudo se passou recentemente, e no entanto parece uma lembrança distante; o ruído ritmado da cidade entrando pela janela como o rugir de um oceano distante, o chiado da máquina de café, o cheiro dos sanduíches na chapa e o tilintar de xícaras e talheres. Nesse cenário falávamos dos detalhes do caso, comparando impressões sobre testemunhas, discutindo sua sinceridade, a conduta dos advogados, a tendência do veredicto e a atitude hostil ou compreensiva do júri.

Em certa ocasião, contudo, cheguei perto, perigosamente perto de minha obsessão. A sessão fora dedicada à apresentação das provas de acusação. Eu disse: "Ela deve saber que ele é culpado".

"Isso não importa. Sua tarefa é defender o acusado, seja ele culpado ou não."

"Sei disso. No entanto, deve ajudar bastante acreditar na inocência do cliente."

"Pode ajudar, mas não é uma exigência para se aceitar um caso." Em seguida, ele disse: "Veja o meu caso. Suponha que eu fosse acusado — injustamente — de um crime, de um ato indecente contra uma menina, por exemplo. Vivo sozinho, sou uma pessoa solitária, não muito cativante ou simpática. Suponha que meu advogado tenha que sair pelos colegiados, implorando que um defensor togado acredite em minha inocência para montar a equipe da defesa. A lei se baseia na presunção da inocência. Há países nos quais a detenção pela polícia é considerada sinal de culpa, e os procedimentos processuais seguintes são praticamente um solo da promotoria. Devemos dar graças por viver num país civilizado".

Ele falou com extraordinária veemência. Pela primeira vez, senti nele uma crença pessoal, uma emoção profunda e intensa. Até então, considerara sua obsessão pela lei sinal apenas de um interesse intelectual. Pela primeira vez, vi indícios de um envolvimento emocional e moral com um ideal.

Embora o sr. Froggett se dispusesse a viajar até qualquer cidade em que Venetia Aldridge atuasse, ele gostava mais de seu desempenho, na acusação ou na defesa, em Old Bailey. Nenhum outro local possuía o encanto da Corte Número Um de Bailey. "Encanto" pode parecer uma palavra estranha para nos referirmos a um lugar cujas origens remontam a Newgate, aos horrores das antigas prisões, às execuções públicas, aos calabouços nos quais os prisioneiros eram torturados até a morte, esmagados por pesos terríveis, para salvaguardar a herança de suas famílias. O sr. Froggett conhecia essas coisas, a história do direito o fascinava, sem jamais oprimi-lo. Sua obsessão continha um traço de morbidez — afinal de contas, interessava-se por direito criminal —, mas nunca notei um componente sádico; se o notasse, consideraria sua companhia inaceitável. Sua mania era exclusivamente intelectual. Embora a minha fosse muito diferente, com o passar dos meses comecei a compreender a paixão dele, até mesmo a me interessar por certos aspectos e a compartilhá-los.

Ocasionalmente, quando havia um caso de especial interesse na Corte Número Um, eu o acompanhava ao seu lado, mesmo que Venetia Aldridge não fosse o advogado de defesa. Era importante; ele não podia suspeitar que só a defesa me interessava. Por isso eu ficava na fila na entrada do público, passava pelos sistemas de segurança, subia as intermináveis escadas sem carpete até o hall de entrada para a galeria, ocupava meu lugar e esperava a chegada do sr. Froggett. Muitas vezes já o encontrava lá. Preferia sentar-se na segunda fila, e considerava estranho que eu preferisse ficar mais atrás. Depois de algum tempo, porém, me dei conta de que havia pouca chance de a srta. Aldridge olhar para cima, e muito menos de me reconhecer. Eu sempre usava chapéu com aba e meu melhor casaco; ela me via apenas com roupas de serviço. Não havia risco real, e apesar disso só após algumas semanas consegui ficar à vontade sentada na frente.

Minha visão do tribunal era quase tão boa quanto a do juiz. Embaixo, à esquerda, existia um patamar com proteção de vidro nas laterais e no fundo; na nossa frente ficava o júri, e à direita o juiz; embaixo de nós, os advogados. O sr. Froggett contou que da primeira fila da galeria fora tirada a única fotografia de um réu ouvindo a sentença de morte. O casal no patamar envidraçado era Crippen e sua amante, Ethel le Neve. A foto havia sido publicada num jornal diário, e isso fez com que promulgassem uma lei proibindo fotos no recinto.

Ele sabia inúmeros detalhes e informações históricas. Quando comentei o tamanho diminuto do banco das testemunhas, apenas um pequeno palanque coberto, como se fosse um púlpito, ele explicou que a cobertura era uma relíquia do tempo em que os julgamentos eram realizados ao ar livre e as testemunhas necessitavam de proteção. Quando mencionei que achava estranho o juiz, em sua toga escarlate, jamais se sentar no centro, ele me disse que o lugar era reservado para o lorde prefeito de Londres, também chefe dos magistrados da cidade. Embora não presidisse mais as sessões, ele entra no tribunal quatro vezes por ano, acompanhado de um cortejo, percorrendo o Grande Hall até a Corte Número Um. Formam o cortejo o chefe de polícia, os comissários, o portador da espada e o encarregado da lança. O sr. Froggett falava com nostalgia; teria adorado ver a tal procissão.

Ele também me contou que naquela corte ocorreram alguns dos julgamentos dos criminosos mais importantes do século. Seddon, condenado pelo assassinato de sua hóspede, a srta. Barrow, com arsênico; Rouse, do Crime do Carro em Chamas; Haigh, que dissolvia as vítimas em ácido — todos foram condenados à morte ali. Os degraus que levavam ao banco dos réus haviam sido galgados por homens e mulheres agarrados a um fiapo de esperança ou aterrorizados com a proximidade da morte; alguns foram arrancados de lá gritando ou gemendo. Eu esperava que a atmosfera do tribunal fosse poluída pelo cheiro do medo, sutil, quase imaginário. Contudo, eu respirava e não sentia nada. Talvez fosse por causa da dignidade da corte — menor, mais graciosa, mais aconchegante do que eu imaginara. O requinte do brasão real atrás do tablado, a Espada da Justiça da cidade, datada do século XVI, as togas e perucas, a cortesia formal, as vozes baixas, tudo isso transmitia uma sensação de ordem, razão e possibilidade de justiça. Não obstante, tratava-se de uma arena; não seria mais parecido com uma arena se o chão estivesse coberto de palha ensopada de sangue e os antagonistas entrassem ao som de trombetas, seminus, com escudos e gládios, para jurar obediência a César.

Foi na Corte Número Um de Bailey que minha busca

chegou ao final. Ali eu vi Ashe pela primeira vez. No terceiro dia de julgamento, já sabia que havia encontrado meu instrumento. Se ainda soubesse rezar, teria rezado por sua absolvição. De qualquer modo, não sentia ansiedade. Isso também estava escrito. Observei-o, dia após dia, enquanto ele esperava sentado rigidamente, imóvel, com os olhos fixos no juiz. Senti o poder, a inteligência, a falta de escrúpulos, a ganância. Concentrei-me nele com tal intensidade que, no único momento em que ergueu os olhos para a galeria e nos observou com desdém, senti medo por um instante, temendo que tivesse adivinhado meu propósito e procurasse meu rosto.

Saí do tribunal assim que o veredicto foi pronunciado. O sr. Froggett contava, claro, com nossa saída costumeira para tomar chá e conversar sobre os argumentos mais ardilosos da defesa. Quando tentava abrir caminho para a saída, percebi que ele grudava nos meus calcanhares, para dizer: "Percebeu o momento em que ela ganhou o caso, não é? Reconheceu a questão decisiva?".

Disse a ele que estava com pressa, que ia receber uma visita à noite e precisava voltar logo para casa, para preparar o jantar. Caminhamos juntos até a estação de St. Paul, da Central Line. Ele ia para o leste, eu para o oeste. Tinha tudo planejado. Pegaria o primeiro trem para Notting Hill Gate, depois um da District ou Circle Line até Earls Court, passaria alguns minutos em meu apartamento escrevendo dois recados para Ashe e seguiria para a casa dele. Os recados — um para a porta da frente, outro para a entrada dos fundos — exigiram apenas alguns minutos de minha atenção. Decidira o que dizer havia semanas: um elogio sutil, uma insinuação para aguçar sua curiosidade, um valor que talvez não fosse o bastante para garantir sua cooperação, mas faria com que abrisse a porta, sem dúvida. Escrevi com cuidado, sem usar a impressora; precisava de um toque pessoal. Relendo o texto, percebi que não poderia ter saído melhor.

"Caro sr. Ashe. Peço desculpas pela minha atitude, mas tenho uma proposta a fazer. Não sou jornalista e não tenho ligações com a polícia, serviço social ou outras entidades governamentais. Mas preciso de alguém para certo serviço, e o senhor é a única pessoa capaz de fazê-lo direito. Caso seja bem-sucedido, o pagamento será de vinte e cinco mil libras em dinheiro. O serviço não é ilegal nem perigoso, embora exija habilidade e inteligência. Trata-se, obviamente, de algo confidencial. Por favor, entre em contato comigo. Se a resposta for não, o senhor será deixado em paz. Estou esperando do lado de fora."

Pretendia, caso houvesse luzes na casa, enfiar a carta pela abertura da porta da frente, tocar a campainha ou bater e depois me esconder rapidamente. Ele precisava ler o recado antes de me conhecer. Se não estivesse em casa, eu deixaria os bilhetes tanto na frente como nos fundos e aguardaria sua volta, de preferência no jardim, se conseguisse acesso.

Tinha o endereço dele, mas até o final do julgamento não queria visitá-lo; estaria abusando da sorte. De qualquer modo, sabia que ficava em Westway, depois de Shepherd's Bush. Não costumava ir para aqueles lados. Se havia ônibus para lá, não os conhecia. Para poupar tempo e energia, resolvi pegar um táxi, dando ao motorista o número de uma casa adiante daquela que eu pretendia visitar. Poderia andar os cem metros que faltavam, sem despertar suspeitas dos vizinhos. Escurecia. Eu precisava da escuridão.

No entanto, quando o táxi deixou a avenida, entrou numa travessa e parou, pensei por um instante que havia um problema no motor e que o motorista fora forçado a parar. Pois, sem dúvida, ninguém poderia morar naquele deserto. Iluminada pelas luzes da rua, à direita e à esquerda, como se fosse um cenário cinematográfico, estendia-se uma paisagem desolada, urbana, formada por janelas e portas cobertas de tábuas, pintura descascada e reboco caído. A casa na qual paramos perdera metade do telhado, pois a demolição já se iniciara. A destruição à esquerda fora completa, e não havia mais telhados para trás dos tapumes, nos quais constavam a nota oficial anunciando o alargamento da rua e pichações com dizeres ofensivos típicos dos protestos modernos, além de inscrições obscenas de raiva incoerente. Todas elas diziam: "Olhem para mim! Ouçam o que tenho a dizer! Percebam que estou aqui!". Caminhei sob a luz intensa, entre as casas condenadas e o rugido incessante do tráfego, sentindo que me metera num inferno urbano caótico.

Mas, quando cheguei ao número 397, vi que se tratava de uma das raras casas que ainda mostravam sinais de ocupação. Ficava na esquina, era a última de uma longa série de casas idênticas, meio geminadas. As três faces da *bay window*, à direita da entrada, haviam sido cobertas por uma espécie de folha de metal marrom-avermelhado. O mesmo ocorria com a janela menor, à esquerda. A porta, porém, dava a impressão de que ainda era utilizada, e havia cortinas na janela do piso superior. O que antes fora um pequeno jardim tornara-se um pedaço de terra coberto por mato e tufos de grama. O portão de entrada, quebrado, balançava nas dobradiças enferrujadas. Não vi luzes acesas. Parei na cobertura da porta, ergui a proteção do nicho para as cartas e encostei ali meu ouvido. Não escutei nada. Coloquei um dos bilhetes pelo buraco da porta e tive a impressão de escutar o barulho da queda.

Em seguida, tentei o portão lateral da casa. Estava trancado por dentro, e era alto demais para que eu o pulasse. Por ali, não teria acesso. Mas eu preferia esperar nos fundos da casa a ficar na rua, à vista de todos. Voltei para a frente, andei até a esquina e dobrei à direita na ruazinha lateral. Dei mais sorte, ali. Uma cerca protegia o quintal. Acompanhei-a lentamente, tateando, e logo minhas mãos encontraram um pequeno vão, no ponto onde uma tábua rachara. Dei-lhe um chute forte, escolhendo o momento em que o trânsito era mais intenso e o barulho, mais alto.

A tábua cedeu, caindo para dentro com um estalo tão alto que temi acordar a rua inteira. No entanto, tudo continuou silencioso. Empurrei a tábua adjacente, com toda a força, e senti que os pregos cediam. A cerca era velha, os mourões balançavam conforme eu me apoiava neles. O vão já era largo o suficiente para permitir que eu me esgueirasse por ele. Estava onde queria: no quintal dos fundos da casa.

Desnecessário seria tentar me esconder — não haveria olhos à espreita atrás daquelas janelas mortas, fechadas por tábuas. As casas vizinhas estavam desertas e escuras desde a chegada dos guindastes da demolidora, com suas bolas de ferro pendulares. O quintal estava coberto de mato, que crescera até quase a altura da cintura. Mesmo assim, eu me sentia mais à vontade ali, longe dos olhares, e me escondi entre a parede preta da garagem e a janela da cozinha, também fechada.

Viera bem preparada, de casaco bem quente, gorro de lã para ocultar o cabelo, lanterna e um exemplar de bolso de poesia contemporânea. Contava que a espera fosse longa. Ele provavelmente estava comemorando com os amigos, embora eu não conseguisse pensar em Ashe como alguém que tivesse amigos. Talvez estivesse bebendo, mas eu esperava que não. Nossas negociações seriam muito delicadas. Seria melhor que estivesse sóbrio. Ele poderia ter saído em busca de sexo, após meses de privação, mas eu duvidava disso. Só o vira nas poucas semanas de julgamento, mas sentia que o conhecia bem e que nosso encontro estava predestinado. Antigamente, teria rejeitado essa noção, como puro sentimentalismo irracional. Agora, pelo menos uma parte de minha mente sabia que o destino ou a sorte me levara até aquele momento. Sabia que ele acabaria voltando para casa. Para onde mais poderia ir?

Sentei-me, sem ler nada, apenas esperando e pensando, num silêncio e numa reclusão que pareciam absolutos. Tive a sensação agradável de que estava completamente sozinha, uma vez que ninguém no mundo sabia onde eu me encontrava. O silêncio, porém, era interno. O mundo em torno estava cheio de ruídos. O rugir ritmado do tráfego na Westway era por vezes ameaçador e próximo como um mar revolto, e, em determinados momentos, uma lembrança quase aconchegante do mundo comum e seguro do qual eu já havia participado.

Vi quando ele chegou em casa. A janela da cozinha, como as outras, fora coberta com tábuas, mas apenas parcialmente, o bastante para garantir a segurança. Restava uma estreita abertura no alto, e quando percebi a luz lá dentro soube que ele estava na cozinha. Levantei-me lentamente, sentindo os músculos doloridos, e fixei os olhos na porta, torcendo para que ele a abrisse. Sabia, porém, que o faria. A porta se abriu, finalmente, e eu vi sua silhueta escura desenhada contra o fundo iluminado. Ele não falou. Acendi a lanterna, dirigindo o facho para o meu rosto. Mesmo assim, ele não falou. Eu disse:

"Vejo que leu minha mensagem".

"Claro. Não era para mim?"

Eu já escutara a voz dele, durante o julgamento; uma palavra pronunciada com firmeza, "inocente", e suas respostas na inquirição e na reinquirição. Era atraente, embora artificial, como se a houvesse desenvolvido pela prática e não tivesse bem certeza se queria conservá-la.

Ele disse: "Acho melhor entrar", e se afastou um passo.

Senti o cheiro da cozinha antes mesmo de entrar. Odores rançosos antigos haviam penetrado na madeira, nas paredes, nos cantos dos armários, e só desapareceriam quando a casa desabasse na demolição. Contudo, notei que ele havia tentado fazer uma faxina, o que me desconcertou. Ele fez outra coisa, também, que me surpreendeu. Tirou um lenço limpo do bolso — recordo-me até agora do tamanho e da brancura — e o estendeu sobre uma cadeira, antes de ordenar que eu me sentasse, com um gesto. Ele se acomodou na cadeira em frente e nos olhamos por cima do plástico manchado e gasto que cobria a mesa da cozinha.

399

Eu já havia pensado em todos os argumentos de que poderia precisar. Como usar sua vaidade e ganância sem deixar transparecer que eu o considerava vaidoso e ganancioso. Como elogiá-lo sem despertar suspeitas de adulação. Como oferecer dinheiro sem sugerir que o estava comprando facilmente. Esperava sentir medo; afinal, estaria sozinha com um assassino. Isso concluí pelo julgamento. Ele havia assassinado a tia, cometido o crime a poucos metros do local em que estávamos sentados. Já havia pensado no modo como agiria, caso ele recorresse a ameaças de violência. Se eu me apavorasse, diria que alguém de confiança sabia onde eu estava e chamaria a polícia caso eu não voltasse dentro de uma hora. No entanto, sentada ali, na frente dele, eu me senti curiosamente à vontade. Ele não falou nada, mantendo um silêncio que não era opressivo nem constrangedor. Esperava que ele fosse mais volátil, mais arredio do que se mostrava.

Procurei fazer a proposta de modo direto, sem incluir emoções. Disse, simplesmente: "Venetia Aldridge tem uma filha, Octavia, que acaba de completar dezoito anos. Estou disposta a pagar dez mil libras para que você a seduza, e mais quinze mil se ela aceitar se casar com você. Eu a vi. Não é muito atraente, nem feliz. Isso deve facilitar as coisas. É filha única e tem muito dinheiro. Para mim, é uma questão de vingança".

Ele não respondeu, mas os olhos fixos em mim se tornaram inexpressivos, enquanto ele mergulhava num universo privado de cálculos e avaliações.

Depois de um minuto ele se levantou, encheu a chaleira de água, ligou-a na tomada e apanhou duas canecas e um vidro de café solúvel. Havia uma sacola plástica, ao lado da pia. Ele passara no supermercado antes de voltar para casa, para comprar comida e leite. Quando a água ferveu, ele despejou uma colher de café em cada caneca, colocou uma delas na minha frente e empurrou o açucareiro e o leite em minha direção.

Ele disse: "Dez mil para foder a filha, mais quinze se eu

conseguir casar. Vai sair cara, essa vingança. Poderia mandar matar Aldridge por muito menos".

"Se eu soubesse quem contratar. Se quisesse correr risco de chantagem. Mas não quero que ela morra, quero que sofra."

"Ela ia sofrer, se você sequestrasse a filha."

"Muito complicado. Arriscado demais. E como eu faria isso? Onde a esconderia? Não tenho acesso a pessoas que executam essas tarefas. A beleza de minha vingança é que ninguém pode me fazer nada, mesmo que consigam as provas. Ela vai sofrer mais assim do que sofreria com um sequestro. Um sequestro renderia solidariedade, publicidade favorável. Isso vai ferir seu orgulho."

Assim que as palavras saíram da minha boca, eu soube que havia cometido um erro. Não deveria ter sugerido que um noivado com ele seria humilhante. Vi o equívoco em seus olhos, no segundo de distanciamento, no qual as pupilas pareceram crescer. E vi meu erro também na súbita tensão do seu corpo, quando ele se debruçou na mesa, aproximando-se de mim. Senti pela primeira vez o cheiro de sua masculinidade, como sentiria o cheiro de um animal perigoso. Não falei imediatamente. Ele não podia perceber que eu havia percebido o erro. Deixei que minhas palavras caíssem no vazio, como pedras num abismo.

"Venetia Aldridge gosta de controlar tudo. Ela não ama a filha, mas espera obediência da moça, que seja respeitável, que não atrapalhe sua carreira. Gostaria que ela se casasse com um advogado bem-sucedido, alguém escolhido e aprovado por ela. Além disso, Aldridge é uma mulher extremamente discreta. Um romance entre Octavia e você daria uma bela história para os jornais, que pagariam muito dinheiro pelo relato. Você pode imaginar as manchetes. Ela não ia aprovar esse tipo de publicidade."

Não foi o bastante. Ele disse, em voz pausada: "Vinte e cinco mil para um pouco de constrangimento. Não me convence".

401

Ele exigia a verdade. Já a sabia, mas insistia para que eu a pusesse em palavras. Se eu não fizesse isso, não haveria acordo. Foi então que eu lhe contei sobre Dermot Beale e minha neta. No entanto, não revelei o nome de Emily. Jamais conseguiria pronunciá-lo naquela casa.

"Aldridge acha que você matou sua tia. Ela acredita que é um assassino. É disso que ela precisa para se achar o máximo, defender pessoas que considera culpadas. Não há triunfo em defender inocentes. Ela não ama a filha, e se sente culpada. O que acha que vai acontecer quando Octavia ficar noiva de um sujeito considerado assassino pela mãe, e logo alguém que ela própria defendeu? Será obrigada a viver com isso, sem poder fazer absolutamente nada a respeito. É o que eu quero. E estou disposta a pagar por isso."

Ele disse: "E em que acredita? Assistiu ao julgamento. Acha que fui eu?".

"Não sei e não me importo nem um pouco."

Recostado na cadeira, ele relaxou. Posso jurar ter ouvido um suspiro de satisfação.

Ele disse: "Ela acha que me livrou. É o que você pensa, também?".

Hora de correr o risco da adulação. "Acho que você mesmo se livrou. Ouvi suas declarações. Se não desse seu depoimento, estaria na cadeia, agora."

"Era o que ela pretendia, no início. Evitar meu depoimento. Aí eu disse para ela que não, de jeito nenhum."

"Tinha razão, mas ela precisava ficar com todo o crédito. Tinha de ser o triunfo dela, a vitória dela."

Novamente, a pausa curiosamente solidária. Depois, ele disse: "Então, está querendo o quê? O que deseja que eu faça exatamente, pelo dinheiro?".

"Quero que durma com a filha dela, que faça a moça se apaixonar. Depois, case-se com ela."

"E o que quer que eu faça com ela, depois de me casar?"

Só quando ele pronunciou a frase comecei a perceber com quem eu lidava. Ele não foi irônico ou sarcástico. A pergunta era perfeitamente simples. Poderia estar falando de um animal ou de um móvel. Se fosse possível recuar, eu teria recuado naquele momento.

Eu respondi: "Faça o que quiser. Vá para o Caribe, leve a moça para uma lua de mel num cruzeiro marítimo, viaje para o Oriente e livre-se dela, compre uma casa e comece uma vida nova. Pode se separar quando quiser, divorciar-se sem necessidade de permissão dela depois de cinco anos. Talvez a mãe dela pague para você ir embora, se aceitar. Não vai perder nada, de qualquer jeito. Depois que eu fizer o último pagamento, não manterei mais contato com você".

Naquela altura eu já havia deduzido que ele era mais perceptivo e inteligente do que eu esperava. Isso o tornava mais perigoso, e paradoxalmente mais fácil de lidar. Depois de me avaliar, ele concluíra que eu não era nenhuma velha maluca, que a oferta era para valer e que o dinheiro o esperava. Tendo confirmado tudo isso, tomou a decisão.

E foi assim que fechamos negócio, naquela cozinha fedorenta, sobre a mesa manchada. Duas pessoas sem consciência barganhando o destino de um corpo com alma. Claro, eu não acreditava que Octavia tivesse alma, nem que houvesse algo naquela cozinha além de nós dois, ou qualquer poder capaz de alterar ou influenciar o que dissemos e planejamos. A negociação foi perfeitamente cordial, mas eu percebi que precisava deixar que ele ganhasse. Não poderia ser humilhado, nem mesmo por uma pequena derrota. Por outro lado, ele me desprezaria em caso de uma capitulação demasiadamente fácil. No final, aceitei acrescentar mil libras ao pagamento inicial e mais duas mil ao total.

Ele disse: "Preciso de algum para começar. Posso arranjar dinheiro, sempre consigo dinheiro, mas no momento estou sem nenhum. Posso arranjar, mas leva algum tempo".

Senti novamente em sua voz a petulância infantil, a perigosa mistura de arrogância e falta de confiança em si mesmo.

Falei: "Está bem. Vai precisar de dinheiro para sair

403

com ela, atrair sua atenção. Ela está acostumada ao dinheiro, nunca lhe faltou nada na vida. Trouxe duas mil libras em dinheiro comigo. Leve o dinheiro, e o valor será descontado do primeiro pagamento".

"Nada disso. Tem de ser extra."

Refleti por um momento, depois disse: "Tudo bem, pode ser extra".

Não temia que ele tomasse o dinheiro de mim e me matasse. Por que deveria temer? Ele teria a chance de ganhar muito mais do que duas mil libras. Abaixei-me para pegar a bolsa e entreguei-lhe o dinheiro. Estava em notas de vinte libras.

"Teria sido mais fácil se eu trouxesse notas de cinquenta, mas elas despertam suspeitas, atualmente. Tem havido muita falsificação. As notas de vinte são mais seguras."

Não as contei na frente dele, passando os quatro maços de quinhentas libras por cima da mesa. Estavam presos com elásticos. Ele tampouco contou o dinheiro. Deixou tudo em cima da mesa e disse: "E quanto aos contatos? Como devo fazer os relatórios? Onde vamos nos encontrar, quando chegar a hora de coletar as dez mil libras iniciais?".

Desde o primeiro dia do julgamento eu pensava nisso. Pensei na igreja no final de Sedgemoor Crescent, St. James, que fica aberta a maior parte do dia. Minha primeira ideia foi marcar o encontro lá, seria mais conveniente para mim. Deixei o local de lado, por duas razões. Um jovem entrando lá sozinho, principalmente Ashe, seria notado por quem estivesse tomando conta da igreja. Além disso, apesar de ter perdido a fé, eu relutava em usar um prédio sagrado para um propósito que, no fundo do coração, eu sabia ser maligno. Pensei em espaços amplos, desertos, talvez uma das estátuas do Hyde Park, mas isso talvez fosse inconveniente para Ashe. Não queria correr o risco de ele não aparecer. No final, concluí que seria forçada a fornecer o número do meu telefone. Precisava correr esse pequeno risco. Afinal, ele não saberia meu endereço, e eu podia mudar o número, se necessário. Anotei o telefone e entreguei o papel a ele. Disse-lhe que me ligasse às oito da manhã, sempre que precisasse. No início, deveria telefonar dia sim, dia não, no mínimo.

Ele disse: "Preciso saber algo a respeito dela. Onde encontrá-la, por exemplo".

Dei o endereço de Pelham Place a ele e disse: "Ela mora com a mãe, num apartamento independente, no meio-porão. Elas têm empregada, mas ela não será empecilho. Octavia não está trabalhando no momento, pelo que sei, e provavelmente vive entediada. Assim que você iniciar um relacionamento com ela, quero vê-los juntos. Aonde pretende levá-la? Frequenta algum pub específico?".

"Não vou a pubs. Telefonarei avisando o momento em que sairei da casa junto com ela, provavelmente de moto. Poderá nos ver juntos, então."

Eu disse: "Preciso ser discreta. Não posso ficar andando por lá. Octavia me conhece. De vez em quando, trabalho na casa. De quanto tempo acha que vai precisar?".

"Quanto for necessário. Avisarei assim que tiver alguma novidade. Talvez precise de mais dinheiro."

"Você já recebeu duas mil libras. Pode receber o restante em parcelas, quando quiser, e o pagamento final quando se casar."

Ele me fitou com seus olhos escuros e distantes, dizendo: "Suponha que eu me case e você se recuse a pagar".

"Nenhum de nós dois é idiota, sr. Ashe. Prezo muito minha segurança para pensar numa coisa dessas."

Depois disso levantei-me e fui embora. Não me lembro se ele disse mais alguma coisa, mas me recordo bem de sua figura escura contra a luz, na cozinha, quando ele parou à porta para me ver sair. Caminhei até Shepherd's Bush, sem me dar conta da distância, do cansaço, do tráfego intenso e ruidoso. Só tinha consciência de uma empolgação, como se fosse jovem outra vez e estivesse apaixonada.

Ele não perdeu tempo, nem eu esperava que perdesse.

Conforme o combinado, ele me telefonou dois dias depois, às oito da manhã, para me dizer que havia feito contato. Ele não me falou como, nem eu perguntei. Depois ele ligou novamente, para dizer que Octavia e ele pretendiam ir a Old Bailey no dia 8 de outubro, quando a mãe dela estaria atuando num caso. Esperariam o final do julgamento para dizer a ela que estavam noivos. Se eu quisesse uma prova, deveria ir a Old Bailey e ver tudo com meus próprios olhos. No entanto, eu sabia que seria arriscado demais; além do mais, eu já tinha a prova de que precisava. Ashe havia dito, na véspera, que eu poderia vê-los saindo de Pelham Place na motocicleta, às dez da manhã. Fui até lá. Vi os dois. Além disso, telefonei para a sra. Buckley, como quem queria apenas bater papo, e perguntei a respeito de Octavia. Ela não contou muita coisa, mas foi o suficiente. Ashe entrara na vida de Octavia.

Agora, chegamos à parte da carta que mais tem a ver com a polícia: a morte de Venetia Aldridge.

Na noite de 9 de outubro, cheguei à sede do colegiado na hora de sempre. Estava sozinha; por puro acaso a sra. Watson precisou faltar para acudir o filho, que sofrera um acidente. Se ela estivesse comigo, pelo menos uma coisa teria sido diferente. Comecei a fazer uma faxina menos completa do que se estivéssemos as duas lá. Assim que terminei as salas do térreo, subi para o primeiro andar. A porta externa da srta. Aldridge estava fechada, mas não trancada. Notei que a porta interna estava entreaberta, com a chave do lado de dentro da fechadura. A sala estava escura, como todas as salas da sede, quando cheguei, com exceção do hall de entrada. Acendi a luz.

No início, pensei que ela havia adormecido na poltrona. Disse: "Lamento muito" e recuei, pensando que a tinha acordado. Ela não respondeu, percebi algo errado e me aproximei da mesa. Ela estava morta. Vi isso logo de cara. Toquei seu rosto com a ponta dos dedos, delicadamente. Ainda estava quente, mas os olhos, arregalados, estavam imóveis como duas pedras. Senti seu pulso e confirmei a morte, embora não precisasse disso. Sabia a diferença entre os vivos e os mortos.

Não me ocorreu que a morte não havia sido natural. Como poderia? Não havia sangue nem arma, nenhum sinal de violência, nem mesmo alteração na sala ou nas roupas. Ela estava sentada na poltrona, relaxada, com a cabeça caída sobre o peito, e parecia perfeitamente em paz. Pensei que havia sofrido um ataque do coração. Então, a realidade de tudo desabou sobre mim. Ela se esquivara de minha vingança. Tantos planos, tantas despesas, tantas providências, e ela escapara para sempre de meu alcance. Restava o consolo de que ela soubera da presença de Ashe na vida da filha, mas o incômodo durara muito pouco, era uma vingança muito pequena.

Por isso peguei a peruca e o sangue, realizando meu último gesto. Sabia onde guardavam a peruca longa, claro, e o armário do sr. Naughton nunca ficava trancado. Não me incomodei com impressões digitais; ainda usava as luvas de borracha com as quais fazia a faxina. Creio que me dei conta — devo ter percebido — de que meu ato causaria comoção no colegiado, mas não me importei. Queria mesmo causar escândalo. Saí, trancando as duas portas depois de passar, pus o casaco e o chapéu, liguei o alarme e fui embora da sede. Levei o chaveiro dela comigo e o joguei no Tâmisa, pouco adiante de Embankment e da estação de Temple, no caminho de casa.

Só quando a inspetora Miskin telefonou, na manhã seguinte, para me levar à sede, eu soube que a morte não havia sido natural. Minha primeira preocupação foi me proteger, e só quando voltei para casa, naquela manhã, fui capaz de encarar as consequências dos meus atos. Considerei como certo o envolvimento de Ashe, mas só depois de ligar para a sra. Buckley fiquei sabendo de seu álibi. De qualquer modo, soube que era preciso acabar com tudo, desvendar a charada. Quando despejei o sangue sobre a cabeça de Venetia Aldridge, despejei também todo o ódio que sentia. O que deveria ser um ato de profanação tornou-

-se um gesto de libertação. Venetia Aldridge encontrava-se fora de alcance para sempre. Finalmente, eu poderia largar tudo aquilo. Ao superar minha obsessão, encarei a verdade. Conspirara com gente má para fazer o mal. Eu, que havia perdido uma neta, assassinada, colocara deliberadamente uma moça nas mãos de um assassino. Foi preciso que a mãe morresse para eu entender o tamanho do pecado que eu havia cometido em consequência de minha obsessão.

Por isso eu o procurei, padre, e fiz a confissão. Esse era o primeiro passo. O segundo não será tão fácil. O senhor me disse o que eu deveria fazer, e vou seguir seu conselho, embora do meu jeito. Sugeriu que eu procurasse a polícia imediatamente. Em vez disso, quando Ashe me telefonar na terça-feira de manhã, como combinado, direi a ele que traga Octavia para me visitar, naquele mesmo dia, às sete e meia da noite. Caso ele se recuse, vou procurá-la. Contudo, prefiro que nossa conversa aconteça em meu apartamento, num lugar onde ela nunca mais precisará pôr os pés novamente. Assim, seu lar não será maculado pela lembrança de minha perfídia. Em seguida, pretendo me ausentar, por uma semana apenas. Sei que essa fuga é covardia, mas preciso ficar sozinha.

O senhor tem minha autorização para mostrar esta carta à polícia. Desconfio que eles já sabem que fui responsável pela agressão ao cadáver de Venetia Aldridge. Sei que desejarão me interrogar, mas isso pode esperar uma semana. Devo voltar em sete dias. Agora, preciso sair de Londres e decidir o que fazer com resto da minha vida.

O senhor me fez prometer que a polícia seria avisada, e isso ocorrerá. Disse que eu deveria esclarecer tudo com Octavia, e isso será feito. Entretanto, eu mesma preciso revelar a verdade a ela. Não quero que um policial se encarregue disso, por mais simpático que seja. E será uma conversa muito difícil. Mas faz parte da minha penitência. Talvez ela esteja tão envolvida com Ashe que nada possa abalar sua fé no rapaz. Talvez nem creia em mim. Talvez ainda queira se casar com ele, mas se o fizer estará sabendo quem ele é e o que nós dois fizemos.

Não havia mais nada, além da assinatura.

Dalgliesh leu mais depressa do que Kate, esperando alguns segundos até que ela terminasse cada página, antes de virar para a seguinte. Quando acabaram, Dalgliesh dobrou a carta e permaneceu em silêncio.

37

KATE ROMPEU O SILÊNCIO. "Foi loucura da parte dela exigir aquilo. Será que ela realmente esperava que Ashe levasse Octavia a seu apartamento?"

"Talvez. Não sabemos o que conversaram quando ele telefonou. Talvez tenha dito que ficaria contente em revelar a verdade a Octavia. Talvez a tenha persuadido de que poderia convencer Octavia de que o feitiço virara contra o feiticeiro. O que começara como um logro transformou-se em amor sincero, da parte dele. E eles tinham assuntos pendentes a tratar."

"Mas ela sabia que lidava com um assassino."

"Da tia, não de Venetia Aldridge. E mesmo quando viu que ele estava sozinho, pode ter permitido sua entrada. Isso talvez explique a televisão ligada. Ele não teria tempo de fazê-lo, se a tivesse atacado de surpresa."

"Isso só vale se ele realmente tiver ligado a tevê. Não temos certeza."

"Não podemos ter certeza de nada, exceto de que ela está morta e de que ele a matou." Talvez, em níveis profundos de sua mente, sem que percebesse, Janet Carpenter desejasse isso inconscientemente ou não se importasse se ele levaria consigo Octavia ou a morte.

Kate disse: "Ele chegou para ter a tal conversa e esperou, protegido pelo armário, no patamar, sabendo quando ela chegaria em casa. Talvez tenha tocado a campainha e a dominado quando ela abriu a porta. Estaria Octavia com ele? Seriam cúmplices?".

"Não creio. O melhor para ele seria levar adiante a história do casamento. Ela herdará uma pequena fortuna, afinal de contas. Ela pode pensar que está apaixonada, mas suponho que tenha algum senso de autopreservação. Duvido que ele fosse correr o risco de cometer assassinato na frente de Octavia, quanto mais um homicídio assim sangrento. Não, aposto que veio sozinho. Provavelmente, porém, a usará para estabelecer seu álibi, e ela deve estar iludida o suficiente para ajudá-lo. Quero vigilância na casa de Pelham Place a partir de agora. Providencie-a, mas que seja discreta. Telefone para a sra. Buckley. Verifique se os dois estão em casa. Diga que estaremos lá em meia hora. Não explique o motivo."

"Talvez estejamos errados, senhor. Ele não matou a srta. Aldridge? Então, não poderíamos derrubar seu álibi?"

"Ele não matou Aldridge. O assassino está onde sempre achamos que estivesse — no colegiado."

"Se o padre tivesse contado o que sabia no domingo, ela ainda estaria viva."

"Se a tivéssemos interrogado na segunda-feira no começo da noite, ela ainda estaria viva. Eu deveria ter percebido que o assassinato da neta era de suma importância. Tínhamos escolha, o padre Presteign não."

Deixando Kate com essa ideia, ele entrou na igreja. No início, pensou que estivesse deserta. Os fiéis haviam partido, e a porta da frente estava fechada. Em comparação com a sacristia iluminada e quente, o ar cheirando a incenso da igreja estava frio. Os pilares de mármore se perdiam na escuridão do alto. Era estranho, pensou, como os locais projetados para abrigar pessoas — teatros, igrejas — sempre conservavam aquela atmosfera de expectativa quando vazios, um eco do padrão mantido nos anos irremediavelmente transcorridos por vozes e sons de passos desvanecidos. Viu, à direita, que duas velas novas haviam sido acesas na frente do altar de Nossa Senhora, e pensou na esperança ou no desespero contidos naquelas chamas. A imagem, apesar do azul imaculado do vestido, dos cachos dourados do Menino Jesus com as mãos rechonchudas estendidas para a bênção, era menos sentimentaloide do que a maioria das imagens do gênero. O rosto sério era a expressão perfeita do ideal ocidental de feminilidade intocável. Ele pensou: fosse qual fosse sua aparência, a moça desconhecida do Oriente Médio jamais teria esse rosto.

Uma figura moveu-se nas sombras, assumindo a forma do padre Presteign, que saía da capela de Nossa Senhora. Ele disse: "Se eu tivesse conseguido persuadi-la a procurá-lo assim que saiu da igreja, se eu tivesse insistido em acompanhá-la, ainda estaria viva".

Dalgliesh acrescentou: "Se eu a tivesse interrogado assim que soube do assassinato da neta, ela ainda estaria viva".

"Talvez. Mas você não poderia saber naquele momento que Ashe estava envolvido. Tomou uma decisão operacional razoável, e eu cometi um erro de julgamento. É estranho que as consequências de um erro de avaliação possam ser mais destrutivas do que as consequências de um pecado mortal."

"O senhor é especialista nesses assuntos, padre. Contudo, se os erros de julgamento fossem contados como pecados, estaríamos todos numa situação perigosa. Preciso da carta, pelo menos por enquanto. Sou grato por ter permitido sua leitura. Asseguro que será vista pelo mínimo indispensável de pessoas."

O padre Presteign disse: "Teria sido o desejo dela. Obrigado". Ele começou a se mover na direção da sacristia.

Dalgliesh quase esperava que o padre Presteign fosse dizer que rezaria por eles, mas deu-se conta de que isso não seria posto em palavras. Claro que rezaria por eles. Era a sua função.

Quando já se aproximavam da porta da sacristia, esta se abriu repentinamente, e Kate se deparou com os dois homens. Seus olhos se encontraram. Ela disse, tentando manter a voz firme, sem trair suas emoções: "Ele não está lá. Saiu de moto ontem, tarde da noite, sem dizer para onde ia. E levou Octavia com ele".

Eles foram recebidos pela sra. Buckley em Pelham Place, com o alívio reservado a amigos cuja chegada era esperada havia muito tempo.

"Fico muito contente em vê-lo, comandante. Esperava que arranjasse tempo para passar por aqui. Pode soar fútil, sei quanto anda ocupado. Além disso, não tenho novidades. Octavia não me conta nada, e passei uma semana terrível."

"Quando eles saíram, sra. Buckley?"

"Ontem, por volta das dez e meia. Foi tudo muito rápido. Ashe disse que eles queriam passar algum tempo sozinhos, que precisavam se afastar da imprensa. Bem, isso eu posso entender, nos primeiros dois dias foi muito desagradável. Mantínhamos a porta trancada, e o policial nos ajudou muito No entanto, estávamos cercados. Felizmente, a srta. Aldridge tem conta na Harrods, e eu podia telefonar para encomendar as refeições, sem precisar sair para fazer compras. Apesar disso, Ashe e Octavia não pareciam incomodados com a situação, naquele momento, e em seguida as coisas melhoraram. Então eles decidiram, subitamente, que precisavam se afastar."

Eles passaram pelo hall e desceram a escada que dava para o apartamento do meio-porão. A porta não abriu, quando a sra. Buckley girou a maçaneta. Ela disse: "Eles a trancaram por dentro. Precisaremos entrar pela porta dos fundos, que dá para o jardim. Tenho uma chave de reserva. A srta. Aldridge fazia questão de que eu tivesse uma, para o caso de incêndio ou inundação do apartamento. Não demoro".

Eles esperaram, em silêncio. Kate tentou controlar a impaciência. A cada hora, Ashe e Octavia estariam mais longe. Podiam abandonar a motocicleta, dificultando sua localização pela polícia. Contudo, ela sabia que Dalgliesh agia bem ao não apressar a sra. Buckley. Ela tinha informações importantes, e muitas investigações fracassavam, Kate se lembrou, porque a polícia agia antes de conhecer os fatos.

A empregada foi rápida, e eles entraram pelo jardim, descendo a escada para o apartamento de baixo. Ela destrancou a porta para que eles entrassem pelo corredor estreito. Estava escuro, e quando a sra. Buckley acendeu a luz Kate viu, surpresa, que metade da parede havia sido coberta com uma colagem de fotografias de revistas e livros. As cores dominantes eram marrom e dourado, e a disposição, embora chocasse um pouco no início, era interessante.

A sra. Buckley os levou até a sala, à direita do corredor. Estava surpreendentemente limpa. Fora isso, era o que Kate

413

esperava, típica de um meio-porão convertido em apartamento pelas famílias de classe média alta, para uso dos filhos adolescentes. A mobília, confortável, não era valiosa. As paredes nuas permitiam a adaptação ao gosto pessoal. Octavia pendurara alguns pôsteres. O divã encostado na parede à esquerda serviria também como cama de reserva, calculou.

Vendo que ela o observava, a sra. Buckley disse, simplesmente: "Ele costumava dormir ali. Sei disso, pois agora limpo aqui, também. Pensei que ele dormia com Octavia. Os jovens fazem isso, mesmo antes de se casar". Após uma pausa, completou: "Lamento, não deveria ter dito isso. Não é da minha conta".

Kate pensou: Ashe foi esperto, despertando a curiosidade de Octavia, obrigando-a a esperar, mostrando que é diferente dos outros.

A mesa estava coberta de jornais, e obviamente eles trabalhavam ali, fazendo a colagem. Havia um pote de cola e uma pilha de revistas, algumas já recortadas, outras ainda intocadas. As ilustrações dos livros tinham sido arrancadas também, e Kate pensou que eles poderiam ter sido retirados das estantes do andar superior.

Dalgliesh disse: "O que aconteceu na terça-feira à noite? Eles saíram de repente, com pressa?".

"Sim, foi isso mesmo. Achei meio estranho. Estavam aqui, cortando as fotos para colar na parede. Ashe entrou na cozinha e pediu mais uma tesoura. Foi às nove da noite. Dei-lhe a tesoura da gaveta, mas ele voltou minutos depois, furioso. Disse que ela não prestava. Só então me dei conta de que havia dado a ele a tesoura esquecida pela sra. Carpenter quando ela veio trabalhar aqui, durante as minhas férias. Pretendia mandar a tesoura para ela por intermédio da srta. Aldridge, para a sede do colegiado — é difícil embrulhar e mandar uma tesoura pelo correio. No entanto, estava esperando o momento oportuno, pois ela andava muito ocupada, e eu não queria incomodar. Na verdade, acabei me esquecendo de que estava aqui. Porém, ele não poderia usá-la. Era uma tesoura especial, pois a sra. Carpenter era canhota."

Dalgliesh perguntou, calmamente: "O que Ashe fez quando a senhora disse isso a ele?".

"Então, achei a reação dele extraordinária. Ele ficou pálido e parado, imóvel, por um momento, depois soltou um grito, como se sentisse dor. Ele pegou a tesoura e tentou separar as duas partes. Não conseguiu, era uma tesoura boa, forte. Então ele a fechou e fincou na mesa. Quando subirmos posso mostrar a marca. É bem funda. Foi uma coisa anormal, fiquei assustada — bem, ele sempre me assustou."

"De que modo, sra. Buckley? Ele é agressivo? Fez ameaças?"

"Ah, não. Ele é muito educado. Frio, mas não faz ameaças. Contudo, sempre me observava, calculista, raivoso. E Octavia era igual. Ele a influenciava, é claro. Não é bom viver numa casa onde as pessoas só mostram ódio e ressentimento pela gente. Ela precisa de amor e carinho, mas não posso dar isso a ela. Ninguém consegue retribuir o ódio com amor. Ainda bem que eles foram embora."

"Tem alguma ideia de para onde podem ter ido? Chegaram a mencionar viagens, férias, ou para onde queriam ir?"

"Nada. Ashe disse que iam passar uns dias fora. Não deixaram o endereço. Não sei bem se sabiam para onde estavam indo. Nunca haviam falado em viagens ou férias. De qualquer modo, raramente conversávamos. Em geral, Octavia só se dirigia a mim para dar ordens."

"Viu quando saíram?"

"Observei-os pela janela do escritório. Saíram pouco antes das dez. Em seguida, fui até o apartamento deles, para ver se haviam deixado algum recado, mas não encontrei nada. Acho que iam acampar. Levaram quase todos os enlatados da despensa. Octavia foi na garupa, levando a mochila, a que a srta. Aldridge comprou quando Octavia participou de uma excursão escolar, há alguns anos. E pegou o saco de dormir também."

Eles subiram até a cozinha. Dalgliesh pediu à sra. Buckley que se sentasse, e usou de muito tato para lhe dar a notícia da morte de Janet Carpenter.

Ela ouviu tudo imóvel, silenciosa, dizendo no final: "Minha

nossa, outra vez! O que está acontecendo conosco, com este mundo? Ela era uma pessoa tão boa, gentil, sensível, normal. Por que alguém ia querer matá-la? Em seu próprio apartamento. Então, não foi assalto".

"Não foi assalto, sra. Buckley. Acreditamos que possa ter sido Ashe."

Ela baixou a cabeça e murmurou: "E ele levou Octavia". Em seguida, ergueu os olhos e encarou Dalgliesh. Kate pensou: Ela não está pensando em si mesma, e sentiu respeito por aquela senhora.

Dalgliesh disse: "Ele estava aqui, no início da noite de segunda-feira?".

"Não sei. Eles saíram de tarde, de moto. Passaram bastante tempo aqui. Bem, estavam trabalhando naquela colagem às nove horas, mas não sei se passaram o início da noite no apartamento. Creio que Octavia estava em casa, pois senti cheiro de comida, parecia espaguete à bolonhesa. Mas eles não faziam barulho. Claro, não escuto quando alguém chega ao apartamento, mas geralmente ouço o barulho da moto."

Dalgliesh explicou que a casa permaneceria sob vigilância policial e que uma policial feminina passaria a noite com ela. Pela primeira vez, a sra. Buckley demonstrou consciência de que corria risco.

Dalgliesh disse: "Não se preocupe. A senhora é o álibi deles para o assassinato da srta. Aldridge. Ele quer que continue em segurança. De qualquer modo, estaremos mais tranquilos se não ficar aqui sozinha".

Quando saíam, Kate perguntou: "Vai emitir um alerta geral, senhor?".

"Será preciso, Kate. Ele já matou uma vez, provavelmente duas, e pelo jeito entrou em pânico, o que o torna duplamente perigoso. E tem a moça. Não creio que ela corra perigo imediato, pois pode lhe servir de álibi para a segunda-feira à noite, e ele não desistirá do casamento e do dinheiro dela, exceto se for obrigado. Não divulgaremos o nome dela. Bastará dizer que ele está sendo procurado para interrogatório e que talvez haja uma moça em sua companhia. Contudo, se ele acreditar que tem mais chances sozinho, acha que hesitará um só minuto, antes de matá-la? Precisamos entrar em contato com a polícia de Suffolk e com o serviço social, para obter os endereços de todas as casas em que ele viveu e de todos os orfanatos. Se ele pretende se esconder, provavelmente escolherá voltar para um lugar conhecido. Precisamos localizar o assistente social que passou mais tempo com ele. O nome dele consta das anotações de Venetia Aldridge. É muito importante encontrarmos Michael Cole. Ashe o chamava de Coley."

Livro IV
A JUNQUEIRA

38

ASHE NÃO PAROU NEM FALOU até chegarem a sua casa, em Westway. A parada ali a surpreendeu, mas não houve explicação alguma. Desceram da moto, ele empurrou a Kawasaki para o quintal nos fundos, apoiou-a na base e destrancou a porta da cozinha.

Ele disse, quando Octavia desmontou: "Espere na cozinha. Não demoro".

Ela não sentiu vontade de acompanhá-lo. Não haviam voltado à casa desde a primeira visita, quando ele mostrou a fotografia. O cheiro da cozinha, mais intenso do que se recordava, mas assustadoramente familiar, parecia contagioso. A escuridão prenunciava horrores que a surpreenderam pela proximidade e força. Apenas uma fina parede a separava do sofá que ela via, mentalmente, encharcado de sangue, e não mais decentemente coberto, comum e inocente. Ouviu o sangue pingar. Desorientada, após um segundo de pavor ela identificou o gotejar lento da água na torneira da cozinha, que apertou com dedos trêmulos. A imagem do corpo pálido esfaqueado, a boca aberta e os olhos mortos, que conseguira afastar, ou recordar com um rápido arrepio de horror, agora tomava conta de sua mente, com uma intensidade muito maior do que na primeira vez. A fotografia em preto e branco tomou forma novamente, como se a visse, agora em tons fortes de vermelho-sangue e carne alva, decomposta. Ela queria ir embora daquela casa e jamais voltar a vê-la. Assim que pegassem a estrada, varando o ar frio e limpo da noite, todas as imagens ruins desapareceriam. Por que Ashe demorava tanto? Ela imaginou o que ele poderia estar fazendo lá em cima, apurando os ouvidos para identificar os sons. A espera não foi longa, porém. Ouviu passos, e o namorado se reuniu a ela novamente.

Levava uma mochila grande de lona no ombro, e na mão direita cerrada, como um troféu, uma peruca loira. Ele a sacudiu de leve, e os cachos tremeram na luz da única lâmpada pendurada no teto e por um momento pareceram ganhar vida.

"Ponha isso. Não quero que nos reconheçam."

A repulsa dela foi imediata e instintiva, mas ele respondeu antes que ela pudesse perguntar: "É nova. Ela nunca a usou. Veja você mesma".

"Mas ela deve ter usado. Experimentou-a, quando comprou."

"Ela não a comprou. Eu a comprei para ela. Estou dizendo, nunca foi usada."

Octavia a aceitou, com uma mistura de curiosidade e repugnância, virando-a do avesso. O forro, que parecia uma fina rede, estava imaculado. Estava a ponto de dizer: "Não quero usar nada que tenha pertencido a ela", mas ao olhar para ele percebeu quem era mais forte. Ela havia tirado o capacete e o pusera sobre a mesa da cozinha. Num gesto súbito, como se a pressa pudesse evitar a repulsa, ela pôs a peruca na cabeça e escondeu as mechas de cabelo escuro.

Ele disse: "Dê uma olhada", e a segurou com firmeza pelos ombros, virando-a na direção dos ladrilhos espelhados colados na porta do armário.

A moça que a encarou era uma estranha, mas, se Octavia a visse na rua, viraria o rosto, achando que a conhecia. Era difícil acreditar que o logro dos cachos dourados pudesse extinguir uma personalidade, sem mais nem menos. Em seguida, sentiu medo de outra coisa: que algo precário e nebuloso estivesse ainda mais tênue. Ela o viu, refletido sobre seu ombro. Sorria de modo crítico, especulativo, como se a transformação fosse obra sua, resultado de sua esperteza.

Ele perguntou: "Então, gostou?".

Ela ergueu a mão e tocou o cabelo. Era artificial, mais forte e mais fino do que cabelo de verdade. Ela disse: "Nunca usei peruca antes. É estranho. Vou sentir calor, com o capacete".

421

"Com esse tempo, não. Gosto dela. Combina com você. Vamos, temos muito chão pela frente, até a meia-noite."

"Vamos voltar aqui?" Ela tentou evitar um tom de desagrado.

"Não. Nunca mais viremos aqui. Nunca. Vamos deixar este lugar para trás, para sempre."

"Para onde vamos?"

"Para um lugar que eu conheço. Um lugar secreto. Onde poderemos ficar completamente sozinhos. Você verá, quando chegarmos. Vai gostar."

Ela não perguntou mais nada, e os dois seguiram em silêncio. Ele seguiu em direção ao oeste, até saírem de Londres, depois pegou a M25. Ela não tinha ideia do rumo que tomavam, só que iam para o nordeste. Assim que se afastaram bem de Londres, Ashe escolheu estradas menos movimentadas. Octavia o acompanhava sem pensar em nada, sem ansiedade, numa jornada para fora do tempo na qual não tinha consciência de nada, exceto dos estímulos da velocidade e da potência da máquina, do vento que tirava de seus ombros todo o peso da sua inexistência. Firme na garupa, segurando a cintura dele com as mãos enluvadas, ela deixou tudo para trás, concentrando-se nas sensações do momento: a força do vento noturno, o barulho do motor, a escuridão das estradas interioranas onde as sebes pareciam se fechar sobre eles, as árvores fustigadas pelo vento, quase invisíveis, ocultas pelo limbo negro, e as listras brancas correndo interminavelmente sob as rodas.

Finalmente, aproximaram-se de uma cidade. Campos e lavouras deram lugar a casas com terraço, pubs, pequenas lojas fechadas mas ainda com as janelas iluminadas e uma mansão ou outra, protegidas por grades de ferro. Ele entrou numa estradinha e desligou a moto. Não havia casas, ali. Estavam parados no que parecia ser um pequeno parque, perto de um playground infantil, com balanços e escorregador. Do outro lado existia um depósito ou uma fábrica pequena. Havia um nome que não lhe dizia nada pintado na parede escura, sem janelas. Desmontando, ele tirou o capacete. Ela o imitou.

Ela perguntou: "Onde estamos?".

"Na periferia de Ipswich. Você vai passar a noite num hotel que eu conheço. É aqui perto, dobrando aquela esquina. Volto para pegá-la, de manhã."

"Por que não podemos ficar juntos?"

"Já lhe disse, não quero que ninguém nos identifique. Precisamos ficar sozinhos. Eles estarão procurando nós dois, juntos."

"Por que estão nos procurando?"

"Talvez nem estejam, mas não quero correr nenhum risco. Você tem dinheiro?"

"Claro. Você mandou pegar bastante dinheiro. E tenho cartões de crédito."

"O hotel fica aqui perto, a cerca de cinquenta metros. Vou mostrar a você onde é. Entre e peça um quarto de solteiro, para passar uma noite apenas. Diga que prefere pagar adiantado, pois precisa levantar muito cedo, para pegar o primeiro trem para Londres. Pague em dinheiro. Use qualquer nome que queira, menos o seu. Dê um endereço falso. Entendeu bem?"

"Já é muito tarde. E se eles não tiverem nenhum quarto?"

"Eles têm quartos. Mas vou esperar dez minutos. Se você voltar, vamos a outros lugares que eu conheço. Depois que se registrar, suba direto para o quarto. Não coma nada no restaurante nem no bar. Estarão fechados, de qualquer jeito. Peça sanduíches no quarto. Depois me encontre aqui, às sete da manhã. Se eu não estiver, ande um pouco pela estrada e volte, até eu aparecer. Não quero que ninguém me veja esperando."

"Aonde vai?"

"Conheço uns lugares onde posso dormir. No mato. Não se preocupe."

"Não quero ficar sem você. Acho que deveríamos ficar juntos."

Ela se deu conta de que choramingava. Ele não gostava disso. Mas tentou ser paciente.

Ele disse: "Vamos ficar juntos. Por isso estamos agindo assim. Vamos ficar juntos, e ninguém vai poder nos incomodar. Ninguém neste mundo saberá onde estamos. Preciso passar alguns dias sozinho com você. Temos de conversar sobre muitas coisas". Ele ficou em silêncio por algum tempo, depois disse, com intensidade repentina, como se forçasse as palavras: "Eu a amo. Vamos nos casar. Quero fazer amor com você, mas não na casa da minha tia, nem na casa da sua mãe. Precisamos ficar sozinhos".

Então era isso. Ela sentiu uma onda de felicidade e segurança. Aproximou-se dele e o abraçou, erguendo o rosto para perto do rosto dele. Ele não baixou a cabeça para beijá-la, mas a apertou com força, num abraço que era mais uma tentativa violenta de sufocamento do que um gesto de carinho. O cheiro que ela sentia — do corpo, do hálito dele — era mais forte que o do couro da jaqueta.

Ele disse: "Então, está tudo bem, querida. Até amanhã".

Ele a chamara de querida pela primeira vez. A palavra soara estranha em seus lábios, e ela se desorientou por um momento, como se ele estivesse falando com outra pessoa. Andando ao seu lado, até o final da rua, ela tirou a luva e segurou a mão dele. Ele não olhou, mas reagiu apertando a mão dela com força, esmagando seus dedos. Ela sentia que nada mais importava, naquele momento. Era amada, eles ficariam a sós e tudo daria certo no final.

39

ASHE REORGANIZOU A BAGAGEM, para que a mochila dela ficasse menos volumosa, mas insistiu para que a levasse. O pessoal do hotel suspeitaria de um hóspede sem bagagem, mesmo que ela pagasse adiantado.

Ela disse: "E se eles não me aceitarem?".

"Aceitarão. Ficarão tranquilos assim que você abrir a boca. Já prestou atenção no jeito como você fala?"

Lá estava, novamente, aquele tom ressentido, sutil como uma alfinetada, tão rápido que era mais fácil pensar que não passava de produto de sua imaginação.

Não havia ninguém na recepção quando ela entrou no salão do hotel, pequeno, com uma lareira minúscula na qual havia um vaso com flores murchas. Em cima da lareira havia um quadro, retratando uma batalha naval do século XVIII, tão sujo que mal se decifrava a cena dos navios e canhões fumegantes. Os outros quadros mostravam crianças e animais, e eram de uma pieguice revoltante. Uma pequena plataforma, que ia de ponta a ponta, nas duas paredes, exibia uma coleção de pratos que mais pareciam restos de jogos de jantar quebrados.

Octavia hesitava, pensando se deveria ou não tocar a campainha, quando uma moça pouco mais velha do que ela entrou, vinda da porta com a placa "Bar". Ela ergueu o tampo do balcão e entrou na área de recepção. Octavia recitou sua fala, conforme ordenado.

"Tem um quarto para uma noite? Se tiver, pago adiantado. Quero levantar cedo e pegar o primeiro trem para Londres."

Sem responder, a moça abriu um armário e tirou a chave do gancho. "Número 4, primeiro andar, no fundo."

"Tem banheiro?"

"No quarto, não. Só temos três quartos com banheiro, e estão ocupados. São quarenta e cinco libras, se quiser pagar agora. De qualquer jeito, haverá alguém de plantão, a partir das seis."

Octavia perguntou: "O preço inclui café da manhã?".

"Simples. Se quiser alguma coisa extra, é à parte."

"Dá para mandar um sanduíche para o meu quarto, agora? Acho que nem vou tomar café da manhã."

"O que prefere? Temos presunto, queijo, atum e rosbife."

"Presunto, por favor. E um copo de leite semidesnatado."

"Só tem leite desnatado e integral."

"Integral, então. Prefiro pagar a diária e o sanduíche agora."

Foi fácil. A moça demonstrou tão pouco interesse por Octavia quanto pela transação. Entregou a chave e o recibo emitido pela máquina, ergueu o balcão novamente e desapareceu no bar, deixando a porta aberta. O barulho revelava uma cacofonia de vozes masculinas. O bar já devia estar fechado, mas pelo jeito jogavam bilhar. Dava para ouvir o ruído das bolas.

O quarto era pequeno, mas asseado. A cama pareceu confortável, ao tato. O abajur sobre o criado-mudo funcionava, e o guarda-roupa não balançava, além de ter uma porta que fechava. O banheiro, no final do corredor, não era luxuoso, mas estava limpo. Quando ela abriu a torneira, a água, após alguns jatos incertos, jorrou farta e quente.

Quando voltou para o quarto, dez minutos depois, encontrou o sanduíche e o copo de leite sobre o criado-mudo, cobertos por guardanapos de papel. Embora preparado com presunto barato, o sanduíche fora feito na hora e continha bastante recheio. Descobriu, surpresa, que estava com muita fome, e chegou a sentir a tentação de pedir outro prato. No entanto, lembrou-se das instruções de Ashe:

"Seja direta, aja normalmente. Você quer um quarto, o negócio deles é alugar quartos. É maior de idade e pode pagar. Eles não farão perguntas, ninguém faz perguntas em hotéis. Pelo menos, não ali. Não é da conta deles. Não se esconda, mas também não chame a atenção. Fique longe das pessoas".

Ela havia posto um pijama por cima da roupa, na mochila, mas não pegara camisola. Ashe precisava do máximo de espaço possível para as latas de comida e garrafas de água. Eles esvaziaram os armários de mantimentos em seu apartamento e na cozinha de cima, parando para reforçar o estoque num supermercado vinte e quatro horas, no caminho. O quarto lhe pareceu subitamente gelado, e ela teria ligado o aquecedor a gás, mas o equipamento exigia moedas de uma libra, e ela não tinha trocado. Enfiou-se debaixo das cobertas bem esticadas, com cuidado, como havia feito em sua primeira noite no colégio interno, quando sentiu medo de desarrumar as cobertas e se arriscar a desagradar a autoridade misteriosa e onipresente que governaria sua vida.

O quarto ficava nos fundos, mas não era silencioso. Deitada rigidamente entre os lençóis cheirando a sabão em pó, identificou os sons distantes: vozes ora baixas, ora estridentes, irrompendo em gargalhadas conforme os últimos fregueses saíam, motores de automóveis sendo ligados, portas batendo, o latido distante de um cachorro e o barulho dos carros que passavam na rua dos fundos. Gradualmente, sentiu que as pernas se aqueciam, e relaxou. No entanto, sua mente agitada impedia que ela dormisse. Ela sentia uma mistura de excitação e ansiedade, além da desorientação resultante de sua passagem do mundo que conhecia para um limbo temporal no qual nada era familiar, nada era real, exceto Ashe. Ela pensou: Ninguém sabe onde estou. Nem eu sei. E agora Ashe não estava mais ao seu lado. De repente, imaginou-se saindo do hotel silencioso, na manhã escura de outono do dia seguinte, para chegar ao local combinado e descobrir que ele não estava onde deveria, que a moto sumira, que ela ia ficar esperando, mas ele jamais voltaria.

A ideia fez com que sentisse cólicas estomacais, e quando o espasmo passou ela sentiu frio novamente, e enjoo. Contudo, restava-lhe um pouco de bom senso, ao qual se agarrou. Convenceu-se de que, se aquilo ocorresse, não seria o fim do mundo. Ela tinha dinheiro, não corria perigo, poderia pegar um trem e voltar para casa. Porém, ela sabia que seria o fim do seu mundo, sim, que não havia segurança nenhuma, a não ser ao lado dele, e que a casa para a qual retornaria nunca mais seria sua casa, sem ele. É claro que ele estaria esperando por ela, sem dúvida estaria. Ele a esperaria porque a amava, eles se amavam. Ele a levaria para um lugar secreto, escondido, especial, que só ele conhecia e no qual poderiam ficar juntos, longe dos olhos acusadores e abelhudos da sra. Buckley, longe do apartamento que jamais fora sua casa, que sempre fora hostil, longe da morte, do assassinato e do inquérito, longe das condolências hipócritas e do sentimento de culpa avassalador, da sensação de que tudo, incluindo a morte da mãe, era culpa dela, como sempre.

Eles voltariam depois para Londres, era óbvio, não poderiam ficar fora para sempre. Mas, quando voltassem, tudo seria diferente. Ela e Ashe iam fazer amor antes, e pertenceriam um ao outro. Eles se casariam, deixariam o passado para trás, teriam sua própria vida, seu próprio lar. Nunca mais viveria sem amor.

Estava contente por não terem feito amor em Londres, gostava da ideia de esperar. Não se recordava de quando seu interesse por ele, pelo mistério, silêncio e poder se transformaram em fascínio, mas sabia o momento exato em que o fascínio se metamorfoseara em desejo. Isso ocorreu quando a foto estava sendo revelada, quando o papel flutuando suavemente no revelador começou a ganhar vida e a imagem se formou. Eles viram juntos a revelação do horror. Agora ela sabia por que ele tirara a foto, antes mesmo de chamar a polícia. Previa que, um dia, teria de enfrentar aquele horror novamente, para exorcizá-lo e expulsá-lo para sempre da memória. Ele a escolhera para compartilhar aquele momento, de forma que seu instante de horror mais profundo fosse também o dela. Não havia segredos entre eles. Depois que ela percebeu tudo isso, tornou-se difícil não tocá-lo. A necessidade de acariciar sua face, de erguer a boca para o beijo que finalmente veio, embora formal e transitório, era irresistível. Ela o amava. Precisava acreditar que ele a amava também. E ele a amava, sim. Ela se agarrou a essa certeza, como se isso bastasse para trazê-la de volta dos anos mortos de rejeição para uma vida nova, compartilhada. Debaixo das cobertas, ela apertou o anel com força, como se fosse um talismã.

O calor do corpo voltou. O barulho sumiu ao longe, e ela sentiu que o sono chegava, irresistível. Dormiu, sem sonhar.

40

ELA ACORDOU CEDO, muito antes de amanhecer, permanecendo deitada quase rígida, olhando para o relógio de pulso a cada dez minutos, esperando chegar seis horas, quando seria razoável levantar e preparar um chá. Havia uma bandeja no quarto, com duas xícaras e pires pesados, uma tigela com saquinhos para chá, sachês de café, açúcar e alguns biscoitos, além de uma chaleira pequena. Só não havia bule. Ela calculou que deveria fazer o chá na própria xícara. Os biscoitos, apesar de empacotados, estavam murchos, com gosto de velhos. Mesmo assim, esforçou-se para ingeri-los, já que não sabia quando teria oportunidade de se alimentar novamente. Ashe dissera: "Não atraia atenção, descendo para tomar o café da manhã. Será cedo demais, de qualquer modo. Podemos parar na estrada para comer alguma coisa".

Ela compreendia a necessidade que ele tinha de se afastar de Londres, dos rostos inquisidores, dos olhares curiosos, do antagonismo mal disfarçado da sra. Buckley. Ela entendia tudo. Mesmo assim, achava estranho que Ashe se preocupasse tanto em evitar que fossem vistos juntos durante a viagem, que ele se preocupasse tanto em que ela não fosse reconhecida naquele hotelzinho insignificante. Deixara a peruca loira sobre a cadeira alta, a única existente no quarto. A peruca era ridícula. A ideia de colocá-la outra vez a enojava. Mas chegara ao hotel fingindo ser loira, e precisaria sair como loira. Quando chegassem ao local secreto de Ashe, poderia se livrar dela para sempre e voltar a ser ela mesma.

Aprontou-se, e às seis e quarenta e cinco já estava vestida e arrumada para sair. A cautela de Ashe a contaminara tanto que se viu descendo furtivamente a escada, como se pretendesse fugir sem pagar a conta, que já havia acertado na noite anterior. Não havia razão para se preocupar, ninguém a viu sair, com exceção do recepcionista idoso, de guarda-pó listrado e comprido, que atravessava o saguão arrastando os pés quando ela se encaminhou para a porta. Deixando a chave sobre o balcão, disse: "Já vou, a conta já foi paga", mas ele não lhe deu atenção, passando pela porta de vaivém, no rumo do bar.

Levando o capacete no braço e a mochila no ombro, virou à esquerda na estrada, seguindo na direção do local em que ele esperaria por ela. Mas a estrada estava deserta. Por um segundo, seu coração quase parou. O desapontamento subiu à garganta, amargo como bile. Então, ele surgiu.

Vinha lentamente em sua direção, surgindo da escuridão da névoa matinal, trazendo consigo a sensação de entusiasmo, a garantia de que tudo estava sob controle, de que aquela noite solitária fora a última ocasião na viagem em que ficariam separados. Ele estacionou e a puxou em sua direção, beijando-a no rosto. Sem falar nada, ela subiu na garupa da moto.

Ele perguntou: "Foi tudo bem, no hotel? Você passou uma noite confortável?".

Surpresa com o tom de voz preocupado, ela disse: "Foi tudo bem".

"Eles fizeram perguntas? Quiseram saber para onde ia?"

"Não, por que o fariam? De qualquer modo, eu não ia contar nada. Nem sei, não é?"

Ele ligou o motor novamente. Gritando para vencer o barulho, disse: "Vai saber logo. Não é longe".

E eles seguiram pela A12, na direção do mar. A aurora surgiu em tons de rosa e vermelho, sólida como uma cordilheira contra o céu oriental. A luz amarelada do sol banhou encostas e inundou as reentrâncias da paisagem. Havia pouco trânsito, mas Ashe não ultrapassou o limite de velocidade. Octavia queria que ele fosse mais rápido, como costumava fazer em South Downs, quando a moto rugia e o vento puxava seu corpo e machucava seu rosto. Naquela manhã, porém, ele se mostrou

431

cauteloso. Eles atravessaram vilarejos sonolentos e cidadezinhas, sob o sol já claro, passando pelas sebes entortadas pelo vento na paisagem plana de East Anglia. Depois seguiram para o sul, cruzando uma floresta cheia de trilhas retas que sumiam na escuridão verde, entre pinheiros altos. A floresta também acabou, e eles chegaram ao descampado, no qual só havia moitas baixas e mato ralo entre os capões de vidoeiro. A estrada ficou estreita como uma trilha. O dia estava claro, e ela já sentia o ar salgado do mar. Subitamente, ela se deu conta de que estava com fome. Haviam passado por alguns cafés iluminados, na beira da estrada, mas Ashe disse que não tinha fome ou que era melhor não arriscar. Bem, logo chegariam ao destino. Levavam comida até demais. Haveria tempo de sobra para um café da manhã tipo piquenique.

A estrada, à direita, acompanhava uma floresta. Ele seguia devagar, quase na velocidade de caminhada, olhando para os dois lados da estrada, como se procurasse alguma referência. Após dez minutos de percurso, ele encontrou o que procurava. Havia um pé de azevinho no lado leste da estradinha, e em seguida alguns metros de muro em ruínas.

Desmontando, ele disse: "É aqui. Precisamos entrar pelo mato".

Ele empurrou a Kawasaki por entre as moitas de azevinho, até as árvores. Ali, ela pensou, devia haver uma trilha antigamente. No entanto, desaparecera muito tempo atrás, obstruída pelos galhos das árvores e arbustos. Por vezes, precisavam se agachar para passar debaixo dos galhos. De tempos em tempos, Ashe ordenava que ela seguisse à frente, para segurar os galhos de modo que ele pudesse forçar a passagem da moto. No entanto, ele demonstrava saber para onde ia. Eles não conversavam. Ela ouvia as ordens e obedecia, dando graças à proteção oferecida pelas luvas e pelo couro contra os espinhos e os galhos pontudos. De repente, a mata ficou menos densa, e o solo, mais arenoso. Havia alguns vidoeiros e depois, milagrosamente, a mata acabava. Ela viu à frente um mar verde de juncos, sibilando e suspirando e balançando gentilmente os frágeis topos, até onde a vista alcançava. Eles pararam por um momento, ofegantes devido ao esforço, olhando para o interminável manto verde. Era um local de absoluta solidão.

Excitada, ela perguntou: "Então, é aqui? É aqui?".

"Ainda não. Precisamos ir até lá. Ali, olhe."

Ele apontou para a junqueira. A uns cem metros, à frente ligeiramente à direita, ela viu a copa de algumas árvores, apenas um pouco mais altas do que os juncos.

Ashe disse: "Tem uma casa abandonada ali. É uma espécie de ilha. Ninguém chega perto de lá. E nós vamos ficar naquela casa".

Ele olhava na direção da casa, e ela teve a impressão de que o rosto de Ashe se iluminava de felicidade. Não se recordava de tê-lo visto assim antes. Parecia uma criança ao pegar finalmente o presente tão desejado. Ela sentiu uma pontada de dor ao perceber que o que provocara uma expressão de tamanho contentamento no rosto do rapaz fora um lugar, e não sua pessoa.

Ela perguntou: "Como vamos chegar até lá? Tem uma trilha? E quanto à moto?". Ela tentou não se mostrar pessimista, não estragar o momento com objeções.

"Tem uma trilha. É estreita. Vamos precisar empurrar a moto, na parte final."

Ele se afastou por um momento, para ir até a beirada da junqueira. Andou pela margem, procurando o lugar de sua lembrança. Ao voltar, ele disse: "Ainda está lá. Suba na garupa, vamos de moto, no começo. Parece bem firme".

Ela perguntou: "Posso tirar a peruca, agora? Odeio usá-la".

"Por que não?" Ele praticamente a arrancou da cabeça dela, jogando-a para trás. A peruca ficou presa no galho de um pinheiro, e eles a deixaram lá, pendurada, uma mancha amarela a contrastar com o fundo verde-escuro. "Esta é a última parte. Estamos quase lá."

Ele empurrou a moto até o início da trilha, e logo Octavia montou na garupa. O caminho tinha menos de um metro de largura, era uma trilha arenosa e estreita que cortava a área inundada da junqueira. Os juncos cresciam tão altos que, dos

433

dois lados, terminavam dez centímetros acima de suas cabeças. Era como viajar lentamente por uma floresta murmurante e impenetrável de verde e ouro-claro. Ele guiava com cuidado, mas sem medo. Octavia temia que ele saísse da trilha, imaginando o que aconteceria, qual a profundidade da água dos dois lados, se afundariam no meio da vegetação, sendo forçados a nadar para subir até a parte seca. De vez em quando, o caminho se tornava mais estreito ainda, e barrento. Então ele desmontava, dizendo: "Acho melhor empurrar a moto, aqui. Vá andando".

Nos trechos mais estreitos, os juncos roçavam nos dois ombros dela. Parecia que a vegetação se fechava aos poucos e que logo não veriam nada à frente exceto a muralha móvel porém impenetrável, feita de talos verdes e dourados. A trilha parecia interminável. Era impossível crer que se aproximavam de seu objetivo, que atingiriam a ilha distante. No entanto, ela já ouvia o barulho do mar, um ronco fraco, ritmado, que considerou curiosamente reconfortante. Talvez a jornada fosse terminar assim, a junqueira acabaria de repente e eles veriam à frente a imensidão cinzenta do mar do Norte.

No momento em que ela tomava coragem para perguntar a Ashe quanto ainda faltava para chegar, a ilha surgiu na frente deles. A junqueira se abriu e ela viu árvores, solo arenoso firme e, para lá das árvores, o chalé abandonado. Havia um trecho com cerca de dez metros de extensão, coberto de água, sem juncos, entre a ilha e o ponto em que se encontravam. Uma ponte precária com duas tábuas de largura e um único pilar de madeira no meio, enegrecida pelo tempo, conduzia à ilha. O corrimão da direita caíra, podre. Dele, só restavam os apoios verticais e um pedaço com meio metro de comprimento. Com certeza um portão protegera a entrada da ponte, no passado distante. Um dos mourões estava intacto, e havia dobradiças enferrujadas pregadas na madeira.

Octavia sentiu um arrepio. Havia algo de opressivo, sinistro até, no trecho de água verde-oliva e na ponte.

Ela disse: "Então este é o fim". As palavras soaram frias, como um presságio.

Ashe empurrava a moto. Ele a apoiou no suporte e aproximou-se da ponte, caminhando cautelosamente até o meio. Em seguida testou sua resistência com alguns pulos. As tábuas vergaram e rangeram, mas aguentaram o peso.

Sem parar de pular, ele estendeu os braços e ela viu novamente o sorriso de felicidade que transformava seu rosto. Ele disse: "Vamos pegar a bagagem e carregá-la para o outro lado. Depois eu voltarei para buscar a moto. A ponte vai aguentar".

Ele mais parecia um menino iniciando sua primeira aventura, aguardada com ansiedade por muito tempo.

Ashe voltou e descarregou a bagagem da moto. Apanhou os dois sacos de dormir e as sacolas de couro laterais, entregando a ela uma das mochilas. Octavia o seguiu, levando sua mochila e a dele, passou sob os galhos mais baixos de uma árvore e avistou o chalé claramente, pela primeira vez. Estava abandonado havia muito tempo. O telhado ainda cobria uma parte, mas a porta da frente, quebrada, se abrira e estava pendurada nas dobradiças tortas, apoiada no solo. Eles foram para um dos dois quartos do térreo. Não havia vidros na janela alta. A porta entre os quartos desaparecera, e só uma pia, manchada e suja, sob a torneira presa à parede, revelava que ali era a cozinha. A porta dos fundos também estava faltando, e ela parou na saída, olhando a junqueira que terminava no mar. Todavia, ainda não conseguia ver o oceano.

Desapontada, ela perguntou: "Por que não vemos o mar? Posso ouvir o barulho. Não deve estar longe".

"Cerca de um quilômetro e meio. Não dá para ver daqui. Não se vê o mar, em nenhum ponto da junqueira. No final há um banco de areia alto, e depois o mar do Norte. Não é muito interessante, apenas uma praia pedregosa."

Ela teria preferido ir até lá, para afastar-se daquela verdejante claustrofobia. Mas disse a si mesma que aquele era o refúgio especial de Ashe, e não poderia mostrar que estava desapontada. Na verdade, não estava desapontada, não mesmo. Achava tudo muito estranho, apenas. Teve uma súbita visão do jardim do convento, dos gramados bem cuidados, dos canteiros

435

de flores, da estufa no final do jardim, com vista para o campo, no qual brincavam quando fazia calor. Estava mais acostumada a esse tipo de coisa, no campo, uma coisa bem inglesa, arrumada, familiar. Pensou, ainda, que não permaneceriam ali por muito tempo, provavelmente apenas uns dias. E ele a havia trazido a seu esconderijo secreto. Sem dúvida, pretendia fazer amor com ela ali.

Como uma criança, ele perguntou: "O que acha? Não é ótimo?".

"É escondido. Como o descobriu?"

Ele não respondeu. Em vez disso, falou: "Costumava vir aqui quando estava naquela casa, na periferia de Ipswich. Ninguém conhece este lugar, a não ser eu".

Ela disse: "Vinha sempre sozinho? Não tinha nenhum amigo?".

Novamente, ele não respondeu, dizendo: "Vou buscar a moto. Depois vamos desfazer as malas e tomar o café da manhã".

A ideia a animou imediatamente. Esquecera-se da fome, da sede. Ficou observando, na beira da água, enquanto Ashe atravessava a ponte, tirava a moto do cavalete e a empurrava para trás.

Ela gritou: "Você não vai atravessar montado, vai?".

"É o jeito mais fácil. Afaste-se."

Ele montou na moto, acelerou e avançou furiosamente para a ponte. A roda da frente já estava quase na parte seca quando, com um estalo que pareceu uma explosão, o pilar central cedeu, as duas tábuas caíram e os restos do corrimão lateral se ergueram no ar. No primeiro estalo, Ashe ergueu-se e saltou para a ilha, caindo no chão arenoso por pouco. Ela correu para ajudá-lo. Juntos, eles se viraram para ver a Kawasaki roxa desaparecer lentamente na água escura. Metade da ponte havia caído. Restavam apenas as tábuas, cujas extremidades desapareciam dentro da água.

Octavia olhou para o rosto de Ashe, temendo uma explosão de fúria. Ela sabia que havia muita raiva guardada dentro dele. Ele jamais a mostrara na frente dela, mas ela sempre soube que existia um sentimento intenso, mantido sob rigoroso controle. No entanto, ele soltou uma gargalhada quase triunfal.

Ela não pôde evitar o tom desanimado na voz. "Estamos isolados. Como faremos para voltar para casa?"

Casa. Ela usara a palavra sem pensar. Só naquele momento percebeu que a casa na qual se sentira uma estranha indesejada, por tantos anos, era sua morada, seu lar.

Ele disse: "Podemos tirar a roupa e nadar, segurando a roupa no alto, sem molhar. Depois nos vestimos e vamos para a estrada. Temos dinheiro. Pegaremos uma carona até Ipswich ou Saxmundham e depois um trem. E não precisamos mais da moto. Afinal de contas, temos o Porsche da sua mãe. Ele agora é seu. Tudo o que era dela pertence a você. Não entendeu o que o advogado lhe explicou?".

Ela respondeu, triste: "Entendi o que ele me disse".

Ela notou que a voz dura pertencia a um novo Ashe, muito diferente. "Tem até um banheiro no quintal. Olhe lá."

Octavia já havia pensado no assunto. Nunca lhe agradara a ideia de fazer as necessidades agachada no mato. Ele apontou para uma casinha de madeira, enegrecida pelo tempo. A porta estava dura, demorou a abrir. Lá dentro, havia uma privada tosca. Cheirava bem, a terra, madeira antiga e ar marinho. Para lá da casinha havia moitas velhas, semimortas, uma árvore retorcida e mato até a altura do joelho. Octavia avançou e viu novamente o vale reluzente dos juncos. Viu também outra elevação, um caminho com grama alta, firme.

Ela perguntou: "Para onde vai essa trilha? Até o mar?".

"Para lugar nenhum. Tem uns cem metros de comprimento, e depois acaba. Vou para lá quando quero ficar sozinho."

Longe de mim, ela pensou, mas não disse nada. Sentiu de novo a pontada no coração. Ela estava com Ashe. Deveria estar feliz, exultante, compartilhando o prazer que ele sentia naquele lugar, o silêncio, a ideia de que a ilha isolada era o refúgio secreto dos dois. Em vez disso, sua sensação era de um desconforto claustrofóbico. Quanto tempo ele pretendia passar ali? Quando voltariam? Era fácil falar em nadar os dez metros, mas e depois?

No chalé, ele começou a desfazer as malas, estendendo os sacos de dormir e arrumando as provisões na única prateleira, à direita da lareira. Ela se aproximou para ajudá-lo, voltando a ficar feliz. Ele havia pensado em tudo: latas de suco de fruta, feijão, sopa, carne refogada, vegetais, meia dúzia de garrafas de água, açúcar, saquinhos de chá, café solúvel e chocolate. Trouxera até um fogareiro de parafina e combustível, além de duas panelinhas com cabo removível. Ele esquentou água para o café, cortou o pão, passou manteiga e fez dois sanduíches caprichados de presunto.

Eles tomaram café e comeram do lado de fora, juntos, encostados na parede, observando o mar de junco. O sol brilhava intenso, dava para sentir o calor no rosto. Aquela era a comida mais saborosa que já degustara, pensou. Não admira que tivesse passado por um momento de depressão. Era por causa da fome e da sede. Tudo ia dar certo. Estavam juntos, e nada mais importava. Naquela noite, fariam amor; por isso ele a trouxera.

Ousando finalmente fazer a pergunta, ela disse: "Quanto tempo vamos ficar aqui, querido?".

"Um dia, talvez dois. Faz diferença? Não gosta daqui?"

"Adoro. Só estava pensando... quero dizer, sem a moto, vamos demorar para voltar para casa."

Ele disse: "Aqui é a nossa casa".

41

KATE TEMIA QUE OS REGISTROS do Serviço Social local fossem incompletos, que tivessem dificuldade para acompanhar as mudanças de Ashe de um lar adotivo para outro. No entanto, o sr. Pender, do Departamento de Serviço Social, que era surpreendentemente jovem e tinha um ar de ansiedade prematura, possuía um registro preciso, numa pasta gasta e volumosa.

Ele disse: "Não é a primeira vez que alguém solicita a ficha de Ashe. A srta. Aldridge pediu para consultar a pasta, quando o defendeu. Obviamente, pedimos a autorização dele primeiro, e ele disse que tudo bem. Não sei se ajudou em algo".

Kate observou: "Ela procurava conhecer o melhor possível as pessoas que defendia. E o passado dele era importante. Conseguiu que o júri sentisse pena de Ashe".

O sr. Pender olhou para a pasta fechada, dizendo: "Acho que ele é mesmo digno de dó. Não teve muitas chances na vida. Se a mãe expulsa o filho de oito anos, não há muito que o Serviço Social possa fazer para compensar a rejeição. Houve inúmeras reuniões para tratar do caso dele, mas tivemos muitas dificuldades para arranjar um lugar. Ninguém queria ficar com ele por muito tempo".

Piers perguntou: "Por que não tentaram uma adoção definitiva? A mãe o rejeitou, não foi?".

"Sugerimos isso, quando estávamos em contato, mas ela se recusou. Suponho que pretendia pegá-lo de volta. Essas mulheres são esquisitas. Não conseguem criar o filho, põem o amante em primeiro lugar, mas não aceitam a ideia de perder a criança. Quando a mãe morreu, Ashe já havia passado da idade para adoção."

"Precisamos de uma lista dos lares substitutos pelos quais ele passou. Posso ficar com a pasta?"

A expressão no rosto do sr. Pender mudou. "Não podemos permitir isso. Há relatórios confidenciais psiquiátricos e de comportamento."

Piers interferiu: "Ashe é um fugitivo. Temos quase certeza de que matou uma mulher. Sabemos que tem uma faca. E está com Octavia Cummins. Se quer a responsabilidade por um segundo assassinato na sua consciência, problema seu. Só acho que o Comitê de Serviço Social vai odiar a publicidade negativa. Nossa tarefa é encontrar Ashe, e precisamos das informações. Temos de falar com as pessoas que conhecem seus esconderijos e saibam os locais para onde ele possa ter ido".

A fisionomia do sr. Pender era uma máscara de indecisão e ansiedade. Relutante, ele disse: "Creio que posso conseguir a autorização do promotor público para que os senhores levem a pasta. Mas vai demorar algum tempo".

Kate interferiu: "Não podemos esperar".

Ela estendeu a mão. Pender não entregou a pasta. Passado um momento, Kate disse: "Tudo bem. Passe a lista dos nomes e endereços dos locais onde ele morou, tanto orfanatos como lares adotivos. Quero isso já".

"Não vejo nenhum problema. Posso ditar as informações, se a senhora esperar. Querem café?"

Ele falou com certo desespero, como se estivesse ansioso para descobrir algo que pudesse oferecer sem consultar uma autoridade superior.

Kate respondeu: "Não, obrigada. Só a lista dos nomes e endereços. Há um sujeito chamado Cole ou Coley, com o qual Ashe aparentemente passava muito tempo. Encontramos uma menção a ele nas anotações da srta. Aldridge para o julgamento. É muito importante localizá-lo. Ele fazia parte da equipe de um dos orfanatos, Banyard Court. Vamos começar por lá. Quem é o encarregado, atualmente?".

O sr. Pender disse: "Lamento, mas acho perda de tempo. Banyard Court foi fechado há três anos, após um incêndio criminoso. Estamos enviando as crianças para os lares adotivos, sempre que é possível, hoje em dia. Banyard Court destinava-se a jovens problemáticos que não necessitavam de detenção. Infelizmente, não deu certo. Não temos registros do destino do pessoal que trabalhava lá. Só dos que foram transferidos".

"O senhor deve saber quem é Coley. Ashe o acusou de abuso sexual. Vocês não têm a obrigação de informar os futuros empregadores, nesses casos?"

"Consultarei o registro novamente. Pelo que eu me lembro, ele foi exonerado após um inquérito, e isso elimina qualquer responsabilidade futura de nossa parte. Talvez eu possa lhes dar o endereço, se ele autorizar. É um assunto delicado."

Piers comentou: "Vai ser delicado se algo acontecer a Octavia Cummins".

O sr. Pender permaneceu sentado por um momento, em silêncio, com ar preocupado. Depois, disse: "Dei uma espiada nos papéis, assim que os senhores telefonaram. É uma leitura deprimente. Não conseguimos fazer muita coisa por ele, e não sei se alguém teria se saído melhor. Conseguimos um lar substituto, a casa de um professor, e ele ficou lá por bastante tempo — dezoito meses. O suficiente para mostrar um ótimo desempenho na escola. Eles achavam que ele podia ir para a universidade. Logo em seguida, ele foi expulso da casa. Ele já havia conseguido o que queria lá, e era hora de ir em frente".

"O que ele fez?", Kate perguntou.

"Molestou sexualmente a filha do professor, de catorze anos."

"Foi processado?"

"Não. O pai quis evitar o trauma do julgamento. Não chegou ao estupro, mas foi muito desagradável. A moça ficou perturbada. Naturalmente, Ashe teve de ir embora. Dali, eles o mandaram para Banyard Court."

Piers perguntou: "Foi lá que ele conheceu Michael Cole?".

"Creio que sim. Acho que não se conheciam antes. Vou telefonar para o ex-diretor de Banyard Court. Ele já se aposentou, mas talvez saiba o telefone de Cole. Se souber, ligarei e pedirei licença para dar o endereço a vocês."

Ele parou ao chegar na porta e disse: "A mãe substituta que se entendeu melhor com ele foi Mary McBain. Ela cuida de cin-

441

co crianças, de várias idades, e é muito capaz. Trata todos com amor e carinho. Contudo, até ela quis que Ashe fosse embora. Ele roubou. No início, trocados da bolsa, depois valores maiores. E começou a maltratar as outras crianças. Contudo, ela disse uma coisa importante, quando ele foi embora: Ashe não aguentava que as pessoas se envolvessem com ele. Quando alguém mostrava afeição, ele dava um jeito de fazer algo imperdoável. Suponho que sente necessidade de rejeitar, antes que seja rejeitado. Se alguém pode ajudá-los, creio que seja Mary McBain".

A porta se fechou. Os minutos transcorreram lentamente. Kate se levantou e começou a andar de um lado para o outro. Ela disse: "Acho que ele está telefonando para o promotor público, para garantir que está tudo em ordem".

"Bem, não chega a espantar. É um serviço terrível. Eu não faria isso nem por um milhão ao ano. Ninguém agradece, quando tudo dá certo, e se algo sai errado, todos o acusam."

Kate comentou: "Eles erram muito. Não adianta você tentar me fazer sentir pena dos assistentes sociais. Já tive de aturar muitos. Não gosto deles. E onde Pender se meteu? Não pode levar mais de dez minutos para datilografar uma lista com uma dúzia de nomes".

No entanto, ele ainda demorou mais quinze minutos para reaparecer, desculpando-se: "Lamento pela demora, mas estava tentando descobrir se temos o endereço de Michael Cole. Não dei sorte, infelizmente. Já se passaram muitos anos. E ele não deixou endereço, quando saiu de Banyard Court. Não tinha nenhum motivo para isso, aliás. Ele pediu demissão, não foi mandado embora. Como já disse, o orfanato foi fechado. Mas anotei o endereço do ex-diretor. Talvez ele possa ajudá-los".

No carro, Kate disse: "Vamos passar metade da lista, pelo telefone, para o pessoal de Suffolk. Cuidaremos do diretor. Tenho a impressão de que Cole será o único capaz de nos ajudar".

O resto do dia, a manhã e a tarde do dia seguinte foram frustrantes. Eles foram de casa em casa, entrevistando os pais substitutos, seguindo o rastro de destruição deixado por Ashe. Alguns colaboraram, na medida do possível; outros, só de ouvirem o nome de Ashe, deixaram bem claro que queriam distância da polícia. Alguns haviam mudado sem deixar endereço.

O professor tinha ido trabalhar, mas a esposa estava em casa. Ela se recusou a falar a respeito de Ashe, exceto para dizer que ele molestara a filha, Angela, e que nunca mais pronunciaram seu nome naquela casa. Ela preferia que a polícia não voltasse lá, à noite. Angela estaria em casa, e a menção a Ashe traria tudo de volta. Ela não fazia a menor ideia de onde Ashe poderia estar atualmente. A família costumava passear quando ele morava lá, mas só iam a locais de interesse educativo. Nenhum deles serviria de esconderijo. Era só o que tinha a dizer.

O endereço do ex-diretor de Banyard Court ficava na periferia de Ipswich. Tocaram a campainha, mas ninguém atendeu. Voltaram lá várias vezes durante o dia, porém só conseguiram encontrar alguém em casa às seis da tarde. Era a viúva dele, voltando de Londres, onde passara o dia. Idosa, com ar assustado, ela contou que o marido havia morrido do coração dois anos antes. Convidou-os a entrar — foi a primeira — e ofereceu chá com bolo. No entanto, eles não tinham tempo para essas coisas. Precisavam desesperadamente de informações, não de comida.

Ela explicou: "Trabalhei em Banyard Court, também, como ajudante. Não sou assistente social. Conheço Michael Cole, claro. Era uma ótima pessoa, cuidava bem das crianças. Nunca nos contou que ele e Ashe saíam juntos em seus dias de folga, mas creio que se tratava de um relacionamento totalmente inocente. Coley jamais molestaria uma criança ou um jovem, de modo algum. Ele era muito dedicado a Ashe".

"E tem alguma ideia de aonde eles iam?"

"Nenhuma. Mas não deveria ser um local muito distante de Banyard Court, pois eles iam de bicicleta, e Ashe sempre voltava antes de escurecer."

"Sabe para onde Michael Cole foi, depois que saiu de Banyard Court?"

"Não posso lhes dar o endereço. Lamento muito. Ele foi morar com a irmã. Acho que o nome dela é Page — sim, é isso mesmo, tenho certeza. É enfermeira, parece. Se ainda estiver trabalhando, talvez a encontrem no hospital. Isto é, se ainda morar na região."

Era uma pista remota, mas eles agradeceram e seguiram em frente. Passava das seis e meia.

Finalmente, tiveram sorte. Telefonaram para três hospitais da região. No quarto, uma pequena clínica geriátrica, eles souberam que havia uma enfermeira chamada Cole na equipe, mas ela havia tirado uma semana de folga, porque um dos filhos adoecera. Eles não criaram dificuldade para fornecer o endereço.

42

ELES LOCALIZARAM A SRA. PAGE numa casa geminada, situada em um conjunto habitacional moderno de tijolo vermelho e concreto, próximo ao vilarejo de Framsdown, um empreendimento típico da expansão dos subúrbios para áreas interioranas intocadas, embora não exatamente maravilhosas. Na entrada da rua as lâmpadas brilhavam, iluminando um parquinho com gangorra, balanço e trepa-trepa. Não havia garagens, mas todos os moradores das casas e dos apartamentos aparentemente tinham carros ou peruas, estacionados na rua ou nas entradas, depois que os jardins haviam sido cimentados. Apesar das luzes acesas por trás das cortinas, não se via nenhum sinal de vida.

Eles apertaram a campainha musical do número 11, e a porta foi aberta quase imediatamente. Contra a luz do hall, eles viram a silhueta de uma senhora negra com um bebê no colo. Sem esperar que Kate ou Piers se identificassem, ela disse: "Sei quem são. O pessoal do hospital telefonou. Entrem".

Ela deu um passo para o lado e eles entraram. Ela usava calça comprida preta justa com uma blusa cinza de manga curta. Kate notou que era muito bonita. O pescoço esguio terminava numa cabeça bem-proporcionada. O queixo alto, orgulhoso, e o cabelo cortado rente terminavam de compor o quadro. O nariz era reto, relativamente estreito; os lábios, carnudos; os olhos, grandes e toldados pela aflição.

A sala de visitas estava limpa, porém desarrumada. A mobília, apesar de nova, já mostrava sinais da destruição causada por mãozinhas inquietas, vigorosas, brincalhonas. No chiqueirinho do canto, uma criança maior tentava se erguer para apanhar a fileira de sinos coloridos pendurada no alto. Quando eles entraram ela caiu, agarrando-se às barras de proteção, e sorriu, sau-

445

dando-os. Kate aproximou-se e mostrou o dedo, que foi imedia-tamente agarrado, com força notável.

As duas mulheres se sentaram no sofá, e Piers na poltrona em frente. A sra. Page conservou o bebê no colo.

Piers disse: "Estamos procurando seu irmão, Michael Cole. Calculo que já saiba que estamos procurando Garry Ashe para interrogatório. Esperamos que o sr. Cole tenha alguma ideia de onde ele possa estar escondido".

"Michael não está." A ansiedade em sua voz era inconfundí-vel. "Saiu de bicicleta, nesta manhã — pelo menos, a bicicleta não está no abrigo, agora. Ele não disse aonde ia, mas deixou um recado. Está aqui."

Ela se levantou com dificuldade e pegou o bilhete atrás de uma caneca que estava em cima da televisão. Kate leu: "Vou passar o dia inteiro fora. Não se preocupe, voltarei às seis para jantar. Por favor, telefone para o supermercado e diga que farei o turno da noite".

Kate perguntou: "A que horas ele saiu, exatamente? A se-nhora sabe?".

"Pouco depois do noticiário das oito. Estava acordada e ouvi o barulho, do meu quarto."

"Ele não telefonou?"

"Não. Eu o esperei para jantar, até as sete, e depois comi sozinha."

Piers perguntou: "Ficou muito preocupada?".

"Comecei a ficar preocupada depois das seis. Michael nun-ca se atrasa. Já ia telefonar para os hospitais e depois para a polícia, se ele não voltasse até amanhã de manhã. Sei que não é mais criança. Ele já é adulto. Por isso, a polícia não me levaria a sério, se eu ligasse hoje. Agora, estou realmente preocupada. Fiquei contente quando o pessoal do hospital telefonou para dizer que procuravam por ele."

Kate perguntou: "Tem alguma ideia de aonde ele poderia ter ido?".

A sra. Page balançou a cabeça negativamente.

Kate perguntou a respeito do relacionamento entre o irmão

dela e Ashe. "Sabemos que Ashe mentiu a respeito do relacionamento dele com seu irmão. Não sabemos o motivo. Poderia nos contar algo sobre a amizade deles? Aonde iam juntos, as coisas que gostavam de fazer? Achamos que Ashe está escondido em algum lugar que Michael conhece."

A sra. Page ajeitou o bebê no colo e por um momento manteve a cabeça baixa, tocando o cabelo encaracolado, num gesto maternal e protetor. Em seguida, disse: "Michael trabalhava em Banyard Court, como assistente social, quando Ashe foi admitido. Michael gostava dele. Ele me falou sobre o passado de Ashe, como a mãe o rejeitara por causa do homem com quem vivia. Ele foi espancado e maltratado pelos dois, antes de passar para os cuidados do Serviço Social. A polícia abriu inquérito, mas um quis pôr a culpa no outro, e não havia provas suficientes. Michael achava que podia ajudar Ashe. Ele acreditava que não havia ninguém irrecuperável. Não podia fazer nada, claro. Talvez Deus possa ajudar Ashe, mas um ser humano, não. Não se pode ajudar quem já nasceu ruim".

Piers disse: "Não sei se entendo o que está querendo dizer com 'ruim'".

Os olhos grandes dela se fixaram nele. "Não? Logo você, que é policial?"

A voz de Kate foi mais persuasiva. "Pense bem, sra. Page. Conhece bem seu irmão. Para onde acha que ele pode ter ido? O que ele e Ashe gostavam de fazer?"

Ela pensou por um momento, antes de responder: "Eles saíam nos dias de folga de Michael. Ele pegava a bicicleta e encontrava Ashe em algum lugar, na estrada. Não sei para onde iam, mas Michael sempre voltava antes de escurecer. Levava comida e um fogareiro, além de água, é claro. Creio que iam para algum lugar aberto. Ele não gosta de mato fechado. Prefere espaços amplos e muito céu".

"Ele não lhe contava nada?"

"Certo dia, disse que se divertira. Creio que havia prometido a Ashe guardar segredo sobre o local. Voltava cheio de alegria, de esperança. Ele amava Ashe, mas não do jeito que disse-

447

ram. Eles inocentaram Michael, pois não havia prova alguma, e todos sabiam que Ashe estava mentindo. No entanto, essas coisas não são esquecidas. Ele não conseguiria outro emprego para lidar com crianças. Nem creio que quisesse. Perdeu a confiança. Algo morreu dentro dele, depois do que Ashe fez, das acusações, do inquérito. Agora trabalha no supermercado de Ipswich, à noite, como repositor. Vivemos bem, com o salário dele e o meu. Não somos infelizes. Espero que ele esteja bem. Queremos que volte logo. Meu marido morreu num acidente de carro, no ano passado. As crianças precisam de Michael. Ele é maravilhoso com elas."

Ela começou a chorar, subitamente. O rosto lindo não se alterou, mas duas lágrimas gordas rolaram pela face dela. Kate sentiu vontade de se aproximar e abraçar a mãe e o bebê, mas se conteve. Sua atitude poderia ser mal recebida, até hostilizada. Era muito difícil, pensou, agir numa situação dessas.

Ela disse: "Não se preocupe, vamos encontrá-lo".

Ela os acompanhou até a porta, dizendo: "Não quero Ashe aqui. Não quero que ele chegue perto dos meus filhos".

Kate disse: "Ele não virá aqui. Por que viria? De qualquer modo, tranque a porta e, se ele aparecer, ligue para nós. Aqui está o número".

Ela ficou parada, olhando para eles, com o bebê no colo, até que o carro se afastou.

No carro, Piers perguntou: "Você acha que Cole foi procurar Ashe, sem avisar ninguém, sem ligar para a polícia?".

"Sim, por isso ele sumiu. Deve ter ouvido falar de Ashe no noticiário das oito e saiu para tentar recuperar o rapaz, por sua conta. Que Deus o ajude!"

Quando pararam na saída do vilarejo, Kate telefonou para Dalgliesh. Ele disse: "Aguardem um momento". Ela ouviu o farfalhar de um mapa sendo aberto. "Banyard Court fica ao norte da vila de Ottley, certo? Então ele e Ashe devem estar lá, ou por perto. Vamos presumir que percorressem trinta a quarenta quilômetros de bicicleta para ir ao esconderijo. Cerca de quatro horas pedalando, ida e volta. Cansa, mas é possível. Va-

448

mos considerar um raio de quarenta e cinco quilômetros. Não há muitos locais de mata, exceto as florestas de Rendlesham e Tunstall. Se a irmã estiver certa, e ele não gostar de locais com mato fechado, provavelmente seguiam na direção da costa. Há vários trechos desertos. Iniciem a busca com helicóptero assim que amanhecer, e concentrem-se na costa. Encontrarei vocês no hotel, hoje, às dez da noite."

Kate disse a Piers: "Ele está vindo para cá".

"Por quê? O pessoal de Suffolk está cooperando. Já organizamos tudo."

"Calculo que ele deseja estar por aqui, no desfecho."

"Se houver um desfecho."

"Haverá um desfecho. A questão é qual e onde."

43

NAQUELA MANHÃ eles descansaram até tarde, cada um aninhado em seu saco de dormir, lado a lado, mas sem se tocarem. Ashe acordou primeiro. No mesmo instante, entrou em alerta. Ouvia, ao seu lado, o ressonar suave, interrompido apenas por resmungos e roncos baixos. Ele imaginava que podia farejá-la, seu corpo, seu hálito. Veio-lhe à mente a ideia de que poderia tirar o braço de dentro do saco de dormir, estendê-lo para prender aquela boca com sua mão e silenciá-la para sempre. Divertiu-se com a fantasia por alguns minutos, enquanto permanecia deitado, rígido, esperando raiar o dia. Quando finalmente clareou, ela acordou e virou o rosto em sua direção.

"Já é de manhã?"

"Sim, amanheceu. Vou preparar o café da manhã."

Ela saiu do saco e espreguiçou-se.

"Estou com fome. O cheiro aqui não é incrível, de manhã? O ar nunca é assim perfumado, em Londres. Pode deixar que eu faço o café da manhã. Até agora, só você trabalhou."

Ela tentava parecer feliz, mas havia um tom falso em sua animação exagerada.

"Não", ele disse. "Eu faço."

O tom de voz taxativo fez com que ela não insistisse. Ele acendeu duas velas e depois o fogareiro. Abriu uma lata de tomate e outra de salsicha. Tinha consciência dos olhos dela, ansiosos e questionadores, acompanhando cada movimento seu. Comeriam, depois ele precisava se afastar. Iria para seu recanto tranquilo, no meio dos juncos. Nem mesmo Coley o seguira até lá. Precisava ficar sozinho. Precisava pensar. Quase não conversaram durante o café. Depois, ela o ajudou a lavar os pratos e as canecas na água. Ele disse: "Não venha atrás de mim. Não vou demorar". E saiu pela porta da cozinha.

Ele abriu caminho no meio do mato, pela trilha conhecida, que ia na direção do mar distante. Era mais estreita do que a outra. Acabou tendo de abrir caminho, afastando os juncos, sentindo-os frios e duros na palma da mão. O caminho era como se recordava, ora firme e esburacado, ora coberto de grama, com algumas margaridas, ora úmido e mole sob seus pés, fazendo com que temesse ver o chão ceder com seu peso. Finalmente, chegou à elevação coberta de mato ralo da qual se lembrava tão bem. Havia espaço para sentar, apenas, com os joelhos recolhidos junto ao peito, os braços em torno deles formando uma bola inviolável. Ele fechou os olhos e ouviu os sons familiares, sua própria respiração, o eterno sibilar dos juncos, o rugido distante e ritmado do mar. Por alguns minutos se manteve totalmente imóvel, de olhos cerrados, para que o tumulto que se apoderara de sua mente e de seu corpo cessasse e ele chegasse ao estado que acreditava ser de paz. Agora, precisava pensar.

Cometera um erro, o primeiro desde que matara a tia. Nunca deveria ter saído de Londres. Foi um erro grave, mas não fatal, necessariamente. A decisão de fugir, os preparativos apressados, convencer Octavia, a própria jornada — o que foram, a não ser consequência do pânico? Ele jamais havia entrado em pânico antes. De qualquer modo, podia consertar as coisas. A polícia já devia ter encontrado o corpo, a esta altura, e concluído que se tratava de assassinato. Alguém lhes diria que ela era canhota — aquela vaca da sra. Buckley, provavelmente. Mas ele não podia ser o único a desconhecer isso. A polícia sem dúvida pensaria que ela havia sido assassinada para parecer que era a responsável pela morte de Aldridge e que por isso teria se suicidado por remorso ou culpa ou por não conseguir mais viver com o horror de seus atos. Isso já serviria para afastar as suspeitas sobre ele. Por que mataria Carpenter? Não precisava de uma segunda vítima, para afastar as suspeitas. Não havia suspeita nenhuma. O assassino de Aldridge era outro, ele estava limpo.

Portanto, precisavam voltar. Fariam isso abertamente. Assim que chegassem à estrada, ele telefonaria para Pelham Place, explicando o ocorrido. Diriam que estavam a caminho, o que seria mais difícil, com a perda da moto e o isolamento na ilha. A história era verdadeira, podia ser confirmada. Além disso, não haviam saído de Londres sem dar explicações. Buckley sabia que eles pretendiam se afastar da cidade por algum tempo, por causa do trauma da morte de Aldridge. Pelo menos aí ele não errara. Não fugira sem dar explicações. A história tinha sentido.

Restava, porém, um detalhe. Ele precisaria de um álibi para o momento da morte de Carpenter. Se conseguisse persuadir Octavia a ajudá-lo, a dizer que os dois estavam juntos, no apartamento, ninguém poderia prendê-lo. O que ocorrera entre os dois na noite anterior, o acasalamento que o revoltava, mas se tornara inevitável, a ligaria a ele para sempre. Teria seu álibi. Ela não o desprezaria, agora. E precisava da moça para outras coisas, também. Sem ela, ficaria sem dinheiro. Mais do que nunca o casamento se tornava necessário. Quanto antes, melhor. Três quartos de milhão e uma casa que valia pelo menos mais meio milhão. E o advogado mencionara um seguro de vida. Como pôde ter pensado em matar Octavia? Não era uma alternativa válida, no momento — e não o seria nos próximos meses, talvez anos. Mesmo assim, quando estavam deitados, lado a lado, ele imaginara a morte dela, as latas cheias de pedras amarradas ao cadáver, para servir de lastro, para que afundasse na junqueira e se perdesse para sempre. Ninguém o encontraria, estavam num lugar desolado. Mas sua mente logo percebeu as desvantagens. Se a encontrassem, as latas cheias de pedra atadas ao corpo provariam o homicídio. Seria melhor simplesmente afogá-la, empurrar sua cabeça para dentro d'água e segurar, no meio dos juncos. Mesmo que ela fosse encontrada, o que a polícia teria? Apenas um afogamento. Poderia ter sido acidente ou suicídio. Ele voltaria sozinho para Londres e diria que se separaram no primeiro dia, depois de uma briga. Ela havia sumido, na moto.

Ele sabia que tudo aquilo não passava de fantasia. Precisava de Octavia viva. Precisava se casar com ela. Precisava do dinheiro, de um dinheiro que faria dinheiro, de uma fortuna capaz de eliminar as humilhações do passado e libertá-lo. Voltariam naquele mesmo dia, juntos.

Então, ele viu as mãos. Elas se moviam como um cardume de peixes pálidos, por entre os juncos, em sua direção. Mas os juncos estavam emaranhados e as seguravam. Havia mãos esquecidas, e mãos das quais se lembrava muito bem. As mãos que batiam e socavam e erguiam cintas dobradas cuidadosamente. Mãos ávidas, que tentavam ser carinhosas e provocavam arrepios nervosos, mãos exploradoras — suaves, úmidas ou ásperas como lixas — que se esgueiravam por baixo das cobertas, à noite, mãos a tapar sua boca, mãos que deslizavam sobre seu corpo rígido, mãos de médicos, de assistentes sociais, mãos do professor, com unhas quadradas e pelos iguais a fios de seda nos dedos. Era assim que pensava nele, o professor, sem nome, a pessoa com quem ficara mais tempo.

"Assine aqui, rapaz, esta é a sua caderneta de poupança. Metade do dinheiro fornecido pela assistência social deve ser guardado, jamais desperdiçado." Ele escreveu o nome cuidadosamente, sentindo o peso dos olhos críticos. "Garry? Isso não é nome de gente. E se escreve com um 'r' só — é diminutivo de Gareth."

"Na minha certidão de nascimento está escrito assim."

A certidão de nascimento. Uma certidão pela metade. Sem o nome do pai. Um dos papéis oficiais na pasta que crescia a cada ano, registrando sua existência. Ele disse: "Prefiro ser chamado de Ashe". E o chamavam de Ashe. Era seu nome. Dispensava outro.

E, com os nomes, vinham vozes. Tio Mackie, que não era seu tio, gritando com sua mãe enquanto ele observava, ouvia tudo agachado num canto, esperando a surra.

"Se esse moleque não for embora, eu vou. Escolha. Ou ele ou eu."

453

Ele lutara com o tio Mackie como um gato selvagem, arranhando, chutando, cuspindo, arrancando cabelo. Deixara sua marca naquele filho da mãe.

As vozes enchiam o ar, abafando até o farfalhar dos juncos. Vozes preocupadas de assistentes sociais. A voz decidida e esperançosa de mais um pai substituto, ansioso para ajudar. O professor achava que podia ajudá-lo. Ashe queria certas coisas do professor: imitar o jeito como a família falava, observar como comiam, como viviam. Ele se lembrava dos lençóis perfumados, recém-lavados, quando se deitava na cama, do cheiro das camisas limpas que vestia. Um dia, seria rico e poderoso. Era importante saber certas coisas. Talvez devesse ter ficado mais tempo com o professor e fazer os tais exames que diziam ser tão importantes. Não encontraria dificuldade; nada na escola era difícil. Ele ouviu novamente a voz do professor: "Esse rapaz obviamente é inteligente. Tem um QI acima da média. Ele precisa de disciplina, claro, mas creio que podemos conseguir muita coisa com ele". Porém, a casa do professor foi a pior de todas as prisões. No final, viu que precisava sair de lá, e isso foi fácil. Ele não sorriu, mas por dentro se divertia com a lembrança dos gritos de Angela, do rosto atônito da mãe dela. Como puderam pensar que ele realmente queria foder a filha estúpida com cara de merda? Ele precisou tomar uns goles de sherry na sala de jantar para criar coragem e fazer aquilo. Precisou de uma bebida, na época, mas agora não precisava de nada. O episódio o ensinou que a bebida era perigosa. Precisar de álcool era tão fatal quanto precisar dos outros. Ele se lembrava dos telefonemas frenéticos, dos assistentes sociais perguntando por que fizera aquilo, das sessões com o psiquiatra, do choro da mãe de Angela.

Depois veio Banyard Court e Coley, que lhe mostrara a junqueira. Coley falava pouco e no início não fazia exigências. Pedalava mais de trinta quilômetros sem se cansar. Sabia acender uma fogueira e preparar o jantar numa lata. No final, ele mostrou que era igual aos outros. Ele se lembrou da conversa, quando estavam sentados do lado de fora do chalé, olhando para a junqueira, na direção do mar.

"Você vai fazer dezesseis anos, daqui a três meses, e sair da assistência social. Acho que você poderia alugar um apartamento, talvez em algum lugar próximo a Ipswich. Talvez eu consiga um chalé no campo. Você precisa arranjar um emprego. Aí podemos morar juntos, como amigos, do jeito que estamos agora. E você vai ter sua própria vida."

Mas ele já tinha uma vida. Precisava se livrar de Coley. E assim, Coley também se foi. De repente, uma onda de autocomiseração o sufocou. Se pelo menos o deixassem sozinho... Nada do que ele havia feito teria sido necessário, se pelo menos o deixassem em paz no seu canto.

Estava na hora de voltar para o chalé. Voltar para Octavia e para Londres. Ela lhe daria o álibi para o assassinato de Carpenter, eles se casariam, ele ficaria rico. Com dois milhões na mão — sem dúvida, chegaria a tanto — tudo era possível.

Então ele a ouviu, a voz da tia, gritando com ele do meio da junqueira infinita.

"Ir embora? Como assim, quer ir embora? Você vai para onde, diacho? Não tem ninguém, só a mim. Você é louco! Completamente maluco. Será que ainda não percebeu? Ninguém aguentava você por muito tempo. E o que há de errado com esta casa, afinal? Aqui você tem roupa, comida e um teto. Ganhou presentes, como a câmera e a Kawasaki. Aquela droga custou uma nota. A única coisa que eu peço, qualquer homem faria com todo o prazer. Muitos até pagam uma boa grana."

A voz insistia, incômoda, persistente, aguda. Ele levou as mãos aos ouvidos e se encolheu todo, numa bola. Depois de alguns minutos a voz se calou, cortada como a garganta pelo golpe certeiro que imaginava a calaria para sempre. Contudo, a raiva permanecia. Pensando nela, obrigando-se a lembrar, ele a estimulava. Quando se levantou para voltar ao chalé, Ashe a levava consigo, como um carvão em brasa dentro do peito.

44

OCTAVIA O OBSERVOU até que o perdeu de vista, engolido pelos juncos, depois atravessou o chalé e parou na frente dos dez metros de água que a separavam da trilha que conduzia ao bosque. Ela podia distinguir as árvores ao longe, e quando o sol varou as nuvens, subitamente, pensou ter visto um lampejo dourado da peruca pendurada no galho, como um pássaro exótico. As árvores pareciam muito distantes, e ela sentiu pela primeira vez vontade de ter a força dos galhos acima e em torno de si, de se livrar daquela imensidão verde sussurrante. O vento aumentava, chegando em rajadas irregulares, e ela percebia que a superfície da água se encrespava aos poucos. A motocicleta vazara óleo ou combustível, que se movia na superfície, formando estampas irregulares de cores iridescentes. O vento soprou com mais força. O farfalhar sibilante dos juncos aumentou de volume. Os juncos se curvavam e balançavam enquanto ela os observava, em imensos círculos de luz arisca. Ela ficou parada, pensando na noite que havia passado, na manhã gelada.

Então era só isso? Tinham realmente feito amor? Ela não sabia com certeza qual era sua ideia da primeira noite de amor, exceto que estariam deitados juntos, entrelaçados, cada centímetro de pele ansiando pelo toque do corpo do outro. Em vez disso, fora algo impessoal como um exame médico. Ele disse: "Está frio demais para tirar a roupa", e eles só removeram o mínimo indispensável, sem se ajudarem ou trocar olhares, sem realizar os rituais amorosos. Ela não foi beijada nenhuma vez durante o ato rápido, quase brutal. Era como se ele não suportasse o contato dos lábios dela; qualquer intimidade, qualquer ato de lascívia era possível. Aquilo, não. Bem, seria melhor da próxima vez. Ele estava preocupado, o lugar era desconfortável e frio. Ela não desistiria do amor só porque a primeira noite não havia sido tão maravilhosa quanto ela esperava. E o dia fora alegre, eles exploraram o chalé juntos, ajeitando as provisões na prateleira, brincando de casinha. Ela o amava. Claro que o amava. Se o abandonasse agora — pela primeira vez, pensou em abandono —, o que seria dela?

Então ela ouviu o barulho, apesar do murmúrio da junqueira. Alguém vinha na direção deles, pela trilha. Mal seus ouvidos perceberam os passos suaves, ele apareceu do outro lado da junqueira, como uma assombração, negro, alto, magro. Não era jovem, nem de meia-idade, ainda. Usava um casaco com cinto, aberto no peito, e um pulôver grosso de gola alta. Ela o encarou, sem sentir medo. Percebeu, desde o início, que não lhe faria mal.

Ele chamou, sem erguer a voz: "Onde ele está? Onde está Ashe?".

"No lugar especial, no meio dos juncos." Ela moveu a cabeça na direção do mar.

"Quando ele foi para lá? Faz tempo?"

"Uns dez minutos. Quem é você?"

"Meu nome é Cole. Sabe, você precisa vir para cá. Agora, antes que ele volte. Não pode ficar com ele. Sabe que a polícia o procura? Por assassinato?"

"Se for a respeito da minha mãe, já falamos com a polícia. Ele não fez nada. Vamos voltar, de qualquer modo, quando ele estiver a fim."

De repente, ele suspendeu o casaco e o pulôver e mergulhou na água. Ela o acompanhou com a vista, surpresa, enquanto Cole nadava vigorosamente em sua direção, mantendo os olhos fixos nela. Ofegante, ele subiu o barranco. Instintivamente, Octavia correu para ajudá-lo, estendendo a mão.

Ele disse: "Venha comigo, agora. Você consegue nadar. Não é muito, apenas dez metros. Vou ajudá-la. Minha bicicleta está escondida no mato. Pode ir no cano, chegaremos ao vilarejo antes que ele consiga nos alcançar. Vai ficar molhada e sentir frio por algum tempo, mas qualquer coisa é melhor do que ficar aqui".

457

Ela gritou: "Você está louco. Por que eu deveria ir?".

Ele se aproximou, como se pretendesse obrigá-la com a força de sua presença. A água escorria pelo cabelo, pelo rosto. Ele tremia violentamente. O colete branco estava colado ao corpo, e ela percebia o pulsar agitado do coração dele. Seus rostos quase se tocavam.

Ele disse: "Janet Carpenter está morta. Assassinada. Ashe é o responsável. Por favor, precisamos sair daqui. Agora. Por favor, ele é perigoso".

"Está mentindo. Não é verdade. A polícia o mandou para nos enganar."

"A polícia não sabe que estou aqui. Ninguém sabe."

"E como sabia onde nos encontrar?"

"Eu o trouxe aqui, pela primeira vez. Faz muito tempo. Era nosso esconderijo."

Ela disse: "Você é Coley".

"Sim. Mas não importa quem eu sou. Depois a gente conversa. Agora, você precisa vir comigo. Não deve ficar com ele. Ele precisa de ajuda, mas você não pode fazer nada. Nenhum de nós pode."

Ela começou a gritar: "Não, não". No entanto, tentava convencer a si mesma, não a ele. A força, a urgência transmitida por aquele corpo ensopado, os olhos súplices, a atraíam na direção dele.

Então, eles escutaram a voz de Ashe. "Você ouviu o que ela disse. Ela vai ficar."

Ele se aproximara silenciosamente. Moveu-se na direção dos dois, vindo da escuridão do chalé, e quando o sol o iluminou ela viu o brilho da faca que ele empunhava.

A confusão foi horrorosa. Coley tentou protegê-la com o corpo e avançou para cima de Ashe. Já era tarde demais para reagir, porém. Ele chegou um segundo atrasado, e a mão de Ashe se ergueu, enterrando a faca na barriga de Coley. De olhos arregalados, paralisada de terror, Octavia ouviu o grito, um grito longo, abafado, algo entre um gemido e um rugido. A mancha vermelha se espalhou na superfície branca do colete, enquanto ela observava. Ele caiu lentamente, de joelhos primeiro, e tombou no solo. Ashe agachou-se sobre ele e cortou--lhe a garganta com a faca. Ela viu o sangue esguichar, percebendo que os olhos negros, ainda suplicantes, fixaram-se nos dela até que se embaçaram devagar, conforme a vida os abandonava, escorrendo pela terra arenosa.

Ela não conseguia gritar. Algo acontecera em sua garganta. Em vez disso, ouviu um uivo agudo e percebeu que era a sua própria voz. Ela correu para o chalé e se atirou no saco de dormir, retorcendo-se, agarrando e arrancando chumaços do algodão. Não conseguia respirar. Soluçou violentamente, como se seu peito fosse explodir, mas não conseguia respirar. Em seguida, extenuada pela convulsão, ela largou o corpo, soluçando ofegante. Ouviu a voz dele e percebeu que ele estava ali, em pé, na sua frente.

"A culpa foi dele. Não deveria ter vindo aqui. Deveria ter me deixado em paz. Venha me ajudar a carregá-lo. Ele é mais pesado do que eu pensava."

"Não, não. Não posso", ela disse, soluçando.

Ela ouviu a movimentação dele no quarto. Virando a cabeça, viu que ele apanhava algumas latas.

Ele disse: "Vamos precisar delas para usar como lastro. Vou pegar as mais pesadas. Vou levá-lo para longe, pela trilha que segue na direção do mar. Depois recolherei as roupas. Não se preocupe. Vai sobrar comida suficiente".

Ele arrastou o corpo pelo interior do chalé. Ela fechou os olhos, mas ouvia o resfolegar ansioso dele e o ruído do corpo sendo arrastado. Então, conseguiu reunir forças suficientes para agir. Levantou-se, cambaleando, correu para a água e tentou entrar. Ele foi mais rápido, porém. Antes que ela pudesse se recuperar do impacto inicial da água gelada nas pernas, um braço a agarrou e puxou de volta. Ela não conseguiu arranjar força para resistir quando foi puxada para longe do barranco e arrastada para dentro do chalé, por cima do sangue de Coley. Ele a ergueu, quase desmaiada, e fez com que se apoiasse na parede. Depois tirou o cinto e a obrigou a pôr os braços para trás, atando-os com força. Ele se debruçou sobre o corpo de Coley e removeu o cinto do casaco, a seguir aproximou-se de Octavia e amarrou os tornozelos dela.

Ele disse, num tom de voz surpreendentemente gentil, quase triste: "Você não devia ter feito isso".

Octavia começou a chorar, como uma criança. Ouviu a respiração pesada de Ashe, que arrastou o corpo pelo chalé e depois na direção da trilha da junqueira. Em seguida, o silêncio.

Ela pensou: Ele vai voltar e me matar. Tentei fugir, ele jamais me perdoará. Não adianta apelar para sua piedade ou seu amor. Não há amor. Nunca houve.

Seu pulso esquerdo fora apertado com força contra o direito, mas restava-lhe algum movimento nos dedos. Ainda soluçando, ela começou a empurrar a aliança de noivado, e como era folgada ela subiu até cair. Estranho que a queda de um objeto tão pequeno provocasse uma sensação de alívio tão grande. Libertara-se de muito mais coisas, além do anel.

O medo era como uma dor. Inundava-a, recuava, permitindo alguns minutos de paz, e retornava, mais forte e terrível do que antes. Ela tentava pensar, planejar, raciocinar. Conseguiria persuadi-lo de que fugir fora uma reação instintiva, que jamais havia cogitado deixá-lo, que o amava e nunca o trairia? Sem chance, concluiu. Ela testemunhara uma cena que acabara com seu amor para sempre. Vivera num mundo de fantasia e ilusão. Agora caíra no real. Seria impossível fingir, e ela sabia disso.

Não serei nem capaz de morrer corajosamente, pensou ela. Vou chorar e implorar, mas não fará diferença alguma. Ele me matará, como matou Coley. Arrastará meu corpo e o jogará na junqueira, e ninguém nos encontrará. Ficarei lá até inchar e feder. Ninguém virá, ninguém saberá. Deixarei de existir. Nunca existi, na verdade. Por isso, ele conseguiu me enganar.

De tempos em tempos, ela perdia os sentidos, por alguns minutos. De repente, ouviu um barulho. Ele estava voltando, e ao chegar parou na sua frente, olhando para baixo, sem falar.

Ela disse: "Por favor, cubra-me com o saco de dormir. Sinto tanto frio!".

Ele não respondeu, mas pegou-a em seus braços, colocou-a sentada, apoiada contra a lareira, e a cobriu com o saco de dormir. Em seguida, deixou-a novamente. Ela pensou: Ele não consegue ficar aqui, ao meu lado. Ou está resolvendo o que vai fazer: me matar ou deixar que eu viva.

Tentou rezar, mas as orações aprendidas no convento soaram incoerentes, vazias. Só conseguiu rezar para Coley: "Que sua alma descanse em paz, junto ao Senhor, e que a luz divina o ilumine para sempre". Soou bem. Mas Coley não queria descansar em paz. Coley queria viver. Ela queria viver.

Ela perdeu a noção de quanto tempo permaneceu ali. As horas foram passando. Escureceu, e Ashe voltou. Entrou silenciosamente. Ela fechou os olhos, mas sabia que ele estava por perto. Ele acendeu três velas e o fogareiro, fez café e esquentou uma lata de feijão. Aproximou-se, fez com que ela sentasse e lhe deu comida na boca, um feijão por vez. Ela tentou dizer que não estava com fome, mas acabou comendo. Quem sabe ele sentiria alguma pena, se ela se deixasse alimentar. Ashe, porém, não dizia nada. Quando as velas se acabaram, ele entrou no saco de dormir e não demorou para que sua respiração se regularizasse. Na primeira hora ele estava agitado, inquieto, resmungando, e chegou a soltar um grito. De tempos em tempos, durante a noite que parecia interminável, ela pegava no sono. Mas o frio e a dor nos membros atados a acordavam, e Octavia chorava baixinho. Tinha oito anos de idade novamente, estava deitada na cama do primeiro colégio interno, chorando de saudade da mãe. Soluçar a reconfortava.

Acordou assim que começou a clarear. Sentiu primeiro o frio terrível, a compressa gelada da calça molhada, a dor nos braços atados. Viu que ele já estava em pé. Ashe acendeu uma vela, mas só quando se debruçou sobre seu corpo, por um momento, pôde ver-lhe o rosto. Era o mesmo rosto, firme e resoluto, pelo qual ela julgou ter se apaixonado. Talvez a suavidade da luz da vela fosse responsável pela expressão de tristeza terrível que julgou ver, por um instante, naquele rosto. Ele permaneceu em silêncio.

461

Sua voz era uma súplica, entre gemidos e soluços: "Ashe, por favor, acenda o fogo. Estou com frio. Por favor".

Ele não respondeu. Acendeu outra vela, depois uma terceira, e se sentou encostado na parede, olhando as chamas. Os minutos passavam lentamente.

Ela insistiu: "Por favor, Ashe. Estou com muito frio", ouvindo as lágrimas em sua voz.

Só então ele se moveu. Ela ficou observando quando Ashe foi até a prateleira e começou a arrancar os rótulos das latas, amassando-os com a mão. Ele os jogou na lareira. Em seguida, saiu. Ela ouvia o ruído de sua movimentação entre as árvores, e minutos depois ele estava de volta com uma braçada de galhos, folhas secas e pedaços de troncos. Aproximando-se do que fora a janela, forçando a madeira podre do batente, ele conseguiu tirar um pedaço grande. Foi até a lareira e começou a montar a fogueira metodicamente, com carinho, como devia ter feito na época em que vinha acompanhado de Coley. Ele posicionou os gravetos em cima do papel, depois fez uma pirâmide com os galhos e as folhas secas e depositou as cascas e os pedaços de troncos. Finalmente, acendeu um fósforo e o papel pegou fogo, incendiando os gravetos. A fumaça encheu o quarto, cheirando a outono, subindo pela chaminé como se fosse uma coisa viva, encontrando a saída para o alto. Ele colocou o pedaço do batente por cima, e ele também pegou fogo. O calor maravilhoso a tocou como uma promessa de vida, e apesar da dor ela se arrastou para mais perto, até sentir a bênção das chamas no rosto.

Ashe foi até a janela e arrancou mais um pedaço do batente. Depois, agachou-se ao lado do fogo, cuidando dele carinhosamente, como se fosse uma chama sagrada ou um ritual. Parte da madeira estava molhada. Os olhos de Octavia arderam com a fumaça. Mas o fogo ganhou força, aquecendo o quarto. Ele havia acendido o fogo para ela. Sem dúvida, isso significava que não pretendia matá-la. Ela perdeu a noção do tempo, ali deitada, sentindo o calor do fogo no rosto, enquanto lá fora o vento soprava forte e o sol desanimado do outono lançava seus raios sobre o piso de pedra.

Então ela ouviu um barulho. Fraco, no início. Mais forte ao se aproximar, até pairar sobre o teto do chalé, fazendo com que chegasse a tremer. Voando sobre suas cabeças estava um helicóptero.

45

ELE O OUVIU APROXIMAR-SE antes mesmo que ela. Aproximou-se e obrigou-a a levantar-se. Parado atrás dela, ordenou: "Para a porta".

Octavia tentou, mas não conseguia se mover. O calor do fogo ainda não aquecera suas pernas, e a cinta dificultara a circulação, entorpecendo-as. Ela largou o corpo contra o dele, como se a todos os músculos faltasse força. Ele segurou o corpo dela com a mão esquerda e a empurrou para fora do chalé, com a faca na direita.

Então ela viu e ouviu. Estava confusa demais para contar, mas havia muitos deles: homens grandes usando botas de borracha de cano alto; homens de casacos grossos e gorros de lã; um homem muito alto, sem gorro, com o cabelo escuro esvoaçando ao vento; uma mulher. Os dois pareciam diferentes do que ela se recordava, mas ela os reconheceu. Eram o comandante Dalgliesh e a inspetora Miskin. Esperavam, a uma certa distância um do outro, como se tivessem combinado exatamente onde ela deveria se posicionar. Olhavam para Ashe, que a puxou para mais perto de seu corpo, segurando-a pelo cinto que prendia os pulsos. Ela percebia, nas costas, o pulsar do coração dele. Estava numa condição além do terror ou do alívio. As coisas aconteciam entre Ashe e os olhos vigilantes daquelas figuras que esperavam silenciosamente. Ela não fazia parte daquilo. Sentiu o aço frio da faca contra o queixo. Fechou os olhos. Então, ouviu uma voz masculina — decerto de Dalgliesh? Era clara e autoritária.

"Largue a faca, Ashe. Já chega. Acabou. Isso não vai ajudá-lo."

A voz de Ashe soou suave, em seu ouvido. Era a voz gentil, que ele usava raramente, da qual ela tanto gostava.

"Não tenha medo. Vai ser rápido, não vai doer nada."

Como se tivesse ouvido, Dalgliesh gritou: "Tudo bem, Ashe. O que você quer?".

Sua resposta foi um grito desafiador: "Nada que você possa me dar".

Ela abriu os olhos, como se precisasse ver a luz do dia pela última vez. Sentiu um instante de terror inacreditável, a frieza da lâmina, a dor lancinante. Em seguida, o mundo explodiu em torno dela com um estampido, numa balbúrdia sonora que arrastou o chalé, a junqueira, a terra ensopada de sangue. Tudo se desintegrou ao som de asas batendo furiosamente. O tiro ainda ecoava em seus ouvidos quando ela caiu no chão. O corpo de Ashe caiu por cima do seu, e ela sentiu na nuca o calor do sangue pulsante que jorrava.

O ar se encheu de vozes masculinas. Mãos tiraram o corpo dele de cima do seu. Ela conseguiu respirar de novo. Um rosto feminino se aproximou, e a voz da mulher soou próxima ao seu ouvido. "Está tudo bem, Octavia. Você vai ficar boa. Está tudo acabado."

Alguém colocou uma atadura em sua garganta. Alguém disse: "Você vai ficar bem". E eles a puseram numa maca, cobriram-na com uma manta e ataram as correias. Vagamente, notou que havia um bote. Ouviu as vozes ásperas transmitindo ordens e alertas. Sentiu o balanço do bote quando puseram a maca a bordo. Ela foi levada, gentilmente, por entre os juncos. Acima dela, as pontas se moviam sem cessar, em incansáveis tons de verde. Mas no alto, entre os juncos, ela divisou nuvens e um trecho de céu azul.

46

TRÊS DIAS SE PASSARAM. Dalgliesh lia, em sua mesa, quando Kate chegou. Ele se levantou quando ela entrou, como sempre, sentando-se em seguida, o que a desnorteava um pouco. Ela parou na frente da escrivaninha, como se tivesse sido convocada, e disse:

"Recebi um recado do hospital. De Octavia. Ela quer me ver. Mandou dizer que não é oficial".

"Kate, seu relacionamento com ela é apenas oficial."

Ela pensou: Sei disso. Conheço o regulamento. Aprendemos na escola de treinamento. "Você não é padre, psiquiatra nem assistente social. Principalmente, não é assistente social. Não se envolva emocionalmente." E pensou, em seguida: Se Piers pode dizer o que pensa, também posso. E falou: "Já o ouvi conversando com pessoas, senhor. Pessoas inocentes, involuntariamente envolvidas em assassinatos. O senhor disse coisas para ajudá-las, coisas que elas precisavam ouvir. Não falou como policial, nesses momentos".

Ela quase disse, mas conteve-se a tempo: Fez isso comigo, certa vez. E voltou-lhe à lembrança a imagem nítida do momento após a morte da avó, quando ela soluçava descontroladamente e enterrou o rosto no paletó dele, esfregando as mãos sujas de sangue, e ele a abraçou com força, alheio aos gritos, ordens, ruídos de pés. Mas isso fazia parte do passado.

Dalgliesh disse, e ela pensou ter detectado uma certa frieza na voz dele: "Dizer a palavra de conforto que as pessoas desejam ouvir é fácil. O difícil é o envolvimento posterior. Isso não podemos oferecer".

Kate queria dizer: E o senhor teria isso a oferecer, se pudesse? No entanto, aquela era uma pergunta que nem Piers teria coragem de fazer. Por isso, falou: "Eu me lembrarei disso, senhor".

Estava na porta quando, num impulso, deu meia-volta. Precisava saber. Consciente do tom duro em sua voz, indagou: "Por que mandou Piers atirar?".

"Em vez de mandar você?" Ele a encarou com seus olhos escuros, sérios. "Ora, Kate, está querendo dizer que desejava matar um homem?"

"Não é isso. Mas eu achava que poderia detê-lo, sem matá-lo."

"Não poderia, do ponto em que se encontrava. Não com aquele ângulo de tiro. Já foi bem difícil, para Piers. Um tiro e tanto!"

"Bem, o senhor está me proibindo de ver Octavia ou não?"

"Não, Kate, não estou."

O hospital para o qual Octavia fora transferida do Pronto-socorro de Ipswich era um dos mais modernos de Londres, e parecia ter sido projetado para ser um hotel. No imenso hall de entrada havia uma árvore de tronco cinza-prateado, com aparência artificial, cujos ramos altos e verdejantes avançavam em direção ao teto do átrio em copa larga. Havia bancas de flores, frutas e jornais, além de uma lanchonete ampla, na qual os fregueses que olharam para Kate não transmitiam ansiedade nem impressão de doença, enquanto conversavam tomando café e comendo sanduíches. As duas moças que cuidavam da recepção estariam em casa na recepção do Ritz.

Kate passou por elas sem parar. Já sabia a que ala deveria se dirigir, e preferiu seguir as placas. Foi conduzida para cima, com outros visitantes e o pessoal do hospital, pela escada rolante que havia ao lado dos elevadores amplos. De repente, sentiu o odor antisséptico típico dos hospitais. Nunca fora internada, mas realizara inúmeras vigílias ao lado dos leitos das vítimas e dos suspeitos que aguardavam interrogatório ou de prisioneiros em tratamento médico. Não se sentia intimidada ali, nem constrangida. Até a enfermaria lhe era familiar; a atmosfera combinava atividade intensa porém metódica, aceitação dócil, suave ruído de cortinas sendo puxadas nas camas e rituais misteriosos realizados atrás delas. Octavia ocupava um apartamento privativo no final da enfermaria, e o pessoal conferiu meticulosamente a identidade de Kate antes de permitir seu acesso ao quarto.

A notícia se espalhara, é claro. Nem mesmo o esforço do Departamento de Relações Públicas da polícia metropolitana conseguiu impedir o sensacionalismo com que parte da imprensa tratou do caso. "Polícia fuzila suspeito" é o tipo de manchete que a força policial prefere evitar. E a história veio a público num momento delicado. Não havia nenhum escândalo ou fofoca saborosa sobre a família real para distrair a atenção da imprensa da caçada e suas sequelas. Ninguém havia sido preso pela morte de Venetia Aldridge. Até que o caso fosse resolvido ou esquecido, Octavia estaria sempre em evidência. Kate sabia que a madre superiora do convento em que a moça estudara oferecera a hospitalidade da instituição, a partir do momento em que o inquérito sobre a morte de Ashe fosse encerrado. Seria uma solução sensata, caso Octavia a aceitasse. No convento, pelo menos ela estaria livre dos repórteres mais agressivos.

O pequeno quarto estava cheio de flores. Elas ocupavam o armário, o parapeito da janela, a mesa. Havia um buquê espetacular num vaso grande de canto, no chão. Uma fileira de cartões, pendurados num fio estendido na parede oposta à cama, desejavam sua pronta recuperação. Octavia assistia à televisão, mas desligou o aparelho com o controle remoto, quando Kate chegou. Ela estava sentada na cama, frágil e vulnerável como uma criança doente. A faixa na garganta fora substituída por um curativo rodeado de gesso.

Kate puxou uma cadeira e sentou-se ao lado da cama. Após um momento de silêncio, Octavia disse: "Obrigada por ter vindo. Achei que eles tentariam impedi-la".

"Não, ninguém tentou isso. Como se sente?"

"Melhor. Vou receber alta amanhã. Deveria ter sido hoje, mas eles queriam que eu falasse com um psicólogo. Sou obrigada?"

"Se não quiser, não é. Mas ele pode ajudá-la. Acho que depende muito de quem seja."

"Bem, não quero ninguém entendido em assassinato. Eu não aceitaria ninguém que viu o namorado ser morto. E se não viu, não vejo como poderia me ajudar."

"Tenho a mesma opinião. Mas podemos estar erradas. Você é quem sabe."

As duas ficaram em silêncio por algum tempo. Depois, Octavia disse: "Aquele policial, o inspetor Tarrant, vai ter problemas por ter atirado em Ashe?".

"Não creio. O inquérito é obrigatório, mas ele obedeceu a ordens. Creio que vai acabar tudo bem."

"Para ele. Não acabou bem para Ashe."

Kate disse, em tom tranquilo: "A gente nunca sabe. Ele não sentiu nada. Tinha um futuro terrível pela frente. Passaria muitos anos na cadeia. Teria aguentado? Teria desejado isso, em vez de morrer?".

"Ele não teve escolha, teve? Ele não teria coragem de me matar."

"Não podíamos correr o risco."

"Pensei que ele me amava. Foi estupidez, seria como achar que minha mãe me amava. Ou meu pai. Ele veio me ver, mas não adiantou nada. Nada mudou. Nunca muda, né? Ele veio me visitar, sozinho. Mas, no fundo, não liga para mim. Só ama aquela mulher e Marie."

Kate pensou: Amor, sempre o amor. Todos nós o procuramos, afinal de contas. E, quando não o recebemos na infância, entramos em pânico, achando que nunca seremos amados. Seria fácil dizer a Octavia: "Pare de mendigar amor, ame a si mesma, assuma o controle de sua própria vida. O amor, quando acontece, é um brinde. Você tem juventude, saúde, dinheiro, um lar. Pare de sentir pena de você. Pare de buscar amor e afeição nos outros. Cure-se". No entanto, a moça tinha direito a um pouco de autocomiseração. Talvez Kate pudesse dizer algo que a ajudasse. Nesse caso, deveria dizê-lo. Octavia merecia sinceridade.

Ela falou: "Minha mãe morreu quando nasci, e eu nunca soube quem era meu pai. Fui criada pela minha avó. Pensei que ela não me amasse, mas depois, quando já era tarde demais, me dei conta de que me amava e de que eu também a amava. Só não sabíamos demonstrar isso direito. Quando ela morreu, vi que eu dependia de mim, apenas. Cada um só pode contar consigo. Não permita que as coisas que aconteceram acabem com a sua vida, não precisa ser assim. Se oferecerem ajuda, aceite se quiser. Mas, no final das contas, você tem de arranjar forças para cuidar de sua própria vida e fazer dela o que bem entender. Até os pesadelos desaparecem, com o passar do tempo".

Ela pensou: Falei as coisas erradas. Talvez ela não tenha essa força agora, nem a terá no futuro. Estou pondo em suas costas uma carga que talvez ela nunca poderá carregar.

Elas ficaram em silêncio por algum tempo, depois Octavia disse: "A sra. Buckley tem sido muito gentil, desde que vim para cá. Veio me visitar várias vezes. Pensei que ela podia morar no apartamento de baixo. Ela gostaria. Suponho que veio me ver por isso. Ela quer o apartamento".

Kate disse: "Pode ter sido essa sua motivação, em parte. Mas não é tudo. Trata-se de uma senhora muito boa. E parece ser muito eficiente, também. Você precisa de alguém em quem possa confiar, para tomar conta de tudo enquanto não voltar. Ela precisa de um lar, e você, de alguém de confiança. Acho que é um arranjo mutuamente satisfatório".

"Não quero ficar muito em casa. Pretendo arranjar um emprego. Sei que minha mãe deixou bastante dinheiro, mas não quero passar a vida assim. Não tenho experiência nenhuma, então pensei em voltar a estudar. Seria um bom começo."

Kate disse, cautelosamente: "Creio que é uma boa ideia, mas você não precisa tomar decisões apressadas. Há boas escolas em Londres. Você deveria descobrir o que a interessa, primeiro. Acho que podem aconselhá-la em relação aos estudos, enquanto você estiver no convento. Você vai para lá quando receber alta, não é?".

"Por algum tempo, apenas. A madre superiora escreveu, convidando-me. Ela disse para eu voltar para lá e ficar com minhas amigas, por algum tempo. Talvez seja melhor assim. Só vou saber quando chegar lá."

"Isso mesmo", Kate disse, "talvez seja bom."

Ela pensou: Lá, pelo menos, oferecem um tipo de amor, aquele tipo com que o padre Presteign lida. E, se você quer amor acima de tudo, é melhor procurá-lo onde se pode ter certeza de que não a deixarão na mão.

Quando ela se levantou para ir embora, Octavia disse: "Se eu quiser conversar de novo, você poderá vir? Não quero incomodar. Fui mal-educada com você, no início. Mas lamento muito".

Kate disse, com cuidado: "Virei, se puder. Policiais como eu nunca sabem quando vão estar disponíveis. Se quiser me ver quando eu estiver em serviço, não poderei vir. Mas, se puder, virei".

Ela estava quase na porta, quando Octavia falou: "E quanto a mamãe?".

Soou estranho para Kate ouvir Octavia se referir a Aldridge como "mamãe". Mais parecia uma menina. Kate aproximou-se novamente da cama.

Octavia disse: "Agora será mais fácil pegar o assassino, pois já sabem que a sra. Carpenter colocou a peruca na cabeça dela e despejou o sangue. Vão encontrá-lo, não é?".

Kate pensou: Ela tem o direito de saber a verdade — ou, pelo menos, parte dela. Afinal de contas, é filha da vítima. E disse: "Já conseguimos separar o assassinato do que foi feito com o corpo de sua mãe. Isso representa um avanço, embora na verdade aumente a lista de suspeitos. Qualquer um que tivesse a chave da sede do colegiado poderia matá-la. Ou qualquer um que sua mãe acreditava poder receber lá sem correr riscos".

"Vocês vão desistir?"

"Não vamos desistir. Nunca desistimos, quando se trata de homicídio."

"Suspeitam de alguém, não é?"

Kate respondeu, cautelosamente: "Suspeitar não basta. Precisamos de provas que possam ser apresentadas no tribunal. A polícia não processa. A decisão cabe à promotoria pública, e eles querem ter pelo menos cinquenta por cento de chances de conseguir uma condenação. Levar casos perdidos a julgamento é uma perda de tempo e de dinheiro".

"Então, às vezes a polícia tem certeza de que alguém é culpado, e mesmo assim não consegue levá-lo a julgamento?"

"Isso ocorre com uma certa frequência. É frustrante. No entanto, cabe à justiça, e não à polícia, decidir a respeito da culpa de alguém."

"E, se você prender o assassino, haverá alguém como a mamãe para defendê-lo?"

"É claro. É o direito de todos. E, se conseguir um advogado esperto como a sua mãe, ele pode sair livre."

Octavia comentou, após uma pausa: "Esse sistema é esquisito, não acha? Mamãe tentou explicá-lo, mas não me interessei. Nunca quis acompanhar sua atuação nos julgamentos, exceto daquela vez, com Ashe. Ela nunca disse nada, mas aposto que se ressentia. Eu agia de modo horrível com ela, quase sempre. Ela pensava que eu estava envolvida com Ashe só para provocá-la. Mas não era nada disso. Pensei que estava apaixonada".

Ashe e Octavia. Ashe e Venetia Aldridge. Octavia e a mãe. Kate não pretendia ser arrastada para aquele campo minado afetivo, e tentou evitar o terreno potencialmente explosivo. Voltou ao assunto anterior, falando do que conhecia bem.

"Embora esquisito, o sistema é o melhor que podemos ter. Não é possível esperar justiça perfeita. Por vezes, os culpados conseguem se livrar do castigo, para que os inocentes possam viver em segurança, sem que as leis os ameacem."

"Pensei que estavam tão ansiosos para pegar Ashe que tinham se esquecido da mamãe."

"Não nos esquecemos. Outros policiais cuidaram do caso, enquanto procurávamos vocês."

Octavia estendeu a mão miúda e começou a arrancar as pétalas de uma flor do vaso sobre o criado-mudo. As pétalas caíam como gotas de sangue. Ela disse, em voz baixa: "Sei que ele não me amava, mas, pelo menos, importava-se um pouco comigo. Acendeu o fogo. Fazia muito frio, implorei para que o acendesse. Ele sabia que era perigoso, que alguém poderia avistar a fumaça. Mesmo assim, acendeu o fogo. Por minha causa".

Se ela queria acreditar naquilo, que acreditasse. Por que

obrigá-la a enfrentar a verdade? Ashe acendera o fogo por saber que o fim estava próximo. Morreu exatamente como pretendia. Sabia que a polícia chegaria armada. A única questão era sua intenção de matar ou não Octavia. Até quanto a isso, restaria mesmo alguma dúvida? O primeiro golpe a ferira profundamente. Como se lesse os pensamentos de Kate, Octavia disse: "Ele não ia me matar. Não ia cortar a minha garganta".

"Ele cortou sua garganta. Se o inspetor Tarrant não tivesse atirado, você estaria morta."

"Você não pode afirmar isso com certeza. Não o conheceu. Ele nunca teve uma chance na vida."

Kate sentiu vontade de gritar: Pelo amor de Deus, Octavia. Ele tinha saúde, força, inteligência e barriga cheia. Isso é muito mais do que três quartos do mundo podem sonhar em ter um dia. Ele teve sua chance, sim.

Mas a coisa não era assim tão fácil, ela bem o sabia. Como aplicar lógica ao comportamento de um psicopata, esse termo tão conveniente, inventado para explicar, classificar e definir legalmente o mistério incompreensível da maldade humana? De repente, ela se lembrou de uma visita feita ao Museu Negro da Scotland Yard, havia um ano. Viu novamente as fileiras de máscaras mortuárias — só que eram moldes da cabeça inteira — de criminosos executados. Reviu as cabeças negras, a marca circular da corda e do anel de couro, atrás da orelha. As máscaras haviam sido feitas para investigar a teoria de Cesare Lombroso, segundo a qual havia um tipo de criminoso que poderia ser identificado pelo estudo da fisionomia. A hipótese levantada no século XIX fora descartada, mas estaríamos hoje mais próximos da resposta? Talvez, para alguns, ela pudesse ser encontrada na atmosfera da igreja de St. James, plena de incenso. Nesse caso, jamais se revelara a ela. Afinal de contas, o altar não passava de uma mesa comum coberta de pano luxuoso. As velas eram feitas de parafina. A imagem de Nossa Senhora fora moldada por mãos humanas, pintada, adquirida, colocada no lugar. Sob a batina, o padre Presteign era apenas um ser humano. O que ele oferecia, afinal, não era um sistema complexo de crenças, ricamente adornado, embelezado pelo ritual e pela música, imagens e vitrais, tudo planejado, como acontecia com o próprio sistema jurídico, para dar aos homens a confortável ilusão de que existia um juízo final e que todos tinham escolha?

Ela se deu conta de que Octavia continuava falando. "Você não faz ideia de onde ele nasceu. Ele me contou tudo. Só contou para mim, e para mais ninguém. Ele nasceu naqueles conjuntos habitacionais do noroeste de Londres. É um lugar terrível, sem árvores, sem verde, só prédios altos e concreto. Gente barulhenta, sujeira, apartamentos fedorentos, janelas quebradas. O conjunto habitacional chama-se Ellison Fairweather."

Kate sentiu o coração dar um pulo e disparar, batendo com tanta força que Octavia certamente o notaria. Por um momento, não conseguiu falar, só a mente continuou funcionando. Seria aquilo deliberado? Octavia saberia? Claro que não. As palavras foram ditas sem intenção maldosa. Octavia nem mesmo olhava para ela, estava alisando o lençol. Mas Dalgliesh sabia, claro que sabia. Descobrira quase tudo a respeito da vida de Garry Ashe, nas anotações de Venetia Aldridge. Mas não lhe mostrara nada, não revelara que ela e Ashe tinham algo em comum em seu passado, embora distantes um do outro alguns anos. Eles compartilharam as mesmas raízes, na infância. O que Dalgliesh pretendera, em relação a ela? Poupar o constrangimento? Seria simples assim? Ou temia ressuscitar lembranças que sabia dolorosas, e ao trazê-las à tona novamente provocar traumas adicionais? Ela se lembrava. Sem dúvida sua decisão, tomada enquanto olhava pela janela, para o Tâmisa, não poderia ser facilmente esquecida. O passado existira. Fazia parte dela, e o faria para sempre. Teria sido muito pior do que a infância de milhões de outras pessoas? Teve saúde, inteligência, comida. Teve uma chance.

Elas se despediram com um aperto de mãos. Foi um adeus contraditoriamente formal. Kate pensou, por um momento, que Octavia precisava de um abraço carinhoso, mas isso ela não poderia fazer. Ao descer do elevador, sentiu raiva; porém, se era contra ela mesma ou, irracionalmente, contra Dalgliesh, foi incapaz de discernir.

47

NO DIA SEGUINTE, Dalgliesh fez sua última visita ao número 8 de Pawlet Court. Entrou em Temple pelo acesso de Embankment. Foi no final da tarde, quando o dia já começava a escurecer. Soprava um vento cortante, vindo do rio, trazendo consigo o primeiro toque frio de inverno. Quando ele chegou à porta da sede do colegiado, Simon Costello e Drysdale Laud saíam juntos.

Costello o olhou por algum tempo, sem pretender disfarçar a hostilidade, dizendo: "Foi uma cena sangrenta, comandante. Imaginei que a polícia fosse capaz de prender um sujeito sem arrancar a cabeça dele. Suponho, porém, que tenha sido melhor assim. Vamos agradecer à polícia por ter poupado ao país os gastos para mantê-lo na prisão pelos próximos vinte anos".

Dalgliesh disse: "E ao senhor, ou a um de seus colegas, a obrigação de defendê-lo. Teria sido um cliente difícil e pouco lucrativo".

Laud sorriu, como se secretamente o antagonismo do qual estava excluído o divertisse. Ele perguntou: "Alguma novidade? Não veio prender ninguém, deduzo. Claro que não. Neste caso, haveria uma dupla de policiais. Caberia uma citação latina, a respeito. *'Vigiles non timendi sunt nisi complures adveniunt.'* Deixo a tradução por sua conta".

Dalgliesh disse: "O motivo de minha presença não é uma detenção". E deu um passo para o lado, a fim de que os dois passassem.

Entrou na sede do colegiado, encontrando Valerie Caldwell na recepção. Harry Naughton, debruçado sobre a mesa, passava a ela uma pasta aberta. Ambos pareciam mais felizes do que na última vez em que Dalgliesh os vira. A moça sorriu para ele. Depois de cumprimentá-los, ele perguntou sobre o irmão de Valerie.

"Ele está se adaptando bem. Sei que é um jeito estranho de se falar da cadeia, mas creio que o senhor me entende. Ele está procurando ter bom comportamento, para sair logo de lá. Falta pouco. Minha avó já sabe de tudo, o que facilita as visitas. Não preciso mais inventar desculpas."

Harry Naughton disse: "A srta. Caldwell foi promovida. Agora é secretária do colegiado".

Dalgliesh deu-lhe os parabéns e perguntou se Langton e Ulrick estavam na sede.

"Sim, os dois ainda estão aqui. No entanto, o sr. Langton disse que ia sair mais cedo."

"Poderia avisar ao sr. Ulrick que estou aqui, por favor?"

Ele esperou que a moça ligasse, depois desceu a escada. A sala no meio-porão continuava tão claustrofóbica e quente quanto na primeira visita. A tarde fria, porém, tornava o aquecimento excessivo mais suportável. Ulrick, sentado à mesa, não se levantou, indicando com um gesto a mesma poltrona. Novamente, Dalgliesh sentiu o calor pegajoso do couro. Ali, no meio da mobília antiga, dos livros e relatórios empilhados sobre todas as superfícies disponíveis, do aquecedor a gás arcaico, a geladeira branca encostada na parede era uma contraditória invasão da modernidade. Ulrick girou a cadeira e o encarou, sério.

Dalgliesh disse: "Quando conversamos pela última vez, aqui nesta sala, falamos sobre a morte de seu irmão. O senhor disse que alguém era responsável, mas não Venetia Aldridge. Pensando no caso, mais tarde, concluí que se referia a si próprio".

"É muito perspicaz, comandante."

"O senhor era onze anos mais velho. Estudava em Oxford, a poucos quilômetros de distância. Um irmão mais velho, especialmente bem mais velho, costuma ser idolatrado ou pelo menos visto com admiração. Seus pais estavam no exterior. Marcus lhe escreveu a respeito do que estava ocorrendo na escola?"

Ulrick ficou em silêncio por algum tempo, antes de responder. Quando falou, porém, sua voz não traía nervosismo ou preocupação. "Sim, ele me escreveu. Deveria ter ido à escola imediatamente, mas a carta chegou numa hora imprópria. Eu jogava críquete, na universidade. Havia um jogo naquele dia, e uma festa em Londres, logo depois. Mas três dias passaram depressa, como ocorre quando a gente é jovem, feliz, atarefado. Pretendia ir até a escola. No quarto dia recebi um telefonema de meu tio, contando que Marcus se suicidara."

"E o senhor destruiu a carta?"

"O senhor teria feito isso? Talvez não sejamos tão diferentes assim. Pensei que dificilmente alguém na escola saberia da existência da carta. Resolvi queimá-la, mais por pânico do que por uma decisão ponderada. Afinal de contas, já havia provas suficientes contra o diretor, sem ela. Quando o dique se rompe, é impossível conter a água."

Seguiu-se novo silêncio, sem constrangimento, curiosamente solidário. Em seguida, Ulrick perguntou: "Qual o motivo de sua visita, comandante?".

"Agora sei como e por que Venetia Aldridge morreu."

"Sei disso, mas não pode provar nada, nem jamais poderá. O que estou contando, comandante, visa lhe dar alguma satisfação. Pense em tudo isso como uma fantasia. Imagine que nosso protagonista é um homem, bem-sucedido em sua carreira, razoavelmente contente embora não de todo feliz, que amou apenas duas pessoas em sua vida: o irmão e a sobrinha. Já experimentou o amor obsessivo, comandante?"

Após uma pausa, Dalgliesh respondeu: "Não. Cheguei perto, certa vez, o suficiente, creio, para compreender o que é".

"E perto o suficiente para sentir seu poder e recuar. O senhor tem a couraça de gelo que protege o coração dos artistas, mas eu não contava com tal defesa. O amor obsessivo é a mais tenebrosa, a mais destrutiva das tiranias do amor. Além de ser a mais humilhante. Nosso protagonista — vamos batizá-lo de Desmond — sabia muito bem que a sobrinha, apesar da beleza, era egoísta, ambiciosa, meio tola até. Nada disso fazia diferença. Talvez o senhor queira prosseguir com a narrativa, agora que já temos as personagens e a base da trama."

Dalgliesh disse: "Creio, embora não tenha provas, que a sobrinha telefonou ao tio e disse que a carreira do marido corria perigo, pois Venetia Aldridge obtivera informações capazes de impedir que ele se tornasse Queen's Counsel, ou que poderiam até bani-lo da profissão. Ela implorou ao tio que desse um jeito nisso, que usasse sua influência para impedir tal desfecho. Afinal de contas, acostumara-se a recorrer ao tio sempre que precisava de dinheiro, conselhos, apoio ou qualquer outra coisa. Ele a ajudava, sempre. Calculo que o tio tenha subido para falar com Venetia Aldridge. Não deve ter sido fácil, para ele. Eu o considero um sujeito orgulhoso e retraído. Venetia Aldridge e ele eram as duas únicas pessoas que ainda se encontravam na sede. Ela estava telefonando quando ele entrou, e ele percebeu, pelo tom de voz, que chegara num momento inoportuno. Recentemente, ela descobrira que a filha namorava um sujeito que ela havia defendido, um assassino assustadoramente brutal. Havia procurado apoio e conselhos de homens em quem confiava, e fora rejeitada. Não sei o que conversaram, mas imagino que tenha sido dura, recusando-se a atender o apelo do colega para esquecer o caso. Além disso, ela sabia de uma coisa que poderia jogar na cara dele. Creio que Venetia Aldridge colocou a carta de Marcus Ulrick no correio. As cartas, num colégio interno, são invariavelmente censuradas. Como o rapaz conseguiria enviá-la, a não ser que a entregasse a Venetia, para que ela a pusesse no correio quando fosse para a escola?".

Ulrick disse: "Estamos, obviamente, fazendo apenas um exercício de ficção, inventando uma trama. Isso não é uma confissão. Não haverá confissão, nem admissão de nada que está sendo dito aqui. Creio que se trata de uma engenhosa sofisticação de nossa trama. Vamos presumir que seja verdadeira. O que mais?".

Dalgliesh disse: "Acho que chegou a sua vez".

"Minha vez de prosseguir com esta curiosa fantasia. Que seja. Vamos supor que as emoções reprimidas dessa personagem essencialmente retraída tenham aflorado. Longos anos de culpa, nojo de si mesmo, raiva por saber que aquela mulher, cuja família já causara tantos danos irremediáveis, planejava mais destruição. O abridor de cartas estava sobre a mesa. Ela se aproximou da porta, com uma pasta na mão, para guardá-la no arquivo. Era um modo de dizer que estava ocupada, que considerava a conversa encerrada. E ele pegou o punhal, avançou para cima dela e desferiu o golpe. Devo dizer que me causa espanto pensar que ele tenha sido capaz de cometer tal ato, que o punhal tenha entrado com tanta facilidade, que ele realmente tenha assassinado um ser humano. A emoção inicial foi o espanto, mais do que o horror ou o medo.

"Passado o primeiro momento de espanto, ele agiu rapidamente, arrastando o corpo até o outro lado da sala, para colocá-lo na cadeira. Recordo-me de ter lido que a tentativa de fazer com que o cadáver parecesse normal, confortável até, é típica de assassinos que não pretendiam matar. Ele resolveu deixar a sala destrancada, com a chave na fechadura. Assim, presumiriam que o crime fora perpetrado por um intruso. Quem poderia provar o contrário? O ferimento, para seu alívio, não sangrou. O punhal, quando o retirou, estava limpo. Mesmo assim, sabia que procurariam impressões digitais. Apanhou, com cuidado, um caderno do jornal vespertino para embrulhar o punhal, que levou consigo para o vestiário do meio-porão. Lá ele o lavou com cuidado e enrolou o cabo com papel higiênico. Rasgou o jornal e jogou os pedaços na privada. Depois retornou a sua sala e ligou o aquecedor a gás. Considera essa versão uma hipótese convincente, comandante?"

"Creio que aconteceu assim, realmente."

"Nosso personagem imaginário, Desmond, considera-se feliz por ignorar os detalhes do código criminal, mas ele sabe muito bem que os suspeitos consideram conveniente fornecer um álibi à polícia. Um homem que vive sozinho e não tem cúmplices tem dificuldade, nesses casos. Ele resolveu ir imediatamente para o Rules, em Maiden Lane, situado a poucos minutos de caminhada, deixando a pasta no escritório. A sra. Carpenter, que costuma limpar a sala, não poderia vê-la, de modo que ele a oculta na última gaveta da escrivaninha. Seu plano é dizer que deixou a sede do colegiado às sete e quinze, e não pouco depois das oito, passando em casa para se lavar e deixar a pasta antes de ir ao restaurante. Ele se deu conta de que enfrentaria uma dificuldade na manhã seguinte, mas se chegasse carregando uma capa, demonstrando mais pressa do que de costume, ao entrar, poderia resolver o problema da falta da pasta. Claro, seria importante garantir-se de que Pawlet Court estava deserto, antes de deixar a cobertura da entrada do número 8. Não haveria problema quanto à sua chegada em casa apenas depois do jantar. Um vizinho, se fosse interrogado, poderia declarar que ele chegou em casa na hora habitual, mas não que deixara de fazê-lo. Ele deixou o punhal na gaveta do arquivo de Valerie Caldwell, guardando o pedaço de papel higiênico no bolso, para jogá-lo na primeira lata de lixo que encontrasse na rua. Além disso, lembrou-se de não ligar o alarme. Contudo, cometeu um erro. Os criminosos em geral cometem algum erro, creio. Sob tensão, é difícil pensar em tudo. Ao sair, talvez por força do hábito, ele deu duas voltas na chave da porta da frente. Teria sido mais sábio deixá-la destrancada, é claro, jogando as suspeitas sobre alguém de fora, e não sobre os membros do colegiado. O furor subsequente, todavia, foi revelador, para um estudioso da natureza humana. Sua indignação e revolta, ao ver o corpo na manhã seguinte, foram genuínos, e provavelmente convincentes. Ele não havia posto a peruca na cabeça da vítima, nem desperdiçado seu próprio sangue."

Dalgliesh disse: "Isso foi feito por Janet Carpenter".

"Deduzi que poderia ter sido. Portanto, comandante, imaginamos uma solução plausível para o problema. Para o senhor, é uma pena que não haja como provar nada. Não há uma prova material sequer capaz de ligar nosso protagonista ao crime. É muito mais provável que Janet Carpenter tenha apunhalado a srta. Aldridge antes de enfeitá-la com a peruca, símbolo de sua profissão, e com o sangue que metaforicamente teria derramado. Soube que ela confessou apenas essas profanações, mas uma pessoa como Janet Carpenter teria coragem de confessar um homicídio? E, se não foi Carpenter, por que teria sido Desmond? Seria muito mais provável que uma pessoa de fora tivesse conseguido entrar e cometido o assassinato, por vingança ou ressentimento. Seria mais provável que o assassino fosse Ashe. Ele tinha um álibi, mas os álibis podem ser forjados. E Ashe, assim como Carpenter, está morto.

"O senhor não tem nenhum motivo para se sentir mal, comandante. Console-se com a ideia de que a justiça humana é necessariamente imperfeita, e que é melhor para um homem produtivo continuar sua vida, sendo útil, do que passar anos na prisão. Isso jamais ocorrerá, porém, não concorda? O ministério público nunca permitiria que um caso tão precário fosse levado a julgamento. E, mesmo que isso acontecesse, não seria preciso convocar uma Venetia Aldridge para um triunfo da defesa. O senhor está acostumado com o sucesso, claro. O fracasso, mesmo parcial, deve ser suportável, talvez até salutar. É bom ver, de tempos em tempos, que nosso sistema legal é humano, e portanto passível de falhas. O máximo que podemos esperar é uma certa justiça. E, se me dá licença, preciso trabalhar neste parecer."

Eles se despediram sem dizer mais nada. Dalgliesh subiu e entregou sua chave da sede do colegiado para Harry Naughton, que o acompanhou até a saída. Atravessando a rua, Dalgliesh viu Hubert Langton, logo à sua frente. O presidente do colegiado caminhava sem bengala, mas arrastava os pés como um idoso. Ouviu os passos de Dalgliesh, parou e parecia a ponto de virar a cabeça. No entanto, apertou o passo e seguiu em frente, resoluto. Dalgliesh pensou: Ele não quer conversar. Não quer nem me ver. Será que sabe de tudo? Reduzindo o ritmo da caminhada, deixou que Langton se distanciasse e passou a segui-lo de longe. Cuidadosamente afastados, eles atravessaram a praça iluminada, passaram por Middle Temple e foram na direção do rio.

P. D. JAMES nasceu em Oxford, Inglaterra, em 1920, e trabalhou no Serviço de Segurança Britânico e na Polícia do Ministério do Interior de seu país. Nos anos 1960, estreou na literatura, tornando-se um dos grandes nomes do romance policial. Em 1991, ganhou da rainha Elizabeth II o título de Baronesa James of Holland Park, o que lhe rendeu a alcunha de "baronesa do crime". A Companhia das Letras já publicou outros treze títulos de sua autoria, entre eles *Trabalho impróprio para uma mulher* (2008), *Paciente particular* (2009), *O crânio sobre a pele* (2010) e *Mortalha para uma enfermeira* (2011).

COMPANHIA DE BOLSO

Jorge AMADO
Capitães da Areia
Mar morto
Carlos Drummond de ANDRADE
Sentimento do mundo
Hannah ARENDT
Homens em tempos sombrios
Philippe ARIÈS, Roger CHARTIER (Orgs.)
História da vida privada 3 — Da Renascença
ao Século das Luzes
Karen ARMSTRONG
Em nome de Deus
Uma história de Deus
Jerusalém
Paul AUSTER
O caderno vermelho
Jurek BECKER
Jakob, o mentiroso
Marshall BERMAN
Tudo que é sólido desmancha no ar
Jean-Claude BERNARDET
Cinema brasileiro: propostas para uma
história
Harold BLOOM
Abaixo as verdades sagradas
David Eliot BRODY, Arnold R. BRODY
As sete maiores descobertas científicas da
história
Bill BUFORD
Entre os vândalos
Jacob BURCKHARDT
A cultura do Renascimento na Itália
Peter BURKE
Cultura popular na Idade Moderna
Italo CALVINO
O barão nas árvores
O cavaleiro inexistente
Fábulas italianas
Um general na biblioteca
Por que ler os clássicos
O visconde partido ao meio
Elias CANETTI
A consciência das palavras
O jogo dos olhos
A língua absolvida
Uma luz em meu ouvido
Bernardo CARVALHO
Nove noites
Jorge G. CASTAÑEDA
Che Guevara: a vida em vermelho

Ruy CASTRO
Chega de saudade
Mau humor
Louis-Ferdinand CÉLINE
Viagem ao fim da noite
Sidney CHALHOUB
Visões da liberdade
Jung CHANG
Cisnes selvagens
John CHEEVER
A crônica dos Wapshot
Catherine CLÉMENT
A viagem de Théo
J. M. COETZEE
Infância
Joseph CONRAD
Coração das trevas
Nostromo
Alfred W. CROSBY
Imperialismo ecológico
Robert DARNTON
O beijo de Lamourette
Charles DARWIN
A expressão das emoções no homem e nos
animais
Jean DELUMEAU
História do medo no Ocidente
Georges DUBY
História da vida privada 2 — Da Europa
feudal à Renascença (Org.)
Idade Média, idade dos homens
Mário FAUSTINO
O homem e sua hora
Meyer FRIEDMAN,
Gerald W. FRIEDLAND
As dez maiores descobertas da medicina
Jostein GAARDER
O dia do Curinga
Maya
Vita brevis
Jostein GAARDER, Victor HELLERN,
Henry NOTAKER
O livro das religiões
Fernando GABEIRA
O que é isso, companheiro?
Luiz Alfredo GARCIA-ROZA
O silêncio da chuva
Eduardo GIANNETTI
Autoengano
Vícios privados, benefícios públicos?

Edward GIBBON
Declínio e queda do Império Romano
Carlo GINZBURG
Os andarilhos do bem
História noturna
O queijo e os vermes
Marcelo GLEISER
A dança do Universo
O fim da Terra e do Céu
Tomás Antônio GONZAGA
Cartas chilenas
Philip GOUREVITCH
Gostaríamos de informá-lo de que amanhã
seremos mortos com nossas famílias
Milton HATOUM
Cinzas do Norte
Dois irmãos
Relato de um certo Oriente
Patricia HIGHSMITH
O talentoso Ripley
Eric HOBSBAWM
O novo século
Albert HOURANI
Uma história dos povos árabes
Henry JAMES
Os espólios de Poynton
Retrato de uma senhora
P. D. JAMES
Uma certa justiça
Ismail KADARÉ
Abril despedaçado
Franz KAFKA
O castelo
O processo
John KEEGAN
Uma história da guerra
Amyr KLINK
Cem dias entre céu e mar
Jon KRAKAUER
No ar rarefeito
Milan KUNDERA
A arte do romance
A brincadeira
A identidade
A insustentável leveza do ser
A lentidão
O livro do riso e do esquecimento
A valsa dos adeuses
A vida está em outro lugar
Danuza LEÃO
Na sala com Danuza
Primo LEVI
A trégua

Paulo LINS
Cidade de Deus
Gilles LIPOVETSKY
O império do efêmero
Claudio MAGRIS
Danúbio
Naguib MAHFOUZ
Noites das mil e uma noites
Norman MAILER (JORNALISMO LITERÁRIO)
A luta
Janet MALCOLM (JORNALISMO LITERÁRIO)
O jornalista e o assassino
A mulher calada
Javier MARÍAS
Coração tão branco
Ian MCEWAN
O jardim de cimento
Heitor MEGALE (Org.)
A demanda do Santo Graal
Evaldo Cabral de MELLO
O negócio do Brasil
O nome e o sangue
Luiz Alberto MENDES
Memórias de um sobrevivente
Jack MILES
Deus: uma biografia
Ana MIRANDA
Boca do Inferno
Vinicius de MORAES
Antologia poética
Livro de sonetos
Nova antologia poética
Fernando MORAIS
Olga
Toni MORRISON
Jazz
V. S. NAIPAUL
Uma casa para o sr. Biswas
Friedrich NIETZSCHE
Além do bem e do mal
Ecce homo
A gaia ciência
Genealogia da moral
Humano, demasiado humano
O nascimento da tragédia
Adauto NOVAES (Org.)
Ética
Os sentidos da paixão
Michael ONDAATJE
O paciente inglês
Malika OUFKIR, Michèle FITOUSSI
Eu, Malika Oufkir, prisioneira do rei

Amós OZ
A caixa-preta
José Paulo PAES (Org.)
Poesia erótica em tradução
Georges PEREC
A vida: modo de usar
Michelle PERROT (Org.)
História da vida privada 4 — Da Revolução
Francesa à Primeira Guerra
Fernando PESSOA
Livro do desassossego
Poesia completa de Alberto Caeiro
Poesia completa de Álvaro de Campos
Poesia completa de Ricardo Reis
Ricardo PIGLIA
Respiração artificial
Décio PIGNATARI (Org.)
Retrato do amor quando jovem
Edgar Allan POE
Histórias extraordinárias
Antoine PROST, Gérard VINCENT (Orgs.)
História da vida privada 5 — Da Primeira
Guerra a nossos dias
David REMNICK (JORNALISMO LITERÁRIO)
O rei do mundo
Darcy RIBEIRO
Confissões
O povo brasileiro
Edward RICE
Sir Richard Francis Burton
João do RIO
A alma encantadora das ruas
Philip ROTH
Adeus, Columbus
O avesso da vida
Elizabeth ROUDINESCO
Jacques Lacan
Arundhati ROY
O deus das pequenas coisas
Murilo RUBIÃO
Murilo Rubião — Obra completa
Salman RUSHDIE
Haroun e o Mar de Histórias
Oriente, Ocidente
O último suspiro do mouro
Os versos satânicos
Oliver SACKS
Um antropólogo em Marte
Tio Tungstênio
Vendo vozes
Carl SAGAN
Bilhões e bilhões
Contato
O mundo assombrado pelos demônios

Edward W. SAID
Cultura e imperialismo
Orientalismo
José SARAMAGO
O Evangelho segundo Jesus Cristo
História do cerco de Lisboa
O homem duplicado
A jangada de pedra
Arthur SCHNITZLER
Breve romance de sonho
Moacyr SCLIAR
O centauro no jardim
A majestade do Xingu
A mulher que escreveu a Bíblia
Amartya SEN
Desenvolvimento como liberdade
Dava SOBEL
Longitude
Susan SONTAG
Doença como metáfora / AIDS e suas metáforas
Jean STAROBINSKI
Jean-Jacques Rousseau
I. F. STONE
O julgamento de Sócrates
Keith THOMAS
O homem e o mundo natural
John UPDIKE
As bruxas de Eastwick
Drauzio VARELLA
Estação Carandiru
Caetano VELOSO
Verdade tropical
Erico VERISSIMO
Clarissa
Incidente em Antares
Paul VEYNE (Org.)
História da vida privada 1 — Do Império
Romano ao ano mil
XINRAN
As boas mulheres da China
Ian WATT
A ascensão do romance
Raymond WILLIAMS
O campo e a cidade
Edmund WILSON
Os manuscritos do mar Morto
Rumo à estação Finlândia
Simon WINCHESTER
O professor e o louco

1ª edição Companhia das Letras [1999] 3 reimpressões
2ª edição Companhia das Letras [2002]
1ª edição Companhia de Bolso [2012]

Esta obra foi composta pela Verba Editorial em Janson Text
e impressa pela Prol Editora Gráfica em ofsete
sobre papel Pólen Soft da Suzano Papel e Celulose